U0330114

# Children's Literature
## A Reader's History, from Aesop to Harry Potter

# 儿童文学史

## 从《伊索寓言》到《哈利·波特》

〔美〕塞思·勒若（Seth Lerer）著　启蒙编译所　译

华东师范大学出版社

## 图书在版编目（CIP）数据

儿童文学史：从《伊索寓言》到《哈利·波特》/
（美）塞思·勒若著；启蒙编译所译 . — 上海：华东
范大学出版社，2019
ISBN 978-7-5675-9747-1

Ⅰ . ①儿… Ⅱ . ①塞… ②启… Ⅲ . ①儿童文学—文
学史—世界 Ⅳ . ① I106.8

中国版本图书馆 CIP 数据核字（2019）第 261308 号

启蒙文库系启蒙编译所旗下品牌
本书版权、文本、宣传等事宜，请联系：qmbys@qq.com

上海市版权局著作权合同登记　图字：09-2019-733 号

## 儿童文学史：从《伊索寓言》到《哈利·波特》

著　　者　（美）塞思·勒若
译　　者　启蒙编译所
策划编辑　王　焰
组稿编辑　庞　坚
责任编辑　王国红
责任校对　邱红穗
出版发行　华东师范大学出版社
社　　址　上海市中山北路3663号　邮编 200062
网　　址　www.ecnupress.com.cn
电　　话　021-60821666　行政传真　021-62572105
客服电话　021-62865537　门市（邮购）电话　021-62869887
地　　址　上海市中山北路3663号华东师范大学校内先锋路口
网　　店　http://hdsdcbs.tmall.com
印 刷 者　山东鸿君杰文化发展有限公司
开　　本　890×1240　32开
印　　张　16
字　　数　399千字
版　　次　2020年4月第一版
印　　次　2020年4月第一次
书　　号　ISBN 978-7-5675-9747-1
定　　价　88.00元

出 版 人　王　焰

（如发现本版图书有印订质量问题，请寄回本社客服中心调换或电话021-62865537联系）

献给我的母亲

# 目　录

绪　论　一种新的儿童文学史 / i

第一章　说吧, 孩子
　　　　古典时期的儿童文学 / 1

第二章　独创性与权威性
　　　　伊索的寓言及其传承 / 24

第三章　宫廷、贸易和修道院
　　　　中世纪的儿童文学 / 52

第四章　从字母到挽歌
　　　　清教对儿童文学的影响 / 84

第五章　心灵的玩物
　　　　约翰·洛克与儿童文学 / 115

第六章　独木舟与食人者
　　　　《鲁滨孙漂流记》及其遗产 / 146

第七章　从岛屿到帝国
　　　　讲述男孩世界的故事 / 176

第八章　达尔文的影响
　　　　从金斯利到苏斯的世界 / 203

第九章　　暴躁且怪异

　　　　　从维多利亚时期到现代的正经话与胡话

　　　　　/ 226

第十章　　麦秆变黄金

　　　　　童话的语言学 / 252

第十一章　少女时期的剧院

　　　　　女性小说中的家庭、梦想与表演 / 276

第十二章　花园里的潘

　　　　　儿童文学在爱德华时代的转变 / 309

第十三章　美妙的感觉

　　　　　美国儿童文学的奖项、图书馆与组织 / 339

第十四章　直话直说

　　　　　风格与孩子 / 357

第十五章　在纸上轻叩铅笔

　　　　　讽刺时代的儿童文学 / 378

结　语　　儿童文学与书籍史 / 398


致　谢 / 412

注　释 / 415

索　引 / 467

# 绪 论 一种新的儿童文学史

自有儿童之日起，便有了儿童文学。早在约翰·纽伯瑞（John Newbery）成立第一个专门出版童书的印刷厂以前，就有了讲给孩子听、写给孩子看的故事。原本为成年读者写的书也会经过仔细改写和选编，使之适合年轻读者。古希腊和古罗马的教育传统植根于阅读和背诵诗歌、戏剧。两千年来，《伊索寓言》一直是课堂上和家庭书架上的经典。从昆体良（Quintilian）到约翰·洛克（John Locke），从圣奥古斯丁（St. Augustine）到苏斯博士（Dr. Seuss），思想家们不断探索通过文学学习语言、了解生活的途径。

儿童文学史与童年史密切相关，因为孩子是被他所学到、听到和讲述过的文本和故事塑造的。学习如何阅读是终生的经验，也是决定性的经验。"我们总能记得，"弗朗西斯·斯巴福德（Francis Spufford）在他引人入胜的回忆录《小书痴》（*The Child That Books Built*）中写道，"那些令人转变的阅读经历。有时候，一本书进入我们恰好准备好的心灵，就像一颗籽晶落入过饱和溶液中，忽然间，我们就变了。"[1] 我的这本书便与此种转变相关。它不仅介绍了虚构文学的形式和插画艺术的发展史，还记录了文学想象的形成过程，展现了那些在书中寻找多彩世界和在大千世界中寻找书籍的孩子们。这本书探讨了不断变化的家庭生活，还有人类成长环境、教育环境和学术环境，以及出版环境和公共环境；在这些环境中，儿童有时突然发现,有时是微妙地感知到,自己被文学改变了。[2] 因此,我所写的是一部读者视角的儿童文学史,是对从古至今的读书儿童的形成过程的研究。同时,它也是我个人的一份阅读经验报告,涉及我依据自身学术研究对儿童读物作出的解读。

但是什么是童年?自菲力浦·阿利埃斯( Philippe Ariès )试图定义它的现代形态起,学者们就开始尝试书写它的历史。对阿利埃斯来说,童年并不是人类生命中某种本质的、永恒的特征,它是一种由社会观念和历史经验决定的存在形式。在《儿童的世纪》( *Centuries of Childhood*,1960 年在法国首次出版)中,阿利埃斯提出,前现代时期并没有我们今天所理解的童年的概念,将孩子作为情感或经济投资是一种现代现象,与早期忽略、漠视甚至虐待作为个体的儿童的情况完全不同。[3] 尽管阿利埃斯竭力消除这部关于儿童和家庭的作品中的感伤主义,一些学者仍对这种情感展开了深入研究,他们力求对历史上儿童所处的文化背景做出更加细致清晰的描绘。[4] 童年并非现代社会的产物,无论我们是否把它与约翰·洛克、清教徒、让-雅克·卢梭、浪漫主义者或维多利亚时代的人联系在一起,它都是一个处于变化中的范畴,在与个人发展的其他阶段和家庭生活的联系中获得意义。古希腊人和古罗马人、拜占庭人和盎格鲁-撒克逊人、文艺复兴和美国独立战争时期的文化,都对儿童的概念有清晰的定义,进而对儿童文学的标准做出了明确的界定。用 20 世纪哲学家马克思·瓦托夫斯基( Marx Wartofsky )的话来说:"在与他人的社会交流与互动中",儿童是或成了"他人对其所期待的形象及其逐渐形成的自我期待的形象"[5]。儿童文学也如此:儿童书籍被带入童年生活,用于培养社交能力,并在与读者、所有者、销售商和收藏家的互动中带来知识和乐趣。

这是一部关于儿童听到和读到的内容的历史书。其中的故事、诗歌、戏剧和论文可能是专门为儿童创作的，也可能是为了适应不同年龄段的读者而改编的。因此，我区分了两种主张，一种认为儿童文学由"为"儿童写的书组成，一种认为它由"被"儿童阅读（无论作者的初衷是什么）的书组成。我写的是一部接受史，或许，用以诠释我的评论立场的最好方法，就是在儿童的书中寻找这段历史。

在安托万·德·圣埃克苏佩里（Antoine de Saint-Exupéry）的《小王子》的开头，叙述者忆起自己 6 岁时看到的一张蟒蛇吞食动物的图片。"我陷入遐想，"他回忆道，于是自己也据此画了一幅画。他把画拿给大人们看，问这张画是不是让他感到害怕，他们回答道："一顶帽子有什么好怕的？"当然，画上的并不是帽子，而是蟒蛇在消化一头象的场景。于是，男孩重新画了一幅画，把内部的情景展现出来，可是大人们仍然无动于衷。就这样，男孩放弃了成为艺术家的念头。"大人靠自己什么都弄不懂，而孩子们也厌倦了不断向他们解释。"[6]

这件事阐明了两种阅读文学作品的方式。一方面，我们寻找符合我们认知的事物；另一方面，我们寻找作者想要表现的事物。即使面对奇妙的事物，缺乏想象力的人往往也会觉得平淡无奇，比如蛇吞象的奇观被误认作一顶帽子。因此，文学评论家所面临的挑战，一部分便在于平衡作者的意图与读者的反应。但是，儿童文学评论家面对的挑战还在于，必须意识到文本的变幻莫测——意义在变化，不同类型的读者有不同的解读，成年人认为稀松平常的事物在孩子们的想象中，或许会变为妙不可言的奇观。

一些读者认为儿童文学是一架子的帽子：这些富有教育意义又实用的书给我们带来温暖，或保护我们不受狂风暴雨的伤害。然而，我觉得儿童文学像很多蛇，它们是生活在低矮植被下引诱我们的生物，有可能将我们全部吞噬。和小王子一样，我读到过大量把我"吞下"的书。我的书中涉及许多动物，有些来自伊索笔下古老的动物

3

园,有些来自殖民者想象中的岛屿和大陆。我的书中也有许多帽子,从鲁滨孙简陋的羊皮头巾到苏斯博士那只著名的猫的头上戴的红白条纹的高帽(勉强能掩盖住它的恶作剧)。每件物品都是阐释的主题,都是检验我们是哪种读者的试金石。

近来许多文学评论都表达过这些区分,就算没有《小王子》的表述那么有魅力,也至少同样有力。在过去的 30 年中,对作者意图的研究已经落后于对接受史的研究,接受史研究告诉我们,文学作品的意义通常在于人们如何使用、讲授、阅读、选编、复制和销售它们。[7] 20 世纪 80 年代中期,评论家维多利亚·卡恩( Victoria Kahn )从这些研究中提炼出自己的观点:"文学研究的目的不是解读单个文本,而是研究解读传统,也就是研究不同历史时期文本的产生和接受情况。"[8] 儿童文学重述了不同历史时期文本解读传统的历史和文本接受史。但儿童文学作品本身把这一问题当作主题。通常,一本书会教导孩子阅读的艺术。它可能会讲述自身诞生的过程,或更形象地展示我们如何将生活转变为书籍和文本。我在此书中研究的许多作品有一大特征,那便是通过解读标志和符号、生命和字母来进行此种指导。

所以,我热衷于研究历史上重要的图书和作者随着时间流逝而产生的变化。比如,《伊索寓言》的演变轨迹就反映了西方教育和家庭生活的历史,以及语言、翻译、抄本、印刷和数字化的历史。对丹尼尔·笛福( Daniel Defoe )的《鲁滨孙漂流记》的接受和改编,也说明了关于冒险和想象的观念所发生的变化,这一现象不仅仅存在于英语国家及其殖民地,而且遍布欧洲、亚洲和美洲。从古希腊、古罗马时期一直到现在,教室始终是儿童文学存在的背景。在《忏悔录》中,圣奥古斯丁回忆了自己在学生时代不得不背诵《埃涅阿斯纪》选段的情景。中世纪和文艺复兴时的课堂则大力推崇伊索。萨拉·菲尔丁（Sarah Fielding）在其《女教师》——副标题为"女子学校"——中重塑了18世纪女孩们的日常学习生活。从汤姆·布朗到哈利·波特，男孩们都在教室、图书馆或操场进行着最具想象力的冒险。

通过这些故事，我发现了标志着文学史上重要时刻的意象和典型风格。比如，从希腊化时期莎草纸上的荷马选集、中世纪和文艺复兴时期的字母表，到鲁滨孙的财产清单、斯克鲁奇的复式记账，以及《晚安，月亮》中的"绿色大房间"里的物品，列表和目录似乎主导了一切。任何记录下来的事物或物品的并置都会产生故事。只是重复一组事物——无论是按照字母顺序、时间顺序还是主题排列——就能给人带来意想不到的联想。文学评论家海登·怀特（Hayden White）写过一篇关于西方叙事中列表地位的文章，在这篇如今被奉为经典的文章中，他明确提出："我们能不带说教意图地叙事吗？"[9] 每一张列表都是潜在的清算单，而在儿童文学史上，列表发挥了记录成长进程的作用。儿童书籍经常阐明或评判某种精算生活的方式。比如，《圣诞颂歌》中的斯克鲁奇学到的是停止事事算计，他认识到道德清算不同于财务清算，不能把生命之书上的题词和分类账上的分录混为一谈。相反，许多20世纪的儿童书籍向读者传授了制作列表的理念。《晚安，月亮》不就是一本物品目录吗？列表中的物品既有现实存在的，也有虚构的，它们共同记录了度过夜晚和入眠的过程。苏斯博士则将列表转变为一张天马行空、滑稽可笑的清单，构想出一份"Z之后的"字母表，或林奈分类法系统之外的生物。[10]

如果说儿童文学充满列表，它似乎同时还饱含戏剧元素。从圣奥古斯丁的时代到莎士比亚的时代，教室一直是表演的场所，孩子们在此记忆、背诵、表演经典的文段和修辞性辩论，以博得老师的认可。在19世纪，拉格比公学的操场和非洲的战场是供男性想象力驰骋的完美舞台。年轻女子也会表演，但她们的观众偏爱家庭生活而非战

5

火硝烟。戏剧奇观吸引了小时候的奥古斯丁。路易莎·梅·奥尔科特（Louisa May Alcott）童年时也醉心于戏剧，她渴望成为一名女演员，她创作的《小妇人》开篇就是马奇姐妹表演的一出小型假日戏剧。戏剧还引诱了匹诺曹，它的木偶生活被陈列柜中千奇百怪的诱惑打乱了（这个故事的迪士尼版本甚至将里面的狐狸刻意塑造成类似狡猾的大卫·贝拉斯科 [David Belasco]① 的模样，唱着"我追求演员的生活"）。"别让你的女儿上舞台，沃辛顿夫人。"诺埃尔·考沃德（Noël Coward）② 在 20 世纪 30 年代这样唱道。但我们似乎一直不听劝告，而我的部分兴趣在于文学中的孩子如何为他人表演。

如果世上——尤其是现代社会里——存在描写童年的戏剧的话，那么这很大程度上要归功于莎士比亚。像《仲夏夜之梦》这样的戏剧，朱丽叶和奥菲利亚这样的角色，以及卡利班这样的人物，都对儿童文学的创作有着深远影响。莎士比亚无处不在。他对精灵世界的塑造、对年轻男女的描绘以及对怪物的构想，为那些渴望成为高雅文化的儿童文学作品提供了指引。到 19 世纪中期，童年本身呈现出莎士比亚风格的特点：看看玛丽·考登·克拉克（Mary Cowden Clarke）在《莎剧女主角的少女时期》（*The Girlhood of Shakespeare's Heroines*）中的新奇的娱乐方式多么受欢迎；看看 L. M. 蒙哥马利（L. M. Montgomery）的《绿山墙的安妮》中的安妮·雪莉，举手投足像极了朱丽叶；再看看詹姆斯·巴里（J. M. Barrie）的戏剧《彼得·潘》中虎克船长奇怪的独白，他就像是莎士比亚笔下典型的失意者。

世界是一个舞台，但也是一本书，尤其是一本关于自然的书。在陪伴我度过童年的化学仪器和爱迪生自传之前，技术与科学就已经

---

① 大卫·贝拉斯科是一位美国剧作家。——译者注

② 诺埃尔·考沃德是一位英国剧作家、作曲家、演员和歌唱家，"别让你的女儿上舞台，沃辛顿夫人"是其歌曲《沃辛顿夫人》中的一句歌词。——译者注

对孩子的想象力产生影响了。中世纪的动物寓言集、植物志和珠宝志中常常有关于造物主杰作的图画指南（每一件物品都有配图和说明，并被赋予了道德意义）。17 世纪和 18 世纪的大探险催生了许多靠想象中的交通工具才能到达的新大陆——在鲁滨孙的荒岛与莫里斯·桑达克（Maurice Sendak）的"野兽出没的地方"之间，似有一条直达路线。到了 19 世纪，查尔斯·达尔文的著作大大影响了人们对童年的叙述。儿童现在会进化吗？相反，如果对他们不管不顾，他们会退化吗？谁知道新的物种是否会被发现，又会在哪里被发现？从查尔斯·金斯利（Charles Kingsley）和爱德华·李尔（Edward Lear），到鲁德亚德·吉卜林（Rudyard Kipling）和 H. G. 威尔斯（H. G. Wells），再到苏斯博士，对世界永无止境的好奇创造出新的生物、新的冒险和新的发展轨迹。

　　就接受的教育和从事的职业来说，我是一位语言学家，专注于文字历史、中世纪神话和学术史研究。从格林童话开始，到 J. R. R. 托尔金的中土世界和 C. S. 刘易斯的纳尼亚，再到菲利普·普尔曼（Philip Pullman）的弥尔顿式的"黑质"三部曲，语言学也找到了进入儿童文学的想象世界的方式。童话的传统是这种语言学传统中不可或缺的部分。格林兄弟最初是把收集童话作为追溯日耳曼语言和文学文化的起源这个宏大计划的一部分。牛津大学词源学家托尔金从英语词根中获得灵感，创造出他的神秘词汇。字典中的释义常带有神秘色彩，童话故事和民间传说参与了那些为欧洲民族构想一个童年的更宏大的民族学术计划。

　　语言学家是编写词典的人，也是文学史家。任何文学史（就像任何一本词典）都必须决定哪些内容要保留，哪些内容要舍弃；哪些内容要强调，哪些内容要淡化。曾经有一段时间，像我这样的文学史家力求让自己的书成为传世大作，成为有关历史及其发展进程的鸿篇

6

巨制,对所有的历史节点给予同等的学术关注。对于文学史家而言,那样的时代早已过去。对发展进程的传统叙述已让位于对日常细节的热情阐释。史诗历史为片段、单个文本和局部分析的组合所取代。像《新编法国文学史》及其姊妹篇《新编德国文学史》这样的作品,将它们的叙述分解成独立的章节(有时以年份划分),其中一些偏重于文本,一些偏重于事件,还有一些则偏重于作者。[11]这种研究方法与近来文学史上的一个广泛的转变一致,即不仅发现作品中的高雅文化的价值,而且发掘流行表达、专门史或个人叙事的价值。这样的研究方法也承认,与其说文学史研究是朝着一个目标前进,不如说它试图抓住并弄清楚读者、作者及书籍的生命中迥然不同的时刻。"我们无法确定,"丹尼斯·奥利耶( Denis Hollier,《新编法国文学史》的编者)写道,文学的"边界在哪里……文学希望能包罗万象——却单单排除了自己。因此,当今的问题不再是……'什么是文学',而是'什么不是文学'"。[12]

在很长一段时间里,短暂的、流行的、女性化的、幼稚的作品不是文学。那时,一国的文学史常常忽视女性作家,低估通俗读物或民间传说的价值,忽略广为流传但似乎无法与名家之作相提并论的作品。作为对这些重要传统的回应,儿童文学史倾向于反其道而行之:它们歌颂而非分析、包容而非歧视文学的种种形式。在阅读大量儿童文学史和评论时,人们能感受到某些珍贵的真相已一去不复返,仿佛理论的条条框框和现代世界的怀疑主义让我们远离了一种已经与我们疏远的完整的观念。当我们试图重新寻找童年的纯真时,我们已经踏上了寻找儿童文学黄金时代的旅程。[13]

无论史书怎么说,其实并不存在黄金时代,并没有哪个时期为儿童创作的文学和以儿童为主题的文学比其他时期的要更好、更精准或更有影响力。儿童文学不是某个时代可以达到,另一个时代无法实现的理想范畴。它其实是一个体系，其社会和美学价值由制作、营销和阅读书籍的人群之间的关系决定。没有哪一部文学作品的地位是至高无上的，相反，作品只有通过其在文学价值体系中的地位才能获得权威。[14] 重要的不是为什么《爱丽丝漫游奇境记》比莫尔斯沃思夫人（Mrs. Molesworth）的书更好，或为什么这么多笛福《鲁滨孙漂流记》的仿作永远比不上原著。相反，问题的关键在于，前后相连的时期是如何定义儿童文学和成人文学的，某些作品和作者是如何在当时的家庭、学校、私人书房和图书馆中立足的。

　　我写的儿童文学史建立在当今的文化和理论问题的基础上，同时与商业也息息相关。甚至在纽伯瑞于 18 世纪中期开设书店之前，书籍贸易就已经存在了，那时的抄写员、出版商及编辑会将儿童图书列入他们的出版目录（值得注意的是，几乎每一位欧洲早期的印刷商都把《伊索寓言》作为其最早的出版物之一）。纽伯瑞的书单以约翰·洛克的教育理念为基础，而英美的童书贸易在几十年里都秉持着他的这一方针。在法国，鲁昂成为 18 世纪童书贸易的中心，到了 19 世纪晚期，巴黎的皮埃尔 - 朱尔·埃策尔（Pierre-Jules Hetzel）公司建立了一套针对年轻读者的图书制作和营销标准（埃策尔是儒勒·凡尔纳和大仲马的出版商，他还出版了司各特的《艾凡赫》和库柏 [Cooper] 的《最后的莫希干人》的法语译本）。[15] 在美国，随着公共图书馆的建成、儿童文学奖的设立，以及童书作家成为阅读趣味和周边产品的决定者，儿童文学也变成了一项公共事业。

　　如今，童书出版是出版业中利润最高的业务板块，传统媒体和新媒体都将年轻读者列为虚构文学的主要受众。欧洲和美国的人口调查显示，学龄儿童的数量在增长，家长对新的儿童读物以及儿童文学的历史地位与意义的兴趣也在与日俱增。几乎每一天我都会看到有人称某部"经典"作品或某位"经典"作家被重新发掘，并获得了大

8

批新读者。这样的现状也证明了童书的分类并不只取决于作者和读者,也取决于书商、图书管理员和出版社。20 世纪的儿童文学史很大程度上是有关机构与制度的故事:关于图书管理员之间针对读者和内容合理性的辩论,关于反映社会习俗和商业需求的奖章和奖项的设立,关于童书里各种各样的场景和人物的周边产品、玩具、复制品。这些现象不仅证明了如今童书在商品经济中所处的统治地位,它们还凭自身建立了一种文学接受形式。20 世纪晚期,《小熊维尼》和《风中奇缘》的市场营销手段可能与 18 世纪滑稽表演的推广手段相差无几,当时,销售商通过发放画有人们熟悉的故事场景的传单来扩大读者群。阅读的历史永远与商业和阐释相关。

　　阅读的历史同样也是教育的历史,儿童文学是一门学科。[16]20世纪 70 年代,随着《儿童文学》(耶鲁大学出版社)和《狮子与独角兽》(约翰·霍普金斯大学出版社)这两本大学出版社期刊的创办,儿童文学成了正统研究的对象和专业探讨的主题。这种崛起是由当时新的社会史模式促成的。家族史作为一门学科出现,与对第一代女权主义学术研究的重视密不可分;这些研究力图寻找未纳入传统经典的文本和作者,同时将传统的官方叙事改写为家庭关系的故事。[17]从历史的角落里重新发掘出来的女性作家通常以家庭为写作主题,有时候也编写想象力丰富、具有教育意义的儿童文学作品。[18]于是,当母亲作为一种职业化的角色被大众接受时,讲故事、著书、娱乐以及教育孩子的行为也被认为是创作行为。[19]社会历史的这种进步对儿童文学在学术界的发展方向产生了巨大影响。就像杰克·齐普斯( Jack Zipes,儿童文学领域的著名评论家)总结的:"写于 1972 年之前的大部分儿童文学研究著作都是枯燥的文学史,它们用实证主义方法和家长制观念来宣扬儿童文学的积极本质和用意;近来的研究则着眼于儿童文学中更隐秘的动机,并探索它的社会政治学与心理学影响。"[20] 齐普斯的这篇评论文章写于 1990 年,也就是在 20 年的理论和政治纷争接近尾声时。这篇文章在美国和欧洲社会政治趋于保守的情况下,正确地指出要维护儿童文学研究中"不同的批评流派的激进努力"。20 年后,我们可以认为,作为一门大学学科,儿童文学不仅反映了学术界的理论关注点,也反映了信息文化背景下的技术操控力量。儿童文学研究实际上是文化研究,因为它不仅利用文学、社会历史学和经济学的分析方法,还成了检验当今文化评论总体的试金石。如今,儿童文学这一学科欣欣向荣,这本书的一个目的就在于为这方面的学术研究提供资源,同时给未来的研究提供动力。

　　这部新儿童文学史的另一个目的在于,对儿童文学研究主要关注以英语为母语的人和地区的情况进行调整。[21] 所有文明都找到了为各自文明中的儿童写作的方式:无论是古典时期、中世纪和文艺复兴时期的欧洲,还是前工业社会中的国家,或是现代国家,莫不如是。但是,英语语言传统仍保留着某些独特的东西。在整个 18 世纪,清教徒对童年的关心——对家庭未来、孩子精神状态的关注,以及对读写和教理问答教育的重视——与约翰·洛克的抚养子女的理论及其对培养、教育的哲学研究十分吻合,他的投入使儿童和童书在英语文学史中获得了独特的地位。18 世纪中期,约翰·纽伯瑞在英国成立了第一家专门出版儿童图书的印刷厂。到了 19 世纪,英国和美国的书商在面向家庭的营销上投入了大笔资金。美国文化和文学发展出一种与英国家长式传统相决裂的明显特征,童年和儿童成长成了许多小说、戏剧、诗歌的基本主题,虽然这类作品不一定专门面向年轻读者。[22] 19 世纪晚期,达尔文进化论的兴起和大英殖民帝国的建立也为英语儿童文学做出了贡献:人类演化的问题,关于殖民者和被殖民者之间政治关系的见解,以及种族身份的理论,都成了越来越多作品的主题,其目的在于引导年轻读者,给他们提供娱乐。[23]

10

纵观英语文学史,可以看出,与欧洲其他传统相比,在英语国家中,为儿童创作的作品和关于儿童的作品有着独特的地位。但是,这并不意味着其他文化没有属于自己的儿童书籍。比如,在德国,《蓬蓬头彼得》和《马克斯和莫里茨》便超越了其 19 世纪的原型,对 20 世纪早期漫画的兴起产生了影响。格林兄弟的《儿童和家庭童话集》则激发了德语界对童书的社会作用的兴趣。同时,德国远早于英国和美国成立了专门推动儿童文学发展的组织。[24] 自 18 世纪起,"法国儿童文学"就是一个公认的图书种类,而在《大象巴巴》和儒勒·凡尔纳之前,关于这类图书的本质的法国学术研究和评论就进入公众视野了。[25] 事实上,第二次世界大战后出版的首部研究儿童文学传统的著作就是法国文学学者保罗·阿扎尔(Paul Hazard)撰写的。[26] 汉斯·克里斯蒂安·安徒生的《童话集》(Eventyr)属于一个更广泛的斯堪的纳维亚寓言、童话和童书传统。在 20 世纪的最后几十年里,日本的动画和漫画将孩子脑海中想象的场景传神地表现了出来,现在人们想起儿童的书、电影、动画和绘本时,几乎都会联想到《精灵宝可梦》中的画面或宫崎骏的作品。

11　　简而言之,儿童文学是世界文学,要将它如今在全球范围内的演化阐释清楚,至少还需要一部与这本书篇幅相当的著作。[27] 因此,这本书最终提供的是世界文化中的儿童文学生活的史前史。我本身是一位学者,主要以学术而非通俗的方式接触关于童年的作品和为儿童创作的文学作品。同时,我也特别留意了儿童书籍常常以学习活动作为主题这一点。读写、列表和组织文学活动成了这些故事中男女主人公的主要行为。约公元 5 世纪时的一块来自拜占庭帝国的埃及安提诺波利斯城的木板上面,有这样一句用古希腊语写的话:"字母是理解的最好开始。"[28] 我一直对此深信不疑,在写作这本儿童文学史时也谨遵这一信念。但是光有信念是不够的。在这句话下面,老师签上了他的名字,而在签名之下,一位学生试图抄写老师的话。抄写有拼写错误,字迹也十分潦草,看到一句走样的识字格言真是让人悲伤。一千五百年后,弗雷德里克·道格拉斯(Frederick Douglass)在自传中回忆了自己在小主人的笔记本的空白处,临摹他写的东西来学习写字的场景。[29]

这样的情况揭示了儿童文学的学科地位:好像儿童故事必须写在大作的空隙处,仿佛它仍然只是"成人"作品的低级版或简化版。当然,真相与之相差十万八千里。近来的评论明确指出儿童文学本质上就是成熟的文学:形式各异,类别丰富,有充满想象力的视野,有对修辞语言的灵活运用,有经久不衰的人物形象,有创作者的自我意识,有诗情、政治观念和散文风格。这本书可以当成对文学和文学文化的广义研究,一项以为儿童创作的文本和儿童阅读的文本为中心的研究,但是它也提出了一些基本问题:阅读和写作的社会功能是什么? 各个社群是如何围绕着观众和读者塑造自己的? 作者的公共角色是什么? 从根本上来说,个人是由他所阅读的书造就的吗?

寓教于乐主张既注重教育又提供乐趣,我希望我在此书中做到了这一点,或者至少证明儿童文学是如何做到这一点的。同时,我希望展现人们如何在社会历史和个人发展历程中认识到书在塑造个体生命时所起的作用。为此,这本书具有个人化的甚至是自传的意味。所有评论性的论述都是个人化的:它们受读者的品位和表达形式的限制。但是任何有孩子的人都知道,阅读(尤其是一起阅读)是强化家庭关系的核心。在撰写这本书的过程中,我看着我的儿子从刚学步的小孩逐渐成长为少年。我研究了他读过的书、玩过的游戏,以及他的幻想和现实中的喜好。这是一部个人历史,由我们两个共同的阅读趣味,我自己的阅读经历,我给学生制订的教学大纲,以及半个多世纪以来我作为一个父亲、儿子、美国人和犹太人所经历的

12

生活所塑造。

有些读者发现自己最喜欢的书没有出现在这本书中,或并没有被详细讨论,可能会失望;有些读者可能会反感书中的学术探讨和评论,仿佛对一本书做任何评论都会毁了它;还有些读者可能会不赞成我时不时地分析一些从传统意义上来说不属于儿童文学的书。无论他们有何异议,我希望读者能从中找到自己的模板:学会如何阅读我没有在此讨论的书,如何将故事带入孩子的想象空间,理解一名家长兼大学教授怎样在爱学习和学习去爱之间做决断。[30]

没有哪本书试图做过我为自己定的这些任务。早期的史书,比如 F. J. 哈维·达顿(F. J. Harvey Darton)的《英国儿童图书》(*Children's Books in England*,最早出版于 1932 年,之后又多次重印)是针对一个国家的、具体的叙述,更偏向于歌颂而非分析。近期的一些综合性著作,比如佩里·诺德曼(Perry Nodelman)的《儿童文学的乐趣》(*The Pleasures of Children's Literature*),倾向于劝告读者接受这一文学类别,而不是充分理解它;牛津大学出版社的《儿童文学:一部图文史》(*Children's Literature: An Illustrated History*)虽由这一领域的著名学者编著,但局限于标题所指的流行的童书形式(而且只讨论了现代英语作品)。许多评论性著作也只关注某一个时期或某位作者。这些书中有不少是百科全书式的。还有许多书节选了很多著名的儿童小说、诗歌和戏剧中的片段。但是本书和以上这些都不同,究其原因,也与个人有关。[31]

我最初是一名中世纪研究学者,对我来说,从中世纪研究转到儿童文学史是一气呵成的,这个转变从文化角度讲也非常重要。欧洲中世纪并非一个对孩子完全没有概念、没有投入的时代,它从很多方面来说都是儿童的时代,完全沉浸在基督的童年和他极为动人的童真之中。这个时期有各种男女圣童的故事,可爱的儿童往往在遭受痛苦的约束和折磨后成为圣徒；儿童被看作继承财富、土地和头衔的工具，被视为社会和商业发展的模式，还常常被当作由摄政王统治的王国里有名无实的领袖。对我来说，研究中世纪就是解密在特定的政治、艺术、文学和经济环境下儿童的意义。[32] 但是，后世也常常把儿童看作是中世纪本身的隐喻。文艺复兴和启蒙运动时期的历史学家认为欧洲的中世纪是一个幼稚的时代，是西方历史上的文化成形期，更现代的形象已经超越了这个时期。16 世纪和 17 世纪的教育家将这样的类型定义为传奇故事，认为圣徒的生活是天真的。因此，宗教改革前教堂里那些烦琐的宗教仪式也被认为有些幼稚。中世纪文化在大众的想象中逐渐成为一个满是小丑和少年国王的世界，维多利亚时代的史学只是肯定了这一看法。在《康州美国佬在亚瑟王朝》（1889 年出版）一书中描绘亚瑟王的世界时，马克·吐温从这些措辞中提炼出了一代人的历史认知，反过来说，是一部中世纪文学史。马克·吐温笔下的汉克·摩根 ① 穿越到的世界充满"天真、孩子气的人"和"内心极为单纯的家伙"，这群人"脑子都不够用"。在这群人中，汉克觉得自己成了"侏儒中的巨人，一群小孩中的大人，以及傻瓜里的智多星"。[33]

　　由这种观点过渡到儿童文学本身的中世纪化并非难事。浪漫传说或冒险故事是少男少女书中的惯用套路，并不只是因为这些故事是浪漫的或充满冒险。实际上，正是早期对儿童文学的文化定位使前现代成为理解童书历史的关键。《少年王亚瑟》是西德尼·拉尼尔（Sidney Lanier）根据马洛礼（Malory）的《亚瑟之死》拼凑而成的，我们能从这样的书中看到中世纪风格的儿童读物的特征和套路。在

---

　　① 汉克·摩根是《康州美国佬在亚瑟王朝》的主人公，他意外穿越到亚瑟王朝，并利用现代科技知识让当地人相信他是魔法师。——译者注

J. R. R. 托尔金和 C. S. 刘易斯的作品中，我们看到专业的中世纪学家将文献学研究与寓意解经法转变为战后（不管是第一次世界大战后还是第二次世界大战后）英国的道德故事。很多历史小说受了司各特的《艾凡赫》的启发，它们不仅借鉴了中世纪的场景内容，还采用了虚构的中世纪英国男女的说话方式，使人物的冒险故事带有一丝异域风情。从《罗宾汉》《艾凡赫》《黑暗时代》《勇敢的心》等一系列电影中，从《豪迈王子》《贝奥武夫》等漫画中，从《毁灭战士》《神秘岛》《帝国时代》等电子游戏中，我们都可以看到为流行趣味和年轻人幻想而打造的魔幻中世纪文化。

但是，中世纪文化在儿童文学史中扮演的角色相当复杂，它不只为人们提供了一座蕴含着逃避现实的故事的矿藏。儿童文学的形式在许多方面都明显是前现代的，因为它们仍旧运用比喻、道德寓言、浪漫主义和象征主义等技巧。这样的叙述手法是古典时期、中世纪和文艺复兴时期的欧洲文学的主要特征，但已被启蒙运动之后的文学理论家及现代诗歌、小说的实践者抛弃，甚至遭到了诋毁。现实主义、历史、社会批判和心理深度早已被视为现代文学的主导潮流。事实上，任何看似与这些文学形式相背离的作品，任何带有寓意、幻想、明显的象征或类似浪漫主义色彩的作品都会被贴上二流文学的标签：简而言之，就是幼稚。在重新定义"现代"的情况下写就的文学史，帮助我们理解前现代作品如何影响和主导了我们对儿童文学的理解。成为一名中世纪研究学者容许我从一种独特的角度解读童书，由此可看到古老的技巧如何被用于提出新的道德、教育和社会主张。

我不仅是一名学者，也是一位家长。为孩子读故事不仅能体验到教育的乐趣及娱乐所带来的温暖，而且能感受到纯粹阅读的重要性。读写是父母与子女关系的纽带，而孩子们充满想象力的生活也通过阅读与倾听建立起来。在《文学织锦》（*The Braid of Literature*）

中,谢尔比·沃尔夫(Shelby Wolfe)和雪莉·布赖斯·希思(Shirley Brice Heath)呼吁,"教儿童阅读或促进儿童文学的方法,应注重阅读的过程,最重要的是让读者理解文本"。他们还说:"文本中的词语、图像、观点、规范和矛盾往往以崭新的形态出现在其他情境或别的书中,在实际阅读过程之外发挥着影响。我们会看到对文学文本的解读如何让位于儿童对世界的再解读……阅读的体验远比阅读行为本身持久。"[34]

在普鲁斯特的《追忆似水年华》的开头,马塞尔在床上听母亲为他读书的场景,或许是文学作品中关于上述经历的最好例证了。为了安抚男孩焦虑的心情,母亲坐下来为他朗读乔治·桑的《弃儿弗朗沙》——选择为一个小男孩读这本书有些奇怪,毕竟它讲述的是一个女人领养了一个孤儿然后和他发生乱伦关系的故事。不管怎样,马塞尔的母亲有意识地作了删减和省略:"母亲在朗读时,凡描写爱情的地方一概略去不念。"主人公继续说,母亲"能读出字里行间要求的一切自然而然的温情和豁达亲切的意蕴。乔治·桑的字字句句好像是专为母亲的声音而写的,甚至可以说完全同母亲心心相印。为了恰如其分,母亲找到了一种由衷的、先于文字而存在的语气;由它带出行文,而句子本身并不能带出语气"。母亲"给平淡无奇的行文注入持续连贯、情真意切的生气"[35],他最后说道。①

即使是最平淡无奇的文章也会在睡前朗读时变得充满魔力,即使是看上去最浅显的童书也能传播高雅又有深度的知识。我为儿子读的第一本书也许是《晚安,月亮》,在书中提到的小物件中,在它重复的词语和抚慰人心的韵律中,我体察到了一些后来发现其他人

15

---

① 译文参考李恒基、徐继曾译《追忆似水年华 I》(译林出版社,1989年),第38—39页。——译者注

早已领悟到的真谛。为此书作者玛格丽特·怀兹·布朗（Margaret Wise Brown）作传的伦纳德·马库斯（Leonard Marcus），在传记中以清晰的方式、极富联想性地分析了这本书的形式和蕴含的力量。

> 像一首挽歌，像一篇幼儿的晚间祷词，《晚安，月亮》唤起了我们对在白日世界里陪伴自身的物件的眷恋，使我们内心倍感温暖。它也是一场进入那个世界之外的旅程的准备仪式，是对已知世界的告别，对充满黑暗和梦境的未知世界的迎接。它某种程度上以供养者、称职的家长或监护人的口吻叙述，通过列举具体的事物营造出一个安全的世界……它一定程度上又是以孩子的口吻叙述，通过重新列举这个世界里的事物来占有这个世界。此时，直截了当地说出事物的名字，一个接着一个，就好像它们是有生命的，仿佛在向它们道晚安……结束的感觉一点一点消散，就像逐渐入眠。[36]

不过，结束也是一种开始。在接下来的分析中，马库斯提醒人们注意孩子的物品目录与虚构文学的结构之间的关系，特别提到了马克·吐温的《哈克贝利·费恩历险记》。我逐渐认识到我们的阅读行为其实是语言艺术的教育过程，这体现在我们如何用词汇构建、揭开或封存经验世界，以及为了介绍一个熟悉却永远感到新奇的房间而阅读和讲述的故事所蕴含的力量。

16　　因此，作为一名家长和老师，即使在这样一个视觉科技发达的年代，我仍旧认为图书具有持久的生命力。手握书卷的感觉是不可替代的，在被窝里读书的安全感也无可比拟（在西方，最早在 12 世纪就有对这种体验的记载）。[37]"对儿童来说，"沃尔夫和希思主张，"通过书本进入故事的世界是一种感官体验。"[38] 用历史学家罗杰·夏蒂埃（Roger Chartier）的话来说："阅读并非只是抽象的脑力活动，它是身体的投入，是在空间的题词，是自我与他人的互动。"[39] 如果儿童文学有未来的话，它肯定存在于作品和家里的阅读天地中。要了解儿童文学的历史就要了解各种各样的文学体验的历史。童书反映了成人的叙事。成人小说被删减或改编成儿童读物。即使像《晚安，月亮》这样的简单韵文，也能使家长和孩子理解挽歌的本质，理解我们的结束和开始。

《晚安，月亮》和许多同类的经典之作一样，以入睡结尾。摇篮曲使睡前时间成为个人幻想以及家庭关系的核心。这本书作为睡前故事或做梦的场所，它本身就是诵经人的布道。这便是童书的策略，也是童书的乐趣所在。在故事结束、进入梦乡之际，谁也说不准我们谁的梦会更为美好。

# 第一章 说吧，孩子

## 古典时期的儿童文学

自有文献记载以来，人们的成长就离不开自己学习和喜爱的书籍。在童年的不同阶段，孩子们会学习不同的课程。熟悉的故事被重新阅读，教学大纲中也不断加入新的作者。在古希腊和古罗马，人们用书来评判儿童的进步，如果古典时期有儿童文学的话，它就在改编自古希腊和古罗马人物及作品的课文和故事中。

在将近千年的时间里，儿童的生活都以表演为中心。早期学习的两个重点是记忆和背诵。老师会发给学生一些诗人和剧作家写的段落，要求他们学习、背诵，同时还会提醒他们注意音调，并纠正他们的发音。但除了单纯背诵记住的文段，学生很快还被要求亲自去表演。学习文学使人精通修辞，在古希腊和古罗马文化中，法律、政治和军事领导都属于修辞活动。因此，探寻古典时期的儿童文学，就是在考察修辞和教育的历史。[1]

但是，这也是在考察童年本身的历史。在古希腊，人们用相互独立的教学内容来引导处于不同成长阶段的儿童。首先，由被称为"grammatistes"或"didaskalos"的初级老师教授读、写、算术和文学。然后，由"grammatikos"（语法家）教授语法和文学。最后，由"rhetores"（修辞学家）和"sophistai"（智者）指导修辞和演讲。对学生——尤其是出身名门的学生而言，公共生活才是目标。[2] 这也是古罗马学生的目标，虽然与古希腊模式有所不同。事实上，古罗马人想要将童年定义为一种特殊的社会文化范畴。他们歌颂、纪念、关怀和教育孩子，主要是为了维持古罗马意识形态。[3] 这些观念在维吉尔的《埃涅阿斯纪》中既是儿子也是父亲的主人公形象上得到了系统的体现。贝丽尔·罗森（Beryl Rawson）写道："埃涅阿斯从燃烧的特洛伊城中救出父亲安喀塞斯和儿子阿斯卡尼俄斯，象征着对家庭的效忠，这个意象无处不在。"[4] 在很大程度上，皮乌斯·埃涅阿斯之所以成就了自己，与他人有所区别，是因为他的"pietas"（意为虔敬）源于对家庭的忠诚。的确，在荷马的《伊利亚特》中，赫克托耳对他的儿子阿斯蒂阿纳克斯表现出深沉的爱，这一幕感人至深（6.446—502）；古希腊文学中也有许多关于孝顺的片段。但是，明确将儿童与公民政治（最终为帝国政治）联系在一起的是古罗马人。

由此看来，古典时期的儿童文学史与古希腊和古罗马的历史交织在一起。古希腊人可能很爱自己的孩子，古罗马人则热情歌颂他们的孩子。他们为此想出了生日派对的主意。在古罗马的公民生活中，人们根据年度庆典纪年。在这些庆典中，他们作诗、举行仪式。在国家与家庭紧密相连的公民生活中，孩子居于中心地位。在制定政策和分配权力时，奥古斯都·恺撒皇帝将国家历史和家族史结合在一起。古罗马的殖民地被明确比作父国（该词的拉丁语"patria"的词源学含义在此又有了呼应）的孩子。

古典时期的儿童文学超出了当时儿童的书单和我们从中得到的对寓言、文本节选和训诫的阐释。其核心是将儿童培养成公民。在理想情况下，年轻的罗马演说家将成长为一名议员、辩护人、公诉人或法官。演说是一门复杂的艺术，它不仅要求公开发言，也要求扮演他人；演说练习基于设想的具体法庭场景，学生扮演起诉方或辩护方的角色。通常来说，学生必须用被告或原告的口吻说话。[5] 演说让年轻人学到扮演的艺术——一种虚构的艺术。

　　作为早期的虚构家，古罗马人通过阅读其他的虚构故事来学习虚构技巧，如荷马的《伊利亚特》、赫西俄德的《神谱》、欧里庇得斯的悲剧、米南德的喜剧、维吉尔的《埃涅阿斯纪》、贺拉斯的颂歌，以及用古希腊语和拉丁语写成的讽刺诗等文学作品。古罗马人发掘它们并非只为获得格言、道德观念或写作风格的范例，还是要使权力人格化。人们会从这些著作中节选出长度适中的段落，不同的段落供不同年龄段的学生阅读。当然，会有一些需要背诵的课文。教育训练学生表演新的角色——父母、老师、神、统治者。所以，人们期望孩子们在个人生活中也能扮演好不同角色，无论是课堂上的好学生，还是家里的好孩子。世界就是一个舞台，每个人在生命中都要扮演很多角色。早在莎士比亚的《皆大欢喜》凸显这一点之前，贺拉斯的《诗艺》就表达了这一观点。

　　对古希腊人来说，教育也是表演。阅读古希腊教室里的莎草纸、笔记本、写字板和陶片上的文字，就是在阅读伟大的演讲、观看精彩的表演和戏剧化的忠告。[6] 现代人想到小男孩们假装自己是荷马笔下的神或英雄可能会忍俊不禁，但是对于古希腊人来说，这是给人力量的教育过程。因为有时候儿童的确会表现得像一个神（或者说，像父亲或母亲）。奴隶是古希腊和随后的古罗马社会中无处不在的附属。保姆和许多老师往往是奴隶。寓言的鼻祖伊索就是奴隶，那些基于他个人的生活经历所创作的寓言，多数都是惹主人生气的仆人或欺骗父母的孩子的故事。[7] 奴隶制度是儿童文学史的重要部分，这一点在古典时期最为明显。在古希腊，"pedagogus"①（教员）是确保学生按时上下学的家仆。出身高贵的罗马儿童可能会有一整队随

_____

　　① 源于古希腊语 paidagōgós，指陪小孩上下学的奴隶，后来指教师。——译者注

从——从教员到背书包的人。通过模仿虚构世界里的人物,孩子们学会了如何给别人下命令,如何在社会和家庭生活中确立自己崇高的地位。[8]

表演、阅读、写作和奴隶制,这些都是我们理解古典时期儿童文学的背景。当然,古希腊生活与古罗马生活不同,希腊化时期的课堂和古典晚期的课堂也有明显差别。但是,也存在着强大的一致性与传统,它们扩散至圣奥古斯丁的阿非利加或奥索尼厄斯的高卢这些早期基督教地区。这一时期的儿童文学研究并不是对专门写给儿童的作品的研究,而是对先前存在的文本如何被改编成儿童读物的研究:荷马是如何被选入教科书的,维吉尔是如何被分析解读的,戏剧和抒情诗是如何在难度递增的语法、形式和道德分析中被反复阅读和传授的。"和人类一样,所有学问都有其幼年期"(est sua etiam studiis infantia)[9],昆体良在公元 1 世纪写道。那么儿童文学有幼年期吗? 为了解答这一问题,我从婴儿和语源学说起,解释儿童的生活是如何围绕着教室里的舞台表演和诗人的虚构想象展开的。

在《伊利亚特》第九卷的中间部分,当希腊阵营里有关是否继续作战的争论达到白热化时,阿喀琉斯似乎一改平日里信心十足的英雄形象,他转向同伴奥德修斯,回应他留下来继续作战的言论。阿喀琉斯说:如果我们战死沙场,就返家无望,但可赢得永久的荣光;但如果我们现在撤离,就能在故乡度过余生。希腊人被他的话震惊了。阿喀琉斯真的要撤离特洛伊吗? 很快,老菲尼克斯开口了,称阿喀琉斯为"亲爱的孩子",回忆起当阿喀琉斯还"只是个孩子"时自己教导他、陪伴他的场景。老菲尼克斯说这个未经世故的孩子"既不会应付战争的险恶,也没有辩说的经验——雄辩使人出类拔萃"。他又说:"所以他[阿喀琉斯的父亲]才让我与你同行,教你掌握这些本领,成为一名能说会道的辩者，敢作敢为的勇士。"①[10]

菲尼克斯所用的意为"孩子"的希腊单词是"nepion"，这个词不仅指孩子或男孩（荷马时代的词汇往往有很多意思），而且特指"不会说话的孩子"。"nepion"源自"ne"（不）和"epos"（话），意思是"没有话"（值得指出的是，词根"epos"是"epic"［史诗］的词源）。因此，这个词就是拉丁语中"infans"（in+fans，也就是"不说话"的意思）一词的对应形式，后来的罗曼语族则来自拉丁语。古希腊和古罗马文化将童年的最初阶段定义为没有语言的时期，不只反映了对儿童成长过程的观察和理解，也反映了社会和文学关怀。儿童的生活是一个背诵的过程。文学作品和公共演说都是公共表演的形式。学养与英雄行为的联系在于二者都被视为语言行为。在《伊利亚特》中的这个时刻，当主人公必须做出关键决定时，菲尼克斯提起阿喀琉斯在成为一个英雄和一个男人之前的生活，也就是他接触辩论之前、成为演说者之前的情形。

在此，就像在古希腊和古罗马的教育理论中一样，演讲与行动、辩论与战役被结合起来，在后来的教育家眼中，老菲尼克斯成了教育的典范。在《雄辩术原理》中，昆体良多次以他为榜样。他在卷二靠前的地方写道："老师应该既有出色的口才，又有高尚的德行，能够像《伊利亚特》中的菲尼克斯那样教会学生如何行事和说话。"（2.3.12；又见2.17.8）通过熟练地背诵（recitatio），学生学到了如何在文化中让言与行相辅相成。用塔西佗在《演说家对话录》中的话来说，通过这一过程，儿童逐渐了解世事、人的本性以及公共生活。[11]

所以，"nepion"或"infans"是指尚未学会说话的人：他们还不

---

① 译文参考了陈中梅译《伊利亚特》（花城出版社，1994年），第207页，有改动。——译者注

是完全意义上的人。这就好像在说自我通过语言表达显现自身。几乎刚会说话，孩子就会被要求在家庭聚会或公共庆典上参与游戏或朗诵。早在公元前 4 世纪或 5 世纪，希腊女孩就会表演唱歌、玩游戏；其中有一个著名又令人费解的乌龟游戏：女孩们唱一两段关于这种动物的歌曲，然后一起跳跃。古罗马的儿童也因为表演而闻名，他们有时会在晚餐时为家人唱歌、诵诗、表演小段戏剧。公元105 年的一份文件记载，在一次公众节日庆典上，儿童要在朗诵比赛中一较高下——他们被选中参赛不仅因为各自家庭的政治关系，也因为他们的文学成就。这份文件用拉丁语写成，说这些孩子是"summi viri"（精英）和"magna ingenia"（具有伟大想象力或创造力的人）的后代。[12] 勇敢和智慧这类品质让人联想起老菲尼克斯所说的行动与语言之间的关系，或昆体良所推崇的人格与雄辩之间的关系。

这些词不仅用来描述表演的人，也用来描述文章本身的质量。史诗与抒情诗、悲剧与喜剧是人们详细分析的对象，就是因为它们表现了人的性格和心理伪装。一份公元 3 世纪的珍贵的莎草纸残片上有一首描写赫拉克勒斯战斗的诗的残章，配有彩色插图。这位英雄与尼米亚雄狮的故事出现在拉法埃拉·克里比奥雷（Raffaella Cribiore）所说的一份"措辞简单、韵律粗糙的初级文本中"[13]。对于阅读经验尚浅的人来说，这样的文本和插画格外引人注目。单词分开来写（在希腊文和拉丁文中，这是不寻常的现象），不仅利于阅读，也便于口头背诵。图片残存的色彩足以唤起对当时场景的真切想象：赫拉克勒斯一头金发，草地是绿色的，狮子是黄褐色的。

长久以来，人们一直认为赫拉克勒斯的长年劳役是年轻人受教育或成长的隐喻。他的每一项任务都是一份作业，每一项功绩都是一张令人满意的答卷。这一神话与学习的过程如出一辙，而莎草纸

　　俄克喜林库斯发现的公元 3 世纪的莎草纸，上面展现的是赫拉克勒斯战斗的图文。摘自法埃拉·克里比奥雷的《心灵的体操》（普林斯顿大学出版社，2001 年）第 139 页。

　　残片表现的细节也同样如此。据我们所知，它是一场对话。某个“笨嘴拙舌的乡巴佬”（deinos agroikos）走到大英雄跟前，说道：“说吧，奥林匹亚的宙斯之子，告诉我你的第一项任务。”赫拉克勒斯回答道：“首先，我做了这样一件事……”[14] 这是一篇教学对话，是学生与老师角色的变形。赫拉克勒斯在这里并不是一般性的英雄或人，而是特别的“奥林匹亚的宙斯之子”。他的父系血统、他作为儿子的身份是最重要的。然而，在做出回答时他成了一位老师，向愚昧之人讲述自己的英勇事迹。他的语言口语化，用克里比奥雷的话来说，韵律“粗糙”。与其说它是适合学生学习的格调高雅的文章，不如说它是一本童书的部分——给厌烦了吟诵诗人和文法老师的孩子准备的一小段带有插画的戏剧。这个故事重点关注讲话本身（这一点即使从残片上也能看出），回归了富有表演性和修辞性的文化

22

传统。"说吧,孩子",这是所有这些文字中最有力的命令,如果演讲恰到好处,演讲者即便算不得有英雄气概,至少也好过一个笨嘴拙舌的乡巴佬。

"说吧,孩子。"在《忏悔录》中,圣奥古斯丁在回忆自己小时候被迫记忆和背诵经典文章时,提到了这句命令。[15] 在卷一中一处令人印象深刻的地方,他说道:如果不是泰伦提乌斯的一部喜剧中的某一个段落,我们不会听到这诗中所用的关键词汇。但是他又说:

> 泰伦提乌斯描写一个风流青年奉朱庇特为奸淫的榜样,来为自己风流的勾当开脱。青年看见一幅画着"朱庇特把金雨落在达娜厄大腿间,迷惑这女孩"的壁画。瞧,这青年好像在神的诱惑之下,鼓励自己干放诞风流的勾当:"这是哪一出神道啊?竟能发出雷霆震撼天宫。你可能会说我只是一介凡夫,无力驾驭雷霆。但是其余的事我做得够好,也心甘情愿。"①[16]

当然,这段文字讲了一个有关道德败坏的故事,奥古斯丁在此处和其他作品中都用它来说教。但是,它涉及戏剧表演——模仿动作,想象一个超越凡夫的角色。它讲述了一个身处舞台的男孩的故事。所以,它与奥古斯丁紧接着刻画的场景极其相似——在孩童时期他不得不背诵《埃涅阿斯纪》的开场中女神朱诺的讲话:"我们不得不想入非非,追随着神话诗歌的踪迹,把原是用韵的诗,另用散文重演。谁能体会角色身份,用最适当的词句描摹出哀愤的情绪,这人便是高

---

① 译文参考了周士良译《忏悔录》(商务印书馆,1996年),第19–20页,部分词句根据本书原文有调整。——译者注

才。"①（1.17, p.37）在他写下这些话之前的至少三个世纪里，古罗马教室中的学生常常进行这样的练习。比如，昆体良主张让学生将诗歌改写成散文，同时保留原有的诗意。这不是简单的重复，而是一种创作行为，学生既要让自己成为读者，也要成为作者，就像奥古斯丁在《忏悔录》中将具有维吉尔风格的诗歌和宗教诗篇改编为更有表现力的拉丁散文一样。

泰伦提乌斯塑造的这个人物心甘情愿地扮演好自己的角色。奥古斯丁也一样。他认识到孩子很大程度上就是表演者：孩子听从老师的命令，不辜负家长的期望，与同龄人在公共场合争高下。众所周知，《忏悔录》的前几卷包含很多戏剧篇章：奥古斯丁详细描述了自己在迦太基时对戏剧的迷恋，还有具有更深刻含义的偷梨的故事（如果确有此事，就如一次舞台表演）。

《忏悔录》很好地诠释了一项教育传统是如何进入后殖民时期，并在地理上流传至古罗马之外的。西塞罗、维吉尔、泰伦提乌斯和塞勒斯特这些人物都出现在了这本自传的前面部分。自传向读者展示了这四位基础教育界的权威人物给年轻的奥古斯丁带来的影响。[17]但是荷马仍然是第一位的，因为他的影响几乎持续了一千年，尽管奥古斯丁对此不以为然："我为什么不喜欢希腊语，不喜欢讲述这些故事的希腊文学？荷马像维吉尔一样是位讲故事的好手，而且他的想象力丰富而活跃。但是我儿时并不喜欢他。我想希腊儿童对维吉尔也如此，他们被迫学习维吉尔，就像我被迫学习荷马。"（1.14, p.34）

男孩们必须学习荷马，因为他是文体风格的模范、神话故事的知识库和文化百科全书，简单来说，他是古典时期最杰出的诗歌作者。

———————————

①　译文参考了周士良译《忏悔录》（商务印书馆，1996年），第20—21页。——译者注

古希腊教育以及基于古希腊模式的古罗马教育都从背诵和分析荷马的作品开始。上千年的证据得以留存,莎草纸和木板记载了男孩们的课本、习题和笔记。[18] 阅读它们,就好像在看老师和学生们书写字母、记录文段。有时候,文段中的单词根据音节被拆分书写(应该是为了方便阅读)。有时文本中还包含关于语法或文风的评论。在老师清晰的笔触和孩子潦草的字迹中,单词有了注解,句子成了演讲的一部分。在一块公元 3 世纪的木制写字板上,一位老师写下了《伊利亚特》的一部分供学生学习。上面的字母大而清晰,单词的首字母甚至更大。这部分文字选自卷二的第 132—162 行,包括不同风格的演讲、绝妙的史诗明喻,以及足以震撼所有孩子心灵的引文。阿伽门农①说:

> 属于大神宙斯的时间,已经过去了九年;
>
> 海船的木板已经腐烂,缆绳已经松弛。我们的妻室,
>
> 幼小的孩子(nepia tekna),正坐在厅堂,等待着我们。[19]

无论孩子从这块写字板上读到或记住了什么,他们都会在厅堂里等待,不是等待父王的凯旋,而是等待老师的出现。就像卷九中菲尼克斯的那一幕,孩子在军事演说中站着,像不会说话的婴儿一样。这段文字中的古希腊语形容词 "nepia" 来自 "nepion","nepia tekna" 不仅仅指年幼的孩子,还指不会说话的婴儿。以这些想象中等待父亲归家的婴儿的沉默为起点,荷马开始讲述阿伽门农演讲的作用——鼓舞男人的心。

———————————

① 阿伽门农是特洛伊战争中希腊联合远征军的统帅,荷马的《伊利亚特》中的主要人物之一。——译者注

宛如阵阵强劲的西风，扫过一大片密沉沉的谷田，　　　　　25

呼喊咆哮，刮垂下庄稼的穗耳，

集会土崩瓦解，人们乱作一团，大喊着冲向海船。①[20]

　　这便是擅长修辞的荷马，能创造伟大演讲、伟大比喻和伟大激情的荷马。因此，卷二成为《伊利亚特》中最受欢迎的教学章节之一便不足为奇了。当然，书中有船只总目，古代的老师对其丰富翔实的细节及其对地理环境和家族背景的介绍赞不绝口。但是，这块写字板上也描绘了这样的场景：用史诗明喻表达出的悲恸和戏剧场面。早期莎草纸上的证据充分说明了老师们偏爱《伊利亚特》中绝妙的明喻，不仅是为了传授作诗技巧，也解释这些比喻是如何把日常生活中微不足道的经验（在这里，就是风吹过谷田）与英雄色彩浓重的历史事件结合起来的。在记忆和重复这样的场面时，古代的学生可以展示他们的口头背诵技巧，并由此掌握各种修辞词汇和诉讼辩论的技巧，这些他们在成年后都有可能用得上。

　　荷马史诗的剧情与许多戏剧家本人的语言一同出现在早期学生的莎草纸和笔记本上。一份从公元前 3 世纪的埃及流传下来的古希腊卷轴的内容很适合记诵和作为公共表演的主题。卷轴以字母和音节列表开始，随后是几组数字、专有名词表（神话人物、地点、河流），接着是包含三个、四个和五个音节的词汇。在这个简略的信息介绍之后，是一组极短的诗歌选集——选择的段落基本代表了希腊化时期学生所学习的儿童文学的标准。其中最重要的是荷马的一段文字，即《奥德赛》卷五的第 116—124 行。在它之前是欧里庇得斯的《腓

---

　　① 译文参考了陈中梅译《伊利亚特》（花城出版社，1994 年），第 30 页，略有改动。——译者注

尼基妇女》和《伊翁》的选段,之后则是几组讽刺短诗(一组关于喷泉,另一组关于荷马的纪念碑)和一些诗歌片段(出自以厨师的幽默形象为中心的一部喜剧)。卷轴的最后是一组基础的算术题。[21] 文本上的文学部分阅读难度较高。它们既包含说教的内容,也含有讽刺的意味,饱含神话生活和日常生活的细节。对学生来说,这些文本中有许多生词。按照顺序读下来,会发现它们分别是当时主要的文学类别的代表:悲剧、史诗、讽刺诗和戏剧。

仔细阅读开篇的《腓尼基妇女》的选段(它的每个词都按音节拆开写出),这个场景展现了一位强大的母亲(伊俄卡斯忒)向她的儿子厄忒俄克勒斯提出道德建议的情形。用现代语言翻译过来就是:

> 不,阅历
> 使老年人能说出比年轻人更有智慧的话来。
> 孩子啊,你为何要紧跟"爱荣誉"
> 这最恶的神呢?别这样!她是不正的神;
> 她走进许多幸福的家庭和城邦;
> 走出来时已毁了它们里边的人。①[22]

这是一段重要的文字,不仅因为其道德意蕴,还因为它引人注目的声音表达。在此,我们看到的并不是空洞的格言,而是戏剧性的时刻。在这一幕的表演中,文本直接向年轻的学生说话,年轻的读者不可避免要参与其中。

这段话用女性的口吻叙述并非偶然,因为从柏拉图的蒂欧提玛

---

① 译文参考张竹明译《古希腊悲喜剧全集(第4卷)》(译林出版社,2007年版),第362—363页。——译者注

到波爱修斯的哲学女神，女性权威人物在古典时期教育类文学中占据重要位置。紧随欧里庇得斯作品选段之后的《奥德赛》中的那段文字，以另一名强大的女性卡吕普索作为叙述者（向赫尔墨斯抱怨自己不得不让奥德修斯离开），也绝非偶然。

> 他［赫尔墨斯］如是说，美丽的女神卡吕普索听完心里打战，对他说了一番生着翅膀的话："你们这些神啊，太残忍，喜欢嫉妒人，嫉妒女神与人类公然结合，选择凡人作为自己的夫婿。有玫瑰色手指的黎明女神厄俄斯爱上了俄里翁时，你们这些生活悠闲的神便心生嫉妒，直到在奥提伽岛，金座上纯洁的阿尔忒弥斯用温柔的箭射向他，夺走了他的生命。"[23]

这段话令人着迷有很多原因。它涵盖了厄俄斯和俄里翁的故事、阿尔忒弥斯和她的杀人弓箭的故事，也提及了像奥提伽岛这样的陌生之地，当中充满对女性崇拜以及对女神诱惑凡人的幻想。但是，像《腓尼基妇女》选段一样，它蕴含的更深刻的道德观念是：凡人就是凡人，他们有自己的使命，野心或淫念只会伤害甚至毁灭他们。两名女性声音洪亮，极具戏剧张力，直接向学生读者说话，用神话细节和人类的道德对他进行教育。

这是一个关于言与行的选集，是一系列诱使学生进入寓教于乐的戏剧情节的表演。荷马本人出现在这个选集的一个讽刺短诗的残片中，不仅仅作为一名诗人，也作为一名武士。在这个卷轴的文学部分的结尾处，荷马的话以幽默的方式出现了。最后一部分文学选段来自斯特拉顿（Straton）的《菲尼塞德斯》（*Phoenicides*）①，这是

27

---

① 菲尼塞德斯是古希腊新喜剧诗人。——译者注

一段描写一个人抱怨某个厨师使用罕见的、让人困惑的荷马词汇的对话。这段话以对祭祀仪式的争论为中心，由此引出一连串关于那种仪式的生僻的专门词汇（比如，关于切肉或其制作方式的专业术语）。这些词实在是稀奇古怪，其中一个人说他必须要参考菲勒塔斯（难词汇编的作者）的书来弄清它们的意思。用现代语言翻译后，这段话的结束语是这样的："我转变我的语气，请求他说些正常的话。但就算'说服'本人站在我们跟前，恐怕也无力说服他。我想这个混蛋一定自小就是某个荷马史诗吟诵者的奴隶，头脑中被灌满了荷马的词汇。" [24] 这是一个引人注意的文学时刻。除了所表现出的幽默以及能够教给学生的词汇，它直接反映了此作品想要重现的学习过程。因为这实际上是一个充满怪异词汇的册子，一个文学习语（尤其是荷马习语）选集，目的在于向学生灌输文学和文化意识。难道我们所有的学生都只是某个荷马史诗吟诵诗人的童奴吗？我们的教育只是吸收外来语（就像丰盛的外国美食）吗？

这一选段，还有它之前的若干选段，都与厨师相关。厨师是古希腊语和拉丁语的新喜剧中常见的形象。凭借食谱和香料，他经常以特殊烹饪知识的活字典的形象出现。他能使主人开心，诱惑年轻人，满足人的食欲，也能给人带来惊喜，将原本互不相干之物整合成精美的整体。和诗人或剧作家一样，厨师既是仆人（servant），也是专家（savant），在喜剧传统中，通常还是富有诗意的创造性人物。这片莎草纸上的厨师也是如此，他们的话语里满是奇怪词汇和华丽辞藻。

不只幽默的厨师，幽默的演员也是年轻人学习的榜样。虽然昆体良的创作时期是在古罗马的公元 1 世纪，但他的作品深受长达几个世纪的古希腊传统的影响。他主张将喜剧演员作为未来演说家的榜样。的确，学生应该避免过度的舞台表演，但是在学习如何讲述故事，如何用命令的语气说话，或如何控制兴奋的情绪时，学生应该向喜剧演员学习。昆体良声称，文段应该用来背诵和表演，应该把适合训练演说家的段落挑选出来。"应该由一位细心且有能力的老师陪伴在学生左右，不仅塑造学生的朗读风格，而且让他们用心学习选段，并用实际的答辩需要的方式激情澎湃地朗诵这些段落。这样，学生就同时锻炼了演讲风格、发音和记忆力。"（1.11.14）在这个莎草纸卷轴上（有荷马戏剧选段，有喜剧场景和讽刺短诗），我们看到老师为了训练学生的演讲风格、发音和记忆力，亲手抄写精心挑选的文段。

我通过这些文本描绘的古希腊教育传统延续到了古罗马社会。昆体良提出，一个出身良好的孩子学习的第一门语言应该是希腊语，只有希腊语能让他接触到这些教育理念。他提出疑问："既然孩子们能够胜任道德教育，为什么不能胜任文学教育呢？"（1.1.17）文学教育中的大部分文本来自希腊文学：荷马、抒情诗、悲剧和喜剧（我们可以假定，当昆体良提到伊索的寓言时，他指的是其希腊版本；参见 1.9.2）。当然，也有拉丁文学，尤其是维吉尔、贺拉斯和西塞罗的作品（1.8.5ff.）。但是古罗马文学，或者至少可以说古罗马儿童文学的模式，看起来确实主要以古希腊传统为基础。甚至早在公元 1 世纪对维吉尔的阅读，就在某种程度上主要注意于辨别出这位罗马诗人受惠于荷马和希腊悲剧作家的部分。几个世纪以后，古典晚期对《埃涅阿斯纪》的评注仍然着意于指出维吉尔作品与荷马作品的相似之处。

和荷马一样，维吉尔被奉为课堂上的必读作家。在《忏悔录》中，奥古斯丁回忆了自己"被迫背诵一个叫埃涅阿斯的英雄的事迹"，但早在这之前，《埃涅阿斯纪》就凭借动人的演讲词、巧妙的明喻和寓意深远的主旨成为学生学习和背诵的经典篇章了。奥古斯丁曾"为狄多流泪"，他之前的三个世纪里的男学生们也为狄多流泪（甚至在奥维德时代,狄多和埃涅阿斯的故事都是最受欢迎的)。似乎《埃涅阿斯纪》刚开始流传时,男学生们就常常根据其中的人物或情节乱涂乱画。人们可以在古罗马城市广场的墙上找到与维吉尔有关的涂鸦,也可以在庞贝古城的废墟中读到此作品开篇的名句 "Arma virumque cano"(意为 "我要说的是战争和一个人的故事")。

29　　　课堂上讲授维吉尔作品的方式与讲授荷马作品的方式一样,教授的重点是语法和文体分析。他的作品的选段是必背段落。[25] 但是,这部史诗不只是简单地为学生提供有关言行举止的客观指导和从字里行间提炼道德箴言的机会。《埃涅阿斯纪》很大程度上讲述了一个父慈子孝的故事:安喀塞斯、埃涅阿斯和阿斯卡尼俄斯三代人代表了古罗马社会关于国家的和家族历史的意识形态。在一个满是象征着古罗马父权的雕像、硬币和饰带的世界里教授《埃涅阿斯纪》,就是将 "patria"(意为祖国)与教育中的 "paternitas"(意为父权)联系在一起。学习成了道德成长,这是古典晚期和中世纪的评论家针对史诗卷六提出的论点,卷六中,埃涅阿斯进入下界的情节被视为对教育的一种讽喻。书中,埃涅阿斯与女先知西比尔相遇、摘取金枝及见到安喀塞斯的鬼魂的故事,在将近一千年里都被视为富有教育意义、带有教育目的的固定场景。安喀塞斯在阴间教导埃涅阿斯,向他讲述人类生命的起源,传授古老的历史知识,还对他们尚未出生的后代及罗马未来的国力做了预测。埃涅阿斯在下界遇到了父亲安喀塞斯,老人就像是一位年迈的智者、一位学者,"沉浸在思绪中……观察所有子孙的灵魂"。[26] 儿子倾听了父亲的教诲,向他提问,了解自己未来的故事。安喀塞斯说:我会将你的命运说与你听。它也是未来的 "儿子们" 的命运,一段以儿童视角写成的古罗马史。

　　　在这些孩子中,受到最多哀悼的一位就是玛尔凯路斯,他是奥古斯都·恺撒和屋大维娅的儿子,美丽却注定不幸,19 岁就去世了。[27]

古罗马人以一种其他文化中的人都无法企及的炽热情感哀悼死去的孩子。他们用纪念雕像、牌匾和石柱来表现父母对未实现的梦想的失落感。"哦，孩子"，安喀塞斯在书中第 868 行说，不要试图追问你后代的巨大的不幸——也就是说，不要询问玛尔凯路斯的命运。在 20 行的文字里，我们读到了安喀塞斯对这个男孩的评论，这是一篇典型的为古罗马未达成的愿景所写的挽歌。他是天之骄子，是屋大维娅的儿子、奥古斯都·恺撒的侄子和女婿，古罗马将对整个王朝的希望都寄托在他身上。他死于公元前 23 年。据多纳图斯记载，当维吉尔在奥古斯都和屋大维娅面前朗诵卷六，吟诵到"你也将是一位玛尔凯路斯"的那一刻，屋大维娅难掩哀伤，悲不自胜。[28] 塞尔维乌斯就全体罗马公民为玛尔凯路斯的死恸哭的场景进行了评述，奥古斯都亲自在葬礼上发表讲话，而屋大维娅在听维吉尔朗诵这段文字时一直在默默流泪。[29]

30

维吉尔的创作还给其他人带来了灵感。比如，西塞罗在他的《论演说家》中引用了史诗和悲剧中的文段来说明年轻学生应怎样表达情感。[30] 跟《埃涅阿斯纪》卷六中的那段话一样，或者说像那个希腊化时期的莎草卷轴上的荷马史诗选段一样，西塞罗选择的主题也与儿童、为人父母者和权力有关。以西塞罗的第一个例子为例，这个例子来自阿克齐乌斯的一出有关阿特柔斯家族的戏剧（剧中重现了吃小孩的可怕场面）：

> 天哪，我的兄弟无情地命令我咀嚼
> 我自己的孩子。

（3.58.217）

或者是这段来自恩尼乌斯的《安德洛玛克》( *Andromache* )的话：

哦，父亲；哦，祖国；哦，普里阿摩斯的宫殿！

（3.58.217）

又或是西塞罗一系列引文中的最后部分，它选自帕库维乌斯的《伊利奥娜》：

当帕里斯与海伦无婚姻地成婚时，

我当时怀有身孕仅待九月时临产，

终于，赫卡柏分娩降生波吕罗斯。①

（3.58.219）

用历史学家斯坦利·邦纳（Stanley Bonner）的话来说，像这样的场景，"一定曾由男学生大声朗读出来，并给他们留下深刻的印象"[31]。但是，这不只是些演讲和戏剧场景。它让人们关注生死攸关时刻父母与孩子所表现的悲痛欲绝的感情，同时要求学生以父母的口吻背诵这些诗句。在这一过程中，学生会想象或模仿他日后很可能会成为的人——或至少是古罗马文学中戏剧化的那种成年人。

但是到底哪种成年人是古罗马人呢？日常生活必定与荷马或维吉尔的史诗相去甚远。人们起床、吃饭、去学校念书或参与公共事务，然后回家，一切都按部就班。在这样的世界里，童年生活的重心并不是推翻家长的控制，而是使唤仆人。奴隶无处不在，对于古代儿童文学读者来说，最能说明这一点的莫过于名为"翻译指南"

---

① 译文参考了王焕生译《论演说家》（中国政法大学出版社，2003年），第677页。——译者注

（hermeneumata）①的文本。它们是由小段对话组成的对话录，有时用拉丁语，有时同时用希腊语和拉丁语，内容涉及日常生活和每日功课。这些写给孩子的初级读物由词汇表和短小的文学语段组成，大部分内容都很温暖，或者很琐碎，但不时会透露出文学教育和以古罗马及其殖民生活为中心的社会控制之间的关系。[32]

　　这些"翻译指南"通过后期的（通常是中世纪的）手抄本保留了下来。在几本这样的手抄本中，学者们发现了一段用各种形式写成的对话——一段儿童的双语叙述，多是给奴隶下的命令或描述自己一天的日常。它很有可能来自公元 3 世纪或 4 世纪的高卢，因此向我们展示了罗马殖民时代晚期儿童的生活。[33] 我很喜欢它的开头，孩子醒过来命令女佣道："给我穿衣服，给我穿鞋。是时候了，现在黎明将至，我们必须准备去上学。"这一章有许多关于不同衣服的词汇。佣人取来每一件服饰，给孩童穿戴上，整个过程被记录了下来。所有的家庭成员和仆从都被一一分类。孩子到学校后热情地向老师问好，老师也向他问好。他随后拿出书本和写字板，列出阅读、写字、计算所用的词句，需要背诵的内容，所有演讲的方式以及所有词语的组成部分。然后，列出所有他阅读的文章：《伊利亚特》选段，《奥德赛》选段，接着是讨论的主题（比如，特洛伊战争的起因）。随后是所有主要的希腊语和拉丁语作家：西塞罗、奥维德、卢坎、斯塔提乌斯、泰伦提乌斯、塞勒斯特、忒俄克里托斯、修昔底德、德摩斯梯尼、希波克拉底、色诺芬。学生一边背诵一边记录，然后回家吃午饭。

　　这篇对话反映了孩子是如何被培养成主人的。奴隶和仆人是此处关注的焦点。给我做这个，给我做那个，通过模仿大人下达命令，

31

---

　　①　写于3世纪，是罗马帝国时期说拉丁语的人学习古希腊语、说古希腊语的人学习拉丁语的指导书。——译者注

孩子成为了一个掌控者，一个成年人的雏形。奴隶之所以在古代人的童年时期扮演着重要角色，不仅有哲学原因，也有社会原因。古希腊作家往往把孩子描绘成跟奴隶差不多的形象。柏拉图在《理想国》中提到，"可以看到，各种各样的欲望、快乐和痛苦都主要出现在孩子、女人和奴隶身上"[34]。但是跟奴隶不同，孩子（尤其是出身名门的孩子）能够通过教育摆脱愚昧或笨拙。[35] 所以，我在此书中分析的许多故事——英雄事迹、神的演说以及孩子与仆人之间的幽默交谈——说明了孩子如何学习成长。孩子逐渐从以家长的口吻说话过渡到以主人的口吻说话。而且，无论一个学生是扮演神还是英雄，都会摆出一副位高权重的姿态。

奴隶从未远离儿童文学。[36] 奴隶和仆人在儿童文学的故事和格言中获得了生命。回想一下莎草纸上那些以厨师的讲话结尾的古希腊文学选段，它们表明奴隶是对喜剧想象很重要的人物形象。再想想《伊索寓言》，当中有许多邪恶的奴隶、签订了契约的仆人和形形色色的主人。[37] 在其中一则寓言中，一个男人爱上了一个本性不良的丑陋奴隶女孩，给女孩她想要的一切。女孩穿着华丽的服装，戴着精美的饰品，不停地与屋里的女主人争吵。这个奴隶女孩认为，是阿佛洛狄忒①让主人慷慨赠予她钱物。但是一天晚上，女神来到她身边，对她说："不要感谢我，我并不是让你美丽的人，我因为你的爱人认为你美丽而感到愤怒。"在寓言家巴布里乌斯（Babrius）的版本中，这个故事的寓意是："凡为丑陋的事物感到欣喜，仿佛它们是美丽良善之物的，都受了神的诅咒，心灵必定受到了蒙蔽。"[38] 这则寓言确认了奴隶低下的地位——他们丑陋且愚蠢。但它也是一则用来教育缺乏经验的年轻人的寓言：珍爱美好的人和事物，不要欺骗天真的

---

① 希腊神话中代表爱与美的女神。——译者注

人，不要做傻瓜。

再看看关于逃跑的奴隶的寓言。《伊索寓言》讲述了一则主人发现自己在逃的奴隶藏在磨坊里的故事："我不在这里找到你还能在哪儿找到你呢？"（p.510）也就是说，在奴隶的劳作场所，即在由被驯化的动物转动磨石的磨坊里抓到这个奴隶真是再合适不过了吧？奴隶应该在什么地方呢？这些寓言问道。另一个故事讲到了伊索和一个逃跑的奴隶。这个奴隶向伊索抱怨说，就算他什么都没有做错，主人仍对他百般虐待。伊索回答道："既然这样，听好了，根据你的说辞，即使你并无任何过失，都会吃这些苦头，若你真的犯罪会怎么样呢？你觉得你会受到怎样的惩罚？"奴隶想了想，便回家了（pp.401–3）。这则寓言想要传达的道理是安于自己的身份地位。但是这个故事不仅对奴隶的生活提出忠告，也与年轻学生的生活息息相关。这些学生经常挨打，遭受虐待，被他们的老师教训（在关于古罗马生活的故事中，有许多坏脾气的年迈老师，其中最臭名昭著的是奥比留，在贺拉斯的印象中他脾气暴躁，喜欢用鞭子打人）。[39]这些关于逃跑的奴隶的故事一定在很大程度上刺激了学生们的想象力，因为他们就像是反复无常的老师手下的奴隶。

和许多寓言一样，这些故事关乎权力和控制。寓意永远与地位、阶级、出身相关：安分守己，不要企图做僭越的事，尊重那些地位高于自己的人，不要打破事物的常规。但伊索本人就是奴隶，一个丑陋的奴隶，他"大腹便便，头骨畸形，鼻子扁平，肤色暗沉，个头矮小，一双罗圈腿，一对短胳膊，眼睛斜视，嘴唇呈猪肝色"[40]。在古希腊人和古罗马人眼里，奴隶是丑陋的。在某些作家（昆体良、普林尼）眼里，他们没有艺术天赋，缺乏文学表达的能力。昆体良提出：一个新手演说家能做的最糟糕的事，就是摆出一副奴态（11.3.83）。但是话说回来，奴隶也是老师，是技术专家和孩子的照料者。奴隶身上所体现

33

出的自相矛盾在费德鲁斯（Phaedrus，一个获释的奴隶，一名"解放自由人"）的拉丁诗体中体现得最为明显。费德鲁斯是公元 1 世纪前期《伊索寓言》的汇编者。在他作品第二卷的结尾处，有一段关于作者伊索的卷尾语："雅典人为纪念天才伊索，为他树立了雕塑，将一个奴隶置于代表永恒荣耀的基座上，好让所有人知悉荣誉之路是敞开的，获得荣誉不靠出身（nec generi），而靠德行（sed virtuti）。"[41] 这些句子本身便可以成为一则独立的小寓言，一个讲述生活状态的道德故事。"不靠出身，而靠德行"，这或许可以成为儿童教育传统的题词。这种教育传统存在矛盾，它实际上力求保留关于继承和权力的阶级划分，同时又支持能够帮助孩子向上攀升的理想教育方式。在贝丽尔·罗森的《古罗马时期意大利的儿童和童年》一书中，那些死去的孩子获得了名誉和塑像。是的，她以一幅 Q. 苏尔比基乌斯·马克西姆斯（死于 11 岁）的画像和一段关于他的讨论作为此书的开篇——一位"冉冉升起的新星演说家"手持书卷，下面刻着他的墓志铭和他的诗歌。罗森对他的名字和这座雕像的背景的分析揭示出，他是家族第一代生来自由人公民，他的父母很有可能是奴隶。她写道："他们希望用教育帮助他们的儿子获得更高的地位，进入比他们更高的社会阶级，获得更多的财富和更大的影响力。"[42]

　　本章行将结束，我以费德鲁斯这首有关伊索的诗和这座令人悲伤的雕像为例，来说明我在开篇提出的理解古典时期儿童文学的依据：表演、阅读、写作和奴隶制。孩子生活在家庭和公共生活的舞台上。背诵是文学教育的核心，记载在莎草纸卷轴或蜡板上的文段提供了伟大文学中的表演样板。这些文字不仅给人以道德启示，还教会人们养成控制的习惯。儿童可以成为家中的主人，奴隶的孩子也能够取得超越出身的成就，凭借德行走上荣耀之路。菲尼克斯鼓励阿喀琉斯成为一名能说会道的辩者和敢作敢为的人。儿童在古罗马表演，他们是精英以及具有伟大的想象力和创造力的人的后代。伊索的名声经久不衰，就像年幼的 Q. 苏尔比基乌斯·马克西姆斯——不靠出身，而靠德行。

这些矛盾将主导古典时期儿童文学所留下的遗产。品格和智慧，出身和学习——这些是我们用来建立儿童阅读图表的轴线。尤其是在阅读《伊索寓言》时，孩子们发现，即使是最为原始的动物，也在试图理解恐惧和缺陷。正如我们即将看到的，《伊索寓言》汇集了古典时期儿童文学的所有分支，读者对象不仅包括古代的学生，也包括中世纪、文艺复兴时期和现代社会的学生。

# 第二章　独创性与权威性

## 伊索的寓言及其传承

没有哪位作家能像伊索那样与儿童文学有如此紧密又深远的联系。他的寓言自柏拉图时代起就被认为是儿童阅读和教育的核心篇章。从中世纪起,一直到文艺复兴和现代社会,人们都能在政治和社会讽刺作品及道德教育中找到《伊索寓言》的身影。[1] 对于历史上的伊索,我们几乎一无所知,但对于其寓言的传播与演变,也就是现代学者称为《伊索寓言》的这一作品的形成,我们则十分熟悉。许多近代的研究详细说明了这段复杂的历史,许多近期的文学评论则重新将寓言定义为西方文学中的一种典型体裁。关于古典和中世纪教育行为的研究层出不穷,有关现代早期翻译学的评论不断增加,而对寓言的理论探讨已对文学研究的整体产生了影响。通过阅读这类文献,人们认识到,寓言早已摆脱了育儿室和教室的束缚。寓言的读者不仅有父母和孩子,还有主人和奴隶、统治者和臣民。

但是寓言仍是儿童文学的经典形式。 这些寓言故事不断地出现在童年生活的重要片段中:在学习阅读和写作的时候,在学习取悦或欺骗家长的时候,在学习面对诱惑时如何守住道德底线的时候。 不论承载了成年人的何种希望,寓言都始终是儿童的核心读物。 除了传授当地的道德规范和一些特殊的禁令外,寓言还让人们理解作者的思想、读者的概念和言语行为的典范——简言之,就是文学本身。

虽然几乎所有有记录的语言中都出现过寓言，但《伊索寓言》的
文学语言一直是俚俗语言（vernacular）。《伊索寓言》使用的语言从
起源上说是奴隶的语言，即伊索自己的语言，这一语言也属于那些将
该语言传授给年轻下属的育婴女佣和仆人们。"vernacular"一词来
源于拉丁词"verna"，后者的意思就是女仆。我们也许可以说，寓言
的历史就是方言的历史。俚俗语言是从属者的语言，重要的是，从最
早的古典时期开始，寓言就同服务阶级联系在一起。后来的寓言家
常常强调如何解释和改写他们自从属者的世界中获取的资源：如何
从口述的故事中提取文学成分，如何使散文变成诗体，如何从卑贱的
小丑那里获取适宜特权阶级的故事。伊索一直在被翻译，《伊索寓言》
的历史就是语言转变和文本传播的历史。

而语言演变与文本传播正是寓言的意义所在。拉丁词"fabula"
来自于词根"fari"，意为讲述。寓言是被讲述的事物。公元1世纪时，
昆体良肯定了这一点，将寓言归入女佣的语言范围。但重点就在这
里。寓言的故事正是关于口语表达如何演化为书写的故事。昆体良
认为："《伊索寓言》是由育婴室里的童话故事自然演变过来的。学
生应学习用简单朴素的语言解释《伊索寓言》，再用同样简约的风格
将这种释义写下来。"[2] 与昆体良的忠告相呼应，不到一个世纪后，阿
普列乌斯（Apuleius）在《金驴记》中创造了经典的一幕。在听一个
喝醉的老妪对一个被囚女子讲述了一个神奇的故事之后，故事的叙
述者叹息道："我站在远处倾听，心头惋惜手上既无蜡板亦无尖笔，
无法记录下这么美丽的一个故事。"[3] 这些文字表现了人们渴望将通
俗语言转化为文本形式，生动地呈现了寓言自妇女、保姆、文盲、疯子
那里开始，后被男性、教师、受教育者、理智之人所接受的转变过程。

这就是寓言的历史，也是伊索在儿童文学领域的地位的历史。
我在此无意追溯伊索的寓言及其作为整体被批判性接受的历史（那

将需要一整本书来讨论),甚至也无意描述寓言是如何成为儿童文学的一部分的(那大概又会是一番长篇大论)。我将展现这些寓言如何构成一种文学系统,儿童借助这个系统重新构建制度、个体和日常生活的习语。在追寻这种构想的过程中,我们也许不仅能够重新获悉儿童对于世界的认知,还能够了解成人是如何幻想这个世界的。[4]

《伊索寓言》对古希腊教育的影响几乎立竿见影。除了荷马、戏剧家和讽刺诗人的作品外,寓言也是早期阅读和写作的重要文本。在阿里斯托芬( Aristophanes) 的剧目《鸟》( 公元前 414 年首演)面世的初期,出现了生动的一幕。雅典人珀斯特泰洛斯( Pisthetairos )试图向鸟类的歌队长( Koryphaios)说明鸟类曾经是如何统治世界的。鸟类比人类,甚至比诸神都更为古老。他是如何知道的呢? 当然是通过阅读《伊索寓言》。正是伊索关于云雀的寓言指出云雀是世界上最古老的物种。珀斯特泰洛斯指责歌队长道:"你没有受过教育,对许多事不感兴趣,你甚至没有读过伊索。" [5] 这里珀斯特泰洛斯说的第一个词是 "Amathes",在古希腊语中是 "没有学问或没有受过教育" 的意思。这句台词证明了早在阿里斯托芬所处的时代,《伊索寓言》就进入了学校,不知道《伊索寓言》就等于没有上过学。恰如一位现代学者所写:"雅典人生活在《伊索寓言》的世界中。通过《伊索寓言》,孩子们学会了阅读和写作,也学会了古希腊的生活方式。"[6]

寓言依赖比喻性的语言。它们用局部代表整体,利用特例进行概括,让沉默的生命说话。寓言在育婴室和教室中的地位不仅源于道德说教目的,更源于那极富魅力的各类比喻。简单地说,它们是最简洁直白的文学形式。寓言中的教条就是一门关于文学想象艺术的课程。苏格拉底意识到了寓言的这一独特品质。柏拉图的《斐多篇》中记载,苏格拉底受刑当天,他的朋友们到监狱探望他,询问他为何要将《伊索寓言》改编为诗歌。苏格拉底回答道,因为他做了一个梦,在梦中他受到启示:"去创作音乐吧,努力去做吧。"苏格拉底说道:"因为我没有创造故事的能力,我便借用了伊索的故事。它们在我手边并为我熟知,于是成了我最早的诗歌。"随后他继续阐述了他对快乐与痛苦的理解:

> 一个人不会同时被快乐与痛苦所左右。然而当他追寻其中之一并成功获得时,另一种也会随之而来,仿佛快乐与痛苦是共用一个脑袋的连体。我想,如果伊索曾经思索过快乐和痛苦,他应当会写下一篇寓言,描述它们如何发生激烈的斗争,神明又是多么想让二者和解,而当他无法达成这一目标时,便将二者的脑袋紧紧绑在了一起。[7]

《伊索寓言》成了理解生活的试金石。苏格拉底认识到,《伊索寓言》的实质是一种模仿形式:把无生机的转化为有生命的,让抽象的变成现实的。

在《伊索寓言》中,这种变形随处可见,但对于年轻读者来说,最主要的转变都涉及教育及教育工具。我先以《小偷与他的母亲》为例(佩里索引 200)①。一个男孩在学校里偷了同学的写字板,并把它给了母亲。母亲没有因他偷窃而斥责他,反而表扬了他。于是他又偷了一件斗篷给母亲。母亲再次赞扬了他。男孩渐渐长大,仍继续行窃,他的母亲每次都表扬他。有一天行窃时他被当场抓住,并被判了死刑。在行刑前,他假意要与母亲耳语,却咬掉了她的耳朵。面

38

---

① 本·埃德温·佩里(Ben Edwin Perry)曾经做了一个分类索引,被称为 Perry Index,它成为最广泛使用的《伊索寓言》索引。基于传统,《伊索寓言》通常按首字母顺序排列,这给读者带来了不便,而佩里按照语言(先古希腊语后拉丁语)、时间、来源,最后是首字母顺序整理了《伊索寓言》。——译者注

对母亲的斥责,他回答道:"如果很久之前我把偷来的写字板交给你时,你惩罚了我,我就不会成为小偷,也不至于最后因偷窃而送命。"

这个故事的道理看起来很浅显——应当把不良行为扼杀在萌芽中,但是意象很生动。请注意男孩第一次偷的东西是一块写字板。这则寓言将偷窃安排在教室里,使这个故事不仅是为了学校而创作,更关乎学校本身。这是一个口口相传的关于书写的故事,是一个关于偷窃、学习和成长工具的故事。但它同时也是对此类教育工具的称颂,仿佛写字板同斗篷一样宝贵。在这则寓言中,学习是一件可贵的事。

我再以骑野马的男孩的故事为例(佩里索引 457)。叙述者说:"你陷入了一个同骑着野马的男孩一样的困境。这匹马带着男孩离开了,当然,马奔跑的时候,男孩没有办法下马。有人看到男孩,就问他要去哪儿。男孩指着马说:'去它想去的任何地方。'"和上述小偷的故事类似,这是个关于失控的青年的故事。在很多方面,童年都与驾驭野马的经历相似。我们需要找到正确的方向,不被一时疯狂的念头所控制。同骑野马的孩子一样,《伊索寓言》中的其他孩子也常常陷入窘境。溺水的男孩(佩里索引 211)不停呼救,却遭到了一个路人的训斥。"现在先救我,"男孩喊道,"等我获救了你再骂我。"而在另一则寓言中,一个男孩在收集蝗虫的过程中,错把一只蝎子当成了蝗虫。他想捉住这只蝎子,蝎子叫道:"你要是抓了我,你会失去你现有的全部蝗虫。"(佩里索引 199)

39　　　这些寓言唤醒了一个儿童的世界,向成人世界的惯性与僵化发起挑战。它们以父母与孩子的关系为主题,许多故事聚焦于权力与控制,这两者是儿童幻想的重要内容。这不仅是因为《伊索寓言》创造了一个野兽会说话的世界,也不仅是因为当中简单的道理似乎很容易为孩子所接受。关键在于,《伊索寓言》本身就是关于孩子的故事。这个特点让《伊索寓言》尤为适用于教育，在育婴室和教室里占据中心地位。《伊索寓言》对孩子很有吸引力，因为在一个充满了欺骗的成人世界里，寓言中的角色依然保持着孩童般的本性。

因此，对于教育者来说，满足孩子的口味很重要。但同时还要控制那种口味：限制某些幼稚的诉求，把寓言作为正面或反面教材使用。在古典晚期的莎草纸文献中，一则寓言以令人惊叹的频率反复出现，但与《伊索寓言》中的原版故事明显不同。显然，这个关于最后死去了的谋杀者的故事（佩里索引38）极具吸引力。伊索的版本如下：

> 一个杀人犯正被受害者的亲属追杀。他逃到尼罗河畔时遇到了一匹狼。他害怕极了，就爬到河边的一棵树上躲了起来。在树上，他又遇到了一条蛇，蛇张开口朝他袭来，他吓得跳入河里。结果落入河中鳄鱼口中，为鳄鱼所食。

这个故事强调了一个道理："我们尤其要小心那些对亲近之人都无法克制恶行的人。"[8] 一切都包含在这则故事中：罪恶，动物和报应。就好像《伊索寓言》中的所有动物（狼、蛇和鳄鱼）密谋举行一场道德审判。在此，动物通过行动而非语言来实施它们的诡计。

公元5—7世纪的那份莎草纸文献透露出，这个故事被巧妙地改写成了一场父子冲突：

> 儿子杀死了自己的父亲。因为害怕受到惩戒，他逃往一个荒无人烟的地方避难。然而当他逃到山上的时候，一头狮子开始追逐他。于是，他就往一棵树上爬。爬到树上之后，他发现有条蛇挡住了自己，随后便被蛇杀死了。上帝绝不会饶恕这个邪

恶的男子，因为神会让作恶的人面对最后的审判。[9]

请注意这里的转变。首先，这是一个弑父的故事。这个杀人犯儿子并没有被追杀，而是到一个"荒无人烟"之处寻求庇护——这里的荒芜不仅是地域上的，更是道德上的。荒芜是杀人犯的精神状态，而追逐杀人犯的狮子远比《伊索寓言》中的动物更有象征意义。树和蛇也如此。这是一个关于道德生活的故事，一个为适合基督教读者而重新调整过的故事。故事的整体感觉发生了变化，原本的动物寓言成了圣经寓言。蛇将杀人犯引向死亡，那棵树是智慧之树，只是来得太晚了。这些共鸣令人惊讶。

然而除了展现一则经典的寓言如何转变为一个基督教寓言，这个对比还有更多意义。在新故事里，父与子的主题被赋予了宗教意味。因为在《圣经》中，父亲总是在考验儿子。亚伯拉罕与以撒、上帝与耶稣，他们都是信仰的象征。圣父总是使真正的信徒成为孩童，基督教世界的儿童文学必须要与这个占统治地位的风格一致。在该教条指引下的《伊索寓言》，使儿童文学发生了转变。现在我们面对的不再是古罗马的"patria"，或是国王的"paternitas"，而是上帝的父亲身份。

因此，《伊索寓言》在基督教儿童的教育中具有独特的地位。教会教师和后来的修道院学校在不同程度上保留了古罗马的修辞学和语法传统。不管是在《忏悔录》中，还是在许多教义记录中，对于演讲的艺术如何转化为布道的艺术，精读的技艺如何转变为《圣经》研究，圣奥古斯丁都进行了阐述。他对寓言的兴趣也构成了他对基督教教育之关切的一部分。在《驳说谎》一文中，奥古斯丁写道，"贺拉斯能让老鼠与老鼠、黄鼠狼与狐狸对话"，并通过这样的虚构故事来传达重要观点。关于《伊索寓言》，奥古斯丁则认为："哪怕是再没有受过教育的人也不会称它为谎言；但在《圣经·士师记》里，树木要为自己找一位王，就去对橄榄树说，对无花果树说，对葡萄树说，对荆棘说。"[10] 在此，贺拉斯、伊索和《士师记》一起，成了传达真理的传说。它们形成了教育的核心。奥古斯丁提到，认为《伊索寓言》仅仅是谎言的人是极其无知的，这一点很重要。无知的，是指学识不渊博的，甚至是没有受过语言和阅读理解教育的。奥古斯丁认为，教学始于伊索，《圣经》的主要教义——更深层次的真理隐藏在文字故事中——都在《伊索寓言》中有所体现。

当然，圣奥古斯丁不是古典晚期唯一对寓言发表评论的评论家，他更不是唯一在逐渐兴起的基督教教育的大环境中缅怀伊索传统的人。马克罗比乌斯（Macrobius）以其对西塞罗的《西庇阿之梦》（*Dream of Scipio*）作出的全面、富有哲理的评注而为人所知，他认为寓言尽管有虚假的成分，但是也有着正面的作用：

41

> 它们很悦耳，就如同米南德及其模仿者所创作的喜剧作品，如同佩特罗尼乌斯·阿尔比特（Petronius Arbiter）所痴迷的那些富有想象力的对情人行为的描述，如同阿普列乌斯写的那些令人惊讶、有时让他自己都发笑的文字一样。这种只满足耳朵的寓言，富有哲理的作品会避开，把它们放到育儿室里。在这样的寓言中，场景和情节都是虚构的，正如以优雅的虚构故事而闻名的《伊索寓言》一样。[11]

这段话不仅维护了寓言的地位，也昭示了儿童文学的部分精髓。米南德、佩特罗尼乌斯、阿普列乌斯和伊索，这些作者都经常出现在课堂上。

学生读到的米南德、佩特罗尼乌斯和阿普列乌斯的作品确实是这些作者本人所写的，然而在大多数情况下，历史上阅读"伊索"的儿童读到的并非伊索原创的作品。在希腊化时期和罗马时期,他们读的是由学者法勒鲁姆的德米特里(Demetrius of Phalerum)在公元前4世纪汇编的版本。在公元1世纪时,他们阅读的可能是巴布里乌斯的希腊文诗体版本,或费德鲁斯的拉丁文诗体版本。昆体良很有可能对费德鲁斯的大名有所耳闻,费德鲁斯的部分诗歌残片至今还保留在拜占庭时期的希腊的莎草纸上。费德鲁斯自称被皇帝奥古斯都释放,成为自由民,他也极受欢迎。他的拉丁诗歌激励了大批模仿者,连诗人马提亚尔(Martial)都知道他。他的作品同巴布里乌斯的作品一样,被广泛阅读,被复制在中世纪的手抄本上。然而,巴布里乌斯与费德鲁斯绝不只是拙劣的诗人。他们将《伊索寓言》整合成了一个统一的故事集,每个故事都有独特的道德含义或文学意义。经他们改编,《伊索寓言》从一种独立的、富有民间智慧的通俗形式转变成一种系统的文学形态。两位作者都敏锐地意识到了自己在构建这种系统时所具有的作者身份——他们承认,这种身份源自伊索本人。正如费德鲁斯在开篇所说,伊索是这些寓言的创作者(auctor)。伊索提供了这些寓言的基石与实质基础,"但是我将它们润色成了六音节的诗歌",[12]费德鲁斯说道。巴布里乌斯也承认伊索是作品的来源,而自己的作用是将寓言原本的"自由的散文风格"、口语化的形式改编成讲究修辞的诗句:"我将用我的缪斯之花来装点每一篇寓言,我将为你呈现一个诗意的蜂巢,满溢着甜蜜。"[13]

42

这也再次证明,寓言的历史也是翻译的历史,不过很显然,费德鲁斯不仅将《伊索寓言》译成了拉丁文,更将其带入了拉丁文学。他富有感染力的描绘使高雅诗歌的词汇开始对伊索的通俗故事产生影响。事实上,费德鲁斯对自己文学经历的描述同伟大的古罗马诗人卡图卢斯(Catullus)极为相似。在诗集的第一首诗中,卡图卢斯献出他那用干浮石磨过、闪着光泽("arida modo pumice expolitum"）的一卷新诗，他称之为"libellus"（文书；或"little book"，小书）。无论是从字面上，还是从象征意义上看，这些都是经过打磨的诗句。费德鲁斯也将他的诗句打磨（他用的拉丁词是"polivi"）成了一本小书（他用的词是"libelli"）。[14] 巴布里乌斯的希腊文措辞与希腊化时期的诗人卡利马科斯的风格类似，也使他的《伊索寓言》版本荣登高雅文化的殿堂。[15]

　　简单地说，费德鲁斯和巴布里乌斯从口头传说中萃取文学精华，他们的寓言版本常常强调关于艺术创作、诗意的恩惠和语言的智慧的主题。譬如费德鲁斯所写的关于国王德米特里和诗人米南德的寓言故事。德米特里篡夺了雅典的王位后，民众迫不及待地赞美他，连一等公民也虔诚地亲吻他的双手。退休的米南德也复出以示尊敬，他身着盛装，看起来很是女子气，大摇大摆地走动，引起了国王的怒火。国王轻蔑地问道："那个个子小小的同性恋（cinaedus）是谁？"当得知是作家（scriptor）米南德时，国王立即换了一种语气说道："没有人能看起来比他更得体了。"（pp.350–53）当然，这个小笑话表明了国王需要讨好名人。但同时，这个故事也呈现了一种权力的反转。国王对伟大的作家卑躬屈膝——请注意此处米南德的称谓是作家（scriptor），而不是创作者（auctor）①。他的文学地位是头等重要的因素。不论他的性取向是什么，他都从一个通过不诚实的（improbo）方式掌权的统治者手中夺回了控制权。简而言之，这个故事表明，权力可通过不正当方式获得，一个作家也可拥有真正的权力，重建恰当的尊卑等级体系。

―――――――

　　① "scriptor"与"auctor"是同义词，二者都有"作者、作家"之意。不同之处在于，"scriptor"主要指文学作品的创作者，而"auctor"的意义要宽泛得多，可指任意主题、形式的事物的创作者，如创造建筑、艺术作品的人，更接近于"creator""maker"。——译者注

到了中世纪,传承伊索传统的领军人物已不再是巴布里乌斯和费德鲁斯了。[16] 不仅因为中世纪的学生很难读懂他们的诗歌语言,更因为这些诗歌缺乏公元 3—4 世纪开始为寓言所承载的明确的基督教道德。一批新的寓言家作为孩子们的老师和诗人而出现。其中最著名的是公元 4 世纪晚期的罗马人阿维阿努斯(Avianus),他将巴布里乌斯的寓言翻译成拉丁诗歌,并加入了自己写的寓言。古典晚期的另一位拉丁语作家罗慕路斯(Romulus)则把费德鲁斯的诗体寓言改成了散文,在改编过程中,他还修改了一些细节,为后来《伊索寓言》的学习者提供了不同的序言文本。此外,12 世纪,某位"英格兰的沃尔特"(Walter of England,其作品经文艺复兴时期的编辑之手后,他又被称为"Anonymous Neveleti")以罗慕路斯的版本为基础,编写了一系列拉丁诗形式的寓言。总的来说,这些作者综合继承了《伊索寓言》的传统,并进一步促进了各种修订本、译本和改编本在中世纪的出现。他们的作品是中世纪的学校所使用的教学材料,最终在 14 世纪到 16 世纪被译成欧洲各地方言。在 16 世纪巴布里乌斯和费德鲁斯的作品被重新发现,以及古希腊文版的《伊索寓言》在 17 世纪被恢复之前,在将近一千年的时间里,这些中世纪的拉丁语版本寓言就是源自"伊索"的。

同许多中世纪的课本一样,以手抄本形式流传的《伊索寓言》充斥着注释和评论。抄写员或者学生会在行间写上那些不常见的术语的相对简单的拉丁同义词,甚至会将生词翻译成自己的方言。在手抄本的边缘,哲学与文学的评论揭示出寓言更深层的含义。在这些富有想象力的寓言中,古老的动物活灵活现,每一种都代表着一种道德品性,或人类性格的某个方面。在著名的乌鸦喝水的寓言中,一只乌鸦飞到了一个水很少的水罐旁,它意识到,只要不停地将石子投入罐中,水就会慢慢升到能够喝到的位置(佩里索引 390）。阿维阿努斯曾将这个散文寓言改编成了一首挽歌式的拉丁文对句：一首十行诗，里面有许多稀奇古怪的词和别扭的句法，旨在测试学生们的阅读技巧。中世纪的手抄本用注释重新包装了这首诗。在某些版本里，这则寓言又被翻译成拉丁文散文，阐明它基本的寓意。例如，一份出自 15 世纪的布拉格的手抄本上有一则评注这样总结道："此处，作者证明了智慧（wisdom）比力气（strength）更好更强大。"[17] 13 世纪一篇来自沃尔芬比特尔（Wolfenbüttel）的手抄本也点明了这则寓言故事所包含的作者的意图："在这则寓言中，作者教导人们，聪明比力量更重要，智慧比努力更有用。他用乌鸦的例子来证明这点。"[18]

就像那些关于维吉尔、奥维德以及学校里教的其他古典作家的评论一样，这些中世纪的评注将《伊索寓言》纳入一种文学理论的范畴。这种文学理论以寻找作者意图（intention auctoris）为基础——从现代意义上来说，更准确的说法不是作者意图，而是文本更宏大的目的。那个目的可能是教导，可能是提出一种道德理念，也可能是展现一种特殊的思维方式。它还有一种道德力量，就像布达佩斯的一份手抄本所记录的："寓意：通过口渴的乌鸦，我们了解了那些想通过忏悔、苦行、真诚的悔悟和自身才智来取悦上帝的罪人。"[19] 或者如另一篇埃尔福特的手抄本上所示的："从比喻的角度来看，人的本心安放在身体里，就像藏在水罐里一样，人心就像是水罐里的水；而乌鸦代表着恶魔，他虚伪、狡诈，将石子，也就是邪恶的思想，投进人的心中，这样他就能喝到水；也就是说，他可以使人从善举中分心。"[20]

不论有着怎样特殊的寓意，这一系列作品都包含着一个统领性的主旨，那便是对文学素养的培育。那些被发明或创造的形象，譬如那只乌鸦，成了为语法问题或知识而伤脑筋的学生的榜样。用梵蒂冈图书馆的手抄本中的话来说,这种寻找解决方法的过程表明:才智胜过蛮力(ingenium superat vires)。[21]

事实上,这些寓言都是关于才智的故事,无论这才智是指角色的聪明,还是寓言家自身的机敏。在一些故事中,亲子关系是智力培养的重要环节。在英格兰的沃尔特的版本中,有一个叫《老牛教小牛犁地》("Bos maior docet arare iuniorem")的故事。这个故事是费德鲁斯版本中某个故事的简化版,与罗慕路斯版本中名为"De patre monente filium"的故事相似。[22]某位父亲有一个举止粗鲁、游手好闲的儿子,显然,这个儿子需要被教育成一个品行良好、承担责任的人。为了达到这个目的,有人给这位父亲讲了一个关于被轭套在一起的老牛和小牛的故事。小牛想挣脱束缚,老牛就要求解除连在身上的牛轭。农夫便向老牛解释说他用轭把它们套在一起,是希望老牛可以教小牛犁地。在费德鲁斯的版本中,是伊索出面告诉了父亲这个故事。而在中世纪的版本中,是故事的叙述者讲述了这一故事。所有这些版本都是一个寓言中包含着另一个寓言,这个框架故事尤其符合中世纪的寓意解经品味。这首诗让寓言成了一种形象的教育形式。它反映了课堂结构,也让人想起关于劳动的古老习语,正是那些习语让大力神赫拉克勒斯的故事在早期的儿童中间广为流传。在英格兰的沃尔特版本中,寓言的句子都很简短,几乎没有元音,词汇也相对简单(尽管手抄本中有许多注释)。在对沃尔特版本的评论里,这则寓言的教义(教导理念)是:"教育孩子是父母的责任,父母应当树立好的道德和品格榜样,让孩子学习。老人应当通过树立榜样和进行细致入微的指导来教育年轻人。"[23]

然而这则小小的寓言不仅仅与老人和耕牛相关。长久以来,耕作土地就是写作的一个主要象征,它甚至与古希腊词"boustrophedon"(牛耕式转行书写法)一样古老。田里的犁沟让人想起画在纸上的一条条线，或是写在教室蜡板上的字母。拉丁语中的动词"耕地"（arare）和"犁地"（exarare），都隐含着写作的意思。马提亚尔的《讽刺小诗集》提供了一个很好的范例：诗人写道，自己的小书若被批评家阿波利纳里斯（Apollinaris）所谴责，它就"只适合于孩子们来耕种背面了（inversa pueris arande charta）"。[24] 他的意思是，学童只适合在书卷背面随意地写写。对小孩，书写就是一种耕作：用笔在羊皮纸上辛勤地劳作，或是用尖笔在蜡板上刻字。费德鲁斯如此评价自己的作品，"不管它成为什么样，我会用伊索之笔耕耘出第三本书的"（Quodcumque fuerit...librum exarabo tertium Aesopi stilo）。[25] 中世纪的拉丁语作家也延续了这一习语的精神。耕地不仅仅是书写，还代表着文学创作本身——这一传统的英文方言版在杰弗里·乔叟的《坎特伯雷故事集》中得到了最佳体现。在《武士的故事》开篇中，武士就之前的宏大叙事发表了看法，也指出了他作为一个故事叙述者的不足："上帝知道，我有大片土地要耕种 / 但我那拉犁的耕牛却疲弱不堪。"（A.886–87）同样地，在之后的《磨坊主的故事》的序言中，喝醉的磨坊主表示他也有好故事要讲："可是不管我田里有多少头牛 / 我却不会无故怀疑我就是其中一个。"[26]（A.3159–60）正如英格兰的沃尔特寓言中的耕田者所说："习惯了耕种的你，愉快地耕耘吧，这是值得欢庆的。"对于小男孩来说，还有什么故事比同他们的师长一道学习写作技巧、在羊皮纸上耕作更好呢？对师长来说，这同样也是一堂课：这则寓言告诉我们，你或许不想劳作，但想一想吧，那些孩子只能通过你的示范得到教导。

　　伊索的寓言成为中世纪作家耕作的土地，他们不仅用拉丁语，还用古法语、高地和低地德语、西班牙语以及英语（15 世纪后期）来耕种。《伊索寓言》是最先被系统地译成欧洲各地方言的经典文学作品之一，不仅仅因为故事简单，还因为它本来就"关乎"翻译。伊索的寓言关注教育和教学改编传统,涉及更广阔的文学演变史,这一切都使语言变化成了传统主题。

12 世纪后期,诗人玛丽·德·弗朗斯(Marie de France)将 100 篇伊索寓言改编成了她自己的法语诗体版《寓言》。[27] 作为一名视野广阔、极有天赋的作家,玛丽创作了一系列体现伊索风格之精髓的诗歌。在她的诗歌中,野兽们用有力的方言说话。道德不再通过教师的高压手段,而是经由侍臣的智慧得以传递。玛丽的作品中始终有一种与巴布里乌斯和费德鲁斯一样的作者身份意识,他们设想自己不仅同伊索一道创作,而且与伊索的作者权威进行抗争。

在《寓言》的开篇,玛丽诉诸读者的文化素养和所用资料的权威性。

> 那些博学的人,
>
> 应当留心,
>
> 珍贵书册上的精妙阐释,
>
> 注意榜样和格言。
>
> 哲学家找到、记录了这奥秘,
>
> 并铭刻于心。
>
> (序言,1—6行)

最基础的文本就是伊索的寓言。教师与作家的工作便是把他们听到的写下来:他们听到、写下的格言 / 就是我们应当注意的道德(Par moralit escriveient / Les bons proverbs qu'il oient,7—8 行)。玛丽再次建立起伊索文本传播的核心前提:从听到写。她说道:古老的父辈们就是这样做的(Ceo firent li ancien pere,11 行),正如罗慕路斯为他的儿子撰写寓言故事,或是伊索为他的主人创作。这些寓言由希腊语翻译成拉丁语（De griu en latin translates, 20 行），如今，玛丽则将它们译成了法语诗歌（A me, ki dei la rime faire, 27 行）。

翻译即传播。拉丁词"translatio"的词源是"carring over"（延续），玛丽的作品也起源于一系列谱系，而这就是她坚持的传统。文学是一种来自父辈的馈赠，文学史则是家庭的浪漫史。父辈不但是教堂里的神父，更是通过文学创作来建立父权的所有作者。尽管玛丽很自觉地作为女性在写作，现代读者从她的许多故事中看到她对女性地位的极端敏感，以及她的女性文学意识，但是其最初的叙述依然遵循由父亲传给孩子，或由主人传给奴隶的文学史传统。

在伊索寓言的传统中，尤其是在玛丽的《寓言》里，不会读写的野兽常常用来影射那些不走正途的青年，而这些形象中鲜有比学校里的狼更受欢迎的。在中世纪早期的拉丁文版《伊索寓言》中，有狼接受牧师教导的场景。牧师写了一个 A，狼也跟着写了这个字母。随后牧师写下了 B 和 C，狼也跟着写了这两个字母。接着牧师说道："现在把这些字母连在一起，然后组合成几个音节。"狼回答道："我不知道怎么创造音节。""你就发那个你认为最好听的声音。"因此狼便说："在我看来，这几个字母组合起来是'羊'（agnus）。"牧师评论道："口中所言即心中所想。"（Quod in corde, hoc in ore.）[28]

尽管这个故事不是伊索原创的，但是它毫无疑问延续了伊索的精神传统。它在中世纪广为流传，被多次改编，有许多方言版，且被广泛地应用于教学。它如此盛行，甚至乌尔班二世在 1096 年 4 月 14 日的敕令中也引用了这个故事，来批评那些反对僧侣的普瓦捷神职人员：

> 事实上，当我意识到他们恳求的并不是精神上，而是肉体上的特权时，我想严肃地讲一个关于狼学习字母表的故事，如果他

们愿意留心，这个故事会让他们感到羞愧：老师说 A 的时候，那只狼会说"羊"；老师说 B 的时候，它则会说"猪"。他们也是这样的。因为当我们承诺的是诗篇与祷告时，他们回应的却是对心灵毫无益处的物欲。[29]

乌尔班巧妙地让这个故事直接切入其道德意义，而不只是简单讲清楚其教学意义。玛丽·德·弗朗斯则将其转变成了对意图和表达的思考：

> 很久之前有一位牧师，
> 教狼学习字母表。
> 牧师说A，狼也说A，
> 狡猾的狼、邪恶的狼。

（82.1–4）

然而这只狼不仅狡猾而邪恶，它还是聪慧的（enginnus），这个词让我们想起了在拉丁课堂故事中占据中心地位的关于"才智"（ingenium，enginnus 由此而来）的所有传统。把石子投入水罐的乌鸦和不会拼读的狼有什么区别呢？回想一下，中世纪的教师们是如何把乌鸦和水罐的故事诠释为一个关于才智、关于聪明胜过原始力量的故事的。在狼这里，才智是难以捉摸的狡猾，它并不是为了得到所需要的东西（解渴的水），而是为了表达自己渴望的东西（不正当的食物）。

这只没有披羊皮而是穿上学生衣服的狼反复出现，象征着误入歧途的才智——智慧被迫为贪婪或恶习服务。这些狼无处不在，它们的狡猾在寓言中处处可见。有时，它们的重要性会被直接点出。

中世纪一篇关于狼和山羊的拉丁语评论说："人们通过狼的形象理解了邪恶的意义。"[30]而在其他一些时候，狼的形象具有更为微妙的含义。譬如，12世纪的伟大拉丁语野兽史诗《列那狐》（*Ysengrimus*）的主角是一匹狼，这个故事的视野超出了学校，包含教会和政治讽喻内容，而直至乔叟，诗歌中才再次出现这种尖锐的讽刺。但在另一些时候，狼的重要性非常隐晦，比如《伊索寓言》中那则简短的狼与演员的面具的故事。

这则小故事最初描绘的是一只狐狸和面具的相遇，但是到了中世纪，狼取代了它的表兄（狐狸），故事也成了一则新的关于被扭曲的智慧的寓言。费德鲁斯的版本是这则寓言最早流传的文本：

> 狐狸偶然看到一个悲剧演员的面具，它评论道："多漂亮的脸啊，可惜没有头脑！"这个例子用以影射那些靠运气赢得地位和名声却缺乏常识的人。[31]

到12世纪，这篇寓言又出现在拉丁课本和评论中，狼代替了狐狸，但还有一个改变。古典阶段的古老传统已经消失。演员们不再戴着悲剧或喜剧的面具表演（拉丁词"persona"最初指的是演员的面具，也指代演员扮演的角色，这也是现代"主人公"[dramatis personae]说法的来源）。中世纪的戏剧以伦理道德和圣经故事为基础。对于中世纪读者而言，这则寓言最初存在的前提条件已经消失，所以狼碰到的不是一副面具，而是一个脱离肉体的头颅。在英格兰的沃尔特的版本中，这颗头颅拥有华丽的装饰，戴着珠宝，头发鬈曲，面部上了妆。这颗华丽的头颅不会说话，也没有思想；狼是这么描绘它的："哦，不能发声的脸颊；哦，没有思想的头脑。"（"O sine voce gene, o sine mente caput."）诗后的韵文评论首先阐明了狼

49

的话的意义。（我的翻译是："啊,这颗美丽的头颅,神色骄傲,然而无法言语。它面部涂着胭脂,头上留着鬈发,仿佛在说,美丽是一个谎言。"）随后,通过对比书的美和读者的浅薄,注释继续对狼与头颅的相遇评论道："有许多人想得到十分漂亮的书,但是他们从不研读这些书。显然,这些人就像是没有灵魂的头颅。"（"Sunt enim multi qui libros pulcherrimos habere volunt sed in eis studere nolunt." ）[32]

关于荣誉和常识的寓言现在成了学生的一堂必修课。然而,中世纪的读者并未遗忘欺骗这个主题。这首诗后来的某个版本被收录于一本拉丁语和古法语双语版的寓言集,被重新命名为"De lupo qui invenit quoddam caput pictum"（狼发现了一尊漂亮的头颅雕像）。在这个版本中,头颅成了一尊雕塑,而狼的台词在人们心中产生了一种新的共鸣："哦,不能发声的脸颊;哦,没有思想的头颅。"这首拉丁诗用"Addicio"一词对外表的虚幻发表意见,并通过一个绝妙的类比,表明外表只是虚妄的兄弟。（"Apparens species fratres sunt atque chimera." ）[33]

古法语韵文译本继承了拉丁语版本的诗性寓意,清晰地表明这是一则关于艺术本身的寓言:关于美丽与真实的关系,关于成为巧计的劳动。在此,《诗篇》的作者大卫王是权力的来源,这些古法语诗行中的格言则拥有了超越课堂的力量。"失去美德的美丽是无意义的。"（Biauté ne vaut riens sans bont.）如果没有了使之有意义的劳动,艺术也是没有价值的。

一则关于财富的寓言成了关于艺术的一课。在这个拉丁语和古法语双语版的诗歌手抄本中,有一幅小插画,画的是那匹狼遇到了雕塑头像。二者的相遇有些奇怪,仿佛狼遇到的是些食物,或是仿佛这颗被砍下的头如俄耳甫斯那顺流而下却仍在歌唱的头颅一样。现代读者即便不熟悉这则寓言,也能回想起文学中的某个相似场景,如哈姆雷特挖掘出了小丑郁利克的头骨，他拿起头骨，放在手中，就像狼把雕塑头像放在掌中。

> 唉，可怜的郁利克！霍拉旭，我认识他；他是一个最会开玩笑、非常富于想象力的家伙。他曾经把我负在背上一千次；现在我一想起来，却忍不住胸头作恶。这儿本来有两片嘴唇，我不知吻过它们多少次。——现在你还会挖苦人吗？你还会蹦蹦跳跳，逗人发笑吗？你还会唱歌吗？你还会随口编造一些笑话，逗得满座捧腹吗？你没有留下一个笑话，讥笑你自己吗？这样垂头丧气了吗？现在你给我到小姐的闺房里去，对她说，凭她脸上的脂粉搭得一寸厚，到后来总要变成这个样子的；你用这样的话告诉她，看她笑不笑吧。①[34]

伊索式意象的历史也在此得到体现：无法发声的脸颊现在垂头丧气了，那经过装饰的头颅转变成了那位小姐，口头表达是表演的标志。

狼和演员面具的寓言不仅为某个喜剧场景提供了一个具体的形象，它支撑了哈姆雷特戏剧本身的叙事。除了一系列遇见悲剧面具的贪婪狡猾的角色之外，这个故事还表达了什么呢？波洛涅斯②回忆起他在学生时代扮演过尤利乌斯·恺撒，哈姆雷特给扮演国王的演员提供建议，毫无理性的头脑统治着丹麦。16 世纪末期莎士比亚所看到的《伊索寓言》是一本教科书，也是一本生活指南，是文学作者拥抱世界的隐喻。它是用于学习语法和修辞的基础文本，在这个最

51

---

①　见《哈姆雷特》第五幕第一场。如无特别说明，后文凡引用莎剧句子或段落，汉译均采用朱生豪译文。——译者注

②　《哈姆雷特》中的大臣，奥菲利亚的父亲。——译者注

讲究文法和修辞的剧目中——一个关于学生从学校回家的剧目,伊索的寓言引导着我们对于情节的理解。

哈姆雷特对郁利克头骨的挖掘推动了对童年诵读和表演的作品的文化内涵的深度研究。这是关于回忆的寓言,不仅是对于悲剧人物生活的早期体验的回忆,更是对文学史上的一种早期体验的回忆,那个时候尚未有隔阂与疏远。正如剧中其他许多展现自我意识的戏剧性场景一样,这一情节反映了逝去之物——过去的表演形式,过时的文本,在中小学或大学、律师学院、用支架搭建的市场上而不在公共舞台上的背诵。希律王的凶暴也要对他甘拜下风。① 它回顾了那些夸张的戏剧形式,这些形式到 16 世纪 90 年代就显得粗野或陈旧了。我们突然发现了中世纪的碎片和残留(文艺复兴学者认为那个时代孩子气、不成熟且愚蠢),并找到了将这些遗产融入现代的方法。现在你还会挖苦吗?

因此,《伊索寓言》的历史仍然是一个悖谬:它源于对社会的挑战,但也是一种意在约束反抗行为,引导孩子们遵从社会规范的文学。也许最初伊索是一名奴隶,但他在后世的文学中成了一名主人。到了罗伯特·亨利森(Robert Henryson,他在 15 世纪中期提供了中古苏格兰语诗歌版本的《伊索寓言》)的年代,伊索实际上成了一个博学的主人,诗人的梦中出现了这样的场景:

> 一卷纸……
>
> 他的耳后夹着一支鹅毛笔,
>
> 墨水瓶还有漂亮的镀金笔筒。[35]

---

① 出自《哈姆雷特》第三幕第二场中的哈姆雷特的一句台词。哈姆雷特对若干伶人讲如何演戏。——译者注

他有各种书写工具和教具。"我被命名为伊索，"（Esope I hecht）他承认，"我的作品，在许多聪明的文人中广泛流传。"（诗歌第 1375—1376 行）从某种程度上来说，聪明的职员伊索成了"主人"，且值得被亨利森的叙述者赞为"桂冠诗人"（第 1377 行）。作为这样一名桂冠诗人，在中世纪后期的英语文学中，他与彼特拉克（最早的桂冠诗人）和乔叟（被他的追随者所称颂）享有同等地位。欧洲最早的出版商想要寻找读者认可的作者，出版第一批出版物，这个桂冠诗人的称号无疑使他成了出版商优先选择的对象。

欧洲最早的出版商们不仅用伊索的寓言来维持一种文学传统，为年轻人提供指导，也用它们来确保自身作为文本制作者的权威。在 15 世纪 70 年代和 80 年代，最早出版的欧洲语种的图书都与伊索的寓言有关，其中许多还有精美的插画。这些书籍成了文化和工艺的百科全书。这些 15 世纪末 16 世纪初的书中的插画展现了当时几乎所有的谋生技艺和职业，以及人们的日常生活。在早期的出版商手中，这些寓言成了对世界的描绘：不仅有道德指引，也有对日常生活的解读。古希腊的景象或者中世纪指导性的拉丁习语被改造成日常事物。桌子、食物、衣服、国王和奴隶——一切都作为活生生的现实的代表呈现在书页上。在出版的最初几十年，伊索寓言成了当地生活的指导书，而其本土化的语言也使平常的景致成为传说。

这些传说渗透到了欧洲所有的语言体系中。早期的印刷本中有很多法语诗歌，古德语韵文将古老的生物转变成了日常的本土形象，一些立体书的头几页上常有活字印刷的英语散文出现。古法语版的寓言集在 15 世纪得到广泛复制和传播，而其中关于鸟和野兽的详细阐释则与乔叟的中古英语作品《修女的牧师的故事》（*Nun's Priest's Tale*）以及列那狐的探险故事非常相似。这些寓言在欧洲德语区（从瑞士、维也纳到西里西亚）重新出现，并带有当地的方言评论。它

52

们是最早出版的德语文本之一。如果说乌尔里希·博内尔（Ulrich Boner）的《宝石》（*Edelstein*），或是所谓的弗罗茨瓦夫（Wroclaw）版的《伊索寓言》不如玛丽·德·弗朗斯的作品那么有名，那不是因为他们缺乏文学技巧，而更有可能是因为对于 19 世纪和 20 世纪的中世纪研究学者来说，古法语研究享有至高无上的地位。和那些法语文本一样，这些德语文本将简短的拉丁寓言改造成了长篇诗作。在老牛和小牛的寓言的结尾处，有一联小对句（在父亲与坏脾气的儿子的寓言中也有所体现）："教师的教学因为有适当的例子而变得富有成效 / 就让年轻人依靠师长的知识吧。"（Proficit exemplis merito cautela docendi / Maiorque sua credit in arte minor）这样的观点在之后的德语诗歌中得到了延续，如 15 世纪中叶弗罗茨瓦夫版本的《伊索寓言》所写：

> 若有一个好榜样（beyspel），
> 人的思想就能快速提升。
> 在技艺方面，年轻人应当服从大师。[36]

单词"beyspel"的意思是道德谚语、格言和榜样，但是它也可以指《伊索寓言》的体裁形式。寓言不仅讲述故事，其本身便是一种"beyspel"，对这些寓言的解读带有教育目的。下面的文本诉诸了所有榜样中的权威——亚里士多德：

> 亚里士多德，
> 您以技艺而闻名，
> 很久以前您说过：
> "我们若提供好榜样（exempel），

学生就能学好。

学生若想成为饱学之士，

就需要接受老师的教导；

由此习得越来越多的知识。”[37]

　　翻译的细节很重要。诗人借助亚里士多德的权威，由日常的德语转到了学术性的拉丁语，即便只是暂时性的。亚里士多德提供的不是好“beyspel”，而是好“exempel”。在这里，拉丁词取代了德语，目的是让人们注意经典教导及亚里士多德不容置疑的权威，或许更直接的目的是让人们留意译者的这个观念：并不是所有概念都可以被翻译。如果这是儿童的文学，那么这种文学是献给深知自己生活在多语种世界中的儿童的。在这个世界中，将某种语言翻译成另外一种语言是日常生活（至少是学校生活）的一部分；《伊索寓言》不仅传授当地的道德经验，而且教人如何成为作为一种社会理想的知识榜样。

　　德语版《伊索寓言》的影响力远远超出了国界。海因里希·史坦豪（Heinrich Steinhöwel）是在意大利接受教育的德国人，他借鉴了伊索、阿维阿努斯、圣依西多禄（Isidore of Seville）及一系列中世纪寓言家和评论家，制作了最早的印刷本之一，于1476年或1477年出版了德语和拉丁语文本。这本被称为《伊索普斯》（Esopus）的书成了里昂的朱利安·马乔（Julien Macho）的法语散文版《伊索》（Esope）的基础，后者于1840年在法国出版。威廉·卡克斯顿（William Caxton）是英国首位印刷商。他以马乔的法语版为基础，出了自己的版本。卡克斯顿的《关于伊索的神秘的历史和寓言故事》于1484年3月26日问世，这本书介绍了伊索的生平，里面还有167篇寓言、传说和轶事。这本书与为它提供养分的那些版本相似，与

54

其说是《伊索寓言》的某一版本,不如说是受伊索文化传统激励而形成的一部学术著作选集。这本书证明具有典范作用的虚构故事和经久不衰的野兽传说强烈地吸引着人道主义者,也证明了人道主义对英语读者的明显渴望——渴望自己自学生时代便熟悉的作品有本地语言版本——的着迷。[38] 通过阅读卡克斯顿的作品,人们可以看到伊索的寓言在不同历史时期的面貌,如同路堑的地层一般。民间故事、布道、语法练习、道德榜样和粗鄙的故事,这一切都包含在内。

这些素材几经翻译和评注,传到卡克斯顿这里时,已与原始版本完全不同了。以小偷和他母亲的故事为例。卡克斯顿的版本与他所参照的马乔版都没有提到男孩从学校偷回了写字板。这两个版本只描述了男孩从小就开始偷窃,并把战利品拿给他的母亲。[39] 同样的例子还有那个引出老牛和小牛传说的儿子与父亲的寓言。从某个角度看,内容好像都没有删减,但是故事的基调变了。现在的版本有了圣经寓言的意味,像是耶稣的教诲:

> 我们要讲述的这个故事,是一个关于家庭的故事:有一个儿子,他除了在镇上玩耍什么都不做。由于种种不是,父亲申斥他,并打了他的同伴。请将这则寓言告诉孩子。[40]

55 　　这个故事成了一个关于乡村与城市的故事,也成了一则道德寓言:这里的父亲是劳动者,老牛代表了一种理想的乡村劳作生活,与之相对的是城市放荡生活的梦魇。通过增加一个细节,卡克斯顿升华了原始的法语版本:此处言及的不只是马乔版的"罪行"("crime"),而是"劣迹"("misrule"),在 15 世纪与道德行为相关的英文词汇中,这个词是非常重要的。在这个过程中,这个故事成了一个非常适合当地那些家中有个任性儿子的英国读者的故事。

卡克斯顿的版本同其参照的法语版本相当接近，但他偶然作出的提升赋予这些寓言某种圣经寓言、牧师示例或大众布道的意味。他的风格让人想起 15 世纪一本名为《字母的故事》的英文书，此书是一本关于道德典范的合集，为中世纪的布道者及其会众而著。在这本书的大量资料中（按照核心的道德教育，每个小故事按照字母顺序排列），有三个故事明确提到了伊索。其中一个讲述了驴和马的故事，题为《世俗财富是短暂的》（"Gloria mundi parum durat"）。这个故事简短而显得敷衍了事，它的开头是这样的："《伊索寓言》中讲了这样一个故事：一匹马配了金色的缰绳和华丽的马鞍，它遇到了一头载满重物的驴。这头驴继续赶自己的路，并没有给马让道。"马很生气，要求驴让路，这头驴便妥协了。然而随着时间的流逝，这匹"装饰华丽的马变得虚弱无力"，那头驴则又肥又壮。"你引以为傲的漂亮装备都去哪儿了？"驴问道。[41] 在卡克斯顿的版本中，马不仅年老，而且很无力（lene），它还配了（arrayed）金色的马鞍。这是典型的英语措辞，在其来源，也就是马乔的书中并没有相对应的内容。就好像《字母的故事》这本书中的一小部分渗透进了卡克斯顿的书中，仿佛拥有丰厚的欧洲学识的出版商逃不开流行的英语传统。

然而这不只是一则关于骄傲的寓言。中世纪文学中有大量关于装扮（array）的故事，在这些故事中，朝臣伪装成普通民众，或者普通人发现自己被"转变"（translated）成了高贵的人物。著名的格丽泽尔达的故事在薄伽丘的《十日谈》中是用意大利语讲述的，彼特拉克把它译成了拉丁文，后来，乔叟又在《学者的故事》中把它翻译成了英文——这是一个关于转变（translation）的故事。"她变得如此华丽"，人们几乎认不出她来了。（经过她丈夫沃尔特的改造，格丽泽尔达从一个贫穷的姑娘变成了一位王后。）"关于她的装扮，"叙述者说，"我必须写一个故事。"[42]

56 　　伊索、《字母的故事》和卡克斯顿都为我们讲述过关于装扮的故事：普通人穿上了金光闪闪的服饰，文本通过改变而传达一种新的意义。中世纪的作家一直认为翻译就是一种装扮。彼特拉克说他为薄伽丘的故事重新着装，就像格丽泽尔达换上了新的华服；就像狼发现的头颅，有着美丽的发型和色彩。我们认识事物时必须注重其内在品质的美好，而不是表面的美丽，这是中世纪的《伊索寓言》所阐述的道理——重要的是要超越闪光的表面认识到事物的本质。这也是中世纪教育的课程，昆体良所想象的那些阅读伊索的小男孩，现在变成了一个由家长式的传道人通过道德引领的会众群体。如果伊索是这个世界上的一位儿童作家，一个从费德鲁斯传承至罗伯特·亨利森的"父亲伊索"，那么在他的权威面前，所有的读者都是孩子。

　　写一部关于伊索的历史意味着什么呢？这意味着追溯一位寓言家转变成一位作者的过程，意味着贯穿整个接受史的翻译的行为及其主题。这也意味着要解释源于奴隶制的寓言是如何被用于强化师长和学生的等级制度的。我们与寓言的相遇，也许就像哈姆雷特与头骨，或者狼与头颅的相遇一样——重拾古老传统的零星碎片。巴布里乌斯指出，他将伊索的寓言进行提炼，给它们穿上一件"崭新而富有诗意的衣服"，就像给一匹老战马套上金色的挽具。[43] 我们怎么能忘记马和驴的寓言中所描述的那些华丽的装饰呢？这些文本——无声的抄本和残缺的书册——依旧在对那些有能力阅读它们的读者诉说。你现在还会挖苦吗？这些文本是为了那些认识字母的人（不同于那只受牧师教育的狼）而存在的。中世纪的评论家在评论英格兰的沃尔特版的狼和头颅的寓言时说，知识是一种宝藏（"Scientia enim thesaurus est"），"小偷偷不走它，老鼠咬不坏它，蛆不能破坏它，水洗不掉，火烧不尽"[44]。在世上所有转瞬即逝的事物中，知识得以传承下来。但是需要注意的是，这些威胁知识的事物本身就是寓言中的生物：盗贼、老鼠、蛆、水和火都生活在《伊索寓言》的"动物园"中，同时局限于其故事框架，可以同那些能够发掘出其骸骨的人对话。

# 第三章　宫廷、贸易和修道院
## 中世纪的儿童文学

是否有为中世纪儿童所创作的文学呢?30年来,关于孩子的文化、学校的惯例及拉丁语和方言文化的研究已经揭示了一个为中世纪欧洲儿童所建立的世界:语言丰富多彩,想象姿态万千。[1]教会吸收了古罗马课堂的古老传统,调整文法方面的教导以适应天主教教义。人们仍然会阅读、注释、解析和理解古典文本,但有了新的目标。异教叙事中也出现了道德寓言,宗教写作有了新的诗意散文风格。《伊索寓言》的影响一直存在,但新的流派也进入了学校和家庭。独特的社会结构的出现——封建主义、宫廷服务、城市的商业野心、公民意识——造就了与古典儿童文学不同的儿童文学形式。尤其是关于礼貌和行为的指南教导孩子们言行得体,并帮助他们适应社会和家庭角色。各地开始出现流行的诗歌和故事,有些源于《伊索寓言》,另一些则源于当地的民间传说和神话。

在古罗马人从英国和欧洲大陆殖民地撤退后的一千年里,家庭结构也发生了变化。父系家族和长子继承权成为传承财富、土地、头衔和权力的途径。教堂中的婚礼具有圣典仪式的价值,而洗礼、圣餐和忏悔,以及依据《圣经》或圣人为儿童命名的习俗,使中世纪家庭(不管哪个社会阶层)获得了某种精神属性,而不只具有社会和经济属性。"圣家庭"总是在背后。尽管真实的家庭很难效仿玛利亚、约瑟和耶稣的虔诚或牺牲行为,但中世纪基督教的基础,在某种意义上是一种对家庭生活的神圣意识。对所有人来说，无论是看书、看图片，还是进入教堂时，幼年基督的画像都无处不在。

幼年基督画像的存在使欧洲的中世纪成为一个儿童地位得到凸显的时代。婴孩耶稣的形象有时令人心碎，有时充满力量：躺在马槽里的婴孩形象，或吸吮处女乳房的幼儿，乃至超现实意味的、展现基督在弥撒日降生的画面，都从不同角度诠释和展现了这一形象。[2]小小的耶稣娃娃成为女孩甚至年长妇女的玩具，她们用这种方式扮演圣母，并在这个过程中为未来的为母生涯树立虔诚的形象。中世纪的艺术和文学中也有其他孩童的身影。以撒的献祭长期以来被认为是对耶稣被钉上十字架的一种典型预示，因此以这个圣经故事为基础的图片、诗歌、戏剧和故事也常常出现在中世纪的书籍中。[3]那些承受着痛苦与折磨的小圣徒们不断出现在有关祈祷和政治想象的故事中。其中最著名的是林肯的休（Hugh of Lincoln），据说这个男孩在 1255 年为犹太人所害，他的传说影响了乔叟的《女修道士的故事》。冒险故事和英雄传说也常常关注主角的童年，从《丹麦王子哈夫洛克》（Havelok）、《特里斯坦》（Tristan），到《汉普顿的毕维斯》（Bevis of Hampton）、《沃里克的盖伊》（Guy of Warwick）和《霍恩王》（Horn Child），这些故事都以弃儿如何通过接受教育、建立功勋成为英雄的历程为中心。儿童出场，接着被父母遗弃，或是走失；他们重获新生，得到教育，最终通过行动或聪明才智荣归故里。甚至亚瑟王的故事也与童年相关：未来的国王，一个被他人抚养的混蛋孩子，以一个戏剧性的举动（从石头上拔出剑）宣告了继承权，随后由梅林监护和教导。

除了这些文学虚构和宗教形式之外，真实的中世纪政治也是由年轻人支配的。"邦国啊，你的王若是孩童……你就有祸了。"在整个中世纪，《传道书》（10：16）中的这句妙语不断被那些面对着年幼国王的皇室成员和野心家援引。许多国王年纪轻轻就登上了王位,中世纪的年轻统治者的真实情况尤为引人瞩目。例如,在英国,在父亲约翰王于 1216 年去世时,亨利三世只有 9 岁。理查二世在 1377 年继承王位的时候,也只有 10 岁而已。1422 年亨利五世去世的时候,他的儿子亨利六世甚至只有几个月大。亨利六世正式加冕时不过 7 岁。在法国,有"美男子"之称的腓力四世在 1285 年登基时也不过 17 岁。1226 年,路易九世(后来被称为"圣路易")继承王位,当时他只有 11 岁。某些时候,国王在年轻时就登上宝座是一种优势。圣路易的传记作者让·德茹安维尔(Jean de Joinville)记录了国王"在孩童时代对遭受贫困和痛苦的人充满同情心",并在当政期间保持了这种同情心。[4] 然而在另外一些时候,年轻是一种诅咒。对于 15 世纪 30 年代的法国外交官们来说,亨利六世看起来非常孩子气,他们称他为"一个很漂亮的男孩,一个优秀的儿子",这不是在称赞他的美丽,而是在调侃他头脑简单、缺乏经验。[5] 在少年天子统治的宫廷里,也有其他孩童的身影。男孩 10 岁就会被送入宫中,充当君主或贵族的侍从。年纪相仿的女孩则开始接受成为女仆的训练。从厨房、马厩到小教堂和卧室,雄伟的宫殿里到处都有儿童在工作。1445 年,有 62 名儿童服侍亨利六世,在一些次要的殿宇中,也有相近人数的儿童做着类似的事情。[6]

如果说中世纪的宫廷被儿童所占据,那么中世纪的作坊也同样如此。乡镇和城市里的同业公会逐步发展起来,它们控制着货物和服务的生产和交付,而公会结构的核心是学徒制。小男孩或小女孩通过同业公会成为一名学徒,进入师傅的家门,由此加入一个拥有个人前途和商业机遇的大家庭。学徒将接受教育、培养和训练。然而,在英国,并非人人都能享受学徒制。能接受学徒训练的孩子,其家庭至少拥有一定的社会地位和财富。父母必须向接管孩子的师傅支付报酬,而且无论是男孩还是女孩,起初几年都必须在家教良好的家庭中接受教育。[7]

　　这些社会角色都有独属于自己的文学。"君主之镜"（*Speculum Principis*）① 逐渐成为教统治者如何统治的文本。当中的道德内容、格言以及一系列的宗教和古典材料,使得这些作品成为名副其实的贵族伦理百科全书,并在说拉丁语和当地语言的人群中广泛传播。描绘同业公会生活条件并提供道德和社会行为指导的诗歌、散文也被保存了下来。这类作品属于家庭教育文学这个更广泛的体裁。父母或师傅教导孩子,而品行良好的目标也与基督教的慈善理想吻合。对于修道院的儿童来说,古典和宗教方面的拉丁语作品传授了语法的基本原理、语言风格的技巧、美学价值的标准,当然,还有虔诚生活的美德。同他们的古罗马祖先相似的是,这些生活在修道院中的男孩女孩们读维吉尔、奥维德和贺拉斯,他们熟悉主要的神话故事,可以熟练地使用各类词汇——从日常用语到晦涩的、学究式的语言。

60

　　在宫廷、贸易和修道院的世界中,涌现出了许多我们最为熟悉的儿童文学类型。我们凭直觉认为摇篮曲是与童年早期联系最紧密的文学形式,它在欧洲方言中逐渐发展起来。在被记录进 13 世纪和 14 世纪的手抄本之前,这些歌曲显然已经被表演了相当长的一段时间。不过,中世纪的书面文学形式是初级读本。"初级读本"这个词（primer,似乎是英国所特有的）最初是指供平信徒读的祷告书,但到了 13 世纪末和 14 世纪初,这一文学形式开始包含基本的字母教育。在字母列表之后,就是简单的祷告。有时,初级读本更加精致,甚至

---

　　①　中世纪和文艺复兴时期的一类政治文献,通常是给统治者提供指导的教本,广义上也包括一些为少不更事的统治者提供正反面例证的文学作品。——译者注

包含一些圣歌和《圣经》篇章。无论是否专门称它们为初级读本，这种教孩子阅读的基本用品与古典晚期课堂所用的木板和莎草纸非常相似。

但是除了明显的基督教内容之外，这些早期的书籍中还充斥着典型的中世纪思维方式。12 世纪初的圣维克托的休（Hugh of St. Victor）在他的教学手册《学习论》（Didascalicon）中断言，整个可见世界就是一本由神之手写就的书。对于中世纪的孩子来说，世界是一本书，书中到处是需要解读的标志和符号。社交成功、道德成长和经济安全都取决于良好的理解力。但书本身也是一个世界，那些给人启发的文本逐渐将一切生命包容进来。观察盎格鲁－撒克逊人的或加洛林王朝时期的插图，或是观察 12 世纪的学校和 14 世纪的宫廷所用的图页，就是在观察世间万物，它们都被页边空白所包围（有时似乎要逃出去）。人们甚至把耶稣本人当作一本书去解读。他被钉在十字架上受刑的标记被视为一种启示。值得注意的是，15 世纪早期的一首英文诗将书与耶稣的身体联系在了一起。这本书的封面上写着一首诗："五个伟大而坚定的段落符 / 饰以玫瑰般的红色。"相似地，在十字架上，耶稣也得到传颂："他以全然的愉悦在这木头上 / 写下伟大的段落符 / 即你所理解的那五伤。"[8]

61　　在身体与书籍、世界与文本之间的联结处，中世纪的儿童阅读、写作、祈祷、玩耍。[9]研究中世纪儿童文学不仅可以获知他们的日常生活，还能激发人们对于中世纪社会的想象。父子关系、父权、母语，这些来自家庭生活的意象改变了中世纪欧洲的文学和语言意识。对继承和权威的理解也影响着文学和社会历史。因此，本章意在探讨中世纪的儿童在获得了语言表达、社交能力和宗教素养后，所读（有时是所写）的内容。

中世纪的儿童从字母、祷告书、诗篇、初级读本中学习阅读和写作。与古典时期的男孩不同,在教会学校或家中接受教育的男孩（以及少数女孩）会发现,他们所接受的读写教育从一开始就充满了基督教的训导。在一份 11 世纪手抄本的边缘处,有人写下了字母表,而紧接着就是主祷文（Lord's Prayer）的开头。[10]在手抄本中,字母表后面通常都有"阿门"（amen）这个词,有时这些字母还被排成十字架的形式。宗教主题的字母顺序诗比比皆是。这种初级读物在《圣经》中就有先例,其中最著名的就是《诗篇》118,诗中的 22 节是依照希伯来字母表中的 22 个字母的顺序排列的。这种语言技巧可能激励了古典晚期和中世纪的作家创作出题材广泛的诗歌,不过,这类诗歌要么是按照字母顺序排列的,要么是离合诗体①结构。[11]

　　盎格鲁－撒克逊人尤其喜爱文字游戏。9 世纪到 11 世纪的手抄本证明了他们对于离合诗体与文字游戏的钟爱。这些手抄本中有许多形态精致的首字母:蛇蜷曲成字母 Q,伸出狮子脑袋的字母 J,有鸟儿竖起毛发的字母 A。抄本中还有丰富的注释,这些注释让我们看到了学生是如何学习拉丁文和英语,如何获得历史、神话和教义知识的。阅读这个时期的课本和选集,人们会对这一时代的阅读材料范围之广泛感到惊讶。宗教作品和语法专著当然包含其中。但是有时候,我们还发现了像奥维德的《爱经》（Art of Love）这样的作品,里面也有注释。我们还会发现拉丁文和古英文的谜语集,显然,这对早期的学生理解语法和上帝之恩典是一种挑战。而诸如所谓《埃克塞特古英语诗集》（Exeter Book of Old English Poetry,可能写于 11 世纪初,1072 年捐给埃克塞特大教堂图书馆,此后一直保存在那里）这样的作

---

　　①　离合诗是一种短诗类型。在欧美地区,离合诗通常是每行行首、诗中或诗尾的字母依次排列而组成诗词,其中依字母排序的字母离合诗很常见。——译者注

62 品,则几乎包含了与所有事物相关的谜语,无论是自然现象、地球上的动植物,还是人造物。[12]

这些谜语使万物联系起来。它们就像一套谜题,其中每个答案都有助于了解这个世界以及语言的多义性。即使是最平凡的事物也可以显得 "特别"(wrœtlic)。在谷仓前的空场地上结合的母鸡和公鸡是 "特别" 的一对。男人的大腿旁挂着一个 "特别" 的东西,它处在(身体)前方,较为坚硬。当男人掀起衣服把它放入适当的洞里时,洞的深度与它正相匹配。 它是……一把钥匙。 当然它也可以不是钥匙。在有诗意的人眼中, 这样的对象就是 "特别的",这种双关语使这个平常之物看起来有一种骄傲的阳物崇拜的色彩(其他的一些谜语,如使韭葱或剑鼓胀起来,或者在碗里膨胀的面包看起来像孕妇鼓起的子宫也有这样的效果)。不过,并非所有谜语都这么世俗化。《埃克塞特诗集》中的第 24 则谜语的谜底就是一本伟大的书,甚至可能就是《圣经》。它用第一人称讲述了这样一个故事:一个小偷剥下一张皮,把皮浸在水中,然后放在阳光下晒干,再用金属刀片刮擦。随后用手折叠它,用鸟儿快乐的源泉(即,羽毛)去蘸角质容器里的木材着色剂(即,墨水池里的墨水),最后在皮上留下标记,再用木板盖住,并镶之以金丝。这个谜语最后问道:请告诉我,我叫什么。这个物品不仅仅是一本小书,它由世间万物组成。自然世界和人类技巧结合起来,证实了这本书相当于一个蕴含所有知识的宇宙。它宣称,倘若人类的孩子会使用 "我",他们会更安全、更可靠、更勇敢、更幸福、更聪明,同时也能交到更多的朋友。读者会收获 "arstœfum"(支持、利益或是恩典)。这是一个合成词:"ar" 表示恩典、好处和帮助,"stœf" 意味着人员或支持。但是在古英语中,"stœf" 也有字符、字母或笔画的意思。"bocstœf" 是代指 "字母" 的词,"stœfcrœft" 这个古英语词指的是拉丁语的 "grammatica",即关于语言的学问,也是对读写的研究。11世纪初，艾萨姆（Eynsham）的阿尔弗里克主教①（Bishop Ælfric，约955-1020）在为他的学生编写的《语法》（*Grammar*）一书中写道："Þe stæfcræft is seo cæeg, ðe ðære boca andgit unlicð."（"关于字母的知识是开启书籍意义的钥匙。"）[13]

　　阿尔弗里克终其一生都致力于揭示书籍的意义。在《语法》和《词汇表》（*Glossary*）这两本书中，他向修道院的孩子讲解了拉丁语和古英语。在《会话》（*Colloquy*）一书中，他利用取之于日常经验的情境，强化学生对拉丁语句法和词汇的理解。但是，他完成这本书后差不多又过了一代，书中多了一些古英语行间注释，这很有可能是他的一个门徒所为。因此，无论阿尔弗里克的初衷是什么，作为双语教育的物证，《会话》一书的手抄本一直留传至今，成为地方经验应用于学习生活的例证。[14]

　　《会话》一书是师傅与学生的对话录。每个学生扮演一个角色，并为某一个特定职业、行业发声，师傅反过来询问他们做什么，以及如何去开展这些工作。在某种层面上，《会话》是关于日常生活艺术的教育文献。它是一份列表，一份关于盎格鲁－撒克逊的劳动者及其所使用的工具和所从事项目的调查报告。猎人列出他的动物，渔夫列出他的鱼，捕禽者列出他的鸟，诸如此类。正如《埃克塞特诗集》的谜语所示，一切都囊括其中，而对于英语学生来说——无论是在11世纪还是21世纪，《会话》一书最基本的价值在于它对所有相关事物的词汇进行了汇编。但是，作为一部为修道院学生而作的作品，《会话》具有教义的目的和寓教于乐的意味。例如，在一个给毫无防备的猎物设下罗网的猎人的故事中，一位基督徒读者又怎会读不出其中

63

---

①　阿尔弗里克主教也是一位用古英语写作的英国作家，他为盎格鲁－撒克逊文学做出了巨大贡献。——译者注

蕴含的寓意呢？ ① 当这样的读者阅读那个渔夫的故事时，他又如何能不想起那些如同渔夫般的使徒的形象，怎能不对如下对话回想一番，同时感到无比兴奋呢？

> 师傅：你会去抓一条鲸鱼吗？
>
> 学徒扮演的渔夫：不会。
>
> 师傅：为什么？
>
> 学徒扮演的渔夫：因为抓鲸鱼是一件危险的事情。对我来说，随着自己的船入河捕鱼比跟着许多捕鲸船更安全。

利维坦也许会潜伏着等待任何一个愚蠢的约拿。② 捕鲸是一件危险的事。对于每一个劳动者或手工艺者来说，他们的工作除了有道德必要性外，还有政治必要性。"你准备怎么处置你的猎物呢？"师傅问那个扮演猎人的学徒。"不管我抓到什么，我都会献给我的陛下，因为我是他的猎人。"社会活动伴随着对权力的忠诚，猎人对国王的服从反映了修士对修道上师的服从、僧侣对修道院长的服从以及基督徒对上帝的服从。

然而，综观阿尔弗里克的《会话》以及中世纪的许多这类作品，它们都存在着表演和演绎的成分。学生们都扮演着一定的角色。他们不仅学习生活的事实，也学习生活的语言。《会话》一书不仅教学生如何阅读，还教他们如何正确地说话。此书从学生的恳求开始：

---

① 这里的寓意可能是让人警醒，因为基督会在人意想不到的时刻降临。《圣经》中有许多主人回来后根据仆人的所作所为施以奖惩的寓言。——译者注

② 《圣经》中的海怪故事：先知约拿因为不愿服从上帝的指示，而被形似巨鲸的大鱼（即利维坦）吞食。他在鱼腹中沉思了三天三夜，决定向上帝表示臣服，最终毫发无伤地回到了陆地上。——译者注

"我们(孩子们)请求您,老师,请您教导我们如何正确地说话,因为我们无知,我们说的话往往是不得体的。"这些话让人想起本笃会规则(6世纪时由圣本笃制订的修道士行为的指导原则,也是10世纪所谓的英国本笃会复兴的核心,阿尔弗里克就是这场复兴运动的产物):任何人在咏唱诗篇、应答圣歌、交替圣歌或经文时出错,都必须接受惩罚;"对于犯了这种错误的孩子,应施以鞭刑"。同样,《会话》中的师长问他的学生:"你会为了学习而忍受鞭打吗?"这一传统说明了早期中世纪修道院教育中存在的学习与宗教崇拜中的表演特性。记住台词很重要,这种教学法的戏剧特征让人回想起圣奥古斯丁在《忏悔录》中对自己童年的回忆。像奥古斯丁一样,下一个千年的学童将不得不背诵古典文本中的段落,将诗歌改写成散文,或是将散文调整为诗句。中世纪的教室就像一个剧院,而中世纪的剧院也具有教室的特点。

到了12世纪,这种戏剧性在整个欧洲已经完全演变成了戏剧产物。中世纪戏剧从众多传统中演变而来:从弥撒和礼拜仪式而来,它们有应答轮唱的呼唤和响应,有教堂内部各种繁复的礼节以及用于圣餐的宏伟剧场;从民间传统游戏和戏剧而来,它们有公共演出,有"愚人节"和"男孩主教"①的狂欢表演;从公开的审判而来,此时处决成为戏剧形式,民众可以见证这一过程,表达自己的畏惧和愤怒;这一切也从《圣经》而来,因为旧约和新约故事是城市同业公会循环表演的核心,这种表演也被当作圣诞节、复活节和基督圣体节②庆祝活动的一部分。

---

① 根据中世纪教会传统,通常在圣婴节上从教堂唱诗班选出一名男孩,扮演真正的主教。——译者注

② 基督圣体节(Corpus Christi),天主教举行的表示对基督圣体恭敬的节日,列队行进是其富有特色的活动。——译者注

　　某些保留下来的剧本明显具有课堂游戏的色彩,有些显然专门
为学生而作(甚至可能是由学生自己创作的)。12 世纪法国北部的
博韦大教堂(Beauvais)的《但以理神秘剧》(*Danielis Ludus*)绝妙
地展示了欧洲中世纪教会学校的儿童戏剧。[15] 这部剧由学生创作
和表演(invenit hunc juventus,"这是年轻人写的"),有一个对课堂来
65　说堪称完美的主题:对解读神秘符号、掌握语法做出与圣经有关的
解释。然而,这也是一个关于戏剧性本身的故事。在这部剧中,伯沙
撒王设下的宴席成了上演夸张表演的舞台。国王盛装打扮,整个巴
比伦为其欢呼。解读出墙上文字所获得的奖赏则具有相似的戏剧性:

　　　谁能读出这些文字,

　　　并且解读它的意义,

　　　必将权倾

　　　整个巴比伦;

　　　同时身着紫袍,

　　　项带金链。

(第67—72行)

　　从某种意义上来说,伯沙撒仿佛成了给最优秀的学生提供奖赏
的导师,在此,服装配饰成了一种奖品。在这部剧中,但以理就是那个
受到奖赏的学生。他走到班级前面读墙上的字,同时也在劝告国王:

　　　哦,陛下,我并不渴望您的礼物。

　　　我不要奖赏,却要解读这文字。

　　　这是我的答案:

　　　灾难正向您逼近。

在其他拥有权力的人面前，

您的父亲曾经享有无上的威严；

然而由于过分的狂妄，

他的名望逐渐褪色。

因为他没有遵从上帝的旨意，

而是把自己当成了上帝，

夺走了神殿中的器皿，

为己所用。

（第147—158行）

依照此处但以理的理解，尼布甲尼撒王走向毁灭的原因就在于他的狂妄。他的狂妄使他自视为上帝。

该剧采用拉丁语，关于上帝手迹的解释也始终同拉丁语的俗语紧密相关：

国王问那些站在他面前的智者，

谁可以向他解释那只右手所写信息的隐藏意思（gramata dextrae）。

（第15—16行）

字母是 gramata（符号，文本），但以理面临的挑战就是解读它们 66 （剧中用的拉丁词是"solvere"，不仅仅是解决 [solve]，更是解密、解开、打开的意思）。这与两个世纪前从英格兰的盎格鲁－撒克逊人那里获取训诫的阿尔弗里克何其相似：他的"Stœfcrœft"一词是古英语中"grammatica"的意思，指的是打开书之意义的钥匙。然而二者仍有不同，因为在博韦教堂，拉丁语为法语所代替，而不是英语。国

王伯沙撒更像是一位法国君王,当王子们把但以理领到国王面前时,他们用一组混语诗使法语成为世俗统治的语言:

> 哦,上帝的预言者,但以理,来国王这里。
> 来,他希望同你对话。
> 他被恐惧所困扰,但以理,到国王这里来。
>
> (第112—114行)

　　一个人也许学的是拉丁语,但在此处,他要和国王说法语,而贯穿全剧的法语半字线也从语言角度确认了世俗权力和宗教权力的区别。同时,它也肯定了语言差异在儿童受教育过程中的地位。"Genvois al roi"(我走向国王那里,第268行),但以理在出发前说道。国王则通过法语中的法庭用语来证明自身权力的合法性,尽管他也会说拉丁文。

> 我命令你,
> 并重申我的指示:
> 这条法令,
> 不允许被嘲弄。
> 静听!
>
> (第306—310行)

　　对于任何一个熟悉法国法律传统的现代人来说,最后的那句"静听"仿佛依然在耳边回荡,而法国的法律传统是英美司法仪式和政治仪式的重要来源。

　　《但以理神秘剧》与具有教育学意义的《会话》一样,描述了人们扮演他人的情形，强调了用于祷告、表达服从和阐释文本的口语的重要性。然而，扮演一个渔夫、猎人，甚至是国王是一回事，扮演《圣经》中的人物、圣徒或与上帝有关的人物又是另一回事了。《但以理神秘剧》表明了区分"想象自己是别人"（即表演）和"相信自己是别人"有多么困难。依据这一点，这部戏剧继续阐释了一系列关于表演的内容：游行、哑剧、法律审判和公开预言。这部剧不仅揭示了圣经故事内在的戏剧性，还表明教堂本身就是剧院，在这个表演的场所，要根据所有仪式的表演在宗教仪式和戏剧之间的准确定位对其进行评估。弥撒是一种表演，当然，教堂中不缺服装、道具和仪式。但是，正如这部剧所展现的那样，如果我们夺走寺庙中的器皿并随便乱用，我们就拿走了具有宗教意义的物品，并把它们降格为舞台道具。这部剧认为，克制的戏剧风格是好的：它可以激励年轻人，促进心灵的成熟，并给人以精神指引。而失控会导致自负、过度自恋和空虚。

这是许多中世纪戏剧的教育意义，也许没有哪部戏剧比 15 世纪的英语剧《人类》（Mankind）①更为幽默地表达出这一主旨的了。[16]一直以来，《人类》都被认为是一部由巡回演出者所表演的道德剧，直到最近，人们开始将其视为一部年轻人的戏仿调侃之作。许多课堂上的拉丁文和教学作业出现在该剧的台词里，学生甚至可能真的表演过。[17]

《人类》设想其主人公被俗世的诱惑所困扰。那些被命名为"恶作剧"（Mischief）、"新伪装"（New-Guise）和"当下"（Nowadays）的角色体现的是人在日常生活中的堕落，而名为"Titivillus"（字

---

① 《人类》是一部约写于 1470 年的道德讽喻剧，主人公"Mankind"即人类的代表，该剧讲述了"Mankind"堕落及忏悔的过程。——译者注

面意思是"所有的恶习")的角色则是一个撒旦式的误导者,他力图
阻挠剧中善良的教育家"仁慈"(Mercy)授课。这部剧充斥着空
洞而幼稚的思想,淫秽文字占据大部分篇幅,关于阉割和性的玩笑
围绕着"珠宝"("jewels")一词的双关语展开①,而贯穿全剧的阅
读和写作场景也始终在嘲讽日常的教育活动。记笔记、解释、宣告
和订约的画面充斥着整部戏剧,与之相伴的是青年人的想象。例
如,比较《但以理神秘剧》中法语的法律用语"O hez",和这部剧
里"当下"对这个习语的戏仿:"听着,听着! 所有男人和普通女
人 / 来'恶作剧'的宫廷,自己来或派人送。"(第 667—668 行, Oy-
yt, oy-yit, oyet! All manere of men and comun women / to the court of
Mischiff othere cum or sen! )但在该剧的前半段,当这些无赖角色
进入剧中时,对课堂活动的直接戏谑出现了。"仁慈"一进入教室,
就开始用一口中古口音的英语授课,还夹杂着许多法语词汇和学
究式的拉丁文。"新伪装"抗议道:"嘿,嘿,你身上怎么净是些英语
式拉丁文! 恐怕它要爆炸了。""当下"插嘴道:

> 你是一个知识渊博的学者,
> 尊敬的教员,我要狠狠地折磨你,
> 请将以下英语转换成拉丁语:
> "我吃了一整盘凝乳,
> "我在你的嘴里塞满了大粪。"
> ——现在,打开你满是拉丁词汇的书包,
> 用博学的方式对我说出它吧!
>
> (124—130行)

---

① jewels 有睾丸的意思。——译者注

"当下"的语言模仿了15世纪被广泛使用的一本教科书，即约翰·利兰（John Leland）的《信息》（*Informacio*）①。作者写道："当你想把英文翻译成拉丁文时，你应该怎么做呢？"其他的台词则模仿了其他课堂活动用语。[18] 然而，仅仅确定这些语言来源并不能传达出这一场景所包含的具有爆炸性的幼稚的幽默感。"当下"说道，请翻译，给我们来点淫秽的。随后，他用一种嘲讽的拉丁政治语言说出了最终的那句咒骂："Osculare fundamentum!"（亲吻我的屁股！）

《人类》中不只有猥亵的语言，它还在戏剧的范围内奉上了另外一课。从名字和性格上来说，这些无赖都是表演者——装扮，模仿。他们确实都穿着"新伪装"，就是说穿着时下颓废的服装。事实上，在某一处，"新伪装"给"人类"拿了一件"经过新伪装的全新夹克"（第676行），好像要给他穿上"罪恶"。在剧的结尾处，那些诱惑者被打败了，"仁慈"要给"人类"讲授关于肉体、寓言和想象的谬见。要过道德生活的并非是剧中人物，而是"天国的天使"的"play-ferys"："play-ferys"，不仅指"伙伴"（companions，现代编辑如此注释），更为确切地说是指玩伴（playmates）。永生的天使们将天堂视为最佳的娱乐场所，以一种充满感染力的方式愉快地在学校操场中嬉戏。

中世纪的戏剧舞台上遍布儿童的身影，他们是演员，是幼年基督或小圣徒的代表，还是淘气的小鬼头。我们在课堂上的戏仿之作或日常经验中发现的根源，也会影响到文艺复兴时期那些构思更为精细的戏剧。亨利七世和亨利八世的宫廷中经常上演男童戏剧。圣诞等节日盛会、仪式，以及神话课程都可能是表演的对象。例如，在

69

---

① 《信息》是约翰·利兰四部主要作品之一，主题是理解和书写拉丁文语法结构。——译者注

1487 年,亨利八世为了庆祝他第一个儿子亚瑟王子(死于 1502 年)的出生,安排了一出由圣·斯威森小修道院(St. Swithin's Priory)和温彻斯特的海德大修道院中的男孩共同表演的奇迹剧。[19] 在亨利八世时期,这样的表演成了皇室典礼的常见内容。威廉·康沃尔(William Cornish)是亨利八世时期各类庆典活动的负责人,在 1516 年主显节前夕的《特洛伊罗斯和潘多拉》(*Troylous and Pandor*)这一戏剧中,他带领皇家教堂的孩子们进行表演(这是关于经典文学作品——此处指乔叟的《特洛伊罗斯与克瑞西达》——如何改编以适合儿童演员表演的绝妙范例)。[20] 连伟大的托马斯·莫尔孩童时期也做过演员。他的女婿威廉·罗珀(William Roper)记录了这段往事:"当时他很小,但在圣诞节节期会一时兴起加入演员的队伍,他并没有为此学习过,不久就能成为他们中的一员,使旁观者比旁边的演员更欢乐。"[21] 多年以后,大法官莫尔还记得在舞台上表演的那个时刻吗? 在 16 世纪更晚些时候,当演员们表演莎士比亚的《哈姆雷特》时,或是当《仲夏夜之梦》中那些粗俗的人开始拙劣地扮演皮拉摩斯和提斯柏①,空洞的台词唤起了人们对校园滑稽剧以及那些"笨拙的演员"的粗劣模仿的回忆时,朝臣们是否会想起自己儿时的戏剧呢? 无论莎剧呈现的是怎样的虚构故事,在舞台上表演的都是真正的男孩,如假包换的男孩扮演着女性角色,而且总是如此。因此,克莉奥帕特拉想象自己死后会成为某个"狂热的诗人"和"俏皮的喜剧演员"的作品,因为她看到"一个逼尖了嗓音的男孩扮演着我,伟大的克莉奥帕特拉"(《安东尼和克莉奥帕特拉》,5.2.220)。在这部伟大悲剧的结尾处,儿童戏剧的历史与童年剧场的历史相互交融。

---

① Pyramus 和 Thisbe,为古希腊青年男女私奔的悲剧故事。《仲夏夜之梦》中有一个由手工业者组成的业余剧团排练此剧。——译者注

这位埃及女王（当然是由男孩扮演的）将毒蛇放到胸前，她的死亡也唤起了新生："你没有见我的婴孩在我胸口吃奶，让奶娘就那样睡去吗？"（5.2.308–9）

而对于在胸口吃奶的婴儿来说，早期的童年韵律和歌曲也随即出现：

> 噜嘞，噜喽，噜嘞，噜嘞，
> 杜伊，布伊，噜嘞，噜嘞，
> 布伊，噜嘞，噜喽，噜嘞，
> 噜嘞，吧，吧，我的宝贝，
> 安稳地睡吧。[22]

这首 14 世纪的歌谣看起来同任何一首摇篮曲一样现代，同时，它也与歌曲本身一样古老（古罗马人也在他们的摇篮曲中使用音节 "lalla"）。13 世纪中期，百科全书编纂人巴塞洛缪斯（Bartholomaeus Anglicus）的整个幼儿时期都伴随着摇篮曲。14 世纪晚期，他的英语译者特雷维萨的约翰（John of Trevisa）这样说道："保姆们习惯唱摇篮曲和其他儿歌来取悦孩子们。"许多这样的歌曲被保留了下来，有的是由简单流畅的单音节重复构成的诗句，有些则是富有智慧和深刻感悟的复杂歌词。1500 年的一首诗这样写道："每个妈妈都在摇篮旁小心地看护，她常常唱着摇篮曲 / 哄孩子入睡。"妈妈们当然是会唱摇篮曲的，不过关于摇篮曲的文学证据记录的不是安抚孩子入睡的真实画面，而是一些理想的摇篮场景，尤其是关于圣母和幼年耶稣的画面。事实上，许多中世纪的英文儿歌是圣母玛利亚之歌，这些歌曲得以保存下来，表明耶稣诞生影响了大众关于儿童抚育的想象。[23]

因此,有关儿童韵文最初的证据也是由教堂筛选过的。牧师们向信众布道时,他们会拐弯抹角地提到儿童游戏和儿歌小调。[24] 那些试用新笔的修道院抄写员也会胡乱写下自己儿时的诗歌。[25] 甚至大学者加布里埃尔·哈维在 16 世纪 90 年代写作时,也在书中借鉴了些许他所谓的 "儿童歌曲" 的内容。[26]

> 当帕克特走了,我们又该去哪里玩耍呢?
> 当帕克特睡着了,那么我们可以去播种小麦了。
>
> 我的夫人在家中有个笼子,
> 一只穿着木屐的小狗,
> 嘿,狗,嘿。

哈维的 "帕克特"(puckett)来自中古英文词 "pouke",意思是鬼怪或邪恶的树怪(当然,也是莎士比亚的《仲夏夜之梦》中的 Puck① 的来源)。当这个恶灵离开时,我们又该去哪里玩耍呢? 当他沉睡时,我们就可以去播种小麦了。小小的 "pouke" 的形象贯穿整个中古时期的英语诗歌创作,这些诗歌常以描写凡人智慧或未经雕琢的才智的对句的形式出现。这个形象还支配着学校。一首写于 15 世纪,被现代编辑命名为《学童的心愿》("The Schoolboy's Wish")的诗歌,构想了老师被同事击败,然后向恶魔(这里使用了一个谑称 "罗伯特先生")抱怨的场景:"穿着斗篷的罗伯特先生,您能否帮助我,成为他们的 'pouke'。"[27] 学生祈祷:让恶魔穿着斗篷去帮助那位老师 / 让它成为折磨老师的鬼怪。儿童幻想故事中的 "pouke" 也

---

① 剧中一精灵的名字。——译者注

影响了年长的读者，一部福音和布道书中的藏书票上写着：

> 偷这本书的人，
> 将被吊死在钩上。
> 谁若偷了这本书，
> 他的心脏将很快冷去：
> 赶紧道一声
> 阿门吧，天主慈悲！
>
> ——这首诗的作者名为普克法特[28]

　　这首诗的作者名为普克法特（Pookefart）——仿佛这个顽皮的恶灵不仅掌控了土地，还控制了文学的世界。加布里埃尔·哈维的"puckett"是这些形象的后继者：生活在歌曲中的童年的碎片。

　　这种语言学奥秘在儿童文学中似乎处在边缘位置。然而，儿童的诗歌本身就处在页面边缘。加布里埃尔·哈维也许记下了一些童年回忆，但是学童在笔记本上写满了自己记得的歌曲或一些毫无意义的内容——事实上，《学童的心愿》被保存在学者加兰的约翰（John of Garland）的两篇拉丁语作品中。[29] 还有一些页边的诗歌——绕口令，显然是为了提高学生的朗诵能力而精心设计的，比如其中一节诗的开端是 "Three gray greedy geese"（"三只灰色的贪吃的鹅"）。有些则同《埃克塞特诗集》中的古英语谜语及其拉丁语起源相似，带着谜语的味道："什么比树高呢？/什么比海深呢？" 其他的则利用了迷信和魔法：

> 如果你要上街走，
> 两件事须记心头：

不要向孩子或野兽扔东西，

也不要拐向东或西。[30]

但是，不能简单地认为这类诗歌的边缘地位只是偶然现象。我们也不能抛开书中的上下文来看待这些标注，或者简单地把它们看作自由诗歌，反映一种关于童年的知识。相反，这些都是历史学家迈克尔·卡米尔（Michael Camille）所说的"边缘图画"的文字版：它们是中世纪手抄本的页边材料，内容通常猥亵而怪诞，或极其寻常单调，是对同时代严肃的、常以拉丁散文形式出现的材料的平衡。[31]卡米尔注意到，这些图像展现了许多"世界边缘"之上的世界，展示了中世纪的男人和女人如何同时在庄严与荒谬、神圣与世俗中生活。在中世纪的泥金装饰手抄本①中，页边画满了离奇的故事，比如骑士们在和蜗牛的斗争中摔倒，猴子们正在读书，修士们在修女面前排便，以及孩子正在玩耍。

这些页边标注是一面绝佳的镜子，折射出以勇猛尚武和政治统治为主题的成人世界（这也是《亚历山大大帝传奇》[The Romance of Alexander] 的主题）。它们展示的不是男人之间的战争，而是幼稚的进攻仪式——扮演木偶、公鸡和骑士。卡米尔关于宫廷手抄本的著作阐释了这一童稚的世界。他详细地阐述了页边标注如何打破我们对宫廷和史诗的固有印象。这些页边标注往往是一些幼稚或污秽、幽默或愚蠢的内容。它们也许提供了一块空间，宫廷艺术家可以借此对雇用和资助自己的文化进行评论。卡米尔认为，这些页边标注像《伊索寓

①　泥金技术是一项复杂而昂贵的制作工艺，通常用在有特殊用途的书籍上（如祭坛上摆放的《圣经》）。泥金装饰手抄本（Illuminated manuscript）内容通常与宗教有关，内文由精美的装饰填充，泥金装饰图形常取材自中世纪纹章或宗教徽记。——译者注

言》一样为仆人评判主人提供了途径——往往是通过虚构故事或图像这样安全的方式。[32] 它们使浪漫的想象在现实世界里成真。当我们看到一幅展示两个男孩用木头长矛刺靶子的图片时,我们是否会对亚历山大的远征产生怀疑呢? [33] 我们是否也能看到,在童年的恐惧与幻想中,野兔可以变成猎人,这不仅是对打猎这一行为的梦幻扭曲,也是对阿尔弗里克的《会话》一类的教育手册中的猎人传统的梦幻扭曲。对于加布里埃尔·哈维来说,他记录的儿歌以及狗和恶灵的故事同早期中世纪的页边标注的作用很相似：它们是"怪诞"的见证者,见证了任何手抄本的边界或是印刷页都封锁不了的世界。我们需要在更广阔的成人生活的框架下理解零碎的儿歌或关于儿童的图画,认识到儿童和成人生活在同一个世界,认识到中世纪欧洲的儿童文学的意义不可避免地和作为其范例的成人文学联系在一起。[34]

那么,当中世纪的成人为儿童写作时,又会发生什么呢? 家长和老师、主人和旅行家为年幼的孩子写下了大量的指导书,说教作品变得流行起来,不仅有拉丁文的,还有欧洲方言的,盛行了 500 多年。杰弗里·乔叟的《论星盘》( *Treatise on the Astrolabe* )是这一说教传统最负盛名的产物之一,这是他为 10 岁的儿子路易斯写的科学指南。星盘是用来观察太阳和星星的工具。它可以通过确认太阳与地平线所形成的角度来判断白天的时间,也可以通过夜空中星星的角度来判断夜晚的时间。它能利用星星的位置来确定观察者所处的纬度,判断出那些依自身的季节性轨道运行的星座的位置,还可以在一年中的任意时间找到行星的位置。那个时候,星盘是一种确定物理位置的工具,而乔叟(一位书写空间和时间的诗人)也一直在寻找人类在世界中的位置。他写了一本书来教育路易斯,不仅教路易斯如何使用这种工具,而且教他如何在地球和星河中寻找自己。[35]

他以"我的儿子小路易斯"开头,接着解释自己写作《论星盘》,

页边场景：选自《亚历山大大帝传奇》（约 13 世纪，牛津大学博德利图书馆）

要让"像你这样 10 岁左右的小朋友"也能理解。他把这本书分成了五部分，用的是"简单的英文单词，因为拉丁文不适合像我儿子这样的小朋友"。不过，乔叟声称，用英语作为这本教科书的语言，效果不亚于其他语言——因为上帝知道，人们都通过自己的语言学习，"条条大路通罗马"。倘若他写得太啰唆（"文字冗余"），他恳求谅解，啰唆的部分原因在于这些内容对于儿童来说太难了，还有部分原因在于"我认为，对于好的句子来说，与其让孩子们读一遍后便忘记，不如我多写一遍"。

无论是寻找一种父母身份还是民族认同，乔叟的方法都不是环顾四周，而是抬头仰望；不是向外探索经验的风景，而是将目光投向了天空。想要知道自己的位置就需要一个观察星星的工具，来了解"我们的视野，这件工具是专门根据牛津的纬度做的。"位置既是物理的，也是精神的，它是一种生活方式、一种学习习惯。找准自己的定位，乔叟断言，你就会知道你在哪里、你是谁。

在世界中寻找自己意味着许多事情。它意味着在城市中重新安顿自己，意味着在晚餐桌前安坐，意味着深入宫廷，或在工作台、码头边当学徒。从 14 世纪晚期到 16 世纪中叶，类似《礼仪书》（*The Book of Curtesye*）《餐桌礼仪》（*Stans Puer ad Mensam*）《城市生活》（*Urbanitatis*）《养育书》（*The Book of Nurture*）和《节日书》（*The Book of Kervynge*）的作品教导男孩（某种程度上也包括女孩）要举止得体。15 世纪中期，出身高贵的彼得·艾德里（Peter Idley）借鉴了许多此类材料，创造出他的诗体作品《教子书》（*Instructions to His Son*）。阅读过这类作品的读者对它的目录都不会感到陌生：尊重长辈、注意措辞、富有耐心、避免恶习、以优秀历史人物为榜样。[36]

许多业余诗人也尝试过撰写这类指导用书。现存于加利福尼亚州圣玛利诺的杭廷顿图书馆的一份手抄本（编号 HM140），是一份说教性和宗教性文本的汇编。[37] 这个汇编最有可能完成于 15 世纪晚期或 16 世纪早期，是伦敦的一个商人家庭所作。手抄本的许多内容都直接谈到了文学品位以及对这类读者的社会期望。其中的《圣约》（*Testament*）是一首自传体诗歌，作者是 15 世纪广受欢迎的诗人约翰·利德盖特（John Lydgate）。诗人回忆了童年往事，在历数自己的诸多幼稚的不端行为时，这位年迈的叙述者有针对性地阐述了年轻男孩在商业、社交和宗教环境中应遵守的行为规范。利德盖特讲述的自己忽视学业、偷盗和蔑视长者的故事鲜活生动，引人深思，当代许多读者都把这首自传体诗歌中的内容当成绝对的事实，并依据这些描述来梳理中世纪末期的教育史。

然而，15 世纪的一位读者显然将《圣约》当成了自己一篇习作的指导材料。在 HM140 抄本里一首现名为《给学徒的诗》（*Poem to Apprentices*）的诗歌中，一名业余诗人吸收了《圣约》和该手抄本中的其他文本关于社会行为的思想，告诫读者要在压力下保持耐心。

> 来到这个城市的孩子和年轻人，
> 带着成为学徒的目的，
> 学习技艺与知识。
> 我建议你们跟着我学。
> 如果你们认真奉行我的信条，
> 你们就不会迷失。

（第 1—6 行）

接着就是一连串关于准时起床、认真工作以及餐桌礼仪的明确劝诫，还有一些普遍的道德准则，也包括利德盖特儿时言行失检的一系列教训。

你在清晨早起，

先要侍奉上帝，

念诵主祷文、万福玛利亚和使徒信经。

将自己打扮得合宜得体，

及时陪在师傅身边，

做他吩咐之事。

和师傅讲话要恭敬，

应答要有礼，

保持服装整洁。

耐心地侍奉师傅和师母，

顺从地按照他们的吩咐做事，

不要骄傲。

（第7—18行）

76

　　不管是听上去还是看上去，这首诗都没有很强的"文学性"，但我必须要强调一点，这首诗是由文学元素构成的。它直接呼应了那些被中世纪的读者视为文学的文本，而且它出现在一本汇编的手抄本中，符合一个 15 世纪末的商人家庭的文学品位。除了这首诗，手抄本中还收录了约伯的故事的一个著名韵文版，乔叟的《学者的故事》的节选，以及利德盖特的圣徒传记《圣阿尔本和圣安费巴勒斯》（ Saint Albon and Saint Amphibalus ）。《给学徒的诗》设想英语文学有着说教目的。这首诗意在教导人们学会忍耐和顺从，尤其是在公民社会，而非宫廷中。需要特别注意，在利德盖特的诗中，圣阿尔本是怎样成为一个商业保护者的："为商人和手工业者祈祷 / 用道德来增加生意。"对于中世纪晚期的读者来说，约伯的故事主要不是对基督受难的预示（这是中世纪早期的共识），而更多指涉对失去个人财产的恐惧。如艺术史家 F. 哈思所言,约伯的故事开始作为儿童的故事出现,"同北欧资产阶级一起兴盛起来"。[38]

在这些普通市民的、城市的场景中,中世纪晚期的儿童文学同新的家庭生活理想和商业成功密不可分。它也和方言文学和图书贸易的发展紧密相连。到目前为止,我在这里提到的所有文本都是手抄本, 中世纪的儿童文学都是通过手抄的方式留存下来的。然而到了 15 世纪末期,印刷术的出现极大地改变了儿童读物的制作和传播。英语出版商威廉·卡克斯顿,以及他的继承者温金·德·沃德(Wynkyn de Worde)和理查德·平森(Richard Pynson)出版了许多这类古老的手抄本,让有购买力的大众也能接触到这些珍贵的作品。儿童文学成了一种商业——事实上,这也许是我首次谈及童书。

《礼仪书》是最早的童书之一,出版于 1477 年或 1478 年。它是一部关于建议的分节诗歌,其中的许多内容在 15 世纪被广泛传播。这首诗还有两份手抄本保留了下来,其中一份出现在伦敦人理查德·希尔(Richard Hill)的摘录簿里,这部集子还包含了许多其他诗歌和散文,都以儿童教育和娱乐为中心。显然,《礼仪书》是一本大众流行书籍,卡克斯顿在其英语出版事业生涯早期即决定出版这本书,表明他对于教育类书籍市场有清晰的理解。书中多是为人熟知的各类建议(也涉及餐桌礼仪,继承自乔叟的《女修道士的故事》的传统),但是它还劝导孩子们"在阅读中锻炼自己"。[39] 书籍寓教于乐,为孩子们提供了日常会话的范例,还有辩论榜样,用以训练口才。《礼仪书》详细说明了为什么要阅读某些人的作品:约翰·高尔①(John Gower)的道德文章"给你勇气 / 他提供了许多值得借鉴

①　15世纪英国诗人,乔叟的私人朋友,他的诗作多涉及道德伦理上的讽喻说教。——译者注

的道理,句子和语言成果丰硕"（第 323—329 行）；乔叟是英语雄辩术的开创者,他的作品"读来愉快,句式丰富"（第 330—350 行）；托马斯·霍克利夫 ①（Thomas Hoccleve）的作品,尤其是他给统治者提建议的书《王子的统治》（*Regiment of Princes*,第 351—364 行）；约翰·利德盖特的长诗内容丰富,充满"悲伤的句子",同时是对他出色的修辞技巧的展示（第 365—399 行）。在总结对于这些作者的评论时,《礼仪书》借鉴了来自主教阿尔弗里克的一些古老俗语："对于我们的语言 / 他们既至高无上又令人愉悦。"（第 406 行）

　　这本书不仅是对儿童文学的一种指导,也是早期出版物的模板。首先,它明确了童书是有一定标准的,也就是说,作者和作品对于维护某些道德价值、社会行为规范以及理想的语言表达至关重要。其次,它也表明,不论某些中世纪英语作家最初为谁写作,在 15 世纪晚期的时候,他们都成了儿童文学作家。当然,这并不是说只有儿童才阅读乔叟或利德盖特。但是他们的确有一部分作品适合用于儿童的文学教育。尤其是乔叟的作品,在 15 世纪、16 世纪被多次编辑以适于儿童读者。他的某些故事被缩减,某些诗歌被选入了家庭选集以供孩子们阅读。他的名声也基本来自于其"父亲"和"指导者"的角色。中世纪晚期和文艺复兴时期的读者称乔叟为英语诗歌的"父亲",不仅认为他是某种文学传统的源头,更强调了他父亲的、指导性的角色——作为孩子师长的立场。因此,《论星盘》这样的书构成了中世纪晚期和文艺复兴时期对于乔叟父亲般的权威的认识。《坎特伯雷故事集》中家长和孩子的故事则被认为是对乔叟式家长作风概念的表达。我们现在所理解的乔叟更多的是一名政治讽刺家或粗俗的娱乐者,但是在那个年代,读者并不这么看待他。他喜欢家庭生活,他

78

---

　　①　英国诗人,15 世纪中古英语文学的关键人物。——译者注

的复杂性因儿童读者而弱化,他也为传播传统价值预留空间。

威廉·卡克斯顿之后,温金·德·沃德、理查德·平森及其他出版商继续推动着他关于教育和娱乐的出版项目。他们印刷说教手册和冒险故事,但是也涉足英语叙事的民间传统,以寻找属于儿童的故事。1500 年,平森出版了《绿林好汉罗宾汉》;1506 年,温金·德·沃德也出版了这本书;在 16 世纪的头 20 年里,其他城市的出版商也一直在出版此书。[40] 我们倾向于认为罗宾汉的故事很明显是儿童文学。直接的英雄壮举、丰富多彩的人物形象和简单的道德理念,许多当代读者在童书里寻找的就是这些东西。有关罗宾汉的诗歌也符合我们的期许:这些诗歌有简短的诗行和民谣诗节,长期被认为只是单纯的“韵律诗”,而非文学作品。现在,有一点十分清楚,在 14 和 15 世纪,许多民间传说和流行韵律诗中都有罗宾汉的形象。而且,这类诗歌中的大部分被那些博学的作家或渴望进入宫廷的当地诗人排斥。在威廉·朗格兰(William Langland)的《农夫皮尔斯》(写于 14 世纪最后十年)中,寓言式的人物“懒惰”(Sloth)宣称:“我不能像一个牧师应该做的那样,很好地朗诵我的主祷文,但我可以背诵关于罗宾汉和切斯特伯爵兰道夫的诗歌。”(B text,401-2)显然,“懒惰”并不是一个好学生,因为在中世纪的初级读本中,主祷文是最靠前的文本之一,就排在字母表之后。可以想象,朗格兰所创造的人物是一个嗜睡的少年,他无法将注意力集中在课本上,思绪完全沉浸在这首口头传播的关于英雄事迹的诗中。

罗宾汉以及冒险诗曾被认为是对儿童有害的作品。不论温金·德·沃德和理查德·平森的计划是什么,后继的教育家和道德家对这些故事均持否定态度。1528 年,在《一个基督徒男子所表现的服从》一书中,威廉·廷代尔(以《圣经》的英文译本而为人熟知)对罗宾汉和一系列其他的文学作品进行了谴责。廷代尔质问道,不允许普通人阅读英语方言版《圣经》，却又为何让他们阅读"罗宾汉和汉普顿系列／赫拉克勒斯／赫克特和特洛伊罗斯，还有数以千计的关于爱情和荡妇的历史故事，以及人们能想到的最下流的语言／来污染年轻人的思想"？[①]16世纪的许多其他作家也发出了类似的声讨。长期以来，这些口诛笔伐一直被认为是冒险故事、民间传说和儿童心灵之间内在联系的明证。[41]

　　然而，这种谴责的传统并不是反思中世纪的阅读习惯或中世纪英格兰儿童文学的形成与发展，不如说，它是一种有意的改革。到了亨利八世时期，宗教改革已经在英国扎根，人们普遍认为，中世纪文学不仅无聊空洞使人堕落，而且是古罗马天主教的产物。16世纪40年代的法令禁止重印所有早期的文学作品（除了乔叟和高尔的），包括"印刷书和印刷的民谣、喜剧、韵文、歌曲及其他奇幻故事"。[42]到了伊丽莎白一世时期，中世纪文学则被认为是倒退的、异端的、邪恶的。罗杰·阿斯卡姆（Roger Ascham）在《论教师》一书中表达的不满代表了当时的普遍观念："在我们祖先的时代，天主教就像死水池覆盖着整个英格兰，鲜有可以让我们大声阅读的书籍。只有一些关于骑士制度的书，照他们的说法，这些书意在消遣和娱乐。而这些消遣和娱乐，正如某些人所说的，则来自那些修道院中懒惰的僧侣和荒唐的教士。"[43]对于后宗教改革时期的英格兰来说，中世纪文学成了一种儿童文学，与幼稚、错误、懒惰、闲散和愚蠢联系在一起。

　　那么，当中世纪书本传到近代早期的儿童手中时，又会发生什

79

----

　　①　廷代尔（William Tyndale）是16世纪英国著名的基督教学者和宗教改革先驱，被认为是第一位清教徒。在16世纪的欧洲，拉丁语是学术和官方语言。当时英国在威克里夫（首位将《圣经》译成英文者，并遭教皇谴责，被逐出教会）之后禁止翻译《圣经》，廷代尔历经万难，将拉丁文《圣经》译成现代英文方言，使英国普通民众拥有阅读《圣经》的自由。——译者注

么呢？在剑桥大学图书馆中，一套四开本的图书展示了罗伯特·多伊和安东尼·多伊（Robert and Anthony Doe）两兄弟的想象。他们二人来自16世纪末17世纪初一个不服国教者（也就是后宗教改革时期的天主教）家庭。[44] 这本书中有许多涂鸦、图画、所有权说明和含义模糊的笔迹，偶尔也有来自其他作品的引语。比如，安东尼·多伊在1526年出版的保罗·布什的《消除无知》（*Extripation of Ignorancy*）一书的空白处写道："我走在家庭的迷雾中。"这句诗来自流传甚广的斯滕霍尔德－霍普金斯版《圣诗集》101首。这个版本包含了诗篇的韵文版本和各种祷告材料，作者是托马斯·斯滕霍尔德、约翰·霍普金斯以及其他一些人。1533—1562年，该诗集出现了一系列不同的版本；1562—1600年，共出现了30个版本。《圣诗集》长期以来一直是英语儿童教学的核心文本，而斯滕霍尔德－霍普金斯版译本也在1562年版的书名页上清楚地写明了教学目的："这里没有那些予人以私人愉悦和慰藉的作品，也没有那些荒唐的诗歌和民谣，因为它们只会滋生恶习，荼毒孩子们的心灵。"它是一部适宜儿童阅读的《圣诗集》，多伊家庭的孩子们显然都读过。

在《消除无知》的空白处，出现了安东尼·多伊试写的诗歌，从中可以明显看出《圣诗集》对他的影响。在某一页上，他写下了如下未完成的诗句："哦，我的上帝，我来到你身边，我的忧伤和痛苦如今都成了我的渴求；然后……"这些诗句与斯滕霍尔德－霍普金斯版《圣诗集》中的韵律完美契合。它可以重排如下：

> 哦，我的上帝，我来到你身边，
>
> 我的忧伤和痛苦，
>
> 如今都成了我的渴求，
>
> 然后……

　　我没有找到与这些诗句完全对应的文本。这个时期出现的韵文诗篇有与它相似的，但都不完全一样。它们是一种特定形式的韵律诗，带有时代的烙印；它们是诗歌的碎片，对孩子手中的出版物作出了富有想象力的回应。

　　因此，中世纪文学不仅影响了中世纪的儿童，也影响了近代早期的儿童。我们视中世纪文学为浪漫的骑士传奇故事和探险故事，认为中世纪文学意味着罗宾汉和魔术、摇篮曲和民间韵律诗歌。但是，我要在此说明，中世纪文学也是关于文化和权力的文学，通过这样一种形式，修道院的学生们也许会在墙上的涂鸦中找到学校演出的画面，而最早的出版商会发现那些适宜新一代读者的图书，这类读者渴望成为有文明、讲礼貌的人。在书页的边缘，我们也会看到儿童在阅读时留下的痕迹，甚至，孩子们自己也成了那个时代的作者。

# 第四章　从字母到挽歌

## 清教对儿童文学的影响

　　清教徒很容易被妖魔化。这个词长期以来都暗含着极端行为的意味,不论是指带来克伦威尔时代的革命的弑君者,还是指刻板的着装和极端拘谨的礼仪(想想美洲早期居民的形象)。然而,清教徒无疑都热爱自己的孩子。他们对后代满腔热情:孩子的成长、教育和阅读活动都牵动着他们的心。在清教徒的支持下,儿童文学成为一个崭新而独立的文学类型。它们本身就是清教文化的表达,是更宏大的出版计划的延伸,以精神教育和道德提升为中心。讲述的故事多关乎救赎与皈依,意在传达这样一个道理:即便在童年时期,生活也要有精神追求。[1]用 1671 年詹姆斯·詹韦( James Janeway )在《儿童的榜样》( *Token for Children* )中的话来说,孩子是上天赐予父母的"珍宝"。[2]这本书也成为 17 世纪继班扬的《天路历程》之后最有名的书。从这种意义上说,儿童不仅是家庭的未来,也代表着清教运动的未来。

　　清教主义是一场面向未来的运动,无论从社会意义上还是从想象意义上来说,清教徒的孩子都在这场运动中扮演一定的角色。有时,清教徒认为自己就像与家庭决裂的孩子,反抗和挑战英国国教的家长式作风以及教会和国王的权威。他们通过命名上的反叛来发出反抗的声音。《旧约》中有许多关于命名的故事,一些更名举动(如亚伯拉罕和撒拉的故事)标志着人物的命运转折点。[3]希伯来《圣经》中也有许多意义重大的命名故事,其中的人物多会被赋予带有明显

寓意，与其个性和经历相符的称谓。1560 年的英文版《圣经》（即 82
所谓的日内瓦《圣经》，后成为清教徒的圣典），用方言阐释了这些名
字，清教徒也在这些名字和故事中找到了指称自我的绝佳模板。一
份 1565 年的早期清教徒文件建议，不要以"上帝之名、基督之名、天
使之名或圣会之名，也不应带有异教或罗马天主教的意味，而应当注
意到《圣经》中被赋予美好与圣洁意义的人物名字"。[4] 此类禁令让
清教徒以《圣经》为矿藏，不断挖掘具有美德的形象。于是，他们为
自己的孩子选择了伊卡博德（Ichabod）、埃比尼泽（Ebenezer）、伊齐
基尔（Ezekiel）、纳撒尼尔（Nathaniel）和所罗巴伯（Zerubbabel）等名
字。① 然而，他们也经常用《圣经》中的名字的英文形式来称呼自己
的孩子：充满希望的（Hopeful）、沉默安静的（Silence）、聪敏智慧的
（Learn-Wisdom）、厌恶邪恶的（Hate-Evil）、善意的（Do-Well）、日积
月累的（Increase）、感恩的（Thankful）以及认可的（Accepted）。这
些名字创造了一个名副其实的真善美的世界——现在来看，这个世
界更像是隐喻性的而非现实的世界。他们仿佛就生活在现实中，生
活在《天路历程》的世界中——或许这才是问题的关键所在。因为
班扬笔下的人物并不只是中世纪传统的单一维度的寓言角色。他们
是清教徒世界里活生生的人物，淋漓尽致地诠释了现实生活中角色
的象征意义。[5]

　　这种隐喻性的存在不仅带来了文学上的影响，也具有政治意义。
无论是在英国还是在美洲，清教徒都认为自己生活在具有至高无上
意义的环境中。对家庭的深厚感情促使他们将这种环境转化为父母

---

　　① 依次对应《圣经》中的名字：以迦博（以利的孙子，意为"神的荣耀离开了以
色列"）、以便以谢（石头名，意为"帮助之石"）、以西结（以色列先知，意为"上帝
加力量"）、拿坦业（后人称之为圣巴托罗缪，意为"神的赠礼"）、所罗巴伯（意为
"巴比伦的子孙"）。——译者注

和孩子的形象。例如,1660 年,英国国王复辟,国教恢复,"伟大的护国公"奥利弗·克伦威尔的家长式作风让步于一种更为严酷的父权制度。17 世纪末,清教徒开始认为自己是受压迫的宗教群体,是受到社会残忍对待的孩子。他们并不是唯一持有这种观点的宗派,再洗礼派、长老派、异教派和贵格派都在一定程度上认为自己遭到了迫害。然而,在将这种受压迫意识转变为儿童文学的过程中,他们都扮演着特殊的角色。在 17 世纪的最后 25 年,这些从这种政治环境中萌生、关乎儿童的苦痛与死亡的故事变得格外受欢迎。

同样,美洲的清教徒定居者摒弃了"祖国"的古老意象,转而拥抱一个重生与童年的新世界。[6]早期居民的作品中充满了这种意象,殖民地的儿童文学的兴起,与殖民地居民和英国的家族性关系密不可分。这种关系最终决定了早期的美洲文学和作为整体的政治经验。服从圣父意味着服从一个父亲般的英国,而清教儿童文学的内在冲突就存在于巩固权威的需要与对个人发展的强调之间。用杰伊·弗利格尔曼(Jay Fliegelman)的话来说,最终,殖民地居民的童年并不是一种"学徒期、成长期、受教育期和成年的准备期",而是代表"与外在权威的一种永久关系"。[7]

英国和美洲清教的儿童书籍恰好是这样一种社会政治关系的隐喻,要理解这一隐喻——不单是书上的隐喻,也包括现实世界的隐喻——就要学习阅读的艺术。字母教育不仅仅是为了商业和文化上的成功,更是为了提供精神上的发展和满足。清教运动中存在的一种道德文化认为,书籍可以塑造生命。他们确信,只有通过阅读,通过教理问答以及学习典范故事,儿童才能进入天堂,不论时间早晚。

因为,死亡无处不在。科顿·马瑟(Cotton Mather)这样总结道:"是的,也许前一个小时你还活得好好的,下一个小时便突然死去。"[8]与死亡相关的写作、讲话、布道和阅读成了清教文学的基本组成要

素。畅销书目中遍布着数不胜数的葬礼挽歌和临终忏悔。[9] 就连年
轻读者也被死亡的恐惧笼罩着。在承载着清教传统的字母书中，《新
英格兰初级读本》（*The New England Primer*）流传最广也最为久远，
几乎每一个字母都包含着与死亡相关的讯息。[10]

> 猫儿玩弄猎物，
> 然后再行杀戮。
>
> 沙漏如斯，
> 人生消逝。
>
> 时间斩断一切，
> 大小统归寂灭。
>
> 少年在前逃奔，
> 死亡在后紧跟。①

　　对于儿童文学来说，挽歌不仅仅是一种表达方式。清教徒意识
到，书写童年就是在写作挽歌。一切儿童文学都在呼唤某种一去不
返、无法重现的过去，一段在成年前便失落的岁月。所有儿童都会
"死"——他们必须长大成人。"沙漏如斯／人生消逝。"当忆起童年
的歌谣和寓言时，我们仿佛突然回到了孩童时代的自己，哪怕只是暂
时的。清教徒认为童年是一个必不可少的过渡阶段，在传播儿童文

84

————————

　　①　以上四节分别对应字母 C，G，T，Y。这四个字母对应的情景是：一只猫
（Cat）在玩弄自己的猎物，一个玻璃沙漏（Glass）在计时，代表时间（Time）的死
神挥舞着镰刀，一个少年（Youth）在逃避追杀他的骷髅。——译者注

学的过程中,他们不仅展望了教派的未来,也回望了个人所遗失的纯真。

列表和挽歌处于儿童文学的核心位置,但它们并不是随意的目录。列表的制作通常带有挽歌的性质,我们仿佛是在就生命之书的功与过进行清算。列表制作也总是先行于挽歌。它成为一种对人的提醒,让人们在现世保持忙碌,以延迟最终清算的来临。从某种意义上说,现代所有为儿童创作的作品都是清教徒式的。18 世纪中期,约翰·纽伯瑞所选编的书目仍然反映了对列表和挽歌、对社会行为和救赎的内容的双重关注。在美国,《新英格兰初级读本》强化了早期清教徒的诠释习惯,而其中的字母意象直到 19 世纪仍在整个教育实践中占有统治地位。

早期儿童书籍都是按字母顺序组织材料的。约翰·夸美纽斯(Johann Comenius)的《世界图解》(*Orbis Sensualium Pictus*)是最早的代表作之一,自 1658 年首次出版以来,这本图画书被翻译和再版了上百次,对后来的许多教科书都产生了影响。[11] 夸美纽斯的书按字母顺序罗列了动物的声音等内容,并配上相应的鸟类和野兽发声的图片。书中还有象征美德和恶行的图片,也按字母顺序排列,这本书由此成了一部道德词典。夸美纽斯的创新之处在于剥除了字母带有的浓厚的宗教意味(如此处不用亚当说明 A①),强调了字母是表示人类声音的图形系统。通过按字母顺序来组合知识,夸美纽斯诠释了字母的顺序是如何模拟世界秩序的。[12]

夸美纽斯的书对之后的字母教育非常重要。同时,在更大程度上,它也传达出主导儿童天性的字母的隐喻意义。儿童的品性

---

① 《新英格兰初级读本》中用亚当说明字母A,对应的对句是:"亚当堕落,世人皆罪。"("In Adam's fall, We sinned all.")——译者注

（"character"）在他们的字（characters），即手写的字母中清晰地呈现出来，在这个单词的双重意义上玩的文字游戏，深刻支配了人文主义者对自我本性与教养的追求。对于像莫尔、伊拉斯谟和胡安·卢斯·维韦斯①这样的思想家及其后的学校教师、家庭教师和哲学家来说，学生的字迹是理解学生品德的关键。准确拼写成为对所谓的"伦理辨识度"的练习。事实上，对如何书写字母与如何握笔的说明和图解是古老礼仪手册留给人类的遗产。关于笔的制作和保养——削羽毛，装上墨水，保持笔刀的锋利和整洁——的说明也如此。笔刀的选择甚至体现了学生的内在品质、他所处的阶层和个人口味。[13]

85

对"character"（字母，品格）这个词的各种意义的着迷，推动了研究字母的散文类型的出现，这种作品对典型的职业、社会规范和道德类型进行概述。这类作品在16世纪末和17世纪一度盛行，其中最著名的是英国国教徒约翰·厄尔（John Earle）的《小世界百态》（*Microcosmographie*）。[14]此书最初于1628年出版，到该世纪末总共有十多个版本面世。厄尔的书让我和早期的读者着迷的地方在于，它不仅言简意赅地描绘了人们熟知的人物类型（文物研究者、天主教徒、厨师、伪装的学生、店主、呆板笨拙的学生以及与此类似的人），还别出心裁地在开篇对"儿童"（The Child）运用了字母比喻：

> 儿童（A Childe）是小写的大人，在亚当（Adam）与夏娃结合，或偷吃禁果（Apple）前，他是亚当最好的代表。他满心愉悦，他在世间微不足道的活动能写下他的品格（character）。他是一幅大自然的清新油画，随着时间的流逝和万物的洗刷渐渐褪色、

---

① 卢斯·维韦斯（Juan Luis Vives）是欧洲文艺复兴时期西班牙重要的人文主义者、教育理论家。——译者注

破损。他的心灵仍是一张未被纷繁世界涂写过的白纸,最终成
了一本污损的记事本……他的父亲把他写成自己的简短的故
事,以此来重温自己无法记起的往昔岁月,同时深刻反思生活中
失落的纯真。

（B1r–B2v）

字母 A 在此确实代表亚当,也代表苹果,作者明确将儿童的品格
与纸上的字母相比较。儿童之于成人,正如小写字母之于大写字母。
心灵是一张白纸,原来的"白板"如今变成了学童那污迹斑斑的笔记
本。在此,父亲不仅养育孩子,而且"把他写成自己的简短的故事,
以此来重温自己无法记起的往昔岁月"——像这样既让人心酸又
光彩照人的形象,使现代读者不禁想到查尔斯·狄更斯在《大卫·科
波菲尔》的开头对这种情绪的改头换面的描绘:"我这人生的主人公
是否是我自己……接下来自当说清楚。"

86 　　在此,儿童就像一本书,成了我们想象力驰骋的空间。如果儿
童与文字或书页有类比关系,那么,对世界上的文字和书页的持续
研究便成了理解童年的关键。清教徒从厄尔的论断中推出的正是
这个过程——虽然厄尔并不反对英国国教或国王,他的书在英国清
教运动期间却广为流传(即便在"空位时期"[①],也有三个不同版本
出版)。因此,我们不得不视其为对儿童性格与成长轨迹的一种探
寻,正是这一探寻过程使清教对童年的字母化诠释得以成形。阅
读和写作,以及识别字母和正确组合文字成了这种教育的核心。
在伊莱沙·科尔斯(Elisha Coles)所著的拉丁语法书《愿不愿意》

_____

① 查理一世被处死到查理二世上台之间的时期被称为"空位时期"
(Interregnum),即 1649—1660 年。——译者注

（*Nolens Volens*）中，《圣经》（1675 年出版）中的重要词汇按字母
顺序排列并附在书后。在这本书中，日常词汇也仿佛拥有了同《圣
经》一般非比寻常的力量。[15] 在"铁"这一词条下，科尔斯摘录了
如下《圣经》引段：

> 惟愿我的言语现在写上，都记录在书上；用铁笔镌刻，用铅
> 灌在磐石上，直存到永远。
>
> （《约伯记》19:23—24）

> 只要拿个铁鏊放在你和城的中间，作为铁墙。你要对面攻
> 击这城，使城被困。
>
> （《以西结书》4:3）

这些引文告诉孩子们，简单的词语背后也暗藏着写作的艺术。
事实上，约伯的诗句很可能说出了作家的心声，即希望自己的文字
记录下来，镌刻在石头上，永远留存。科顿·马瑟同样在《圣经》中
发现了写作教学法。他在《宗教 ABC》（*A. B. C. of Religion*，1713
年于波士顿出版）中说道："此处你将看到一首赞美诗，这是为儿童
预备的课程；从他们刚学会识字起，这样的旅程便开启了。在希伯
来语中，诗的每一节都以一个新的字母开始，这些字母都按照顺序
排列。因此，希伯来儿童掌握字母表后马上就能掌握这些诗篇。儿
童受到了召唤。"（A3r）字母的顺序决定了赞美诗的顺序，古代希
伯来儿童受的教育也预示着现代清教徒对孩童的教育。从词源学
意义上来看，每一堂课（lesson）都是一次诵读（lectio）——一种
阅读的行为。经文（scripture）的背后藏着那个词的本质：单词拼写
（scripting）。

字母无处不在,但在《圣经》中尤为突出。经文本身便是关于知
识的百科全书,早期的初级读本也包含按字母排序的《圣经》词汇表。
科尔斯的《愿不愿意》就是一个例子,现在几乎被人遗忘的数学家约
翰·佩尔(John Pell, 1611—1685)的早期著作《英语教学》(*English
Schoole*)也是如此。[16] 佩尔是教育家塞缪尔·哈特利布(Samuel
Hartlib)圈中的一员,他接触到夸美纽斯关于字母教育的理念,《英语
教学》以其《圣经》词汇表吸引了年轻读者,这些词汇按从单音节到
七音节的顺序依次排列。佩尔的这本书被视作另一本《圣经》词汇
大纲的灵感来源,那本书流传更广,书名也和佩尔的类似,即托拜厄
斯·埃利斯(Tobias Ellis)的《英语教育》(*English School*)。这
本书最初于 1680 年问世,和佩尔的书一样,它的基础词汇列表也依
托于《圣经》。[17] 但是埃利斯超越了佩尔。他增补了"《圣经》中的
所有专有名词,按照字母顺序进行排列",涵盖了从两个音节到六个
音节的所有名词。他为单音节、双音节和三音节词配了图片,都以字
母顺序为基础。书的结尾部分还提供了手写体模板,从供学生使用
的书本字体到专业人员使用的文书字体都有收录。每一张手写体模
板都以字母表开始,先小写字母后大写字母,后面附有《圣经》的引
文。每一张都独立成页,四周有框线,就像供识字儿童用的角帖书
(hornbook)①,指导孩子们"character-building" ②——为他们书写英
文单词、培养基督徒品格提供模板。

从严格意义上来说,这些书是否都是清教的文化产品呢? 其中
一些书的作者,如科尔斯,是清教牧师。而另一些人,如佩尔,曾投身

---

① 一种儿童识字用具,主体是一张印有字母表、数字等内容的纸,装裱在带柄
木板上,再盖以保护用的透明角片,故名。——译者注
② "character"既有"品格"的意思,也有"字"的意思,因此"character-building"
在此也有双重含义,即拼写单词和培养品格。——译者注

改革派（他是克伦威尔在瑞士的使者），王朝复辟后又重回仕途。我们对于埃利斯的了解，则仅限于他在作品书名页上的署名——"福音传道士"（无论他在"空位时期"服务于谁，他确实把《英语教育》献给了查理二世）。抛开各自的宗派归属，他们的共同之处在于，都深刻地意识到了要对《圣经》进行改革，对宗教图像的态度完全不同于较早的天主教对圣徒和救赎图像学的态度。在这些书中，日常生活中的事物与《圣经》历史事物同时存在——不只是宣扬《圣经》，而是表明：所有生命本质上都与《圣经》息息相关。

这一传统的典型是著名的《新英格兰初级读本》。这本书大约可以追溯到 17 世纪晚期，不过直到 1727 年才形成它为人熟知的版本（也是现存最早的版本）。[18]《新英格兰初级读本》在漫长的流传过程中产生了重要的意义。它十分推崇字母与象征、格言与祈祷以及诗歌与道德故事。这本书的主体内容比较稳定，但基调在 18 世纪中期有了相当大的转变，越来越倾向于福音派，并且增加了圣歌和祈祷（可能是为了适应当时宗教大觉醒引发的宗教环境的变化）。但是最初的时候，《新英格兰初级读本》体现了在清教儿童文学中占统治地位的风格，而在这个过程中，它在某种程度上充当了这类文学中常见的挽歌和列表的注解。

《新英格兰初级读本》以列表开始。它的开头有点像角帖书，是一份以罗马体和斜体印制的字母表，下一页是用罗马体和黑体印制的大小写英文字母。于是，从一开始，《新英格兰初级读本》就不仅仅是一本提升精神素养的指导手册，它还是一份字体清单。学究气的祈祷文在书中占据中心地位：在其著名的配图字母表中，字母 B 代表着"生命救赎 / 此书良方"（"Thy Life to Mend / This Book Attend"），甚至字母 H 也代表着"书与我心 / 永不分离"（"My Book and Heart / Shall never part"）。因此，当孩童们读完这些字母，翻到题为"有责任的孩子

的承诺"这一部分时，便会看到"用心学习这些句子以及诸如此类的
训诫"——就是要把书放在心底。用十诫结尾的话来总结,关于字母
的教育、主祷文、使徒信经及十诫,这些都是"我今日所吩咐你的话都
要记在心上"①。此时心灵也成了一种书,成了用以记录教育和训诫的
书页或蜡板。这也是《新英格兰初级读本》结尾处殉道者约翰·罗杰
斯(John Rogers)的诗所传达出的道理。

> 孩子们请注意听我的话,
> 上帝花了极大的代价才得到它,
> 务必将他的箴言存放于心,
> 深深印在你的思想中。
> 我为你们准备了一本小书,
> 供你们观看阅读。
> 如此你们将得见父的面容,
> 在他告别辞世之后。

　　这首诗对文化教育进行了剖析。耳朵、心脏和眼睛成了儿童理
解事物的关键器官。这首诗没有像宗教改革前的传统那样对基督的
苦难及其受刑进行沉思,它劝告孩童观看上帝的面容。看的过程也
就是阅读的过程,求知的过程也就是印刷的过程。"务必将他的箴言
存放于心,深深印在你的思想中。"在印刷所中,"存放"(lay up)一
词指清洗印版或排好的页面以备下次使用。[19]上帝的戒律总是以
刻印的形式出现,无论是十诫的石碑还是文本的印刷页面都是如此。
　　《新英格兰初级读本》因此教会了人们许多事情: 孩童在家庭、

---

　　①　这句话出自《申命记》6: 6。——译者注

社会和创作中的地位；服从父母设立的法则的必要性，无论是生身父亲还是圣父设立的；以宗教和公民生活为中心的受约束的表达习惯。人要经过思考后才说话，《新英格兰初级读本》（和许多清教指导手册一样）强调控制言辞的重要性。戴维·H. 沃特斯（David H. Watters）在对《新英格兰初级读本》的研究中指出，口头问答法"让孩子进入一场形式和内容都被控制的谈话中"。它"让孩童为接触书面文本做好准备，仿佛在以一位家长的权威口吻说话"。[20]

　　但是，如果说《新英格兰初级读本》是一部指引生活的书，那它同样也是一本关于死亡的书。从这本入门读物开篇的经文到它核心部分的诗，再到结尾殉道者约翰·罗杰斯的故事，死亡无处不在。"因为至终必有善报，你的指望也不至断绝。"这则箴言开启了整本书，结束和死亡则贯穿全书。用于诠释字母 C 的猫玩弄着猎物，但随即将它杀死。在字母 R 的条目下，雷切尔（Rachel）在为她的头生儿哀悼。"时间斩断一切"，而对于年轻人来说，"死亡在后紧跟"。十诫之后的诗句（极有可能是科顿·马瑟所作）这样写道：

> 我在那众人长眠之地，
> 见到许多比我更短小的坟茔。
> 死神不顾虑年龄，
> 孩童也会早早丧命。

　　这首小诗离詹韦在《儿童的榜样》中所收集的儿童之死的故事，仅有一步之遥。《儿童的榜样》是一本值得注意的书，它的英文初版面世不到 20 年，即在波士顿出版，直到 18 世纪都还是美国、英国和清教图书馆中的重要书籍。《新英格兰初级读本》就像詹韦的《儿童的榜样》一样，目标都是未来的世界。

那个未来的世界最终要在书中找到。对于《新英格兰初级读本》以及所有儿童文学作品,我想强调的是,它不仅是教育内容的载体,它就是人工制品本身。这本小书的物理性质(从印刷到融入其内容的排版形式)使这一点变得更清楚。它是儿童的小手捧着的一件物品。然而,像世上所有物品一样,它也会破损、分解、衰朽。正如约翰·罗杰斯在诗中所言:

> 我的尘世之物的继承者,
> 我给你们留下这些东西,
> 愿你们阅读、理解,
> 记在心底。
> 你既已接受
> 终将腐朽之物,
> 也会获得
> 那永不褪色的价值。

在 1727 年版的《新英格兰初级读本》之前,有谁知道它有过多少个版本呢?有谁知道在流传了多少本这一主题的书之后,才有这样一本脆弱、破损的书留存下来呢?现代人手捧这些书时,意识到的不是古老文本的遗失,而是它们被传播、珍藏,经受无数次翻阅,以至于变得残缺不全了。简而言之,这些经无数儿童的手而变得破损的书,被阅读直至消亡。

书籍可以被阅读直至消亡,人类也是一样。如果说有人能不顾性命地阅读,那这人一定是詹姆斯·詹韦笔下的模范儿童——约翰·哈维(John Harvy)。他 1654 年出生,11 岁便告别人世。[21]哈维可以说是语言天才,其他孩童 5 岁才会说话,他 2 岁便会了。

虽然父母不让他在那样小的年纪入学，但他给自己找了一所学校。"没有父母的知识指导"，小约翰进入学校学习，"在学习上取得了非凡的进步，大部分孩童还不认识字母的时候，他已经能清晰地读出来"。在詹韦的《儿童的榜样》中，约翰的故事实则是一段献身于书籍的故事。痴迷于阅读，"求知欲旺盛……认真观察，记得听到的一切"，约翰·哈维因此成了一个模范学童，为《新英格兰初级读本》的教育原则树立了榜样。他似乎践行了《新英格兰初级读本》倡导的所有准则。他的心与书相连。为了救赎生命，他求助于书。他遵循清教徒严格控制言辞的信条，同时诠释了约翰·班扬所谓的"丰盛的恩典"的学说。用詹韦的话来说，他的行为通常"不靠父母的指导，而依赖一种内在的恩典原则"。他对教理问答驾轻就熟，与《新英格兰初级读本》中的理想指示相一致。但这些对约翰来说还不够："他不满足于自己学习，要求其他人学习教理问答。"包括他母亲的仆人在内，所有人都被他引入到了这场学习中。

6岁时，约翰·哈维眼睛疼痛，深受折磨。医生嘱咐他停止阅读，让眼睛得到休息，但约翰并未遵从。他仍然"倚窗而立，阅读《圣经》和经典书籍。是的，他醉心于《圣经》，从中得到诸多快乐，甚至顾不上穿衣服……他认为这是上帝的旨意，他要全身心地投入阅读。他不能被眼痛打败，一直到病情恶化，视力差点永远不能恢复"。就这样，约翰一直坚持阅读，不惜变瞎。这种身体上的自我牺牲贯穿詹韦的故事的始终，展现了这个男孩把文字看得高于一切的品质。学习是"他的娱乐。从没有人教他写字，他却凭借聪明才智获得了这种能力"。他饮食简单，衣着朴素，祷告虔诚。

约翰因阅读而几近失明，甚至可以说他几乎是因阅读而死——更确切一点说，他阅读是为死亡做准备。死亡是他阅读的终极目标。"除了《圣经》之外，他读得最多的是尊敬的巴克斯特牧师（Reverend

Mr. Baxter）的作品，尤其是他的《圣徒永恒的安息》。实际上，安息与永恒的思想似乎在他的精神领域占据着统治地位，他的生活无时无刻不在为此做准备。他更像是准备好迎接天国荣光的人，而不是尘世的居民。"在 11 岁时，他随家人迁往伦敦，不巧碰上瘟疫（詹韦称之为"可怖的六五年"①）。身边的亲人一个个离他而去，约翰坚持阅读《圣徒永恒的安息》，"并怀着极大的好奇心"，甚至还写下了若干篇"神圣的沉思"。最后，他自己也染上了瘟疫，便向母亲说道——这被定格为前维多利亚时代儿童文学最为伤感的时刻："我祈祷，请允许我拥有巴克斯特的书，以便我在离世进入永恒之前再多读一点关于永恒的指引。"约翰很快就说不出话来，他安息了。

　　这是一个关于语言与诠释、读写与挽歌以及世界与词汇的故事。约翰·哈维的一生是关于文字和阅读、书籍和布道的生命历程。詹韦指出，约翰向他的同学布道，经常以《圣经》中的这句话作为布道词："现在斧子已经放在树根上，凡不结好果子的树，就砍下来，丢在火里。"②想象一下，我们先打开 18 世纪前期美国翻印的众多《儿童的榜样》中的一本，读到这一页，然后再打开《新英格兰初级读本》，翻到字母表的最后一页。在后一本书里，给字母"T"配的是一幅骷髅手持长柄镰刀和沙漏立起的图，旁边是一句诗："时间斩断一切 /大小统归寂灭。"字母表最后是一棵树和三行字："撒该（Zacheus）爬上了树 / 见到了他的主。"③约翰·哈维仿佛凭直觉就能把握清教预示论，能够理解从叙事和图像学两个角度看什么才是宗教教学法的核心。

---

①　"可怖的六五年"，即 1665 年，这一年欧洲鼠疫肆虐，笛福的名作《瘟疫年纪事》就是描述这一年的。——译者注

②　这句话出自《马太福音》3:10。——译者注

③　关于字母"T"请参考前文注释，"Zacheus"代表字母 Z。——译者注

约翰·班扬无疑拥有这样的领悟能力。在《天路历程》的开篇诗《作者为本书所作的辩解》的末尾，班扬嘱咐读者进入自己所创作的寓言天地中，"在寓言中看到真理"。[22] 因此，阅读《天路历程》，其实就是阅读自己：

> 你要自己读吗？读你所不明白的东西
> 然而你念了那些字句，你却可以
> 明白你自己有没有受到祝福？啊，那么来吧，
> 让我的书、你的头和你的心靠拢在一处。①

（p.7）

对于专注的读者来说，书与心——现在再加上头——永不分离，如果班扬的书关乎精神和救赎，那么它同样与学习字母相关。《天路历程》以一幕阅读的场景作为开始，一位梦的叙述者梦到一个"手里拿着一本书"的人。他"看到这人打开书读，一面读，一面浑身颤抖着流泪"（p.8）。经验与阅读密不可分。例如，在随后的故事情节中，"希望"② 来到巨大的立柱前，看到立柱"上方有字体不同寻常的笔迹，然而他不是学者，就喊'基督徒'③（他博学多识）来，看他能否弄明白文字的意思。'基督徒'随即过来，把字母拼到一起仔细研究，他看出上面写的是：别忘了罗德的妻子④"。这一幕唤起了人们对中

---

① 译文参考了西海译《天路历程》（上海译文出版社，1983 年），第 17 页。——译者注

② 此处为人物名。——译者注

③ 此处为人物名。——译者注

④《圣经》中罗德的妻子，因回头望了一眼索多玛而变成了盐柱。此处的意思为不要回头。——译者注

世纪亚瑟王传奇中的各种铭文的记忆。而在此处,这一辨识铭文的场景是为一个更大的教育目的服务的,让人们明白生活也就是组合字母,经验中充满图像和寓言,日常生活中处处可见圣经隐喻。

对文化素养的强调与清教字母教育传统和对《圣经》教育的重视相吻合。《天路历程》之所以成为在家庭和学校中流传甚广的读物,甚至说是两个世纪以来英国和美国儿童主要的早期读物,也与这一点密不可分。但这本书吸引人的地方还有很多。它具有讽喻和教育意义,为我们提供了一段与古老的民间故事和传说相似的冒险故事。遇见绝望巨人的场景——他的怀疑城堡,他冷酷、严厉的声音以及他肮脏不堪、臭气熏天的地牢(pp.113–114),颇有些童趣。显然,此书刚面世,孩子们就开始阅读了,克里斯托弗·内斯(Christopher Ness)的《精神遗产》(*A Spiritual Legacy*,1684 年)中的小约翰·德雷珀(John Draper)就是证明。在 7 岁之前,德雷珀就希望通过书本让自己在祷告时"忧郁"。"起初我对自己所听到的并不在意,直到我读到《天路历程》,这让我再度忧郁地……观察着其他人,不禁感同身受。之后,蒙上帝的恩德,巴克斯特的《召唤未归正者》(*Call to the unconverted*)传入我的手中,这让我意识到皈依的必要性。"[23] 班扬成了这个小男孩宗教意识觉醒的推力,尽管在此处不是直接的工具。班扬在生命的最后时光开始明确为儿童写作,并于 1686 年出版了《给男孩女孩们的书:民间儿童诗篇》(*A Book for Boys and Girls: Or Country Rhimes for Children*)。在这本书中,班扬融合了初级读本练习和民间诗歌,意在教会儿童"字母究竟是什么 / 以及他们如何提高自己对 ABC 的认识"(序言诗)。如《天路历程》一样,这本书也有许多教理问答的内容。儿童通过问答的形式进行学习,阅读一系列"民间诗歌"的经验可能相当于"基督徒"在《天路历程》中的朝圣之旅:我们经常会遇到隐晦的信息、奇特的象征,以及对需要我们解释的美好或恶毒行为的描绘。

　　《天路历程》本身有时也能代表这些象征中的某一个。本杰明·富兰克林认为（用他在自传中的说法），阅读班扬的书的过程，就像一位旅人遇到一段隐晦难解的文字。它蛊惑、吸引、激励着这位主人公投身于阅读。就像班扬笔下的徒步游历者，或是詹姆斯·詹韦所创作的那个痴迷于书的孩子，富兰克林"自幼……喜欢读书，手里有点零花钱，就拿去买书"（p.1317）。[24] 当然，他所结缘的第一本书便是《天路历程》。他从这本书中获得极大满足，于是搜集了班扬所有的作品，都是"单独发行的小册子"。然而不久，他将这些书悉数卖出，用得来的钱买了一套历史书。年轻的富兰克林显然超越了班扬的寓言世界，转而拥抱普鲁塔克、笛福和马瑟。但班扬还是无法被取代。富兰克林出海时误打误撞遇到一位荷兰醉汉，醉汉要求富兰克林帮助他晒干一件珍贵的物品。

　　　这本书竟是我多年来最喜爱的作家班扬的《天路历程》，是荷　　94
兰文版，用上等纸印刷，制作精美，附有铜版插图。它的装帧比我
之前见过的原文版还要好。我发现《天路历程》已被翻译成欧洲
大多数国家的语言，它可能已成为除《圣经》之外拥有最广泛读者
的书。据我所知，"诚实的约翰"是第一个将对话混进叙述中的人，
这种写作方式很吸引读者，读者读到最精彩的部分时发现自己仿
佛身临其境，亲自参与了对话。笛福在他的《鲁滨孙漂流记》《摩
尔·弗兰德斯》《宗教求爱》《家庭教师》等书中成功地模仿了这
一笔法。理查森在他的《帕梅拉》① 等作品中也采用了这种方法。

（p.1326）

―――――――――――

　　① 《帕梅拉》（*Pamela*），是塞缪尔·理查森（Samuel Richardson）的书信体
小说。——译者注

班扬始终是先行者,不论对儿童历史还是对文学史而言都是如此。无论从哪一方面来说,《天路历程》都是一本具有典范作用的书:它不仅塑造了读者,也塑造了作者。任何书都可以以《天路历程》为参照,无论是《圣经》还是《帕梅拉》。

从这个意义上讲,班扬带动了小说的发展,就像他引发了读者的自述。他的书从方方面面做到了这一点。首先,这本书讲了一个家庭与生命的故事,但却非同一般。书中并没有理想的父亲,也没有男人与妻儿共享温馨家庭生活的场景。这本书的主人公"基督徒"从一开始就四处奔走,显然是为了更高的目标和追求:"因此,我在梦中看见那个人开始跑起来,还没跑多远,他的妻子和孩子就发现了,立即喊他回去。但他用手捂住耳朵,边跑边喊道:'生命,生命,永恒的生命。'"(p.10)有多少父亲会为了更高的追求而逃走呢?有多少男人视家庭为囚牢,又有多少人像"基督徒"那样会有朋友(在书中,分别是固执己见"[Obstinate] 和"犹豫不决"[Pliable])劝说自己回归舒适呢?在《天路历程》开篇,家庭就处于危险中,阅读此书的孩子必定感受到了这种危险,并认为它是一种可怕的威胁。班扬也是放弃了家庭而投身宗教的。1660 年,他离开了第二任妻子(当时怀有身孕,还带着四个孩子,其中一个是盲童),进入监狱。"我当时,"班扬在《丰盛的恩典》中写道,"成了这样一个男人,将家庭重任压在了妻子和孩子的肩头。然而,细想一下,我,我必须这样做,我必须得这样。"[25] 于是,当马克·吐温书中的主人公哈克贝利·费恩在一个幸福家庭的书架上看到了班扬的书,写的是一个父亲离家出走的故事时,这时他的震惊便不令人意外了:"有一本是《天路历程》,写的是一个男人离开了家,却没说为什么。这本书我断断续续看了不少。里面的话很有趣,但是不好理解。"[26] 哈克贝利的父亲离开家,也没说为什么。《天路历程》开端的故事恰好与他的个人经历相呼应。无论在

95

阅读这本书时得到了怎样的体验，他都会寻找具有说服力的原因（正如一代又一代的孩子所寻求的），解释父亲为何会无缘无故地离开。

因此，《天路历程》的开端为现代小说树立了一个核心母题——缺席的父母。读者能读完班扬那本厚书，一定是因为渴望看到"基督徒"与家庭重聚，重新建立亲子纽带。这就是此书第二部分的主要内容：对家庭生活、情感联结以及和家庭成员相携相伴的欢庆。《天路历程》第一部分发生在开放的路上，第二部分则以家庭为主要场所。里面有温暖舒适的房间、有围墙的花园以及带来家乡慰藉的欢迎客栈。从许多方面来说，第二部都主要是关于"基督徒"的妻子"女基督徒"而非"基督徒"的书。班扬在第二部开头的诗篇中写道，如果有人敲门，"就回答他，是'女基督徒'来自远乡"。在小说中的这所房间里，儿童游戏轮番上演：谜语、短小的歌谣以及故事。正如客栈主人该犹对"女基督徒"和她的孩子们所说，"艰深的经文如同坚果……剥开外壳，你就能尝到里面的果肉"（p.263）。小游戏成为通向理解的源头。孩子的食物便是精神的食粮。再回顾一下詹韦笔下约翰·哈维的故事，这些都是可口的言辞或道德教育。

同样，《天路历程》的结尾也呼应了詹韦的《儿童的榜样》中的挽歌。"女基督徒"死了，受到一封书信的召唤，那是一封来自死亡的书信。在书的末尾，许多来自天国的信都过来了，每一封信都有信物（这是班扬的话），证明传信者是真正的天国信使。书中人物一再要求信息的"真理标记"（例如，p. 307）。寓言人物一次次地集合在一起，仿佛身处某个死亡的邮局："老实"先生（Mr. Honest）、"英勇"先生（Mr. Valiant）、"坚定"先生（Mr. Stand-fast）和"豪勇"先生（Mr. Great-heart）。和班扬一样，"坚定"先生叙述了自己是如何扔下"妻子和五个年幼的孩子"（p. 310）离开家的。结尾的整体氛围让人想起了清教徒临终的比喻和象征——受到《旧约·传道书》的召唤，而全书也以班扬对虚构的儿童和现实读者的道别为结束。无论是小说中的人物,还是读者,都会继续活下去:"至于'女基督徒'带着走向天路的她那四个儿子,以及他们的妻子儿女,我还没等到他们过河就离开了。离开后,我曾听人说,他们还活着,在他们所住的那个地方,教会的人数有一段时间也不断增加。"(p.311)

96　　清教徒的孩子终于也过河了——并非渡过死亡的河流,而是航行穿越大西洋。这些朝圣者的旅程已成为对国家身份的记述,而班扬的书几乎一面世就来到了那里(第一本美国版出现于 1681 年)。詹韦的书也一样,他的《儿童的榜样》于 1700 年在波士顿出版。但是现在,它是完全意义上的美国版本。在已有的死亡故事的基础上,该版本增补了一个新的部分,取名为《新英格兰儿童的榜样》。殖民者并不缺乏自己的文化土壤中的理想少年,他们应该讲述自己的故事,因此,这一卷中"值得注意的事情"是以"对詹韦的杰作《儿童的榜样》的模仿"的形式出现的。注意此处的"模仿"一词。《新英格兰儿童的榜样》仿佛是詹韦的"孩子":是模仿典范而形成的文本,这与《天路历程》之后的版本都视班扬的作品为模板非常相像。回顾一下约翰·厄尔在《小世界百态》中的想象模式:儿童是小写的大人,他的心灵是一张白纸。文学史即家庭和家族的历史,早期美国对一种持久的儿童文学的关注,只是强化了美国处于童年这一概念。

　　书籍就像美国人一样,是孩童。不仅重视重印,而且要模仿、删节、配上插图,使书适合年轻读者,这一切使得之后的作者成了服从主人的儿童。不妨温习一下富兰克林重识自己的旧识"诚实的约翰"的情形,此时呈现在他面前的是荷兰语版本。一眼即可认出,但语言和外观有所不同:"用上等纸印刷,制作精美,附有铜版插图。它的装帧比我之前见过的原文版还要好。"班扬的书一直在被重新装饰和包装。早在 1680 年，人们就对《天路历程》进行诠释，很快又改成诗体——《天路历程诗篇》（*Pilgrim's Progress in Poesie*，1697 年）。这本书的开篇词"致仁慈善良的读者"巧妙地融合了清教诗学、家庭隐喻和文学史的所有主题，因此值得全文引用。

　　书房里的藏书就像家里的孩子一样，透露着自己的喜好，总有一个要受皮肉之苦。因此，我们通过个人爱好，或对文字的痴迷来愉悦自己。

　　最典型的例子是，约瑟被他的父亲宠爱，就像雅各受他的母亲偏爱——他的母亲甚至献计教他骗取祝福。

　　溺爱通常落在最小的孩子身上。这个孩子所说的话或许比不上年长的孩子，但依然展现出深刻的判断力和不凡的创新意识。这种禀赋使我被《天路历程》吸引。因此，我以自己为镜，观照这位朝圣者，急切地想要用我喜欢的方式来"打扮"他。

　　我并没有高深的思想，当我在"化妆室"漫步搜寻时，常常得不到艺术的眷顾，以至于打算放弃一切。当我继续搜寻那些朴素的衣物，而非花边、刺针和饰针时，才感到这是自己力所能及的。但是，在某些时候，我也能产生不错的想法，就像一个漂亮的小孩，时而看上去优美俊俏，时而面目可憎，我眼中的这位朝圣者也是如此。甚至，就像那些不受欢迎的孩子的家长一样，我想要说，如果你不是我亲生的，我就会把你抛弃。于是，当内心斗争，思考到底该如何做时，一个勇敢的念头对我说道：不，坚持住！不应该这样做。你自己或许会有别的想法，其他人也同样如此。尽管一开始可能会不喜欢，但在其他情况下，看起来就好多了。[27]

这本装帧精美的书的形象,展现了艺术的系谱学和文学与家族史的关联。一些孩子遭受皮肉之苦——在某些家庭中,总有一个孩子将挨打。孩童分为好孩子和坏孩子、年幼的孩子和年长的孩子。此处,《圣经》中约瑟和雅各的故事呈现出一种全新的、不可思议的活力,我们仿佛在以现代生活的琐碎狭隘视角重新解读《旧约》的早期家庭。

我们被要求重新审视这些书,视它们为行为不当的男孩。此处,这本小书是文学领域最年轻的孩子,是拿到父亲面前的玩具。在此,家庭生活(不论是历史性的还是隐喻性的)再次与暴力相连。这本书的装帧带着花边、刺痕和饰针。一个孩子可能很漂亮,也可能异常丑陋——如果你非我亲生,我便会将你遗弃。但是,从另一个方面来看,情况就好多了。《天路历程诗篇》之所以是儿童文学,是因为其中的文学史与儿童生活紧密相连。经过诗人的处理,这部作品不再是所有小说之父,而是父亲手中的玩具。在这种家长作风的背后,始终有一种抛弃的威胁:如果你非我亲生,我便会将你遗弃。

如果说孩子是一个小写的大人,那么改编的书之于原版书则如同孩子之于父亲。18世纪有大量文学作品被改编和删节:除了《天路历程》,还有笛福的《鲁滨孙漂流记》、理查森的《克拉丽莎》(Clarissa)以及《圣经》。[28] 不论是在英国还是在美国,这些出版计划都反映了人们对童书的真实需求。但它们的出现也意味着需要一种新的写作方式,来对抗以往伟大作家的父亲身份。所有这些文本都是一种模仿,不论是美国的《新英格兰儿童的榜样》,还是英国的《天路历程诗篇》。同时,抛开创作者具体的宗派归属,这些书仍然是清教经验的一部分。就像清教的社会史一样,清教文学史也始终以家庭和传承为核心。对典范人物的模仿不仅主宰了儿童的成长,也对作者的成长起到了关键性的作用。从这个意义上来说,儿童文学创作和阅读的兴起与对文化素养(清教教育理想的核心)的追求息息相关。

　　这种追求在散文和诗歌上的体现对清教理想至关重要。很少有诗人像艾萨克·沃茨(Isaac Watts)那样对儿童文学史产生了如此重大的影响。[29] 沃茨是一位不信奉国教的牧师的儿子,他生活的世界充满宗教分歧。由于不是英国国教教徒,他被禁止进入大学学习,但他所接受的教育不输给同时代的任何人。在 50 年的时间里,他创作了一些引人入胜的诗篇,它们可以说是为儿童所写的最富魅力的作品。

　　沃茨的《给孩子们的神圣和道义之歌》(*Divine Songs, Attempted in Easy Language for the Use of Children*,以下简称《圣歌》)于 1715 年首次出版。它无疑是已出版的儿童诗歌作品中最为脍炙人口的一部。在他的一生中,这本书共出了 20 个版本,从本杰明·富兰克林(从中受到道德警示教育)到刘易斯·卡罗尔(《爱丽丝漫游奇境记》随处可见它的影子),再到艾米莉·狄金森(她的许多诗歌显然都模仿了沃茨的赞美诗格言),都受到了沃茨的诗歌的影响。沃茨的诗歌直接表达了清教理想的中心主题——文字经验和挽歌情怀。它们结合了班扬的寓言和《新英格兰初级读本》的格言。简而言之,这些诗歌告诉了一代又一代的父母和孩童,究竟何为诗歌。

　　沃茨为儿童所创作的不只有这些诗歌。他于 1725 年出版了《逻辑》(*Logick*),1721 年出版了《英语读写艺术》(*Art of Reading and Writing English*)。在生命的最后一年,也就是 1741 年,他所著的《心灵的提升》(*Improvement of the Mind*)也出版了。这本书广受赞誉,塞缪尔·约翰逊甚至声称:"凡是负责教导他人的人,如果没有推荐这本书,就没有完全尽到责任。"[30] 沃茨的诗歌是一项宏大教育计划的重要组成部分,这项计划不仅教人要有良好品行,过有道德的生活,而且强调这两点都依赖于正确掌握英语阅读、写作和发音。总之,对于教育本土儿童、培养英语世界青年的想象力而言,沃茨的作品起到了重要的支撑作用。

以《圣歌》中的诗篇《因学习阅读而赞美上帝》("Praise to God for Learning to Read")为例:

> 我口中的赞美之词
> 献给我主耶和华,
> 为我年幼受教识字
> 蒙恩得圣言启发。[31]

与沃茨的许多诗歌一样,这首诗也以第一人称开始。第一人称无处不在——另一首诗以"伟大的上帝,我为了您而发声"开始,因为沃茨的诗歌实际上是在以赞美诗的语言来宣扬上帝的恩典。于是,关于如何阅读的诗,其实也是关于如何说话的诗。眼睛和舌头、心和口,在这样一种对语言文字的剖析中并用。请注意诗中意象的发展:

> 我受到指引,意识到
> 自己什么都做不好;
> ……
> 现在,我可以阅读和学习,
> ……
> 啊,我愿遵从圣灵的教导,
> 使我的心灵
> 领受那些真理。
> ……

我的书和我的心永不分离。沃茨使《新英格兰初级读本》中的这句格言贯穿于《圣歌》的始终。于是便有了《颂基督徒乐土上的新生儿与教育》（"Praise for Birth and Education in a Christian Land"），紧接着是《福音的赞美》（"Praise for the Gospel"）、《圣经的美德》（"The Excellency of the Bible"）和《因学习阅读而赞美上帝》。这些是对语言的赞美，是对一种关于看的神学的论述。《圣经的美德》这样开始：

> 伟大的上帝，我带着惊奇与赞美，
> 仰望着你的作为；
> 但你的智慧、大能与恩宠，
> 在你的书上最为闪耀[32]。

> 群星循轨迹而动，
> 予人以无限启迪；
> 但您的箴言指引我的灵魂，
> 教我荣登通往天国的道路。

现在，让我们留心另一首诗《全视的上帝》（"All-Seeing God"）： 100

> 全能的上帝，
> 您锐利的眼睛穿透了夜幕；
> 我们最隐蔽的行为，
> 都向您敞开。

上帝无疑是最伟大的读者。沃茨构建了一种以观看书页、文字和字母的行为为中心的献身理论。他指出,阅读《圣经》时,我们会发现超越了星体的奥秘的知识。但上帝在阅读时,却能洞悉一切。在上帝面前,我们的行为是敞开的,就像被翻开的书页。

> 我们的一切罪恶,
> 所有恶毒的话,
> 无不写在那本,
> 为最终审判而准备的书中。

> 我往日的一切罪行,
> 那时是否必定被公开评阅?
> 是否将在太阳底下,
> 在众人与天使面前宣读出来?

通读《圣歌》时会一再被其对读写的强调所打动,被其中所包含的人之书、神之书以及生命之书之间的关系所折服。

然而,光是阅读这些文字,甚至是表示赞美,都是不够的。诗人必定展现了那种赞美所立足的技术可能性。沃茨用多种形式呈现了《和散那》和《荣耀颂》。他分别采用了长韵律、普通韵律和短韵律。这些都是技术实验和诗歌想象的绝技,是对沃茨随后在《英语读写艺术》中所论内容的例证,他在那本书里说明了大声朗读英语诗歌是读写能力的体现。不同的韵律会产生不同的效果。他写道,诗歌允许"充分的自由发挥和变化……当然是在不破坏诗歌的和谐的基础上"。"这样一些变化,"他继续说道,"让诗歌更有美感、更优雅。"大声朗读诗歌的目的是表达"和谐",沃茨认为,这在技术上是可能的,只要读者用自然的表达方式——发音时就像在用"一种普通的语言,不在原有诗句上添加新的音乐韵律"。[33]

然而，控制和调整的对象由声音扩展到书面和印刷文字。沃茨的书页面排版布局清晰简洁，容易辨认。他对罗马体和斜体的使用，严格遵从他在《英语读写艺术》中的说明。《圣歌》早期版本中的题词页采用大号的罗马字母和较宽的页边距，是清晰的印刷的典范。印有写给托马斯·阿布尼年轻的女儿们的话的这些书页，与印有写给成人读者的序言的书页，是何其不同啊！写给成年读者的书页上满是挤在一起的斜体字。然而，当最终来到《圣歌》的正文中时，我们又再次见到了大号的字母和较宽的间距。简言之，对于初学者来说，这本书仍然可说是排版印刷的典范。

在这本圣歌集的末尾出现了另一首诗（首次出现于 1727 年第八版）："下面这首赞美诗的抄本已经多人之手，现在作者终于被说服，允许将其出版，附在《圣歌》之后。"[34] 紧随其后的《摇篮曲》恐怕是沃茨最为著名的诗篇。

沃茨把这一口头传播、个人手抄的作品有效地转换成权威的印刷作品。在此，沃茨便是"作者"，他将他人手中的复本集中起来，并通过出版使这首诗公共化。《摇篮曲》成为《圣歌》这本诗集的顶峰：它不仅是说给躺在床上的孩子们听的，某种程度上也是作者和读者的道别。与所有不凡的儿童故事一样，全书以入睡时间结束，《摇篮曲》成了孩子们进入梦乡前最后阅读（或父母朗读）的文本。

> 安静，我的宝贝，快躺下安睡；
> 神圣的天使会在床边守护，
> 天国的祝福，不可胜数，
> 轻轻地落在你的额前。

《摇篮曲》既是一份列表,也是一首挽歌。读者随着它的十四段有编号的诗节,从孩童的床上来到耶稣降生的神圣马槽,最后是耶稣受难。在上述四行诗的诗句中,我们可以找到某种与《新英格兰初级读本》的字母诗十分相似的东西:个人与《圣经》历史、宗教意象以及世间物品的相遇。就像《新英格兰初级读本》中的那首诗一样,这首诗的每个诗节也都有一个中心词,一段四行诗围绕着这个中心词展开。第一个字母都大写,每一个词都位于诗节的开始:亲爱的、宝贝、天堂、摇篮、宝贝、马槽、孩子、故事、牧羊人、宝贝、马槽、孩子、日子、亲吻(依次为 Dear、Babe、Heaven、Cradle、Babe、Manger、Child、Story、Shepherds、Babe、Manger、Child、Days、Kisses)。沃茨在《英语读写艺术》中写道:"这个时代的每种印刷作品都已逐渐形成这样的惯例,但诗歌或韵文尤其如此,主要特点是每一个事物的名称(名词)首字母都大写。"(p.66)《摇篮曲》紧随这一潮流,按一定顺序排列的大写字母代表祈祷的基础知识。

1722 年,16 岁的本杰明·富兰克林用"赛勒斯·杜古德"(Silence Dogood)的笔名为《新英格兰报》写文章,在关于新英格兰葬礼挽歌的文章开头,他引用了沃茨的诗。[35] 赛勒斯写道,大部分人并不认为新英格兰会诞生优秀的诗篇。但当时出现了一首挽歌。在论述中,富兰克林继续以沃茨的作品为例来探讨这首诗的理想形式。他给出一系列指导建议,就如何命题、称谓、组织和建构这样的诗展开论述。他认为可以使用一系列"哀伤的表达",比如令人窒息的恐惧、致命的事物、残酷冷漠的死亡、不幸的命运和流泪的双眼等。然后加上押韵词,如能量(power)、花(flower)、颤抖(quiver)、寒战(shiver),让我们伤心(grieve us)、离开我们(leave us),告诉你(tell you)、胜过你(excel you)、探险(expeditions)、医生(physicians)、使他饥饿(fatigue him)、加害于他(intrigue him)。最后一点,也是最重要的一点，"你必须把一切写在纸上"。

　　从最初的角帖书到《新英格兰初级读本》，从詹韦到班扬，再到沃茨，从散文到诗歌，从字母到挽歌，清教文化无不写在纸上。此刻的富兰克林无疑已走过童年时期，对清教诗学的技巧和修辞知识已有清楚的认识。甚至在对笔名的选择上，他也考虑到了清教命名习惯。"赛勒斯·杜古德"同后来华盛顿·欧文的"以迦博·克雷恩"（Ichabod Crane）和狄更斯的"埃比尼泽·斯克鲁奇"（Ebenezer Scrooge）一样，带有讽刺意味。① 但富兰克林的选择让人想到的不只是日内瓦《圣经》中的人物形象，更多的是《新英格兰初级读本》中的禁令：安静，多行好事。事实上，17 世纪和 18 世纪初期的许多孩子都取名为"赛勒斯"和"杜古德"。[36] 富兰克林诙谐的绰号不禁使我们想起那一代清教徒，他们挣脱旧的家长式传统，赋予自己的孩子新的名字。

　　从道德生活的记录书到教导良好举止、优秀读写能力的课本，清教徒总是在总结和记录。这些作品都带有初级读本的意味，仿佛富兰克林也能写出自己的《新英格兰初级读本》，使其成为公开的颂歌。然而，不管怎样，这些作品不仅仅是为他人所作的挽歌。詹韦作品中的小孩或者说圣婴、班扬虚构的家庭或是沃茨的小读者们，在挽歌的真实主体——挽歌作者本人——面前都显得黯然失色。富兰克林的戏仿作品《颂词》以如下的对句结束：

103

　　　　你应得的一切，都不必说，
　　　　在告别人世前，写下自己的挽歌。[37]

―――――――――

　　① "Silence Dogood"意为"沉默做好事"；"Ichabod"意为"丧失荣耀"，见《圣经·撒母耳记》4:21；"Scrooge"意为"吝啬鬼"。——译者注

在死之前,我们都创作属于自己的挽歌,在某种意义上,我们所阅读和创作的儿童书籍都是我们自己的讣告。"我愿意吻你一千遍",沃茨《摇篮曲》最后诗节中的说话者这样说道,

希望得到我最渴望的,

一个母亲最美好的愿望,也抵不上,

强烈盼望的巨大欢乐。

我愿意吻你一千遍——但我没有。我希望,我祈求,我强烈盼望。这首诗的主题涉及未发生之事,涉及说话者希望做或想做而未做之事。正如所有的儿童故事一样,沃茨的《摇篮曲》在过去的记忆和对未来的憧憬之间的那个中间世界徘徊,在怀旧与焦虑之间徘徊。我们列举出时代的标志,使自己相信,我们会在这种账目中找到生活的意义,发现未来的线索。

美国一直生活在回忆与憧憬之间,在这样一个国家,儿童文学所形成的张力便拥有独特的控制力量。我们像哈克贝利·费恩一样,总是想知道父亲为何离开,究竟能否归来。我们也总是在模仿榜样,不论他们是英国的文学象征,还是《圣经》里的道德模范。"自幼……喜欢读书。"富兰克林在自传中这样写道。做个小孩就意味着热爱阅读,他就是一个小写的大人,他的心与书永不分离。

# 第五章 心灵的玩物

## 约翰·洛克与儿童文学

　　"儿童，" 18 世纪早期教育家约翰·克拉克（John Clarke）写道，"是这个世界的陌生人。"他们生来没有思想，通过经验学习。他们的"第一位相识……是可感物体，这些物体必定用各种不同的观念，将空空的心灵壁橱填满"。他继续说道："教育的任务，就是陪伴和呵护孩子们度过脆弱敏感的童年，庇护他们尚无警觉意识的单纯心灵（他们尚无能力感受事物的本质和因果联系），让他们不至于偏离轨道，沉迷于虚幻的感官快乐。"教育的最终目的在于"塑造心灵的美德"，而教学大纲（语言、历史、数学及修辞等）是通向这一最终目的的量化过程和形式。克拉克还说，人们或许会认为，鉴于教育是年轻人身心发展的中心环节，与这一主题相关的书籍想必"卷帙浩繁"。然而这样的书并不多，而且到最后，"在英语文献中，我还不知道哪一本像洛克先生的书一样值得精读"。[1]

　　约翰·克拉克与他的许多教育界同辈一样，早已被人遗忘。但是约翰·洛克没有被人们忘记。在《人类理解论》（1690），或者更明确地说是在《教育漫话》（1692）中，洛克提出了一套关于教育的哲学理论。其主要观点是：人在出生时并不具备天赋观念，孩子们通过外部世界的经验进行学习，图片、玩具和模型能够帮助孩子学习字词和概念，教育应寓教于乐。以此，在过去的三百年中，洛克的理论对私人指导与公众教育产生的影响，比任何其他教育家的影响都要大。不仅英国,连法国、德国、荷兰和美国,都尊崇洛克为教育理论和实践的开创性人物(或许可以说是教育理论和实践之父)。[2]

　　如果说他的作品协助促进了儿童教育的发展,那么它同样促成了儿童文学的形成。萨拉·特里默(Sarah Trimmer)女士于 1802 年写道,在洛克之前的时代几乎没有什么儿童书籍,然而,"当寓教于乐的想法……被洛克先生提出后,儿童书籍便应运而生"。[3] 通观整个 18 世纪乃至 19 世纪,儿童书籍都以洛克的哲学理论和心得体会为基本立足点。例如,他认为儿童生来是一张白板,即他们的心灵壁橱是空的。这一观点影响了文学叙述中对知识与经验的呈现方式。的确,可以说自 18 世纪早期以来,儿童文学的主导认识论便带有浓重的洛克色彩。在否定了具备天赋观念的可能性后,洛克及其追随者将儿童转换为教育的产物。而通过将教育聚焦于感性经验,儿童文学作家不断写出与世上各种事物的遭遇,作为成长的故事。

　　不同于古老的中世纪传奇和班扬的《天路历程》,经验的发生次序并不是对预先存在的条件和信念的证明。同样地,不同于礼仪手册——它是先前社会教育的基础,洛克提出的行为模式并非单纯以建立一套端庄得体的行为范式为立足点。洛克式的叙述描绘了儿童对事物和行动如何反应、吸收以及表达反对。比如,童话书《小好人"两只鞋"》(*Little Goody Two-Shoes*,1765 年由约翰·纽伯瑞首次出版)便讲述了一个小女孩在经历成长教育后,最终成为一名老师的故事。在这个故事中,有一回是小女孩帮助她的邻居收割草料,"多年以来,那些草料总是因为潮湿的气候而严重受损",无法收割。因此,小女孩"发明了一种工具,指导他们在何时收割草料,能够确保其不变质"。[4] 长大后的小好人发明了晴雨表—— 由于它的有效应用,一些人视她为女巫。在此,技术并不是智慧的衡量依据,而是一种原始崇拜的标志。这个小小的细节也成为小说剧情的焦点,它充分体现

了小好人作为经验主义教师的角色地位：一位世界的观察者、测量
工具的发明者、迷信和古老的民间传说的反对者。

　　当然，从更大范围来说，洛克对整个英语文学史都产生了深远的
影响。早在《小好人"两只鞋"》之前，笛福的《鲁滨孙漂流记》便遵
循了洛克提出的许多原则，从小说通过叙述鲁滨孙掌握的技能来着
重强调知识细节，到描写主人公需要与后来到他岛上的人签订书面
契约的细节，无不体现了这一点。[5] 传统的"小说之兴起"这一概念
便将洛克（以及清教徒）置于中心位置。正如伊恩·瓦特所论述的
那样：

　　　　一开始，情节中的演员和他们的活动场景须被置于一种
　　全新的文学视角之下：情节必须由特殊环境中的特殊人物演
　　绎，不像过去，都是在大体合乎人类习俗的背景下，由几种普
　　通类型的人出演。这种文学上的转向，与反对普遍性、强调特
　　殊性的思想相一致，而这两点也是［洛克］哲学现实主义的基
　　本特征。[6]

　　用洛克的话来说："我们的知识开始于特殊性。"[7] 对儿童以及
成人文学而言，这一基本信念成为许多道德成长故事的写作动机，而
这些故事都以对外部世界的感性认识为中心。我们随着鲁滨孙和小
好人一起，进入一个个特殊的生活情境中。早期教育就像洛克说的那
样，指引着我们探寻那些场景。

　　这一生活的情节主线寓意深远。在洛克的世界里，填满儿童的
空间的不是一些"符号"，即之后会发生的救赎的象征，而是各种客观
实体，洛克使用"玩物"（plaything）一词指代它们。这个词不仅指称
育儿室或卧室中的玩具，也指教人感性行为和道德行为的经验对象。

106

"玩物"一词最初出现于 17 世纪末,用于指代玩具,但在洛克及其追随者那儿,这个词成了一个具有娱乐性质的认识论术语。[8] 洛克在《教育漫话》中写道:"儿童永远不会觉得这些'玩物'乏味、枯燥、没有乐趣。"不论是纸片、鹅卵石,还是在房间里随意找到的小物件,莫不如是。发现和创造这样的玩物应该成为儿童的学习活动,即使是一些对他们来说有些难以驾驭的复杂事物("陀螺、鱼叉、板羽球或其他类似的事物"),也应该"费些力气去做……并非为了涉猎广泛,而是为了练习"(p.238)。玩物同样可以用来教儿童阅读。字母可以印刻到骰子和多边形物体上,词汇可以变成玩具,书籍本身可成为令人愉快的事物(pp.256–58)。洛克对此类玩物的提倡产生了深远的影响,因此,在 18 世纪 40 年代,约翰·纽伯瑞在预售的书中附送了玩具球、针垫、计数的石子和多边形模型等。[9] 同样由于洛克这一倡导的影响,甚至儿童书籍本身也以"玩物"来命名,比如,纽伯瑞的《给儿童的小玩物》(*Pretty Play-Thing for Children*)以及玛丽·库珀(Mary Cooper)的《儿童的新玩物》(*Child's New Play-Thing*, 1742),后者带有字母、音节、图片和词汇,它们被印出来贴在卡片或积木上,用以教导孩子们如何阅读。这本书成了装潢儿童房间的又一件物品。

　　洛克对 18 世纪和 19 世纪早期儿童文学的影响,不仅在于他对教育理想的设定——个性、自我掌控和勤奋的品质都可以通过教育获得,还在于他对感官经验特殊性的强调,对世界上各种玩物的推崇,以及为此创作的用以解释填满心灵的物品的形象语言。[10] 经由这种文学,我们发现儿童面对的是凌乱的房间、杂乱摆放的壁橱,以及有待清理的整个家庭空间。这不只是简单的邂逅场景,更是真实形象地表现了洛克的知识图景。不只一本书像 1749 年萨拉·菲尔丁的《女教师》——长期以来被视为第一本专为儿童创作的长篇小说——那样,开篇即体现了这种洛克式的杂乱陈设:"若你浏览很多书只是为了说你读过它们，而不会利用从书中获得的知识，请记住这个道理，'大脑就像房子，如果里面塞满了东西，但并没有按一定的条理安置好，它就只是杂物间，而不是陈列整齐的房间'。"[11] 菲尔丁紧接着讲述了沃特金斯家的两个女孩的故事，她们总将自己的衣服和物件堆成"杂乱的一团"，总爱"将所有物件都塞到抽屉中"，因此总是在真正需要时什么也找不到。这个小故事教给人们的道理是："将大量知识填进大脑，而从不留意其内容和实质，这样既不能指导这些傻孩子的实践，也不能让他们增长知识。孩子们的头脑只会成为一团乱麻，就像沃特金斯姑娘的抽屉一样。"（p.xii）

　　儿童文学的任务是让人理解各种事物，因此，一种新的文学类型——无生命物的虚构传记——紧随洛克的作品而产生，这绝非偶然。这类书籍出现于 18 世纪早期，目的在于讽刺社会。从查尔斯·吉尔登（Charles Gildon）的《金色间谍》（*The Golden Spy*, 1709）到托拜厄斯·斯摩莱特（Tobias Smollett）的《原子的冒险》（*Adventures of an Atom*, 1769），再到查尔斯·约翰斯通（Charles Johnstone）的《一枚几尼币的冒险》（*Adventures of a Guinea*, 1760）和托马斯·布里奇斯（Thomas Bridges）的《一张纸币的冒险》（*Adventures of a Bank-Note*, 1770），还有数不胜数的其他书籍，言物的文学作品遍布伦敦书商的书架。像那个时代的许多小说一样，它们都是片段性的历险故事，关乎对特定职业、商业和工艺的展现。由此观之，仿佛日常生活中的事物也可以成为小说中的角色——似乎笔、硬币、玩具、书籍和马车等才是我们生活的代言人，我们自己反而要退居次席。[12]

　　这些小说属于童书吗？一些现代学者在 18 世纪中期儿童文学兴起的语境下对这些作品进行了探讨。[13] 在今天的读者看来，那些书并不像是为思想尚浅的儿童量身定制的。诚然，书中的政治隐喻、哲学思辨和复杂句式看上去似乎与《小好人"两只鞋"》和《女教师》

完全不同。然而，其中一些小说对父权、遗产继承和教育问题有所涉及，还有一些书的遣词造句相对较为简单，适合年轻读者。尤其是布里奇斯的《一张纸币的冒险》，几乎有着狄更斯式的开头：关于叙述者的父亲的谜题。[14]"无论是真实的故事还是传奇，主人公通常都会对自己及家庭有所交代，我也会依照惯例这样做。"（p.1）于是，我们很快便知晓了父亲和银行的故事，了解到"一代又一代，无疑由父亲传给了儿子的无赖行为"（p.5），最终真相浮出水面："不再吊你们的胃口……我的父亲是一位诗人。"（p.6）

《一张纸币的冒险》是关于"纯种家谱"的故事，今天，我们基本只将这一词汇与饲养的动物联系在一起。18 世纪的小说将家养宠物与无生命的物体联系起来，使宠物成为自己传奇传记的叙述者，这样的做法一点也不稀奇。诸如《小狗庞培正传：一只膝狗的生活和历险记》（*The Life and Adventures of a Lap-Dog*）、《小耗子游记》（*The Life and Perambulation of a Mouse*）和《群鸲史记》（*The History of the Robins*）以及其他许多作品的标题，都带领读者进入一段虽非人类，但极具体验性和感官性的历程。这类故事在很大程度上受到了古老浪漫传奇的写作技巧、新出现的流浪汉小说以及动物寓言的影响。[15]但它们的教育学和哲学支撑点都是洛克的学说。原因在于，洛克对动物抱有极大的兴趣。在《教育漫话》中，他斥责了常见的儿童蹂躏和折磨宠物的行为。他说道，无论男孩还是女孩，都应该学会爱护生命。"对于那些无比宠爱女儿的母亲，当她们的小姑娘希望满足自己的喜乐，想养些狗、松鼠和鸟类时，我能给出的建议是要仁慈和慎重。如果小姑娘已经得到了宠物，她就必须费心照料它们，把它们照料好。"对洛克而言，儿童如何对待动物是一个道德测试，也是一种对儿童内在世界的检测。无论是谁，如果"以见到比自己低等的生命遭苦受难为乐，则不大可能具有同理心，也不会友善对待自己的同类"。在一定程度上，洛克的这一论述主要基于他背景更广阔的哲学信条：视共同保护（universal preservation）为自然法则。如果我们能保护敏感的生命，"世界将变得更安宁与自然"（《教育漫话》pp.225–26）。在《人类理解论》中，他甚至还提出，动物也可以推理、记忆和感知（虽然无法全然像人类一样）。动物究竟是人类的缩减版，还是只是类似于生物机器，无法进行思考——用某位 18 世纪中期的哲学家的话来说，是"单纯的机械"呢？[16]

这些更大的问题，造就了启蒙哲学的重要特征，在当时，它们也是推动儿童文学发展的动力。但它们尤其推动了伊索式故事的复兴，而这很大程度上是洛克本人发起的。长期以来，寓言都是学校教育和大众阅读的主流。自 15 世纪末《伊索寓言》的第一批印刷版本诞生以来，其翻译本、评论本和各种编辑版本在欧洲不断涌现。洛克在《教育漫话》中指出，《伊索寓言》是"最好的……能够给孩子带来乐趣的故事"（p.259）。他一次又一次地强调《伊索寓言》清晰有力的风格：这些寓言故事不仅以饶有趣味的方式进行了道德教育，它所使用的简单语言（不论是以英语还是拉丁语来阅读）更是初学者的理想选择。不仅如此，洛克提倡采用逐行对照的形式将《伊索寓言》翻译出来（p.271）。同时，他认为这些寓言也非常适合配上插图。如果学生手中的《伊索寓言》"随书附图，那就会使他更有兴趣，更能激励他去阅读，这样更有利于知识的增长。如果孩子们只是听过这些可见的事物，那便是毫无用处的……因此，我认为，在孩子一开始学拼写时，就应该把能找到的动物图片都拿给他看，并且图片上要印有动物的名字"（p.259）。1703 年，洛克便准备了一个这样的版本：逐行对照的翻译，配以寓言中每一种主要动物的插图，并附上名字。[17]清晰的配图密切服务于他那崇尚特殊性的知识理论，许多寓言被重塑为新的故事——并非关于才智，而是关于自我掌控。洛克的《伊索

110  寓言》践行了《教育漫话》中的思想，因为其中的动物不仅要努力获得食物和愉快的心情，面对其他野兽和人类的威胁，还要打理田间和家中的各种事情，使之变得有意义。

最后，洛克作品留给现代的遗产可能是，对儿童玩物两个方面的关注，即活玩具的故事，以及会说话、有感觉的动物的故事。例如，毫不夸张地说，《小熊维尼》便是一本深受洛克影响的书：这本书叙述精神的成长，注重阅读文本的方式，将一只"头脑简单"的熊的行为习惯作为叙述的中心。在《小熊维尼》中，或者说在洛克影响下写于 18 世纪的作品中，我们可以看到儿童文学的所有主要问题。儿童的道德和理智究竟是什么状况？儿童是否具有思考的能力？儿童与何种事物相似呢？动物和玩具与新生儿之间是否有相似之处？一旦动物和玩具拥有了像人一样的生命，又会发生什么呢？它们会以何种方式挑战我们对人类独特天性的认知，进而影响我们每个人对儿童的认知？这些问题都是基于洛克的教育理论产生的，而以洛克思想体系为轨道进行写作的儿童作家，也就这些问题给出了回答。

这些也是洛克版本的《伊索寓言》面对的问题。乍一看，这本书与《伊索寓言》先前的许多版本看起来并没有太大的差异。为人熟知的古老故事和角色形象，主要角色的插图，对语言和道德行为进行指导的教育目的，仿佛一切并没有什么不同。然而，深究起来，洛克版本的《伊索寓言》与先前的版本又有显著不同。一方面，这本书的开头并没有对伊索生平的介绍。伊索的故事，在中世纪、文艺复兴和 17 世纪以来的众多版本中，都占很大篇幅，却没有出现在洛克的版本中，同样消失的还有伊索本人的肖像画。不仅如此，洛克的插图没有画出寓言中的故事情节，它们只是故事中的角色画像而已。尽管新的《伊索寓言》英译本不断出现，甚至先前就已出现逐行对照本，但洛克的这个版本最为突出的一点在于印刷的特殊性，与之相适应的阅读方式也全面体现了他的教育理论细节。

17 世纪末，寓言类作品早已不仅是儿童文学的主流，也是成年人的重要读物。讲述机智动物的故事、作为奴隶的伊索本人的故事，都成了服务于政治改革和社会讽刺的工具。从约翰·奥格尔比（John Ogilby）的《诗体伊索寓言》（*Fables of Aesop, Paraphrased in Verse*，1651）到弗朗西斯·巴洛（Francis Barlow）的《伊索的寓言，及其人生》（*Aesop's Fables, with his Life*，1666），再到罗杰·莱斯特兰奇（Roger L'Estrange）的《伊索寓言》（*Fables of Aesop*，1692）和其他许多版本，这些寓言都以简单的故事影射社会现实，发挥着社会批评的功用。王权和联邦、国家统治和宪法改革，所有这一切都成了这些寓言的隐含主题。很多版本都着重于伊索的生平以及这位奴隶的幻想：通过想象和诠释，逐渐削弱主人的权威，赢得自由，并最终获得社会与文学上的认可。

洛克的部分目的，是将伊索交还给儿童。他使这些寓言成为适用于教育的文本。他将这些故事中的精致细节、次要情节和描述都一一剥除。事实上，我们看到的都是线性的记述：直接陈述某个特定角色的行为。这种关注方式决定了这本书的插图的呈现方式。之前各类版本中的插图，都是描绘寓言中的情景，洛克的书则以寓言中 77 个中心角色（几乎全为动物）的图片开始，按它们在寓言集里出现的顺序排列。图片本身并无特别的想象力。事实上，它们与《新英格兰初级读本》中的插图差别不大。它们是阐释寓言里的字母表的视觉手段。如果按字母的顺序而非故事编排的顺序排列这些图片，它们便和清教传统中的字母书相差无几了。

因此，从一开始，洛克版的《伊索寓言》就是以一本初级读物的形象出现，这个形象至少可以在其中的一则寓言里看到。在古典

111

晚期和中世纪的《伊索寓言》版本中,小偷与他的母亲的故事无疑处于核心地位(我在第二章中已有描述),寓言开头便描述了一个偷取写字板的小孩的故事。这则寓言早期的版本传达出学习本身便是一件珍宝的理念,用一句希腊化时期的格言来说,字母是"理解的最好开始"。在洛克版的《伊索寓言》中,故事中的男孩成为当代的学生,他偷取的不是写字板,而是一本角帖书(与其对照的拉丁文为"tabella alphabetaria"[字母板])。此处,字母教学工具成了小偷的目标。当代课堂特有的用品渗透进了《伊索寓言》的真实场景之中。

洛克的这一版《伊索寓言》是作为启蒙读物编纂的,而启蒙读物就像初级读本一样,其作用在于不仅教孩子们字母,也让他们了解字体。手写和印刷术能将每一个字母塑造成不同的样子(回想一下,《新英格兰初级读本》开始部分的课程就是这些)。关乎读写技巧的教育的确应该包括印刷艺术。从根本上说,儿童书籍的主题变成了作为客体的书籍本身。

到 17 世纪末,对字母外形的强调已成为《伊索寓言》传统的一部分。洛克在其《伊索寓言》的序言中对寓言道德内容的关注,还不及对书籍印刷给予的关注。在英语与拉丁语对照方面,如果"词与词之间相互对应,一个位于另一个的上方",则单词"总是以相同的字体印刷,以体现相互间的联系"。拉丁语和英语中的一些外形相近的短语同样"以相同的字体印刷"。在一些地方,当一种语言的词汇不完全与另一种语言相对应时,"每一个不同的单词会以不同的字体印刷"。当拉丁语只表示一种暗示或是变格词尾,因而有必要添加英语词汇以补全句子的意思时,"这些词汇将会以古英语字体印刷,或是放在方括号里,与其余两种形式相区别"。

因此,洛克的文本本身便是图片,就像动物的图片一样。寓言的

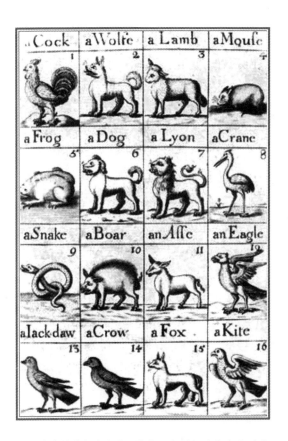

洛克的《伊索寓言：英拉逐行对照本》中的动物
词汇和图片（伦敦：A. & J. 丘吉尔出版社，1703 年）

视觉呈现也与其主题一样重要。因此,他指出,添加的图片"是为了让寓言更吸引儿童,为了加深这些寓言在儿童脑海中的印象",同时,他将印刷文字与雕版图案结合在一起,使之在孩童的心灵白板上留下物理印象。心灵是白板,思想被印刻在上面。即使是在洛克版《伊索寓言》的首页,所有的字母也都起到了一定的作用——或者说扮演着一定的角色。罗马体、斜体、古英语黑体字、大写字母和小写字母都在发挥作用。现在,回想一下,那些遵循早期传统的作家,是如何将儿童想象为成人的小写版的;或回想一下本杰明·富兰克林又如何综合了好几代清教的诗学传统,才得以为新英格兰的挽歌指明方向——"你必须把一切写在纸上。"如今,在洛克主义的知识论体系中,这些纸成了洁净的心灵白板。所有字母都写在上面,此时我们再读到男孩偷盗的故事(洛克版第 331 页)时,无疑会发现,他所偷取的已不再是最初课堂上的白板,而是一块字母板。

洛克的《伊索寓言》把这些关于字母的传统与一种新的对印刷文化的关注融合起来,从而成了一本将字母形象与人的形象结合起来的寓言集。他书中的鸟和兽也都成了角色形象,曾经用于展示字母的形象图片与《伊索寓言》相遇,变得生动而活泼。那些代表 A、B、C 的静态图像仿佛飞入了寓言家的虚构场景。在这些虚构场景中,为人熟知的古老故事获得新的关注点和新的细节,从而表达了一种强调特殊性的认识论。

那么,它们实际上都传达了什么呢?有一个例子特别能够说明这一点。洛克用"狐狸与演员的面具"这一故事写了两个故事。首先出现的是狼与头颅雕像的故事:

114

> 狼转过身来,欣赏起一家雕刻店的头颅雕像来,发觉(事实也确实如此)这具头颅没有知觉。他说道,啊,美丽的头颅,你饱

含了技艺，却全无知觉。[18]

随后，过了 250 页，它又出现在狐狸和狼头的故事中：

　　一只狐狸来到一间音乐室，打量着里面所有的乐器。在房子里的家具中，他发现了一个狼头，其制作工艺精巧，十分精美。狐狸把狼头捧在掌中，说道，啊，狼头，制作你花费了不少智慧，然而你本身毫无智慧可言。[19]

　　这两则寓言传达的道理十分相近（都在提醒我们要警惕肤浅的美丽），但其叙述都淋漓尽致地体现了《伊索寓言》背后的认识论。这些故事是关于白板的故事，是关于空有大脑的外观却无内在思想的造物的故事。狼的故事似乎足够直白，狐狸的故事则古怪又扭曲，因为狐狸发现的狼头是对狼的艺术表现。狐狸的故事是一种元寓言（meta-fable），一种寓言家以智慧和技艺塑造形象的寓言。狐狸进入一间拥有音乐与技艺的房间，这是将想象视为一种居家环境。在此，心灵成了一个储藏柜、一间装满家具的房间、一个装满思想工具的集合。[20]

　　在此，没有智慧的技艺是没有价值的，但比寓意更引人注意的是特殊性自身的门类。对洛克而言，音乐并不是十分重要的知识门类。虽然洛克表示"一些乐器具有十分有益的价值"，然而总体来说，他认为，如果要给年轻人列一个须要实现的"成就列表"，音乐或许应该"居于末席"（《教育漫话》，p.311）。一个人的头脑可能被许多事物填满，不仅仅是一些微不足道的成功，还有来自"作家的只言片语"、一点文学皮毛以及一些细枝末节。"当一个人的头脑中填满了"这些事物时，"他便如书呆子一般拥有许多'家具'"（同上，p.285）。

或者,正如洛克在《教育漫话》中的其他地方所说的,当一个人"向他的学生灌输自己从大学学到的所有拉丁语和逻辑等知识时,这些家具,就能使学生成为一个优雅的绅士吗"(p.190)? 于是,狐狸的寓言在此便成了一个分心孩子的寓言:就像一位学生,面对着乐器、家具这些肤浅的成就;又像那颗做工精美的头颅,本身却不包含任何真正的智慧。

　　"技艺与智慧"在孩童的成长过程中应该齐头并进,这是贯穿洛克的《教育漫话》全书的论点,也是形成《伊索寓言》首要寓意的要义。通过公鸡在肥料堆中找到珍宝的故事,洛克指出了这样一个道理:"珍宝可以理解为技艺与智慧。"结合这两种能力,才能获得掌控力。原因在于,洛克的《伊索寓言》强调的并不是生物的聪明才智,而是知识赋予的对世界的掌控力。洛克在《教育漫话》中写道,教育的目的在于"教导儿童学会掌控自己的心智"(p.174);在此书的末尾,洛克告诫道,儿童应通过教育获得"掌控自己喜好的能力,使自己的偏好服从于理智"(p.314)。儿童在共同成长的过程中,"通常都会企图掌控一切,以自己的意志支配其他人"(p.212)。各种形式的掌控是洛克哲学著作的核心问题之一。理性、自由和教育,都聚焦于对自我的掌控、对心灵的控制以及与他人协作的意愿。彼得·舒尔斯(Peter Schouls)在他研究洛克及启蒙运动的书中,一开头就这样总结道:"在洛克看来,人类生来便是掌控者。因为,他们拥有走向理性与自由的天性,而正是由于人的理性在生活的各种紧要关头得到锤炼,人类才获得掌控的能力。"[21]

　　从这一点来看,洛克的寓言成了关乎生命中的重要时刻的论述研究:关于个体获得掌控世界、他人及自我的能力的故事。《伊索寓言》中有许多关于动物、工人、仆人和主人的故事,洛克在这样的宝库中选择了关于"控制"的故事,意在说明"对心灵的掌控"(用《人类

115

理解论》中的话说）才是真正意义上的"理解的自由"。[22]

　　因此，洛克的《伊索寓言》是一本关于"自我掌控"的书。这不仅仅体现在寓言故事中，还表现在其更宏大的教育目标上。此书设想学生能够独自学习。标题页十分清楚地表明了这一点：这本书"为那些尚未掌握此语言者而作，他们可以学习其中任何一种语言"。学生读者在学习掌控中成长，正如此书第一则寓言中的公鸡，他找到的宝石此刻就是书本身——不只是娱乐眼和手的玩物，更是技艺与智慧的结合。这则寓言体现了这样的道理："傻瓜都不喜欢人文学科，尤其是在他们不知其用途的时候。"洛克的《伊索寓言》是一部关于人文学科的纲要，旨在让孩子们去阅读、实践并增长见闻。

　　通行于 18 世纪的其他《伊索寓言》版本也具有相似的目的，但就形式和目的而言，很少有哪一版像约翰·纽伯瑞的《寓言诗，为青年和老者的自我进步而作》（*Fables in Verse, for the Improvement of the Young and Old*, 1758）一样与洛克的书如此相近。纽伯瑞在自己的许多出版物中，从 1744 年的《漂亮的小口袋书》（*A Little Pretty Pocket-Book*）到 20 余年之后的《小好人"两只鞋"》，一直实践着洛克的主要思想，包括他的精神发展理论、寓教于乐的观点和针对残忍对待动物的谴责态度。《漂亮的小口袋书》的序言将《教育漫话》中的计划提炼成具有实践意义的格言——一切完全得益于"伟大的洛克先生"。[23]它在后面的字母课程中呈现出洛克将字母转化为"玩物"的设想，而在《小好人"两只鞋"》中，善待动物的场景折射出"两只鞋"玛格丽这一角色的特点，同时，也把她塑造成了同理心与个性的榜样。

　　纽伯瑞的《伊索寓言》也与这样的形式相融。从一开始，其序言就不断运用洛克式的词汇：这些都是"关于审慎与道德的教育"，它们是"在心灵上留下持久印象"的"最为有趣"的方式。阅

116

读是一种娱乐,一种使心灵变得生机勃勃的手段,就像锻炼使身体强壮一样。洛克先前在《教育漫话》中对儿童健全心灵和身体的强调,在纽伯瑞的阅读是一种"练习"的观点中得到了表达。在序言的结论部分,纽伯瑞将洛克的教育学观点整合成了支持虚构文学的理由:"我们从寓言或讽喻作品中获得美德和教育,就像通过狩猎获得健康一样,因为我们参与的是一项令人愉悦的活动,常感觉不到疲劳。"[24] 当然,《伊索寓言》中充满了狩猎的场面,有人追捕动物,还有野兽之间相互追逐。狐狸与狼代表野兽,它们在搜寻猎物的过程中,也许会碰到像割断的头颅那样奇怪的东西。我已提到过,洛克将这一特别的寓言一分为二,然而,纽伯瑞又将它们合二为一,整合成《狐狸与头雕》。在纽伯瑞这儿,与旧《伊索寓言》中的野外以及洛克的音乐室不同,狐狸来到了一间雕塑店。我们从插画中看到雕像样品陈列在我们眼前,狐狸把玩的并不(像早期的寓言版本那样)是受损的头颅,而明显是一座半身像。他以鉴赏家的眼光打量着半身像。

> 一天,一只狐狸碰巧探出
> 脑袋伸入一家雕刻店铺,
> 见到一尊美丽的半身像;
> 拿在手里转了又转,
> 每个细节都精美完善,
> 狐狸叹了叹气走出工坊。
> 回想看到的雕塑,
> 平静、简朴而肃穆,
> 离开之时,狐狸说道:
> 可惜了它的面容姣好,

优雅铸就了它的风貌，

却没有一丝智慧头脑！

117

（pp.59–60）

　　整首诗的语调保持着经典的 18 世纪中产阶级风格。第一行的
动词 "pop"（碰巧探出），在那个世纪中期是崭新的词语——牛津英
语词典指出，理查森的《帕梅拉》（1741）和劳伦斯·斯特恩（Laurence
Sterne）的《项狄传》（1759）最早使用了该词，意思是 "突然遇见" 或
是 "偶然发现"。纽伯瑞的狐狸不再是什么饥饿的野兽，而是一位温
文尔雅的艺术鉴赏家。甚至最后退场时他的那声叹息，都能让人听
出是一个头戴假发、一身倦怠的人发出的。

　　但是这种社交礼仪的背后暗含着洛克式的认识论。知识源自对
所见物体的反省。对世界的理解源自对其特征的观察。正如洛克
在《教育漫话》中所言，孩子们是凭借反省而不是死记硬背才学有所
得的："经常反思的习惯能使孩子们的心灵不致像脱缰的野马，并把
他们的思想从无意义、不专注的漫游中召唤回来。"（p.287）确实，
像这样 "不专注的漫游" 是《伊索寓言》中许多角色栽跟头的主要原
因——从骑野马的男孩到离开主人的奴隶，不一而足。然而，对我们
的狐狸而言，他所做的是一种 "专注的漫游"，是对艺术对象的反省。

　　就洛克式的思想潮流而言，纽伯瑞不仅为寓言提供了道德指示，
同时还扩展了 "反省" 的含义，此处，反省不仅提醒人注意这则小寓
言的意义，同时提醒人关注日常经验本身。

从人类的生活便可窥见，

狐狸的观点并非虚言；

如若失去对立，

世界将形同空旷的街道，

头雕等事物都在此相逢，

成为虚构场景的例证。

（p.60）

世界确实如同一条空旷的街道，洛克在《教育漫话》中用一个奇怪的故事证明了这一点。在某个城镇，有一些男孩常戏弄"一个精神错乱的男人"。这个人"有一天在路上遇到之前招惹过他的一个男孩，便进入附近一家刀具店，拿起一把出鞘的剑，追赶那个男孩"。洛克指出，这个男孩余生每次走过这条街，都必将想起"这个疯狂的男人"。此处，人生的街道上，无论是小男孩们思想残忍的头脑，还是男人们精神错乱的头脑，不同的头脑都会在此相遇。"这一可怕的观念给他留下了深刻的印象"，他绝不会忘记。更重要的是，这个男孩"长大成人时还在述说这个故事"（p.243）。生活变成了叙述。独特的经验在思想中深深扎根。讲故事成了一种证实虚构的行为，也就是在寓言中寻找真理的行为。

然而，无论是对伊索还是洛克而言，这些寓言的终极目标，都是将日常生活中的事物转变为具有教育意义的玩物。我们的任务是把在街上遇到的各种事物当成教育的工具。这就是狐狸和头颅的寓言的真切启示。在此，那件头颅雕塑是某种洛克式的玩物：一件成了教具的物品。这些寓言本身也是这样，纽伯瑞的其他书也同样如此。《漂亮的小口袋书》通过一些小小的道理给读者留下印象。每一个故事都带有一个字母标记：有《大写 A 篇》（"The Great A Play"，随后有《小写 a 篇》（"The Little a Play"），一直按字母排下去。但很明显，这些标题与故事并没有太大联系（每首诗、每个故事或游戏，事实上并没有以标题中的字母作为开头或强调这些字母）。相反，游

戏和字母的序列提供了两套并行的理解体系：页头的那一组专注于
字母表，正文中的那一组专注于道德说教。

　　然而，当纽伯瑞将字母表讲述了超过一半时，书的结构似乎发生
了变化。从"小写 p"开始，游戏都以书写形式和阅读为中心。例如，
《小写 p 篇》（"The Little p Play"）是一个跳房子游戏。

> 首先用粉笔画个长条框，
> 按同样间隔分成几段长。
> 第一格，放块瓦片进来，
> 跳进去，再把瓦片踢开。

　　书中插图将 1 到 10 的数字在"长条框"中的样子画了出来——
它整个看上去像极了角贴书或是板羽球游戏，只是以数字取代了字
母。下面的《大写 Q 篇》（"The Great Q play"）描绘了方片牌的
游戏：

> 这一精心发明的游戏，
> 为了锻炼眼睛、塑造思想而设计。
> 他的方向无疑十分正确，
> 遵照指导就会获得愉悦。

　　这首四行诗将洛克的思想诗化。发明与设计、眼睛与思想、指
导与愉悦，这些都是《教育漫话》中主要论点的两个方面。之后的
游戏更明显地以字母为中心进行，字母本身就参与了游戏。例如：

119

> 大写的 E、F、G 朋友，

快点过来跟我走，

我们一起跳过去，

跳到迷迭香那头。


　　游戏、文本、玩物和书籍之间的界限在此变得模糊起来，在我看来这恰好是问题的关键所在。由此，书籍变成了玩物。纽伯瑞出版物的标题通过我们所拥有的事物定义了生活，比如《口袋书》（ *The Pocket-Book* ）、《运气书》（ *The Lottery Book* ）、《礼品：金色的玩具》（ *The Fairing, or A Golden Toy* ）、《守护真爱的圣诞礼物》（ *Nurse Truelove's Christmas-Box* ）、《漂亮的图画书》（ *A Pretty Book of Pictures* ）、《可爱的儿童玩物》（ *The Pretty Play-Thing for Children* ）和《情人节的礼物》（ *The Valentine's Gift* ）等。这些书和其他大多数纽伯瑞及其出版社的后继者所出版的书，都通过标题让人把书看作一件物品。这些标题没有透露书的内容，不如说，它们向我们传达的是自己在交换的习俗中具有的社交功能（它们是礼物）或感觉经验（它们是口袋书、礼盒、玩具；它们很美观）。即使是纽伯瑞最著名的出版物的标题——"小好人'两只鞋'"，也是以女主人公所拥有的物件而非女主人公本身确定的。

　　小好人"两只鞋"生活在为了解这个世界而设计的事物当中。早在发明晴雨表帮助邻居收割草料之前，她得到了自己的鞋子，也学到了阅读的技巧。于是，她不再是一个只有一只鞋子的可怜孩子——她从一位鞋匠那儿得到了两只鞋子，并对自己的新物品感到很骄傲，从而"获得了小好人'两只鞋'的名号"（p.21）。只有更名之后，她才能够继续学习和教学。在此过程中，纽伯瑞不仅讲述了一个年轻姑娘的教育小故事，也呈现了一个通过知识获得重生的大故事。

　　学习字母时（第四章），玛格丽用小木块做成字母，将小写字母和大写字母按顺序排列好，"拿出一本古老的拼写书，随后让同伴摆出所有想拼写的内容"（p.26），因此便有了玛格丽在树下教学生的场景。这样的画面让人想起《新英格兰初级读本》，想起清教拼写读物，甚至更早一点，想起中世纪和文艺复兴时期寓言中的古老形象。这是一个具有原始意味的时刻，一幕乐园中的教育场景。这一刻，知识之树不再是罪恶的源头，而是学习的核心场所。玛格丽做了一些带字母的木块，并利用它们玩一个学习游戏——在纽伯瑞本人的《漂亮的小口袋书》、玛丽·库珀更早的《儿童的新玩物》或洛克那里，都有类似的游戏。其中有一幕是她在教一个小男孩字母表，她把字母木块"抛落一地"，让他重新排序，这正是来自洛克的《教育漫话》，在那本书中，洛克建议在骰子的每一面刻上字母，然后再行"抛投"（pp.256–57）。

　　世界由各种事物组成。每一个字母、音节和词语都以一定的物理形态出现。事情不再是用词语代表世界上的事物，或是让教科书通过图片教会孩童阅读这么简单。重要的是，词语本身具有了有形的品质。当小好人"两只鞋"来到一间小屋教孩子们阅读时，她让孩子们在餐桌上拼写代表他们日常吃的食物的单词。随后，"字母被摆到了餐桌上"（p.37），孩子们把这些字母组合成表达基本的宗教虔诚的句子。这就是把"精神食粮"（字面意义上的）摆上了为教学而收拾好的餐桌——洛克人类理智学说中"白板"的物质象征。

　　小好人"两只鞋"的课程和生活经历，为我们展现了一个由其所有物决定其人物形象的角色，以及书写用的字母本身变成一种所有物的故事。将这些所有物转化为文学形象只需要一小步。到18世纪中期，关于各种物品和宠物的传记，不论是对孩子还是大人，都已成为最受欢迎的文学类型。它们起到了教育的作用，同时也讲述了个人成长的故事。比如，查尔斯·约翰斯通的《金币：一枚几尼币的冒险》（1760）便以一堂课开始，叙述者向我们讲述了他是如何与这件物品进行对话的。"这样的交流是如何展开的，我无法确切地告诉你们：是通过神经纤维的振动，还是经由一种不可见的液体的作用……我只能告知你们属于我个人的这样一种经历，即通过触碰这些物质实体上的印记，进而作用于大脑，从而使非物质的心灵产生思想。"在所有这些关乎理解、身份认同和知识的讨论结束之后，我们能在书页底部发现直白的星号脚注："洛克。"[25]

在这些奇怪的书中，洛克的身影无处不在。在弗朗西斯·考文垂的《小狗庞培正传：一只膝狗的生活和历险记》（1751）中，书架上、对话里总会出现洛克。对于直接被称作诡辩家小姐（Lady Sophister）的角色，叙述者指出："洛克先生不幸成为她的最爱，只要这位女士想参与辩论，她就会引证洛克的话来点缀自己的言谈。"[26]洛克的话"点缀"了她的言谈，我认为这个动词是对无知者最具讽刺性的一击。如果说诡辩家小姐的思想混乱不堪，读书不求甚解，对各种概念一知半解，洛克又能做些什么来组织她的精神世界呢？

《小狗庞培正传》中的疯狂辩论以灵魂不朽这一问题为焦点，在辩论过程中，诡辩家小姐通过对事物的分类重塑了世界的系统：

> "我的观点，"她继续说道，"正和洛克先生的一样。你知道，洛克先生意识到有各种各样的物质，但我们首先应该对物质下定义，逻辑学家告诉我们它是一种延展的固态实体。那么，在这些物质里，你知道，有一些形成了玫瑰或桃树。而物质的下一步，便是动物生命，其中包括狮子、大象以及所有种类的野兽。再下一步，正如洛克所观察到的，是思想、理性和意志，人类正是基于此而存在，因此你会清楚地发现，'灵魂不可能是不朽的'。"[27]

对此大黄博士（Dr. Rhubarb）回应道："玫瑰与桃树，大象与狮子！我发誓我不记得洛克先生曾对此有所涉及。"然而，这正是诡辩家小姐这样的读者所记得的，或者更确切一点说，这些都是儿童读者的童稚世界里的事物。当然，除去自负和愚蠢，诡辩家小姐身上还有不健全的成分，她如同一个得到了成人书的孩子，然后将它们转变成了别的东西。玫瑰与桃树、狮子与大象，都是《伊索寓言》、纽伯瑞的出版物、初级读本和玩物中的事物。它们在童书中随处可见。在这种情形下，《小狗庞培正传》不只是一本写给儿童的书，它还是一本深刻、诙谐的关于儿童的书。它将儿童读者以及知识的合法性（包括这一词汇的所有意义）作为中心主题。《小狗庞培正传》和 18 世纪许多同类作品都是关于谱系的故事：思想如何发展，儿童如何成长，事物的起源又是怎样一番景象。诡辩家小姐对洛克的离奇回忆，与其说是对这位哲学家的歪曲理解，不如说是粗糙的创世：一开始是物体，然后是玫瑰与桃树，接着是狮子与大象，再跟着是人类。

在这些有关遗传和谱系的故事中，像托马斯·布里奇斯的《一张纸币的冒险》（1770）那样生动地展现了精彩幽默内容的作品，可谓凤毛麟角。它的风格没有因认识论上的离题而受到妨碍，词汇简单，句式直接。它的中心议题正是童年。这是一本关于儿童天性、教养和出身的关系以及成人责任的书，也是有关我们经验起源的书。

此书一开始便对儿童提出了善意的建议：正如"罗伯特·沃波尔爵士（Sir Robert Walpole）的祖母在他孩童时代经常对他说的"，虽然"纸币无法使我拥有了解祖母的幸福感"，但它仍然"能对我的出生、家世、生活和教育有一个全面的概括"（p.2）。这是一个精彩的故事。一位一文不名的诗人有一天收到了 30 几尼的稿费。在付清杂物、食品、日用品等欠下的债务后，他还剩下"21 英镑 6 先令 9 便士 3 法新"（pp.7–8）。他会拿这些钱做什么呢？首先，他想从国王那儿为自己买一个贵族头衔。但这一伟大的想法刚浮现在脑海中，这位诗人——纸币的父亲，便上演了一出滑稽的闹剧。布里奇斯一会儿带我们攀上高峰，一会儿又将我们推至谷底："欧若拉女神还没来得及预告，福玻斯便已在给挽具上油……① 我的父亲立即拿起一件破烂的睡袍往肩上一甩。"父亲下楼去取牛奶，在付钱给挤奶女工时，"我可怜的父亲（意识还沉浸在与福玻斯和九位缪斯高谈阔论之中 ②）忘记了自己没穿半长裤，便敞开睡袍，同时……在裸露的大腿上不停搜寻着他的半长裤口袋"。被这一行为激怒的挤奶女工"把手中的牛奶盆朝最冒犯她眼睛的部位扔去，牛奶也跟着洒了出来"（pp.9–12）。

至此可谓是一出令人晕眩、滑稽可笑的喜剧：这是一幕有失父亲身份的场景。我们可怜的纸币找到了营救这位失败父亲的方法。经由缪斯的灵感，诗人来到银行，获得了一张 20 英镑的纸币，"收款人：蒂莫西·塔 - 莱姆绅士。在银行称你为绅士之后，没有人敢表示反对，你出版下一部作品时，可以大胆地将这一头衔安在自己的名字下"（p.14）。在生下纸币后，诗人也为自己赢得了新生。"我的父亲直接去了银行那儿，十分幸运地在一小时内便生下了——我的意思是，有了我。"（p.16）

因此，亲爱的读者，我便出生了。有多少孩子认为自己便是那样的钞票，从父母口袋里被传向这个恶意的世界呢？主人公的经历正如所有孩童的历险故事一样，在秘密的空间里上演着：在钱包中、口袋中、钱柜和指掌之中。值得注意的一点是，事实上，有许多书中

123

---

① 欧若拉为罗马神话中的曙光女神。福玻斯即阿波罗，这里相当于希腊神话中的太阳神赫利俄斯。赫利俄斯每天驾着四匹火马拉动的日辇巡天，地面上便是白天。——译者注

② 缪斯女神归属阿波罗管辖。——译者注

的故事都是在这样的空间展开的。比如纽伯瑞的《漂亮的小口袋书》，还有《小狗庞培正传：一只膝狗的生活和历险记》（被界定为活在膝盖上意味着什么呢？）或《一辆出租马车［封闭空间］的冒险》（*Adventures of a Hackney Coach*）等。它们是童年的口袋世界，是给予小男孩和小女孩的，相当于洛克的心灵橱柜的事物。看起来，这些故事似乎诠释了洛克想象中的另一些天地，是科幻小说在 18 世纪的对等物，当中充满了其他宇宙的奇特事物——与我们相似或不同。

> 人只要不骄心用事，不妄以自己为至尊无上，只要能考察这个宇宙的伟大，和他所住的这个渺小部分中所能发现的无数花样，那他便容易想到，在宇宙中其他部分，会有他这种智慧高超的生物。而且他之不能了解这些高等生物的才能，正如抽屉内一个虫子不能了解人的感官或理解似的。[①]
>
> 　　　　　　　　　　　　　（《人类理解论》，第二卷第二章）

那些我们或可称为"物语"（it-tale）的 18 世纪的故事，都呈现出了这种可能性。如果一个人变为蠕虫、针垫或是宠物，看到的世界会是什么样的？如果我们被封闭在抽屉里、口袋里和玩具盒中，我们又能想象出怎样的世界呢？

《一张纸币的冒险》和《小狗庞培正传》这样的故事演绎出了一种关于文学意义的认识论。它们诠释了究竟怎样的小说才是真正的儿童故事，叙述者如何在占据支配地位的父母那儿出生和成长，以及历险者缘何只是一个离家的孩子。莱缪尔·格列佛、鲁滨孙·克

---

① 译文引自关文运译《人类理解论》（上册）（商务印书馆，1983 年），第85—86 页。——译者注

鲁索、特里斯舛·项狄和大卫·科波菲尔，他们究竟与纸币有何不同？纸币被父亲爱着，同时也为父亲尴尬，自己的历险只得遵循"出生、门第、生活和教育"的轨迹。

同时，他们究竟与商业世界里的一张纸币有何不同呢？许多 18 世纪关于无生命物体的书并非巧合地关乎钱财：纸币、几尼、卢布、便士、英国金币和先令。[28] 对于那个世纪的读者来说，它们讲述了关于信用的道理。然而，它们也为我们投资儿童提供了借鉴。我们的后代便是我们的纸币。我们对他们进行投资，希望他们将来能给我们带来尊严。他们无疑拥有价值，就好比银行中的钱一样。新兴的中产阶级意识到，孩子就是投资项目，孩童的社会和经济成就会公开回报父母的投入。因此，让孩子取得成功成了父母和儿女共同的希望。用一个包含社会及经济两方面意义的术语来说，收益是双方面的。

洛克对这一切都很清楚。他知道，在一个充斥着金钱和信贷的世界，账目管理有助于帮助孩子"保护好自己的财产"。事实是，"人们很少见到对收支进行记录，因而随时了解家务状况的人，会将家庭事务推向绝境"（《教育漫话》，p.319）。会计工作既有经济内涵，也有社会、道德内涵。金钱管理与其他打点生活的行为类似——正如使心灵的"家具"恰到好处地归位。事关重大的并不仅仅是确保儿子不会让父亲破产。重要的是，意识到父母的抚育过程一直是一项商业事业，也就是说，"父亲允许［孩子］做的事，就应让孩子完全做主"（p.320）。

勇于冒险的纸币看到了一位无力管理自己账户的父亲。他并非钱财的掌控者，甚至不是自己口袋的掌控者。"我躺在这样一位父亲的口袋里。"（p.16）事实上所有孩子都如此。儿童生活的空间就是经验的小口袋。

对于萨拉·菲尔丁来说，经验的口袋和口袋里的零花钱共同追问着儿童书籍的特性。"我年轻的读者们，"她在《女教师》的开篇说道，"在你开始阅读后面的内容之前，我希望你们能在这篇序言上花一点时间，和我一起思考阅读的真正用途何在。如果你们能将以下真理刻入脑海，也就是说，了解到书籍的用途在于让你成为更明智更优秀的人，那么你们必将在阅读的过程中有所收获，并感到愉快。"（p.vii）例如，在小说开头的一幕，口袋中就添入了利益与欢乐。当时，蒂彻姆夫人（Mrs. Teachum）学校的学生因为几个苹果起了争执，领头的女孩珍妮·皮斯带来一篮新的苹果试图改善关系。"珍妮姑娘带了一篮苹果，是用自己积攒的零花钱买的。她是为了向大家证明，同样的事物有可能是幸福的源泉，也有可能带来痛苦，这取决于接受者是好还是坏。"（p.21）

此书的开篇是在一个夏夜的花园中，蒂彻姆夫人拿出许多苹果给九个学生。不久有人叫她，她就在走之前将苹果交到了珍妮·皮斯手中，"要严格管理，让每人分到的礼物一样多"（p.5）。啊，多出了一个苹果，于是每个女孩都想要：有人以年长为理由，有人以年幼为依据，有人自恃温和可人，还有人倚仗身强体壮，不一而足。当试图平息纷争却徒劳无功时，珍妮将多余的苹果扔出了篱笆。然而，这样做也无济于事，女孩们争吵了起来。这时，蒂彻姆夫人回来了，事情并未明显好转。就在这时，珍妮带来了自己新买的苹果，放在这群女孩中间，邀请大家都来吃。"此时大家的态度都发生了变化，每人在为自己拿苹果前先帮邻近的人拿。"（p.21）

伊甸园现在有了价格。18世纪中产阶级的零花钱看起来似乎还能立刻买到礼仪和自控。就像纽伯瑞的小好人"两只鞋"一样，菲尔丁的蒂彻姆夫人也是在花园中进行教育。A似乎永远代表着苹果。当这一幕开启时——带有强烈的《圣经》象征意味和字母教学法意

125

义,菲尔丁将基础教育中古老而熟悉的字母图画转化为社会行为的规范。她的主要目的并不在于教授有什么要背的,有什么事实或列表,她更多的是像洛克一样,意在向学生灌输一种社会判断。良好的礼仪和自控能力——这些洛克教育理念中的基本标志,也成了蒂彻姆夫人学校的基本教育课程。

这样的教育过程不仅体现了洛克主义的思想潮流,也成了关于独特性的教学大纲。在关于苹果的争吵平息后,珍妮对孩子们说道:“如果你们愿意的话,我想向你们讲述我过去的生活……当你们对我生活的特殊经历有所了解后,我请求你们每一个人在将来的某天,一旦对我所说的有所体会,都能来说一说你们自己的生活。”(pp.22–23)珍妮成了自己最好的叙述者,成了本土姑娘版的格列佛或鲁滨孙。英语小说也由此衍生出对特殊性的关注,并且,在《女教师》中,紧接着这一幕的“珍妮·皮斯姑娘的生活”读起来更像是一篇微型小说。我们能从中找到自我叙述者所有常见的标志:父亲去世,学习如何阅读,第一只宠物死后十分悲伤,母亲去世,随后珍妮虽并未出海,但是去了蒂彻姆夫人的学校。

但我们可不能忘了苹果。在洛克的世界里,学习特殊性意味着从源头处学习:“在自己的苹果被拿走一部分后,孩子通过这一特殊例证所了解到的真理,比从‘整体等于部分之和’这样的普遍命题中所了解的还要深入、准确。如果要向他用其中一个证明另一个,那么借助特殊性命题来理解普遍性命题,要比借助普遍性命题来理解特殊性命题,更容易让他记在心里。”(《人类理解论》,第四卷第七章)无论对于洛克还是菲尔丁来说,苹果都是象征童年时代的水果。它也是知识的来源——此处不言好坏,只言整体与部分。对于菲尔丁而言,她的学生需要明白的是,生活的各个部分是如何造就整体的。这是一个关于特殊性的故事,但同时,它也是一个关于第一要物的故事。珍妮的话语恰好回应了《创世记》中的经验：遵守法令，铭记箴言，不忘自我。

《女教师》有着多方面的教育目的，但在我看来，最重要的一点在于它教育人们将自我小说化，悟出这样一个道理：在所有关于孩童生活的书中，孩童都是中心人物，学习如何成长最终是为了学习如何讲述。[29] 洛克也意识到了这一点。在《教育漫话》中，洛克明确指出，只有对经验进行反省，而不仅仅是机械地记忆规则，才能帮助儿童成为更好的人。现在，回忆一下洛克所说的将反省作为一种让儿童远离"不专注的漫游"的方式，那些值得记忆的事物如何"将他们的思想召唤回来"（p.287）。珍妮·皮斯便留给了她的同伴一些值得记忆的事。她指引她们回归内在的思想，进行自我反省与自我叙述。一如《伊索寓言》中的角色形象，或正如洛克叙述的轶事中的人物一样，她教给人们一个道理：正是讲述塑造了个人。不过，此处的生活场景并不是寓言中的"空旷的街道"，而更像是我们祖先的"乐园"。再回忆一下，洛克的故事中那个被男孩们戏弄的精神错乱的男人，他用剑攻击其中一个男孩，而这个男孩，甚至当他成年后，都不能忘记这一幕。这个疯狂的男人一路追着男孩到了他父亲那儿。门是锁上的，男孩打开门，及时进门躲过了男人的攻击："他及时进了屋，关上门，躲过了攻击。然而，虽然他的身体逃脱了，但思想并不如此。"洛克继续说道："因为，当男孩成长为男人后再说起这个故事时，他表示，从那以后，（他记得）每次经过那扇门时，他总忍不住回头看一眼。"（《教育漫话》，p.243）那个事件在讲述中延续着，这也正是萨拉·菲尔丁的观点。可怜的珍妮也无法摆脱相似的梦魇，那便是，一群男孩追逐、折磨并最终杀死了自己的猫的场景。

大概 11 岁的时候，我养了一只猫，它是我从小猫崽慢慢养大的……在我的溺爱下,这只猫似乎改变了天性,形成了一种相较于猫更适宜于狗的习性。因为,无论我在房中还是去花园,它都会跟着我,我离开时它便会悲伤,我在时它会无比快乐……然而一天,这个小家伙突然尾随我到门边,这时一群男学生过来了,其中一人抓着它跑了……于是,这群残忍的小子,第二天便以它为狩猎对象,以最野蛮残暴的方式追逐它,而他们管这叫运动。直到最后,它来到之前一直保护着它的家寻求庇护,并最终在我的脚下断气了。

（p.32）

总有一些带着记忆的门,在进去之前,我们禁不住要回头看看。洛克的轶事和珍妮的怀旧都表明:童年的精神创伤会一直存在,而讲述其经过则是再将其经历一次。但这些故事同样反映了关于天性的基本问题。一个人的天性究竟能否改变呢?猫能否成为像狗一样的生物?一个精神错乱的人能否变得理智健全呢?孩童长大后是否真能通过阅读、教育、回忆和自我掌控成长为不同的人?"男孩永远会是男孩"似乎是珍妮的故事的寓意。但如果猫能在某种意义上成为狗,那么女孩是否也能成为男孩呢?

这些问题是洛克的思想与教育理论的核心,也是菲尔丁的《女教师》关注的核心问题。因为,如果心灵真如一间放着各种摆设的房子或壁橱的话,那么必须经由一扇门才能抵达思想与记忆。于是,这些门的故事也就是关于知识的故事——将头脑中的事物整理成有意义的系统的方式。这两个故事中的门都是家的门:在洛克的故事中,门通向父亲的家;在珍妮的故事中,门通向母亲的家。但门同样也能引人进入恐惧的空间。以《女教师》中珍妮所说的巨人巴尔巴里科（Barbarico）的故事为例。"现在,"她说道,"他们合力将沉重的钥匙从巨人的头底下取出，随后，他们都退到洞穴的外门处，在那儿，经过一番努力，他们打开了可折叠的铁门。"（p.59）蒂彻姆夫人十分像洛克，不太在意这样的童话故事，她说，其目的仅仅是"娱乐和消遣"（p.68）。然而事实上，洛克关于疯人和男孩的故事，也与珍妮的巨人故事或者她对男学生和猫的回忆一样，是关于怪物与侏儒的故事。问题的关键在于，我们必须讲述这些故事，而在讲述的过程中，我们成为自己。

　　本章，我以育儿室里的玩物开始，以故事中的恐怖结束。《伊索寓言》中的野兽发现了雕塑头颅。教师用字母制作玩具。我们反复在头脑中搜寻记忆，一如人们在口袋中搜寻物件。有时候，我们心中永远存在着一对父母，在发现我们没有穿裤子后，显得格外羞愧难当。我们都被欺凌人的恶霸或疯子吓到过。童年没有伊甸园，哪怕并不缺少苹果。洛克对儿童文学兴起与发展的影响，存在于一个充满特殊事物的世界：积木和板羽球、猫和狗、玫瑰和桃树以及狮子和大象。

# 第六章　独木舟与食人者

## 《鲁滨孙漂流记》及其遗产

　　自 1719 年首次出版以来,丹尼尔·笛福的《鲁滨孙漂流记》就对儿童和成人文学产生了巨大的冲击和影响。人们普遍认为它是最早的重要英语小说之一,促进了一系列冒险故事的产生,是诸多删节本和改编本的内核,也是独特的个人和政治经历的印记。[1] 这部小说融合了两股对儿童文学文化产生过重要影响的早期现代哲学与社会思潮:清教的虔敬与洛克的认识论。《鲁滨孙漂流记》对自我审视的强调、对列表和清单的钟爱,以及它对救赎、神意和正确解读世界的全面关注,都体现出班扬、詹韦和 17 世纪的牧师所继承的清教徒遗产。不仅如此,小说对特殊性的执着,对经验和技术的分门别类,对通过感官所获得的关于物质世界的知识的一贯信念,都直接源自洛克。正如鲁滨孙用一个结合了两种传统的惊叹句所表达的:"人是上天创造的何等复杂、像棋盘一样黑白交错的作品啊!面对复杂多变的生存环境,人内心如泉涌般喷薄而出的感情,又是多么变幻莫测啊!"[2]

　　在进行这种融合的过程中,《鲁滨孙漂流记》做出了某种创举,它仿佛展现出了英语小说自身的童年时期。确实,它是一本关于儿童的小说。《鲁滨孙漂流记》以家谱开始。主人公鲁滨孙·克鲁索给出了自己姓氏的词源含义,以此将精神之旅与继承结合起来。"克鲁索"(Crusoe)是德语名"Kreutznaer"的英语化的版本,指的是接近

十字架的人。（试比较德语词 Kreuzfahrt，它的意思是十字军东征。） 　130
克鲁索是十字军东征者，而小说将标准的天主教式救赎之旅，描绘成
宗教改革式的新教徒的自我发现之旅。鲁滨孙是家中的第三个儿子
（注意斯威夫特笔下的莱缪尔·格列佛也是家中的第三个儿子），因
此，这样的境况逼迫他努力在这个世界上闯出自己的一片天地。不
同于《天路历程》中父亲由于精神使命而离家的情形，在《鲁滨孙漂
流记》中，儿子出于情感和经济原因离开了自己的家。

　　鲁滨孙并不是书中唯一的孩子。星期五也十分孩子气，他的顺
从、他学习主人语言的意愿以及自身的容貌，使他看起来就像是鲁滨
孙这位父亲身边的孩子。"他的情感紧紧和我系在一起，就像是孩子
对父亲一般。"（p.151）当鲁滨孙教育自己救下的这个孩子时，他采
取了为人熟悉的清教问答形式。"我自己经常阅读《圣经》，而且尽自
己所能，让他知道我所读内容的含义。"（p.156）此处便体现了詹姆
斯·詹韦的精神——"儿童的榜样"如今成了这座岛屿上的教育指
导书籍。

　　在欧洲学校的课堂上，《鲁滨孙漂流记》无处不在。在小说的英
语版出版一年之后，它的法语版也诞生了。[3] 通俗读物、删节本和翻
译本不断涌现。在 1722—1769 年，出现了 40 个德语版的《鲁滨孙漂
流记》。[4] 当时，法国哲学家让－雅克·卢梭已经在自己的专著《爱
弥儿》（1762）中，将《鲁滨孙漂流记》当作教育视角的中心："无疑，
书籍是我们的必需品。有一本书在我看来提供了最合适的自然教育。
这本书也将成为我的爱弥儿首先要读的书。在很长一段时间里，他
的图书馆就只有这一本书……那么，这本无与伦比的书是？……它
便是《鲁滨孙漂流记》。"[5] 对卢梭来讲，笛福的小说教导人要自给自
足。书中的主人公代表了一个自然状态中的人，他挣脱了文明社会
的束缚，不受其他人的行为和思想的影响。他教育儿童，当自己处在

真实环境中时会如何独立生存。对卢梭来说,十分重要的一点是,鲁滨孙并没有为儿童提供一个充满想象力和幻想的空间。相反,他呈现了一种特殊经验的模式,教育就蕴含在这种模式中。在这个方面,卢梭或许受到了洛克的影响,当然还不仅如此,他对儿童进行考察和评估的重心并没有放在道德成长和理性行为上,而是注重感觉。在《爱弥儿》中,论及人类幸福的核心,卢梭对善与恶表现出的兴趣没有对诚挚与真实的兴趣那样强烈。感官经验塑造感觉完备的个体。同时,这样的经验也塑造出精通技艺的个体,因为《鲁滨孙漂流记》呈现了一幅劳动分工之前的社会图景。它展现了个人驾驭和掌握技艺与科学的可能性。正是通过对技艺与科学的掌握,人类才得以挣脱社会的约束。这本书就培养独立生存技巧对读者进行了教育,涉及农业、制陶、木工和金属加工等。

131

　　卢梭的观点极大地影响了读者早期对这本小说的接受程度。它促成了一系列的改编和模仿,并最终形成了一种鲁滨孙式的传统:冒险故事、流放他方的岛屿以及回归,这些都令18世纪晚期至20世纪初期的年轻读者着迷。它甚至影响了小说在早期美国自我定位期的地位。正如杰伊·弗利格尔曼在对美国革命文学文化的研究中所指出的那样:卢梭化的鲁滨孙帮助塑造了殖民地的文学视野,在文学上回应了英国家长式的统治。鲁滨孙离开父母的决定、星期五对自己离开父亲而产生的负罪感,甚至这座岛屿“离美国海岸不远”的位置,用弗利格尔曼的话来说,都激励着“殖民地的读者在克鲁索的岛屿和他们自己的大西洋国家之间,寻找命运和存在意义的相近之处”[6]。父母教养和政治扩展了鲁滨孙式的传统——不仅有明显的仿作,比如约翰·斯托克代尔(John Stockdale)的《新鲁滨孙漂流记》(1788)和约翰·维斯(Johann Wyss)的《瑞士鲁滨孙漂流记》(1812),还有许多海岛传奇故事也证实了这一点:R. M. 巴兰坦

（R. M. Ballantyne）的《珊瑚岛》（1858）、罗伯特·路易斯·史蒂文森的《金银岛》（1883）和儒勒·凡尔纳的《神秘岛》（1874）。《鲁滨孙漂流记》还影响了20世纪的许多儿童文学经典，如A. A. 米尔恩的《小熊维尼》（其中的角色克里斯托弗·罗宾的名字便包含了两位伟大的新世界探索者：克里斯托弗·哥伦布和鲁滨孙·克鲁索）、E. B. 怀特的《精灵鼠小弟》和莫里斯·桑达克的《野兽出没的地方》。[7] 所有这些书都是关于冒险与孤立、父母与孩子以及逃离与回归的故事。同时，我认为还有两个意象是笛福的影响的直接产物，并且概括了他的小说的文学视野、社会视角以及对儿童想象力的把握。这两个意象便是独木舟和食人族。

在孤岛上生活多年之后，克鲁索发现了一个来自人类的脚印。是孤岛上还有其他人，还是说这只是他自己的脚印呢？他想到，在孤岛上发现其他脚印可能多少有些奇怪。"我理应很容易想到，来自陆地的独木舟有时在海上行得太远了，会到岛的这一边找港口停泊，这实在是再平常不过的事。同样，他们的独木舟经常相遇并发生争斗，胜利者就把抓到的俘虏带到这边，按照他们食人族可怕的习俗，把俘虏杀死吃掉。"（p.119）独木舟与食人族都是令人着迷的词语。二者都源于北美语言，它们在17世纪进入英语世界，而它们进入英语世界的方式，很能说明英国人对待文化与社会、教育与身份的态度。[8]

独木舟（canoe）一词来自词语"canoa"，它伴随早期的探险者进入了西班牙语的世界。它描述的是一种由中心被掏空的树制成的船，在整个18世纪，它都与美洲原住民（随后又扩展到太平洋岛民）密切相关。这种船通常由手工制作，任何人都能自己制作，它并不是一件需要团队合作或分工协作的产品。在欧洲人看来，它并不是一艘船。当鲁滨孙最终造出自己的小帆船时，他惊喜地发现了

132

星期五,"虽然他十分清楚如何驾驭独木舟……但对航行与掌舵一
无所知"（p.165）。这艘帆船虽和独木舟不同,却是以独木舟为模
型造的。"这艘船的确比我见过的任何独木舟都要大……它是用一
整棵树制成的。"（p.165）

　　在阅读《鲁滨孙漂流记》时,你会发现,个人取得成功的场面、人
类探索与发现的瞬间以及欧洲人与野蛮人遭遇的故事,都与独木舟
有着密不可分的联系。独木舟代表的不仅仅是一种海上交通工具,更
是一种文学想象:我们自己制造出的物品,带我们去往从未到过的地
方。后来,儿童文学中经常出现独木舟或是像独木舟一样的筏子,这
便不足为奇了。精灵鼠小弟挑选了一条独木舟,打算与两英寸高的
爱姆斯小姐来一次浪漫的田园约会。但就在他离开小舟一晚,第二
天随爱姆斯小姐回来时,却看到小舟已被破坏到无法修复了。在《野
兽出没的地方》中,适应了狼群生活的麦克斯,带着他的小筏子来
到遍布可怕生物的荒岛上。

　　纵观整个西方文学,这些生物中最让人感到害怕的是食人族
（cannibal）。也许没有哪种行为（除了乱伦以外）像吃人这样成为一
种普遍的禁忌。这个词本身是作为"加勒比人"（Carib 或 Canib）
的变体进入欧洲语言中的。加勒比人最早是由哥伦布在西印度群岛
发现的一群土著居民。几乎没过多久,他们的名字就与吃人肉的行
为联系在一起,并最终与殖民地的殖民者所惧怕的失控与残暴行为
相联系（莎士比亚《暴风雨》中的卡利班的名字 [Caliban] 便源自"食
人族"一词的字母重组）。克鲁索认为他遇到的岛民都是食人族,因
而在他首先教导星期五的事情中,就包括消除对人肉的兴趣。甚至
在他们第一次相遇时,对于星期五提出的把已死的岛民挖出吃掉的
想法,克鲁索就表示了反感。（"对此我非常生气,立刻表达了自己的
憎恶,表现得对这一想法恶心到想吐。"p.149）即便如此,星期五"从

133

天性上来讲仍然属于食人族"（p.150），因此在受过一番教导之后，他才表示"自己永不再吃人肉"（p.154）。到他们救出星期五的父亲和另一名欧洲水手时，克鲁索便创造出一套社会身份等级体系，在这一体系中，他仅将食人族稍微排在天主教之下。

> 现在，我的岛国已拥有居民，我仿佛觉得自己治下有许多臣民。我看上去多么像一个国王——每每想到这里，我就觉得无比喜悦……值得一提的是，我的岛国上只有三个臣民，他们分属三种不同的宗教。我的孩子星期五是一位新教徒；他的父亲是异教徒，同时还属于食人族；西班牙人则是一位天主教徒。然而，不管怎样，在我治下的岛国上，臣民拥有宗教信仰自由的权利。
>
> （p.174）

独木舟和食人族在岛屿冒险故事中作为重要的两极而存在，同时也成为区分文明与蛮荒的象征。

它们同时也是政治图景中的地标。克鲁索对规则的幻想让他承认了食人族，但仅仅是在它服务于自己尊贵地位的前提下。但是国王身上是否也存在某种食人族的特点呢？克鲁索的臣民都"将自己的性命交付"于他（p.174）。国王也是判处死刑的工具。因此，一位未来的儿童国王——《野兽出没的地方》中的小麦克斯——最终也扬言要吃掉自己的母亲。在没有吃饭就被送回房间后，麦克斯乘着自己的欲望之船而行——一条拥有小帆的船，侧面还装饰有他自己的名字。"麦克斯"（Max），是极限值，最大的，也是最优秀的。在想象力的极限空间里，这个男孩来到一片满是野兽的土地上，而且还命令它们："安静！"他看起来多么像一个国王啊，而他的臣民——在本质上仍然是食人族——以一种只有食人族才有的爱来回应他：我们会"将你吃掉——因为我们如此爱你"。[9]

　　《野兽出没的地方》和克鲁索一样,都是食人族和独木舟世界中的一环。这两本书不仅引领我们来到新大陆,也让我们发现了新的问题。成为人类究竟意味着什么呢? 有没有某种行为模式是禁忌,会使我们被逐出家族? 最终,冒险的目的是否就是征服的目的? 这两本书之间隔着一段关于岛屿故事与恐怖事物的历史,而这段历史便以《鲁滨孙漂流记》改编版的通俗读物为开端。

　　"通俗读物"( chapbook )是一种廉价的短篇小册子,起初由英语世界和欧洲城市中的小贩( chapman )或是行商销售。[10] 它旨在为没有经济能力的人提供文学文化读物,一开始并不是为儿童设计的。到 18 世纪中期,通俗读物已成为缩编版流行经典的载体。《鲁滨孙漂流记》《格列佛游记》《天路历程》以及许多童话故事和儿童诗歌都以廉价的改编形式出现,成为年轻人的读物。这些读物说明了特定读者、商人、父母和老师对这些书籍的想法,即哪些段落最富有教育意义和娱乐性。然而,如果在更宏大的鲁滨孙传统语境下阅读这些文本,则有助于儿童进一步理解能够教给他们的文学和美学技巧——叙述的技巧、欣赏的技巧以及修辞的技巧。[11]

　　儿童能从《鲁滨孙漂流记》中学到些什么呢? 卢梭可能会认为,他们能获得一种独立的意识,或是得到关于技术的教育,或是对处于自然状态的富有感受力的人有所理解。然而,许多 18 世纪和 19 世纪的读者有着更加实际的目标。事实上,许多人害怕书籍。19 世纪头十年,因对儿童书籍的研究而闻名的萨拉·特里默在其主编的《教育的守护者》( *Guardian of Education* )中提出警告:"想象力丰富的儿童一旦在童稚娱乐中沉迷于无节制的幻想,无疑会过早地进入一种对游荡生活的遐思以及对冒险的渴望。"[12] 其他人也表示出同样的审慎态度。斯托克代尔的《新鲁滨孙漂流记》( 1788 )认为克鲁索的悲哀在于早期缺乏父母的管教。母亲和父亲"纵容他们的宝贝孩子,满足孩子的一切需求。而这个受宠的孩子,只爱玩耍,不爱劳作和学习,父母便让他成天到晚地玩耍,于是他几乎毫无所学"。[13]

在早期的仿作和改编本中,这种道德观念居于统治地位。一本1786年的缩减版总结道:"现在,我的许多读者,或是由于自己本身的野性,或是接受了坏孩子的建议,都希望能在不同地区过着四处游荡的生活。我或许可以让他们确信,这只会让他们陷入窘境。因为,每当父亲叫我去他的卧室,对我提出建议时,他说的每一个词,后来都被证明千真万确。"[14]

阅读这些书籍并指出其不足非常容易。许多批评家已做过相关的事,比如塞缪尔·皮克林(Samuel Pickering)已经注意到了英语教师从这些冒险传奇故事中发现的负面影响。反叛、迁怒、不平,这些都是严厉的老师从克鲁索的行为中观察到的消极面。其与卢梭对无拘无束的生活的赞美可谓大异其趣。对我而言,比起单纯地罗列那些病症,还是细心读一下这些通俗读物更有说服力。有两个例子不断浮现在我脑海中,之所以会想到它们,并不只是出于我对它们的内在兴趣,更多的是因为它们所具有的示范价值。

首先我选择的是《鲁滨孙·克鲁索历险记》(*The Adventures of Robinson Crusoe*),一本1823年出版的通俗读物,近来又重印在《诺顿儿童文学选集》中。[15] 选集的编辑们对这一通俗读物进行了如下描述:一部通过削减"使小说回归历险故事的本质"的作品(p.1633),但我认为事情还不止如此。首先,我们必须注意到所削减的内容究竟是什么。这本通俗读物的开头没有克鲁索名字的词源介绍,也没有主人公与他父亲之间的争辩,更没有原版小说的开头中那复杂的、吊人胃口的反省。以下便是整个第一自然段:

135

　　我出生在约克城一个良好的家庭，父亲是土生土长的不来梅人，在经商发家后有了一处漂亮的房产，于是便定居下来。我的内心很早就充满四处游荡的思绪。虽然我长大后父亲劝我谋求一份稳定的职业，母亲也万般温柔地恳求我居有所安，然而，没有什么能与我出海的欲望相提并论。我最终决定满足自己喜好游荡的性情，尽管父母对我要离他们而去表现出不安。

（p.1634）

　　故事开头只采用了笛福的部分用语。诸如"良好的家庭""在约克城"和"经商"这样的短语直接出自小说，虽然并没有完全按照原文的顺序出现（笛福的原版本为"经商发家后有了一处不错的房产"，显然，通俗读物的作者认为"漂亮"一词更吸引自己的读者）。但紧接着措辞便发生了变化。第二句话只说克鲁索"内心很早就充满四处游荡的思绪"。这样的说法使得克鲁索的生活仿佛是由内在自我或者自身性情决定的。的确，在这段话的结尾处，叙述者证实了他的"喜好游荡的性情"。在原版小说中，克鲁索清楚地表明，自己产生"四处游荡的思绪"的主要原因在于，自己"是家中的第三个儿子，生来就不是为了从事什么行业"。对 17 世纪的儿童来说，四处游荡是一个社会和经济问题。在 19 世纪早期，它更多的是一个道德问题。事实上，在笛福的小说中并没有出现"喜好游荡的性情"这一短语。

　　开头这一段将《鲁滨孙漂流记》改写成道德批判的评语。"四处游荡的"一词之后立即被萨拉·特里默和她的前辈们使用起来，这本通俗读物实际上就是通过这一视角写成的。由于萨拉等人意在教导人勤勉，避免冒险，这本通俗读物中的克鲁索成了勤奋励志的模范。阅读《诺顿儿童文学选集》中的故事时，我们能看到其对巴西种植园的强调，以及在海难之后，对学习如何制造物品、种植作物和管理个人生活的重视。星期五的脚印出现了，随后是星期五本人——无异于其英国主人的"教学实例"。而到最后（几乎转瞬即至），他们得救了。克鲁索回到英国，之后又去了里斯本，在那儿他通过种植园的产业成了富裕的人。

无可否认，这是冒险故事，然而，经济、价值、勤奋和教育充满了书页，比奇闻轶事还多。在这有限的版面（整个故事在《诺顿儿童文学选集》中只占了十页纸）中，引人注目的并不是戏剧性的遭遇，而是细致入微的记述。大量精细的记账，对娴熟技巧的细节叙述非常突出（令我着迷的是，在如此简短的版本中，有十多行密集印刷的文字给了克鲁索的制陶技艺）。克鲁索无疑是勤勉的，但在此处，令人意外的是，他甚至比在笛福的小说中更显孤独。因为在原版小说中，这个流浪者有自己的家，甚至在星期五出现之前，他就已经高贵地与他的家庭宠物坐在一起了。

> 哪怕是一位斯多葛学派的人见到我和我的小家庭成员共进晚餐的情景，也必定会笑起来的。在这座岛国上，我是绝对的王者和统治者。对于治下的臣民，我掌握着一切生杀大权。我可以吊死、拖死他们，赐予他们自由，或是将其自由夺走，绝不允许他们违抗我的命令。
>
> 我独自一人端坐在中间，多么像一个国王，臣民都在一旁侍奉着。鹦鹉仿佛是我的弄人，是唯一被允许与我对话的臣民。我的狗如今年老昏聩，也找不到传宗接代的伴侣，他一直坐在我的右手边。还有两只猫，一只在桌子这边，一只在桌子另一边，时不时地希望得到我的赏赐，并将此视作一种特殊恩宠的标志。
>
> （p.108）

现在,比较一下通俗读物版本中的这一幕:

> 毫无疑问,一位斯多葛学派的人若看到我吃饭时的情景,一定会笑起来的:我享有王者的尊严,是我王国里绝对的帝王和统治者。我身边的臣民尽职尽责,只要我高兴,便可以随便吊死、拖死他们,把他们五马分尸;我可以赐予他们自由,或是将其自由夺走。我吃饭的样子看上去像一位国王,独自进食,在我吃完饭之前,没有谁敢妄想用餐。鹦鹉是唯一可以与我谈话的。我那条年老忠实的狗,如今变得愚笨无比,一直坐在我的右手边。而我的两只猫则分别坐在桌子两旁,等待我给它们一点食物,并将此视作一种受到王宠的高贵标志。

( p.1637 )

在与原版小说对照后,这些段落揭示出一些超出普通改编的特质。即,儿童版本并不见得比原著更简单或更短。有时,这本通俗读物还对笛福的小说做了更进一步的改写(比如,将"一种特殊恩宠的标志"变成"一种受到王宠的高贵标志")。此处发生了改变的是基调。笛福自觉的戏剧化语言,故事叙述者呈现的近乎狂热的自我注意,在此变为一种纯粹的叙述。笛福的"多么像一个国王"预示了小说后来的一幕——在克鲁索向星期五及其父亲以及西班牙人显示王威的时刻,他说道:"我看起来多么像一个国王。"我认为,这些字句之后潜藏着一种莎士比亚式的舞台艺术——那是在《李尔王》的第四幕,疯狂的、戴着花冠的李尔王发出的声音。当时,瞎了的葛罗斯特听到了什么,问道:"他不是我们的君王吗?"李尔王回应说:

> 嗯,从头到脚都是君王;

我只要一瞪眼睛，我的臣子就要吓得发抖。

我赦免那个人的死罪。你犯的是什么案子？

（《李尔王》第四幕第六场）

这无疑就是克鲁索的语气，鹦鹉坐在面前，像极了李尔王的弄人——他宠幸的人。

在这本通俗读物中，这一点不见了。克鲁索的演讲术和他疯狂的家族传奇，经过筛选后变成了大胆的宣言。这一版的小说并没有提及贯穿笛福原版小说的家庭冲突。开篇克鲁索及其父亲的开放式辩论消失不见了；星期五的父亲只留下了一句话；而克鲁索与星期五之间的所有交往都被删掉了，只以克鲁索的一句星期五的"情感紧紧和我系在一起，就像是一个孩子对父亲的爱"作结。实际上，这本通俗读物里没有家人，我认为原因在于，这部经过削减的版本，强调的更多是勤勉和独立的品质，而非冒险经历。当中并没有表演空间，也没有父母子女间恩怨与愤怒的延展空间（无论是星期五还是克鲁索的部分）。在这本通俗读物中，克鲁索最终成了一位 72 岁高龄的老人，已经"全然知晓退隐的价值，了解到在平静宁和中安度晚年的幸福感"（p.1643）。这同样也是对孩子的教导：应该学会在平静和谐中生活，不要用绝望和反叛去烦扰大人晚年的生活。在该版结尾处，克鲁索成了中产阶级，定居英国—— 一个几十年间从拿破仑战争、失掉北美和国王去世的阴影中恢复过来的英国。乔治三世（英国现代国王中最像李尔王的一位）一直处在疯癫的状态中，直至 1820 年死去。乔治四世花天酒地的统治又持续了十年。在这样一个动荡不安的年代，理想的德行和教导的力量要胜过四处游荡和统治他人的幻想。

在这本通俗读物出现 20 年后，另一个版本出现了，就在班伯里

（Banbury）城外，这座城市在 19 世纪中期是英国廉价出版物的中心。我是在由凯西·林恩·普雷斯顿（Cathy Lynn Preston）和迈克尔·普雷斯顿（Michael J. Preston）所编的《另一种印刷传统：廉价书、小册子及相关流行一时的出版物的论文集》（*The Other Print Tradition: Essays on Chapbooks, Broadsides, and Related Ephemera*）中注意到这个版本的。这部选集着重唤起人们对廉价印刷传统新的关注。透过历史可以发现，人们不只阅读正典文学的"精英"读本，也经常阅读高雅文化经过重新改写后的非权威文本。在这部选集中，迈克尔·普雷斯顿的文章将关注点放在《鲁滨孙漂流记》和《格列佛游记》这两本书的通俗读物版本上。他在一本约为 1840 年版的《鲁滨孙漂流记》中看到的是一个具有指导意义的"道德故事"，使用了简单的语言和版画，它改变了叙事视角，面向大众或儿童读者讲话。[16]

　　正如在《诺顿儿童文学选集》中起到的作用一样，通俗版的《鲁滨孙漂流记》为文学史提供了论据。普雷斯顿版和选集中的通俗本一样，也更关注语调和文本，而不是简单的情节（如我先前所述）。它以叙述者为主导，重新讲述了一个引人入胜的故事。也正因为如此，一些问题出现了。这本书以第三人称而非第一人称开始："鲁滨孙·克鲁索出生于约克一个受人尊敬的家庭。"这样的开头使故事听上去更像是一个睡前故事，而非一部个人传奇。现在，它仿佛成了一个父母用安慰且带有评判口吻讲述的故事。这样的诉说方式并不仅仅依托于笛福的故事，更来源于一系列从圣经故事到儿童诗歌的用语。克鲁索仿佛以一个带来不幸的约拿的姿态出现："波浪似乎要将他吞噬，他因此暗自发誓，如果能承蒙上帝的恩惠逃过一劫，他一定回到父母身边，和他们生活在一起。"（p.2）然而，我们随后就看到了这首奇怪的打油诗：

> 他渐渐不再晕船，
>
> 受到船员奚落。
>
> 直至风暴降临，
>
> 祈祷者，克鲁索。

（p.3）

之后，克鲁索动身前往南美，建立了自己的种植园，却被海盗所抓（所有这一切都用一句话简单概括），于是我们又看到了另一节诗：

> 他被海盗所擒，
>
> 自由无从着落，
>
> 苏里推下了救生艇，
>
> 逃出升天，与克鲁索。

（p.3）

对于一个现代读者而言，这样的诗节是十分可笑的（"克鲁索"的韵脚显得十分荒谬和古板）。然而不管怎样，我认为这本通俗读物旨在将笛福的小说翻译成适于儿童阅读的语言。在19世纪早期，此种语言的形成依然受到艾萨克·沃茨的诗句和《伊索寓言》的影响。这一版本的故事中满是野兽，正如《伊索寓言》中的情况一样："一头大狮子朝小船游过来，克鲁索朝它开了一枪，它负伤掉头游回岸边。他们不敢在此上岸，因为听到许多野兽的怒吼声，这些野兽一面喝水，一面清洗着自己。"（p.4）

无论此处是怎样一番情景，在接下来的一句话中，一切都发生了改变："我们白天把罐子装满水……"在没有任何征兆的情况下，此书又从第三人称视角转化为第一人称,故事的主体部分又都以克鲁索的叙述呈现。在不到六页纸中,这样的叙述人称贯穿他的整个冒险经历。这段故事包含海难,在岛上登陆,将物品从船上卸下,召集动物,制作独木舟,发现海滩上的脚印,以及最后星期五从克鲁索制服的野人中现身。"他正是属于我的星期五,之后一直和我生活在一起,就像一个忠实的伴侣和奴仆,多年来一直如此。我教他和我说话,这是我很长时间都没有享受过的一种安慰。"(pp.11-12)随后,故事又一次断开,我们再次回到第三人称:"星期五成了一个虔诚的基督徒,希望克鲁索能去他的国家,将一个邪恶的人们(mans)教育成一个高雅、冷静和温顺的人们。"此处,作者以不规范的语法模拟星期五的语言,我们发现又有几句话继续以第三人称叙述。但是,故事又再一次回到第一人称视角,以克鲁索的视角述说与野人的斗争和西班牙人的事情。"我明显拥有一个王国,有三位尽职尽责的臣民。"这便是我们得到的关于笛福原版冒险传奇的概述,或者说,就此而言,是早期通俗读物经过扩展后的全部。之后,叙述视角又回到第三人称,快速回顾了克鲁索的归来,他重新获得经济上的保障,以及"在这个国家的一处房产中"退隐(p.16)。

这本通俗读物是否显得笨拙?或者,在这些叙述视角、基调和时态的转换中还蕴藏着什么?无论这本读物的编写者天资如何(我确实认为这是一本鲁莽和草率的作品),它都呈现出了一系列关于写作基调的实验。因为读者和作者从《鲁滨孙漂流记》中学到的是如何讲故事。第一人称叙述和第三人称叙述是不同的。诗化的停顿能起到特殊的效果。这样的词汇选择、句法和措辞有助于形成一段关于文学基调的历史,并让人意识到基调远不只是内容、道德教育或示例,这一切使这本书适合儿童阅读。你是如何描述一个地方的特征的?你怎样注意到人的面容、衣着和身体?你又如何将个人经历组织成一个故事？

　　这些便是笛福所提出并给出了答案的问题。这些问题的答案也形成了英语文学小说的起源。通过阅读鲁滨孙式传统的作品，我们能发现笛福想要传达的道理已牢固建立起来。然而，很少有作家像罗伯特·路易斯·史蒂文森一样将这些启示深深记在心中，他所著的《金银岛》以克鲁索的故事为参照，将其转化成让儿童阅读的冒险故事，而且也由儿童来讲述。[17]

　　《金银岛》的第三部分以被小吉姆·霍金斯称作"我的海岸历险"的篇章开始。在岛上登陆后，眼前的景象让他惊呆了，"这座岛屿上满是灰暗忧郁的树林、岩石裸露的峰顶，以及我们能看见和听见的、惊涛拍击着岸边的景象"（p.691）。一眼看起来，这是一种与笛福的英语大为不同的语言。然而，其实也没有太大区别，因为史蒂文森（以及其他很多人）从笛福那里学来的便是对物体描述的驾驭能力。在这里，洛克式的对特殊性的注重上升到一个更高的层面，一种对描写艺术的关注。不过，笛福更多地将其运用于对人物的描写，而不是对景观的叙述。以下便是星期五初次出现时的情景：

　　　这人外形俊朗，生得风度翩翩。他四肢挺拔、结实，但又不显得粗壮。他个子很高、身材匀称。据我推测，他的年龄约为 26 岁。他相貌温和，并无半点尖锐刻薄，脸上有种男子汉气概，同时又具有欧洲人独有的温和宽厚，微笑时这种气质更为凸显。他的头发没有像羊毛那样鬈曲，而是又长又黑。他的前额高大而宽阔，目光炯炯有神，充满活力。他的肤色不算黑，呈棕色，却不是巴西人、弗吉尼亚人和其他美洲土著人那种令人生厌的黄褐色，而是一种明亮的深橄榄色，看起来十分舒服，却难以用言语形容。他脸型丰满圆润，鼻子小巧，不像非洲人那样扁平。嘴型也极好看，双唇薄小，

141

两排整齐的牙齿洁白如象牙。

（pp.148–49）

　　这面容便是一幅景观，一片能够折射出人类历史的土地。克鲁索将星期五放在大千世界面前比照——从欧洲到巴西，再到弗吉尼亚，进而来到非洲，这段话带领我们进入一段像克鲁索的经历一样内容丰富的旅途。

　　史蒂文森将这种对文字描写的注重运用到物质世界中来。此处，景观正如人一样，而岛屿本身也呈现出某种特质，就像恐惧的面容一样：树林"忧郁"意味着它们也拥有感觉；像在别处那样称岩石是"裸露"的（p.691），暗含着一种将土地视为身体的想象。"空气仿佛静止不动"，然而无论怎样，这座岛屿都是生机勃勃的。"眼前只有不会说话的飞禽走兽……到处都是我叫不上名字的开花的植物，而且到处都是蛇，其中一条蛇从岩石的边缘探出头来，朝我发出嘶嘶声，听上去像极了一个旋转的陀螺的声音。"（p.694）从头到尾都是一个男孩的叙述。这一段有着如同伊甸园般的奇妙感觉，连蛇发出嘶嘶声，都仿佛像童年时代的玩具。

　　当吉姆在岛上遇见神秘的陌生人时，他把陌生人描述成一个具有与景观相似特质的人。"它究竟是何物，是熊、猴子还是人，我都说不上来。它看起来黑乎乎、毛茸茸的。""黑乎乎"和"毛茸茸"显示出森林的特质。"在交错的树干之间，这生灵像鹿一样轻快地跳跃，像人一样用两条腿跑，却和我见过的所有人都不同。"这座岛屿让男孩思考起人性来。"于是我开始回忆起自己所听过的食人族"——现在我们从他的脑海中看到了鲁滨孙式冒险故事的影子：岛上的食人族是足以让欧洲人拿出枪来对付的可怕生灵。但是，在此处，唯一的"枪"却只有人本身。

"你是谁？"我问道。

142

"本·葛恩，"他回答道，声音听起来十分嘶哑而又生涩，像一把生锈的锁。

葛恩的声音像生锈的锁，与其说它如门上的搭扣那样嘎吱作响，还不如说它像燧发枪的零件一样，被人无情忽视而渐渐生锈。

　　我现在明白了，他和我一样是白人，他的形象甚至还要讨人喜欢。他的皮肤，凡是暴露在外的地方都被太阳灼伤了，甚至他的嘴唇也呈黑色，一双美丽的眼睛在黝黑的脸上看起来稍显突兀。在我见过的和想象过的所有乞丐中，要数他最为衣衫褴褛。他身着由船上的旧帆布和防水布的碎片做成的破烂衣服，而这种非同寻常的"百衲衣"是用一系列各不相同、极不协调的连接物缀成的，包括铜纽扣、短棍，以及涂了油的束帆索环。他腰上系着一根旧的带铜扣的皮带，这也是他全身唯一坚实可靠的物件。

（p.697）

　　就在这一刻，史蒂文森带我们回到了笛福的世界，不过二者有明显的不同。对本·葛恩的着重描写参照了克鲁索对星期五的描述。二者都是身份辨识的专文：肤色和头发是如何向我们透露出他们的道德品质的？衣饰服装是如何揭示出文明水平的？白人和黑人是否是不同的人类？但是，这不是野人，这是一个欧洲人。这个男孩仿佛遇到了克鲁索本人——后者被困在他的岛上，身着他过去生活中的衣服。他船上的零碎物件和他身体所体现出的社会特征，就像文明的大杂烩。因此，同样地，克鲁索的肤色和帽子，他系的皮带和所拿的

丹尼尔·笛福的《鲁滨孙漂流记》卷首插画（伦敦，1719年）

枪（见这本书的著名插画），都使他俨然一副破烂一族的国王的模样。

　　《金银岛》中的这些段落改变了《鲁滨孙漂流记》所呈现出的技巧手法、意象和基调。它们借助岛屿故事，不仅描绘了一段地理冒险的传奇，同时呈现了内在的精神探索之旅。每一处对物体的描述都反映出叙述者的思想状态。本·葛恩这一角色源自对笛福小说的畅想：一幅并非由布和纽扣，而是由文字组成的拼图。

　　因此，这些通俗读物也可以被视为拼图版的《鲁滨孙漂流记》，它的接受史就是其主人公的教育史。当发现自己因海难来到海滩上时，鲁滨孙游回自己的船上，拾取物品。食物、水、弹药以及一两本书，都是从灾难中幸存下来的物品。阅读就像一场海难。我们回忆起那些段落、意象，有时还带有生动的情节和必要的道德教育，这像极了克鲁索从船上带回必需品的过程。之后的通俗读物和改编后的故事，包括现代的批评家和文选编者以及 19 世纪的小说家所做的一切，都是为了从《鲁滨孙漂流记》这艘古老的船只上救出他们认为重要的东西。你会带什么物品到荒岛上去呢？什么样的书、音乐和装备是你必不可少的呢？荒岛游戏直接出自克鲁索的世界——最后，儿童文学本身也是如此。它将我们带回盛满想象的船只，正如我们从书本中获取所需一样。

　　如果说麦克斯穿上他的狼服，乘着以自己的名字命名的船来到野兽出没的地方，那么，小熊维尼也把我们带至不安的边缘。[18] "在美好的一天"，故事里说，小猪皮杰在扫雪时发现，小熊维尼正在地面上搜寻着什么。"你在这儿看到了什么？" 小熊维尼问道。小猪皮杰回答说："有什么印子……是爪印。"（p.36）我们继续阅读，同时也是继续看着（通过欧内斯特·H. 谢泼德 [Ernest H. Shepard] 那熟悉的插画）小熊维尼和小猪皮杰是如何通过自己的脚印追踪自己的——也许那是一只大臭鼠？很快这两个小家伙找到了更多的脚印：三对，接着是

143

144

四对。他们吓坏了。小猪皮杰假装自己忘记了一件事,跑掉了,剩下小熊维尼独自一个。他抬头看到克里斯托弗·罗宾坐在一棵树上,目睹了整场闹剧。

> "你这头老笨熊,"他说道,"你在干什么呢? 你自己先绕小树林转了两圈,随后小猪跟着你又转了一圈,现在你已经绕着它转了四圈啦。"

(p.43)

在下方的地面上,脚印看起来和从树顶看到的不一样。鲁滨孙就曾怀疑,在那意义重大的一天,他所看到的印记可能就是自己留下的。直到另一个罗宾(他也是一个儿子)①点破这件事,小熊维尼才明白那其实是他自己的脚印。脚印的场景在《鲁滨孙漂流记》中如此有说服力、如此广为人知(它在我见过的所有通俗读物、改编本和删节本中都出现了,这一现象并不多见),但它也能讲述一个像《小熊维尼》一样简单的故事。现在,这本书告诉我们,视角便是一切,借助另一种视角,关于怪兽的幻想很容易就被驱散。

如果说,维尼熊的脚印背后隐藏着食人族的威胁,那么,被独木舟带去旅行也是一种诱惑。因为要前往北极探险,他们就旅行的计划进行了探讨。

> "我们要跟随克里斯托弗·罗宾坐一次'踏写'!"
> "我们乘坐的是什么东西?"

---

① "意义重大的一天"指鲁滨孙在孤岛上发现食人族脚印的那一天,后来他从食人族手中救出了儿子一般的星期五。而罗宾"也是一个儿子",指的是《小熊维尼》作者的儿子克里斯托弗·罗宾·米尔恩。——译者注

"一种船吧，我想。"维尼说道。

（p.114）

"踏写"（expotition）是"探险"（expedition）一词的错误写法 ①，如今成为他们的梦想之船的名字。（此处是否还有关于其他船只伟大历险的记忆——库克船长的"奋进号"，或是沙克尔顿的"持久号"？）随着故事推进，米尔恩用诗歌打破了流畅的叙事：诗歌、诗节和韵文，都比鲁滨孙故事的通俗读物要来得机巧灵敏。故事中的小动物们跟随队长一起穿越危险的森林——"正是在这样的地方，"克里斯托弗指出，"有可能有埋伏。""哪种树丛 ②？"维尼问皮杰，随后猫头鹰解释说埋伏"是一种惊奇"（pp.119–20）。就像维尼和皮杰，或是《金银岛》中的小男孩、麦克斯或克鲁索一样，我们遭遇了想象力的埋伏。在这趟旅途中，百亩森林中的细流和溪水仿佛成了雄伟的瀑布和汹涌的河流。当维尼拾起一根木棍试图蹚过其中一条河时，克里斯托弗意识到，维尼已经自己找到了北极。

145

他们在地面插上一根杆子，克里斯托弗·罗宾在上面附上这样的信息：

北极

被维尼发现

维尼找到了它

（p.129）

---

① 此处将 expotition 翻译成"踏写"取自吴卓玲译《小熊维尼》（广西人民出版社，2006 年）。维尼将"探险"当成了一种交通工具，把 expedition 读成了 expotition。——译者注

② 维尼把 ambush（埋伏）听成了 bush（树丛）。——译者注

这是一场探索发现之旅,但它同时也是一次(正如《小熊维尼》中的许多次旅程一样)穿越语言的旅行。探险、埋伏、极地,这些词汇都具有双层含义。综观全书,一些为人熟知的短语呈现出奇特的关联:按字面意义解释"以桑德斯的名字",使之变得意义古怪①;"闯入者·W"变成了"闯入者·威尔",代表"闯入者·威廉"②;之后,我们又发现了小猪的整个家族谱系。诸如此类,不一而足。和《鲁滨孙漂流记》一样,《小熊维尼》讲述了阅读的故事。我们如何理解地上的各种标志?如果要去荒岛,我们会带哪些书?一旦到达后,我们是否会像克鲁索一样,即使用尽墨水也要下定决心将所有一切都写下来?

继承鲁滨孙式传统的作者的墨水似乎永不枯竭。卢梭和米尔恩之间不仅连接着一段英语文学史,更是一段世界文学史:约阿希姆·坎佩(Joachim Campe)的德语版本、约翰·维斯的瑞士德语改写版、儒勒·凡尔纳的法国传奇。欧洲人是如何接受和适应笛福的英语风格的?《鲁滨孙漂流记》一书本身又是如何像书中虚构的主人公叙述者一样,走遍世界,经历各种奇遇的呢?

鲁滨孙式传统不仅仅关乎改写和模仿,它更关乎完成和结束。《鲁滨孙漂流记》的片段式故事结构、被跳过的几段长时间的空白、对天授神意的强调,都有待后来的作者去填补。在《鲁滨孙漂流记》面

---

① "以桑德斯的名字"原文为"under the name of Sanders",字面意思为"在桑德斯的名字下"。原著中小熊维尼住的屋子门上挂着这块名牌,所以这么错误解释反倒显得有趣。——译者注

② 闯入者·W(Trespassers W)是小猪皮杰家旁边木牌上的文字,木牌从"W"后断裂。按皮杰的解释,完整的文字为"Trespassers Will",是其祖父名字Trespassers William 的简写。而"Trespassers Will"则暗示了当时常见的警示牌"Trespassers will be shot"(闯入者将被枪击),这是作者的一个文字游戏。——译者注

世后不久，笛福又出版了《更远的历险》(*Farther Adventures*)及另一部续集——1720 年的《严肃的思考》(*Serious Reflections*)。之后的许多鲁滨孙式小说挖掘和发展了这本小说的可能性，发展出无数具有开创性的故事。"告诉我另一个关于鲁滨孙的故事"，读者可能有这样的要求，作者不得不做出回应。

但如果小说要求作者写出更多的故事，或者给他们机会把自己的冒险经历塑造成特定的想象的事物，那么小说也挑战了作者身份这个概念本身。使用第一人称的视角，原版发行时采用匿名的形式，笛福由此促成了作者和角色之间的冲突，这种冲突统治和主宰了小说达两个世纪。笛福教给人们的，除了生存技巧和制造的细节外，还有讲述故事的方式，比如怎样描写景观、人物和感觉。这无疑也是后来的作者对写作鲁滨孙式的故事着迷和无法抗拒的原因：它是展示写作技巧的平台，是尽显戏剧冲突和高超描写技艺的机会。这本小说对非英语文学产生的影响引人注目的原因也在这里。从 18 世纪初清教主义和洛克式文化盛行的大不列颠世界翻译过来，克鲁索的故事已成为其他意识形态和文化表达形式的工具。

在早期最为著名的冒险传奇故事中，就有对克鲁索故事进行改写而诞生的《瑞士鲁滨孙漂流记》。[19]19 世纪早期，瑞士牧师约翰·大卫·维斯以给他的几个儿子讲睡前故事的形式，开始了这一版本的创作工作。他把这些故事记录下来，形成了一部大部头的手稿，后来由他的儿子约翰·鲁道夫·维斯(Johann Rudolf Wyss)编辑和整理。1812 年，这个版本以他儿子的名义在德国出版，书名是《瑞士鲁滨孙》(*Der Schweizerische Robinson*)。两年内，这本书便由玛丽·简·戈德温(Mary Jane Godwin，教育改革家和政治活动家威廉·戈德温的第二任妻子)翻译成英文。之后，伊莎贝尔·德·蒙托利厄(Isabelle de Montolieu)的法语版《瑞士鲁滨孙》(*Le Robinson*

146

*suisse*）在 1824—1826 年分五卷面世。到 19 世纪末期，W. H. G. 金斯顿（W. H. G. Kingston）又重新把这本书翻译成了英语。其中每一版，包括后来出现的许多其他版本，都对维斯的版本进行了调整。我猜想任何一个读过此书的人都读出了一些不同的东西。这些版本仅仅是翻译、改写、缩编和模仿吗？每一个版本都让我们离原著越来越远，每一个版本与其说是为文学做出了贡献，还不如说是为传奇故事史做出了贡献。如今，这个故事仿佛已成为某种睡前必讲的传奇，通过改编和调整，变得适合每一位新读者。在我眼前的这本书中，维斯的名字一次也没有出现过。仅仅是在扉页上简单地写着："这本《瑞士鲁滨孙》，插图为 T. H. 罗宾逊（T. H. Robinson）所绘。"（此处没有日期，但它显然是 20 世纪头十年的版本。）书中有彩色图片，故事章节与 19 世纪法语和德语版的不相符（我猜这一版应该是以金斯顿的版本为基础）。[20]

醒目的印刷字母，简单的句子，这都是典型的儿童读物的特征（虽然不如我在另一版的《简单易读的瑞士鲁滨孙漂流记》[*The Swiss Family Robinson, in Words of One Syllable*] 中看到的那样简单，那本也在 20 世纪早期出版）。[21] 但像这本小说的所有版本一样，这是一个关于家庭合作的故事，关于男人和女人、父亲和孩子之间等级结构的故事。不像《鲁滨孙漂流记》，这本书中没有对个人主义的歌颂，没有对天授神意和洛克式特殊性的强调。我眼前的这本书只是一个 19 世纪晚期的工业故事，关乎劳动分工、家长式老板的控制，以及既实用又高雅的家庭手工品的制作。比如，看一看这一家制作克鲁索式独木舟的样子吧。父亲找到一棵大树，家人合力砍下树，接着剥去树皮。这是一项巨大的劳力工程，工具是一架绳梯，一把锯子，还有绳索和滑轮，所有家庭成员都在努力为船的树皮外壳做准备。文中的父亲讲道："孩子们注意到，除了在两端钉上木板外,我们没有其他事要做了,我们的船会和那些野人使用的船一样完整。但我个人对一卷树皮制成的船不太满意。我提醒他们,船制成之后只会成为跟着小货艇后面的小船,结果我并没有听到他们抱怨痛苦和麻烦,他们还急切地向我寻求指导。"(p.240)他们劳动的成果不仅仅是一只独木舟,更是一艘比例匀称的小船,木制拱,牢固地黏合着,钉在一起。"两天内船便增添了龙骨,船内也削得很平整,有一小块平肋板、横梁、小桅杆、三角帆、船舵,外部涂了厚厚一层柏油沥青。我们第一次在水中见到它时,都为它迷人的外表而惊喜万分。"(p.241)这不仅是一件实用的工具,更是一项审美工程。在这里,使欧洲人区别于野人的关键是,一种对匀称、均衡的意识和对美的感觉,这一点也贯穿全书。

写一本童书正如制作这艘小船一样。你得搜寻适合的材料,将它呈现在家庭中的孩童面前,在这个过程中,你创造出实用之物、娱乐之物和审美之物。这本书蕴藏的作者的想法,正是它本身的创作历史:团队协作和给孩子们的馈赠。如果这本书真像一艘船——用我在小学被迫背诵的艾米莉·狄金森的诗来说,"没有哪艘护卫舰像书本一样 / 带我们跨越万水千山",那么,这本书应当具有稳定与平衡的特质,同时外观精美、极富魅力。

我个人认为,《瑞士鲁滨孙漂流记》经久不衰的原因在于,它在以下方面规避了作者:我们读过这本书的许多版本,看过电影改编,然而想到的并不是约翰·维斯和他的浪漫瑞士,而是处在父亲、母亲和孩子等不同位置的我们自己。《瑞士鲁滨孙漂流记》减弱了作者与历险者本身的联系,它的目的并不在于让我们去探寻克鲁索背后的笛福,相反,它希望我们找到创造出讲述实用性与艺术性故事的人类家庭。

儒勒·凡尔纳则十分不同。他的许多作品都可以证明,他即使

148

未被克鲁索统治,也显而易见地受到了他的影响,而他所谓的"奇异旅行"系列——他于 1863 年开始出版的一系列历险小说——都打上了笛福的烙印。[22] "心血来潮的时候,"他的传记作者赫伯特·洛特曼( Herbert Lottman )指出,"他也准备写一部'鲁滨孙'。"[23] 早期未出版的《鲁滨孙叔叔》( Uncle Robinson ),写于职业生涯中期的《鲁滨孙学校》( L'école des Robinsons ),还有许多关于大木筏、岛屿、男孩船长和奇怪的快速帆船的故事。不过,这当中最为人熟知、最成功的书是《神秘岛》,从 1874 年到 1875 年分三卷出版。全部出版不到一年,金斯顿(《瑞士鲁滨孙漂流记》的翻译者)就把它翻译成了英语。不管在当时还是在今天,它都不仅是凡尔纳最受欢迎的书之一,更是诸多模仿、改编和电影版本的生长土壤。[24]

它不是一本关于家庭合作的书。故事的主人公是工程师赛勒斯·史密斯。他是一位具有绝对控制权的作家式人物。他知识渊博,同胞都听从他的吩咐。无论他们是在坚硬的岩石上建造公寓大楼,还是建造熔炉或窑,或是用当地材料合成硫酸,这位工程师的伙伴都像军队的士兵或实验室的学生一样遵从他的命令。动物代替了孩子:和男人一起坐着气球逃生的小狗托普;还有一只与他们一起生活在岛上的猩猩乔普,它一直是孩童式乐趣的源泉。

从鲁滨孙式的传统中,凡尔纳进一步发展了技术创新的场景描写。书中不仅有家具和船只,还有 19 世纪晚期所有城市公民生活的产物。有时候,阅读这本书就像阅读生产手册。因为凡尔纳更多的不是通过故事的戏剧性事件或对细节的描写,而是用精准的指导来建立自己的叙事权威。我们信任他,正如岛民信任工程师一样。事实上,我可以想象自己带着这本书经历了海难,并根据书中的描述自己造船,制作和烧制自己的瓷器,推倒一座又一座山峰,改变河流的方向,在自己的疆土上拉起电线。

　　然而,凡尔纳和工程师的权威还有另一种形式。在《海底两万 149
里》(于1869—1870年出版)中,尼摩船长在书的末尾以一个配角
的身份回归,不再是主角。像工程师一样,尼摩是一位精通机器的
大师,主宰着自己的世界。但不同于工程师的是,他是一个孤独而
忧伤的角色。他一身书卷气,总是被孤立,展现了另一种"用知识进
行掌控"的行为范式。在书的末尾,他坦承自己实际上是一个印度
王子,对英国征服了他的同胞一事感到愤怒,宁愿带着他积蓄的宝
藏和技术一起,随鹦鹉螺号消失。从某种意义上来说,尼摩是一位
反叛者。作为一位来自旧世界的阴郁忧伤的人物,他与市民化的、
敢于开拓尝试的塞勒斯·史密斯(这个名字将美国的普通民众特质
与外来征服者——波斯君主居鲁士 ①——结合在一起)形成了鲜明
的对比。

　　这些形象构成了关于儿童的一些不同设想。他们作为父亲的角
色、作者的角色和社会上的权威人士而存在。你如何在这个世界保
持前进的步伐呢？当被抛弃后,你会像工程师那样去创造社会和组
建家庭吗？你如何按世界的预期塑造你的独木舟呢？工程师和他的
伙伴制作了一艘船,可以自由出入各个岛屿。尼摩生活在水下,最终
随他的鹦鹉螺号沉没。

　　如果说工程师和尼摩提供了两类权威的例证,那么《瑞士鲁滨
孙漂流记》和《神秘岛》则可以说呈现了两种非英语世界的《鲁滨孙
漂流记》。但从某种程度上来说,它们从未脱离克鲁索的故事。就
文学视野来说,前者在英语世界的影响力,比在其他语种中更为深
远。当凡尔纳的作品开始在法语世界拥有稳定的读者群时,《神秘

---

　　① 塞勒斯·史密斯(Cyrus Smith)是《神秘岛》中的角色,设定为美国人。Cyrus
取自波斯帝国创建者居鲁士二世(Cyrıs II of Persia)的名字。——译者注

岛》却开始于一个英语世界：美国内战的世界。在这本书中，它是一出越狱故事，一本美国人的经历，而这也使鲁滨孙式传统变得十分复杂。史密斯是联盟监狱关押的联邦官员。[①] 他计划乘气球逃离监狱，穿越联邦防线。在气球中，还有另一位被关押的北方人——名为高登·斯贝雷特的《纽约先驱报》记者，以及史密斯的黑仆纳布、一位联邦水手、一个 15 岁的男孩和他的狗。然而，他们的气球偏离了方向，降落在太平洋上的某处。

看起来似乎凡尔纳必须在新世界中开始他的小说创作，仿佛他必须回到鲁滨孙所登陆的大西洋的岸边。现在让我们回忆一下杰伊·弗利格尔曼对那本为殖民地读者所写的小说的评价：读者最终将"在克鲁索的岛屿和他们自己的大西洋国家之间，寻找命运和存在意义的相近之处"。《神秘岛》背后的思想，并不是视旅行为侵略扩张和殖民控制的一种形式。书中的居民并没有（像维斯和笛福所做的那样）建立新世界，或是从剥削中获得金钱利益的意愿。相反，他们都是逃亡者。

童年的世界丰富多彩，它是一段探索发现的旅程，也是一个历险的竞技舞台。每一个装运箱都是一艘独木舟或宇宙飞船。每一座后花园都是一座岛屿帝国。但同时，童年也是一座监狱。多少人渴望逃离，渴望摆脱父母的同盟呢？让我们做各种各样的杂活，限制我们的自由，使我们远离友谊的人，通常都是父母。我们幻想的气球升入奇异的天空，它也许会将我们带到新的岛屿港口，或是穿越彩虹。无论我们身处何处，我们都会发现食人族——那些会吃掉我们的野人，发现威胁着我们生命的非人生物，发现同类相残的动物。瑞士

---

① 美国南北战争时期，北方为美利坚合众国，简称联邦；南方为美利坚联盟国，简称联盟（也称邦联）。——译者注

鲁滨孙看清了那些"让我们不再是欧洲居民"的事物。打开这些书，我们会发现自己已坐进了树皮独木舟或气球，这一切在提醒我们，我们已经不在欧洲或美国了。

# 第七章　从岛屿到帝国
## 讲述男孩世界的故事

　　《金银岛》出版后不久，罗伯特·路易斯·史蒂文森的朋友 W. E. 亨利（W. E. Henley）就在《星期六评论》（*Saturday Review*）上发文对其大加赞赏，称其"颇具神韵"，是"叙事故事的杰作"，说书中"充满精彩的人物刻画"。他最后总结道："这部作品的作者深谙《鲁滨孙漂流记》的一切。"[1] 史蒂文森也早就承认了笛福对自己的影响，说自己小说中的鹦鹉"曾归鲁滨孙所有"，并对此做出了详细解释：

　　　　儿童故事都由成人创作，而儿童能做的，则是令人嫉妒地将这些文字占为己有。《鲁滨孙漂流记》在孩子中广受欢迎的原因有很多，其中之一便是它精准地反映了儿童看待事物的角度：鲁滨孙懂得随机应变，而且很明显，各种技能，他都能玩出花来。于是整本书都关乎工具，而最能让孩子开心的莫过于工具了。[2]

　　鲁滨孙受欢迎的核心原因在于"玩"，包括对工具的使用，还有小说背后的器具世界。洛克那片充满感官印象和特殊性的天地主宰了这一世界的绝大部分。然而，这个世界在工业时代增添了新的内容。枪支和航海图、火车头引擎和炸药、香烟和罐头食品背后的技术，都注入人们之后对能像鲁滨孙那样熟练使用眼前各种物品的英雄的崇拜之中。[3] 19 世纪，从马里亚特船长到 H. 莱特·哈葛德，他们作品中的人物都具有这种创新能力。而在 20 世纪，对机智的崇拜使人们热烈拥抱战场上足智多谋的士兵，以及美国电视人物马盖先（MacGyver）[①] 魔法般的能力。

史蒂文森将《金银岛》的故事背景设置在 18 世纪，一方面是为了构建一个惊心动魄的、前工业时代的冒险环境，另一方面则是为了重新确立什么才是他那个时代的冒险日益关注的焦点。在整个维多利亚时期，男孩幻想故事的发生地逐渐从岛屿转移到大陆。帝国不再将探索新疆域作为航海的目的。欧洲人与其他各洲的人的往来，使得非洲、印度和亚洲显现出新的细节。冒险故事里的主人公慢慢地不再像鲁滨孙一样上演个人历险，而是渐渐投身于公共和军事事业。鲁滨孙和星期五那种个人雇佣关系，被司令官对部下的控制取代。男孩故事书的历史沿着岛屿和大陆两个轴线展开，由于二者不同的地域特征，故事对学校、男孩身体和家庭的描绘也不同。[4]

作为一个男孩究竟意味着什么？《伊索寓言》中那匹逃跑的马提醒我们，人在少年时期必须受到约束。古典时期、中世纪和现代早期的教育理念一遍又一遍地训诫男孩：举止得体，保持卫生，谈吐清晰，认真学习。到了 18 世纪，这些训诫有了新的意味。那时，男孩们不仅要善于社交、有高尚的品德，还应具有个人风度。

查斯特菲尔德勋爵写给他的私生子的著名信件——写于 18 世纪 30 到 40 年代，并在其去世后由他的遗孀以建议书的形式出版——便体现了这一教育重点的转向。[5] 尴尬、羞怯和笨拙是孩子不应该有的社交陋习，查斯特菲尔德提倡，好的行为应该力求用语言和身体使他人感到舒适。在列出了所有不恰当行为后，他总结道："从这些

---

① 美国电视剧《百战天龙》中的高智商主角，往往运用过人智慧和手边的普通工具完成任务。——译者注

你不应该做的事中,你就能够轻易判断出你应该做的事,充分观察风度翩翩的人和见多识广的人的行为举止,你就会熟悉并养成这些好习惯。"观其待人而知其人"(在此引用一句老话),不过在这里,待人还包括谈吐。"同样,你应该严格避免使用那些令人尴尬的表达和词汇,比如错误的英语、不规范的发音、谚语和俗话,这些都是与粗俗低下之人为伍的证据。"查斯特菲尔德提倡优雅的谈吐,因为它是良好的出身和个人成就的标志。他说这些并不只是因为父子情深。这些主张反映了17世纪和18世纪英语史上发生的变化。在英国,人们第一次将谈吐看得与社会地位(不只是出生地)同等重要。公学教育和大学教育实际上就是关于口才表演的教育。公开场合的气质等同于语言修养。在阅读查斯特菲尔德的建议时,我们可以看到英语在社会历史上出现的某些变化——人们开始关注口音,视之为博览群书的证据,并且格外讲究语法细节。得体(propriety)逐渐成了一种社会观念,而这个词最初的意思是动词一致或语法一致。塞缪尔·约翰逊在他1755年出版的大词典中写道,在用语中"忘记了得体"是多么低俗。他这里不得体的实际含义是说话不讲究语法。[6]到了18世纪晚期,得体不仅意味着语言上的正确,也包括社交方面的正确。劳伦斯·斯特恩在《多情客游记》(1762)中描写了他所谓的"propriété",这是一种法国式的举止合宜。到1782年,范妮·伯尼(Fanny Burney)表示:"这种心灵的得体只能从良好的判断力与美德的结合中获得。"[7]

　　查斯特菲尔德勋爵的建议正好契合"社交习惯即语言风格"的新兴世界,它要求一种良好的判断力与美德的结合,即优雅的谈吐。在这样一个年代,作为一个男孩,谈吐要更加优雅。只需留意一下校园故事这一新兴的文学类别,我们便能发现,在成为社交大师的过程中,自如掌握语言是如何起到关键作用的。托马斯·休斯的《汤姆·布朗的求学时代》(*Tom Browm's Schooldays*)或许是这类故事中最有名的一个。[8] 这部小说（最早于 1857 年出版，此后不断重印）的故事背景设定在 19 世纪 30 年代、托马斯·阿诺德博士在世时的拉格比公学，讲述了一个生在英国西南部偏远地区的男孩的故事。他凭借机缘巧合、勤奋好学以及人际关系，最终进入拉格比公学深造。从上学的第一天起，语言风格的学习便无处不在。

> 到这个时候，汤姆已经开始在意他新的社会地位和尊严，尽情享受成为公学男孩这一梦想实现后的喜悦，并且每半年可以领两顶价值七先令六便士的帽子。
>
> "你瞧，"当他和朋友朝校门迈步时，他的朋友试图解释他的行为，"一个小伙如何表现自己是十分重要的。如果他举止得当，回答问题时直截了当、抬头挺胸，那么他便会如鱼得水。现在，你要把全身行头都装备一番，除了那顶帽子。你瞧，我如此慷慨地对待你，是因为我的父亲认识你的父亲，再说，我想要取悦那位老太太……"
>
> 没有谁比一个低年级的男学生更直白的了。伊斯特是正直的典范——坦诚、热心而又心地善良，对自己和自己的地位都很满意，充满了活力与激情。
>
> （p.1836）

在体制内，获得成功的关键在于"举止得体"：如何表现，如何展露自己，如何行动与说话（这一说法似乎来自 19 世纪中期的学校和运动俚语）。[9] 直截了当地说就是：你的谈吐代表了你这个人怎么样。公学男孩的典范形象也代表着社交和谈吐的理想范式。

但是这段对话，就像许多校园故事中的对话一样，本身就是一堂

154

有关谈吐的课程。新生入学首先要学习的内容之一便是晦涩的语言。每个学校都有它自己的俚语，像《汤姆·布朗的求学时代》这样的书在教育主人公的同时，也教育了读者。读这类书成为一种融入社会的过程。就像小汤姆进入一个崭新、陌生的世界，读者也同样进入了这个世界。我们仿佛都是汤姆·布朗，学习拉格比公学里的规矩。这个小男孩对公学生活的幻想，就存在于对操场和公共休息室中暗语的掌握之中。

这种技能的掌握将我们带回鲁滨孙的世界，至少是史蒂文森想象中鲁滨孙的世界。最能让孩子开心的莫过于工具，最能让男孩开心的莫过于用来表述这些工具的新词。在这一点上，或者可以说，这些词本身就是工具。如果说鲁滨孙各种技能都能玩出花来，那么学校里的男孩也能玩转各种角色——学者、运动员或情人。汤姆·布朗就像是学校里的鲁滨孙，他在那儿找到了生活下去的工具。

> 门上有一排帽夹，两边是底层为橱柜的书橱。书架和柜子里放满了各种各样的课本、一两个杯子、一个捕鼠夹、几根蜡烛、几条皮带子、一个麻袋，还有一些奇形怪状的东西。这些东西让汤姆完全摸不着头脑，直到他的朋友告诉他这些是鞋底钉，并给他示范怎么使用，他才明白过来。一根板球棒和一根钓鱼竿则静静地立在一个角落里。
>
> （pp.1837–38）

在这里，学校就像想象中的船只，跟鲁滨孙的船一样，装着生活必需品。此处的物品列表和笛福的物品列表有相似之处：都是特殊物品目录，人人都应该清楚这些物品在世上的用途。这些物品让汤姆和他的同学轻松玩转各种职业——板球运动员、渔夫和登山者。

　　学校是一艘船，也是一座岛屿。伊斯特为汤姆描述了岛上的布局："我们现在站着的地方一直到树林是小操场，树林的另一面则是大操场，大型的体育赛事都在那里举行。在最远的那个角落里有一座小岛，下半学年你就会很熟悉那儿了，因为那时候会有人叫你去那儿跑腿。我说，这天真是冷得要命，我们跑起来吧。"（p.1839）老拉格比公学的校园里真的有一座岛，但此处对那儿的景色描写更多是象征性的，而非一一对应。糟糕的天气并没有让他们回到室内，而是让他们决定跑步；在这里，一切都关乎运动、表演和炫耀。就好像这所公学现在成了一座岛上帝国，伊斯特则是那里的向导。"很明显，伊斯特在竭尽全力地跑，汤姆对自己的跑步速度信心十足，他要迫切地向他的朋友展示，尽管自己是个新生，却不是个懦夫，他会以最佳的状态投入进来。他们终于都冲过了终点，两人都使出了最大的气力，当他们在小岛周围的护城河前停下来时，两人相距不到一码。"（pp.1839-40）一切友谊最终都让我们回想起鲁滨孙和星期五：一个年长，一个年轻；一个是老师，一个是学生。在某种程度上，这一片段把我们带回了那个岛上世界。在那里，只要你全力以赴，就会在历史长河中留下印记。

　　如果说学校生活是从一个岛前进到另一个岛，那么它也是对大陆的控制。在体育运动中，语言技巧与身体动作、工具与技艺均达到了其他领域无可匹敌的结合。橄榄球是拉格比公学长盛不衰的体育运动。但是，就像小说明确指出的那样，比赛事本身更重要的是对赛事的解说。与体验比赛相比，对这种体验的口头讲述反而更显生动，这是男孩世界教给我们的又一课。没有什么比体育报道更能说明这一点了。于是，在汤姆·布朗的故事进行了一段时间之后，故事里的生活从过去时来到现在时。

"拿住那练习球！""放到球门那去！"人们大喊大叫。所有散落的球都被工作人员捡了起来……

现在双方球员都基本站开，每一方都占据了自己的场地，我们能够清楚地看到他们，这是什么奇怪的情况？……

但是看，校舍队两翼微微向前冲……

瞧！队形破了，球被传到校舍队这一边……

接着，在一瞬间的停顿中，双方都看向那飞速旋转的球。它笔直地飞过两根门柱之间，高于横梁大约五英尺——毫无争议的射门得分。校舍队的队员中传来一阵热烈的欢呼声，轻微的回声穿过操场，从博士墙下的防守队员那边传来。第一个小时内就有进球，这在校舍队近五年的比赛中从未出现过。

（pp.1842–45）

156　　我从一段五页的叙述中节选了这些激动人心的场面，我们参与了这些时刻，而书籍本身成了体育讲解员。它直接用请求和命令来引起读者的注意，比如"看"和"瞧"。这些是对读者的命令，让我们感到身临其境。男孩们的生活是现在时。他们的故事就发生在每一场被描述成竞赛或比赛的大胆行为中。无论是在故意让人着急的冷静语调中（现在他朝球跑去……小心地瞄准），还是在因成功而生的兴奋中（他射门了，他得分了！），男孩的生活都好像是一个正在眼前上演的故事。

这种运用现在时时态的描述常用在体育报道、学校故事、团队竞赛里，同时它还用在了一门新技术里。如果说有什么东西让我们活在"当下"，那么它就是电报了。到19世纪40年代末，新闻几乎可以在两个遥远的地点之间实现即刻传播。[10] 通讯交流呈现出一种魔力。到19世纪70年代，托马斯·爱迪生——他的人生经历很快成了男孩图书的主题——被称为"门罗公园的巫师"。[11] 马克·吐温的《康州美国佬在亚瑟王朝》(1889)讲述了汉克·摩根穿越到亚瑟王时代的故事，他通过电子发明（电报和电话）赢得了百姓的尊敬，使老梅林看上去像个傻瓜。就在该世纪前几十年，电报还几乎是人们无从想象的事物。[12] 电报的发明者塞缪尔·F. B. 莫尔斯在 1844 年发出了第一条电报信息："神成就了何等的事啊！"① 十年后，汉斯·克里斯蒂安·安徒生在他的自传《我的童话人生》(*The Fairy Tale of My Life*)中提到，电报在欧洲和美洲之间建立起了新的联系方式。[13] 电报男孩无处不在，这些男孩掌握着通讯的魔法，翻译莫尔斯电码，在海洋和陆地之间传播重要的信息（托马斯·爱迪生在 19 世纪40 年代就是一名铁路上的电报男孩，并从此走上了发明之路）。甚至在 19 世纪末，电话已经取代电报成为那个年代的电子奇迹，公众评论在描述电话时，依然会用男孩冒险故事里的那种词语。1889 年的《电气评论》这样描述从纽约到波士顿的一通长途电话："梅林的古老咒语，明希豪森（Münchhausen）②、儒勒·凡尔纳或哈葛德的魔法都被它打得一败涂地。"[14]

电子通讯缩短了从事件发生到人们了解事件的时间。在 19 世纪中期，全世界的电报男孩都忙于传播战事。因为电报，战斗具有了即时性。很快，像橄榄球赛那样，用现在时播报战事消息成为可能，而且战事报道就像体育报道一样，影响了那个年代的新闻用语。由于电报和铁路的存在，1853—1856 年的克里米亚战争成为第一场实现即时报道的持续战争。克里米亚战场上出现了大量新型枪支、火力技术创新和社会发明（传说一个士兵在抽烟时烟斗被子弹打飞，于

157

① 出自《圣经·民数记》23：23。——译者注
② 德国童话《吹牛大王历险记》中机智勇敢、总能化险为夷的主人公。——译者注

是他便把烟草卷在弹药纸里,香烟就这样诞生了)。[15] 然而,在创新的表面之下,那场战争也延续了追求荣誉的传统理想。在宣扬理想骑士精神(尽管它已经过时)的诗歌中,丁尼生的《轻骑兵的冲锋》无疑是最著名的。在这样的文学作品中,男孩的幻想从水手和岛屿转移到士兵和战场上。最能让孩子开心的莫过于工具,而克里米亚让工具又更新换代了。

在为新技术的发展和战争方式的演化提供条件的同时,克里米亚战争也影响了男孩幻想及其文学风格的语言。这场战争为男孩读者提供了一个帝国幻想,并且这个幻想在后续的事件中得到了延续,这些事件包括:1857 年的印度兵变,紧接着这片次大陆被置于英国王室的直接管辖之下;从 19 世纪 30 年代末一直到 1919年打打停停的英阿战争;19 世纪 60 年代至 70 年代,理查德·伯顿爵士(Sir Richard Burton)和约翰·汉宁·斯皮克(John Hanning Speke)寻找尼罗河上游源头的探险;1871 年亨利·斯坦利(Henry Stanley)发现大卫·利文斯通(David Livingstone)①的事件;1879 年的祖鲁战争②;1885 年戈登将军(General Gordon)在喀土穆被杀,以及之后 1898 年,基钦纳(Kitchener)在恩图曼战役中重新夺下苏丹③;1899—1902 年的第二次布尔战争。中亚、印度和非洲是殖民冒险的战场,也是读者驰骋想象力的疆域。

---

① 大卫·利文斯通(1813—1873)是来自苏格兰的非洲探险家。1866—1873年,利文斯通前往中非寻找尼罗河的源头,途中与外界失去了联系。1871 年,斯坦利在坦桑尼亚境内找到了因身患重病而被困的利文斯通。——译者注

② 1879 年 1—7 月发生在大英帝国与南非祖鲁王国之间的战争。英国取得胜利并开始对这一地区实行殖民统治。——译者注

③ 戈登曾被英国任命为苏丹总督,后于 1885 年被马赫迪反抗军击毙。英国将戈登之死视为奇耻大辱,便命基钦纳反攻苏丹。基钦纳于 1898 年推翻了马赫迪政权。——译者注

对现代读者来说，这样的空间往往让人想起鲁德亚德·吉卜林和他在《基姆》《丛林之书》《曼德勒》中描绘的画面。不可否认，吉卜林深刻地影响了我们对这个时代的印象。然而，在 19 世纪晚期，描写更直接，也更为受欢迎的是 H. 莱特·哈葛德和 G. A. 亨提（G. A. Henty）等作家的作品——他们是记录少年时代幻想和兴趣的多产作者。他们的故事发表在《男孩报》和《联合杰克报》①这样的出版物上，这两份报纸都是英国的廉价报纸，所登载的文章结合了校园故事和冒险传奇，情节起伏跌宕，插画精美生动。[16] 如果想知道体育运动和战争如何塑造了男孩故事的讲述方式，只需将这两种报纸放在一起看一看。《男孩报》第一期（1879）头版刊登了《我的第一场足球赛》，并配以展现争球场面的生动图画。读者先看到文字（叙述者因为自己被选入学校足球队而喜悦，认为"能为学校战斗是自己的荣耀"），接着就看到一群男孩扑向抱着球的队员的画面。再看看《联合杰克报》的第一期（1880），读者首先看到的也是文字（重现了"一位爱尔兰海军见习军官的探险经历"），然后看到插画，上面绘有一群水手和一队骑兵发生冲撞的画面。这两张图片的排版也惊人地相似：它们引导着读者的目光，在好奇的欲望下迅速划过一道对角线。

160

新近对这类文学的评论极其重视其帝国幻想、体育理想，以及物质和社会文化。正是这样的文化，推动价格亲民的报纸、书籍和杂志逐渐流行起来，以满足英国男孩的幻想。约瑟夫·布里斯托（Joseph Bristow）的《帝国男孩》清楚地阐述了阶级和文化的关系以及市场力量和政治宣传的关系，正是这样的关系决定了从马里亚特船长时代到埃德加·赖斯·巴勒斯（Edgar Rice Burroughs）时代阅读习惯

---

①　*The Union Jack*，Union Jack 为英国国旗的俗称。——译者注

《男孩报》第一期（1879年1月18日）头版（藏于斯坦福大学图书馆）

《联合杰克报》第一期（1880 年 1 月 1 日）头版（藏于斯坦福大学图书馆）

的走向。不过,我感兴趣的仍旧是语言风格:阅读男孩书籍会给人怎样的感觉?是什么样的叙述技巧、用词和图像表达出了帝国或冒险的意识形态?这些幻想又是用何种时态表达的?

为了寻求答案,我首先将分析这段选自哈葛德《所罗门王的宝藏》(1885)的段落。这个令人印象深刻的段落是由探险家艾伦·夸特梅因(Allan Quatermain)叙述的:

就在此时,太阳升起来了,光芒四射,为我们呈现了一幅宏伟壮观的景象。我们为之一惊,一瞬间,甚至忘记了干渴。

距离我们不到50英里的地方,在早晨的阳光下像银子一样闪闪发光的就是高耸的示巴女王峰,两侧绵延数百英里的是高大的苏里曼山。现在,我坐在这里,想描述那时看到的壮丽景色,可惜我的语言突然变得苍白无力,甚至连记下它的样子我都觉得无能为力。耸立在我们面前的是两座巨大的山峰,我相信在非洲别的地方根本看不到这样的山,甚至在世界其他地方可能也看不到。每座山峰至少有15000英尺高,两座山相距不到12英里,陡峭的石崖把两座山连在一起,威严肃穆的白色山峰直入云霄。两座山峰像一扇巨门的柱子一样耸立在那里,形状像女人的乳房。有时,山下的薄雾和阴影看起来像一位身披轻纱,躺在那里睡觉的女人。两山自山脚处从平原缓慢隆起,从远处看十分圆润;山顶则是覆盖着白雪的巨大峰巅,活像女人的乳头。两峰之间绵延的悬崖看上去有几千英尺高,坎坷崎岖。我们尽目力所及,能够看到每一侧悬崖都有类似的线条,只是有些地方被桌子一般的平顶山隔断,就像开普敦那座闻名世界的山一样。顺便说一下,这种平顶山在非洲非常普遍。

我感到力不从心,无法将这种包容一切的壮观景象描绘出来。这些巨大的火山——它们无疑都是死火山——蕴藏着某种难以言喻的庄重与力量，令人心生敬畏。过了一会儿，晨光洒向山顶的积雪，照射着白雪下方大块的棕色岩石。随后，奇异的云雾开始围绕着山峰聚拢、膨胀，仿佛是在故意遮住雄伟的景色，不让我们好奇的目光看见。此刻，我们只能隐约分辨出其完美伟岸的轮廓，透过轻柔的云幕，仿若幽灵一般。事实上，我们后来才发现，这两座山峰经常被这种薄雾环绕，难怪我们之前看不清它们。

示巴女王峰刚一消失在云牙雾网中，干渴这一迫切要解决的问题就又摆在我们面前了。[17]

布里斯托十分欣赏这段描写，称它展现了"一片黑暗、蛮荒之地上充满性欲的地理情状"。同时，在这部小说以及哈葛德后来发表的《她》(1887)中，他找到了两性对抗和政治较量之间的有力关联。"欧洲怎么对待非洲，"他总结道，"犹如男人怎么对待女人。"[18]但是我想在此特别指出，这个故事更多的是对冒险经历的回忆，而非对冒险过程的讲述。叙述者与事件已相距万里、相隔数年。考虑到研究的准确性，他在回忆这样一段精彩纷呈且不可思议、任何语言都无法形容其美妙的经历时写道："甚至连记下它的样子我都觉得无能为力。"这位叙述者将性欲融入文字。他文笔凝练，其中堆砌的名词和形容词、千回百转的句子和时不时的插话，都力图在文字中重现令人敬畏的景色。阅读这段文字的时候，不难发现，文段的主题不断偏离所描绘的景色，转而更加关注作者对它的描述之难。但它依旧是一篇气势非凡的文章。

这便是我想说的。从查斯特菲尔德勋爵起，男子气概便体现在语言上。读者从夸特梅因身上学到了如何追忆和写作。他面临的

162 挑战是文字描述的挑战,就好像我们看着他在语言的丛林中披荆斩棘;好像面对句子阵列,登顶的难度顿时相形见绌。在文段的韵律中,我们迷失了自我:"坎坷崎岖"(perfectly precipitous)和"云牙雾网"(cloud-clad)中的头韵,"雄伟的景色""奇异的云雾"和"完美伟岸的轮廓",还有"透过轻柔的云幕,仿若幽灵一般"的群山,都仿佛拥有自我意识,给人崇高之感。《所罗门王的宝藏》教我们如何撰写冒险故事。相比关于世界的故事,它更是关于书的故事。

关于叙述和描写的写作指导在 G. A. 亨提的书中也随处可见,亨提是 19 世纪晚期最多产的帝国男孩冒险故事作家。[19]《和克莱夫去印度》(*With Clive in India*)、《和基钦纳去苏丹》(*With Kitchener in the Soudan*)与《和罗伯茨去比勒陀利亚》(*With Roberts to Pretoria*,以及其他百余本书)等,共同建立起冒险故事的基础构架:一个小男孩,通常是英国殖民地居民的孩子,跟着一位伟大领袖探险。男孩渐渐成长为殖民世界里的一名实践者,在成长过程中,他的生活经历让人们关注到土著人民的天真纯朴。回想一下鲁滨孙和他的星期五:"他的情感紧紧和我系在一起,就像是一个孩子对父亲的爱。"殖民者和被殖民者正符合鲁滨孙的故事模式,而亨提的书不仅为困在岛国上的英国读者提供了逃离的机会,也明确地告诉读者,只有英国白人男孩才能成长为大丈夫,他们的帝国男子气概使被殖民者始终扮演着孩子的角色。

亨提自己的人生就包含了全部对 19 世纪男孩故事产生影响的重要经历。在威斯敏斯特公学和剑桥大学上学期间,他是一名积极的运动员。他打拳击、摔跤和划船。他也在父亲的煤矿里工作过。后来,他还加入英国陆军,在克里米亚战争中任职于陆军医院军需部。他如实记录了士兵所遭遇的可怕经历,他写给父亲的信件内容生动、详细,而且辞藻丰富,很快就发表于热衷战事报道的报纸上。

这些早年的作品为亨提赢得了一个战地记者的职位。在整个 19 世纪 60 年代和 70 年代早期，对于意大利、西班牙、法国、塞尔维亚、阿比西尼亚和西非的战事，他写过诸多战地报道。

体育健将和记者这两种身份的结合，为亨提的文章带来了即时性。在他写的书中，我最喜欢的是《和布勒去纳塔尔：记一位天生领袖》（*With Buller in Natal, or A Born Leader*, 1901），这本书不仅讲述了白人和黑人之间的关系，也讲述了白人和白人（英国人和布尔人）之间的关系。[20] 故事的主人公是年轻的克里斯，战争打响时他 16 岁。开场描述运用了所有关于体育精神和努力工作的习语，这些品质是维多利亚晚期男孩故事的核心理想。同时，此书也让人想到亨提本人大致的生活故事。亨提仿佛为我们展现了他少年时期的幻想，重新塑造了自己在学校、运动场和煤矿中度过的青年时期。

163

> 这个小伙子是年青一代外侨中的杰出典范。他大部分时间都在户外度过，勤奋工作，进行体育锻炼。这给了他宽阔的肩膀，让他看上去比实际年龄至少大一岁。他是个出色的骑手，也是优秀的来复枪手（他的父亲从政府那里为他拿到了持枪许可证），能够像布尔青年那样干净利落地击中一头全速奔跑的羚羊。他每周在煤矿里做四天工，因为父亲希望他子承父业。有时候，他会下到矿井跟矿工们一起挖煤，有时则跟地面上的工程师切磋。这样，几年之内，他就完全掌握了这门行业的全部知识。

如果说哈葛德将非洲视为一副身体，那么亨提则将身体视为非洲。他对小克里斯外貌的描述——某种程度上与哈葛德笔下的群山一样具有强大的性别力量——着重于"控制力"和"统治力"的细节描写。这让读者不禁对他眼前的羚羊或任何敌人都产生同情。

出现在这个年轻人眼前的还有非洲南部的冲突。"他对英国人在德兰士瓦的地位极其不满,也十分厌恶布尔人对他们的傲慢无礼和对土著的残忍无情。"他继续说,英国外侨"虽然占人口的大部分,是这个国家的财富来源,还承担着所有的税款,但是,他们被视为流浪民族,并被剥夺了一切文明国家中的公民所拥有的权利"。无论有人对布尔人有什么疑问,亨提都会很快消除对方的疑虑。

> 的确,他们不仅外貌丑陋,而且行为残暴。德兰士瓦水源短缺,人们尽最大努力节约用水,全为了保障基本的卫生。布尔人睡觉时也穿着衣服,起床后抖抖身子,就算洗漱完毕了。只有在非常特殊的情况下,他们才会来到放在外面的水桶边,用手捧起水洗脸……穿着衣服的布尔人任谁看都是肮脏邋遢的,他们的衣服因为穿了很长时间而破败、褪色。大多数布尔人都没有受过教育,许多甚至连自己的名字都不会写。大多数男人蓄着大胡子,留着没修剪过的头发。但就体型而言,他们都是出类拔萃的,个子很高,虽然瘦削却很有力,必要时也能吃苦耐劳。但是,他们对马背上的活动厌恶至极……他们毫不在意是否统一着装。大多数人都穿着高筒马靴。一些镇上来的年轻人则穿粗花呢外套,不过大多数人要么穿狩猎夹克,要么穿长而宽松的大衣。一些人戴草帽,但上了年纪的男人都戴硕大的宽檐毡帽。不过,他们都配备着最好最先进的来复枪。布尔人通常给人留下的印象就是一群粗糙邋遢、丝毫不关心个人形象的农民。

164

在这段较长的文字中,亨提沿袭了长期以来的描写传统,通过描述外部特征来反映内在特质。鲁滨孙对星期五的详细刻画——他的头发、肤色、眼睛和整体气质——与此处亨提对布尔人的描述十分相似。同样,查斯特菲尔德勋爵或《汤姆·布朗的求学时代》也采取了类似的写作手法。这一传统教给我们一种看待他人的方法:通过着装和风度看待一个人;将美德与卫生状况相提并论,将洁净与虔诚同等对待。就像伊斯特教导小汤姆时说的那样,一个人如何表现自己是最重要的。布尔人的衣着品位恰恰表现出其低劣的人格特质。

与其说亨提的描写源于生活,不如说源于文学。它使用的写作技巧和文风,可以追溯到《鲁滨孙漂流记》,是对后者的一种化用。如果说鲁滨孙的世界不单单是视觉描述的世界,也是写作的世界(笔和墨水,对契约的需要,叙述者的日志),那么,亨提的世界也一样。书中有一处明显体现自我指涉的场景,在这一幕中,亨提描绘了克里斯和他的朋友计划攻击布尔人的场景。他们应征入伍,并在战役打响之前安营扎寨。克里斯提出了他的计划,但是他并非即兴发表口头演说,而是照着事先写下的计划念出来。

"很好,那么就这样,"克里斯说,"明天我们当然要出去侦察敌情,但是一两天内,你们必须在这里按兵不动。在我们离开此地之前,不要派出任何侦察兵。我们必须事先设定好暗号。如果我们在两三英里的范围内分散开来,集合的时候就必须有个暗号。离家之前我就考虑过这些事了,我在笔记本上写下了我认为需要注意的事项。我这就念给你们听。"

他拨了拨火堆,让火烧得更旺,然后便开始读他的计划:

"连续打三个信号,每个信号之间隔十秒,意思就是'敌人在右方';如果每个信号之间隔二十秒,意思是'敌人在左方'。停顿一会儿后,连续迅速地打出两记信号,意思是'敌方兵力强';若打三下,则是说'敌人数量少'。打一个信号,间隔十秒后再连续打两下,意思是'撤退到分散前定好的集合点';若间隔十秒后连续迅速地打三下，意思是'向中心合围'。我们之后可以再想想其他的信号，但我觉得一开始这些应该足够了。我知道你们都随身携带笔记本，那么，请立刻把这些信号记下来。"

克里斯又浏览了一遍作战计划，他的朋友们则在记录刚才所说的信号。"一阵沉默过后，大家把笔记本合上了。"克里斯又对他们说：

> 我们兵分四路，各队之间必须分散开来，至少保持三四百码的距离。来到凸起的地面或山顶时，必须停下来，无论花多少时间，都要用望远镜仔细查看周边形势。你们必须确保视野内没有任何移动的物体。当你们接近这样的地点时，必须下马，将马留在原地，匍匐前进，直到找到一个具有良好视野的位置，任何情况下都不要站起来。当你们在侦察时，你视野范围内的布尔人肯定会注意到地平线上的人影，我们清楚他们许多人都配备了和我们一样好的望远镜。我们必须像狩猎时一样小心翼翼。你们和我一样明白这些道理，但我仍想再次提醒你们。你们看，他们已经抓住了五名纳塔尔警察，那些警察原本都是非常机警的人。不过，我们在这里考虑得再多，也远远比不上几天的实地侦察，它能更好地告诉我们还需要做什么。

这是记者的语言，却不是对真实战争的描述，而是一个精心编写的故事。克里斯不仅成长为一个行动积极的男孩，也成为一个擅长写作的男孩。他的男子气概通过文学体现出来，与此相反，布尔人"甚至连自己的名字都不会写"。克里斯和他的同伴能熟练地运用标志，他们的作战计划全靠信号。这场战争依赖于观察"地平线上的人影"这一本领。在这场战争中，望远镜和枪炮一样重要。这里，我们又回到了《汤姆·布朗的求学时代》，那个故事是让我们观察周围："看""瞧"。而克里斯说"你们看"，是为了获得他人的注意，但他用这样一句话，道出了这场战争的重点：观察和解读，找到人影，学会分辨。

亨提、哈葛德以及校园故事、体育报道、驻外记者和鲁滨孙派的作家想要告诉我们的是：男孩生活在阅读的世界里；他们的生活以识别标志和符号为中心；说的话和穿的衣服一样重要；人生经历就像是口耳相传的故事一样。在我分析的所有作品中，很少有谁的生活完全不受书本的影响。艾伦·夸特梅因对非洲极具性别特征的描述，不是正在经历它，而是在回忆它。克里斯则依据笔记本上的内容讲述作战计划。不管是在岛上还是在帝国，文字工具永远存在，最终说来，成就殖民者或征服者的是他们的读写能力。就像本杰明·富兰克林所说的："你必须把一切写在纸上。"

冒险是男孩的书页，他们在这些书页上阅读或书写生活。冒险的地点从岛上王国转移到了大陆，书籍本身也是如此。《鲁滨孙漂流记》激发了一种观念：书即海难——我们从岛屿上归来，修复我们需要的段落或部分。我们用书的碎片来建造阅读记忆的房屋，把它立于我们幻想的海滩。到19世纪晚期，书成了大陆。它们若隐若现，就像哈葛德笔下的非洲，激起我们征服的欲望。故事中的主人公成为言语行为的模范，但真正的英雄其实是读者——因为读完《所罗门王的宝藏》或《和布勒去纳塔尔》就是一种英雄壮举。这些书本身便呈现出陆地般的广袤特质。只需看一看那维多利亚晚期和爱德华时期的封面：压花的正面、刻印的字母和包着封面纸板的彩色皮革，便可知道究竟了。这些都是大部头书卷，用皮革、金子和厚纸做成，封面纸板上嵌有宝石，镶有金边。这时，男孩读物本身便成了宝藏。

166

到 19 世纪晚期,对宝藏的幻想主导了文学故事和文学评论。史蒂文森的《金银岛》、亨提的《印加宝藏》(1903)和 B. 特拉文(B. Traven)的《谢拉马德雷的宝藏》(1927 年以德语首次出版,1933 年翻译成英语)有着冒险故事的典型标题。但是此时,书籍本身也是宝藏。"我有一些 19 世纪 80 年代的珍藏书籍(treasured books)。"一位博客写手在 2005 年这样写道。[21] 一个世纪以来,这一说法常被用来描述我们所热爱的书。根据《牛津英语词典》记载,动词 "treasure"直到 20 世纪的头十年,才开始表示 "珍爱" 或 "珍视" 的意思。但是在 19 世纪中期,亨利·沃兹沃思·朗费罗(Henry Wadsworth Longfellow)就已经表达了阅读是一场寻宝的想法:

> 从宝藏般的书卷中,
> 选读你心仪的诗句,
> 用你美丽的嗓音,
> 演绎诗人的韵律。[22]

鲁德亚德·吉卜林是最受珍视的作家之一,在他为儿童创作的书中,也少有几本能像《基姆》那样受到人们如此热情的好评。[23] 这部小说最初于 1901 年出版,一上市便获得批评界的推崇。书评家 J. H. 米勒(J. H. Millar)在 1901 年 12 月的《布莱克伍德爱丁堡杂志》(*Blackwood's Edinburgh Magazine*)上撰文,称其为 "大师之作",如神来之笔,表现出 "无与伦比的新鲜感和真实感"。它展示了帝国和青少年时期的全景图。从很大程度上来说,米勒对其力量的描述像极了艾伦·夸特梅因对示巴女王峰的回忆:

> 它的秘密就藏在它展示给我们的这幅描绘半岛生活的全景

图中，这个半岛的政府已经由英国掌管了一个多世纪。对于这场盛宴中那些令人眼花缭乱的事物，我们恐怕无法给予读者充分的解读。吉卜林先生天赋异禀，他那万花筒一般的特质（如果我们这么说合适的话），在深度和广度上还从未表现得如此淋漓尽致。[24]

这本书有如一片天地，书评家被吉卜林作品中的宏大气势所震撼，就好像探险家被眼前的景象所震动一样。无论透过的是小望远镜还是万花筒，读者始终在寻找景象。

《基姆》立刻就被视为帝国冒险文学的范本，其原因也很容易理解。从第一句话开始，小说就将被殖民者与殖民者、户外的美景与官员的工具及武器并置在一起："他无视政府命令，两腿分开跨坐在砖砌平台上的参参玛大炮上。这台大炮正对着历史悠久的阿杰布格尔，也就是'奇妙屋'——当地人口中的拉合尔博物馆。谁拥有这台大炮——这条'喷火龙'，谁就拥有旁遮普；因为这件青铜器一直都是征服者抢占的第一件战利品。"（p.53）小基姆跨坐在大炮上的模样，成为在印度生活的英国男孩的象征，进而也成为处在成人世界中的儿童阅读的象征。这台炮是一个想象，在吉卜林的奇妙屋里不断地变换着名字。它也是一处通过器械进行观察的地方，好像英国控制下的这片次大陆的全景图，只有透过炮上的瞄准器才能看到。通过《基姆》，我们看到了这幅全景图中一些特殊的片段。在第四章结尾处，基姆早晨醒来的情形想必就是这样一幕特别的场景，让米勒等读者为之着迷：

钻石般闪亮的黎明将人类、乌鸦和公牛一齐唤醒。基姆坐起身来，打了个哈欠，抖抖身子，心中既欢喜又激动。他看到的是真实的世界。这是他理想中的生活：街上人声鼎沸、熙熙攘攘，人们扣紧皮带，鞭打公牛，轮子转动时发出咯吱声，有人烧火做饭。每一次转移目光，都能看到新的景象。银色的晨雾旋转着慢慢散去，一群绿色鹦鹉叽叽喳喳地飞向远处的河流，所有水井辘轳都开始运作。印度醒来了，而基姆就置身其中。

（p.122）

168

本书研究的诸多作品里，都有着充满蓬勃创造力的场景，这里也不例外——东方异国情调的伊索式动物世界，藏有大量宝藏的城市发出的喧闹声。黎明如钻石般闪亮，晨雾则是银色的。甚至在车轮的咯吱声和食物的香气里，都能发现印度的奇珍异宝——这就是欧洲人大量涌入的经济原因。这是一堂修辞课，教给那些会欣赏的眼睛，教会你如何去看。

许多像这样的场景和瞬间，让吉卜林的作品上升到一种诗意的境界，高度的早熟，令他上承柯勒律治和华兹华斯等浪漫主义诗人，下启其他模仿他们风格的儿童文学作家：肯尼斯·格雷厄姆的《柳林风声》中丰富多彩的语段，或弗朗西丝·霍奇森·伯内特的《秘密花园》里青翠欲滴的行文，都受到了他的影响。这些作家想让读者意识到儿童的生活充满美学意味，孩子有能力欣赏自然中的美，而作家的表达技巧反过来又能提升孩子对美的感觉与品味。吉卜林像格雷厄姆和伯内特一样，带我们重新思考童年风格和儿童文学风格的问题。他带我们回到查斯特菲尔德和汤姆·布朗的世界—— 一个兼具语言和身体表现的世界。

基姆去上学的一幕，也让我们想起汤姆·布朗。基姆被送进英国人开办的圣泽维尔中学，他入学的情形与小汤姆·布朗进入拉格比公学时的情形十分相像，或许对现代读者来说，就像是哈利·波特去霍格沃茨的境况。

> 当城市里爆发霍乱时，他因为违禁进城而受到相应的责罚。那时他还没学会用体面的英语写作，所以只得前往市场，找一个会写信的人。当然，他还因为吸烟和口出恶言而被告发，他说的脏话比圣泽维尔中学里任何一个人说的都要难听。他学会了像当地人那样，以利未人一般的细心清洗自己，他从心底认为英国人不太讲卫生。炎热的夜晚，男孩们在寝室里翻来覆去睡不着，谈天说地直到天亮，基姆就捉弄那些耐心摇寝室里的蒲葵扇的苦力。他私下里还跟他那些独立自主的同伴较量。
>
> （p.168）

这些男孩都是有故事的人，吉卜林对他们一一作了介绍：有些人"习惯沿着一百英里长的丛林慢跑"，有些人"在洪水汹涌的河流中央的小岛上被困了一天半"，还有人"向路上偶遇的印度贵族征用了一头大象"，有一个男孩"帮他父亲在檐廊上用来复枪赶走了一群……杀手"。（pp.168–69）学校是一个讲述自我故事的地方，基姆很快学会了——读者也应该学会——如何讲述自己的故事。

正是描写、叙述、丰富的画面和奇妙故事的结合，为《基姆》最初的读者提供了丰富的想象。从某种意义上来说，它仍旧是一部历险记，躺在床上或坐在营火边的男孩，从中学到了许多讲述激动人心的冒险故事的技巧。童子军的创建者罗伯特·贝登堡也从中学到了很多。他在为童子军运动编写的手册《童军警探》（1908）中对这部小说进行了总结，把它作为他希望男孩们去听的、具有教育意义的典型故事。贝登堡在最后得出结论，基姆作为一个孩子的成长过程、他在学校的学习经历和他进入印度情报机构工作，共同"证明了一个童子军若得到足够的训练且有足够的智慧,就能为他的国家做出极具价值的贡献"。[25]

童子军的建立者从吉卜林身上借鉴了许多理念(也深受维多利亚晚期一系列文化运动的影响:从达尔文的进化论到青年俱乐部运动,包括威廉·史密斯的基督少年军、美国丛林印第安人联盟和丹尼尔·布恩之子组织)。童子军强调行动和行为,实则是一场极具书卷气的运动——以理想的文学作品为中心,并由贝登堡自己在近半个世纪里所写的各种手册所塑造。[26]

贝登堡结束了印度的兵役后,在布尔战争中成了国家英雄。当时,他和他的部下在梅富根城战役中坚守了 200 多天。回到英国后,他成立了童子军。《童军警探》与所有小说一样,借助叙事手段来讲述个人经历。梅富根城战役成了孩子们在火堆边讲述的营地奇谈。在这场围攻战中,许多男孩应征入伍,加入梅富根军校学生军团,而《童军警探》则重述了他们的伟绩。

> 每个士兵都有价值,由于死伤人数不断攀升,士兵数量逐渐下降,打仗和晚上放哨的任务愈加沉重。在这种情况下,参谋长爱德华·塞西尔勋爵将当地男孩们集合起来,编入学生军团,让他们穿上制服,接受训练。他们军容整肃(jolly smart),发挥了巨大的作用。之前,我们需要大批士兵传递军令和消息,站岗放哨,担任勤务兵的职务,等等。现在这些任务都交给了学生军,正规军则得以上前线加强我们的火力。[27]

170

若把这段话与《和布勒去纳塔尔》中小克里斯的笔记放在一起比较,便可知这段话就是一段有关观察和被观察的文字叙述。士兵的任务既是打仗,也是侦察敌情。塞西尔勋爵召集男孩们并给了他们一身全新的行头（"smart"尤其让人联想到士兵的整洁与利落，可以比较一下《牛津英语词典》中一条 1884 年的引证："埃及士兵……衣冠整肃 [smart]、干净整洁且价格便宜"）。[28] 当成年士兵奔赴前线时，正是这些男孩挑起了侦察放哨的担子。

《童军警探》就像《和布勒去纳塔尔》一样，教会我们识别周边的情况。从根本上来说，成为一名童子军就是去观察（贝登堡还在印度时，于 1884 年发表了一部名为《侦察与搜查》的手册）。童子军活动成为一种探索和观察世界的方式。童子军不仅要学会观察外部的敌人，还要学会观察身边的各色人物。

> 在乘坐火车或电车旅行时，请时刻注意与你同行的旅行者身上的小细节，注意他们的脸、衣着以及说话方式等，以便事后能够准确地描述他们。此外，尝试通过他们的外观和举止对他们作出判断：他们是富人还是穷人（通常可以从他们的靴子上看出来），他们的职业是什么，他们是快乐还是不舒服，是否需要帮助。[29]

把这一段与亨提对布尔人的描写相比较，或者与鲁滨孙对星期五的看法相比较，又或者与《金银岛》中本·葛恩的形象进行比较，我们会发现，所有这些文字都是在教我们如何阅读人脸。它们都为我们提供了如何描述人物的例子。的确，对童子军来说，注意火车或电车上乘客的目的就是方便日后对他们进行描述。

从这些描述中，童子军和读者应该能找到效仿的行为模范。形象端正是男孩的目标，在《童军警探》出版 20 年后，这一理念又在贝登堡的《划向成功》（Rovering to Success，1922）中被着重强调。这本书说道：不要自慰；保持身体干净；每天刷牙，"据说这个国

家几乎一半的疾病都源于糟糕的口腔状况"。[30] 现在,回忆一下基
姆在印度的黎明时分醒来的场景:"他嚼着一根马上要当牙刷用的
枝条。"( p.122)良好的卫生状况维护着帝国的统治——帝国就是
像人体一样的政治身体。

说到底,这些故事都是关于身体的故事。就像查斯特菲尔德在
一开始提出的,男孩有义务做到谈吐清晰、行为端正,并且举止得体。
他们的服饰、卫生和自我意识,都将为建立一个健康的、社交丰富的
理想世界添砖加瓦。这样一个世界,正如我在此描绘的那样,处在一
种现在时态和外部描写的双重叙述中。帝国冒险正是从这些叙述里
显现出来。但是,从中显现出来的,还有进化的言论:对人类起源的
幻想;对隐藏在英俊的外表,得体的举止和整齐的、上了蜡的头发之
下,如同猿人般原始的无政府状态的恐惧。为了理解这些黑暗的恐
惧,并沿此发展轨迹进入许多人眼中儿童文学的黄金时代,我们必须
从帝国转向进化——从笛福转向达尔文。

# 第八章 达尔文的影响

## 从金斯利到苏斯的世界

　　在《划向成功》中，罗伯特·贝登堡讲述了一群非洲头领访问伦敦的故事。他们不仅被这座伟大城市的风貌所吸引，更对英军的男子气概青眼相看。当斯威士酋长们穿着长袍大衣、戴着高帽来到位于奥尔德肖特的军校时，他们"让士兵们脱下衣服，亲自查看他们的强健体魄，这才感到满意……如此，斯威士的野蛮人就欣赏到了男性的力量和美"。不管这场古怪的文化冲突之下暗藏着何种更深层次的矛盾关系，至少从表面上看来，有一点很清楚，那便是，贝登堡对理想社会生活的理解存在于发展的理念中。无论一个男孩来自哪里，他都能将自己塑造成力量和美的代表。但显然，这一理念并不适用于酋长，因为无论他们在自己国家中的社会地位有多高，在贝登堡笔下，他们仍旧只是一群张口结舌的猿人。[1]

　　为什么白人男孩能够进化？为什么在欧洲殖民者和小说家眼中，黑人只是孩子一般？文学评论家吉莉恩·比尔（Gillian Beer）阐释了达尔文理论对殖民幻想的错位影响，并总结了催生贝登堡故事的前提条件："欧洲人被认为是达到了进化顶端的人种，而其他受考察的种族则排在进化图中远为靠后的位置。此外，人类进化的过程还被误认为是一个单一的生命周期，所有其他种族都被认为是'人类童年'的一部分，所以他们像孩子一样需要保护、引导和纠正。"[2]

　　一直以来，达尔文对儿童文学的影响都被认为是这一根本性误

173 　解的背后原因。人们评价查尔斯·金斯利、鲁德亚德·吉卜林和埃
德加·赖斯·巴勒斯这样的作家,多是基于他们的进化论的语言风
格多被用来服务于殖民主义、阶级和种族主义叙事。从《物种起源》
(1859)的出版到童子军的建立(1908),这一阶段被文学评论家称
赞为儿童文学的"黄金时期",水孩子、丛林男孩和猿人占据了人们
的想象空间。儿童文学的批判史学研究本身就有达尔文主义的影
子,因为大多数研究认为,在维多利亚和爱德华时代伟大的儿童小说
中(尤其是鲁德亚德·吉卜林、肯尼斯·格雷厄姆、弗朗西丝·霍奇
森·伯内特、巴里、刘易斯·卡罗尔、毕翠克丝·波特 [Beatrix Potter]
的小说),儿童文学的发展和进步达到了顶峰。在这期间,正如彼
得·亨特(Peter Hunt)所言,"儿童文学逐渐成熟",并变得更为复杂,
在逐渐褪去沉重教条的同时,一批"当代经典"相继诞生。[3]

　　进化的比喻主导了我们的文学和生活史,或许我们永远也无法
摆脱这种影响。但是我们可以看到,达尔文对童书和儿童阅读有着
更为微妙的影响,他并不仅仅是简单地对比白人与黑人,或以阶级、
种族或国家为话题编造生物故事。达尔文对儿童文学史的重要影响,
不只在于小说、帝国、教育和人类发展的理想状态上,也在于他建立
了讲述个人生活故事的独特方式——他对童年撒谎的回忆,他对自
己在"小猎犬号"上的冒险经历的讲述,还有他与极有权势和影响力
的祖先的复杂关系。达尔文在这段历史中的地位堪与洛克媲美:两
人都提出了解释人类发展的框架,两人都留下了理解社会生活的隐
喻,而且两人都成了他们那个年代知识分子的典范。

　　达尔文的作品中充满了童年的影像。在最初的自传手稿中,他
回忆了自己在讲故事中获得的乐趣。吉莉恩·比尔在谈及这些回忆
时写道:"童年时,他编故事是为了打动或震撼自己和他人。他对编
造故事的热情,不仅表现了他对力量的渴望,也体现了他对掌控身边

自相矛盾的事物所做的尝试。"她引用了 1838 年 8 月达尔文写下的一段自传片段来证明她的观点，在我看来，这段话清晰明确地为我们指出了达尔文在儿童文学史中的地位。

> 那时候我很会说故事……几乎每次散步回来，我都会说，我看到了一只野鸡或其他怪鸟（这是我在自然历史方面的趣味）。这些谎言要是没有被戳穿，我想肯定让我很投入，因为我想它们时是如此生动，不是出于羞愧（虽然有时候我会），而是因为它们会像某种能对我的头脑产生很大影响的东西，给我一种悲剧带来的喜悦感。我想起我在凯斯先生家时，编了一整套说辞，来表明我有多喜欢讲实话！在我看来，我那时编出来的胡话回想起来是那么生动，要不是对之前羞愧感的记忆告诉我那是假的，我自己都几乎要误以为确有其事了。[4]

174

达尔文捕捉到了所有爱编故事的孩子心中的兴奋和恐惧。我们都想回家告诉大人自己的冒险经历和所看到的奇景。虽然许多人确实看到过野鸡或奇怪的鸟，但并不是在散步途中，而是在睡前故事里。在现实生活中看见故事里的生物，这究竟意味着什么呢？

对达尔文来说，成长于一个以想象力著称的家庭中又意味着什么呢？他的祖父伊拉斯谟·达尔文（Erasmus Darwin）是当时想象力最丰富的自然哲学家。作为一名杰出的医生、诗人、学者和世界观察者，他为家人留下了大量关于植物和动物的著作。然而，他的作品并非以分析报告的形式写成，而更像是诗意的沉思。比如《植物园》和《动物学》这样的作品，就把 18 世纪晚期最先进的科学转化成了韵文。[5]伊拉斯谟·达尔文的诗既有亚历山大·蒲柏的特色，又有威廉·华兹华斯的影子，读来颇像他孙儿的幻想世界：为了打动或震撼自己和他人,为了表现对力量的渴望以及对掌控身边自相矛盾的事物所做的尝试(借用比尔的话)。伊拉斯谟留给后人"一笔极珍贵的思想财富……作为达尔文家族文化的一部分,被[查尔斯]在学生时代加以吸收"(达尔文传记作者约翰·鲍尔比语)[6]。阅读以下选自《自然的殿堂》中的诗句,你就会懂得这种文化给他带来了什么:

> 呼吼声遍布世界,繁衍在斗争
>
> 与那被征服的死神——幸福最终获胜;
>
> 生命让人类增长在每个地带,
>
> 年轻新生的大自然,已然将时间打败。[7]

达尔文家族的世界是幻想的世界:一个由文学叙述、隐喻和创造组成的世界。事实上,就像许多学者指出的,查尔斯后来之所以不愿出版作品并过度防护自己的观点,很大程度上是因为童年时期"狼来了"的后遗症所导致的。"相信我。"他似乎在《物种起源》中不停地呐喊。

175

然而,无论怎样,《物种起源》所讲述的仍旧是一个故事。进化论的意义在于,它阐释了自然的发展过程。不同于世界是瞬间形成的、世界上的一切事物都来自上帝灵光一现的观点,自然选择理论假定世界是变化发展的。化石可以区分过去不同时期的地质层。物种会变形、变异和灭绝。生命就是一个故事。"地球上生命的故事是一出精彩的戏剧",19世纪古生物学家威廉·迪勒·马修(William Diller Matthew)如是说。[8]这个故事不仅精彩,更是令人惊奇。在达尔文的世界里,奇迹(wonder)无处不在。单单在《物种起源》一书中,"惊奇"(wonder)出现了6次;"令人惊奇的"(wonderful),27次;"奇迹地"(wonderfully),7次;"奇妙的"(wondrous),1次。[9]

在达尔文继承者的书中，也有同样的情形：看看 1989 年斯蒂芬·J.
古尔德（Stephen J. Gould）的《奇迹生命》（*Wonderful Life*）就知道了。
阅读这些作品就是与作者一道赞叹生命的繁衍能力，惊叹于看上去
毫无规则的生死存亡，以及新物种的适应与分布能力。以下是年轻
的查尔斯走下"小猎犬号"，进入巴西丛林中搜集昆虫的情形：

> 如果将目光从高高的树冠移到地面，那你肯定会被蕨类和
> 含羞草无比优雅的叶片吸引。后者的叶片在某些地方能覆盖整
> 个地表，支撑它们的灌木只有几英寸高。穿过这些厚厚的含羞
> 草时，它们敏感的叶柄下垂引起明暗变化，形成一道宽阔的轨
> 迹。在这般壮美的场面中，描绘让人赞叹的个别对象不难，然而
> 要充分传达出此时充满并提升着人心灵的那种惊奇、震惊和虔
> 敬感，则是不可能的。[10]

虽然这里写的是进化或发展、社会变化或物种演变，然而，正是
达尔文想象世界的这种情感基调帮助塑造了 19 世纪晚期和 20 世纪
的儿童文学形态。这一选自《小猎犬号环球航行记》（*The Voyage of
the Beagle*）的段落所流露出的惊奇之情，与《所罗门王的宝藏》中对
示巴女王峰的描述所流露出的情感是何等相似。描绘某个让人赞叹
的对象不难，但是要充分传达惊奇感则是不可能的。

儿童作家中，一早便与达尔文的著作相联系，并且联系最直接、
对他的叙述奇迹最赋赞美之词的，是查尔斯·金斯利。[11] 作为牧师、
剑桥大学历史教授、业余人类学家及科学和社会学领域的编年史家，
金斯利拥有广阔的社交圈，这让他结识了达尔文和其他 19 世纪中
期的杰出人物，比如迈克尔·法拉第、T. H. 赫胥黎和理查德·欧文。
进化论令他着迷，尽管在金斯利对进化论的理解是否充分、信念是否

176

坚定这一点上,人们还有争论。但不管怎样,他对这一理论的影响力无疑有着精准的见解。"达尔文正在征服世界",他在 1863 年写给学者兼牧师的 F. D. 莫里斯（F. D. Maurice）的信中这样说道。同年,他的小说《水孩子》出版了。那时,金斯利已经和达尔文建立起直接的通信关系,在信中,他称呼达尔文为"敬爱的大师"。《水孩子》不只是一个写给孩子的故事,也是一封写给那位"敬爱的大师"的信。[12]

小说一出版,读者就对其把当时的社会问题转化为天才幻想的做法赞赏有加。小说既有讽刺,又有幻景,讲述了年轻的汤姆的故事。汤姆是个烟囱清扫工。他为一户富裕人家打扫烟囱时,受到那家女儿的惊吓。慌乱中,他跑进树林里,掉入湖中,然后被树林仙女变成了一个像蝾螈一样的生物——水孩子。在金斯利的故事中,汤姆与其他水中生物的冒险奇幻而富于情感。除此之外,书中还满是针对听故事或看故事的孩子的道德训诫。最终,汤姆变回了人形,回到了当初他逃离的姑娘身边（但并没有与姑娘结婚）。读者在《水孩子》中得到关于阶级和文化、道德和社会生活的教育,其中不乏冒犯现代儿童和家长之处（尤其是犹太人和天主教徒,他们对此书提出了严厉批评）。但是,这个故事仍以其独特的魅力成了维多利亚中期儿童故事的经典。

这个故事长盛不衰的原因之一,是它的叙述者让人感到温暖舒心。他的语调既跌宕起伏又抚慰人心:

> 啊,现在到了汤姆奇遇中最神奇的部分了。汤姆醒来时（他当然要醒来的,因为孩子睡足之后,总是要醒来的）,发现自己在河里游着,身体只有 4 英寸长,或者说得更为准确些,只有 3.87902 英寸长;同时,自己咽喉两边的腮腺区长了一对外鳃（我希望你能读懂这些专有名词）,就像幼年蝾螈的两只鳃一样。

汤姆误以为这是花领子，直到他拉了拉感觉到疼了，才意识到它们是自己身体的一部分，所以最好还是不要碰。

事实上，那些仙女已经把他变成一个水孩子了。

（p.39）

这一幕所表现出的某种达尔文主义十分引人注目——并不是在生物学方面，而是在修辞上。它展现出惊奇与细节之间的平衡，以及在这神奇的一刻对高度精确和语言细节的要求。我希望读者能读懂这些专有名词。但是，在此处，重点并不是读懂这些专有名词（无论是在过去还是在现在，哪个孩子会知道什么是咽喉两边的腮腺区？），而是承认使用这些词的人的权威。重点还在于，认识到身体细节和科学事实很容易被用作明喻和暗喻。那些外鳃很容易被错认作花领子。从事科学意味着既要有精准的测量，又要有引人注目的意象表达。

这既是一堂达尔文科学课，也是一堂关于《水孩子》的课——一堂想象力的课。"但是世上并没有水孩子这种东西。"听众中有一个孩子说道。于是，叙述者回答说：

你怎么知道没有呢？你去那儿找过？如果你去那儿找过，没有找到，也不能证明不存在这种生物。假设加思先生在艾弗斯莱树林没有找到狐狸（人们有时担心他永远找不到），也不能证明不存在狐狸这种东西。英国有那么多树林，艾弗斯莱树林只是其中的一小片；同样，天底下有那么多江河湖海，我们只了解其中少数一些而已。一个人除非走遍天下而没有发现水孩子，否则便无权说水孩子不存在。注意，那跟没见过水孩子完全是两回事。还从来不曾有人走遍天下，也许将来也不会有。

"但是,如果有水孩子,至少有人捉到过一只吧?"

嗯,你怎么知道没有人捉到过呢?

"但是,他们如果捉到了,会把它放在酒精瓶里,或者送到伦敦新闻画报社,也可能会把那可怜的小东西切成两半,一半送到欧文教授那儿,另一半送到赫胥黎教授那儿,看看他们怎么说。"

啊,我亲爱的小伙子!你要是把故事看完,就知道这种事情最终并没有发生。

"可水孩子是违反自然的呀。"

嗯,可是,我亲爱的小伙子,等你长大一些,你一定要学会用一种很不一样的方式来谈论这种事。对于你身边这个神奇伟大的世界,谈论它时不要说"不对"或"不可能",最聪明的人也只了解它最小的一个角落;就像伟大的艾萨克·牛顿爵士说的那样,他只不过是个孩子,在无边的海岸上捡卵石而已。不要说这个不可能、那个违反自然。你并不知道大自然是什么、能做什么,当然,谁也不知道。即使是罗德里克·麦奇生爵士、欧文教授、塞奇威克教授、赫胥黎教授、达尔文先生、法拉第教授、格罗夫先生,或者是好孩子懂得尊敬的其他任何伟大人物,都不知道。他们都是非常聪明的人,他们说的话,你都要毕恭毕敬地听。我确信他们绝不会说:"那不可能存在,那是违反自然的。"但即使他们那样说了,你也要等一等、看一看,因为就算是他们也可能犯错。只有那些读的是蛊惑人心的议论,或者死记硬背一些陈词滥调的孩子;只有那些去听通俗讲座,看一个人花一两个钟头指着墙上几幅很丑的放大图,或者用瓶子和喷射器制造出令人作呕的气味,还称之为解剖学或化学的人,才会说"不可能"或"违反自然"。聪明人不敢说有什么事物是违反自然的,除非它违背数学真理。因为二加二不可能等于五,两条直线不可能相交两次，部分不可能与整体同等大小，等等（至少，目前来讲似乎如此）。但人越是聪明，就越少说"不可能"。"不可能"是一个轻率且危险的词，一个人如果用得太频繁，仙女们的女王就很可能会突然现身，吓他一大跳。她会使乌云打雷，让跳蚤咬人，给每个人带来的麻烦都一样多。他们说她不可能现身？然而，她不但能够现身，而且偏要现身，无论他们是否同意。

（pp.39–40）

他还说了更多。这些就是 19 世纪中期的科学向人们传达的信息：世界日新月异，新的发现不断挑战着我们对现实的理解，曾经的幻想可能是今天的现实。一个世纪以来，探险家不断带回"违反自然"的东西，其中最著名的或许是鸭嘴兽。1799 年，博物学家约瑟夫·班克斯（Joseph Banks）将一只鸭嘴兽标本带回英国，却被认为是一场恶作剧。《水孩子》提及的诸位杰出人物，尤其是理查德·欧文和查尔斯·达尔文，都对这一生物的本质发表过看法。在跟随"小猎犬号"航行的过程中，达尔文在澳大利亚亲眼见到一只鸭嘴兽："当时，我正躺在洒满阳光的河岸上反复思索，与地球其他地方相比，为什么这个国家的动物具有如此不同的特征。一个对所有自己无法解释的事物持怀疑态度的人可能会说：'肯定是有两个造物主创造了两个不同的世界；不过他们的目的是一样的，而且显然都完成了各自的工作。'"[13] 因此，我们不必觉得小汤姆变成水孩子这种事有什么荒唐。如今，人们早就将鸭嘴兽装进酒精瓶保存了起来，《新闻画报》每周都刊登着从遥远河岸带来的奇怪生物的图片。谁又能说水孩子不会很快在现实中现身呢？

　　然而，将水孩子的故事与鸭嘴兽的故事区分开来的是一个浅显的事实：金斯利书中故事的背景设定在英国。探险家不必绘制外国海岸的地图,所有的故事就发生在家门口。想象创造出了新生物。就像达尔文回顾自己童年虚构的故事一样,金斯利也写道:"别人做小说……他发明故事。"[14] 达尔文对维多利亚时期幻想故事的影响就在于事实和虚构之间的对立——科学观察和创作隐喻的需要之间的对立,精确度量和感觉印象之间的对立。在达尔文和金斯利书中叙述者的引导下,我们很容易因突然的雷鸣或瞬间发生的变化感到震惊。

生物学本身就非常奇妙。达尔文在《物种起源》中宣称:"一切空间和时间内的所有动物和植物,都以我们随处可见的方式层层相属,彼此相关。这的确是一个神奇的事实。"[15] 对生物的分类证明了自然选择的原理("采取每一个物种都是被单独创造出来的观点,我无法解释那个从生物分类里得出的伟大事实;但是,在我看来,根据遗传和自然选择的复杂作用便可以解释这一点。"[p.129])。因此,《物种起源》的主题是物种的自然属性。是什么让生物形成了亲缘关系?生物又是如何繁衍的?我们应该如何区分不同的生物群?

这也是 19 世纪末和 20 世纪初的丛林文学的核心问题。发现新物种有何意义?物种是否会退化成更早期的形态?如果会,这对于欧洲人接触与控制非洲人或亚洲人而言又有怎样的意义呢?人类学家爱德华·泰勒(Edward Tylor)在他 1871 年的《原始文化》中写道:"我们很容易就能理解,为何在那些像捕杀森林中的野兽一样追捕野蛮人的人眼中,野蛮人只不过是猿猴。"[16] 然而,正如泰勒所指出的,这种印象只是一种假象。"野蛮人"不是猿猴。但是,如果欧洲人也变成野蛮人会怎样?如果他迷失在丛林中,古老的天性会重新出现在他身上吗?人类会再次长出尾巴吗?

在 18 世纪晚期和 19 世纪,欧洲文学和科幻读物中充斥着关于森林野孩子的故事,它们加剧了人们对退化的恐惧。这些故事在某种程度上为金斯利的《水孩子》提供了基础。在书中，有一群叫作"为所欲为之人"的人，他们最终退化为不会说话的野兽。小说中，当法裔美国探险家保罗·杜·沙伊鲁（Paul Du Chaillu）（他的确于 1861 年拜访了英国科学界，为他们讲述了非洲"大猩猩国"的故事）射杀最后三只这样的动物时，金斯利写道，野兽"记起了他的祖先也曾经是人类，于是想说'难道我不是人，不是你的兄弟吗'，但是他早已忘记了如何说话"。[17]

难道我不是你的兄弟吗？鲁德亚德·吉卜林的第一部《丛林之书》就以"毛格利的兄弟们"这一故事开场，仿佛是为了再次提出物种与习性之间的关系问题。[18] 但是，毛格利究竟是什么？狼爸爸一开始称他为"人类的幼崽"，仿佛想用人类的生命过程来解释狼的亲子关系。"他多小啊！身上光溜溜的，真勇敢！"狼妈妈这样说道（p.4），这是用毛格利与众不同的外表和社会行为来描述他。（比较一下达尔文在《人类的由来》中的观察："相比其他灵长类动物，人类最大的特点是：身体几乎完全光溜溜。"[19]）丛林动物在面对这个男孩时，表现得就像一队自然科学家见到自然界中的奇怪生物一样。如同欧洲人试图定义鸭嘴兽，动物们也试着弄明白毛格利这一物种。有段时间，它们甚至称其为"青蛙毛格利"，就好像如果把他变成一个更低级的物种，它们就能控制他。就这样，毛格利在狼群中长大，他也长成了它们的样子：进食，睡觉，学习丛林中的标志和声音，对"食物之外"的东西不屑一顾。如果毛格利能说话，他肯定"会把自己称作一头狼"（p.11）。但是某种特质使他从一开始便显得与众不同。谢尔汗对群狼生活在"由一头快死的狼与一个人类的幼崽领导"的狼群中提出质疑，它说："它们告诉我，在狼群集会上，你们都不敢直视他的眼睛。"（p.11）

这一画面在《丛林之书》中一再出现：动物会刻意避免直视人

类。一位评论家认为"这一细节赋予毛格利的统治权以'生物学上的'合法性",我认为在此处,他的用词一语中的。[20] 统治真的有生物学上的合法性吗?翻到《丛林之书》第二部中的"春天的奔跑"("The Spring Running")一章。毛格利将近 17 岁了。"他看上去更老成了,高强度的锻炼、合理的饮食,还有每当他稍感燥热或沾染尘埃就进行的沐浴,都赋予他远超年龄的力量和体魄。"(p.303)户外运动和良好的卫生习惯相结合,正符合亨提的《和布勒去纳塔尔》中 16 岁的克里斯的观点。两处的描述都将主人公和一个低等族群区分开来:亨提书中的是布尔人,吉卜林的是丛林居民。"丛林居民曾经因为他的智慧而畏惧他,如今则因为他的体力而畏惧他;当他自顾自地、悄无声息地行走时,仅仅是他逐渐靠近的摩挲声就能在丛林里开辟出一条道路。但是他的眼神总是温柔的。甚至在战斗时,他的眼睛也不像巴希拉那样闪着凶光,而只是变得更好奇、更兴奋,这是巴希拉没法理解的事之一。"(p.303)黑豹巴希拉向毛格利问起此事,但他只是耸了耸肩。"毛格利长长的睫毛下,一双眼睛懒洋洋地注视着它,像往常一样,黑豹低下了头。巴希拉了解它的主人。"(p.303)

实际上,《丛林之书》是吉卜林版的《人类的由来》,是对人类种族自然属性的探索,是一系列关于人类和其他动物共同点的寓言,也是一个证明尽管男孩在丛林中长大,却不会退化成野兽的故事。的确,他可能会染上动物的行为习惯;的确,他可能会根据气候改变自己的行为方式。但是退化并没有发生。不管金斯利笔下的"为所欲为之人"预示着什么,毛格利始终属于人类。

如果说《丛林之书》是吉卜林的《人类的由来》,那么,《原来如此的故事》(Just So Stories)就是他的《物种起源》了。[21]《原来如此的故事》既像伊索的寓言,又像民间传说,也像动物童话集,其中每一则故事都虚构了一件事物的起源：鲸鱼的喉咙是怎样形成的，骆驼的驼峰是怎样形成的，猎豹的斑点是怎样形成的，字母又从何而来。动物的故事都意在解释每一种野兽身上独一无二的特点。任何生理特征都是有起源的，在此处，作者不用自然选择理论来解释这些起源，而是用报复、耍聪明、想象或控制等行为来解释。骆驼之所以有驼峰（hump），是因为怠惰而受到精灵惩罚：骆驼漫不经心的那声"哼"（humph），变成了身体上的驼"峰"（hump），这让他能够"不吃不喝连续工作三天，因为你现在可以靠你的'哼哼'过活"。（p.18）犀牛的皮肤有褶皱是因为他偷了一位帕西人的蛋糕，为了报复，帕西人（趁犀牛因为洗澡而宽衣解带，脱下皮肤）拿走了它的皮肤，然后把干巴巴的蛋糕屑揉了进去。当犀牛再次披上皮肤时，他感到奇痒难忍，于是揉啊搓啊，皮肤就皱了。猎豹长出花斑，是因为他和他的埃塞俄比亚朋友意识到，非洲南部的其他动物都通过改变自己来适应变化了的环境：长颈鹿长出块斑、斑马长出条纹都是为了在树丛中隐藏自己。当埃塞俄比亚人和猎豹懂得这种变化后，人类建议猎豹也改变自己的身体，换上"实用好看的棕黑色，其中掺点紫色，再铺上些石蓝色，这正是隐藏在洞中或树后的绝配"（p.41）。

182

　　在这些故事中，吉卜林写出了达尔文时代的寓言。当我们将其中的神秘气息与进化论的力量相比较时，便能真切感受到这些故事中的讽刺、幽默和效果。因为到了维多利亚时代晚期，所有人都已经知道了犀牛皱巴巴的皮肤是适应进化的结果。在《人类的由来》中，鉴于犀牛和大象特殊的皮肤质地，达尔文单独对它们进行了讨论（p.57）。在这本专著后面，他又花了大量篇幅讨论哺乳动物身上的斑点和条纹（pp.542–48）。在此，他进一步提出，装饰性的颜色更多地被当作性选择中的有利工具，而非用于伪装。狮子、老虎、斑马、鹿、猎豹、貘，这些动物他都提到了，此刻，《人类的由来》读起来就像是对伊索异想天开的故事或雷默斯大叔 ① 睡前故事的科学性更正。

这就是《原来如此的故事》的背景,而我们的问题是:如何在已知事实真相的情况下,为我们的孩子讲述关于事物起源的幻想故事。在19世纪90年代,每个故事标题中的问题都已经有答案了。在一个崇尚知识的时代,幻想故事有了新的社会用途。它为孩子提供了一个自由发挥想象力的平台。同时,它还提供了一个安全的、不会影响现实经验的模型,能够控制建立狂野世界的欲望。达尔文终其一生都活在这种对立之中;回想一下,他在童年时期是如何捏造自己见到的动物的。教育家们也感受到了这种对立,这在科学教学在学校占主导地位时尤其如此。

在一本名为《引导孩子走近科学》(*The Preparation of the Child for Science*,1904)的小册子的结尾,作者 M. E. 布尔(M. E. Boole)强调,在坚信科学方法能解释世界的同时,还必须培养孩子的想象力。

> 大多数孩子都体验过某种仙境,并在其中有过很多经历。这并不反科学。事实上,每一个配称科学家的人,每一个不是机械复制他人发现的人,都会在成人版的仙境,也就是科学假设的世界中度过大段时光。正是从这片仙境中,人们得到用于指导科学研究的灵感。

接着,布尔回忆起自己之前与一个小女孩的对话。当时,布尔站在海岸边,听见小女孩请求当地的渔民"给她带回一条美人鱼"。世界上没有美人鱼,布尔告诉她。当然有,她回答说。在经过很长时间

---

① 雷默斯大叔是小说《雷默斯大叔》中的虚构人物,他在书中讲述了关于美国黑人的民间传说。——译者注

的讨论后，她仍旧坚持道："好吧，如果她们不在这个世界中，那她们一定在仙境里。""我有什么资格，"布尔说，"说世上不存在美人鱼呢？"在这场对话中，我们仿佛又听到了《水孩子》中，金斯利的叙述者与打断他说话的孩子之间的讨论，只不过在那里，孩子是坚定支持实验证据的一方。在一个崇尚科学的年代里，水孩子、美人鱼、会说话的动物和丛林男孩都一定存在——但他们不是生活在我们的世界里。"我当时应该说，"布尔回顾时说，"这个世界上的渔夫会把美人鱼抓上船送给小姑娘，这样美人鱼是生存不了的。"[22]

我们怎样才能找到让美人鱼生存的办法呢？一个办法是回到岛上——不是鲁滨孙那个自给自足的地方，也不是史蒂文森的少年冒险天地，而是那片任由想象力自由驰骋的空间。在这个岛上，我们会找到莫罗博士。在那儿，他是万物之主，将人变成恶魔，就像喀耳刻将奥德修斯那些毫无戒心的水手变成猪一样。在那儿，他创造的生物潜伏在阴影中，唯有眼中的闪光表明他们曾经是人类。在树林里，我们可能会像爱德华·普伦迪克（H. G. 威尔斯的《莫罗博士的岛》中的叙述者）一样，看到这样的生物：

> 透过纵横交错的草丛，我看清楚了他的头和身体：他正是我之前遇见的喝水的野兽。他转过头来。当他透过树影看着我时，眼睛里闪过一道绿色的光。
>
> ……
>
> "你是谁？"我问道。他试着正视我的目光。
>
> "不！"他突然喊道，然后转身穿过树丛逃走了。随后他又转过头来，盯着我。在昏暗的树林中，他的眼睛闪闪发光。[23]

在这儿，我们不也看见了毛格利的眼睛吗？正是这双眼睛将他与抚养他长大的野兽区别开来。当普伦迪克被兽人掳走,害怕会成为他们中的一员时,我们不也看见了吉卜林、埃德加·赖斯·巴勒斯等作家笔下的丛林野人的故事吗? 在与狗人、猿人、人马兽和鬣狗猪一起生活时,普伦迪克想象自己也在变成"一个野兽人"(p.118)。他说:"要弄清这些怪物是怎样一点一点失去人性是不可能的,我也无法说明他们是怎样一天一天地丧失人类的外表。"(p.123)他们舍弃了衣服,也不再包裹身体,甚至连人类独有的特征——全身无毛,也随着"毛发从赤裸的肢体上长出来"而消失了。他继续说:"我也一定在经历奇怪的变化。我的衣服像黄色的布条一样挂在身上,透过衣服上的裂缝和破洞,我那被晒黑的皮肤闪闪发亮。我的头发长得很长,缠结成一团。他们告诉我,如今我的眼中有一种怪异的亮光,对任何动静都极其敏感。"(p.124)又是毛发,又是眼睛,这样的段落让我们回想起本·葛恩的形象,他在金银岛上陷入疯狂。这也让我们想起哈葛德和亨提对野蛮人外貌的描述。这些都十分符合人类退化的历史。

《莫罗博士的岛》出版于 1896 年,那正是属于吉卜林、亨提、史蒂文森和哈葛德的年代。此书提出了世纪之交的科学疑问:关于人类起源的问题,关于远离文明生活给人带来的影响的问题,关于在一个由进化论和经验主义所掌控的世界中,文学想象的地位的问题。同时,它还响亮地提出了文学声音这一理念本身。在我分析的所有小说、寓言、传说和专著中,都存在着叙述者失语的时刻。他们在自然的高贵气魄面前显得无能为力,在未知事物面前战战兢兢,被美的或丰富的细节湮没。每个人都会在某一点上有失语的时刻。有时候,连篇累牍的自然描述或对事件详尽的报道,都让位于沉默。让人类有别于动物的,是说话的能力。说一个人有文化,是说他能够在看见一片景色时,用生动有力的语言描述它。当他无法做到这一点时，当他承认"这是不可能的"时，他一定是对这一切感到震惊，我们也能从中猜到丛林、森林和岛屿对我们究竟有何影响——让我们目瞪口呆。

在受到达尔文进化论的影响而创作出来的一大笔文学财富面前，我也可能说不出话来。不仅金斯利、吉卜林和威尔斯，还有刘易斯·卡罗尔、弗朗西丝·霍奇森·伯内特、埃德加·赖斯·巴勒斯、儒勒·凡尔纳，以及其他不计其数、被世人遗忘了的作家，都感受到了进化论的力量（当然还要提及诸多成人作家：乔治·艾略特、查尔斯·狄更斯、安东尼·特罗洛普和弗吉尼亚·伍尔夫）。但是在我看来，没有哪位20世纪的作家（无论是儿童作家还是成人作家），在思想传承和语言上比苏斯博士受达尔文的影响更深。他描绘出变化多端的另类生物，惊奇于造物那罕见的丰富，迷恋感情生活的外在表现，注重标记和符号，创造了一个个热情洋溢的叙述者——所有这些特征都让人想起达尔文、他的祖先和他的后继者的世界。在苏斯的作品中，有一点不只像查尔斯·达尔文，而更像伊拉斯谟·达尔文：对生命的诗意赞美，并且作品有种现代世界版《动物学》的感觉。

比如，拿《"Z"之后的字母》（*On Beyond Zebra*, 1955）来说，它和所有识字课本一样，在一开始就将字母和动物联系起来。[24] 从《新英格兰初级读本》到洛克版的《伊索寓言》，再到《原来如此的故事》，创造的世界无时无刻不被字母所包围。在吉卜林的《字母表是怎样形成的》（"How the Alphabet Was Made"）中，字母展现的正是动物的形状，比如：S是蛇，A是鲤鱼的嘴巴，诸如此类。对于一个孩子来说，某些字母只因相对应的动物而存在，比如Z是斑马（zebra），毕竟，我们一下子还能想起哪个单词是以Z开头的呢？（或许只有zoo——动物园，而且这个词也向我们暗示着，在字母表结束的地方便是整个生物区的起点。）但是，Z之后还有更多的字母，苏斯的叙述者肯定地说：

> 在我去过的地方，我看见许多东西，
> 如果我只学到 Z，就拼不出这些东西。

现代世界急需新的词汇来填充那些描写远方动植物的词典和手册，苏斯的世界则需要新的字母。"我的字母开始于你的字母结束的地方！"

> 那么，去比 Z 更远的地方！
> 探险吧！
> 就像哥伦布！
> 发现新字母！
> 像 "WUM"①用在 "Wumbus"。
> Wumbus是我的高水柱鲸鱼，住在高高的山岗，
> 它从来都不下山，除非是来把水补上。

还有"Umbus"，一头长着 99 个乳头的奶牛；还有"Fuddle-dee-Duddle"，有着世界上最长的尾巴；还有各种海洋生物、空中生物、沙漠生物和丛林生物。在我们翻过书页的时候，就能听到苏斯笔下的叙述者（像疯狂的莫罗博士一样）向我们介绍杂交动物。我们在迅速翻阅苏斯的其他作品时，会看到许多住着奇怪生物的动物园和住着奇怪人类的城市，这些动物和人绝不可能是自然选择的一部分。

对苏斯的读者——孩子和他们的父母——来说，新发现无处不

---

① "WUM"是作者发明的"Z"之后的一个字母。——译者注

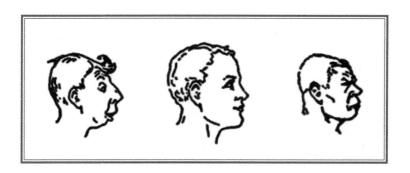

不同的脸型（罗伯特·贝登堡，选自《童军警探》[伦敦，1908 年]）

在。苏斯邀请我们加入对新字母的哥伦布式的冒险。他创作的生物无法由渔民带回来，却能被人类的手描绘出来。苏斯和达尔文文学传统的插画师一样，觉得怪诞的本质多少会由外貌表现出来。我们不要光看动物，也来看看人类：国王和侍从，半吊子和傻瓜。我们通过观察他们的外表来辨识他们的内在特点，在此过程中，苏斯博士对早先启蒙书中的插画传统给出了一个风趣而不失批判的致敬。无论《童军警探》中插画的最初影响是什么，现代读者几乎都能透过它们看到类似苏斯博士笔下的人物，尤其是左边那个傻瓜：一头卷发，扁平的额头，大鼻子和宽阔的上唇。这些特征就是物种退化的标志。（试比较《莫罗博士的岛》中普伦迪克对岛上生物越来越不像人的观察："他们的额头逐渐向后退去，面部却愈加突出。" [p.123]）这张脸仿佛出自《绿鸡蛋和火腿》( *Green Eggs and Ham* )，就像封面上那个窥探着盘中食物的傻瓜；或出自《如果我管动物园》( *If I Ran the Zoo* )中

186

的一幅画，一大群人盯着被展出的奥布斯克<sup>①</sup>看。[25]

　　"如果我管动物园，"苏斯的叙述者说，"我就要在里面养长着十只脚的狮子、戴着大头冠的鸟、大象和猫的结合体，还有像乔特一样的生物。"

> 它们长着奶牛脚，披着松鼠皮囊，
>
> 像狗一样坐着，但叫起来像山羊。

　　书中这位爱幻想的男孩想象自己环游世界，收集之前从未见过的动物。这是一种对征服的幻想，一次最终目的不是科研而是展览的"小猎犬号"航行。就像达尔文一样，苏斯的叙述者总有展览的欲望——为他们想象中的美好事物辩护、解释，想方设法让人们相信其真实性。苏斯的第一本书《一想到我在桑树街看见它》（*And to Think That I Saw It on Mulberry Street*，1937）的开场像极了达尔文写书时的开场：挑战对他的虚构故事持怀疑态度的成年人的权威。[26]

> 每当我离家去学校，
>
> 爸爸总是对我说：
>
> "马可，睁大你的眼睛，
>
> 看看世界多广阔。"
>
> 但是等到我把去过哪
>
> 看到了什么告诉他，

---

① 《如果我管动物园》中的动物。——译者注

人群中的脸（来自《如果我管动物园》

他看着我，严肃地说：

"你的眼光太高啦。

别说这些不着边际的故事了。
别把小鲤鱼说成大鲸鱼了。"

进化就像想象，让我们看到一样事物如何转变为另一样事物。
如果两者都无法解释鲸鱼和小鲤鱼之间的关系，那么它们能做的就
是解释我们对自然中的奇迹、壮丽和美的迷恋。

达尔文一直认为鸟类是最奇妙的生物——从童年对野鸡的记
忆，到在"小猎犬号"航行中对雀类的着迷，再到《物种起源》和《人
类的由来》（在这两本书中，他列举了鸟类的不同形态，讨论了它们
迷恋自己的羽毛装饰的可能性），都体现了这一点。他一直在思考，
鸟类会欣赏自身的不寻常吗？[27] 达尔文十分敬仰奥杜邦，苏斯博士
也是，他的《超级炒蛋》（*Scrambled Eggs Super*，1953）就像是疯狂
版的《世界鸟类》。[28] 这一故事虚构了一个类似字母 Z 之后的世界，
在那儿，各种下蛋的鸟类似乎只是为了让叙述者吃上稀有的炒蛋而
活着。

我不喜欢吹牛，也不喜欢自夸，
彼得·T.胡珀说，但是说到吐司的话……

在此，彼得坚定的话语便是童书作者的话：这个喜欢胡编乱造
的寓言家，他一心讲述有关发现、冒险和征服的故事。与 19 世纪晚
期的探险家不同（他们总是面临词不达意的困扰），彼得说起话来就
像所有苏斯笔下的叙述者一样，展现了对语言的纯熟应用。尽管他

们行为古怪,但就是这些话使他们成为真正的人类。苏斯博士总是借由想象来评判人类。在推开鸟类冒险的大门或面临狮子老虎的威胁时,他告诉我们,常识和热情能带来祥和与安定。

这也是达尔文留下的智慧。我们这些冒牌的动物行为学家,翻看《物种起源》或《小猎犬号环球航行记》,不只发现了奇特的新生物或新的理论,还有新的声音。"我不喜欢吹牛,也不喜欢自夸",这便是文学发出的令人心安的声音。把《物种起源》的前言当作一篇造就这种声音的论文来读吧,这声音融合了丰富的思想、辩护和审慎而坚定的信念:"我坚信生物并非永恒不变。"（p.6）苏斯博士亦如是,而其他我在此分析的作家也是如此。彼得·T. 胡珀的确对他寻蛋的事迹自吹自擂,但他对未知鸟类的追寻,使他成为孩子想象中的达尔文。我们在这两者中看到的是对自然美学、对美丽多样的生命的追求。但反过来,我们要问了：欣赏美好的事物是否能作为人类的标志？

我在此考察的这些书也提出了同样的问题,因为它们为读者呈现的不仅是对奇妙之地的描述,还有美妙的语言。我尽量选取了一些语言本身便使人惊叹的段落。《童军警探》或许意在教导孩子学会观察,但它也力图教导他们如何描述。当孩子审视自己内心的想象,而不是放眼外界时,木板船里坐着的便不再是普通渔民,而是伟大的作家,他们或许会像小达尔文一样,带着一个关于怪鸟的故事归来。让他们传播快乐吧。

189

# 第九章　暴躁且怪异

## 从维多利亚时期到现代的正经话与胡话

　　达尔文给儿童文学带来的影响远远不止虚构的动物、对进化的幻想和对退化的恐惧。在血统和繁衍的理论中，19世纪晚期到20世纪早期的语言学家发现了一系列理解语言变化过程的线索。生物学家也在对语言历史的研究中看到了类似生物进化和灭绝的现象。在大约半个世纪里，对语言的研究和对生命的研究齐头并进。生物的谱系就像是语言的谱系。哺乳动物和印欧语言的"纯种家谱"有诸多共同点。在写于19世纪70年代和80年代的书中，伟大的进化生物学家恩斯特·海克尔（Ernst Haeckel）宣称，历史语言学"预示"了古生物学的研究方法，这道出了当时许多学者的看法。可以说，语言和物种平行发展。[1]

　　如果说进化论的一个影响是引发了对各种奇怪生物的想象，那么，它的另一影响在于催生了对奇怪语言的想象。在整个19世纪，古老奇特的语言和书写系统被陆续发现。1828年，商博良（Champollion）破译了古埃及象形文字；到19世纪40年代，巴比伦楔形文字也逐渐为人们所理解；而在20世纪前十年，人们已能够读懂赫梯语。类似的语言还有玛雅字方、地中海音节文字和印度象形字（直到20世纪中期人们才完全掌握这些语言）。[2] 如果说理解动物王国是有必要的，那么理解语言王国也同样有必要。就像有些生物看起来就像是各种肢体的胡乱组合——无论是真实存在的鸭嘴兽还是爱德华·李尔想象出来的混合生物体，一些语言同样也是胡乱拼凑的。

19世纪中期，语言学上的胡话思想作为一股力量在儿童文学中 191 扎下根来，而且似乎从未消失过。的确，儿语一直都存在。几千年以来，父母们"咿咿呀呀"地逗他们的孩子。重复的胡乱音节一直是摇篮曲和童谣的重要标志。但是，胡话作为一种想象的力量，作为对成人逻辑和文明生活规则的挑战这一理念，却是维多利亚时期英国的新思想。当然，那时的胡话大师无疑是刘易斯·卡罗尔和爱德华·李尔。但是这一创作传统并不仅限于爱丽丝的游戏或悲哀漫画家所写的五行打油诗。[3]

在这个传统的背后，具有更重要意义的是小说。19世纪小说家的部分突出贡献，是通过语言实验探索了社会期待的极限。最著名的当属沃尔特·司各特爵士，他一心钻研英语（古英语和地区方言）的起源，以此唤起他的都市读者对久远世界的关注。可以说，司各特是虚构幻想界的语言学者（因此，他是除莎士比亚之外被《牛津英语词典》引用最多的作家），其作品的一大影响是为后来的小说家开启了语言的大门：鼓励他们创造新词或稀奇古怪的语言，这些语言对于大多数读者来说都近乎胡话。[4]

在狄更斯的小说中，读者同样常常靠近胡话的边缘。文字游戏随处可见。他笔下许多角色的名字听起来都像是童话故事里的人物：朴凯特（Pocket）、波斯纳普（Podsnap）和贾各斯（Jaggers）等。有些角色说话时用方言或黑话，听上去就像胡话一样让人摸不着头脑（比如，《远大前程》中乔·葛吉瑞对英语的胡乱篡改）；有些角色则疯狂至极，仿佛要让文字插上翅膀飞起来（《大卫·科波菲尔》中迪克先生给查尔斯二世写了许多长信，然后将它们粘在风筝上放飞到空中）。他们不只是怪人或疯子，在孩子眼中，他们变成了讽刺漫画中的角色。在皮普、尼古拉斯·尼克贝或大卫·科波菲尔眼中,奇怪的人或大城市都带有令人着迷的特质。在《远大前程》的开头,皮普被冲进教堂庭院的可怕闯入者抓住双脚拎了起来。有多少次,我们也看到整个世界像这般上下颠倒、宛如镜像呢?"你这小脸蛋倒生得肥肥的,"这个闯入者说,"我不吃了它可就见鬼喽。"他如同与小红帽讲话的大灰狼。在此处,童话变成了噩梦,就像在小说后面的内容中,哈维莎姆小姐将一场纸牌游戏变成社交地狱。

狄更斯向我们揭示出,胡话和恐惧之间远没有清晰的界限。他的小说反映并随之影响了儿童作家在这条界限两边徘徊和尝试的方法。胡话和社会讽刺也很容易互相渗透,这一点不仅体现在狄更斯的作品中,也在他的同辈威廉·梅克皮斯·萨克雷的作品中有所反映。比如说,《名利场》开头极度夸张的文字风格使这一片段看上去简直荒诞不经。艾米利亚·塞德利的声乐会以一首"小调"收尾,这首小调也可以出自卡罗尔、李尔甚至是苏斯博士之手:

> 荒野里凄凉寂寥,
> 大风呼呼的怒号,
> 好在这茅屋顶盖得牢。
> 熊熊的火在炉里烧,
> 过路的孤儿从窗口往里瞧,
> 越发觉得风寒雪冷,分外难熬。①[5]

在萨克雷为这部小说创作的卡通插画中,我们可以看到一条从威廉·贺加斯(William Hogarth)一直延续到爱德华·李尔,甚至是

---

① 引自杨必译《名利场》(人民文学出版社,1986 年),第 41 页。——译者注

谢尔·希尔弗斯坦（Shel Silverstein）的漫画传统。因此，胡话不仅提供了游戏和笑料，也在成人文学和儿童文学之间架起一座桥梁，同时具体表现了我们对文字及其与世间万物、人类意图、想象画面之间关系的社会审美态度。

关于这一传统，人们已经做了大量研究，尤其是针对刘易斯·卡罗尔的研究，因此，想就此说出新意似乎也是在说胡话。[6] "爱丽丝"系列出版后没几年就成了经典。李尔的胡话诗，甚至在李尔还在世时，就被认为是开创了一种新的文学类别。对这些作家的大部分批评集中在他们的个人生活上，就好像奇境或 "猫头鹰和猫咪" 的意义，可以通过这两个古怪、笨拙且在性取向上挑战世俗（或被世俗挑战）的男人的不足之处表现出来。一直以来，传记都是理解这些作家的主要途径。同时，近来评论家们虽然尝试在更广阔的文化背景下对其作品进行考察（比如，U. C. 克内普夫马赫 [U. C. Knoepflmacher] 对卡罗尔的研究，或托马斯·迪尔沃思 [Thomas Dilworth] 对李尔的研究），但是人们仍习惯从作者本身入手，寻找有关其文学技艺难题的答案。[7] 用爱德华·李尔描写自己的诗句来说，他们在许多研究著作和文章中都显得 "暴躁且怪异"。我无法考查所有对这些作家的胡话及其人生的批评言论。不过，我在此能做到的是，将他们的作品置于儿童文学史这一更大的框架和背景中，同时在英语散文与诗歌的领域对他们的作品进行定位。

作为一名语言学者，我将从讨论语言意义的观念开始。一句话 193 是否存在一个本质意义？在说话者的心中，语音是否有着独特的所指？语言是约定俗成的任意的表意系统吗？在 19 世纪，当语言研究从形而上学的思辨转移到历史科学维度，从乡间宅第的兴趣爱好转变成大学学科时，这些问题就被提出来了。[8] 卡罗尔也凭借他晚年写的教科书《符号逻辑》（1896 年出版）加入了这场辩论。在这本书和其他逻辑学及数学专著中,卡罗尔(或许我们应该称他为查尔斯·勒特威奇·道奇森 ① )通过梳理当时学院派逻辑学者的困惑来澄清这一学科的本质。学者们很早就从中看出,卡罗尔对论证的游戏本质有敏锐的洞察:逻辑推理既给人受规则制约的感觉,又体现出任意和主观的特质。从某种意义上来说,对卡罗尔而言,语言就是一场游戏(怪不得现代哲学家发现他的作品是路德维希·维特根斯坦、弗迪南·德·索绪尔、弗洛伊德或德里达的先声)。在《符号逻辑》的最后,他附上了《为老师准备的附录》。他在其中写道,大多数逻辑学教科书的作者都将命题看作仿佛真实存在、近乎有生命的事物。

> 他们"屏息凝神地"讨论一个命题的系动词,仿佛那是一个有生命、有意识的实体,有能力宣称它选择表达的意思,而我们这些可悲的人类只能探明这位统治者的意志和乐趣,并对其俯首称臣。我对这一论点不以为然。我坚持认为,任何一本书的作者都有完全的权利,赋予他想用的词或句子任何他所喜欢的意思。[9]

卡罗尔在另一处指出:"没有一个词必须携带某个固定意思。一个词的意思就是说话者希望借它表达的意思,以及听者经由它理解到的含义,除此之外再无其他。"[10]

透过胡话文学,我们可以很容易地理解这种语言观。如果作家能随心所欲地赋予词语意思,那么我们也就能理解,像《炸脖龙》("Jabberwocky")这样的诗缘何成为表达的任意和约定俗成本性的

---

① 这是刘易斯·卡罗尔的本名,他的逻辑学及数学著作以本名发表。——译者注

极好例子。

> 下四饭，滑溜怪，
> 学陀像钻草上蹿，
> 薄怜脏鸟羽毛站，
> 绿毛迷叫喷喷来。①

如今这些诗句广为人知，现代读者可能很难发现这样的难解之 　194
词有何新意。这首诗的第一节于 1855 年出现在卡罗尔为兄弟姐妹
编写的家庭杂志《瞎搅和》（*Misch-Masch*）中，当时他将其命名为
《盎格鲁－撒克逊诗节选》（*Stanza of Anglo-Saxon Poetry*），并且模
仿早期手抄本中的古英语字体将其印在纸上。他还为每一个新词做
了注释，模仿了 19 世纪辞典编撰者一本正经的学究口吻。[11] 同一年，
亨利·乔治·利德尔（Henry George Liddell）成为了牛津大学基督
学院的新院长。他和搭档罗伯特·斯科特一起编撰了最为著名也最
重要的古希腊语词典。"利德尔和斯科特"因此成了学术界的一句顺
口溜，他们二人甚至还成了牛津讽刺诗的主题：

> 利德尔和斯科特，两个男人写词条。
> 他们写得一半妙，还有一半挺糟糕。

---

① 在《爱丽丝镜中奇遇记》里，矮胖子对爱丽丝解释了这首诗的意思。（事见
下文。）把它的意思完整译出来，大概是：
　下午四点备晚饭，有个滑溜怪伙计，
　学陀螺，像手钻，在草地上打转转，
　单薄可怜又邋遢，拖把鸟儿羽毛站，
　绿毛猪儿迷了路，似哞似嘘打喷嚏。
　——译者注

快来猜猜这个谜，告诉我，好孩儿，

哪条出自斯科特，哪条出自利德尔？[12]

　　而在胡话词典学界，没有谁拥有比"矮胖子"（Humpty Dumpty）更高的地位了。在《爱丽丝镜中奇遇记》第六章中，他先是对语言的用法和含义表达了这样的观点："当我使用一个词的时候，它的意思就是我想用它表达的意思，既不多，也不少。"（p.269）然后他阐释了《炸脖龙》开头部分的意思。读者早就注意到了，这一观点与卡罗尔在《符号逻辑》中的立场一致——"任何一本书的作者都有完全的权利，赋予他想用的词或句子任何他所喜欢的意思。"

　　人们对《炸脖龙》、矮胖子，以及它们所代表的语言形式、胡话诗和文学美学等概念，进行了许多戏仿。《炸脖龙》中的一些特征不仅使它令人印象深刻，也使它常常成为模仿打趣的对象。《注释本爱丽丝》（*The Annotated Alice*）一书的编辑马丁·伽德纳（Martin Gardner）指出，在文学界，这首诗有"数不胜数的"仿作，而且 19 世纪 70 年代以来，翻译家也将其作为对自身翻译水平的测试（罗伯特·斯科特将其翻译成十分精彩的德语版，还诙谐地称它是卡罗尔写英语诗时参考的原版民谣，并以维多利亚时期的风格宣称，这首诗是在降神会上出现在他眼前的）。[13] 在我看来，所有这些关于《炸脖龙》的言论正呼应了爱丽丝在开始时所说的："不知怎么的，它让我满脑子想法——可是我不知道我想的到底是什么！"（p.197）

195　　文学就是如此。它让我们的脑中充满各式各样的想法，虽然我们或许不明所以。像矮胖子式的人物，或者可以说是亨利·乔治·利德尔，或包括我在内的任何教员，则往往要负责向学生揭晓其含义。对于《炸脖龙》以及受它启发产生的更多种类的胡话诗，重要的并不是其措辞的细节，而是人们阅读它并做出反应的场合。卡罗尔在此构想了某种文学史：一道由文本与阅读组成的拱桥，通过它可以回溯英语文学的起源。在这一过程中，他与同时代的语言学家共同分享了对语言谱系的热爱与迷恋。像达尔文一样，这些语言学家对种类繁多的语言——古老的词汇、古老的声音和古老的文章——感到惊奇。

爱丽丝心中也充满惊奇，但是有所不同。我在前一章指出了达尔文式的惊奇是对秩序的赞美。世界上所有奇异的生物都能在世系和分类中找到自己的位置。然而，在奇境里，爱丽丝用"怪异"（queer）这个词表达对世界的震惊。矮胖子在她眼里是个"怪异的东西"：当试着要算出一个人一年中有多少个"非生辰日"时，他上下颠倒着查看爱丽丝的笔记本。

> "看起来应该是对了……"他说道。
>
> 爱丽丝打断道："你把本子拿颠倒了。"
>
> "确实如此，"爱丽丝把本子调整好后，矮胖子快乐地说道，"我就觉得有点怪异了。"

（p.268）

在奇境中，一切看上去都有些怪异。不仅矮胖子觉得数字颠倒了，爱丽丝也在一开始便发现了《炸脖龙》中的词是反过来写的（她把这首诗拿到镜子前时才能读）。我们住在一个怪异的世界，这个词及其变体在《爱丽丝漫游奇境记》和《爱丽丝镜中奇遇记》中出现了 20 多次。[14] 它是卡罗尔冒险故事的核心词，不仅用来指代古怪的行为和事物，也是整个儿童文学幻想美学历程的代名词。

"Queer"出自一个术语，它最初的意思是偏离中心的、斜对角的或歪斜的。[15] 它出现于 16 世纪，用来形容奇怪的事物或奇怪的人。

196 到了 19 世纪,它成为人们形容违背维多利亚时代礼仪规范时最常用的词之一(直到 20 世纪 20 年代这个词才被用来指称同性行为或同性恋者)。"怪异街"(Queer Street)常用来形容令人尴尬的地方或让人陷入麻烦、债务或疾病的境况(顺便提一句,《哈利·波特》中的对角巷正是由"怪异街"转化而来,这让我觉得很有意思)。[16] 这个词在狄更斯的作品中也频繁地出现,被用来形容形状古怪的家具、怪异的老宅和怪人脸上的奇特表情。听到《尼古拉斯·尼克尔贝》中那座臭名远扬的多西伯义斯堂的校长的名字——瓦克福德·斯奎尔斯(Wackford Squeers)——我们怎么会不留意这个词?还是同一本小说,从一位访客对拉尔夫·尼克尔贝的外貌描述里,我们怎会看不到卡罗尔或李尔式讽刺漫画的来源?书中这样写道:"他有世上最长的头、最古怪的脾气,也是最有经验的金银创造者。"(chap.10)

在对角或远离中心的地方,穿过镜子或上下颠倒,这样的生活就是由荒谬的想象构成的世界,正是这样的世界对儿童充满吸引力。"天啊,天啊!"当爱丽丝拿起白兔的扇子和手套时,她这样感叹道,"今天所有的事都这么怪异!"(p.37)——话很怪异,歌很怪异,梦也很怪异。在《爱丽丝镜中奇遇记》里,有那些陪伴狮子和独角兽的"怪异的盎格鲁-撒克逊送信人"(p.293)——这句话让人想起《炸脖龙》最初是作为一首嘲讽盎格鲁-撒克逊人的诗歌发表的。在该书结尾的地方,红皇后尖叫着要求所有人为爱丽丝的健康干杯,所有宾客都举杯畅饮,但是"他们喝酒的样子非常怪异"(p.334)。

在卡罗尔的世界里,怪异的事物无处不在,道奇森的世界也同样如此。现在让我们回到《符号逻辑》中的那句话,但不要把它视作一种语言学理论,而应该把它当作幻想的例子。他抱怨说,逻辑学家在思考逻辑现象时总将其视作"有生命、有意识的"存在。在此,观念、物品或生物被赋予了生命力。一旦有了生命力,它们就不是我们的朋友或玩伴，而是上级。在卡罗尔的文字中，我们是从属的、服从的，我们听命于这些生物的"统治者的意志和乐趣"。在"爱丽丝"系列中，这种情况都被精彩绝伦的叙述方式赋予了生机活力。因为在那儿，奇境中生命的存在意义，在于这些奇怪的物品不仅活了起来（打牌或玩玩具），而且要用行动统治世界。"砍下他们的头！"红桃皇后这样说道（p.109），然后书里可怜的人类什么也做不了，只能弄清并服从统治者的意志和乐趣。甚至当爱丽丝在《爱丽丝镜中奇遇记》的最后成为女王时也一样，面对统治者的意志和乐趣，她只能选择服从。她与红皇后、白皇后展开长长的对话，就是想探明她们想要何物、表达了何种意思。当她的臣民为她的健康干杯时（记住，是怪异地干杯），爱丽丝却在礼节上遇到了进退两难的局面。"你应该说些简短的客气话，向大家致谢！"红皇后说，于是，"爱丽丝想体面地照她所说的那样做"。（p.334）

197

　　我们如何服从想象出来的君主的意志？当没有生命的物品或观念获得了生命后会发生什么？棋子我们还能看到，但是像"一个命题的系动词"这样的观念变成了有生命、有意识的实体，它会是个什么样子？卡罗尔的抱怨使我想起伍迪·艾伦的短篇小说《库格尔马斯轶事》的结尾，一个人发明了一台能够将他带入书中世界的机器——他想和包法利夫人或亚历克斯·波特诺伊[①]活在同一个世界里。但是他犯了个错，于是发现自己被传送到了《西班牙语补习》的世界中，"在一片荒芜崎岖的地带逃命，'tener'（意为'有'）这个词—— 一个硕大而长毛的不规则动词——正迈着它细长的腿追着他跑"。[17]

　　它同时让我想起了爱德华·李尔的作品。李尔在他的诗中创造

---

　　①　菲利普·罗斯（Philip Roth）的小说《波特诺伊的怨诉》中的人物。——译者注

了许多拥有生命的奇怪物体,还有来自世界尽头、有着奇怪梦想的人,以及由像有生命的命题一样古怪的物质所构成的植物和动物。比如说,他在《胡话植物学》中设想了结着奇异果实的植物:能生长吉他的"吉他松",开出一朵大脑袋的"大脸花"。他的诗《桌子和椅子》则将这两件物品都想象成有生命、会说话的个体,它们一起走到城里,迷了路,最后找到了路,回到家中上床睡觉。[18]李尔的世界表面上就像是苏斯博士的世界。的确,他想象字母由奇怪的事物组成;的确,他笔下的动物和人物有一种几乎超现实的、过分讲究的特质;的确,他的故事中有些时候很有苏斯式叙述的荒诞感:

> 老汉伤心真想哭,
> 于是便去买野兔;
> 一天天气好,骑着出门跑,
> 一半伤心落了肚。①

（p.329）

但事实上,李尔的作品整体所带有的狄更斯的味道,要多于苏斯博士的风味。他笔下的角色可以是任何一本狄更斯小说中的人物。我看到《远大前程》中的文米克,长着一张"邮箱嘴",就像是李尔创造出来的人物,是人类和工具的结合。李尔创作的角色有把水桶当帽子的,把喇叭当鼻子的,头发中混杂着龙虾的,脖子像是吊车的,等等。

198　　　　李尔的诗影响广泛,但它尤其尖锐地反映了儿童眼中的社会现

---

① 这就是本章开头提到的五行打油诗,韵式为a-a-b-b-a。其中的三四行常合为一行。——译者注

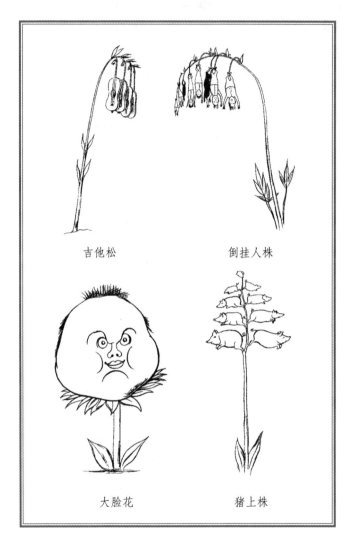

吉他松　　　　　　　　倒挂人株

大脸花　　　　　　　　猪上株

　　爱德华·李尔的《胡话植物学》（选自维维安·诺克斯编辑的《完整诗歌和其他胡话诗》，爱德华·李尔著[英国，哈蒙兹沃思：企鹅图书，2001 年]，第 252 页）

象,进而反映了儿童生活看起来上下颠倒的样子——就像《远大前程》开头部分皮普的世界那样。学者们一直都认为李尔在挑战维多利亚时代人们对礼节和社会地位的认识。用托马斯·迪尔沃思的话来说,李尔的胡话诗中有一种"微妙的恐怖"——就好像他一不小心就会跨越皮普与马格维奇或哈维莎姆小姐之间的界限。[19] 但是,李尔也探讨了日常生活中存在的恐惧:城镇的名字、叙述普通事物的话语、身体的不同部位等。

199

每一个城市或国家到了李尔的打油诗中,都会变成充满奇异事物的地方。诗歌总是以"有某人住……"开头。填上地名后,为这一地名找到押韵的词,并从中表达出对文明秩序的颠覆。

> 有一老头住沃金,
> 性格乖张爱挑衅。
> 有一老头住多佛,
> 蓝豆花田急走过。
> 有一老头住克罗默,
> 单腿读荷马真不错。

一次又一次,熟悉的地方住着稀奇古怪的人。一次又一次,这些古怪的居民大多是老人。李尔想象出了一个老年人的世界,一个住满老人的古怪之地。在此,他展现的是孩子眼中的老人世界:就好像孩子眼中的大人有着特别奇怪或强迫性的行为,相比之下,他们自己调皮捣蛋的行径简直不值一提。李尔在这些打油诗中成功地使维多利亚时期的成人显得荒诞可笑。甚至肖勒姆那"循规蹈矩不犯事"的老叟,只不过是"买过雨伞后,进酒窖静候"——也不是社会所能接受的正常行为。李尔笔下的人物生活在边缘地带:

> 有一老头住边缘，
>
> 他的生活真疯癫，
>
> 跳舞抱着猫，沏茶便用帽，
>
> 叫别人苦不堪言。

这是奇境的打油诗版本，动物们在其中手舞足蹈，疯帽子的茶会则演变成帽子里的茶。简而言之，李尔的世界是怪异的。

> 有一老头住克什米尔，
>
> 行为scroobious老顽儿；
>
> 仗着自己细又高，越过墙头往里瞧，
>
> 只见俩肥鸭冠绝克什米尔。

甚至，就连《牛津英语词典》也没有对《炸脖龙》里的自创词"scroobious"进行解释。当李尔在《Scroobious的皮普》（*The Scroobious Pip*）中再次用到这个词时，我们怎么能不在他的作品中看出卡罗尔式措辞和狄更斯式童年的结合？

200

李尔的世界是一个怪异的世界，但它不仅是一个将狄更斯式的角色带到边缘地带的世界。这是一个界限之外的世界，在李尔的文字里，角色总是向未知的土地和遥远的岛屿进发。猫头鹰和猫咪乘着一条美丽的豌豆青小船下海，这条小船正是它们的鲁滨孙独木舟。李尔的作品中有明显的《鲁滨孙漂流记》的痕迹。岛屿无处不在，船只填满了他的幻想。从某种意义上说，这些打油诗可以被当作去往奇异世界的航行。不管李尔在这些诗歌中前往何处——从特洛伊，到纽约，再到尼泊尔——他总能找到怪人。

> 有一老人住船中，
>
> 整天抱怨嗓子痛。
>
> 别人问："说句话？"他回答：
>
> "在我船里嘴别动。"

但其实，这些航行者哪儿也去不了。船里的老人无法正常说话，于是他要求所有人都闭嘴。1867年，李尔为韦斯特伯里勋爵（Lord Westbury）的孙辈们写了《四个周游世界的小孩的故事》（"The Story of the Four Little Children Who Went round the World"）。故事中的旅行者的确到达了某个新地方，但是他们落脚的地方在地图上找不到。这是只属于李尔的世界：一座满是鹿肉片和巧克力雨的岛屿；土地上没有房子，只有不带塞子的大酒瓶；视野里尽是蔬菜组成的生物，它们消失"在西边地平线上那片晶莹湿润的沙滩上"。[20]

李尔本人就在不同的岛屿上度过了生命的许多时光。他在地中海旅行的时候，经常在希腊诸岛逗留，在享受阳光的同时，与他喜欢（又善变）的年轻男子打情骂俏。当我们读到他的岛上生物时，我们能轻易在其中看到他对英语小说套路的讽刺——这种套路一直从鲁滨孙的历险故事延续到蓓基·夏泼①的冒险。回忆一下本章之前提到的《名利场》中的那首小调，并将它与《长着发光鼻子的咚》（The Dong with the Luminous Nose）的开头进行比较：

> 当骇人的黑夜和沉默到来，
>
> 将大咕噜布里亚平原覆盖，
>
> 一个个冬夜无比漫长——

---

① 《名利场》中的人物。——译者注

当愤怒的浪花吼叫，

用力拍打海礁——

当风暴云高高地蜷伏在山丘上，

笼罩着昌克利堡……

（p.422）

201

　　这与萨克雷的诗多么相似：黑暗而不祥的景色，风暴猛烈的夜晚，荒芜萧条的远方，还有那孤独的男孩。在李尔的世界里，我们总是被留在海岸上，被困在幻想的岛屿上，等待着船只带我们回家。

　　整首诗中贯穿着爱。我认为，苏斯博士的作品中就没有任何浪漫情感，但是李尔的幻想中充满爱情。咚爱上了一个江布里族女孩，却惨遭分离之苦。不过，在猫头鹰和猫咪的撮合下，两人喜结良缘。李尔在著名歌谣《凯瑟琳·奥摩尔》（"Kathleen O'Moore"）的一组早期插画中（很可能于 1841 年完成，那时李尔 29 岁，但这些插画并未在他生前发表），生动地描绘了一个年轻女孩悲惨的爱情和死亡。而在《勇勃伯求爱记》（"The Courtship of the Yonghy-Bonghy-Bò"）中，主角勇勃伯满怀期待地向金格莉女士求婚，却得到这样的回答："你的求婚来得太晚……我已有主在英格兰。"[21] 她的未婚夫是汉德尔·琼斯先生，一位绅士，这个名字就像是从狄更斯世界中走出来的某个司法人士的名字；此外，这个名字还代表了牢固稳定的社会地位。在这首诗的胡话和重复中（李尔亲自为这首诗配乐，并且很喜欢在公众场合表演它），暗含着李尔孑然一身的辛酸形象。即使逃离一个绅士遍地的世界，去海岸和岛屿旅行，李尔笔下的角色仍旧不得不面对自身无法改变的怪异行为。他就好像我们成人眼中那个不知所措的孩子。但是与《野兽出没的地方》中的马克斯的结局不同，李尔的船始终没有将他带回他的房间享受美食。

相反，李尔始终在航行。如果说他能勾起人们对笛福或狄更斯的回忆的话，那他也能让人想起达尔文。李尔笔下不同颜色的鸟类，像是在"小猎犬号"探索旅程中新发现的物种的胡话版。甚至连《勇勃伯求爱记》中的海龟也体现出达尔文式的精确描述。就像现代人对李尔的《诗歌集》所作的注释所言："勇勃伯逃跑所依仗的那只海龟，与李尔为托马斯·贝尔的《龟鳖目专著》（1836）所制作的印刷版画中年幼的玳瑁，二者仿似一物。"（p.517）在 19 世纪 30 年代，李尔和达尔文都被自然界吸引，他们分别在雀鸟的喙和海龟的背上搜寻它们在广阔造物中的地位。在这一探寻过程中，他们都惊叹不已。《小猎犬号环球航行记》中的许多段落，与李尔或卡罗尔在描写奇异自然时所表达的情感别无二致。现代评论家让－雅克·勒塞尔克莱（Jean-Jacques Lecercle）将其中一处单独提出来供人们品鉴：达尔文在描述原驼时说，"它们的确是好奇心很重的动物。如果一个人躺在地上做出滑稽的动作，比如将他的双腿高高抬起，那它们十有八九会慢慢地走过来探个究竟"。[22] 勒塞尔克莱认为，这是原驼"与英国胡话实践的第一次交涉"。一个自然科学家为什么会有这样的行为呢？滑稽动作在自然分类的实践研究中扮演着怎样的角色呢？勒塞尔克莱继续说道："胡话故事的读者是乐于探索的博物学家。"但是除此之外，还有更多值得我们研究的。达尔文所用的语言，不是科学的语言，而是小说的语言。其作品有着狄更斯前期作品的味道；他笔下博物学家的故事像是狄更斯笔下怪人的故事——就好像《大卫·科波菲尔》中的迪克先生出现在巴塔哥尼亚海岸，对着空中一阵乱踢。人们越读越觉得奇怪。这样的语言还给人另一种感觉，那便是卡罗尔后来在《爱丽丝漫游奇境记》中创作的讽刺模仿诗的味道：

"你老啦，威廉老爹，"年轻人说，

"你的头发都已经白啦，

还成天拿头往地上戳——

你觉得，你这年龄，合适吗？"

（p.70）

达尔文预示了，在新世界里，博物学家能达到胡话的何种边缘。而奇境记和李尔的诗带我们跨越了那道边境。李尔一开始从事的是自然历史插画家的工作，他出版的第一本书是 1832 年的《鹦鹉科图册》（*Illustrations of the Family of Psittacidae*），他在给朋友哈里·欣德（Harry Hinde）的诗体书信中提到了这本书：

整整一天，我都

徘徊于伦敦西部，

画世上最好的鹦鹉。

它们个个器宇轩昂，

像胡萝卜般喜气洋洋。

（pp.46–47）

鹦鹉像胡萝卜，李尔对他那个年代的自然主义所表现出的文学态度，可以说是反进化论的。动物似乎都会退化到更低级的阶段（在此，通过比喻，鸟类变成了植物），人类则呈现出动物的特征。甚至连李尔喜欢的声音都像某种退化的语言：像咚、勇勃伯和泼波（Pobble）这样的名字，像 "scroobious" 这样的词，像瓶子（bottles）这样的物品。这一切都让人联想到原始的、语言出现之前的表达方式，好像李尔要回到文明语言形成之前的时代。有些时候，词的意义几乎消失在了悦耳的发音中，他想要描绘的事物不是用来看的，而是用来听的："所有青瓶蝇都一同嗡嗡起来,其声高昂响亮,悠扬绵长,回荡水上。又传到苍翠的断山,反穿刹那飞过、嘈杂叽喳的山雀顶端。唯有真正的智者,才能领会平静与安宁。月儿隐隐约约现形于星宿闪烁的深空……"(p.227)李尔沉浸在用新的方式玩弄发音的乐趣之中。在这样的一段话里,在词典中拥有固定含义的词语被破解成胡话。他在此处和整本书中向我们展现出,平凡世界里的语言怎样轻而易举地被破解成了胡话,为何那些流浪者或病态的、与社会格格不入的人(李尔自己就是这样的人)在以家庭为中心、安心、健康的成年人身上看到的是分裂而非礼仪。当我们仰望天空时,我们怎么还能用同一种方式观赏月亮呢?与卡罗尔《炸脖龙》的世界不同,李尔的世界并非一片充满神奇事物的乐土。在这儿,牌不会活过来。相反,这是一个用新的方式观察、倾听日常生活的世界,一个通过李尔先生的双眼看到的世界。

> 有些人认为他脾气暴躁且怪异,
> 但是也有几个人觉得他还不错。

(p.428)

胡话文学的传统在卡罗尔和李尔之后继续传承了下去。吉卜林、切斯特顿(Chesterton)和沃尔特·德·拉·梅尔(Walter De la Mare)的文章中偶尔也会出现胡言乱语。埃德蒙·克莱里休·本特利(Edmund Clerihew Bentley)创造出一种以他的中间名命名的诗歌体裁:诗节根据主题人物的名字确定韵脚,由此引出这一人物的古怪性格。在1905年发表的最初始的克莱里休诗歌中,有如下一首:

> 汉弗莱·戴维爵士,

十分讨厌肉汁。

因为发现了钠元素，

他遭人厌恶。[23]

　　休·洛夫廷（Hugh Lofting）的"杜立德医生"系列故事（1920，　204
1922）就常常利用听上去荒诞的名字和情节来增加故事的趣味性，
比如首尾各长一个脑袋的"推我拉你兽"，它的其中一个脑袋总是醒
着的。[24]到了维多利亚时代晚期，胡话已经深深融入了英美文学，因
而卡罗琳·韦尔斯（Carolyn Wells）拥有足够的素材编写了一本《胡
话选》（A Nonsense Anthology），并于 1902 年由斯克瑞伯纳出版社
出版。此书的开篇便是卡罗尔的《炸脖龙》，同时还收录了大量不同
时代的诗歌：从李尔的打油诗，到 W. S. 吉尔伯特（W. S. Gilbert）的
滑稽快歌（patter song），再到希莱尔·贝洛克（Hilaire Belloc）的珍奇
动物志（precious menagerie），还有许多无名（大多被人遗忘的）诗人
的作品。有些章节明显是儿童诗歌，有些则显然不是。但是韦尔斯
在前言的开头就指出，胡话能将我们带到生活的边缘，体验别样的经
历；相比于某种心智状态或用词条件，它更是一个想象的空间。"在
文学的地形图上，胡话就是一个人烟稀少的小国家，被普通游客冷落
在一边，但为几个有眼光、旅居在边境的旅行者带来无穷乐趣。"[25]
埃米尔·卡默茨（Emile Cammaerts）在 1925 年出版的《胡话诗集》
中同样认识到这一文学体裁在地理上的起源。"如果不是因为这句
'有一老人住多巴哥'"——李尔的地理打油诗的灵感来源，"来自世
界各个角落的人类……会成千上万地消逝"。[26]仿佛胡话为这个世
界带来新的栖息者，又似乎阅读本身就是一场旅行，带我们去只在地
图上见过名字的地方。韦尔斯和卡默茨的情感（在某种程度上还有
洛夫廷的"杜立德医生"系列故事中所包含的情感）是后帝国主义世

界的情感。像克里米亚和喀土穆、梅富根和曼德勒这样的地名,如今
让我们想起的不是四处征战的大英雄,而是那些甚至无法征服自身
性格弱点的怪人。

这些怪异行为兼具政治和美学体验。卡罗尔、李尔及其后继者
给我们留下的遗产可见于达达主义者的无政府主张。20世纪前期的
诗人、画家和表演艺术家让荒诞成了这个世纪典型的美学价值。长
久以来,达达主义一直被视为借用了婴儿的咿咿呀呀——这场运动
的名字与孩子的咿呀声十分相似,重复的"达、达"在俄语或法语中
就是摇摆木马的俗语。[27] 若没有胡话诗歌,特里斯唐·查拉( Tristan
Tzara )能在 1918 年写出《达达宣言》吗?

> 每一页都必须爆炸,要么是深沉的严肃,旋风般诗意的发
> 狂,新的、毁灭的笑话以及对原则的热衷,要么是独特的排印方
> 式。一方面,这是一个摇摇欲坠的世界,它与来自地狱的钟琴缔
> 结婚约;另一方面,这又是新兴人类的世界,其中的生命粗野、
> 活泼,打着嗝四处游荡。他们的背后,是一个残疾的世界,文学
> 疯狂叫嚣着进步。

或者就像他在这首达达小对句中所写的格言一样:

> 知识,知识,知识,
> 隆隆,隆隆,隆隆。[28]

查拉的达达并非唯一从孩子的胡话中寻找灵感的文学和美学运
动。俄国的先锋派在20世纪的前几十年里被婴儿的咿呀声所吸引,
并以此来创作未来主义诗歌。儿童的语言挑战了语言的传统概念。

从某种意义上来说，它可以被看作语言版的抽象艺术，在这种形式中，传统的表达被分解成构建它的小单元。像阿列克谢·克鲁乔内赫（Aleksei Kruchenykh）这样的艺术家和理论家，将幼稚与原始、幼儿园里孩子的闲聊与语言自身的起源融合在一起。克鲁乔内赫的同辈谢尔盖·特列季亚科夫（Sergei Tretyakov），就将在这场运动中诞生的诗歌比作充满"杂七杂八的、在很多情况下完全发不出音的字母和音节"的"怪书"。20 年后，俄国幽默作家丹尼尔·哈尔姆斯（Daniil Kharms）在童年的胡话诗中找到一种视角，用以看透生活中各种离奇古怪的现象和事件。[29]

　　像达达主义、未来主义和超现实主义这样的运动，可以说直接利用了幼儿园和学校中满是胡话的特点，同时催生出影响儿童文学的艺术表演模式。其中非常著名的一件事是，马塞尔·杜尚将一个便池上下颠倒，然后称之为艺术。在孩子的游戏中也是这样，任何上下颠倒的东西都成了想象的对象。埃米尔·卡默茨在 1925 年的书中说道（书中的语言与那个年代杜尚式的滑稽性相一致）："每一张四脚朝天的桌子都成了船，每一根棍子都成了船桨，椅子套上马鞍，是腾跃的马。在邪恶时刻降临前，胡话精神拥有至高无上的统治地位。直到孩子玩累了、疲乏得睡着了，大人们才重新将秩序放入这个之前被混乱统治的世界。"[30] 这是个歪歪扭扭的世界，一个怪异的世界，只要你愿意，其中存在的倾斜和角度便能将你带入奇幻之地。房间里的游戏与安托万·德·圣埃克苏佩里的小王子之间只有一小步。小王子可不只是去新的岛屿，而是去新的星球旅行，在那儿发现各种古怪的事物。一次，他与一个自负者交谈，这个人说：

　　　　"哎哟！一个我的崇拜者来访了。"这个自负者一见小王子，隔了很远就叫喊起来。在自负者眼中，别人仿佛都是他们的崇拜者。

　　"早上好，"小王子说，"你的帽子十分怪异呀。"

　　"这是一顶向人致意的帽子。"自负者回答道，"人们向我表示赞扬和欢呼时，我就以这顶帽子来表达敬意。可惜的是，这儿没有一个人经过。" [31]

　　当然，英译本使用"queer"（怪异）一词很可能是受到了李尔和卡罗尔的胡话世界的语言的影响。在法语版中，这个人戴着"un drôle de chapeau"，"drôle"一词不仅有现代英语中"droll"（滑稽的）的意思，还含有更复杂的意思：幼稚、做作、爱开玩笑。这个词作名词时，本意为弄臣或者是幽默作家。在法语和英语中，这个词也会被用来形容闹剧甚至是木偶剧中的事物。所以，"drôle de chapeau"不仅仅是怪异的意思。此处的怪异和爱德华·李尔想象中滑稽故事里的帽子的怪异是一个意思：就像是生活这个荒诞剧院里的舞台道具。

　　儿童文学中充满了上下颠倒、杂乱无章与不合情理的事物，但是如果说现代有谁继承了这些人或事中暴躁与怪异的混合特征的话，那一定非谢尔·希尔弗斯坦莫属。希尔弗斯坦声称自己完全没有受到前辈的影响，但是我很难不在他的书中看到卡罗尔、李尔甚至特里斯唐·查拉的影子。[32]《人行道的尽头》（1974）是希尔弗斯坦主要的儿童诗歌集。它描绘出一个镜中世界，仿佛在翻开书的那一刻，我们就跨入了虚无。[33]《自制的小船》（*Homemade Boat*）表现了后鲁滨孙的写作传统：孩子踏上伟大的征程，不过，在此处，他们踏上的是一段通往失败的荒诞之路。

　　　　我们刚刚造的这条小船没问题，
　　　　别跟我们提出异议。

船帮和船尾都很合宜，
　我们大概是忘了加船底。


　　希尔弗斯坦的小船，让人联想起爱德华·李尔出海使用的诸多
疯狂怪异的工具。但从更广泛的层面来说，它响应了上下颠倒的胡
话文学世界，就好像要不是船没有底，一切都没问题。
　　就像李尔的作品一样，希尔弗斯坦的作品中有长着单簧管鼻子
的人，有住在杯子里的人，还有一个甚至能被自己的长发扇到空中的
男孩。小王子找到了一个戴着怪异帽子的人，我们也如此：

207

### 帽　子
泰迪说这是个帽子，
　于是我把它戴头上。
现在爸爸正疑惑：
　"通马桶的撅子
　去哪了？"


　　这个小男孩仿佛变成了杜尚。好像从卫生间里拿出一样东西并
把它放在头上的行为成了终极艺术表现。在希尔弗斯坦的星球上，就
像小王子去过的许多星球一样，头上的装备成了评判人的标准。
　　在《人行道的尽头》一书中，既有诙谐绝妙的语言创新，也有一
些感伤，向读者表明了胡话只不过是渴望的另一面。我们能感受到
希尔弗斯坦诗中的痛楚：叙述者渴望融入日常社会，却清楚地明白
自己永远也无法成为其中的一分子。我们在爱德华·李尔的诗中也
能感受到这一点，在《爱丽丝漫游奇境记》中亦是如此。于是，诗人
寻求能够接纳怪人之地——幻想和自由的世界。这样的地方充满美

感，而希尔弗斯坦的诗句尽管充满疯狂和刺耳的音符，有时候看上去却相当复古。下面是诗歌《人行道的尽头》的第一节：

> 人行道的尽头，
> 是街道的开始，
> 这儿青草洁净柔软，
> 这儿阳光灼热灿烂，
> 月光鸟在此栖息，
> 在薄荷般清凉的风中平静。

这样的诗句不是将我们带回古老的地方，而是将我们带回古老的书中：回到古典文学中伊甸园般的场景，回到乐土世界，回到华兹华斯的诗句或是流浪歌《巨石糖果山》（"The Big Rock Candy Mountain"）。

> 蜜蜂嗡嗡欢唱，
> 在那烟草树上，
> 苏打泉涌近旁；
> 柠檬泉水那边，
> 听闻青鸟鸣涧，
> 巨石糖果山巅。[34]

我仍旧记得在我的童年时代，伯尔·艾夫斯（Burl Ives）在一张老旧的唱片中演唱过这首歌。我还记得，我在大学里被迫背诵的第一首德语诗歌是约翰·沃尔夫冈·冯·歌德著名的《迷娘曲》。

你知道吗，那柠檬花开的地方，

茂密的绿叶中，橙子金黄，

蓝天上送来宜人的和风，

桃金娘静立，月桂梢头高展，

你可知道那地方？

前往，前往，

我愿跟随你，爱人啊，随你前往！①[35]

　　对这些文字的回忆带我回到了那段学习语言与抒情诗的时光。童年和大学的第一年是变化的时期。俄国未来主义者或法国达达主义者在咿呀的发音中所听到的迷人之处，或我们从希尔弗斯坦和歌德等众多作家身上所看到的，是对语言形成之前那个时代深深的怀旧情结。这不仅是对幻想世界的憧憬，也是对伊甸园这样的地方的向往。在那儿，词语能随心所欲地表达含义，我们能像亚当和夏娃一样重新命名这个世界。

　　在本章中，我从荒诞的边缘开始说起：新发现的语言，从地球另一端带回的奇怪生物，狄更斯的怪人和萨克雷的讽刺，奇境、镜中世界和打油诗，达尔文和梦想。胡话不仅仅是好玩，它将我们推向表达的极限。有时候，我们会在婴儿的咿呀声中或在大学生的诗作中听到这样的表达。但也有些时候，我们听到这样的言语和声音，记起充满热望的童年时期——当我们走在怪异街或对角巷的时候，当我们的小船没有将我们带到野兽出没的地方，而是来到人行道尽头时，我们同样能听到胡话。

---

　　① 译文引自杨武能译《迷娘曲》（四川文艺出版社，2018年），第152页。——译者注

# 第十章　麦秆变黄金

## 童话的语言学

　　我 4 岁的时候，父亲会讲侏儒怪的故事哄我睡觉。每天晚上，他的故事总是会以磨坊主的漂亮女儿开头——磨坊主吹嘘说她能够将麦秆纺织成黄金。接着，父亲告诉我，国王听说了磨坊主女儿的特殊才能后，便命令她为他纺金。一天晚上，她独自坐在屋里，害怕谎言被揭穿。这时候，一个小人凭空出现了。他真的将麦秆变成了黄金，作为回报，他向女孩索要她的项链；第二天晚上，他又要了她的戒指；而第三天晚上，他说要她的头生子。女孩答应了他的要求。不久之后，国王便娶了她。几年后，她的儿子出生了，这时，那个小人前来讨要这个孩子。这一次，小人又跟心慌意乱的皇后做了个交易：如果皇后能够猜出他的名字，他就让步，不再索要孩子。于是皇后开始猜名字，我们也跟着她猜。每天晚上，我们都绞尽脑汁想出几十个名字，从常见的到古怪的都有：先是查尔斯、詹姆斯和约翰，然后是朋友和亲戚的名字——萨姆（Sam）、西德（Sid）、诺曼（Norman）、塞（Sy）；接着是犹太人名字，它们就像是某种遥远而神秘的魔法咒语——哈伊姆（Chaim）、莱贝尔（Lebbel）、门德尔（Mendel）、梅纳沙（Menasha）、韦尔韦尔（Velvel）。皇后不停地猜名字，直到一天晚上，她派出一个信使去寻找那个小人。这个信使正巧看到一堆篝火，一圈小人围着火跳舞。在火堆中央，那个小恶魔一边跳着舞一边唱道："我的名字叫侏儒怪！"于是，当那个小人回到皇后那儿，问她"我的名字是什么"的时候，她回答道"侏儒怪"。于是，他朝地面狠狠地踩了一脚，脚竟陷入地面，随后，他用另一条腿站立起来，把自己撕成了两半。

故事结束。至于为何这是我最爱的睡前故事，则是一个谜。不过，它也一直是公认的体现童话故事传统的典范。故事中包含所有我们熟悉的童话要素：父亲与女儿，奇怪的生物，谜语以及森林。当然，还不止这些。这还是个关于技艺本身的故事。每个晚上，我们都会用纺车将日常生活这根麦秆转变成黄金；每个晚上，我们都会讲故事，将家庭中的人名和细节编入魔法世界。这也是一个关于命名的故事：关于猜测人物的真实身份，关于遵循名字所蕴含的精神去生活，关于破解密码。在我的童年时代，侏儒怪无处不在：街角的怪人、闷闷不乐的残疾同学，或是那个古怪孤僻的叔叔（把童话与个人生活联系起来的不止我一人，还有莫里斯·桑达克，我在《纽约客》于 2006 年对他的采访报道中读到，《野兽出没的地方》中的角色都以他在布鲁克林的亲戚为原型）。[1] 我们在童话世界里让这些可怕的、悲伤的人物过上魔法般的生活。我们试着将自己的家庭想象成王子一家。

童话作为一个文学类别，脱胎于过去欧洲的民间故事。我们愿意相信，它们没有真正的作者，而是通过口耳相传的方式留存了下来。同时，在讲述童话时，可以将讲述方式和其中的细节进行灵活的转换。就像《伊索寓言》，童话多以大家都知道的角色成组出现：美女与野兽、韩塞尔与葛雷特、白雪皇后、侏儒怪及小美人鱼等。但如今我们所熟知的童话，又确实是 17 世纪晚期到 19 世纪中期的文学收藏家、编辑和作家的劳动成果。它们在路易十四时代作为课文出现，更多的是作为供宫廷侍臣学习的典型寓言，而非儿童故事。它们教给人们正确的礼仪行为，成为贵族沙龙的风尚，同时也让谦

210

恭礼让和王权富于传奇色彩。实际上,英语中的"fairy tale"(童话)就是从法语"conte de fées"(精灵故事)翻译而来,这一文学类别从贵族沙龙中兴起,借着幻想世界来传达社会评论或为人们提供道德指导。[2]

夏尔·佩罗(Charles Perrault)是 17 世纪晚期最杰出、最受欢迎的故事家。他为我们带来了"鹅妈妈"系列故事的雏形,并且改编了《灰姑娘》《穿靴子的猫》《小红帽》等童话故事,这些改编最终成为儿童文学中那些为人熟悉的经典。在法国,对精灵故事的追捧后来发展成为 18 世纪对所谓的东方故事的痴迷,而安托万·加朗 1704 年翻译的《一千零一夜》使这种狂热达到顶峰。正如沃尔特·雷克斯(Walter Rex)在《新编法国文学史》中总结这一发展时所说的:"就像点亮一盏魔灯或发现一个秘密洞穴,这些故事打开了一片全新的文学天地——新的形式、比喻、角色和道德。它们足以满足任何作家或读者的欲望。"[3]

它们的确做到了这一点。这些最初仅在文学沙龙和贵族读者中流行的故事,后来吸引了大批来自普通家庭和育儿室的读者。法国童话被翻译成英语(佩罗故事的英文版在 1729 年问世;让娜-玛丽·勒普兰斯·博蒙 [Jeanne-Marie Leprince de Beaumont]1757 年出版的《儿童商店》[*Magasin des enfants*] 于 1761 年被翻译成英文,其中包括《美女与野兽》这样脍炙人口的作品)。萨拉·菲尔丁出版于 1749 年的《女教师》收录了一个关于矮人和巨人的童话,作为实践 18 世纪中期典型教育理念的一部分,以此来传授"被我视为教育核心的品位和礼仪的简洁之美"。菲尔丁补充道:"故事中巨人、魔法和精灵等所有超自然因素的存在,不过是为了娱乐和消遣。"[4] 对菲尔丁和她的读者来说,童话故事就像是伊索的寓言——用于规范社会行为的道德寓言。

到了 18 世纪晚期和 19 世纪早期,童话有了其他的社会意义。

211

在对语言的历史研究（即语言学这门学问）中，人们通过童话的形式，提出有关国家起源、语言发展及个人与公共心理的问题。语言和国家是否存在童年时期？许多早期的语言学家在写作时都认为答案是肯定的，也难怪一些伟大的故事创作者或改编者——格林兄弟、蒙塔古·罗兹·詹姆斯（Montague Rhodes James）、J. R. R. 托尔金、C. S. 刘易斯——都是语言和语言历史学家。作为一名语言学者，我一直被他们开辟幻想文学领域的尝试深深吸引。那么，为什么从事我这一行业的人会认为童话故事对我们专业至关重要呢？

在我的同行看来，雅克布·格林和威廉·格林兄弟俩最大的成就，是发现了我们现在所谓的格林定律。他们和许多 18 世纪晚期及 19 世纪早期的学者一道，发现欧洲、印度和波斯语言在词汇、发音和语法上存在共同点。语言学家通过分析流传至今的现代语言，假设了一种古老的"印欧"语，而格林兄弟研究了由此衍生出的不同语言分支中的辅音，整理出它们之间的关系。这些关系表明，通过比较发音，某些词语可以一直追溯到印欧语的起源。比如，日耳曼语族中以"f"开头的词汇对应罗曼语族中以"p"开头的词汇（英语的 fish［鱼］、father［父亲］和 foot［脚］对应拉丁语中的 pisces［鱼］、pater［父亲］和 pes［脚］）。我们还可以找到许多其他辅音上的联系，这些联系让我们有机会对词语的起源及其所揭示的早期欧洲民族的社会生活产生新的理解。在格林兄弟和他们的同辈看来，词汇中似乎存在着某种形而上的东西。从某种意义上来说，词语是变成化石的诗歌，是植根于某种语言和某个群族的故事。古典学者弗朗茨·帕索（Franz Passow）传承了格林兄弟的语言学和词典学研究，并总结了其影响："一本词典应该对每一个词都做出精确、有条理的历史背景解释。"《牛津英语词典》最初的编写者之一赫伯特·科尔里奇（Herbert Coleridge）赞同帕索的观点，他同时提出："要让每一个词诉说自

212

己的故事——其出生及成长的故事。"[5]

因此,语言学是讲故事的一种形式。格林兄弟像沉醉于词源学一样痴迷于民间故事,这并非巧合。词语的历史就像是待解的谜题。事实上,阅读格林童话的关键在于明白人物名字的意思(尤其是侏儒怪,在同名故事中,他的名字的意思是"瘸腿的小人")。如果童话故事的世界是森林——里面漆黑一片,有不知通往何处的小径和密密麻麻的灌木——那么它也是语言学的世界。《牛津英语词典》的主编詹姆斯·A. H. 默里(James A. H. Murray),在1884年描述编辑团队的工作时说道:"我们是一片从未有人涉足的森林的开拓者。"[6]

格林兄弟正是这样看待他们的作品的。他们的《儿童和家庭故事》分两卷发行(1812,1815),之后又出现了许多后续版本。[7]威廉·格林提出,它们是"异教徒神话发出的最后回声"。他继续说道:"一个魔法世界在我们眼前敞开,这一世界仍旧存在于秘密森林中、地下洞穴中和海洋深处,孩子们仍旧能看到。[童话是]属于我们民族的诗意的遗产,因为我们可以证明,它在我们身边已存在了好几个世纪。"[8]而我们在那些秘密森林、洞穴和海洋中找到的不仅是诗意的遗产,更是关于我们个人的珍贵财产。童话故事中有各个不同的家庭,不同的家长将自身的理解传递给孩子;也有许多祖先和后嗣,他们的生活就像是一个国家从童年到成熟的过程的缩影。

许多童话都以家庭历史开场:"一个贫穷的伐木工人和他的妻子及两个孩子住在一起"(《韩塞尔与葛雷特》),"很久很久以前,有一个贫穷的磨坊主"(《侏儒怪》),"很久很久以前,有一个贫穷的农夫"(《聪明农夫的女儿》),"很久很久以前,有一个渔夫"(《渔夫和他的妻子》)。这些人都靠将自然物转化为商品为生:伐木工人去森林里伐木,磨坊主研磨谷物,农夫在土地里种出粮食,渔夫捕鱼。他们不同于《美女与野兽》中的商贩——这个父亲从事的是销售和运输,而非生产,他有足够的钱(或派头)雇人教导他的孩子,替他管理宅第,为他做饭。

但谁才是真正的父亲? 父亲的形象随处可见——有亲生父亲或养父,有再婚的父亲,有去世和复活的父亲。格林兄弟对这一点有清楚的认识,因为他们围绕一系列家庭主题修改的故事,反映了那个年代欧洲家庭的本质变化。原本住在森林和农场的人涌向城市。居住在城市、受过教育的中产阶级逐渐兴起,他们购买而非提供商品和服务。人们除了讲述故事,也开始阅读故事,于是图书贸易也随之发展起来。但是,除了这些人口分布上的变化外,另一个变化也影响了家庭生活。那就是,关爱逐渐成为成功养育子女的标志。[9]

有史以来,父母毫无疑问都关爱自己的孩子。在这本书中,我研究了古希腊和古罗马人、中世纪欧洲人和英美清教徒如何关爱与呵护他们的孩子。但是,到 18 世纪后半期,有一点发生了改变——人们开始认为关爱是衡量家庭美满程度的主要标准。在 17 世纪末,洛克称:"恐惧和敬畏是你在[孩子]心中树立权威的首要因素,而爱和友谊让你在未来的岁月里保持权威。" [10] 75 年之后,卢梭提出,关爱将代替"恐惧和敬畏",并将爱和友谊置于养育子女的首要位置。劳伦斯·斯通(Lawrence Stone)在他权威的欧洲家庭研究中清楚地指出,到了 18 世纪晚期,资产阶级的兴起促生了"爱与包容模式"的子女教育方式。[11]

很早之前,学者们就发现,为迎合逐渐壮大的中产阶级读者的口味,格林兄弟对他们的故事进行了调整:他们删除了民间习语中的某些粗俗成分,调整一些故事的中心思想使其符合文学期待,同时还添加了许多基督教道德或被人广泛接受的哲理来增加故事的实用说教价值。即使是保留在故事中的乡村气息也是经过精心修饰的。[12]

在这样的阶级和文化背景下,童话引发了一系列严肃的哲学问

214 题：爱是你在为人父母的过程中学到的东西,还是孩子一出生你自然就有的东西？一个人能否爱他人的孩子？继父母或领养家庭这些社会群体的出现使以上问题变得尤为重要,而格林童话广受寄养家庭喜爱的原因之一便在于,它们描绘了亲子之爱中的冲突。《儿童与家庭童话集》中《韩塞尔与葛雷特》的第一版是一个关于父亲、母亲和孩子的故事；而到了第四版,它很明显变成了一个关于父亲和继母的故事。邪恶的继母——如今这一形象已被我们当作童话故事里问题家庭中的典型人物——从影响欧洲孩子培养方式的各种社会变化中发展而来。[13]

　　除了社会冲突,家庭生活也是有关宗教信仰的故事背景。当侏儒怪来到年轻的皇后身边,讨要他的奖赏并要皇后猜出他的名字时,皇后最先说出的几个名字是梅尔基奥尔、卡斯珀和巴尔萨泽。这些是去马槽中朝拜圣婴耶稣的三位博士的名字。它们为什么会出现在这个故事中？很明显,它们是年轻皇后心中最先想到的三个名字,同时也反映出格林兄弟对其童话故事背后的民间传说所做的改编。在这个故事中,年轻姑娘的儿子诞生于她能将麦秆纺成金子的谎言中。而这个故事的背后,是一个婴儿在麦秆上降生的故事,一个耶稣诞生于马厩的简略故事。这个转换呼应了更大的转换：马槽中的麦秆变成了黄金,变成了基督救赎的启示——即使是我们这样的凡夫俗子也可以变得很有奉献精神。在此处,它不是一个博士拜访男孩的故事,而是一个关于能拐走孩子的怪物的故事。《侏儒怪》中有一种消极的耶稣降生的意味——正是那三个似乎凭空出现的人名让这一故事带有这样的特征。

　　因为真正的救赎来自圣父。宗教是一件家庭事务,而格林童话中的家庭常常是一种残缺的神圣家庭。凶恶的母亲和继母比比皆是,父亲要么一无是处,要么畏首畏尾。兄弟姐妹就像在《韩塞尔与葛雷特》中那样,团结在一起,不仅是为了找到走出森林的路,也是为了将家人带出愈来愈茂密的家庭迷林——清除怒气和怀疑的荆棘。

　　这一切都不是幻想。如果说格林童话反映了家庭和社会中的变化,那么它们也反映了人们在经济生活中欲望的转变。《渔夫和他的妻子》讲述的不就是一个因为追求钱财而陷入疯狂的故事吗? 从茅舍到别墅、城堡、宫殿、帝国、教廷,直到神位,农夫之妻的欲望空间描绘出了权力的结构。农夫的妻子不仅想获得更多的物质满足,还想成为更有权势的人,她希望改变自己与尘世物品的根本关系。这则故事中有大量浮夸的描述。随着住所的升级,对每一个新住所的文字描述也相应地增加。到妻子成为皇帝的时候,其段落描述几乎成了一张无止境的家居用品、衣饰及装饰品的列表。在我看来,这些段落正为参与式游戏做好了前期准备,而这种游戏是讲述童话时的核心:父母和孩子你一言,我一语地猜测侏儒怪的名字;他们列举不同的身体部位,猜测这些部位对《小红帽》中的大灰狼有什么用处;在此,他们一起用语言建造起华丽的金子、石头和大理石建筑。这个故事告诉我们这样一个道理:不要贪得无厌,不然你便会回到茅舍里。不过,它还教育我们如何发挥事物的极限:如何用文字来建造一座城堡或一个帝国。在此处,语言的麦秆变成了王座上的金子。

　　这正是这些童话具有语言学意义的原因。不只是因为它们涉及早先的民间智慧或民间故事, 也不只是因为它们呈现了具有日耳曼或泛欧洲背景的故事。更重要的是因为,这些童话——包括它们所体现的文字运用能力、详细的列表及专业词汇——只能被语言大师创作出来。的确,《渔夫和他的妻子》是用方言写成的,但要读懂它,你必须拥有远超语法和词汇的高水平语言学知识。

Dar wöör eens en Fischer un syne Fru, de waanden tosamen

in'n Pißputt, dicht an der See...

很久很久以前,有一个渔夫,他和妻子一起住在海边一间肮脏不堪的茅屋(Pißputt)中。每天,渔夫都坚持去钓鱼……[14]

现代英语翻译家将"Pißputt"一词译为"茅屋",但其本意更加粗俗——"茅坑"。格林兄弟从艺术家菲利普·奥托·朗格(Philipp Otto Runge)那里了解了这个故事和《杜松树》(The Juniper Tree),朗格当初写作时用的是波美拉尼亚方言。不过,格林兄弟进一步扩展了朗格的原型。[15] 在这样一个方言的世界里,用来描写城堡和王座之金碧辉煌的词语显得格格不入却又极具艺术效果。随着渔夫的妻子获得越来越大的权力和越来越多的财产,我们也见到了一本名副其实的奢侈品词典。但是,哪一位说这种方言的人见过男爵、伯爵和公爵呢?哪位又曾亲手拿过钻石和石榴石呢?又有哪位体验过权杖或王权宝球带来的统治感呢?当渔夫的妻子完成最后一次变身时,她用刺耳的方言说"Ja, ic bün Paabst"(在标准德语中则是"Ja, Ich bin Papst",意思是"是的,我就是教皇")。在此处,我们看到格林兄弟的语言学被用来表达尖锐的嘲讽。在这个故事中,语言像匹脱缰的野马,人被置于与其不相称的社会地位,也被带入与自己格格不入的语言世界。原本生活在乡野中的家庭或许会离开森林投奔城镇,渔夫的妻子或许会飞黄腾达,但是,一旦他们开口说话,便暴露了自己的真实身份。

同样,像这样的方言故事的语言学意义并不局限于当时当地。它们将我们带回到一个古老的语言年代,在那儿,格林兄弟及其同辈想象着古老的语言表达形式。从某种程度上来说,这是日耳曼语言的童年。雅各布·格林在1851年于柏林科学院发表的演讲《语言的起源》("On the Origin of Language")中,形象地说明了语言历史与人类发展之间的联系。他说，语言的第一阶段是"秧苗阶段"，它看上去"简单、朴素、生机勃勃，就像年轻躯体中的血液"。他还继续说道：

> 所有的词语都是短促的、单音节的，几乎都由简短的元音和辅音组成。它们聚集起来，就像草叶一样厚、一样锋利。所有概念都源自一种感性观点，这种感性观点本身就是一个不断涌现新鲜想法的观念。词汇和思想的关系显得天真而又新奇，而接下来仍旧杂乱无章的词语则使其质朴无华。[16]

这些话体现出某种语言本身的童年。而童话中的语言——尤其是像《渔夫和他的妻子》这类故事中的方言——旨在让人想起儿童的说话方式及读者的童年往事。举个例子，当威廉·格林将出版的《儿童与家庭童话集》送给他的一位资料调查者后，她回复道："阅读这些故事时，我想起了一些自童年之后便失落的事。"[17]

格林童话并非用真正的孩童语言写就，其用意并不在于让读者联想起孩子说话时的声音。相反，格林兄弟将民间故事、个人回忆和大量传统的文学童话（从 17 世纪 90 年代的夏尔·佩罗的故事到 19 世纪早期克莱门斯·布伦塔诺[Clemans Brentano]的作品）汇编成书，以此来创建一种与他们想象中的早期语言相近的文学语言。试比较雅各布·格林对语言演化所做的有机比喻——秧苗、血液、草叶——与他的资料调查者所写信件中的想象："它让我们所有人都想起了缥缈的童年，想起了独一无二的个体的生命力，它从根处迸发，一直延伸到一切最为柔软的枝条中。"[18]

童话不仅带我们回到童年的想象中，也带我们回到语言和社会的童年时代。它们还可能将我们带回叙述者的童年，而在所有寓言家中，汉斯·克里斯蒂安·安徒生无疑是描绘最为清晰的一个。安

217

徒生并不是语言学家，但是他时刻记得自己生活在一个有自己语言的欧洲小国，同时也对自己当地的方言十分敏感。他的许多童话反映出他对语言非常痴迷——人们往往通过一个人对语言和发音的掌握情况来对其做出评判。[19]

关于安徒生的一生，传说比事实更多。格林兄弟的创作以语言学实践和历史观念为基础，与此不同的是，安徒生根据自己的生活经历创作童话故事。小安徒生在一户勉强维持温饱的农村家庭长大，他不善言辞、笨手笨脚，一直期盼获得他人的注意。但是他家里从来不缺书。安徒生声称，从他出生那日起，父亲就坐在产床边为他朗读霍尔堡的作品。父亲的工作台上方是一个书架，上面放满了书，他最喜欢的是"戏剧和故事……历史书和《圣经》"。父亲去世、母亲改嫁后，安徒生获得了一定的文学赞助。在自传《我的童话人生》中，他写道："我对阅读的热情，我牢记在心的无数戏剧场景，还有我美妙的嗓音，引起了欧登塞当地几户较有影响力的家庭对我的关注。"其中有一位上校将安徒生引荐给了克里斯蒂安王子（他后来成了丹麦国王）。"如果王子问你的爱好是什么，"上校说，"回答他你最大的梦想是上文法学校。"[20] 这多么像童话故事：年轻的男孩和王子，备受爱戴却早逝的父亲，用表演、背诵换得新生活的需要。

这便是《夜莺》的故事原型，该作品于 1843 年首次在《童话集》中发表。中国皇帝从旅行者那里了解到有一只神奇的夜莺。那些旅行者听过夜莺唱歌，还写了相关的书。"这些书在全世界流传，有几本居然传到了中国皇帝手里。他坐在自己的金椅子上，读了又读。"他让臣子去寻找这只夜莺，但没有人能找到它。"陛下请不要相信书上所写的东西。这些东西大都是无稽之谈，也就是所谓'胡说八道'罢了。""不过我读过的那本书，"皇帝说，"是日本那位威武的皇帝送来的，因此绝不可能是捏造的。"它确实不是捏造的，这只鸟终于被找到了，它被召到宫殿，奉命为皇帝唱歌。但是不久之后，皇帝收218到了另一样礼物，包装上写着"夜莺"二字。一开始，他以为这又是一本书，但是打开后他发现里面是一只人造鸟。这个机械玩具的歌声就像真正的夜莺一样动听，甚至比真的那只夜莺的歌声更美妙，于是真正的夜莺被驱逐出了王宫。不幸的是，这台机器很快就坏了，而没有人能够修好它。最后，真正的夜莺回到临死的皇帝身边，为他唱了一首歌。皇帝后来被他的儿子救活[①]，并允许夜莺自由出入王宫。[21]

　　读者一直认为这个故事是最符合安徒生自身经历的故事之一。它将人工机械和艺术才能对比，将赞助和表演并置，以此为天才争取独立。就像他写的许多其他故事，比如《丑小鸭》《皇帝的新装》《海的女儿》，《夜莺》说的也是外表并不总能体现内在的艺术美德。伟大之物或许深藏于丑陋的包装中，而有些美丽只流于肤浅的表面。然而，我认为这些故事不仅是作者的自传，也是语言学故事：有关读书识字和社会力量的故事，有关理解语言及其根源的故事，有关在公共场合的赘语中寻找准确用语的故事。文字就像丑小鸭，在历史语言学者的心中，它们从芜杂中脱胎换骨，成为形式规则的美丽之物。

　　随着 19 世纪的发展进步，有关育儿室和家庭、森林和宫殿的童话在学术界有了自己的理想位置。语言学家成了社会生活的裁决者。语言和词典学的学者主导大学和学院，决定文学品位，甚至为政府提供建议。下面的例子很能说明这一点：刘易斯·卡罗尔著名的"爱丽丝"系列故事是写给亨利·乔治·利德尔的女儿爱丽丝·利德尔的，而亨利·乔治·利德尔是当时牛津大学基督教会学院的院长，也是至今最权威的古希腊语词典的作者之一。还有《牛津英语词典》

---

　　① 这里作者应该是误记了，原著中是夜莺的歌声感动了死神，皇帝才活过来的。——译者注

的主编詹姆斯·A. H. 默里爵士,他常常打扮成巫师的模样。他穿着古老的长袍,戴着老式的学院帽,留着长长的白胡子,举手投足都像《圣经》中的人物。甚至在当时,他也像是一个从童话世界里走出来的人物,而不是一名普通教授。他的孙女回忆说,在万圣节,默里会藏在树丛后面,"当孩子们骑着扫帚绕着房子跑的时候,他就会跳出来吓唬他们。宾客们会被带到育儿室,朝火中扔血竭。他们看到摇摆木马后面升起一个用绳子操控的鬼影时,果不其然都会吓一大跳。这时,詹姆斯便会讲述他著名的鬼故事,作为当晚的压轴戏"。[22]

219      这间维多利亚晚期育儿室中的鬼影,与当时流行将童话与幻想故事相混合有很大关系。森林和宫殿(格林兄弟和安徒生惯用的地点)让位于更诡异的场所。在某种程度上,维多利亚晚期对童话故事和鬼故事的关注反映了社会品味的变化:人们开始着迷于超自然现象,这是在对维多利亚女王似乎无止境的哀悼中应运而生的新文化潮流;人们也开始营造特殊节日(尤其是圣诞节和万圣节)的节日气氛,维护讲述故事和进行表演的社会风俗。[23]在本书的后半部分,我会对这种着迷的态度做出更详细的解释,我现在更关注的是那些表演者,而非表演的主题。默里(学者、语言的巫师)在摇摆木马旁手

220   舞足蹈,给他的亲戚讲故事,这样的场景充分展现了 19 世纪儿童文学的新发展。如今,书籍到处都是;它们是通往另一个迥然不同的世界——并非森林中的空旷地或海中的旋涡——的传送门。

    当然,在某种程度上,这种学究气也源自这些古老故事流传至今的方式。或许在这些媒介中,最具影响力的是安德鲁·朗(Andrew Lang)的作品。他的 12 本《彩色童话集》(*Fairy Books*,每一本都以不同的颜色命名)在 1889—1910 年出版,在书中,朗将格林兄弟和安徒生的故事本土化。朗承认他没有创造任何新事物,也没有采用当时的民间故事写作方法,只是单纯地从已出版的书中

　　扮成巫师的语言学家(詹姆斯·A.H.默里爵
士,《牛津英语词典》的编辑,1910年前后)

选材。这些童话故事被朗重新编写,并由亨利·J. 福特配画,因此带有浓浓的维多利亚晚期(有人甚至说是拉斐尔前派)风格。它们着眼于过去的神秘故事,塑造了一个有磨坊主、伐木工、王子和公主的伪中世纪世界。比如说,将头探向磨坊主女儿的放有纺车的房间的侏儒怪,在这套书里像极了我们熟悉的地精——他戴着尖尖的帽子,留着尖尖的胡须。[24]

朗的作品和他本人都对 19 世纪后期的儿童文学作家产生了深远影响,其中一位便是肯尼斯·格雷厄姆。虽然格雷厄姆在今天以《柳林风声》闻名,但他的文学事业起步于《黄面志》(*The Yellow Book*,它是 19 世纪 90 年代颓废与美好的奇迹产物,插画由著名的奥布里·比亚兹莱创作)形成的文化圈子。许多格雷厄姆的早期故事,体现了受这套书及朗的童话书影响的美学概念与奇幻景象。[25] 其中最好的是 1898 年首次出版的《懒龙的故事》("The Reluctant Dragon")。它以引人入胜的冒险故事为背景,本质上是一个关于语言的故事:没受过教育的平民所说的方言,关于男孩的书本知识,圣乔治的社交口才和龙的文学抱负。这是一个关于阅读而非行动的故事,是一个适合文法学校而非操场的故事。

故事中的男孩"大部分时间都在埋头苦读"。当他的父亲在城外发现一条龙时,他从书本中学到的知识终于有了用武之地。男孩十分了解龙,因为他在"自然历史和童话中"读到过。他的母亲是这样说的:"他对书中的怪兽了如指掌。"这条龙同样也是书中的生物,但它并非过去童话冒险中的那种恶兽,而是来自于当下的书本知识。这是一条有诗意的龙,他懒懒地坐着,创作诗歌和散文。他为男孩写了一首"很像十四行诗的诗"(但男孩拒绝听他读诗)。他还为人纠正语法。他和圣乔治商定假装打一场。这是一条有校长派头的龙,他觉得文法错误比要枪弄刀更算得上是暴力:

侏儒怪（选自安德鲁·朗的《蓝色童话》
[伦敦：朗文－格林出版社,1889年],斯坦福大
学图书馆）

　　"别这么粗暴,孩子,"他目不转睛地说,"坐下来,调整你的呼吸,试着回忆。记住,是名词主导动词,这样你或许就能正确地告诉我谁要来了。"

　　真正的战斗是口才之间的争斗:圣乔治擅长公共演讲,而龙则坚持"对群众有益的跳跃表演"。当人群中的一个人问圣乔治,他是否会处决龙时,我们看到圣人真正的力量并非来自武器,而是来自语言:

222

　　　　"你要把它的头砍掉吗,大人?"热烈的人群中有一个人这样问道……

　　　　"我想,今天不会,"圣乔治喜气洋洋地回答,"你瞧,任何时候都可以砍,完全不必着急。我想我们最好一起去村庄,吃点点心,然后我和他好好谈谈,你会发现他完全变了一条龙。"

　　　　当圣人说出点心这个魔力词语后,所有人整整齐齐地排好队,静静等候出发的信号。[26]

　　这个故事的神奇之处在于词语的魔力,好像单单一个名词就能像魔法一样使人们行动起来。对圣乔治来说,要让一个怪物顺从社会,靠的并不是英雄式的战斗,而是像校长一样跟它"好好谈谈"。

　　最后,这成了一个关于演讲和表演、图书和歌曲的童话。这是一个为一代从书本中获取知识的年轻人写的故事,汉斯·克里斯蒂安·安徒生预见了这代人的梦想,他回想起面见王子的那次际遇,告诉他自己最大的梦想就是上文法学校。这个故事也是写给在书中而非森林中见到野兽的那一代人的。

那一代人会在 E. 内斯比特（E. Nesbit）的《野兽之书》（"The Book of Beasts"）中发现野兽，这是她 1900 年的《龙之书》（*Book of Dragons*）中的一个小故事。小莱昂内尔（Little Lionel）因为要继承王位而被带出了育儿室。他在宫殿里安顿下来后——喝过了茶，吃过了蛋糕、吐司和果酱——便转向他从前的保姆，说："我想要看书。"于是，他跑向皇家图书馆，对那里所有的书都感到震惊，渴望阅读每一本书。但是首相说他不应该这么做。因为老国王是一个巫师，他的书带有魔法。因此，当莱昂内尔迫不及待地翻开《野兽之书》时，他发现里面的动物奇迹般地活了。画中的蝴蝶从书页里飞出来。天堂鸟扇着翅膀离开了。那个夜晚，莱昂内尔偷偷摸摸地回到图书馆，打开那书，翻到讲龙的那一页。正如他所料，龙飞了出来，藏在树林中。莱昂内尔遭到了保姆和首相的责备，于是制定了一条法律："禁止人们在学校或其他任何地方翻开书本。"但他当然还是破坏了规矩，接下来的故事重点描写其他野兽：人头狮身蝎尾兽和骏鹰。它们也逃脱书本，追踪那条龙，最后（在莱昂内尔的帮助下）将龙带回了所在的书页中。莱昂内尔问骏鹰想住在哪里，骏鹰却请求回到书页里。他说道："我并不喜欢抛头露面。"[27]

格雷厄姆和内斯比特的故事，反映了维多利亚时代晚期人们日益关注作为一种生活方式的学术和阅读。书中的神秘生物不可逃脱，因为书籍就像森林一样，是珍奇之物的栖息地。于是，书籍成了童话世界的承载者，每次翻开书本，都像是打开了一扇通往黑暗世界的大门。在"哈利·波特"系列故事里的《妖怪们的妖怪书》中，我们怎么可能看不到内斯比特的作品的影子？在与龙的挑战赛中，我们怎么可能看不到格雷厄姆的特点？对于阿不思·邓布利多这位语言巫师和詹姆斯·A. H. 默里，我们怎么会看不出二人的相似之处？当我们想象着方言和梦想、个人成长和语言变化时，想象着

223

校长督促学生和抄写员穿过杳无人迹的森林的场面时,童话语言学的遗赠便潜藏其中。

对 J. R. R. 托尔金而言,在投身中土世界之前很久,他就清理了语言学的丛林,确保其研究对学生的安全。[28] 作为利兹大学的一名年轻教授,他渴望回到牛津取得盎格鲁-撒克逊研究的教席。因此,他在 1925 年申请该职位时,这样总结他在外郡大学的经历:"在有大概 60 人的学院里……我与 5 位犹豫不决的先驱设立了新课程。"托尔金还写道,他使学生的数量增加了,新添了几门中世纪课程,包括古英语和中古英语、中世纪威尔士语和冰岛语。"事实上,语言学对于学生来说,看来已经摆脱了曾经的令人生畏的意味——甚至是神秘意味。"[29] 就像詹姆斯·A. H. 默里一样,托尔金也将语言学家想象成先驱。如果说这位辞典编撰者在森林里开辟了一条小径,那么这位教授则驱散了课堂上的恐惧心理。

托尔金一直以来都被视为童话语言学的典范人物。他在《魔戒》中创造的精灵语,让人联想起古诺尔斯语诗歌和古英语咒语。他写的文学评论,尤其是 1936 年那篇在语言学领域举足轻重的论文《贝奥武夫:怪物及评论》("Beowulf: The Monsters and the Critics"),奠定了盎格鲁-撒克逊研究关注怪物研究的基础——就好像《贝奥武夫》神化了童话中的想象力。托尔金在他的论文《论童话故事》("On Fairy Stories")中声称,正是语言学最初促使他涉足这一领域。"当然,我不否认我深深地沉迷于解开'童话之树'上缠扭分叉的历史之枝。这与语言学家对研究错综复杂的语言密切相关,而我只了解其中的一小部分。"[30] 这幅画面让我们想起了 19 世纪关于语言学、科学以及梦想的比喻:语言之树,就像是生物进化之树;而"文字之网",让詹姆斯·A. H. 默里坠入其中。在此处,对知识的追求成为一个迷你版的童话:在这一故事中,戈尔迪之结只能被谜语大师解开；或者可以说，这是一个有关《魔戒》中树人名字来源的故事，树人的枝节和树枝载着小霍比特人从森林走向战场。

在这样的时刻，我们看到托尔金的论文的确像一直以来人们看待的那样，是一部为作家而写的宣言，一部解读《霍比特人》和《魔戒》美学的指导书。但其意义不限于此。《论童话故事》更像是一份为读者，而非作者写的档案。它回顾了从佩罗、格林兄弟到托尔金时代的童话的经典和历史。它反驳了《牛津英语词典》对童话的定义，托尔金在论文中解释了编辑们怎样错误地引用了一个重要的中世纪资料（一行出自约翰·高尔的诗句），还指出，他们对 "fairies" 的解读仅仅为童话的读者们提供了一段相当狭隘的文学史。①

但是，托尔金的论文也阐释了我在此想要追溯的童话语言学的发展架构：对拥有属于自己的精彩历史的文字本身的关注，对与这个世界建立文学联系的需求，对语言本身拥有童年阶段的认识，还有如同巫师般的学者形象。

论文中最能说明问题的一处便是托尔金对格林童话《杜松树》（"The Juniper Tree"）的评论：

　　首先，它们［即童话故事］对现代人来说是古老的，而有历史感的事物自身便带有魅力。《杜松树》中的美和恐怖，它高雅而沉郁的开头，让人恶心的人肉汤，阴森的白骨，以及从树林间的雾气中飞出的、快乐却一心想报复的鸟魂，从童年起就给我留

_____

　　①　据托尔金论文，《牛津英语词典》为 "fairy tale" 列出了三条定义：a. 有关 fairies 的故事，或一般的 fairies 传说；b. 不真实或让人难以置信的故事；c. 谎言。托尔金认为后两点与论题无关，而第一点中的 fairy，词典定义为超自然存在的小型生命，通常具有魔法力量，能够影响人的好坏运势。托尔金认为，这个定义失之过窄，不够日常使用。——译者注

下了深刻的印象。然而,这个故事中让我念念不忘的并非美或恐怖,而是距离和时间的深渊,即使是用 twe tusend Johr 也无法测量。[31]

我认为这是一段十分值得深究的话,比起托尔金对童话本身的研究,它更体现了故事对小托尔金所产生的影响。童话故事将他带回了童年(就像我之前提到的,许多童话曾将格林兄弟的资料提供者带回他们的童年)。它让人想起,在读过现代格林童话的美化版本后,再回到其原版时所看到的东西:深深的恐怖、阴森、悲剧氛围以及黑暗的信仰与习惯。这是一个小男孩被继母砍头的故事——继母随后为了掩盖罪行又嫁祸于他的妹妹。继母还将男孩分尸,做成汤菜后给男孩的父亲吃,而妹妹则把骨头埋在了树下。杜松树上的一只小鸟唱出一首诗歌,揭发继母的恶行;之后,小鸟收到一系列物品,每一样物品都会对故事情节和角色产生影响。最后,继母被杀死,男孩复活,父亲、儿子和女儿团聚在一起共享晚餐。

这个故事之所以让托尔金着迷,不仅是因为其中的阴森氛围,更是由于那棵树,一棵拥有魔力和生命力的树:"树枝分开又合拢,就好像它们因为喜悦而拍手。"[32] 我们岂不能在其中看见高大的树人?我们岂不能在其中看见古代北欧神话中巨大的世界之树——从地狱一直跨越到中土世界,就像托尔金为同事 E. V. 戈登(E. V. Gordon)所著的教科书《古诺尔斯语入门》(*An Introduction to Old Norse*)而画的那棵树?[33] 我们岂不能由这棵树想到"童话之树"的模样,在那棵树上,历史"分叉",生命由此展开?

故事中吸引托尔金的另一点是其中的方言。《杜松树》是格林兄弟以波美拉尼亚方言出版的两个童话故事之一(另一则是我之前讨论过的《渔夫和他的妻子》)。托尔金在他的概述中引用了德语原文,并且清楚地知道"twe tusend Johr"并非标准德语的"两千年"（应该是"zwei tausend Jahre"）。《杜松树》作为一个方言童话，成了语言学家的完美研究对象，对于像托尔金一样迷恋方言的学者而言更是如此。在写作中，托尔金会依据撒克逊、诺尔斯和凯尔特的古老方言创造新的词汇、短语、概念和俗语。就像托尔金所言，有历史感的事物自身便带有魅力，其魅力部分在于人们认识到词汇的历史就像一棵大树，而故事叙述者的工作和辞典编纂者的工作一样，是去探究深埋于过去的根，并在此过程中为世人讲述一个充满奇谈与乐趣的故事。

如果说，托尔金追溯了两千年之前方言的起源和大树幻想的古老历史，那么他也预示了现代更为人熟知的黑暗习惯。在《哈利·波特》中的斯内普身上，我们或许会看到这些欲望的痕迹：对黑暗艺术的迷恋更多是文学上的，而非黑魔法。托尔金对童话的评论是美学上的：评判一个故事中的美和力量；提醒人们注意童话如何教人欣赏美学价值（很明显，这是他从《杜松树》中看到的），而非如何传授美德。斯内普对他的魔药持相同态度。他在上课的第一天对霍格沃茨年轻的巫师们说的话，就是一堂如何鉴赏美的训诫课："我并不指望你们能真正领会那文火慢煨的大锅冒着白烟、飘出阵阵清香的美妙所在，你们不会真正懂得流入人们血管的液体，令人心驰神荡、意志迷离的那种神妙魔力……我可以教会你们怎样封装声望，酿造荣耀，甚至阻止死亡。"[1][34] 斯内普的目的是将美的艺术带给学生，并让他们认识到名声和命运背后真正的力量来自巫师。在之后的故事中，我们将看到，斯内普在凝视冥想盆时，也封装了自己的声望。他将心中的思想一缕一缕地抽出，就像托尔金和他的同事们解开搅在一起

---

[1]　引自苏农译《哈利·波特与魔法石》（人民文学出版社，2000年），第83页，有改动。——译者注

世界之树，　　　　　　　　桦树

拉塔托斯克
（松鼠）　　　　　　　　　雕

尼德霍格，　　　邪龙

尼福尔海姆，　　　冥界

世界桦树和北欧神话中的宇宙结构（来自 J. R. R. 托尔金。E. V. 戈登，《古诺尔斯语入门》，第二版[牛津：牛津大学出版社，1957 年]，第 197 页）

的语言之谜。我们继续读《哈利·波特》时，也会看到一些被童话语言赋予了生命的事物，比如：类似托尔金的"童话之树"的打人柳，带有格雷厄姆和内斯比特的特征的龙，仿佛来自格林动物园、向哈利打招呼的黑暗森林中的生物，从《杜松树》或《夜莺》中飞出的无所不知的鸟。同时，邓布利多（Dumbledore）也让我们不禁想起默里和《牛津英语词典》。在《牛津英语词典》中，"Dumbledore"是"大黄蜂"（bumblebee）的一个古老的方言词汇。比如在托尔金的一首诗中，一位"快乐的旅客……与一群大黄蜂（Dumbledores）展开战斗"。[35]

　　近来有评论家批评《哈利·波特》情怀俗套，情节转折和修辞过于平庸。但正是在这些看似普通之处，我发现古老语言学家的麦秆被纺成了黄金——不是因为作者，而是因为她笔下的角色。而在这一切的背后，一如在《侏儒怪》背后一样，始终萦绕着一个关于名字和起源的问题：我是谁？

# 第十一章 少女时期的剧院
## 女性小说中的家庭、梦想与表演

在《哈利·波特与阿兹卡班的囚徒》的结尾，小天狼星布莱克骑上哈利的鹰头马身有翼兽巴克比克飞向自由。布莱克从监狱里逃脱，被抓捕，被误解，最终得到营救并揭露了真相。几乎在整本书中，他都受益于赫敏的聪明才智。是赫敏弄清了事实真相，是她用智慧和学识破解密码，争得主动：她在整个"哈利·波特"系列中都是如此。然而，在小说的结尾，当布莱克面对无垠的天空，准备乘着巴克比克起飞时，他却转过头来对哈利说："我们会再见面的。你——不愧是你父亲的儿子，哈利。"[1] 但是，电影版的观众在这一幕会听到很不一样的一句话。在电影中，布莱克没有转向哈利，而是转向赫敏，称赞道："你真的是你这个年纪里最聪明的女巫。"

电影《阿兹卡班的囚徒》将男性之间交流情感的场面改编成了对女性大加赞赏的一幕。在此，女性成就的荣光代替了布莱克对父子亲缘的肯定，即他说的"你不愧是你父亲的儿子"。在这次改编中，电影将少女作为歌颂的对象。它让赫敏成了故事真正的主角：她是魔法舞台的经理，全权负责舞台上的换场、服装和监督。这部电影变成了女孩的电影，女性观众能在其中找到对她们的肯定。然而，赫敏的中心地位虽显而易见，原著小说讲述的仍是关于男人和男孩的故事：哈利寻找与他亡父之间的联系，他希望在布莱克或邓布利多身上找到父亲这一角色。

不过，通过把最后的焦点从男孩身上转移到女孩身上，这部电影也肯定了女性小说中一个几乎从其诞生之日起就存在的主题：女孩总是位于舞台之上；成为一名女性就意味着表演一出戏；当女孩逐渐长大，既要为讨好他人而刻意表现，又要在奉献家庭或学习中寻找内在的德行，这两者永远存在着一种对立关系。在所有哈利·波特的故事中，赫敏集合了三个世纪以来书本中的女孩形象。她时而是敢作敢为的青年，时而是严肃认真的学生，时而是笨拙痴情的恋人，时而是顽皮捣蛋的丫头，时而是含苞待放的少女——她把这些形象汇于一身。她人格的各个方面继承自下面所有人的特质：从珍妮·皮斯（出自萨拉·菲尔丁的《女教师》）到乔（出自奥尔科特的《小妇人》）、爱丽丝（出自卡罗尔的《爱丽丝漫游奇境记》），再到其他所有女孩指导书中的人物，或者"新女性"，或一直延续至 20 世纪后期的通俗小说中那些敢于冒险或勤奋好学的女性。赫敏的形象既归功于《女孩报》①，也归功于格顿学院②；既受益于《小好人"两只鞋"》，也受益于"南希·德鲁"系列侦探书③。

　　儿童文学的学者对这一继承做了深入研究。[2] 他们明确了作家是如何影响社会对女性身份的看法的，探索了女性身体在校园故事和童话中的特殊形象。他们详细叙述了 19 世纪中期以来，为上层阶级、中产阶级和工人阶级的年轻女孩提供娱乐的流行期刊和杂志的读者。有些书一开始并非为年轻读者所作，但在经过改编后成为女孩想象力的养分，对此，他们也做出了解释。比如塞缪尔·理查森的《帕梅拉》，就在 1756 年出了精简的儿童版。就像笛福《鲁滨孙漂流

①　《女孩报》（*The Girl's Own Paper*），是英国专为女性出版的故事报，发行时间为 1880—1956 年。——译者注
②　剑桥大学格顿学院是英国第一所女子寄宿制学院。——译者注
③　书中的南希·德鲁是个机智的女侦探。——译者注

记》的通俗读物一样,《帕梅拉》的缩编版为性别意识较强的一代人提供了社会幻想故事和道德指导。

在这份丰厚的文学和学术遗产的基础上,我想重点关注表演的问题。女孩似乎总是在舞台上。在某种程度上,她们的外貌和谈吐要比男孩重要得多。的确,我已经讲述了很多男孩的表演生活:他们在学校里的行为举止,在冒险故事中的措辞和服饰,从查斯特菲尔德勋爵到贝登堡这些顾问对保养身体的建议。但是,女孩不同,少女时期不同。与男孩相比,女孩在我被称为"专注性"( absorption )与"剧场性"( theatricality )的两种状态之间(这里我套用了艺术史家迈克尔·弗雷德 [Michael Fried] 的用词),存在着更加尖锐的对立。[3] 专注性在此处意为一个人无视观众。独自看书、抚养孩子、照料父母和牵着爱人的手,还有许多其他的行为,都可以被认为是专注性的。在表现这些行为的图像中,人物的脸庞从不直接面对我们的凝视,她们的眼睛微微低垂,而非直视。相反,剧场性指的是一个人为观众表演。她们往往以正面示人,摆出夸张的姿势,表现历史上的战争场面或戏剧表演那种做作的姿态——这些行为和专注性大不相同。

我将这两个术语用作研究女孩书籍的轴线。因为它们展现了许多女性虚构作品内在的问题。女孩应该追求公共生活还是私人生活?她是否应将梦想置于义务之上?她应该如何躲开褒奖的引诱,在称心的工作或一点一滴的奉献中找到真正的满足?在关于年轻女性的文学史上,不同的阶段有不同的侧重点。在不同的阶段,根据侧重点的不同,用来判定哪些作者和作品值得认可或有价值的标准也不一样。菲尔丁、奥尔科特、伯内特、L. M. 蒙哥马利的作品如今已是历史经典,它们不仅是女孩的读物,也可看成是关于女性作者身份的故事。作为一名女性作家意味着什么?是否主要意味着专为女性读者写作?渴望成为一名作家或艺术家是不是意味着对剧场性投降——将自己搬上迎合公众口味的舞台以得到更高的曝光率？对这样的问题，我们不能不了了之。《哈利·波特》中的赫敏促使我们提出这些问题。E. B. 怀特也提醒我们这么做，我会以我对《夏洛的网》及女主人公蜘蛛的看法结束本章。其中，蜘蛛和许多我在此书中讨论的女性形象一样，不仅专注于书写，也帮助她那位小猪朋友站上了成功的舞台。

女孩不仅存在于社交历史中，也存在于童话和寓言中。在《伊索寓言》里，女孩通常作为性欲或嘲笑的对象出现。那些有关父母和女儿的寓言都含有一丝不正当的色情意味。其中有一个故事，讲一位父亲爱上了自己的女儿（佩里索引 379）。[4] 在另一篇故事中，一位父亲有两个孩子，一个丑陋的女孩和一个英俊的男孩（佩里索引 499）。女孩讨厌男孩洋洋得意的模样，于是诬告他"触碰了女性特有之处"。还有一则关于一对母女的故事。母亲斥责女儿"没有理智"，有一天女儿看到一个农民在和他的驴性交（佩里索引 386）。女孩问他在做什么，他说："我正在给她理智。"然后，女孩说，那你是不是也能给我理智？当然，接下来发生的事让人啼笑皆非。在《伊索寓言》中，很少有哪位年轻女子拥有像男子那样的美德或社会技能。男孩们从寓言中学到教训，女孩们似乎什么也学不到。

这类故事和之后衍生出来的其他版本，不是将女孩刻画成危险人物，就是使她们处于危险之中：要么是性侵犯者，要么容易受到性的伤害。女孩的身体成了寓言和童话的主题。在《格林童话》中，女孩常常是在生理上不同于男孩的生物，她们与自然和社会的关系大有不同。《小红帽》就是一个关于女孩柔弱身体的故事——事实上，在格林兄弟之前的早期版本中，它是一个关于卫生和身体界限的故事。民俗研究者复原了其中的一个版本。在这一版本中，女孩躺到狼人床上，此时她的奶奶已经被狼人杀死了。女孩抱怨"内急得厉

231

害"，狼人不耐烦地说："在床上解决吧，我的孩子！"女孩不想把床弄脏，于是走到外面，但是腿上拴着一条绳。即使是这样，她还是逃脱了。在这个版本中，基本的卫生需求带来了新的社会礼仪。女孩和野兽的区别在于她知道不能在床上如厕。在之后的改编版中，我们看到身体界限交叉错杂：狼吃了奶奶，樵夫剖开了狼的身体，小红帽本身可能和经血有关。这个故事充满影射：对暴力的恐惧以及礼仪与欲望之间小心谨慎的平衡。[5]

童话中的女孩往往出现在森林里，与男孩很不同。男孩是探险家、伐木工、开路者或指挥者，女孩则不是迷路就是受到威胁。当然，葛雷特是一个特例，她在鸟吃掉了韩塞尔的面包屑小路、女巫把韩塞尔囚禁起来后，成功找到了救出自己和哥哥的方案。葛雷特先发制人，把女巫关在烤箱里，并带着哥哥坐到鸭子的背上渡河而去。但即使在这一故事里，当葛雷特意志消沉的时候，她也想到了跟小红帽一样的结局。"要是我们被森林里的野兽吃了就好了，"她这样对韩塞尔说，"那样我们至少还能死在一起！"[6]

女孩的身体就好像是童话幻想中的森林：某种黑暗且神秘的物质，某种需要管理、清除和净化的事物。树木尚有樵夫来砍倒，谁来清理女性形象中的黑暗？我们似乎能理解，在传说和童话为女孩的起源定型了几个世纪后，西格蒙德·弗洛伊德仍旧恼怒地说："我们对小女孩性生活的了解远少于对小男孩的。不过我们并不需要对这种差异感到愧疚。毕竟，连成年女人的性生活都是心理学中的一片'黑暗的大陆'。"[7]弗洛伊德在此处总结了探险和神话传说所带来的影响。他将我们带回到19世纪表现男性征服力量的幻想：H. 莱特·哈葛德在非洲的奇遇，以及他对示巴女王峰的描绘。但同时，他也将我们带回格林兄弟及其祖先的世界，带回将小女孩的性生活转变为画像和幻想的过程中。

从弗洛伊德开始，家庭史研究学者对未成年女性的性生活和社会生活做了许多探究。最近的研究表明，女孩在家庭中的地位比我们之前想象的要高很多。在古希腊和古罗马，她们能够接受教育。在中世纪和文艺复兴时期的欧洲，她们可以继承土地和财产。现代之前和早期现代的欧洲对"少女时期"这一概念的界定是值得商榷的，因为女孩常常在15岁左右就嫁人，20岁左右就成了母亲。只有到18世纪中期，女孩才开始去学校，才开始拥有除父母和未来丈夫之外的自由生活，至少在文学作品中是这样的。到了19世纪，女孩的社会地位和身体状况都发生了变化。[8]根据社会历史学家的记录，女孩月经初潮的年龄降低了，这很有可能是因为食物质量和卫生条件的提高。相反，女孩婚嫁的年龄则提高了（到了20世纪初期，在英国，女性平均结婚年龄是25岁）。[9]年轻女人开始上学、上班、旅游、阅读和写作。到维多利亚时代晚期，几乎所有人都承认，与之前的时代相比，女性已发生了翻天覆地的变化。

这样的变化导致人们对少女时期有了全新的社会认识。虽然在英文中，"girl"一词从中世纪就开始使用，女性成长过程中的不同阶段也很早就被划分出来，但是直到维多利亚时代中期，少女时期（girlhood）才作为表示一个人生阶段的专门概念出现（《牛津英语词典》将"girlhood"首次出现的时间认定为1785年，但是直到1831年，这个词才再次出现）。在对英国19世纪晚期和20世纪早期"新女孩"的研究中，萨莉·米切尔（Sally Mitchell）发现了建议类书籍的变化："在19世纪60年代，建议类书籍的书名通常类似于《自我帮助的小窍门：一本写给年轻女性的书》（*Hints on Self Help: A Book for Young Women*，杰西·布舍雷 [Jessie Boucherett]，1836），20年之后，虽然此类书籍面向的读者群体几乎没变，但是人们会在书名中使用新的词语：《英国女孩：她们的地位和力量》（*English Girls: Their*

*Place and Power*,伊莎贝尔·里尼 [Isabel Reany],1879）、《女孩能做什么》（*What Girls Can Do*,菲利斯·布朗 [Phillis Browne],1880），或《拿我们的女孩怎么办》（*What to Do with Our Girls*,亚瑟·塔尔博特·范德比尔特 [Arthur Talbot Vanderbilt],1884）。"[10] 我赞同米切尔的说法，"女孩"和"少女时期"这两个词既是"时间或法律上的概念"，也代表一种心理状态。但是我认为这两个词的起源比她所说的时期更早，而且其发源地也不同。我认为，第一部为处于少女时期的读者而创作的文学作品（不单单是建议书）是玛丽·考登·克拉克的《莎剧女主角的少女时期》。该书最初于 1851—1852 年出版，在整个 19 世纪和 20 世纪早期被频繁地重印。[11]

克拉克是当时著名的莎士比亚风格作家，她的丈夫是一名文学学者。她致力于为青少年和成年读者创作莎士比亚戏剧的前传。克拉克追溯了罗莎琳德、奥菲利亚、朱丽叶和十多个其他女性角色的早期生活（当然，完全是凭空想象出来的），试图解释她们在剧中人生鼎盛时期的所作所为，及其背后的动机。在这一过程中，她其实写下了一系列维多利亚风格的短篇小说，这些作品融汇了几十年来主导青年文学的富于冒险和忠告的趣味。她笔下的女主角有时会开启一段和莎士比亚笔下的人物不同的生活。其中有些在父亲或朋友那儿受了委屈，有些则实现了幻想中的生活。

不过，由于笔下的主角都是戏剧人物，克拉克也将这些女孩的生活写得十分戏剧化。她的女主角永远都在个人生活的需求与公共生活的诱惑之间寻找平衡点。《莎剧女主角的少女时期》呈现了专注性和剧场性的讨论。在这个过程中，克拉克的短篇小说表明，在维多利亚时代中期，人们将少女时期视为表演和控制的阶段。

这些故事中最有表现力的可能就是《奥菲利亚：埃尔西诺的玫瑰》（"Ophelia: The Rose of Elsinore"）。它的开场很生动，是一段以新生儿的视角对奥菲利亚的婴儿房进行的细致描写，就好像这是舞台上的布景。

　　婴儿躺在看护者的膝头。透过这双睁大的眼睛，这个世界给她留下了怎样的印象？这双眼睛充满好奇地观察着周围，就好像这个新世界的奇景让她应接不暇，只恨自己没能更早地睁开双眼。这个孩子看见自己躺在一间宽敞的房间里，里面的装饰富丽堂皇，只有生活在那个更加粗野的年代里的人才能拥有这样的财富和气派。窗前挂着由昂贵的面料制成的厚重帘子，将北方凛冽的空气和寒冷的雾气阻挡在外面。房间里的家具由稀有木材打造而成，具有当时最高的制作工艺和设计趣味。壁炉中的薪架上堆着杉树木块，在炉中熊熊燃烧，这些薪架是最经典的款式，炉壁两边的材料几乎和银一样贵重。

（p.161）

　　婴儿奥菲利亚无时无刻不在观察，时刻不停地转动着眼睛，观察宫廷生活的景象。她天生喜爱观察。"她和那些焦躁不安的孩子完全不同。他们从睡梦中醒来后做的第一件事就是大喊大叫。相反，她安静地躺在那里，一动不动，过了一会儿才轻轻地扶着摇篮侧面坐起来，揉揉眼睛，向外面望去。她看到了一幅不同寻常的景象。"（pp.167-68）在孩提时代，她就是一个专注性的人，在摇篮车里、在看护人的膝头、在大人的怀里，将眼前的每一处细节都牢牢记住。随着慢慢长大，除了成为一名观看者之外，她还成了一位倾听者。她的义姐尤塔（Jutha）"为她讲离奇的故事，为她唱古老的歌谣"（p.175）。尤塔讲述了"一名公主被父王关在高塔里的传说"，还有"邪恶的仆人"背叛国王的故事（p.177）。奥菲利亚被这些故事深深吸引。类似的传说还有很多。她见到了可怕的"傻小子"乌尔夫（Ulf），他的恶行在她眼里尤其可怖。在她看来，乌尔夫就像恶魔一样，他蹲在那儿，"把两只耳垂扯到下巴下面，把下嘴唇向下拉，整个外翻出来，直到它完全抻平展开，露出腐烂的牙龈和乌黄的牙齿：一些是平的，像墓碑；另一些又长、又细、又尖，像是狗的獠牙"（p.191）。

　　比起童话里的怪物，此处的乌尔夫似乎更像幼年的卡利班，是一个根据维多利亚时代中期莎士比亚戏剧中的戏服和剧情而刻画出来的恶魔。在故事的结尾，奥菲利亚发了高烧，她看见了其他戏剧性的可怕幻象：关于死去的国王哈姆雷特的噩梦，有关她过世的义姐尤塔的幽灵，以及其他不属于人间的生物。"接着我看见一个幽灵向我走来，我看不见她的脸，认不出她是谁。她穿着白衣，身上挂满了野草和野花。在这些花草之中，还伸出许多秸秆，被阴影罩住的手似乎充满厌恶地要把它们一一拔除。"（p.224）这是那个长大后发了疯，被哈姆雷特厌弃，然后自溺而亡的女孩吗？"我看到她漂浮在[水]面上，缓缓滑行；我看得不太真切，因为中间隔着长有银色树叶的垂柳枝，柳枝在她周围摇摆，她飘散的白色衣物使柳条在空中腾起。"这可以看作她后来在剧中死去的古怪预示。但是光从此处看来，它更像是独特的维多利亚时代的死亡意象，夏洛特夫人（Lady of Shalott）和莎士比亚笔下的奥菲利亚，通过一种类似拉斐尔前派式画面的感性调和，而形成的奇特结合体（约翰·密莱斯[John Millais]在1851年创作了一副奥菲利亚的画像，我发现这幅画所呈现的画面和克拉克的文字描述惊人地相似）。

235　　对年轻女孩来说，这可能是让人匪夷所思的画面，但是克拉克所要传达的道理非常明确：女孩在他人的关注中长大，她们永远位于舞台之上。在家里或森林的深处，埋伏着令人恐惧的生物。但是比这些更恐怖的是孩子的幻想。奥菲利亚在发烧时产生的幻觉是艺术和戏剧的产物。它们是克拉克那个年代的美学塑造出来的景象，同时是那些长大后选错男人、走错生活方向的女孩的可怕未来。还有疯狂，无论是哈姆雷特的疯狂还是奥菲利亚的疯狂，都极具戏剧性。

克拉克笔下的奥菲利亚是典型的维多利亚时代的人物。这个时代结合了拉斐尔前派的画意和丁尼生式的神话创作，对整个19世纪的文学都产生了影响——或许，L. M. 蒙哥马利的《绿山墙的安妮》是最能够全面体现这一点的童书。[12] 这本书1908年才出版，但它的确见证了早期的文学史。它带有莎士比亚、丁尼生、沃尔特·司各特以及浪漫主义者的影子，里面还有大量戏剧表演的场景。安妮似乎一直是别人观察的对象，一直是所有人注意力的中心，无论是去新学校的第一天，还是在接受别人的挑战走屋脊的时刻。有一次，她甚至产生了表演丁尼生《兰斯洛特与伊莱恩》（*Lancelot and Elaine*）选段的想法，这部剧的创作手法，让人联想起克拉克笔下奥菲利亚令人惊骇的幻觉及她对死后世界的描绘。安妮提出要找一条平底的小船，自己躺在其中，扮演死去的伊莱恩。

> 　　黑色围巾取来了，安妮把它铺在平底船上，然后在船底躺了下来，闭上双眼，两手交叉放在胸前。
>
> 　　"哦，她看上去真像死了一样，"鲁比·吉利斯瞅着摇曳的白桦树影下那张一动不动的苍白的小脸，紧张地小声说道，"这真让我感到害怕，姑娘们。你们认为这样做真的对吗？林德太太说，戏剧表演都很邪恶。"
>
> （p.255）

所有的戏剧表演都是邪恶的吗？女孩就应该举止温顺、为人诚

《奥菲利亚》（约翰·密莱斯，1851 年作）

《夏洛特夫人》（约翰·沃特豪斯，1888年作）

恳,不能当众出丑吗？小说中的这一场景具体表现了专注性和剧场性之间的主要冲突。从很大程度上来说,《绿山墙的安妮》就是一堂课,讲的是具有画面感和戏剧性的想象力如何影响了女孩的人生。

从一开始,安妮就在表演与之不相称的角色。爱德华王子岛上的一对老兄妹马修·卡思伯特和马丽拉·卡思伯特希望从孤儿院领养一个男孩,但是在车站等待他们的却是一个女孩。"你们不想要我,"安妮哭道,然后发表了一段自怨自艾的独白,"你们不想要我,因为我不是男孩！我早就应该知道这一点的。没有任何人真的要我。我早应该明白,过于完美的事物都不会持续太久。我早应该明白,没有谁真正想要我。唉,我该如何是好呢？我几乎要掉眼泪了！"（p.74）接着,她真的大哭起来,挥舞着两条胳膊,然后把脸埋在掌心,"暴雨一般"号啕大哭起来。这对上了年纪的兄妹被眼前的场景震惊了,不知所措。终于,马丽拉告诉安妮没有必要哭。"哦,有必要！"安妮这样回答道,读者似乎能真切地听到这个重音(或许也能在安妮的反驳中听到些许的莎士比亚:李尔王的"啊,不要跟我说有没有必要"。[①][第二幕第四场])。"哦,"安妮在最后说,"这是我所遭遇的最悲惨的事情！"（p.76）

安妮就像一个走错片场的女演员,走进了卡思伯特兄妹家专注、低调的乡村房屋。她的话中充满了感叹号和重音,不停地晃动身体,就好像一个缩小版的悲剧演员在农民面前表演。一切仿佛都在提醒我们,她的确想象自己生活在莎士比亚的世界里——她请那对兄妹叫她"科迪莉亚"[②]。安妮一部分是个被忽略的孩子,一部分是李尔王,

---

① 朱生豪原译为"啊！不要跟我说什么需要不需要。"这里为贴合原文,做了改动。——译者注

② 科迪莉亚是《李尔王》中李尔王的小女儿。——译者注

她像剧中的角色那样答话,声称自己的名字安妮·雪莉太"不浪漫"了。马丽拉回答道:"安妮是个不错的名字,既简单又实在。"在这段对话中,我们看到了贯穿整本小说的要义:女孩的戏剧冲动被简单又实在的理智行为扼杀。安妮体内似乎有太多玛丽·考登·克拉克的影子,她似乎想象自己活在莎剧女主角的少女时期。

　　像这样的场景在整部小说中比比皆是。安妮将自己与莎士比亚笔下的女性作比较。"啊,我不知道,"她有一次这样回答,"我在一本书中读到过,我们叫作玫瑰的这一种花,要是换了个名字,它的香味还是同样的芬芳。"(p.89)此处的安妮变成朱丽叶了吗?《哈姆雷特》的"好花是应当散在美人身上的"[①]也在一段对话中出现(p.200)。安妮还根据其他文学作品中的人物来衡量自己的生活:丁尼生笔下的夏洛特夫人、司各特笔下的湖上夫人、罗伯特·勃朗宁笔下的皮帕。安妮的世界是一个穿着戏服的世界——在主日学校的第一天,她极不情愿地同意穿上马丽拉为她准备的"简单、实在而又耐用"的条纹棉布裙。"我真希望,"安妮加了句,"它是一条袖口宽松的白裙子。"(p.125)于是,在去教堂的路上,她悄悄地用在路上采的野花做成的"大花环"将自己那顶普通的草帽装饰一番:"风拂过金盏花,旋即是铺天盖地的金色风暴,还有野玫瑰的斑斓光彩。"(p.126)又是奥菲利亚在她的头发里插花吗?走过主日学校的过道时,安妮发现自己成了人们嘲讽的对象,小说第一版中的这幅插画完美地表现了这戏剧化的一幕。安妮站在舞台中央,戴着插着鲜花的帽子;其他女孩是台下的观众,她们发出一片嘘声,对她的表演议论纷纷。

237

238

---

　　①　"我们叫作……芬芳"句见《罗密欧与朱丽叶》第二幕第二场,"好花……"一句见《哈姆雷特》第五幕第一场。——译者注

"她们看着她。"（选自 L. M. 蒙哥马利，《绿山墙的安妮》[波士顿：L. C. 佩奇出版社，1908 年]）

　　在小说的下文中，女孩子们在玩"敢不敢"的游戏时，安妮爬到　239
屋顶上沿着屋脊行走。"在一片无声无息的沉默与寂静中，安妮沿
扶梯登上屋脊，她挺直身子，在危险的立足点上保持平衡，随后便
开始沿着屋脊迈步。茫然无措间，她意识到自己正极不情愿地身处
世界的高处，安全走过屋脊并非一件借助想象力便能做到的事。"
（pp.220–22）她摔了下来，差点摔断了脖子，但是紧接着便挣扎着站
了起来，只扭伤了一只脚踝。与小说中许多其他情节一样，这不只是
一个关于戏剧性行为的故事，更是对骄傲心理的警告。这段话似乎
在说，在这个世界上不要爬得太高，因为在那儿，你的想象力帮不了
你。但是，尽管那么多人希望她摔下来，我们仍旧祈祷她能坚持住。
表演能诱惑人，无论这场表演是一个想象力丰富的女孩在高高的屋
顶上的疯狂举动，还是一位女小说家造诣极高的作品。这样的场景
反映了蒙哥马利对女性读者的训诫：女性的想象力有其存在的空
间，艺术才能不能只靠取巧，而需要表演的天赋与胆量。

　　在小说的第一版中，这一场景（和我提到的其他场景一样）配有
插图。我们看到安妮像体操运动员一样在屋脊上保持平衡，很像我
们将在后文中看到的，她为了活命而死死抱住桥桩的场景。她企图
在小船里表演丁尼生笔下的伊莱恩，却出了意外，被困在了河里。安
妮需要救援，这幅图片正向我们展示了一位营救者。

　　这些真人静画（tableaux vivants）着重于表现小说中人物行为背
后戏剧性的情感冲动，而非行为本身。《绿山墙的安妮》很快成为被
改编成舞台形式次数最多的童书之一，这一点并不令人惊讶。[13] 戏
剧、电影、改编本和插画在原著之外，共同强化了原著中暗含的对少
女时期戏剧的迷恋。甚至，L. M. 蒙哥马利的住所也成了几代读者
的朝圣地，这一点同样不令人意外。绿山墙就像一座圣殿，周围的
几亩地则成了公共的伊甸园。早期对这部小说的评论甚至提出这

"她挺直身子保持平衡。"（选自 L. M. 蒙哥马利,《绿山墙的安妮》[波士顿: L. C. 佩奇出版社,1908 年]）

"他把船靠近桥桩。"（选自 L. M. 蒙哥马利,《绿山墙的安妮》[波士顿: L. C. 佩奇出版社,1908 年]）

样的观点："对森林美景的描写令人叹服,给故事装点了轻松的氛围,这是宣传这片景色的迷人之处的最好方式……[蒙哥马利]让我们爱上了此处的环境。"[14] 甚至蒙哥马利自己也受到了这种表演和布景观念的影响。她本人的照片,虽然拍摄于 20 世纪前几十年,却带有刘易斯·卡罗尔和朱莉娅·玛格丽特·卡梅伦(Julia Margaret Cameron)的情调和风范。照片中刻意布置的场景,人们的服饰、面241 貌以及将孩子置于背景中的怀旧做法,和那个时期的特征如出一辙。蒙哥马利在一张由好友诺拉·勒弗伊拍摄于 1904 年的照片中,就摆出海洋女神的模样,在此,我们也能看到半个世纪前的审美标准:石块堆起来的拱门、拍打海岸的海水和故意扭曲的身体。[15]

在这些由语言和画面表现出来的想象场面中,我惊讶地发现,即使在 20 世纪,人们仍旧常常把女孩的幻想描绘成维多利亚时代中期的多愁善感。丁尼生、司各特和拉斐尔前派提供了理解戏剧和欲求的语境:他们选择性地保留了中世纪冒险故事和莎士比亚悲剧的传统,协助建立了一种将小说变成一连串固定画面(即真人静画)的叙述方式,让女性读者幻想自己置身其中。就像我之前提出的,如果说男孩书籍鼓励年轻男子像发表在报纸上的赛况或战况解说那样,绘声绘色地讲述自己的故事,那么,女孩书籍则让年轻女子将自己想象成梦想陈列馆中的角色。

路易莎·梅·奥尔科特也意识到了这一点。终其一生,戏剧始终是她的追求。她很小就梦想成为下一个萨拉·西登斯(Sarah Siddons,18 世纪晚期和 19 世纪早期最著名的女演员)。[16] 在成长过程中,她不仅对成为女演员充满期待,也对观众毕恭毕敬。作为美国最有名的牧师和社会活动家之一的孩子,奥尔科特一直生活在精神的舞台上。她的父亲布朗森(Bronson)或许是那个年代最有感染力(也是最有争议)的老师。他的生活在非比寻常的公共演出(比如与神学院学生的著名"对话"和他在美国中西部城镇大获成功的巡游），以及同样非同一般的失望和气馁中摇摆不定。他的家人目睹了他斗志昂扬的光辉时刻，也目睹了他的失败闹剧（比如把妻子儿女带到"果树园"——1843年的一家农业公社①）。[17]

在奥尔科特的家庭之外，戏剧也无处不在。在19世纪早期，道德剧逐渐兴起，成为社会变革的舞台。像1844年的《醉汉》（*The Drunkard*，它仍是美国历史上演出时间最长的剧目）这样的戏剧，将道德行为模范带入了千家万户。据说，马克·吐温说过，百分之九十的美国人从剧院而非教堂学习美德。[18]这些美国人中大部分人观看的是情节剧，这类戏剧影响了人们的道德观念和舞台的场面。19世纪中期，情节剧成了大众舞台上的主流。夸张的动作、浪漫的剧情以及装腔作势的台词，使其既深受喜爱又受到排斥。在《尼古拉斯·尼克贝》（*Nicholas Nickleby*）中，狄更斯将克拉姆尔斯先生塑造为"用情节剧的最高表现形式"说话的人物，拉尔夫·沃尔多·爱默生却在1854年公开写道："我对天堂的设想是，那儿是一片完全没有情节剧的乐土。"[19]

这句话充分支持了清教徒反对戏剧的历史主张。大部分人仍旧认为，剧院是个罪恶的场所。在大众眼中，剧院仍旧和妓女紧紧地联系在一起。有些人甚至将亚伯拉罕·林肯遇刺事件视为"上帝发出的对剧院之危险性的警告"（这是一位神职人员的话）。[20]清教徒的猜疑并没有消失。我发现，《小妇人》实际上是一本真正意义上的清教徒作品，因为其中不仅有对剧院的矛盾情感，也有对专注阅读的重视以及对文化书籍和相关事物的分门别类。[21]自省和反思，在日

242

---

① 果树园（Fruitlands）是一座乌托邦性质的农业公社，布朗森是创始人之一。公社仅维持了7个月即宣告失败。——译者注

记或日志中记录生活,像孩童一样阅读,这些都是清教徒文学体验的基本特点。《天路历程》为小说中的人物提供了一个朝圣生活的范例。"扮演朝圣者"是第一章的标题,这两个词同时暗示了马奇姐妹四人的行为方式和生活动力。那是个没有父亲的圣诞节,马奇姐妹和母亲一起回忆了她们小时候表演《天路历程》的场景。她们打扮成班扬小说中的人物,马奇太太用布料和纸做成包袱,作为她们的"重担"。当每个女孩说起自己最喜欢的部分时,马奇太太说:"对于这出戏而言,我们永远不会太迟,亲爱的,因为我们其实一直都在上演这出戏,以这样或那样的方式。我们肩负重担,面对前方的道路,我们求索真、善、美与幸福,这诉求引领我们穿越重重阻碍,改正种种错误,最终进入神圣和平之地,那真正的天国。"(p.53)生活是朝圣的剧院,这和安妮·雪莉的表演完全不同。它的行为模范并不来自莎士比亚笔下的场景,也不来自丁尼生或司各特的中世纪幻想,而是来自约翰·班扬的道德寓言。

即使在第二章女孩们表演圣诞剧时,我们仍从中感觉到:剧院是一种会消逝的幻想,人们最终会走出来,它只属于孩子。当女孩们逐渐长大,书籍就会代替戏剧,阅读就会代替表演。生命救赎,此书良方。这是《新英格兰初级读本》中的建议,马奇姐妹们用各自的方式将这一点牢记在心。

243　　尤其是乔,她简直住在书中。在故事刚开始的时候,她回忆起年迈的马奇舅舅的图书馆,她能够在舒适的椅子里"把自己……蜷缩起来……就像书虫那样"。与之相反的是,我们了解到贝思"过于羞怯,因而不愿上学……于是,她在家跟随父亲学习"。艾米不喜欢自己的鼻子,她就在空余时间里"在整页整页的纸上画出漂亮俊俏的鼻子,聊以自慰"(pp.77–79)。文化形式决定了女孩的成长状况。写作、绘画、阅读、朗诵,它们共同为这个家庭营造了一种专注性而非剧场性的氛围。书籍影响人的社会关系，这一点在乔和艾米因为一本书争吵时，体现得尤其明显。

在第八章的开头，乔和梅格正准备出门，进行一项特殊的活动。艾米问她们去哪儿，但是她们不愿回答。于是她猜到了："你们是准备去剧院看《七个城堡》。"艾米没有受到邀请，于是她发誓要报复。这个誓言让乔坐立不安，尽管"红色的小恶魔滑稽可爱，小精灵活泼机灵，王子公主俊俏美丽，然而，乔的欢乐中总夹杂着一丝苦涩"。为了报复，艾米会做什么呢？当姑娘们回到家时，艾米正在看书，头也不抬一下，完全沉浸在书中。但是第二天，乔发现了艾米做的好事：她拿走了乔写的故事的手稿，并烧毁了它。"你这个残忍、恶毒的女孩！"乔尖叫着说，"我再也写不出来了，我一辈子都不会原谅你的！"（pp.108–10）

这一情节极富戏剧性地概括出了主导整部小说的冲突氛围，即书与剧院之间的冲突。乔为去剧院看戏而付出了代价，她所写的书被夺走，还烧成了灰烬。虽然这部手稿不过是"六个短篇童话故事"，但是乔"为之投注了全部心血，盼望着将来有一天它能出版"（p.111）。书与我心，永不分离——《新英格兰初级读本》这样教育道。而且，奥尔科特的文字唤醒了清教徒传统中一种重要的风格：将反省、写日志、摘录诗文和记私人日记作为塑造品德的重要途径。因此，马奇姐妹们继续将她们的心奉献给文字。她们借鉴查尔斯·狄更斯的作品，成立了自己的匹克威克俱乐部，并发行自己的报纸（小说用当时的字体再现了报纸的模样）。后来，狄更斯的《马丁·瞿述伟》(Martin Chuzzlewit) 和苏珊·沃纳（Susan Warner）的《辽阔大世界》( Wide, Wide World）出现在乔的生活中，而且具有重要意义。很快，乔又开始写作了，并把自己关在阁楼里。"乔一心一意地工作，她一直写一直写，直至写满了最后一页纸。"（p.177）最终，她们通过电报获悉了马奇先生的病情。于是通信开始了。女孩们写信给她们的母亲。艾米住在马奇婶婶家,经历了许多艰难的时刻,因此写下了她的"遗愿和遗嘱"。笔记和信件、零碎的文章以及签过名的文件,它们在小说中频繁出现,不仅仅为我们呈现了一个女性读者的世界,也为小说读者上了一课。阅读《小妇人》就应该像乔一样"全神贯注",在文字和"遗嘱"中发现生活的榜样。

然而,在小说第一卷的末尾,奥尔科特回归开头的戏剧化场面,这一点十分突兀。"梅格、乔、贝思和艾米聚到一起,帷幕合上了。它是否会重新升起,取决于这部名为'小妇人'的家庭剧的第一幕在人们心中的印象。"(p.255)这就好像尽管奥尔科特在文中多次声明阅读和专注的重要性,但她仍旧无法放弃对戏剧的迷恋。就好像在小说的此处,说话的并非一个成熟女人,而是那个几十年前梦想着成为萨拉·西登斯的小姑娘。就好像小说的第一部分结束于奥尔科特生命开始的地方:一幕面向公众的家庭剧。如果奥尔科特不得不成长为一名作家和读者,那么,马奇姐妹也是如此,小说的读者也必须如此。《小妇人》的读者往往受到多愁善感和情景剧的洗礼,他们可能会期待看到新奇的场景和矫揉造作的表演,但他们必须像马奇姐妹那样,从情感的表演转向内心的书本。正如本杰明·富兰克林在概括从班扬到艾萨克·沃茨这些清教徒诗人的传统时说的:"你必须把一切写在纸上。"这和奥尔科特下定决心要做的事完全相同。因此,在卷二的开头,我们发现马奇一家并没有沉迷于假日戏剧的舞台,也没有陷入裹挟着怒气的狂风暴雨中,而是十分"风平浪静":战争结束后,"马奇先生平安无恙地归家,全身心投入到了书本的世界里"(p.263)。

要是我们都能安全回到家中,一头扎在书堆里就好了。书把我们带往远方,但到最后,它们总是会把我们安全地留在椅子上。从阿尔弗里克主教时期一直到现在，书始终是打开想象力之锁的钥匙。像中世纪和文艺复兴时期的老师们说的，它们提供知识的种子：神学院（seminary）一词发源于"苗床"（seedbed）的拉丁文。培育是一门将孩子养大并且教育他们的艺术，汇编后的指导方针称为"作品集锦"（florilegia）——这是一个根据希腊文"anthologos"仿造的拉丁词汇，后者的意思是"花束"。

　　书和花园、钥匙和舞台、专注性和剧场性的场景，这一切共同组成了弗朗西丝·霍奇森·伯内特的《秘密花园》。[22] 与《绿山墙的安妮》相似，这本书以玛丽·伦罗克斯错位的生活开场。在父母去世后，她被带离印度，乘船来到约克郡的米赛尔斯威特庄园。孑然一身、悲痛欲绝且饥肠辘辘的玛丽忍不住跟米赛尔斯威特的女仆——约克郡人玛莎——争论了起来。在我看来，她们的对话就像出自阿尔弗里克与其盎格鲁－撒克逊学生的古老的对话集。

245

　　　　"如果我有一只乌鸦，或是一只小狐狸，我就可以和它一起玩耍了，"玛丽说道，"然而，我一无所有。"

　　　　玛莎看上去似乎很疑惑。

　　　　"你会编织吗？"她问道。

　　　　"我不会。"玛丽回答。

　　　　"你会缝纫吗？"

　　　　"也不会。"

　　　　"你识字吗？"

　　　　"我识字。"

　　　　"既然这样，你为何不读书，或是学习拼写单词？你已经足够大了，可以读好些书的呀。"

　　　　"可是我一本书也没有，"玛丽说，"我的书都留在印度了。"

　　"真是可惜呀，"玛莎说，"如果莫得劳克太太能让你进书房就好了，那里面有成千上万的书。"

（p.32）

　　就像在《小妇人》中一样，藏书室是发现自我的地方。但是在此处，它并非马奇舅舅那开放的房间，而是莫得劳克太太（Mrs. Medlock）封闭的地盘（连她的名字都让人联想起封闭的房间、大门和心灵）。所以，玛丽走进的地方并非宅院中的某个房间，而是一处废弃的花园，她找到的钥匙并没有让她得到与别人交流的机会，而是使她窥见了自身的性情。

　　如果说乔·马奇通过写作来诉说内心生活，那么玛丽则在土地上刻下了自己的梦想。她在花园里翻土、栽种，整理规划，重塑景观。弯曲的藤蔓与花朵冒了出来，像一个个字母。她在大自然中进行书写。假如把花园中的土地比作玛丽创作的纸页，那么花园就是她表演的舞台。但玛丽最大的成就，是帮助男孩科林重新点燃了对生活的热情。科林疾病缠身，是米赛尔斯威特庄园主人的儿子。玛丽在宅子里遇见他时，他是个爱抱怨、病快快的孩子。他的母亲因为他难产而死，庄园里的所有人都难以忘记这段往事。科林似乎被好些病症折磨。人们认为他驼背，因而不让他下床。

　　玛丽与他成为朋友，鼓励并劝导他。她发现他的缺陷其实都是想象出来的。她让他走下床，最终用轮椅将他带入那个新发现的秘密花园。她鼓励他像小国王一样行事，给仆人们下命令，增加自信心，接触大自然，感受自然的美丽。"他们将轮椅停在李树下，李树繁花绽放，一片纯洁雪白，周围的蜂群发出悦耳的声音。像童话故事里国王的华盖。近旁的樱桃树也开了花，苹果树结了满树的花苞，粉白相间，时不时会发现一朵花苞已经绽放开来。从这繁花与枝丫的华盖间，能看到点点蓝天，就像一双双神奇的眼睛在往下俯瞰。"（p.125）大自然成了舞台布景，玛丽则是设计舞台的艺术指导，科林则成了一位高贵的观众。这些花园美景就像一场场神奇的假面舞会，玛丽和当地男孩迪肯将花苞、羽毛、蛋壳、鲜花带给科林。"这感觉就像进入了郊外一个魔法国王和王后的国度，眼前是它全部的瑰丽景象。"（p.125）很快，科林就接管了这个花园，就好像他真的成了王者。他向猎场看守人威瑟斯塔福宣布"这便是我的花园"（p.131），在宣布主权的同时，他从轮椅上站了起来。

> 科林挺直身子站着——挺直——笔直如箭，身体高得有些奇怪——他的头朝后仰着，古怪的眼中发出闪电般的光芒。
>
> "看着我！"他朝本·威瑟斯塔福挥手，"仔细看着我——你！仔细看着我！"
>
> （p.130）

在儿童文学中，这算得上是一个具有狂野戏剧魄力的场景：男孩站起身来，伯内特用反复和插入打断的修辞手法凸显出他的勇气。"看着我！"他喊了三次。（就像半个世纪后，苏斯博士笔下那只"戴高帽的猫"，在耍杂技的时候喊道："看着我，看着我，现在看着我！"）

玛丽是这场戏的导演。她催促科林行动，提醒他说台词，拉开自怨自艾的帘幕，展现真正的男孩的内在。科林的自信心增加了，逐渐开始扮演新角色。"他抬起头，眼睛盯着你看时，一瞬间，你似乎会不由自主地相信他，即使他只有 10 岁——即将 11 岁。就在那一刻，他尤其让人信服，因为他突然感受到，像一个真正的大人那样发表一通讲话，是多么令人陶醉。"（p.139）他计划做一组科学实验，但也把花园看作有魔力的地方。他还表现出不一样的人格：有一次，他用

"大祭司的口吻"说话（p.141）。还有一次，他扮演自己国家宫廷里的贵族（p.142）。每一次去花园参观都是一场"典礼"（p.149），让这个小男孩成长的"剧院"，影响了他面对关于母亲的记忆时的态度。在米赛尔斯威特庄园的各个房间里游荡时，玛丽和科林走进了肖像室，里面挂满了科林祖先的画像。当玛丽再次来到科林的房间时，她察觉出了变化。壁炉上方挂着一幅画，她终于看清了这幅画："她能看到它，因为帘子被拉到一边了。"（p.155）这是科林母亲的画像，他终于能够直视这幅画了。遮掩疾病和往事的帷幕被拉开，病儿子这个过时的身份被抛弃。最后，科林的父亲回到庄园，他被眼前这个从病恹恹的孩子变成的年轻人震惊了。当这位父亲在自己亡妻所喜爱的花园里时，儿子出场了："脚步一直在加速——他们一点点朝花园门口靠近——一声迅速、强劲而年轻的呼吸，一阵情不自禁的笑声喷薄而出——墙上的门猛然被打开得很大，一壁常春藤来回摆荡，一个男孩全速飞奔进来。"（p.171）正像帷幕被拉到两旁，科林母亲的形象出现那样，常春藤帘子也向后扬起，崭新的科林戏剧性地登场了。

伯内特的《秘密花园》虽然带有强烈的剧场性，但是它体现在男孩的成长过程中，而非蓬勃张扬的少女时期。玛丽的确是剧院里重要的一分子，但并非因为她是演员，而是因为她是舞台指导。在扮演这一角色的过程中，她表现出了女性作家对女性读者的另一种态度。我在此讨论的虚构文学作品，都致力于描绘创意生活的理想状态。女孩或许会成长为乔·马奇——专注于自我，编写和记录家庭故事，用阅读的乐趣取代对戏剧的痴迷。相反，她也有可能成长为安妮·雪莉——努力学习控制表演的欲望，但也时不时地将花一样的戏剧带入原本无聊、单调的寄养家庭的生活中。又或许，她会成长为玛丽·伦罗克斯——个人成长过程中的舞台指导、剧作家和男人们的指挥官。

伯内特的小说同样带有强烈的自我专注的特征。小说本身便伴随着那个花园的景象而展开。类似的还有作品集，它们不单单是我的学术关注点，19 世纪的儿童文学作家一直都把书想象成花园。罗伯特·路易斯·史蒂文森在 1885 年发表了《童子诗园》（*A Child's Garden of Verses*），阅读这本诗选就像在一节一节的诗歌中采花。鸟兽、干草棚和农庄在诗歌中随处可见。诗集中有"故事书的土地"，有"花园日""巢中蛋"和"鲜花"。史蒂文森的书就像孩子们诗意幻想世界中的一个秘密花园。阅读和写作诗歌成了耕种的方式。诗歌中的园丁不仅种植花草，而且创作诗篇，他种下的一排排植物就像一行行文字。"他收起他的工具／锁上大门，拔出了钥匙。"史蒂文森以《致读者》（"To Any Reader"）这首诗作为《童子诗园》的结尾，鼓励孩子"透过这本书的窗口"遇见其他在花园中玩耍的孩子。[23]

花园既是儿童文学中孩子们表演的场所，也是他们休息和放松的地方。在于 1915 年出版的《剑桥儿童诗集》（*Cambridge Book of Poetry for Children*）的前言中，肯尼斯·格雷厄姆就很好地描绘了这一画面。

> 在汇编儿童诗歌的过程中，一个尽心尽责的编辑会不可避免地发现自己受到诸多限制，这着实让人泄气。因为他必须记住，他的任务并不是简单地从所有英语诗歌中搜集几个例子，而是打开一扇小门，将人们引入那广阔的诗歌世界。这个世界里有林间空地，有可开垦的（arable）草地，有星星点点、花香醉人的封闭式花园，还有时而阳光灿烂、时而云雾缭绕的山顶。那些看了一眼就被吸引的人，之后也将能更加全面地探索这个世界。[24]

248

和童话中的森林一样,花园也是一个将男孩和女孩区别开来的地方。他们各自走进这个幻想之地,用独特的方式塑造自我。芳香四溢的花园和云雾缭绕的山顶成了文学中的广阔天地。

同样如此的还有农场。对于 L. 弗兰克·鲍姆的《绿野仙踪》里的多萝西来说,农场是一个空荡荡的舞台。[25]"在那广袤平坦的草原上,没有任何树木,也没有任何房屋。四面八方都伸展至天边。"(p.2)当旋风来临,把多萝西带到奥兹国时,她落在了一个由剧院而非农作物组成的世界。穿着戏服的孟奇金人向多萝西打招呼时,她窘迫得像个忘了台词的演员。而当多萝西和伙伴们到达翡翠城时,他们发现伟大的奥兹穿得像个马戏团管理员——的确,到了 1913 年《奥兹国的补丁姑娘》发表时,这个魔法师的形象创作明显受到了 P. T. 巴纳姆<sup>①</sup>的影响。[26]

几乎就在小说问世的同时,《绿野仙踪》就因其剧场性而催生了相关的舞台剧和电影。舞台音乐剧和无声电影在 20 世纪前 30 年飞速发展,并且毫无争议地在 1939 年那部伟大的米高梅电影中达到了巅峰。[27]针对这部电影,萨尔曼·拉什迪(Salman Rushdie)写了一篇让人产生共鸣的研究报告。他在报告中说,米高梅的编剧和导演将隐藏在小说及其戏剧传统中的奇景展现在人们眼前。就在多萝西被旋风从小屋里卷走的那一刻,她看到窗边飘过许多人——窗户好像变成了"电影屏幕",一帧一帧地,她看到在堪萨斯州认识的人以黑白形象一个个地在眼前闪现。正如拉什迪指出的:在书中,"毫无疑问奥兹是真实存在的"。但在电影中,它无疑只是一方想象中的空间,是另一块屏幕,恐惧、幻想、欲望和失望在那里轮番上演。[28]

和《绿山墙的安妮》一样,《绿野仙踪》一开场讲述的也是一个小

① P. T. Barnum,美国马戏团鼻祖。——译者注

女孩,被带入了不属于自己的家庭。故事中还有宠物狗托托。在书里,它时常让多萝西开怀大笑,防止她"逐渐变得和周围环境一样灰暗"。当然,在1939年的电影里,托托被改编成了受到多萝西关爱、遭到西方女巫威胁的宠物。这一连串的画面和焦虑情绪同样主导了另一个少女戏剧故事的开场。在E. B. 怀特的《夏洛的网》的开头,农夫阿拉贝尔(Arable)先生正要杀死一窝刚出生的小猪中最弱小的那个幼崽。[29] 他的女儿弗恩(Fern)请求他手下留情,救出了这只小猪。她为它取名威伯,并照顾它长大。"Fern"① 这个名字本身就让人联想起森林和花园：这种野生植物能够人工培育,它们形成的地面植被,在人类手中可以变为观赏性植物(多萝西·盖尔 [Gale]② 的姓也让人联想起将她带到奥兹国的天气现象)。她想象中的土地适于开垦(arable)吗(回想一下格雷厄姆的"可开垦的草地")？ 她的牧场中会有怎样的东西生根发芽？

　　弗恩并非《夏洛的网》中的女主角。而我讨论过的女性小说中的所有品质,都集中在蜘蛛夏洛身上：一个身兼作家、表演家、戏剧舞台指导的年轻女孩, 在一个平凡无趣的世界里生动地表演别出心裁的角色。就像安妮·雪莉一样,夏洛的一举一动也像演员似的。"向你表示敬意," 她这样对小猪说,"这是一种特别的方式,意思是你好或早上好。" ( p.35)的确很特别,但同样带有表演性。夏洛在她的大蜘蛛网上展现艺术天赋。就像文学幻想中的所有女性(从荷马的佩内洛普开始)一样,夏洛会编织,她能在网上织出夺人眼球的图案。(农场的主人名叫荷马·L. 祖克曼,这是不是让人深思？)"好猪",她在网上编织出这两个字,这是她的策略,为的是说服阿拉贝尔一家不要

---

① Fern 有蕨类植物的意思。——译者注
② Gale 有大风的意思。——译者注

杀威伯。随后,她继续织网,我们视她为世界的艺术家、文字的艺术家。"深夜,其他动物都已入睡,夏洛还在编织她的网。首先,她扯掉中央部分近处的一些圆线,只留下一些放射状线络,用以支撑起整个网。在编织时,她的八条腿和她的牙提供了很大帮助。她喜欢编织,而且是个编织行家。"(p.92)她计划在网上写下"杰出"这个词,而且,她对"这项工作越来越感兴趣了,她自言自语起来,似乎这样能让自己更兴奋"。(p.94)这表现了文学中的专注性,这个创造性的场景与乔·马奇在阁楼里写作的场景有异曲同工之妙(和乔一样,夏洛在自己住所的房顶的角落里创作)。

但只是书写单词还不够。一天晚上,威伯躺在床上准备睡觉时,对夏洛说:"给我讲个故事吧!"(p.101)夏洛照做了,讲了她的蜘蛛表亲用网捕鱼的故事。"再讲一个!"威伯嚷道,于是她又照做了。之后,他又说:"唱首歌吧。"于是,她唱了首摇篮曲。

睡吧,睡吧,我的宝贝,我的唯一,
在粪堆中,在黑夜里,沉沉地、沉沉地安睡吧;
不要恐惧,不要孤单!
此时此刻,唯有青蛙和画眉,
于树林中、灯芯草间,歌颂世界。
甜蜜地安睡吧,我的唯一,我的宝贝,
在粪堆中,在黑夜里,沉沉地、沉沉地安睡吧!

就像过去许多经典的摇篮曲一样,比如中世纪的歌、鹅妈妈歌谣以及艾萨克·沃茨的诗,夏洛的歌在重章叠唱中将我们送入梦乡。不要恐惧,不要孤单。这句话多像沃茨的摇篮曲——一个平静又有创造力的庄严时刻。

夏洛使女性创造力具象化。她继承了那些会教书、会写作、会唱歌和表演的女孩们——珍妮·皮斯、安妮·雪莉、乔·马奇以及玛丽·伦罗克斯——的品质，她巧妙地改变了自然世界，使之变得温暖人心。但她和玛丽·伦罗克斯尤其相似，她们都将男同伴推上舞台。玛丽将科林从卧床不起备受煎熬的状态中拯救出来，夏洛将威伯从被屠杀的命运中拯救出来。她让他名扬千里，她让他走上郡展览会的展台。"祖克曼家著名的猪，"他头上的横幅这样写道。他因而获得了一份特别的奖赏。"这头非同一般的动物的名声，"展览会上的主持人说，"已经传至地球上最遥远的角落。"（p.157）夏洛给了他名气，当祖克曼一家和阿拉贝尔一家登上领奖台时，人们大声欢呼起来，同时，"一位摄影师帮威伯拍了一张照片"。故事继续写道："祖克曼一家与阿拉贝尔一家被一种至高的幸福感包围。这是祖克曼先生生命中的伟大时刻。在众人面前赢得奖项，给人带来强烈的满足感。"（p.160）在所有儿童文学中，男孩和女孩都是在战胜困难和嫉妒后赢得奖赏的，比如，赛跑时第一个冲过终点，赢得拼写大赛，在选美大赛夺冠或完成三强争霸赛——在众人面前赢得奖项，给人带来强烈的满足感。与我们熟悉的儿童戏剧一样，《夏洛的网》在这一刻达到故事的高潮，但是，真正的获奖者仍然藏在暗处。我们知道，夏洛才是威伯成功、进而令大人欢欣雀跃的真正功臣。当她最终死去时，威伯照料了她未孵化的卵。很快，夏洛的孩子会织起自己的网，向他们的朋友致敬，传承母亲的技艺。如果说这里反映了文学历史的某种景象，那么一定是母亲和孩子。此处不存在诗歌之父，夏洛是创造之母。书的最后几句话清晰完整地表达了这一观点："很少有人能既是真朋友，又是好作家。夏洛是。"（p.184）对 E. B. 怀特而言，他的夏洛一定就是妻子凯瑟琳·安杰尔（Katharine Angell）。她是一位小说家、《纽约客》的编辑，也是他们在缅因州的花园的传记作者。

251

她始终以一个真朋友和好作家的身份,默默地隐藏在怀特作品背后。

女孩书籍的故事其实是一个关于作家和朋友的故事。这样的书教会我们许多道理(社交礼仪、自我关爱和道德品质),但是,它们教给我们最重要的一点是对想象力的培养。花园和书一样是专注自我的场所,在这里,女孩能全心阅读、写作或回忆。或者,它们也可以是表演的地方,舞台都已布置妥当,等待着迎接最优秀的演员入场。赫敏同时占据了这两个地方,她既在图书馆学习,也在舞台上指导男同伴。无论是鼓励哈利寻找赢得比赛的新方法,还是在魁地奇球赛上为他加油,她都以女主人的姿态出现。有时候,哈利似乎不仅是罗琳的创造物,也是赫敏的创造物。无论小说如何叙写,我们都和电影中的小天狼星布莱克一样心知肚明,她是同龄人中最聪明的女巫。

# 第十二章　花园里的潘

## 儿童文学在爱德华时代的转变

　　牛津大学出版社在 1995 年出版的《儿童文学：一部图文史》内容相当丰富，读者会在朱莉娅·布里格斯（Julia Briggs）所著的章节《变化（1890—1914）》中看到一张精美的照片：三个小女孩在藤架下举行茶会。她们可能是姐妹，也可能是模特，年龄大概在 2 岁到 10 岁。年龄居中的那个女孩正小心翼翼地将奶油倒入茶杯，而最年长的和最年幼的两个女孩正紧盯着镜头。这张照片的说明文字提醒我们注意，"富于想象力的游戏"（比如茶会）如何在 19 世纪末风靡一时，以及模仿"成人行为"如何为罗伯特·路易斯·史蒂文森、理查德·杰弗里斯（Richard Jefferies）、E. 内斯比特和肯尼斯·格雷厄姆等诸多作家创作虚构文学提供更具体而广阔的社会背景。[1]

　　然而，我们在此看到的不仅仅是一场假想或模仿游戏，我们看到的是爱德华时代的象征。20 世纪前十年里，丰盛的茶会很好地证明了文学史家塞缪尔·海因斯（Samuel Hynes）所说的那个时代里"心灵的转变"。他对许多官方的皇室"花园派对"画像的描述，与这张三个孩子的照片有着惊人的相似之处。他描述了"一个场景，国王和王后是其中的主角，象征着稳固的秩序——富庶、守礼、闲暇，他们身后，是一道已经过去了的平和、阳光的田园风光"。[2] 在《儿童文学》的这张照片里，我们也看到了一个井井有条、注重仪式的世界，一道平和、阳光的田园风光。

孩子们的茶会,1900 年前后(引自彼得·亨特[编著]《儿童文学:一部图文史》[牛津:牛津大学出版社,1995 年])

从很多层面来看,现代儿童文学都是爱德华时代的现象。我们
至今仍在运用这个时代确定的方式,来考虑儿童图书和儿童的想象。　254
这个时代在短短几年里产生了一批顶尖作家与作品,他们至今仍在
此领域拥有至关重要的影响力。它创造的充满想象力的图景,仍然
主导着当代写作。它用这一图景将更早的作品去芜存菁,以期建立
一个现代的评判标准。可以说,我们默认的童年模式,还是第一次世
界大战前的十多年确立的。这段时间处在 1901 年维多利亚女王驾
崩和 1914 年萨拉热窝刺杀事件之间,当时作家们都在回顾上一个时
代的逝去,几乎没有预感到旧体制的终结。英国的爱德华时代和美
国的西奥多·罗斯福执政时期,都作为童年趣味的最佳年代留存在
我们的记忆中。[3]

这个时期,无论是在英国还是在美国,掌权者都被大众认为是童
心未泯。爱德华七世——几近终身的威尔士亲王,将近 60 岁才继承
王位,不过他仍然常常被刻画成喜欢任性、挑食和冒险的模样,充满
孩子气。他钟爱军装、打猎和茶会。他的美国翻版——西奥多·罗
斯福是美国历史上最年轻的总统。罗斯福也同样任性,甚至狂躁,白
宫里尽是他最小的儿子昆廷的童年玩伴(罗斯福成为总统时,昆廷只
有 9 岁)。"你一定要记住,"一位外交官给另一位外交官写信讨论
罗斯福的时候写道,"总统其实只有 6 岁。"[4] 事实上,在罗斯福 1910
年 5 月访问英国,并在牛津大学进行罗曼讲座期间,他就曾明确要求
与鲁德亚德·吉卜林、安德鲁·朗和肯尼斯·格雷厄姆见面(《柳林
风声》是总统最喜欢的书之一)。[5] 因此,罗斯福已出版的厚重文集
中充满了冒险和求生的故事,尤其是他年轻时在蒙大拿和达科塔的
艰难旅程,也就在情理之中了。

第一次世界大战之前的几年,也是英国和美国从社会和政治上
重新定义童年的几年。当时,许多作家都意识到,生活中有一种新的

乐趣：人们感受到，自己不仅在一位孩子气的国王或总统的统治下生活，更是生活在未来的玩具革新中。飞机和汽车是技术进步的成果，也是有钱人和时髦人眼中的玩具。这些科技有一个"婴儿期"，就像其他科学和研究方式都有一个婴儿期一样。社会学和心理学在这一时期开始获得关注，"笑"和"玩"常常成为学术研究的课题（这不仅仅发生在英美：亨利·伯格森的《笑》1900 年在法国出版，弗洛伊德的《诙谐》1906 年 [①] 在奥地利出版）。此外，大西洋两岸都开始关注儿童福利问题。尤其是伦敦和纽约，那里健康水平低下，卫生条件落后，工作环境恶劣，被视为孩子的牢狱。雅各布·里斯（Jacob Riis）1890 年的《另一半人如何生活》（*How the Other Half Lives*）催生了美国长达几十年的社会改革。在英国，政府调查揭露了困扰城市孩童的营养不良与疾病问题。1906 年，学校开始提供免费午餐；1907 年，学校医务室也纷纷建立起来。童工和儿童福利是那个时代的社会热点（与禁酒和妇女选举权一样重要）。[6]

除了这些社会和政治运动，一系列文学和美学发展，使爱德华时代的人们对孩子和童书的热情不断高涨。其中一个变化是人们对超自然现象、奇异事件和灵魂产生了新的关注。在经历几十年的维多利亚社会现实主义之后，19 世纪末 20 世纪初的读者及作家开始转向更加玄幻的虚构作品。用塞缪尔·海因斯的话来说，爱德华时代的科学，在一定程度上试图"重新将玄学带入人类世界"，而这种科学主张，使人们对我们今天称为伪科学的幽灵世界、灵魂和超自然产生了迷恋。[7] 那是降神会的鼎盛时期，从 19 世纪最后十年到 20 世纪前十年，许多作者探索了这些迷恋的文学意义。其中，H. G. 威尔斯、

---

① 《诙谐》全名为《诙谐及其与无意识的关系》，应该为 1905 年出版。——译者注

福特·马多克斯·休弗（Ford Madox Hueffer）、亨利·詹姆斯（Henry James）和 G. K. 切斯特顿是最著名的几位，他们都将注意力转向不同类型的超自然主义、科幻小说和鬼怪故事。[8] 无论这些小说的目标读者是谁，儿童在他们心中往往都占有一席之地。詹姆斯的《螺丝在拧紧》（*Turn of the Screw*）中女家庭教师照料的那两个孩子，或许是此类虚构儿童角色中最著名的。我们从当时那些鬼怪和恐怖故事中可以清楚感受到，哪怕其中没有儿童角色，恐惧往往也能使成年人退化为哭泣的婴儿。拿珀西瓦尔·兰登（Perceval Landon）的《桑利庄园》（*Thurnley Abbey*，出版于 1908 年）为例，主人公布劳顿先生被扔向自己的一小片头骨吓得"不停地尖叫，直到布劳顿夫人……抱住他，并像哄小孩那样哄他安静下来"。[9]

　　这些社会和文学发展也对爱德华时代的剧院产生了影响。伦敦的剧院舞台开始舍弃 19 世纪那种古老、发展到极致的情节剧，上演大量评论政治和社会（甚至性欲）的戏剧。家庭生活，包括它的问题、矛盾、期望与伤痛，逐渐主导了舞台。契诃夫和易卜生极大地影响了 20 世纪早期的英国社会问题剧。萧伯纳的社会讽刺剧重塑了人们在工作和阶级领域中的家庭观念。剧院中出现了一种新的说教态度，显现出对宗教、性和劳动的新关注，用海因斯的话来说，这种新关注会挑战"爱德华时代观众……过于文雅的礼仪标准"。[10]

　　就连莎士比亚的作品也无法抵抗这些变化。爱德华时代的舞台视觉效果比维多利亚时代的更张扬——或许是为了应对易卜生这一代的经验主义，又或许是为了回应电影这种新兴媒体所提升的视觉期待（几乎在影院刚刚起步的时候，莎士比亚的剧作就被拍成了电影）。[11] 戏服和妆容也比之前更加夸张。这幅 1904 年由赫伯特·比尔博姆·特里（Herbert Beerbohm Tree）所扮演的卡利班的画像，把这个莎剧角色刻画成了童年的可怕幻想。[12] 这张脸本该来自史蒂

256

257

文森、威尔斯，或者 H. P. 洛夫克拉夫特（ H. P. Lovecraft ）。（《暴风雨》及《仲夏夜之梦》都是维多利亚时代晚期人们最喜爱的莎士比亚剧作，二者把魔法世界和精灵结合起来的做法，为后来爱德华时代玄幻剧的繁荣提供了养料。）[13] 最后变化的是音乐厅，它们在 19 世纪90 年代被称为 "综艺剧院"。19 世纪的最后十年和 20 世纪的前十年是音乐厅的鼎盛时期，这时它们通常被建造得金碧辉煌，而在这之前，只有 "真正的" 剧院才能享受这种待遇。伦敦大剧院（ London's Coliseum ）在 1904 年开业，伦敦帕拉斯剧院（ London's Palladium ）在 1910 年开业。它们的名字让人联想起古罗马的帝国风格，如今则被嫁接到了流行演出上。①

在 20 世纪的头十年里，这些社会和美学运动给儿童文学带来了许多变化。首先，评论家早就注意到了作家、小说、戏剧和诗歌的数量在急剧增加。许多我们非常熟悉的儿童文学作品都诞生于这一时期：《彼得兔》《彼得·潘》《柳林风声》《秘密花园》《绿山墙的安妮》《铁路边的孩子们》。现代童书的装帧设计是在这一时期形成的：冒险书封面上丰富的压花图案，穿插于文字间、令人浮想联翩的简笔画，将遥远的地方和事件带入孩子卧室的蚀刻版画和照片，等等。书籍和报纸的生产技术与建立在拉斐尔前派、工艺美术运动②（ the Arts and Crafts movement ）、新艺术③（ Art Nouveau ）之上的鉴赏力完美融合。19 世纪后期的大型美学运动似乎都在童书中找到了新生命。

---

① Coliseum 来源于 Colosseum，后者是古罗马斗兽场的名字；Palladium 来源于 Pallas，后者是雅典娜的名字。——译者注
② 19 世纪后期英国出现的设计改革运动，提倡用手工艺生产表现自然材料。——译者注
③ 新艺术是 19 世纪末到 20 世纪初流行于欧美的一种装饰艺术风。——译者注

赫伯特·比尔博姆·特里爵士所扮演的卡利班(由查尔斯·布切尔于1904年创作)

甚至连约翰·埃弗里特·密莱斯、威廉·莫里斯（William Morris）和奥布里·比亚兹莱仿佛也都化身成了童书插画家欧内斯特·H. 谢泼德和亚瑟·拉克姆（Arthur Rackham）。[14]

我们在后世作家身上也能感受到这一时代所带来的影响。P. L. 特拉弗斯（P. L. Travers）在 1934 年出版了《随风而来的玛丽阿姨》，但是故事设定在了爱德华时代的十年。C. S. 刘易斯、J. R. R. 托尔金和 A. A. 米尔恩的童年也都在爱德华时代度过，于是，也就不难理解为何他们创作的大量幻想作品中的场景（《狮子、女巫与魔衣柜》中教授的书房，中土世界中的夏尔地区的大草坪，《小熊维尼》中猫头鹰建在山毛榉树上的气派房子）会将我们带回第一次世界大战前那还未被战争摧毁的时代了。在离开作战室和地图室几十年后的今天，再看着中土世界、杨柳林或百亩森林的地图，就像在绘制一幅怀旧的地图。

258　　如果儿童文学在爱德华时代真的发生了转变，那么其具体路径是什么呢？其中之一是将我们带入森林。用海恩斯的话来说就是：

> 在《黄面志》和 E. M. 福斯特（E. M. Forster）充满潘神气息的这类故事中，我们都可以发现对异教神灵的迷恋。这些神灵藏在山下或篱笆后面，有女巫和树林女神，也有来自天上或地下的超自然生物。巴里的《彼得·潘》是 1904 年最成功的戏剧，当时，他还不像今天这样明确将儿童作为观众（英国诗人鲁伯特·布鲁克 [Rupert Brooke] 专程从剑桥赶去看这出戏，并说这是他看过的最好的剧）。在这一时期，潘神无处不在。[15]

潘神出没于各个角落，不仅在《黄面志》中，也遍布于童书的各个角落。格雷厄姆的《柳林风声》在最庄严处呈现了"黎明前的笛声"[1] 这一画面——森林之神自身的形象。在这里，鼹鼠"顿生敬畏之情"，他看见格雷厄姆所说的"朋友和救世主"："犄角向后弯曲，在渐渐明朗的晨光中闪闪发亮……在和善的双眼之间，鹰钩鼻坚毅而挺拔……修长而灵活的双手依然握着那支牧神之笛。"[16] 在《秘密花园》中，玛丽·伦罗克斯遇见乡村男孩迪肯的情形，与鼹鼠遇见神明的场面如出一辙。她听见"一道低沉而独特的哨音"，于是循声望去。

> 一个男孩背靠着树干坐在树下，正吹奏着一只粗糙的木笛。他看起来很快乐的样子，年纪约莫为 12 岁。他看上去十分干净，鼻子上翘，脸颊深红，像罂粟花的颜色。他的眼睛又圆又蓝，玛丽小姐从来没有在其他男生的面庞上见过。男孩背靠的树干上，一只棕色的松鼠正攀在上面，仔细观察他。在附近不远的灌木丛后面，一只野公鸡也伸长了脖子窥探着，姿势十分优美。离男孩很近的地方还有两只兔子，直直坐立着，窣窣地吸着气，鼻尖不停颤动——看上去，这些小家伙仿佛都被吸引到他的身旁，聆听他吹奏木笛时那奇特而低沉的呼唤。
>
> （p.57）

鼹鼠的牧神和玛丽的迪肯都存在于自然世界和超自然世界的交界处。每一个角色都给生灵带来了和谐与安详，他们就像人间的小俄耳甫斯[2]，将动物驯化成听众。他们充满灵气，又带有未经教化的野性，散发着艺术气息，同时激发着小说作者的灵感。因为，在格

---

① 这里指第七章，"黎明前的笛声"也是这一章的标题。——译者注
② 古希腊神话中的诗人和歌手，他的琴声能让野兽俯首帖耳。——译者注

雷厄姆和伯内特的作品中,他们的描写都达到了一个相当难得的高度。句子很长且延绵不断(可留意《秘密花园》里一连串的分句)。两位作者都列举出一连串新奇之物,强烈的感官体验,以及一系列可以追溯到莎士比亚的典故。的确,《柳林风声》中的老鼠在进入牧神领地时说的话,使他很像莎士比亚的《暴风雨》中的腓迪南。

259

> 这是我梦中的歌唱圣地,是带给我天籁的音乐故乡。
>
> （p.76）

> 这音乐是从什么地方来的呢? 在天上,还是在地上?
> ⋯⋯⋯⋯
> 这音乐便从水面掠了过来。
>
> (《暴风雨》第一幕第二场)

如果说巴里的《彼得·潘》是 1904 年最成功的戏剧,那么毫无疑问,它的成功很大程度上在于重新唤醒了人们对林中幻境的憧憬,在于完美融合了《暴风雨》的特质和浓烈的爵士音乐,在于透过爱德华时代怀旧情结的纱布,过滤了维多利亚时代繁复的教育传统和家庭文化。《彼得·潘》这部戏剧回顾了逝去的无忧无虑的维多利亚时代。它在幻想中,而非现实或科学中寻找生活的意义。它把生活看作一场戏剧、一场表演,而非真实存在的事物。它将社会生活中的习俗以最直白的方式展示在世人面前,由此引起人们对道德与礼数之间的沟壑的关注。[17]

《彼得·潘》在一间文字之屋中拉开序幕。从家里的育儿室能看到布鲁姆斯伯里,按舞台指示解释,家中的主人选择在伦敦的这片区域定居,是因为"罗热先生曾经住在这里"。舞台指示继续讲道:"我们也是一样，在那些日子里，他的《罗热同义词词典》是我们在伦敦唯一的伙伴；他帮助我们在生活中前行，因此我们一直都想给予他一点回报。"（pp.1309–10）戏剧的开场是维多利亚式的语言想象。罗热的《罗热同义词词典》在此处象征着19世纪的博学多闻，象征着鸿篇巨制，比如《牛津英语词典》或达尔文的《物种起源》，它们"帮助我们在生活中前行"，改变我们看待世界的方式。《彼得·潘》在这个怀旧的维多利亚世界中拉开序幕：宅子、房间、时钟和玩具，这一切都让人联想起维多利亚时代流传下来的许多照片，其中安逸又杂乱的景致，展现了安稳的童年家庭环境。

　　然而，从一开始，这部戏剧就表现出了异常之处。与其说这些孩子在表现自己，不如说他们在扮演他人。这里的育儿室中有个剧院。小约翰（顺便一提，舞台指示写道，他必须用"装模作样的口吻"说话）对母亲宣布，"我们要表演一场戏，我们打算扮演你和父亲"（p.1311）。在莎士比亚的《亨利四世》（第一部分）中，哈尔王子命令福斯塔夫："你就权充我的父亲。"这是戏剧角色扮演场景中伟大的一幕。扮演父亲是孩子最早的表演游戏之一。事实上，我们必须把这一时刻和奥尔科特的《小妇人》的开场进行比较。那些姑娘扮演角色，是为了填补父亲不在家所带来的空缺，而她们的母亲则回忆起她们曾经表演班扬《天路历程》中某些场景时的情形。这两部作品的开场都表现出了对自身表演性质的自我意识，让人想起过去为表演而创作的文学模式。不过，当《小妇人》展现出姐妹们将生活重心从剧院转向写作、服务和家庭责任的时候，《彼得·潘》却强化了童年的表演性特征。与其说彼得是一个普通幻想中的人物，不如说他更像是从孩子因莎士比亚的想象世界而产生的幻想中走出的人物。如果说小约翰的话让人联想起哈尔王子，彼得的登场则让人想起《仲夏夜之梦》中的场景："一直以来，他只穿着秋天的落叶和

260

蜘蛛网。"就像奥伯龙的精灵一样(别忘了,其中一个精灵就叫"蜘蛛网"①),彼得将恪守道德之人带离了平庸的生活。

戏剧的第一幕就像一篇关于童话的论述文。巴里从《格林童话》《鹅妈妈童谣》《童话集》中得到启发,并将它们生动地表演出来。剧中,有一片彼得粘不上的影子,有温蒂送给彼得的奇特却又无比重要的吻,有所谓的精灵语言以及迷失的男孩。当然,还有温蒂讲的那些故事:她详细地讲述了灰姑娘的故事,并且利用彼得一时间对童话故事的喜好,来说服彼得带她去永无岛。"我知道许多故事,"她说道,"我能把这些故事讲给那里的男孩子们听!"(p.1320)

在故事中度过一生意味着什么?巴里在整部戏剧中不断问这个问题:若你的人生由文字、书本和故事来决定,这到底意味着什么?如果《罗热同义词词典》是生活的指导用书,那么《格林童话》《童话集》或《鹅妈妈童谣》也称得上是生活指导用书。同样,还有《鲁滨孙漂流记》。第二幕中的永无岛无疑有某种《鲁滨孙漂流记》的味道。在舞台指示中,巴里就像笛福描述星期五那样,非常详尽地描写了海盗和虎克船长的外貌。虎克是这样的:"体型瘦削、皮肤黝黑,披着一头长长的卷发,看上去像即将熔化的黑色蜡烛。他的眼睛像勿忘我一样湛蓝又冷酷无情,只有当他挥舞铁钩时,他的眼睛里才会出现一颗红点。"他是鲁滨孙式的人物,但他也是过去维多利亚时代的课堂里会出现的那种人,因为他谈吐优雅、礼仪周到,在"公学"有一个绰号,而且(戏剧中写道)还有一身"模仿纨绔子弟的穿着"(p.1324)。

此处的虎克既有奥斯卡·王尔德时代的美感,又很像史蒂文森《金银岛》中的那个野人。他是个失败的校长,体现出所有老学究与

261

① 奥伯龙是《仲夏夜之梦》中的精灵之王。另外,上一句的引言是《彼得·潘》舞台指示中对彼得·潘登场时的形象描写。——译者注

生俱来的浮夸与做作。我在《哈利·波特》中斯内普教授的身后仿佛看到了他的影子（尤其是两者的头发，非常相似）。他像斯内普一样，用无休止的提问刁难学生。斯内普在多数场景中都是一个彻头彻尾的欺凌者，但是虎克要复杂得多。看看他在第三幕中与彼得的对手戏：

> 虎克：如果你是虎克，那么告诉我，我是谁？
>
> 彼得：一条鳕鱼，你不过是一条鳕鱼。
>
> 虎克（吃惊）：一条鳕鱼？
>
> 斯密（从他身边后退了一步）：难道我们的船长一直是条鳕鱼？
>
> 斯塔基：这简直是对我们自尊心的侮辱。
>
> 虎克（感觉到自负心理正在慢慢消失）：别抛弃我，你们这些坏蛋。
>
> 彼得（有些头重脚轻）：抓住这条鱼，抓住他！
>
> …………
>
> 虎克：你有其他名字吗？
>
> 彼得（逐渐落入圈套）：有的，有的。
>
> 虎克（饥渴地）：是蔬菜？
>
> 彼得：不是。
>
> 虎克：是动物？
>
> 彼得（向图图飞快地询问了一下）：是的。
>
> 虎克：是大人吗？
>
> 彼得（轻蔑的语气）：不是。
>
> 虎克：是男孩？
>
> 彼得：是的。

虎克：普通男孩？

彼得：才不是！

虎克：杰出男孩？

彼得（令温蒂苦恼地）：是的！

虎克：你住在英国吗？

彼得：不是。

虎克：你在这里吗？

彼得：是的。

（pp.1333–34）

此处还有一种奇妙的莎士比亚格调。一些情节让人联想起哈姆雷特向波洛尼厄斯提问云朵的形状的场面，另一些情节则让人想起罗密欧和朋友们玩的双关语游戏（鳕鱼 [codfish] 这个词在莎士比亚的戏剧中带有男子遮羞布 [codpiece] 的含义，它往往能让学生捧腹大笑，无论是在当时还是在现在）。也有一些情节带着《李尔王》的味道："你是谁？""那么让我告诉你，我是彼得·潘！"这一宣言，与李尔王向瞎眼的葛罗斯特表明身份的场景一样充满戏剧性："嗯，从头到脚都是君王。"此外，毫无疑问，罗热在故事中也占有一席之地。虎克的问题——蔬菜、动物、男孩、普通男孩和杰出男孩——让人想起罗热对这个世界的分类方法：一个层层递进的体系。我们好像看到虎克在一页页地翻看《罗热同义词词典》，寻找男孩、普通男孩和杰出男孩的精确定义，直到得到最后答案：彼得·潘。

同样，我们也能看到一个从教室的书页里走出来的虎克。听听他在第五幕开场时的疯狂独白："夜晚是多么寂静，没有一丝生命的迹象。这个钟点，孩子们本该躺在家中的床上：他们的嘴唇，沾着睡前喝的热巧克力，呈现淡淡的棕色；他们的舌头，懒洋洋地舔着油亮的脸颊,因为上面还沾着快落下来的食物碎屑。看看这条船上的孩子哟,他们就要走上跳板。我的话都要分裂啦,但这是属于我的胜利时刻!"（p.1345）。阅读这段话时,我们不妨将它看作披着爱德华式伪装的维多利亚式幻想。此处,没有什么是完整而清晰的。甚至连开场时的舞台指示——"［虎克］与他的自负（ego）交融"——在临近 20 世纪的英语中也是含糊不清的（根据《牛津英语词典》的引证,"ego"第一次使用这个含义是在 1894 年;直到 1910 年,这个词才第一次带着弗洛伊德式的意味在英语中出现）。此处,虎克是一个被自负心理控制的哈姆雷特,一个被分裂成带有悲剧幻想色彩的舞台角色。他的开场词让人想起莎士比亚的戏剧中,王子在决定执行计划前的沉思：

> 现在是一夜之中最阴森的时候,
> 鬼魂都在此刻从坟墓里出来,
> 地狱也要向人世吐放疠气;
> 现在我可以痛饮热腾腾的鲜血,
> 干那白昼所不敢正视的残忍的行为。
>
> （《哈姆雷特》第三幕第二场）

但这是儿童版的《哈姆雷特》,因为我们从教堂墓地来到了卧室。在此处,没有人喝热腾腾的鲜血,孩子们喝的是睡前的热巧克力。当然,"我的话都要分裂啦"应该是说"我的木板都要碎啦"①（这

---

① "我的话都要分裂啦"原文是"split my infinitives",化用了"shiver my timbers"这句海盗常用的咒骂语。"shiver my timbers"字面意思是"打碎我船上的木片","split my infinitives"字面意思是"分裂我的不定式"。这句莫名其妙的改述给故事带来了幽默感。——译者注

句话很可能来源于弗雷德里克·马里亚特的小说,后来因为《金银岛》中的约翰·西尔弗说了它而为人熟知,并流行起来)。木板化为文字,船只化为书籍。虎克临死时放弃了对鳄鱼的逃避,自言自语(舞台提示就是这么写的)道:"伊顿万岁。"( Floreat Etona, p.1351 )

虎克最终以一名老伊顿学子的身份死去,他的话让人想起维多利亚时代典范的公学生活。的确,虎克的伊顿情结就像是对汤姆·布朗的拉格比情结的巧妙回击:拉格比公学是伊顿的对手,而且与伊顿公学一样,是体育精神和公民责任的起源。"滑铁卢战役是在伊顿公学的操场上打赢的。"(这一名言一般认为出自威灵顿公爵之口,但研究证实它在 19 世纪 50 年代才首次出现。)这句话让我们找回了男孩书籍时代的冒险精神。与虎克一同死去的还有冒险家的理想,而对巴里而言(他将剧本进行了全面修订,并于 1928 年出版),第一次世界大战中死去的整整一代年轻人,必然使这一理想变得更加空洞。"死亡,"彼得·潘说,"将会是一场最大的冒险。"( p.1336 )我们岂不是能从鲁伯特·布鲁克等人的嘴中听到同样的话吗?(布鲁克于 1904 年首演那晚看了这部剧,十年后便应征入伍。)我们岂不是能从那些走向死亡的士兵口中,听到彼得的幻想化为灰烬的事实吗?"为祖国捐躯的甜美与合宜,不过是古老的谎言。"这是威尔弗雷德·欧文的同名诗歌中的最后一句,或许这是一战最著名的诗句。就像诗歌所说的,人们不会"怀着高昂的热情 / 为满心期待致命荣耀的孩子"朗读这些诗句。[18]

第一次世界大战结束了爱德华时代的童年的观点,已经是老生常谈。但是,我认为,从《彼得·潘》看到这一终结的先兆却并非陈词滥调。我不要长大:彼得的拒绝,不仅是对成熟的否定,也是对历史本身的否定。它开启了一扇通往从未存在过的永无岛的大门。(什么是怀旧情结?不正是对从未存在的过去的渴望吗?)

在欧文的诗歌中,我们也能找到爱德华时代思想的讣告:"dulce et decorum"——甜美与合宜。贺拉斯的拉丁诗句,在此处贴切地映衬了我们对花园派对的回忆:那儿满是甜点和社交礼仪。

在《柳林风声》中,甜美与合宜是怀旧情结的两个主要支点。[19] 但是,它对爱德华时代英国的描绘,更侧重于能够吸引富人阶级追捧的技术创新,而非花园派对照片里的东西, 比如像汽车这样的新玩意儿,对自然提出的新问题,以及乡村生活的甜美与合宜所面临的新威胁。书中的蟾蜍生活在爱德华时代焦虑情绪的中心。他对汽车的迷恋、他的欲望、他的疯狂,都延续到了表演中。在书中,蟾蜍就像是爱德华时代社会风气的代言人。要理解他那令人厌烦的愚蠢和纨绔秉性,我们必须回到书中维多利亚式的开头。

> 一整个上午,鼹鼠都在辛勤劳作,为自己的小屋进行春季大扫除:先以扫帚拂扫,再以抹布擦拭,继而搭椅登梯,带着刷子和涂料桶粉刷墙壁。他不停忙活,直到灰尘进到嗓子和眼睛里,白色的粉刷浆在乌黑的皮毛上溅得到处都是,腰也痛了、手也累了,这才停下来。春天的气息飘荡在天空、泥土和周围的空气里。甚至渗入了他那间昏暗矮小的屋子,带给他一种神圣的、让人感到不满足、想要追求什么的精神。于是,自然而然,他猛地将刷子扔向地面,呼喊道:"真让人心烦!"……便立即冲出了家门。
>
> （p.1）

格雷厄姆在小说伊始就使用了维多利亚家庭生活的词汇。事实上,"春季大扫除"这一说法直到19世纪的下半叶才出现(《牛津英语词典》中给出的最早的例子来自1857年)。当然,这一说法的部分

264

起因在于,整洁干净在当时成了一种新兴的社会理想:在英国和美国,人们开始重视个人和家庭卫生。但是,其中的象征意义也显而易见。春天是新生的季节,是对过去做清理的时候。下面这句《牛津英语词典》引自 1889 年《蓓尔美尔街公报》(*The Pall Mall Gazette*)中的话,我认为就恰到好处地捕捉到了维多利亚晚期,家庭整理与格雷厄姆在上面所表现的文学形式之间的关联:"在诗人与做春季大扫除的人之间,存在着不少情感共鸣。"《牛津英语词典》还引用了哈里特·马蒂诺(Harriet Martineau)的《自传》(来自 1873 年的一封信件)中的话:"这将会是一个繁忙的月份,要做春季大扫除,还要粉刷屋子。"

《柳林风声》以反映维多利亚时代社会秩序的文字开场。这是一个新的开端,但是这个新开端仍根植于熟悉的旧世界:格雷厄姆的童年世界。整个第一章就以这样的基调展开。鼹鼠离开他的小屋子,遇到一只嚷嚷着要收过路费的兔子;他撞翻兔子,并"chaff"其他的兔子,向他们大喊"洋葱酱,洋葱酱"。(这些表达都是原汁原味的维多利亚时代的俗话;"chaff"在这里的意思是抱怨、责骂,这一用法似乎在 19 世纪 80 年代之后就消失了;"洋葱酱"有"废话"之意,是一个后狄更斯时代的用法。)还有更多这样的例子。在鼹鼠遇见河鼠之前,他幻想着拥有一幢"精巧的河边小屋"(完美、确定无疑的维多利亚表达);在或许是全书最著名的段落里,河鼠对鼹鼠说:"世界上绝对不会有比乘船游逛更有趣的事了。"("游逛"[messing about]直到 19 世纪 80 年代才有"惬意地消磨时光"之意;事实上,《牛津英语词典》引用了《柳林风声》中的这句话来解释这一词组的用法。)

如果说这本书以维多利亚时代的玩笑话开场,那么,它也是在一个任何时代都最有辨识度的文学场景中开始的,这个场景就是河上旅行。和所有伟大的冒险故事一样(从《奥德赛》到《哈克贝利·费恩历险记》)，《柳林风声》也将主人公设定在河上。不过，对那个年代的读者来说，最让人印象深刻的船上故事一定是杰罗姆·K.杰罗姆的《三人同舟》。[20]这本书最早于1889年出版，之后不断重印。小说按时间顺序记述了三个年轻人在泰晤士河上幽默而又琐碎的遭遇。到了19世纪80年代末，河流演变成中产阶级的准游乐场，泛舟游乐成了时尚，人们会在泛舟的过程中停下来野餐，进入沿途的酒吧喝酒或做其他与此类似的事——这推动了杰罗姆作品的流行。冒险故事没有设定在大英帝国的偏远角落，而是就在家门口。书中的语言俏皮、通俗，故事的关注点落在主人公的小缺点上。杰罗姆以此为整整一代通俗小说家奠定了写作模式，而格雷厄姆用动物童话重新演绎了杰罗姆的故事。

试看河鼠和鼹鼠打包野餐篮的情景；看他们在河上漫不经心地航行，直至撞到河岸，翻了个"底朝天"；看他们试着从河里救回那一篮子的食物；看他们回到河鼠的住处，穿着长袍和拖鞋休息的样子……这段旅程带有强烈的《三人同舟》的味道，让人很难相信格雷厄姆在写作时没有参考这本书。就拿杰罗姆小说中对旅程计划的描述来说：

> 随后，我们驾着小船来到一处僻静角落，整理好帐篷，准备了一顿朴素简单的晚餐，将肚子填饱。吃过饭后，我们将大烟斗装满，点燃，愉快地闲谈，我们的谈笑声如轻轻的歌声一般。在闲聊的间隙，我们听到河水绕着小船跳跃游动，仿佛在诉说着独特而古老的传说与秘密，低吟着传唱千年的古老童谣。

（p.21）

杰罗姆对这个供男孩们玩乐的水边伊甸园的描绘，为格雷厄姆

的故事搭建了基本框架。因此,杰罗姆诙谐地描写的这些可怜年轻人的失败经历,也能在河鼠和鼹鼠的愚蠢行为中看到:

> 随后,哈里斯试着用一把小刀将罐子打开,却不小心把刀子弄坏了,重重划了自己一刀;乔治则试图用剪刀,然而,剪刀飞了起来,差点把他的眼睛戳瞎。当二人在包扎伤口时,我想试着用鱼钩的钩尖在罐头上戳个洞出来,不料钩子一滑,我猛地倒向船外,落在船与河岸之间那深两英尺的泥水中。罐子则滚向了一旁,丝毫未损,还撞碎了一个茶杯。

(p.170)

266

三人的不幸遭遇不仅与河鼠、鼹鼠的遭遇有共通之处,从更大范围来说,还使人想起维多利亚时代晚期和爱德华时代的倒霉旅行。笨手笨脚的大学生的形象,某个社会阶层中漫不经心惹人发笑的男孩们,通过巴兹尔·布思罗伊德(Basil Boothroyd)的文字生动地呈现在人们眼前。巴兹尔是 20 世纪早期《笨拙》的编辑,有一次,有人问他是不是度过了一个愉快的假期,他回答道:"太糟了。一点岔子都没出。"[21]

这是《柳林风声》中愉快又糊涂的轻松气氛。怀旧情结就像轻盈的雪花一样落在这些动物身上,而格雷厄姆的文字——和我引用的杰罗姆的段落很相似——常常充满对早先浪漫主义情感的追溯。尤其是"重返家园"这一章,集合了我们能读到的所有情感回应,让人想起华兹华斯和雪莱以及查尔斯·狄更斯。小田鼠们敲响了鼹鼠的家门,欢快地唱起颂歌;河鼠不顾夜深,提出不管花多少钱都要让他们去买些吃的来:

"嘿，提灯笼的！到这边来，我有些话想问问你。你告诉我，在如此夜深时分，会有店铺营业么？"

"怎么？当然有的，先生，"田鼠谦和有礼地答道，"每年到了这个时节，我们的店铺无论白天黑夜都营业。"

"既然这样！"河鼠说，"你赶紧出发，带上灯笼，去给我买——"

（p.56）

这番交涉让人想起狄更斯的《圣诞颂歌》的结尾，埃比尼泽从梦中醒来，手脚还在哆嗦。他叫住了街上的一个小男孩，让他去买火鸡。当鼹鼠向河鼠解释说这些田鼠还是演员，同时表明"戏全部由他们自编自演"的时候，他构想了一个史蒂文森和巴里、海盗和彼得·潘那样的世界。鼹鼠解释说："去年，他们为我们演了一出精彩的戏，讲述了一只在海上被巴巴里海盗俘虏的田鼠的故事。他被强迫在船舱中划桨。后来，他成功逃了出来，回到了自己的家乡。然而，自己心爱的姑娘却进了修道院。嘿，就是你！你参加过那场演出，我记得很清楚。现在，起立为我们朗诵一段台词吧。"（p.57）可惜，这只小田鼠吓得舌头都打结了，尽管众人加油鼓励，他仍旧没法表演。直到另一只田鼠敲门，带着食物进来时，我们才感到他得救了（从某种程度上来说，我们也得救了）。然后，"再也没人提演戏的事了"。格雷厄姆营造了《彼得·潘》式的演出幻影，却又立刻结束了它。这部小说承认剧院的诱惑力，也肯定了表演海盗的强大诱惑，然而，这个满足于"安逸舒适"、平静的维多利亚式家庭幻想，容不下这样的舞台表演。在此，我们并非在观看虎克船长对课堂背诵的模仿，而是置身于记忆中的点着蜡烛的家庭阅读世界。

这是华兹华斯和雪莱的世界，是莎士比亚式诗歌的世界，是专为

267

童心未眠的读者所精选的诗歌和戏剧的世界。[22] 从格雷厄姆在《剑桥儿童诗集》中收录的诗歌里,人们能体会到河鼠和鼹鼠、河流和房屋的美感。[23]

> 我的灵魂是一条着了魔的小舟,
>
> 它像一只瞌睡的天鹅,飘浮
>
> 在你的歌声的银色波浪中间。①

（第一部分，p.78）

这是雪莱的《致歌手》（"To a Singer"）的开头,它在《剑桥儿童诗集》中呼应了河鼠在船上的闲情逸致。这首诗歌为 19 世纪晚期和 20 世纪早期的读者带来了一幅呈现流水如音乐般深沉、浪漫的画卷,一段河中之旅的甜蜜幻象。而在杰罗姆对河流那"独特而古老的传说与秘密"的想象中,你也可以听见它的和弦。如果说,他的河流唱响了一支"古老的童谣",那么,这些在维多利亚时代晚期和爱德华时代为孩子编选的浪漫主义诗歌也是如此。在格雷厄姆的《剑桥儿童诗集》中,让我们翻到华兹华斯的《咏童年往事》（"Recollections of Early Childhood"）,来看看他那浓厚的庄严气息来自何处:

> 还记得当年，大地的千形万态，
>
> 绿野，丛林，滔滔的流水，
>
> 在我看来
>
> 仿佛都呈现天国的明辉，

---

① 引自邵洵美译《解放了的普罗米修斯》第二幕第五场(人民文学出版社,1957 年),第 69 页。——译者注

　　赫赫的荣光，梦境的新姿异彩。

　　华兹华斯继续写道："我听到你们一声声互相呼唤／你们，幸福的生灵！"①格雷厄姆也听到了这声呼唤，就像伯内特的《秘密花园》一样，他的《柳林风声》以这样的景象，写出了引人共鸣的文字。这便是格雷厄姆在"黎明前的笛声"中所展现的画面的实质。你几乎只要随意翻开这一章，就能找到华兹华斯般绚丽的段落："只见一片宽阔的半圆形水沫，绿水闪耀着一道道水纹，波光粼粼。一座巨大的河堰横跨两岸，隔断了流水，在平静的水面搅出一个个旋涡和一道道泡沫。它那威严而又和善的轰响，掩盖了其余一切声音。"（p.75）这便是维多利亚时代的人为浪漫主义诗人所做的贡献：在林间空地或儿时回忆中找到华美的神圣画面。这一段落中威严而又和善的轰响声不仅来自旋涡，也来自组成这些描写文字的音韵，以及它们所形成的共鸣。

　　然而，爱德华时代的现代化气息已然闯进了维多利亚式的轰响声中。在鼹鼠回到自己甜蜜的家之前，他与河鼠一起拜访了蟾蜍。他们在蟾蜍的乡村豪宅中看到他又转变兴趣了。蟾蜍早已不再划船，他说："那是孩子气的傻玩意儿。"现在，他迷恋上坐着大篷马车旅行。他向两位客人展示了自己的"吉卜赛大篷车，崭新、锃亮：车身漆成淡黄色，像金丝雀一般，同时衬以绿色；车轮则为大红色"（p.15）。对蟾蜍来说，这是旅行的最高配置，这辆马车的颜色和光泽充满了维多利亚时代晚期的颓废之感（就好像这辆车直接从《黄面志》中开出来，诞生于奥布里·比亚兹莱的笔下）。然而，当时已经是

268

―――――――――
　　①　引自杨德豫译《华兹华斯诗选》（外语教学与研究出版社，2012年），第265页。这两句分别来自原诗第四节和第一节。——译者注

1908年,漂亮的四轮马车马上就要退场。这里没有和善的轰响声——他们只听见一阵"微弱的嗡嗡声"。他们"看见一小团烟尘从后面扬起,中心有个充满能量的黑点,正朝他们冲过来,速度快得令人难以置信。阵阵微弱的'扑哧'声从烟尘中传出,像惊恐不安的动物发出的痛苦呻吟"。汽车从他们身边飞驰而过,撞了他们一下,使马车失控掉进了壕沟。但是,有那么一瞬间,他们"瞥见闪闪发亮的厚玻璃板和雍容富丽的摩洛哥山羊皮垫。汽车的驾驶员紧张地握住方向盘,顷刻间将周围的空气与尘土都吸附过来,吹出一片烟尘,将蟾蜍他们团团围住,遮蔽了所有人的视线。随后,它又逐渐远去,缩小为一个小黑点,再次变回了那只嗡嗡的小蜜蜂"(p.19)。这是爱德华时代的另一面:在这个世界里,没有静悄悄的茶会,有的是时刻运转的动力引擎;既有对科技快速发展带来的新事物的迷恋,也有华丽装饰这些新科技产品的需求。这或许是一辆汽车,但这是一辆闪着玻璃和皮革光泽的车;这或许是一台机器,但它似乎拥有动物般的生机活力。我们或许能称之为科技的崇伟,只是瞥了一眼由汽油驱动的未来,旁观者的心便被彻底俘虏了。汽车成了渴望的对象——不仅因为蟾蜍想要一辆,更是因为,我们在其文字描述中,看到了这份欲求。

269　　　如果说鼹鼠与河鼠希望回到曾经美好的日常生活中,那么蟾蜍则跃向了急速发展的未来。他的冒险,带他进入我们所熟悉的英国的不那么显眼的侧面:酒吧、监狱、洗衣房和铁路。他的故事是《柳林风声》最后几章的重点,每一段经历都延续了冒险、社评和幻想的传统,而又把它们转变为一场闹剧。蟾蜍仿佛正带着我们穿越由所有儿童书籍形成的历史长河。比如说,有那么一刻,蟾蜍"万分震惊……突然间记起,自己把外衣和马甲都丢在了地牢里,衣服里放着钱包、零钱、钥匙、怀表、火柴、铅笔盒——这些都是使生命有意义之物,能够区别拥有口袋和没有口袋的生物,后者只能在一旁蹦蹦跳跳,完全没有参加社会竞争的资格"（p.87）。这一幕让人想起《格列佛游记》。一个人就是他口袋里装着的全部东西，而蟾蜍发现自己被剥去了一切文明人的行头。相比之下，格列佛把小人国的居民放入自己的口袋，这样，他们就能看到他的怀表、钱包、梳子、手枪和剃须刀。

　　如果说书中有格列佛的世界，那么那里也有汤姆·布朗的世界。回忆一下，那个校园故事是如何将男孩的生活转变为现实的——关于体育精神的故事是如何为日常生活增添了丰富多彩的注解的。下面是蟾蜍的一段极具特色的自我陈述："敌人将我关入囚牢，让重重岗哨将我包围，派狱卒夜以继日地看守着我，可我竟然从他们眼皮子底下逃了出来，这完全靠的是能耐与勇气。他们出动机车，派遣警察，带着手枪追捕我。而我呢，朝他们打了个响指，一阵大笑，随后便消失得无影无踪。"（p.117）这段陈述，结合了体育比赛解说中的华丽辞藻和冒险故事的惯用语言。这似乎不仅是格雷厄姆的小说，也是蟾蜍亲自写下的关于自己生活的小说——一部关于携手共进与打打闹闹、英雄主义与喜剧狂欢的小说。

　　别忘了还有维多利亚时代晚期和爱德华时代小说中最经久不衰的作品：安东尼·霍普的《曾达的囚徒》（1894 年首次出版，1895 年被搬上舞台，早在 1913 年就被拍成电影），史蒂文森的《化身博士》（1886 年出版，1887 年搬上舞台，1912 年首次登上电影荧幕），还有阿瑟·柯南·道尔爵士的"夏洛克·福尔摩斯"系列故事（第一篇诞生于 1887 年，一直连载了 40 年）。读者及后来的观众认为，这些作品经久不衰的原因在于，它们在服装和模仿上下了很大功夫。它们将冒险故事与变装打扮紧紧联系在一起，而蟾蜍的故事正与这些细节相互呼应。当他历经艰险终于回到家时，他见到河鼠，意识到"那套不合时宜的伪装，可以扔掉了"（p.123）。这样的决定，是维多利亚时代晚期和爱德华时代作品的核心要义，因为它提出了那个时代的中心问题：

270

一个人的本质是什么？我们怎样才能表现或掩盖自己的内心？是不是无论我们的外表如何，黑暗的一面终将暴露？现在，试着回想一下爱德华国王对穿着礼仪的讲究，对军装的喜爱，以及在不同场合必须穿相应的马刺的强迫心理。蟾蜍的鲁莽行动包括"出逃""伪装""耍诡计"。[24] 在河鼠终于让蟾蜍冷静下来后，他请求蟾蜍："你给我赶紧上楼去，把身上这件破布衫脱掉，它十足像一个洗衣妇穿的。好好梳洗干净，把我的衣服换上，要是你可以，就像个绅士一样再下来。"（p.123）对河鼠来说，伪装成他人是不义之举。一个真正的绅士不是剧院里的戏子，而应该是一家之主。

蟾蜍就像虎克船长一样，在这里甚至可以说像曾达的囚徒，或吉基尔医生、福尔摩斯一样，是一个极富表演性的人物。他的装腔作势、他的夸夸其谈、他不断变化的着装，甚至他对汽车的外表及展览的痴迷，都表明他是一个只为表演而生的个体。也难怪，在赶走霸占了蟾宫的白鼬和黄鼠狼后，原主人蟾蜍会通过谢客表演来重申对蟾宫的所有权。此书的最末一章虽说叫作"奥德修斯的回归"①，但这里奥德修斯回归的是一座音乐厅。蟾蜍想象出一部关于自己冒险经历的戏剧，他幻想着写一档"夜晚娱乐节目"（p.145）。他甚至编了一首了不起的歌来娱乐宾客。在群贤毕至，酒足饭饱后，他的同伴要求他发表演讲。

> 然而，蟾蜍只是将头轻轻地摇了摇，将一只爪子举了起来，温和地反对。他不停劝客人多多享用美食，与之闲话家常，殷切询问他们家中因尚未成年而无法参加社交活动的家人状况，试

---

① 最后一章应该是"尤利西斯的回归"，作者可能记混了。奥德修斯是希腊神话中的人物，而尤利西斯是罗马神话中与奥德修斯对应的人物。——译者注

图让他们知道，这次晚宴严格遵循传统而布置。

蟾蜍变了，真的变了！

（p.149）

他依然是那个时代的蟾蜍，只不过，他现在不再充满欲望、装腔作势。他成了一个严明的、懂礼法的主人，展现出所有爱德华时代的理想社交能力，与客人们聊天，举止合宜。

正如我之前所说的，《柳林风声》追溯了维多利亚时代的家庭生活与爱德华时代家庭生活之间的紧张关系。它吸收了那一时代的许多文学喜好：受吹捧的浪漫主义辞藻、稀奇的潘神形象以及船上年轻人的日常冒险。但是它也将这一切置于科技与社会变革、剧院与服饰，以及人们的热情之中。最后的胜者，似乎终将是社交的合宜。

爱德华时代的文化，存在于创新与怀旧、社会变革与舒适家庭生活的交汇处。从《彼得·潘》到《柳林风声》，我们或许可以提炼出那个年代及之后的故事模式。一种关乎科技的超自然主义始终存在，比如，在内斯比特的《铁路边的孩子们》（1906）中，就是机械生命的力量和潘神的结合。[25] 只需看看这些孩子被带离伦敦，在约克郡郊外见到火车时的场景（他们的父亲被诬陷将国家情报卖给俄国人，并被判入狱五年），便可知晓了。

271

通往铁轨的路要下山经过一片平整、低矮的草地，其间还有荆豆灌木丛、灰色和黄色的岩石，它们堆叠得就像蛋糕上的蜜饯果皮一样。

路在一个陡坡处到了尽头，那儿被一道栅栏围住，再往下走，就到了铁路。闪闪发亮的铁轨、电报线和电线杆，还有信号柱,立即映入眼帘。

他们正要翻过栅栏,这时,一阵巨大的隆隆声吸引他们顺着铁轨延伸的方向向右望去,只见岩壁下的隧道张开黑色的大口,随着汽笛的声响,一列火车从中冲了出来,在他们面前呼啸而过。火车经过时,他们都明显感觉到了一股冲力,路边的小石子也不停地跳跃,发出嘎吱嘎吱的声音。

"啊,"罗伯塔深深吸了一口气,"就像一条长龙腾跃而过,有没有觉得它是在用火热的翅膀扇动着我们?"

菲莉丝说道:"那隧道感觉和龙洞一样。"

彼得却说:"真是太棒了,我从没想过我们能离火车这么近。"

"比玩具火车要棒多了,不是吗?"罗伯塔说。

(其实,我不愿称她为罗伯塔,我不认为我应该这么做。其他人都不这么叫她。大家都叫她波比,我也说不上来我有什么理由不这么叫她。)

272

"我不知道,这不同,"彼得说,"一整列火车太高大了,看上去很是奇怪,不是吗?"


这些孩子为火车注入了可怕又奇异的力量。它就像一条龙那样飞驰而来,打破了大地(就像一个裱花蛋糕)那安然不动的自我满足感。爱德华时代丰盛的茶会——由蜜饯果皮和香精包裹着的社交生活——在火车所带来的丰富想象面前瓦解了。这一场景和蟾蜍第一次见到汽车的场面十分相似,两者都表现了科技是如何点燃人们心中的欲望的。这片林子里没有潘神,却藏着一只同样撩人的生物。它飞速前进,给人最棒的娱乐。

爱德华时代的作家将交通工具转换为生物。火车、汽车和飞机灵活好动,有时也充满危险,往往让人心生敬畏。它们以必须受到管制的形态,猛然出现在孩子的想象中。以 W. 奥德里牧师( Reverend W. Audry )的"火车头托马斯"系列( 1945 年首次出版)为例,在我看来,将生动的动物童话与机械相结合,这种方式是爱德华时代的典型特征。它们让技术显得温和无害;它们幻想的时代,是在火车还没开始将士兵运送到战场、没将城市儿童转移到乡村以躲避闪电战之前。

拉开了 C. S. 刘易斯《狮子、女巫与魔衣柜》序幕的,正是这样的火车。[26] "大战期间,他们离开伦敦,躲避空袭"——派文西家的几个孩子来到了一位老教授家,这幢房子"离最近的火车站有十英里,离最近的邮局也有两英里"( p.111 )。这段旅程不仅跨越了空间,也跨越了时间,它将我们带回到爱德华时代,那里有乡村住宅以及鲜少被现代技术触及的美景。那也是一处任由儿童文学想象的地方。孩子们会在教授的树林里找到些什么? 他们这样问自己。猫头鹰、老鹰、牡鹿、獾、狐狸,还是兔子? 他们对自然的幻想即对书籍的幻想,他们似乎希望看到家门口上演《柳林风声》的故事。当他们穿过魔衣柜时,他们不仅被带入了幻想之地,也被带入了一个充满幻想的时代:一个巴里、格雷厄姆和内斯比特的时代, 一个爱德华式小说的文学时代。

在 "纳尼亚" 系列的第一本书《魔法师的外甥》的开头,刘易斯就明明白白地做了一次这样的文学穿越。虽然这本书 1955 年才首次出版(比《狮子、女巫与魔衣柜》晚了五年),但刘易斯之后清楚地表明,他有意将此书作为整个纳尼亚故事的第一部,这本书以老教授那祖父般亲切的口吻开场:"故事发生在很久以前,你爷爷还是个孩子的时候。"刘易斯出生于 1898 年,因此,他的童年是在爱德华时代度过的。他继续说道:"那时,夏洛克·福尔摩斯仍住在贝克街,巴斯特伯一家还在路易斯罕大道上寻宝。"( p.11 )这是柯南·道尔和内斯比特(她 1898 年的《寻宝人的故事》[*Treasure Seekers*] 和 1899 年的《想做好孩

273

子》[*The Wouldbegoods*] 的主人公是巴斯特伯家的孩子）的鼎盛时期。
这也是伯内特的时代,书中开场部分波莉和迪格雷在他们伦敦的后花
园里的对话,一定会让人想起伯内特的《秘密花园》。迪格雷问道,住
在伦敦而非乡下,那种生活是怎样的? "要是你爸爸远在印度,你不
得不来跟姨妈和疯癫的舅舅住在一起（你怎么会高兴呢?）,而这又是
因为他们正在照看你的妈妈,而你的妈妈生病了,就要、就要死了。"迪
格雷的这番话,就像是对《秘密花园》故事情节的混乱总结,仿佛他在
解释自己是如何通过书中的经历来看待世界的。当他告诉波莉,自己
在凯特利的家中听到喊叫声时,脑海中浮现的是一个被关在顶楼房间
里的海盗,"像《金银岛》开头的那个人一样"（p.12）。

　　无论刘易斯的童话中有着怎样的魔法,它们都是书的魔法,尤其
是他童年读过的书的魔法。但是,除了在后世的童话中寻找爱德华
时代的暗示,或将书中的角色与爱德华时代的角色对应起来之外,最
终我们会看到爱德华时代本身就体现了童年的特质。所有的孩子都
生活在这样的对立之间:对惬意的童年的回忆与对未来的恐惧之间
的对立;作为玩具的机器与充当武器的机器之间的对立;能够嬉戏
玩耍的自然世界,与被栅栏、高墙、铁轨、公路、桥梁等由成人管辖的
事物所分割出的世界之间的对立。生活就像一场盛大的花园派对,
但是当你离开蜜饯果皮和蛋糕,离开自己那舒适的河边小屋,或跳出
育儿室的窗户时,你会发现,自己已登陆永无岛,主持着一场没有礼
节约束的狂欢盛宴。

# 第十三章　美妙的感觉

## 美国儿童文学的奖项、图书馆与组织

　　E. B. 怀特《夏洛的网》中的叙述者这样说道："在众人面前赢得奖项，给人带来强烈的满足感。"在文学出版行业，奖项文化已经存在了一个多世纪。在美国，它从 20 世纪 20 年代起就一直影响着童书的标准。美国图书馆协会从 1922 年起为最佳童书颁发纽伯瑞奖，并在 1938 年为优秀的童书插画设立了凯迪克奖。[1] 正是像这样的奖项，以及大量其他的杰出奖、鼓励奖和表彰奖，影响了美国现代儿童文学。贝弗利·莱昂·克拉克（Beverly Lyon Clark）在她研究美国各类儿童文学组织的专著《小孩文学》（*Kiddie Lit*）中提出，这些奖项认可的作品能收获成千上万的销量，一些书因此长驻出版商的再版书单、公共图书馆的外借书单和学校的必读书目。[2]

　　就好比图书馆、教室、书店和卧室都摆满了获奖图书，这些图书本身也充满了奖励。竞赛、选拔和比拼逐渐形成故事的基本构架。已故政治家、军事家、发明家和探险家的人物传记，着重关注人物的辉煌时刻和杰出成就，而非对他们的质疑。是否获得奖项成为评判文学作品质量的内部和外部标准，而美国 20 世纪兴起的文学，无非是胜利者的文学。[3]

　　早在这些奖项设立之前，读者就建立起了对儿童读物的评判标准。15 世纪的教育诗歌《礼仪书》确立了针对儿童的教学大纲：乔叟、利德盖特和霍克利夫三位诗人，因对英语语言的纯熟应用、作品中的道德内涵以及富有娱乐性的特质而备受推崇。罗杰·阿斯卡姆在 1570 年的《校长》（*Scholemaster*）一书中，批判了中世纪的浪漫文学和冒险故事，称它们带有天主教意识形态，给人们带来罪恶。约翰·洛克在 17 世纪末，给出了他认为最好的儿童书籍（回忆一下，其中《伊索寓言》是最具影响力的），萨拉·特里默则在 18 世纪末做了一样的工作。约翰·纽伯瑞在 18 世纪中期对书籍的选择，催生了出版商评判教科书的新标准；同时，一股新风尚在英国和美国的学校蔓延开来，指导类故事书和经典冒险故事的通俗读物由此大受追捧。

但是，这股 19 世纪晚期掀起的美国文学浪潮，其特点不在于它只是一种推荐文化，而在于它更是一种被贝弗利·莱昂·克拉克称作"监护"的文化风尚。在很大程度上，美国儿童文学的兴起与公共借阅图书馆的兴起息息相关。19 世纪 70 年代，图书管理员成了儿童的阅读监护人。[4] 最主要的童书奖项由美国图书馆协会颁发这一事实表明，在这个国家，儿童的阅读状况与图书馆的书籍管理之间存在着一种特殊关系。在 19 世纪晚期和 20 世纪早期的美国，进入图书馆意味着什么呢？童书是如何体现这种进入的？对于童书而言，图书馆或与之类似的环境又意味着什么？简而言之，美国是如何创造了这种文化想象，让图书馆成为探索想象力的场所呢？

本章有两个焦点，一个是图书馆，另一个是奖项。我们必须了解，二者在过去的一个世纪是如何互相联系、共同发展的。虽然在整个 18 世纪，英国及其殖民地都设有图书馆，但一直要等到本杰明·富兰克林，我们才看到美国这种特色收费图书馆的起源。富兰克林提出了在他的辩论会成员之间互通图书的想法，这一体系最早以订阅服务的形式出现，每一位成员都为书库的建设出资。到 18 世纪晚期，社团和社交俱乐部都开始建立自己的书库。在 19 世纪，城镇开始建立供当地民众使用的书库（资金来自税收），而到了 1876 年——美国图书馆协会成立的那一年,美国已经有了近 200 个这样的公共图书馆(更别提上百个订阅图书馆、俱乐部和社团图书馆)。正如许多研究公共图书馆的历史学家所说,这种特殊的组织在进步主义教育运动的几十年中逐渐成熟。推动社会服务、关注城市贫困人口、反对童工,都成了公共图书馆的使命。当时大多数图书管理员是女性,她们受到所谓的睦邻运动(settlement house movement)的影响而致力于服务社区,用形象的话来说,她们成了无数孩子的阅读指导之母。[5]

276

公共图书馆中的第一间儿童阅读室于 1890 年在马萨诸塞州的布鲁克莱恩成立。玛丽·比恩(Mary Bean,布鲁克莱恩的图书管理员)、安妮·卡罗尔·穆尔(Anne Carroll Moore,纽约公共图书馆的儿童图书管理员)和埃非·路易斯·鲍尔(Effie Louise Power,克利夫兰的儿童图书管理员)等女性奠定了如今我们熟悉的儿童阅读室的氛围与择书标准。这些女性及其在全美国的同辈人,不仅共同决定了孩子应该读什么样的书,也把图书馆打造成一个供想象力驰骋的地方。比如,安妮·卡罗尔·穆尔就创立了儿童读书周,而且,她和同事经常组织展览,举办讲故事活动。[6]

到第一次世界大战末期,公共图书馆成了可以与教室匹敌的美国儿童教养场所。用 20 世纪早期许多图书管理员和评论员的话来说就是,图书馆造就了公民。它们提供了教育孩子如何读书和做人的便利场所,要他们做一个文静、懂礼貌、有思想、有文化的人。去城市图书馆的许多孩子都是新一代移民,这一点更加突出了图书馆社会功能的重要性。许多图书馆要求孩子在翻书前先洗手。还有很多图书馆建立了逾期罚款的制度,这不仅是为了补贴图书馆的运营支出,更是为了将遵守法规和承担经济责任的思想传递给年轻公民。[7]

图书管理员是孩子学习读写和文化的监督者,伴随着这种监督文化,一种新的文化逐渐发展起来,并成为 20 世纪早期生活的主要特征。美国图书馆协会设立纽伯瑞奖时,在欧洲和美国,奖项已成为评定社会价值的标准。的确,从古代雅典人在公元前 6 世纪设立戏剧比赛起,各类文学都逐渐有了属于自己的奖项。然而,到了 20 世纪早期,新的变化出现了。诺贝尔奖于 1901 年首次颁奖,它被用来总结人类在研究、服务和想象等领域的成就。事实上,诺贝尔奖不仅仅奖励学科成就,也定义了学科本身。就好像现在,什么算作物理、化学或文学,是由它是否有机会得奖来决定的。评论家詹姆斯·英格利希(James English)记录了这种现代奖项文化的发展过程,他特别提出,诺贝尔奖加快了 19 世纪晚期和 20 世纪早期建立的一项社会进程,即为当时的大工业家创造价值的进程。英格利希还说道,对"文化经济这一整体"而言,奖项由此变得尤其重要。它们不仅是对艺术或科学成果的认可,也是对颁奖方的认可。它们让人们产生一种观念,那便是,"竞争是文化生活的本质特征",它是工业企业家的精神结果。竞争是这个世界的法则。奥林匹克运动会在这一时期(1896)复兴也并非巧合。人们对"业余"和"专业"的评判标准也随着经济的发展而逐渐成形。于是,提供认可和奖励的公共图书馆与颁奖机构应运而生,一方面用以表彰个人成就,同时进一步承认那些志愿者和慈善家的社会使命,正是他们使这一切成为可能。[8]

因此,1921 年身为书商兼《出版人周刊》编辑的弗雷德里克·G. 梅尔彻(Frederic G. Melcher)向美国图书馆协会建议,为年度最佳童书颁发奖项。[9] 梅尔彻没有提出以在世的捐赠者之名来命名这一奖项,或通过遗嘱设立奖项,而是建议用约翰·纽伯瑞的名字来命名。他的这一选择道出了 20 世纪早期童书世界的某些真相:通过以一位书商和出版商的名字来命名此奖项,梅尔彻清晰地表明,人们给予儿童文学的支持是含有经济目的的。美国的营生是做生意(这是卡尔文·柯立芝在 1925 年说的妙语),而纽伯瑞奖表明了图书也是一桩生意。

不过，梅尔彻的目的并非奖励流行作品或畅销作品，而是"文学"。在一次又一次对奖项的描述和对评判标准的设定中，"文学"和"文学品质"始终是关键词。但是，在20世纪20年代早期的美国，这两个词语有着怎样的含义呢？它们含有那个年代最受欢迎的作家（H. G. 威尔斯、辛克莱·刘易斯、舍伍德·安德森、H. L. 门肯）的作品中所包含的社会目的或改革目标吗？又或许，它们是不是在用语中透露出一种冒险主义，就像叶芝、庞德、伍尔夫、乔伊斯、艾略特和华莱士·史蒂文斯作品中的现代主义？都不是。纽伯瑞奖的评委们所追求的文学品质主要关乎主题和故事、人物和风格、场景设定以及清晰的条理。这些是评委会关于"优秀作品"的评判准则，而这一奖项创立的一个重要意图，用梅尔彻的原话来说就是，"给那些以服务儿童阅读文学为终生事业的图书管理员，一个鼓励优秀儿童文学作品创作的机会"。

然而，纽伯瑞奖仍旧是一个悖论。以一位书商命名，由一位出版商设立，在资本和商业的时代逐渐壮大，纽伯瑞奖催生了一种与公共图书馆的理念相一致的"文学"模范。"精准、清晰、有条理"，这些是评奖标准中的主导因素，也是一名图书管理员所应有的品质。

遵循这些原则，亨德里克·威廉·房龙的《人类的故事》在1922年成为纽伯瑞奖首部获奖作品，便不足为奇了。[10] 无论从哪个角度来看，这都是一本好看的书：充满了令人着迷的奇闻轶事、清晰的判断力和精确的时间线。它为我们讲述了精确、清晰、有条理的历史故事。这本书的主题便是条理：我们如何将世上的千头万绪整理归类？我们如何在历史和经历中找到自己的位置？"我希望你们从这段历史中学到更多，而不仅仅是了解事实的演替。"在描述1815年的神圣同盟时，房龙突然插了这样一段话："我希望你们在学习任何历史事件时都不要想当然……尝试去发掘每一行为背后的动机,你就会对周围的世界有更好的理解,就更有可能帮助他人。归根结底,这才是唯一让人感到自我满足的生活方式。"(p.370)这是一部涵盖社会教训的历史。这段历史讲述了决心改革的图书管理员无私奉献的缘由,他们在整个19世纪末和20世纪初一直帮助孩子理解周围的世界,并鼓励他们帮助别人。在《人类的故事》接近尾声的地方,房龙对科学与医药的进步大加赞赏。"如今,那些过去将金钱捐赠给教堂修造建筑的富人们,开始将钱花在打造大量实验室上。在这些实验室里,静心研究的科学家与隐藏在人体内的敌人作战,常常牺牲自己的生命,以让后代享受更加幸福与健康的生活。"(p.431)

在那些将奖项授予房龙的图书管理员身上,这种理想主义也有所体现。安妮·卡罗尔·穆尔曾于1921年11月在《书商》杂志中发表对《人类的故事》的评论。之后,她又将自己的各种回复拓展整理,收入她极具影响力的书评集《通往童年的路》(Roads to Childhood)中。她称《人类的故事》为"最令人精神焕发的书,并且我敢在此预言,它会是几年内最有影响力的童书"。她继续说,这本书会"革新"针对孩子的历史写作。书中的地图相当"生动",同时,此书还表达了"自由"的思想。请注意她的评论力度,那是带有政治和权力色彩的话语:这是一本供"这一代人和下一代人"阅读的新书,一本看起来会像战争和革命那样改变我们人生的书。[11]

279　　然而,无论是房龙的书,还是其他早期纽伯瑞奖的获奖作品,都具有除了清晰的论点、"文学品质"甚至是生动的语言之外的某种优良品质。《人类的故事》是一本关于冒险的书,它记录了想象中的英雄的丰功伟绩。它在历史的海洋中乘风破浪,别以为我的说法太过头了,这本书自己就是这么写的。看看下面几段收录于《号角杂志》的精选集《纽伯瑞奖获奖图书:1922—1955》(Newbery Medal

*Books:1922–1955*）中的片段：

> 在仅仅一代人的时间里，工程师、科学家以及化学家所发明创造的大机器，他们的电报、飞行器和煤焦油产品便已广泛盛行于欧洲、美洲和亚洲。他们创造出一个崭新的世界，时间与空间完全变得无关紧要。他们发明的新产品，造价如此低廉，几乎人人都买得起。
>
> 起初是一部分，随后是整艘旧世界的航船，都改换了模样。它变得庞大。风帆为蒸汽机所代替……然而船长和水手依然如故。他们接受任命与选拔的方式与 100 年前并无两样。他们学习的航海技术知识体系与 15 世纪时水手所掌握的相同……简而言之，他们全然无法胜任新的角色（并非其自身的过错）……
>
> 这个故事的道理十分简单。整个世界热切渴求有远见和胆识的人，他们能够了解到自己还处在航程的起点，必须学习全新的航海技术。
>
> 他们将经历多年的学徒生活，他们必须排除种种反对和阻挠，才能奋斗到领导者的位置。当他们抵达指挥塔时，也许心存嫉妒的船员会发生哗变，杀死他们。不过，一个能将船只安全带进港湾的人终将出现，他将成为时代的英雄。[12]

人类的故事始终是船只的故事。船只将我们带回到鲁滨孙的独木舟和食人族的世界，带回到史蒂文森的幻想之岛，带回到儒勒·凡尔纳英勇的科幻历险中。这些不仅是关于壮举的故事，也是关于回报的故事：鲁滨孙回到家乡，之后成了一个富人；南海岛（South Sea island）上藏着大量宝藏；凡尔纳笔下的探险家总是能赢得胜利。

房龙也是一样。他的儿子为他写的传记，讲述了这位作家在 20

亨德里克·威廉·房龙《人类的故事》卷首插画

世纪 20 年代早期所经历的困难。房龙虽获得了博士学位，但穷困潦倒，急需一份工作，于是，他从 1921 年秋天开始在安提阿学院执教。同时，出版商霍勒斯·利夫莱特请他参照 H. G. 威尔斯的《世界史纲》（于 1920 年出版并大获好评）写点东西。于是，房龙马不停蹄地打起字来（这是他儿子的形容），创作出了一部亲笔配图的书。博奈 & 利夫莱特公司在书目中重点推荐了此书。之后，好评纷至沓来：不仅是《书商》的安妮·卡罗尔·穆尔，连一些顶尖教授，都在《国家杂志》和《纽约时报》这样的出版物上给予此书好评；而最让人惊叹的，恐怕是大历史学家查尔斯·A. 比尔德（Charles A. Beard）的评价了。最后，房龙的儿子写道，《人类的故事》"为亨德里克·威廉带来了超过 50 万美元的净收入"。1922 年 6 月，这本书获得了纽伯瑞奖，房龙带着荣誉和成就乘船回到他的祖国荷兰。尽管这次还乡之旅令人失望（他视祖国为父亲，可是这位父亲着实令人扫兴，逼着他低调谦卑地行事，使他显得滑稽可笑），他还是赢得了美誉和掌声，用他妻子给他的电报中的话来总结就是："你是个名人。"[13]

《人类的故事》有它自己的故事，而从它讲故事的方式中，可以提炼出，在一个高度重视奖项的世界里，故事书要想获得成功所必备的理想要素。随着纽伯瑞奖一年年颁发下去，叙述旅行和冒险、个人成就和公众回报的故事内容得到巩固。1923 年，纽伯瑞奖颁给了休·洛夫廷的《杜立德医生航海记》（它是 1920 年出版的《杜立德医生的故事》的后续）。在这个故事中，医生和 10 岁的汤米·斯塔宾斯一起旅行，他们航行至遥远的海岸和岛屿。许多动物和土著人出现在他们的冒险历程中。最终，他们登上蜘蛛猴岛，医生凭借着功劳、智慧和胆识，成了那儿的国王。医生那些社会改革的举措，与房龙对理想领袖的看法相差无几，他——

为他们讲解什么是下水道，每天的垃圾该如何收集起来烧掉。他还在高山上修建堤坝、拦截溪水，从而造出一个大湖。这是给城镇供水的水源。这些可都是印第安人从没听说过的。正因为有了良好的排污系统和干净的饮用水，先前困扰印第安人的许多疾病都可以完全预防了。

282

不会用火的人当然也不会冶金，因为没有火就不可能冶炼钢铁。为此，医生第一件事就是跑遍每一座山，直到找到铁矿和铜矿。随后，医生开始教印第安人怎样熔化金属，制作刀子、犁具、水管等各种各样的物件。

杜立德医生还尽最大努力，希望在他的王国里取消传统的富丽堂皇的宫殿。他对我和邦波说，如果必须当国王，他也打算当一个民主的国王，绝不会高高在上，而是要和百姓们亲如一家。在最初拟定波普西皮托尔新城规划的时候，医生没有空出建造任何宫殿的地方，他留给自己的，只是后街上的一座小小的农舍。[14]

杜立德医生就像是房龙眼中工程师的化身，是开创了新的社会航海技术的英雄。是的，这是一个探险故事，但是，其用意始终在于造福社会。

浏览第一批纽伯瑞奖的获奖书目，就像在体验这样的航行和冒险历程。1924 年的获奖作品是查尔斯·博德曼·哈维斯（Charles Boardman Hawes）的《黑色护卫舰》，一个设定在查尔斯二世时期的海上冒险故事。1925 年获奖的是查尔斯·芬格（Charles Finger）的《银色大地的传说》，故事发生在"遥远的南方，临近合恩角……那里岛屿众多"。1926 年，该奖颁给了阿瑟·博维·克里斯曼（Arthur Bowie Chrisman）的《海神的故事》；在接下来的 20 年里，几乎每一本书都会将读者带到异国他乡或遥远的年代。这些书将孩子的想象力带往远方或遥远的过去。故事里有众多英雄和反派。男孩女孩们或驾船航行，或骑马奔驰，或坐着带有斗篷的四轮马车旅行。伊丽莎白·格雷（Elizabeth Gray）的《大路上的亚当》获得了 1943 年的纽伯瑞奖，它将冒险故事的背景设定在 13 世纪晚期，一个小男孩和父亲（一位著名的游吟诗人）驰骋在古代英国的条条大路上。男孩名叫亚当·夸特梅因（Adam Quartermain），这一点自有其深意：这个名字可以追溯到 H. 莱特·哈葛德笔下的"艾伦·夸特梅因"（Allan Quatermain，请注意两者之间微小的拼写差异）系列故事，好像光是因主人公的名字而产生的联想，就让人自然而然地将这本书归于探险故事类作品。[15]

　　如今，这一批纽伯瑞奖的获奖作品，许多都已被人们忽略或遗忘了，但是 1944 年得主埃丝特·福布斯（Esther Forbes）的《约翰尼·特瑞美》（*Johnny Tremain*）至今仍是课堂上的保留读物，也是美国儿童文学史上的经典之作（在最近的一次统计中，它在所有童书里，位列畅销榜第 16 位）。[16] 是什么原因让它在同类作品中脱颖而出？首先，它既是一个个人成长的故事，也是一个国家成长的故事。反抗英国的大革命与约翰尼反抗父母权威的行动相互呼应。一个小男孩和一个年轻的国家挺住打击、克服困难的画面，直击战争时期读者们的内心。《斯普林菲尔德共和党人报》（*Springfield Sunday Unionand Republican*）的评论员在 1943 年 11 月写道，福布斯拥有"使一个半世纪前的事件读起来像意大利战报的本领"。[17]

283

　　这本书中最让读者揪心的是约翰尼的意外事故。约翰尼在银匠那里做学徒，他一心梦想着掌握这门精湛的技艺。一个星期日（休息日他也总是在工作），约翰尼准备将坩埚中熔化的银倒入模具。

他小心翼翼地向前挪了挪,右手向前伸着。他把坩埚慢慢放下——突然坩埚炸裂了,熔化的银像被打翻的牛奶一样在熔炉上流淌。约翰尼赶紧冲上前,他的右手仍旧伸在前面。不知怎么的,他也搞不懂出了什么事——只见他脚下一滑,手就落在了熔炉上。

灼伤是如此严重,他一开始根本没有感觉到疼痛,只是傻傻地盯着自己的手看。金属液体还未冷却,就在那么一会儿,他右手的手掌,从手腕到指尖,全部镀上了一层银。他又看了看手背,与往常无异。接着,他闻到了鲜肉烧焦的味道。他感觉到光线顿时变得昏暗,屋子绕着他旋转。他听见一阵嘶吼。

（p.33）

骄兵必败。但是约翰尼的故事不仅仅是老套的道德训诫,教人谦虚而后振作:主人公走出经历意外后的意志消沉,进入印刷行业、参与革命运动,最终重拾信心。这令他在故事的最后鼓起勇气,将受伤的手给沃伦医生检查,并安排手术计划。这个故事讲述的是手的用途:制作银器,印刷,写作。它讲的是艺术和政治活动在真正意义上的手手相传;讲的是手所创造出来的物品和文字,如何改变了生活。约翰尼的手是小说艺术性的象征,借由这一象征,《约翰尼·特瑞美》不满足于自己只是一个精彩的故事,它还希望成为一部拥有自我意识的文学作品,以美学价值和其社会影响作为自己的主题。

这个主题长久以来一直激励着战争文学的创作,无论是从故事内容还是创作时间来看,《约翰尼·特瑞美》都是一本战争类作品。它的写作风格与小说故事一样可圈可点。20世纪30年代和40年代早期,一种全新的社会报道形式诞生了。在伦敦闪电战期间,爱德华·R. 默罗 ①（Edward R. Murrow）"在一座陷于火海的城市顶端"
向广播听众做报道。威廉·L. 夏伊勒（William L. Shirer）发表了《柏
林日记》，作为希特勒崛起的见证。报纸每天都在向人们传递最新的
战况。当然，其中一些报道回到了 19 世纪中期形成的战争新闻报
道传统；而像我之前所说的，其中从克里米亚和南非发出的新闻报
道，对青年读物的写作模式产生了深远影响。然而，20 世纪中期新
闻报道与它们的差别在于它的语言风格：注重目击体验、断断续续
的电报式表述以及对战斗中暴力与残酷的表现。那个年代的读者，
在小说中也会发现新闻报道这样的创作形式，诺曼·梅勒（Norman
Mailer）的《裸者与死者》就体现了这一写作风格。

284

　　没人睡得着。当黎明到来，突击艇会下水，第一波军队将乘
风破浪，向阿诺波佩岛的海岸挺进。在整条船上，在整个护航队
里，人人都明白，几小时后，他们中的一部分人就会死去。[18]

让我们拿福布斯的故事结尾和梅勒的小说开头作比较。

　　村里的其他地方一片沉寂。有音乐声，像蟋蟀的唧啾一样
细微，打破了这片寂静。在路的那头，二三十个精疲力竭、衣衫
褴褛的男人朝这里走来。一些人身上沾着血迹。他们没穿制服，
手里拿着各种奇形怪状的武器。落日长长的光芒平射在他们
的脸庞，使他们看上去非常相似。他们脸庞瘦削，酷似北方佬；
颧骨高高耸起，神情中透着坚毅。这些疲惫的人，零零散散地向

―――――――――

　　①　爱德华·R.默罗是美国广播新闻史上的著名人物，创立了战地现场广播的
口语广播形式。――译者注

前行进。但是,约翰尼注意到,这些柔软、独立的躯体,在行动时带着有力的节奏。他们的下巴和肩膀也给人刚毅之感。拉布以前就是这样的。

（pp.255–56）

毫无疑问,这些短句带着战时小说特有的韵律。它们只由主语、谓语动词和宾语组成。通常,句子会根据成分被拆分开来。死亡无处不在——无论是梅勒的故事中对士兵死亡的预期,还是福布斯的故事中对拉布之死的回忆。肯定是这样的写作手法,使那位评论家将《约翰尼·特瑞美》与意大利的战报作比较。

战争摧残折磨着士兵。在默罗和夏伊勒的报道中,在梅勒的小说中,我们看到许许多多受伤的、残废的人。《约翰尼·特瑞美》并未描写战场或医院里的血腥场景,但它通过约翰尼受伤的手,描绘出一幅伤残的画面。福布斯将战争的伤痛转移到约翰尼的手上:就好像他被迫一辈子都以残疾人的身份生活,这一点很像归乡的士兵。事故发生后,他试着找工作,却屡遭拒绝。"他炫耀似的把手从口袋里拿出来(平时他总是把手藏在口袋里),展示给师父、学徒、雇工和女顾客看,满足他们变态的好奇心。"（p.44）我始终无法忘记电影《黄金时代》（1946）中年轻水手归家的场景,他的手被金属爪子代替了。当熔化的银流过约翰尼的整个手掌时,在那闪亮却可怖的时刻,他似乎也有了一只金属手。但是此处只是一种印象,而非事实——这只被灼伤得或许无法复原的人手,却隐隐约约闪着金属的光泽。

当然,这是约翰尼的右手。没了它,他能做什么呢? 他在洛恩家开始了新生活。他学会了骑马。他养成了看书的习惯——不光是看,而且对书充满了热爱,"一本接一本地阅读"。

洛恩先生藏书丰富。约翰尼好像之前一直处在饥饿中，自己却毫不知情。他每本都读，什么都看。《观察家》合订本、《失乐园》《鲁滨孙漂流记》（他之前读过一遍，拉布曾将几本书带到监狱供他阅读，这是其中之一）、《汤姆·琼斯》、洛克关于人类理性认识的文章、哈钦森的马萨诸塞海湾史、化学论文、《旁观者》报纸、有关助产的书、年轻女子的礼仪指导书以及蒲柏翻译的《伊利亚特》。在他与拉帕姆一家住一起时，他从未想过竟然还有这样一个世界，他带着感激之情回想起母亲曾费尽心思教他读书写字，就为了他有朝一日能打开这个世界的大门。那时，当他想要出去玩耍时，母亲却要他念书给她听……他在洛恩家亮堂的客厅里一坐就是几个小时，面前的书一直堆到天花板。

（p.96）

像每一个孩子一样，约翰尼在图书馆中重新发现了自我，像这样歌颂文学的场景（连同小说中对政治和社会现状的生动描写），对纽伯瑞奖的评委们必然具有别样的吸引力。约翰尼读的书是 18 世纪的基础读物，也是我现在所写的儿童文学史的基础读物。冒险、浪漫、常识与历史，这一切共同组成了他的阅读标尺。并且，约翰尼很快便学会了用左手写字。

和大多数孩子一样，我从小用右手写字。不满 5 岁时，父母就带我去了纽约公共图书馆的布鲁克林分馆。那时，你只要会签自己的名字，就可以办一张图书卡。我记得那是 10 月的一天，秋日的阳光透过巨大的玻璃窗照射进来，里面的书仿佛一直堆到天花板。我小心翼翼地用墨水笔，在那张小小的白色图书卡上写下了自己的名字。我的右手因为用力而发疼（这一定是我人生中第一次写自己的全名），随后，母亲带我去儿童区，在那儿，我选了罗伯特·麦克洛斯

286

基（Robert McCloskey）的《让路给小鸭子》，这应该是我人生中第一本认真阅读的书。

《让路给小鸭子》出版于1941年，是关于绿头鸭马拉夫妇的故事，他们想要找个合适的地方定居，生养后代。他们在波士顿查尔斯河的一个小岛上找到了一处理想的地方，此时马拉先生说他必须离开一个星期，但是会和妻子以及即将破壳而出的八只小鸭子在公园里会合。马拉太太抚养着孩子们，然后带他们去会合地点。车子都为她停了下来，因为一位警察拦住了车流，让她和孩子们通过。当然，鸭爸爸在约定的地点和时间等候着他们。

我当时非常喜爱这本书。相信很多人都和我有同感，因为它在1942年获得了凯迪克奖，是当年最优秀的图画书。[19]罗伯特·麦克洛斯基上台领奖时，讲述了他作为一名艺术生在波士顿的生活。当时，波士顿公园里真的住着一个鸭子家庭。这激发了他的创作灵感，他开始画各种各样的鸭子。有一次他买了许多绿头鸭放在浴缸里，画它们游水的模样。麦克洛斯基是这样评价绘画过程的："如果你看到一位艺术家在画一匹马，或一头狮子，或一只鸭子，线条从他的笔刷或蜡笔下流淌而出，落在恰到好处的位置：马的四足都落在地上，狮子不会被误认为是针线包，鸭子看上去就是鸭子；然后你想，'天哪，他画得又快又轻松，一定天赋异禀'——如果你非要这么想，就这么想吧，但是请别说出来！"要成为一名艺术家，不仅需要天赋，更需要刻苦努力。麦克洛斯基总结道："这说明在研究怎么去画你所要描绘的对象时，再多的努力也不为过。当你画下一根线条，同时确信它准确无误的时候，一种美妙的感觉会油然而生。"[20]

画下线条的感觉非常美妙，无论你是画出一只鸭子的轮廓还是写出自己名字的字母。约翰尼·特瑞美必须学会用左手画线条（最终，他去了印刷厂做排版工作）。在房龙笔下，《人类的故事》是一个人类辛苦劳作、不断斗争，最后获得成功带来的美妙感觉的故事。抚养孩子长大也让人有一种美妙的感觉。像马拉太太过马路时那样，将小鸭子们排成一排——他们排成一条直线，"直通公园"。并且，"马拉先生果然如他所说，正在那儿等他们"。[21]

有多少父亲最终遵守诺言如期归来？对这本书当时处于战争时期的读者来说，这始终是故事中的一个悬念。与《约翰尼·特瑞美》一样，《让路给小鸭子》主要是一本战争类书籍。它所要传达的道理是，母亲可以独自抚养孩子。它所期盼的则是，父亲即便离开了，最终还是会回到家中。它的社会期望则是，无论外界有多少纷扰，警察始终能为万千家庭着想，公园则可以成为休闲放松的场所。

这的确是一种美妙的感觉。艺术上的创造是有回报的，在读过麦克洛斯基的评论后，我们可能会联想到本章开头所引用的 E. B. 怀特的话："在众人面前赢得奖项，给人带来强烈的满足感。"《让路给小鸭子》和《夏洛的网》都是艺术性的书，夏洛就是农场里的一位艺术家——在蜘蛛网上写字，策划了让小猪威伯赢得大奖的行动。约翰尼·特瑞美被迫放弃了银匠这个职业，但是在小说结尾，他站了起来，在战场上找到了自己的位置。"一个站起来了的人"，这是全书的最后一句话，我想，这句话一定能让 20 世纪前期那些投身文学、道德、艺术和社会改革的男人还有女人产生共鸣。甚至连威伯也挺直了腰背。在读房龙的传记时，房龙夫人电报中的"你是个名人"这句话，使我不禁联想到夏洛写的"好猪"这两个大字，就好像总是女人在提醒男人注意他们已经取得的成就。

房龙、埃丝特·福布斯、罗伯特·麦克洛斯基等，一直到现在的一百多位作家和画家，都站起来接受了他们的奖项。他们的许多作品有一个共同点，那就是成就感：站起来，旅行，甚至阅读，都带给你美妙的感觉。战争带来的伤痛、20 世纪 20 到 30 年代的动荡、归乡

287

的恐惧（他们还会认识我吗？受伤之后的我还能做什么？），所有这些都推动着我们走向能让我们感到美妙或满足的地方。而美国公共图书馆的建立者，就试图让阅读室变成这样的地方。书能将我们带到远方，也能使我们感受到家的温暖。最后，许多获奖图书都提出了更深刻的问题：家庭生活的奖励是什么？简简单单安度一生又能为我们赢得什么奖章？

# 第十四章　直话直说

## 风格与孩子

纵观整个儿童文学史,男孩和女孩都接受有关风格的教育。从古罗马和古典晚期如何对待家人和奴隶的指导用书,到中世纪和文艺复兴时期关于服饰、谈吐和餐桌礼仪的手册,再到清教徒对举止的规范以及 18、19 世纪对"举止得体"的重视,以及对剧场性及表演的焦虑——在经历了所有这些阶段和规范类型后,儿童学到了在这个世界上生存的方式。风格代表着一个孩子的性别、家庭经济情况和受教育程度。布丰伯爵曾说过一句著名的话:"风格即人本身。"[1]可以说,风格也是孩子本身。

"style"(风格)一词源于拉丁语"stylus",原意是指诗人和学童用来在蜡板上刻字的尖头笔。对于古代作家来说,以某种风格写作,就是用适合其创作主题的语言或方式进行创作。根据主题的庄重程度,风格被分为好几个等级。当作者用一种特别的、个性分明的风格写作时,他是在使文字贴近个人情感的表达。"风格"将手和思想、表达和想象结合在一起。在早期的英语中,这个词暗指公共场合的行为举止,直到 18 世纪晚期和 19 世纪早期,它才指在社交层面上受尊重的行为方式。在社交场合行为得体即有风格,彰显了一个人的时尚、教育、智慧和举止。这些都是范妮·伯尼、简·奥斯汀和本杰明·迪斯雷利(Benjamin Disraeli)所处时代所重视的品质,而这个时代也孕育了许多社会小说家和习俗记录者。《牛津英语词典》就收录了简·奥斯汀《理智与情感》（1797）中的句子，作为最早在文学中使用"stylish"（高雅）一词来描述时尚或社会理想形象的例证："她是个整洁、高雅的小姐，但是并不漂亮。"《牛津英语词典》还引用了迪斯雷利的小说《维维安·格雷》（1826）中的句子作为例证："十分有趣、开朗的姑娘，非常高雅！"哈丽雅特·马蒂诺在1833年的作品中写道："他的女儿们穿着最高雅的衣服，看上去十分动人。"①

在19世纪初叶，只有女孩可以用高雅形容，而到了维多利亚时代中期，男孩也有了自己的特定风格。汤姆·布朗从同学和老师那里接受的拉格比教育，就是一种生活风格的教育。《汤姆·布朗的求学时代》中的"举止得体"（cutting up）就是一种风格，短语中的那个动词暗示了时尚潮流中的造型（也就是衣服的样式，或更生动一点说，是船首三角帆的形状 [cut of one's jib]②——这一俗语在19世纪20年代流行起来）。风格体现美学价值：它不仅是社会阶级或性别的标识，更是艺术品位的象征。作为一个有风格的孩子意味着什么？人们对理想风格的认识是如何与童书的理想写作方式及文学表达保持一致的呢？

要整理出儿童风格的发展演变史，方法有很多。长久以来，学校、操场和家庭都是传授与学习风格的场所，我上面的分析很大程度上也集中探讨了这些场所如何塑造了儿童的风格。然而，在从众行为盛行的年代里，"风格"与"童年"有着怎样的境遇呢？ 20世纪

---

① 以上几句话的原文分别为："A smart, stylish girl, they say, but not handsome." "Most amusing, delightful girl, great style!" "His daughters look very well in their better style of dress." ——译者注

② 在17世纪，欧洲不同国家舰船的船首三角帆形制各不相同，船员可以据此判断敌友。——译者注

中期的美国孕育了一批最为著名的童书作品。E. B. 怀特的《精灵鼠小弟》、苏斯博士的《戴高帽的猫》，以及罗伯特·麦克洛斯基和乔治·塞尔登（George Selden）笔下的故事，都以各自的方式，来解读一个个有风格、有美学创意的孩子在社群中应该有的位置。在社会发展过程中，角色扮演有着怎样的意义？一个人怎样才能独立长大并为组织服务呢？特立独行有何危险之处？历史学家早就意识到，这些问题影响了20世纪中期美国的文化和政治。那么，对童书而言，答案又是什么呢？

　　其中一些答案要追溯到早期的文学形式，而另外一些答案让我们将目光转向邋遢而非高雅。从一开始起，丑陋、肮脏、举止不良便出现在童书的各个角落。不过，其中的角色没有几个比德国的蓬蓬头彼得更有持续影响力了。在英语翻译中，他被叫作"邋遢的彼得"或"头发蓬乱的彼得"。这个男孩很不讲卫生，他的头发因为疏于清洗而一团糟，他的手指甲像触角那么长。从 1845 年他首次登场的海因里希·霍夫曼的《趣味故事与滑稽图片》（*Lustige Geschichten und drollige Bilder*），到 19、20 世纪英国和美国的各种版本（其中一版由马克·吐温翻译），他在故事插画中的形象逐渐被赋予了一半是坏男孩、一半是怪物的样子。[2]

　　蓬蓬头彼得的故事催生了不同的文学作品，以及许多讲述小男孩因为撒谎而导致外貌变化的艺术形象与故事。其中最著名的角色无疑是匹诺曹。如今他或许还是最具代表性的坏男孩形象。他最初出现在卡洛·科洛迪 1881—1883 年发表于《儿童报纸》的作品中。1883 年冬天，报纸刊登了最后一期连载。[3] 不久之后，这些木偶故事（其最初的意大利语题目叫"burattino"［意为木偶］）就被整理成册。《木偶奇遇记》有多重意义，但最重要的是，它是一个关于转变的故事：一个木偶变成真正的男孩的故事，一个人工造物学习生活技艺

290

的故事。夸张的表演动作在小说中随处可见,各式各样的生活风格
格外显眼。在小说的开头,匹诺曹卖掉自己的拼写书,买了张木偶展
的门票。[4] 可以说,这一幕与圣奥古斯丁的《忏悔录》中的情节十分
相似——以观赏奇妙的展览来代替学习。(奥古斯丁小时候沉迷于
看戏,他坦言:"有许多许多次,我向照看我的人、老师和父母撒谎,
因为我想去玩游戏,或看一场没有内涵的演出,或等不及要表演在舞
台上看到的场景。")[5] 匹诺曹成了展览的一部分,因为台上的木偶视
他为"兄弟"。无论是在小说中还是在 1940 年著名的迪士尼电影里,
这一幕都是对剧场性的骇人批判。

在整部《木偶奇遇记》中,匹诺曹都徘徊在家庭与花花世界之间,
在热心家庭的好孩子和爱表现的受害者之间来回转换。甚至在后来,
匹诺曹变成了驴子,这也像是一种戏剧式的变形。再回忆一下圣奥古
斯丁,他在《忏悔录》中写道,"剧场里的美妙景象使我着魔"。[6] 同样,
匹诺曹被绑起来,套上戏服,在剧院经理的诡计下变得狂热起来。当
他最终以一头驴子的形象出现在舞台上时,他的装扮和神态深深地
吸引了观众。"简而言之,他是一只能偷走你的心的驴子!"文中这
样写道。

儿童文学对于表演和伪装始终带有一些不安的情绪,因而孩子
的风格必须受到控制,以防变质为矫情。迪士尼版的匹诺曹将这些
焦虑情绪直接表现了出来。事实上,这是一部关于表演的电影,一
部关于动画的动画片,一场关于没有约束的生活所带来的后果的教
训。电影中的反派都是外表高雅之人。"我追求演员的生活。"狐狸
柔声唱道,他诱惑木偶男孩离开学校。"你梳着高高的庞毕度 ①。"这

————————

① 庞毕度( pompadour )是一种类似于飞机头与大背头相结合的发型。——译
者注

Sich einmal, hier steht er,
Pfui! der Struwwelpeter!
An den Händen beiden
Ließ er sich nicht schneiden
Seine Nägel fast ein Jahr;
Kämmen ließ er nicht sein Haar.
Pfui! ruft da ein Jeder:
Garstger Struwwelpeter!

蓬蓬头彼得（摘自海因里希·霍夫曼的《趣味故事与滑稽图片》，1845 年）

样的风格正是矫情的表现——《牛津英语词典》解释说,庞毕度是男子的发式,只在美国流行。词典中引用的例子暗示,在 20 世纪中期,这种发式经常和戏服、舞台装扮和表演造型联系在一起。(比如,试看这条引证,出自小说家威廉·加迪斯 1955 年的作品:"他的头发梳成油亮的黑色庞毕度,就像一顶帽子。")在电影中,傀儡师斯特隆博利不只是个粗俗的恶魔,还是一个来自地狱的舞台经理。这座迷失男孩之岛充满了戏剧与表演,匹诺曹变成驴子的过程跟演员换戏服的过程如出一辙。

"一个真正的男孩"不属于剧院,他属于学校和家庭。迪士尼的《木偶奇遇记》除了是一部制作精良的动画片,也是一部深刻的反戏剧童话:它从头至尾都将表演刻画成诱人、危险、奸诈、卑鄙的行为。在 20 世纪中期的美国,这部电影表达了社会儿童教育中的核心问题:如何通过角色扮演之外的方式来获得自身认同?如何才能拥有风格而又不失本真?

两部重要的美国儿童文学作品,E. B. 怀特的《精灵鼠小弟》(1945)和苏斯博士的《戴高帽的猫》(1957),就这些问题给出了不同的答案。两部作品都塑造了极具个人风格的主人公,他们挑战了中产阶级家庭生活对他们的种种期待。不过,鼠小弟斯图尔特总是装扮得体、言辞精当,堪称模范,戴高帽的猫的打扮和谈吐却显得滑稽可笑。斯图尔特给人一种一家之主的感觉,而猫表现得像街头表演大师。无论如何,两者都为孩子提供了想象的典范:如何在越界的冲动与对家庭的需要之间做出抉择。[7]

不过,在仔细讨论《精灵鼠小弟》之前,我先要转向 E. B. 怀特的另一部作品——《风格的要素》。它与怀特的其他作品一样,对年轻读者产生了深远的影响。这部薄薄的指导手册由小威廉·斯特伦克在第一次世界大战前写成,后来由怀特修订,于 1957 年出版。[8]《风格的要素》是一本英语作文指南，也是一部生活指导书，它对遣词造句的建议同样适用于日常生活。在我看来，它为怀特在小说《精灵鼠小弟》中体现的理想社交风格提供了注解。

293

像许多演讲和写作指南一样，《风格的要素》从语法和标点等基础知识谈起：如何构建所有格，如何正确使用逗号，如何使用分词。接着，这本书开始讲解作文。言简意赅是写作的目标。文章中应避免出现口语和俚语。这些不仅是写作的要素，也是生活的要素。"有力的文章是简洁的"，应做到"惜字如金"。这样的建议让我们想到查斯特菲尔德勋爵，他曾这样教导儿子："一个人不管说什么，都必须做到极度准确、清晰和明了；否则，他就不能让人感到愉快、知道他在说什么，而只会让人感到厌倦和困惑。"[9] 写作和说话是社交艺术，其风格体现了作者的内在特征。怀特写道："每一位作者都通过使用语言的方式，表露自己的内心、习惯、能力与偏见。"风格是"逃逸到大庭广众之下的自我"（pp.59–60）。

许多时候，童年生活未经约束便逃至大庭广众之下。很明显，怀特的叙述是以家长和老师的口吻来呈现的。"年轻的作家通常认为，风格是文章主体这块肉的配菜，只是让一盘平淡的菜肴变得可口的酱汁。风格并不是独立存在的……初学者……应该从一开始就坚决远离一切被大众认为是炫耀风格的伎俩——矫揉造作、花言巧语和浮夸的修饰。塑造风格的正确方式，是质朴、简单、有序和真诚。"（p.62）在我看来，这不单是对如何写出值得发表的文章的建议，也是清教徒的训诫。而且，怀特的审美大体停留在崇尚简洁的美国传统中。下笔自然，置身于故事中，勿过度，勿夸大。这些训诫都是书中的小标题，每一条都让我们想到从《新英格兰初级读本》到《小妇人》等书中的人生教导。自我不应该强行闯入。引人注意的表演行为——无论是匹诺曹大摇大摆的动作，还是安妮·雪莉走屋脊的行为，都是不恰当的。怀特写道："应避免繁复、虚夸、卖弄和圆滑的文字……盎格鲁－撒克逊语言比拉丁语更生动，所以应该使用盎格鲁－撒克逊词汇。"（p.69）不管怀特的语言学认识是否正确（自从弥尔顿的老师亚历山大·吉尔 [Alexander Gil] 在 17 世纪早期批评了新造拉丁词汇对英语的冲击，这一话题就一直备受争论），他的观点都是某种对语言和社会归属感的呼吁。像查斯特菲尔德勋爵、拉格比的阿诺德博士以及无数儿童小说中的校长一样，怀特在这里就像是督导你必须直截了当的监工，或是传授英语艺术的老师。

就像约翰·洛克在《教育漫话》中离题闲谈一样，怀特的建议中也穿插了很多有意思的小片段："含糊不清不仅会破坏文意，也会毁灭生活和希望：指示不清的路标，造成高速公路上的死亡；出于好意的书信，由于一个不当的措辞，就在爱人间造成情伤；用语草率的电报，令旅行者在火车站苦等接风而不得，徒增伤心苦恼……想想那些由暧昧模糊引起的悲剧吧。"（p.72）这篇训词不仅是写出好文章的理论指导，也是文学本身的理论指导。因为，文学恰恰就存在于暧昧模糊之中。在日常生活中，我们对信息和标志的误读及误解，便成了戏剧和小说情节。"尽量直话直说。"（p.73）然而，虽然我们一直在努力，事情仍然会偏离正道，高速公路仍旧是死亡陷阱，我们按自己想法写下和说出的话，到了大庭广众之下，却演化出我们无法控制的独立个性。

这正是怀特《精灵鼠小弟》的精华所在，它试图在生活的泥泞中寻找清晰的视野。斯图尔特过着旅行者般的生活，他时刻都处在生活与爱会被破坏的危险中。一出场，他就是个风度翩翩的人物，而正是这种风格支持着他过完每一天。甚至从一出生，斯图尔特就很高雅。在只有几天大的时候，他就已经"戴着一顶灰色的帽子，拿着一根小小的手杖了"（p.1）。在第一页的肖像画里，他就像 1945 年前后那种衣着简约的模特——除了那条从小夹克衫后面伸出来的尾巴，它弯曲着，像是一个无法回答的问号。

　　斯图尔特的冒险是讲礼有节的冒险。在落入下水管道后，他怎样才能清洗自己？他以一只老鼠的形象，如何让自己保持干净整洁？故事开头的这几章读来像有关卫生的寓言，或许还像对蓬蓬头彼得所处世界的回应。对斯图尔特而言，中产阶级的城市生活是按部就班的生活：一种将威胁和挑战转变为克制行为的生活方式。鲁滨孙遭遇了船难，斯图尔特则拥有自己的模型帆船。帆船比赛那一章继承了鲁滨孙冒险故事的传统，同时，作者又将故事呈现于中央公园这个只够玩具比拼的场景中。斯图尔特的小船"黄蜂号"与一个郁郁寡欢的 12 岁胖男孩的"莉莲号"在比赛中不相上下。很快我们便又走进了男孩故事的世界中：现在时的叙述方式，一连串船上机械装备的名字。小波纹变成巨大的浪头；一个纸袋子变成缠住三角帆和桅杆的沉重累赘。当斯图尔特最终赢得胜利，当他克服了公园里的"糟糕天气"、湖面上的杂物和"莉莲号"主人的诡计之后，他跳到了船舵前。另一艘船"驶离了正道，在水面上四处乱走"。但是"在斯图尔特的掌舵下，'黄蜂号'笔直地前进着"（p.45）。请注意此处的语言："驶离了正道"和"笔直地前进"在用词上的鲜明对比。此时，这场比赛不仅仅是两个帆船手之间的体育比赛，更是两种想象力之间、两种风格之间的竞赛。"尽量直话直说"，斯图尔特做到了这一点，而正是在这一过程中，他学到了风格的要素。

295

　　在爱上小鸟玛戈后（这段故事多么让人心痛），在想要按下模型车的隐形按钮却错按了启动按钮，导致车子被撞得粉碎后（真可谓高速路上的死里逃生），斯图尔特成了一名老师。故事是这样的：他开车穿越纽约上州时，遇到了一位坐在路边的伤心男子。这名男子是城里的督学，他因为找不到能在当天代课的老师而郁郁寡欢。于是斯图尔特毛遂自荐。他换上了怀特所谓的"椒盐色"夹克衫、老式条纹裤、温莎领带,还戴上了眼镜。"你觉得你能管好纪律吗?"督学问道。"我当然能,"斯图尔特回答,"我要把课讲得非常有趣,这样纪律自己就会管好自己了。"等他走进教室时,怀特写道,"看到这样一位小巧漂亮、穿着得体的老师,每个人的眼里都闪着惊喜的光"。(pp.87–88)

斯图尔特意识到,在课堂上,教学任务应该排在第二位,社交礼仪才是最重要的。的确,他的课就像是把怀特一位同代人的提议应用到了实践中,这位同代人便是著名的育儿顾问本杰明·斯波克(Benjamin Spock)医生。在他极具价值的《婴幼儿保健常识》(首次出版于1946年)中,有一章名为"学校的意义",其开场语中的观点与斯图尔特的观点出奇地相似。"学校教育最重要的目的,是教会学生如何在这个世界上生存。不同的学科仅仅是达到这一终极目标的途径……只有当你对某件事感兴趣时,你才会学习。学校的任务之一,便是保证课堂既有趣、又有现实意义,让学生想学、想记。"[10]就像斯图尔特说的,把课讲得非常有趣,纪律自己就管好自己了。所以,他抛下建立在死记硬背和理性推理上的教案,向学生们提出了"究竟何为重要之物"的问题。亨利·拉克姆回答道:"黄昏结束前的最后一束阳光,一段乐曲里的一个音,一个孩子后颈的气味儿——如果他妈妈给他擦洗干净了的话。""正确,"斯图尔特说,"可你还忘了一件事。玛丽·本迪斯,亨利·拉克姆忘记了什么?""他忘了说巧克力脆皮冰淇淋了。"女孩回答。"完全正确……冰淇淋也是很重要的。"(pp.92–93)教学并不在于强调事实,或拥护什么信念。它存在于日常生活的诗篇中。重要的是发现那束阳光,以及平常日子里一点一滴的美好。去感受音乐,寻找普通家庭生活回忆中的美。这样的体悟远比测试中的知识珍贵。

那么，斯图尔特能否将这些理论运用到实践中去呢？在后来的旅程中，当他在埃姆斯镇停下来休息时，被一个不比自己大的小姑娘吸引了。他打算安排一次小小的约会：野餐、独木舟、鲜花、河流，一应俱全。可惜，最终还是一场空。有人弄坏了他的小舟：枕头不见了，座椅靠背也消失了，船的接缝都开裂了。"真是一团糟。它看上去就像一只被大男孩玩腻后丢下的船。"（p.121）这一刻，《精灵鼠小弟》中的所有事情都串联起来了；这一刻，我们不仅回忆起斯图尔特在中央公园里高超的驾船技巧，也回忆起划船的整个历史。"我的灵魂是一条着了魔的小舟"，在肯尼斯·格雷厄姆编的《剑桥儿童诗集》中，雪莱的一首诗这样写道。格雷厄姆笔下的动物也坐在船里四处游逛，向我们展示休闲与乐趣的联系。船难的威胁无处不在，而船难的历史——从《鲁滨孙漂流记》到《金银岛》，从《柳林风声》到《精灵鼠小弟》——告诉我们，在面对失败时，人必须保持风度。此处，在面临巨大挑战的时刻，斯图尔特失败了。他被情感湮没。他独自一人，伴随着"破灭的梦想和残破的独木舟"（p.124），在雨中昏昏睡去。

在《风格的要素》中，怀特写道，语言"永远都在变化"。他还说：

> 它就像一条有生命的溪流，不断改变流向、改变形态，从上千条支流中汲取新的力量，在时间停滞之处褪去陈旧的模样。告诫年轻作者不要在这条湍流的主干中游泳，毫无疑问是一件愚蠢的事，这也绝不是以上这些劝诫的用意。其真正的用意是，建议……新手宁可保守一点，宁可遵守约定俗成为妙。没有哪个习语是忌讳，没有哪种口音被禁止；只不过获得成功有一种更简单的方法，只要维持一条平稳的航线，小心地进入英语的溪流，并且不四处翻腾，就可以了。

（p.76）

于是，斯图尔特继续前进。他进入溪流的头几次尝试——不管
是被带上垃圾船，还是被迫藏在坏了的独木舟下——或许让他懂得
了，宁可按约定俗成的方法来行事。但是，在日常生活中，诗意依旧
无处不在。最后，他遇到了一位负责电话线的工人，当斯图尔特提到
他将继续向北旅行时，线路工答道：

> 沿着一条向北的破电线往前走，我偶遇过一些奇妙的地
> 方……由于工作需要，我曾在冬夜走进一片云杉林，那儿覆盖着厚
> 厚的松软的积雪，野兔最爱寻这样的地方藏身。我曾静静地坐在
> 北方铁路交会处的货运月台旁，感受温暖的时光、温暖的气息。我
> 还知道，在北方，有一些人迹罕至的淡水湖，那里只有鱼和鹰，当
> 然，还有电话公司，因为它必须一路向前。这些地方，我都再熟悉
> 不过了。然而，它们离这里都十分遥远——这一点你可不要忘记。
> 如果一个人想在旅途中有所发现，行进速度绝不能太快。

所有的老师和家长都是电话线工人。我们铺设交流的线路，确
保声音传递到远方，确保打给想象世界的电话能够接通。最后，《精
灵鼠小弟》和《风格的要素》将我们带入一个清教徒庄严之美的想
象空间，一处自然简洁之美的地方，在这里，言简意赅的英语留下一
条条笔直清晰的痕迹。小说和手册一样，给我们上了一堂关于控制
想象力的课，教我们如何将自我及经历，塑造成"约定俗成"的样子。
从这一点上来看，小说的结尾和《柳林风声》的结尾很相似。在《柳
林风声》中，蟾蜍结束了夸张和疯狂的冒险，回到家中，主持了一场
"严格遵循传统和习俗的"晚宴。怀特就好像是为了呼应格雷厄姆笔
下的画面，向我们展示了生活所依存的传统线路——无论它们是接
在两根通信柱之间，还是被写在纸上。

《精灵鼠小弟》于 1945 年出版，怀特修订的《风格的要素》在1959 年问世。两者都回到了战前美国乡村田园般的景象。我将《风格的要素》中的理念称为清教徒式的，我认为《精灵鼠小弟》中也有根深蒂固的清教徒倾向。因为，当主人公从喧闹的城市离开，踏上旅程时，他回到了旧时代美国的中心——纽约上州，那里的小镇与河流，曾经激发了华盛顿·欧文和詹姆斯·费尼莫尔·库柏的创作灵感。这其实是重温了美国这个国家的童年，如果说怀特的作品（不仅是《精灵鼠小弟》，还有《夏洛的网》）堪称儿童文学标准中的"经典"，那么，这很有可能是因为，它让所有读者都对一个集体的、民族的童年产生了向往。

这种向往在第二次世界大战后的美国社会理想和文学视野中非常普遍。当然，一个刚刚从战争中走出来的国家，通常都拥有强大的军事力量，却缺乏文化上的安全感。几乎在军队撤回美国的同时，"红色恐慌"便蔓延开来，而教室往往成为被极度怀疑的地方。各级老师都要接受详细的审查。流行电影也反映了人们的恐惧，比如，《天外魔花》（1956）这样的科幻电影，几乎毫不掩饰地表达出对共产主义的看法；又如 1956 年《逃跑的女儿》（*Runaway Daughter*）这样的劣质片，在海报中写着"这是一个关于学校中的'红色威胁'的骇人故事……它在未来的栋梁之中撒下叛国的种子"。威廉·O. 道格拉斯大法官（Justice William O. Douglas）1939—1975 年任职于高等法院，他在自传中回忆了那个年代的法治概况："激进派在美国一直发展不顺……美国长期都是，并且现在仍旧是一个保守的国家。"[11]

道格拉斯大法官或许道出了战后政治风气的真相，但当时的文学风气更加反复无常。诺曼·梅勒的《裸者与死者》（1948）向小说的现实主义准则发起了挑战。阿瑟·米勒的《萨勒姆的女巫》（1953）回顾了清教徒殖民主义，对麦卡锡"猎巫"的政治行动发出

298

了质问。莱斯利·菲德勒（Leslie Fiedler）在 1948 年一鸣惊人的论文《好哈克，再回到木筏上来吧！》（"Come Back to the Raft Ag'in, Huck Honey!"）里，提出《哈克贝利·费恩历险记》和《白鲸》中所谓的"同性恋面向"，意图重新评估 19 世纪"男孩书籍"中的经典作品。菲德勒这篇发表在《党派评论》（Partisan Review）上的文章，以全新的视角从美国身上看到了"对婴儿时期的怀旧情结"。他评论道："美国人向往着童年。"并且，他还将马克·吐温、梅尔维尔、詹姆斯·费尼莫尔·库柏和理查德·亨利·达纳归为一类，称他们为创作"配上插图，陈列于儿童图书馆书架上的书"的作家。[12]

　　对于那些在美国小说志得意满的几十年里长大的读者来说，菲德勒的评价着实让人震惊。毕竟，就像道格拉斯法官观察到的，"美国长期都是，并且现在仍旧是一个保守的国家"，尤其是涉及家庭和孩子的时候。菲德勒直截了当地将"孩子的书"与种族和性欲联系起来，是对学术界、图书管理员和家长的挑战。它同样也是对"组织人"①（这个名词由威廉·H. 怀特在 1956 年的书中提出）这一日益浓厚的社会氛围的挑战。怀特根据他为《财富》杂志所做的研究，描绘了一幅踌躇满志的美国肖像——一个年轻家长和年轻工人的美国。怀特的主要观点是，即使在组织生活中，个人主义也具备存在的可能性。他推崇一种"社会伦理"，它"使组织对个体忠诚的要求合理化，并使那些全心全意为组织效力的人在此过程中体会到一种奉献精神"。他明确地表达了这对于工作的意义："当一个人说，在这样一个年代里，如果要过日子，就必须做别人要求你做的事情时，他不只认为谋生是必须接受的生活事实，更将此看成一项天生就愿意做的

---

　　① 在威廉·H. 怀特的《组织人》中，人们相信组织和集体比个人能做出更好的决定，因此为组织服务能更好地发挥个人创造力。——译者注

事情。"[13]

戴高帽的猫徜徉在这样的世界中。他故意不做其他人想要他做的事，这种拒绝是他天生就愿意做的事情。猫是组织人时代的表演艺术家，他体现了 20 世纪 50 年代文化中反抗条条框框的一面。这种精神不仅激发了菲德勒的评论，也催生了艾伦·金斯堡（Allen Ginsberg）的诗以及埃尔维斯·普雷斯利（Elvis Presley）歌曲中的即兴重复（苏斯的书、金斯堡的《嚎叫》，还有埃尔维斯的第一次电视表演，都出现在 1955—1957 年这段短暂的时间里）。[14] 无论是《嚎叫》中的一片狼藉，还是普雷斯利那只"从未逮到过兔子的猎狗"，这些文学和艺术作品逼迫读者和观众用新的方式看待普通事物。苏斯的猫也会收集日常物件，将它们以既有创意但又很危险的方式堆积起来。他把蛋糕放在头顶上，把玩具船放在指尖上，把鱼放在雨伞里，把牛奶放在脚背上，放啊放啊，等所有东西都落下来摔了一地，猫叫来了他的助手一号和二号，不过，他们反而带来更多的破坏性乐趣。

《戴高帽的猫》意味丰富，评论家很早就注意到了其颠覆性的特征。路易斯·梅南（Louis Menand）2002 年在一篇发表于《纽约客》上的精彩文章中，将这本书看作"冷战的产物"，并将它放在 20 世纪 50 年代的政治、图书出版和公共学校教育的环境下进行分析。用他的话来说，这本书"改变了初等教育的本质和童书的本质"。[15] 它证明很少的词汇也能够创造出几乎无止境的文字游戏。它证明绘画故事书比识字读本和教科书更能有效地教孩子阅读。它还证明（按梅南的说法），童书是某种自我关联的故事：这个故事呈现了，作者如何通过有限的词汇，杂耍一般地令我们惊讶不已。

但是，除了所有这些特征和背景之外，猫还有自己的风格。像许多苏斯笔下的形象一样，他穿着夸张的服饰，领结和高帽大得像是马戏团的戏服。他每时每刻都在吸引他人注意，"看看我，看看我"，他喊道。他将色彩带入孩子们的单色世界（在插画中，男孩和女孩都是黑白的——只有女孩的红色蝴蝶结除外，他们的玩具也只有线条没有颜色）。这是一幢红色的房子，外面有一棵蓝色的树，但都是从外面看的样子。猫给这个世界上的物品带来了颜色。在《戴高帽的猫回来啦》一书中，色彩却成了问题之所在。猫洗浴后留在浴缸里的粉色污渍污染了整栋房子。所有以字母命名的小猫怎么也擦不完这些痕迹。直到最小的那只猫，靠着秘密武器"Voom"，终于将污渍都清理干净了。①

这个故事可以被看作一篇政治寓言（猫是终极"左倾分子"），但它也是一个关于色彩斑斓的生活的故事。让我来将这篇童话与苏斯的《巴塞罗缪和铺天盖地的大雨》（*Bartholomew and the Oobleck*）作比较。在王国的黑白世界里，国王想要见到新的东西。而他得到的是铺天盖地的绿色的、黏稠如鼻涕一样的大雨，让每个人都透不过气来。《绿鸡蛋和火腿》这怪异的书名便表现出异想天开的主旋律：为什么有些颜色让人有食欲，有些却不能？ 或者可以想想《一条鱼，两条鱼，红的鱼，蓝的鱼》。在此处，世界的秩序由数字和颜色决定。的确，苏斯的书对童书产业的巨大影响，并不只体现在插画的使用上，也体现在对颜色的专门表现上。苏斯向人们展示出，不同的色调能带来不同的情感影响；我们对颜色的设置和排列则受到社会的影响，给一件普通物品涂上不合常规的颜色，就能将它彻底变成不寻常或奇怪的事物。[16]

此外还有诗意。在我看来，苏斯在他最好的作品中，与一种浓郁

---

① 故事中，戴高帽的猫拿起高帽，头顶现出另一只戴高帽的猫，编号是 A。而从 A 的高帽里，又现出 B……随故事发展一直到 Z。他们一通打扫，反而把粉色弄得满世界都是。最后 Z 从高帽里拿出一把类似激光枪的武器，"Voom"地一下，世界干净了，字母小猫也回到了相应的高帽里。——译者注

的"色彩书写"传统展开了直接对话。这一传统，在格雷厄姆、伯内特、吉卜林和巴里的作品中都能看到。 但苏斯没有使用色彩浓烈的辞藻，也没有大量注入来自浪漫主义、莎士比亚以及维多利亚时代的语言，反而是限制自己的用词，把每本书写得像药剂说明书那样简单。我认为，他的书教导我们：儿童也能享受丰富多彩的生活；风格是我们带进家庭的事物；一旦母亲不在，我们便会肆无忌惮。

苏斯的书和20世纪50年代及60年代早期的其他许多作品一道，倡导了一种日常生活中的美学。举个例子，在罗伯特·麦克洛斯基的《老水手波特》（1963）中，缅因州人波特一天出去钓鱼，却不幸被困在风暴中。之后的故事仿佛是一种对《约伯记》[①]和《木偶奇遇记》的怪异结合：他进入一条鲸鱼的肚子以躲避风暴，但是当风暴过去后，他却出不来了。他看到自己的船里还有许多罐油漆，就在鲸鱼肚子里像艺术家一样泼洒油漆，于是鲸鱼把他吐了出来。但是在此过程中，波特看到了（我们也看到了）其他事物。此处表现了战后抽象艺术的核心。波特的泼墨画呈现出鲜明的颜色，看上去非常像杰克逊·波洛克的作品。当波特朝后退几步，欣赏自己的作品时，书中如此写道："他在绘画中发现了自我。"[17]

有多少孩子能在绘画中发现自我？婴儿潮时期诞生的小男孩小女孩——怀特那个年代里"组织人"的孩子——应如何表达他们的个性，或找到属于自己的风格？苏斯和麦克洛斯基提出了这一问题，乔治·塞尔登在1960年的作品《时代广场的蟋蟀》中也提出了这个问题。[18]蟋蟀柴斯特意外地被在郊外野餐的纽约人带入城市中，来到远离家乡康涅狄格州的陌生地方。他遇到了火车站的动物居民，小猫

301

---

　　①《旧约》中的一篇。此处或有笔误，应为《约拿书》，见第三章相关译者注。——译者注

和小鼠,他们带他参观城市,并帮助他在一家意大利移民开的报亭中安顿下来。很快,人们开始听见蟋蟀发出的音乐声——不是普通的唧唧,而是收音机里播放的经典音乐的改编曲。音乐老师史麦德利先生听说了这只蟋蟀,便去报亭(由与歌剧作曲家同姓的贝里尼先生经营)拜访他。史麦德利先生给《纽约时报》写了一封信,于是柴斯特很快成为炙手可热的表演家。但是这样的演出生活并没有给柴斯特带来多少快乐,于是他决定在城市里举办最后一场音乐会。整个时代广场都静下来听他表演,最后,柴斯特离开纽约,踏上了回家的路。

　　这同样也是一个关于自我表达的故事,但是背景设定在特殊的社会情境中。在此处,城市并非迷失之地或超负荷的社会(《精灵鼠小弟》中的城市是这样的),而是一座艺术中心。它为表演家带来无数观众,而柴斯特同时揭露了剧院生活的光明面和黑暗面。像匹诺曹一样,他看起来无拘无束。但是与木偶不同的是,他知道何时说再见,然后离开舞台,回归乡村生活。对孩子而言,风格与表演是这些书中光鲜的事物,但是它们必须受到控制。我们必须知道何时唱歌,何时停止,何时为维持生计而捕鱼,何时作画。蓬蓬头彼得的头发和指甲无止境地生长。匹诺曹的鼻子在他每次说谎时都会伸长。20世纪中期的儿童文学,强调了面对社会期待时个人表现的必要性,而且,个人不能以放纵或蓬乱的形象出现,他们总是受到管教。我们可以将戴高帽的猫请进家中,但是我们必须打扫干净屋子并准时用餐。波特虽然在绘画中发现了自我,但是他的画在一头鲸鱼的体内,而不是在自家的墙上。

　　罗伯特·麦克洛斯基的书,描绘了家庭关爱是如何塑造和主导风格的。《让路给小鸭子》将理想的家庭生活刻画成一件关乎审美选择的事——哪里是最适宜生活的地方?(在我看来,选一个合适的地方居住这种想法,明显是20世纪中期在美国兴起的。)《小塞尔采蓝莓》向我们展示了如何寻找生活中的甜蜜,同时也诠释了小塞尔和一只小熊遇到的冒险历程是如何在味觉中化解的。在《海边的早晨》302中，塞尔到了掉牙的年龄——然后在与家人挖贝壳时真的掉了一颗牙。每一个贝壳中都藏着一颗珍珠，无论它是藏在软体动物粗糙的壳中，还是藏在处于尴尬的青春期的女孩身上。这些故事为我们呈现了那些有能力采摘和挑拣成熟的生活果实的孩子，像摆弄一件艺术品一样打理厨房的母亲，还有艺术家本人，他就是孜孜不倦地在书页上安排家庭生活的父亲。[19]

和麦克洛斯基不同，罗尔德·达尔（Roald Dahl）描绘了不受束缚的想象力所带来的危险。在《查理和巧克力工厂》中，表演呈现出黑暗的一面（这本书 1964 年在美国首次出版，直到 1967 年才在英国发行）。[20] 威利·旺卡——虎克船长、马戏团指挥、傀儡师和疯狂科学家的结合体——向我们诠释出，当美学带来的乐趣成为自我毁灭之路时会产生怎样的后果。这本书中处处可见夸张的描写和犀利的模仿。那些赢得参观巧克力工厂机会的孩子（除了查理之外）就像从中世纪的书中爬出来的罪恶生物：暴食，嫉妒，骄傲，愤怒。只有查理顺利结束了参观，在此过程中，他赢得了旺卡的工厂的继承权。

威利·旺卡就像戴高帽的猫、波特、柴斯特蟋蟀和斯图尔特一样，是一个代表童书作者的角色。他给人发奖品，他的工厂里有许多能将平淡无奇的物品转变成神奇玩意儿的机器。但是达尔的视野中总是存在黑暗面（那些操作机器的奇特矮人看上去就像侏儒奴隶一样）。黑暗，也是达尔其他作品的风格。举个例子，在《了不起的狐狸爸爸》中，狐狸爸爸比他居住地上的农场主更加狡猾、更加冷酷，并且对食物有更高的要求，所以他害得农场主们丢了东西、浑身湿透、怒气冲冲，甚至还病倒了。[21] 或者再看看达尔为 1967 年詹姆斯·邦德电影《007 之雷霆谷》所写的剧本，其中，布罗菲尔德的地铁站看上去像一家奇怪的、俗气的巧克力工厂，日本的地铁站则仍有风格精致的食物、家具和性。让一个儿童作家来编写邦德电影是多么英明的决策——这也证明了邦德的幻想是多么孩子气。

就像所有关于风度的故事一样，这部电影中也有"styli"的形象——这个词的古意是写字工具、指针或棒子。科幻故事里的反派用激光枪射击，而戴高帽的猫用伞尖点出世界上的一切（怪不得《哈利·波特》中的海格不带魔杖，而是拿着一顶鲜艳的粉色雨伞作为魔法棒）。老水手波特有笔刷，旺卡有手杖，甚至蟋蟀柴斯特也有腿，它们能变成琴弓架在想象的琴弦上。斯图尔特一开始就握着手杖。在这一章中提到的所有有风格的主人公里，他拥有的小玩意儿最多，并将他的经历写进了大千世界：用回形针做的滑雪板、独木舟的船桨，还有用来攻击大猫的弓箭。

现代儿童文学中的太多角色都装备着指针、铅笔、墨水笔和拨火棍等形象，我无法在此一一列举出来。在本章的结尾，我想回顾一篇创作于早期的关于孩子和动物的童话——《小熊维尼》，谈谈其中作为礼物的"stylus"（笔）。可以说，《小熊维尼》是关于写字的故事。比如猫头鹰家门外错字连篇的两块告示：PLES RING IF AN RNSER IS REQUIRD（如需回复请拉铃）以及 PLEZ CNOKE IF AN RNSR IS NOT REQUID（无需回复请敲门）；蜂蜜罐上写着"HUNNY"（蜂蜜）；猫头鹰给小猪写的生日祝福则是"HIPY PAPY BTHUTHDTH THUTHDA BTHUTHDY"（高高兴兴过生日，祝你生日快乐）；还有维尼发现北极的那块标识（"北极 / 被维尼发现 / 维尼找到了它"）；还有最后，当小猪的房子被洪水冲垮时他写下的求救信息："救命！小猪"。因此，在这本书的最后，当所有人都准备去庆祝时（表面上是为了感谢维尼的英雄壮举），小熊得到的礼物是一套文具，便不足为奇了。

> 这是一个特殊的文具盒。盒里装着很多铅笔，有的上面写着"B"，代表熊（Bear）；有的写着"HB"，代表乐于助人的熊（Helping Bear）；还有的上面写着"BB"，代表勇敢的熊（Brave Bear）。盒里有一把小刀，用来削铅笔；有一枚橡皮，可以擦掉拼错的所有单词；有一把尺子，可以画写单词用的线，在它上面标着刻度，你可以用它来测量长短；还有蓝色的、红色的和绿色的铅笔，可以让你分别用蓝色、红色和绿色来表达特别的事情。[22]

在另一个世界里有其固定含义的标记，在此处变成了自我审视的标志。B、HB 和 BB 不再表示铅笔芯的硬度，而代表着不同气概的维尼。如果我们觉得这个童话世界仅仅是黑白的，那么那些彩色铅笔就给了人物们用蓝色、红色和绿色说出特别的事情的机会。

苏斯博士也用蓝色、红色和绿色对我们讲述了特殊的事情。所有儿童作家莫不如是。在故事的最后，维尼得到的便是风格这件礼物，用来书写自己生活的故事的工具。克里斯托夫·罗宾在故事结尾处再次登场，说了关于书写的最后一句话。"维尼的文具盒比我的好吗？"他问道，然后，如同父亲般的旁白者回答道："都是一样的。"这是此书最后的对话：对一个人真正的评价标准就在他的文具盒里。无论是在书的纸页上，还是在寒冬令人恐惧的大雪中，我们都会以自己独特的风格之笔，来书写我们的生活。

304

# 第十五章　在纸上轻叩铅笔

## 讽刺时代的儿童文学

在乔恩·谢斯卡（Jon Scieszka）的"时间错位三重奏"之一《暑期阅读在折磨我！》（*Summer Reading Is Killing Me!*, 1998）的结尾处，有一张"暑期阅读书单"，看上去像是课堂上用的。"每一个学生，"它开头这样写道，"必须在暑假阅读四本书，并且从中选择两本完成附录里的学习指南。"书单上的书根据对象分成适合初级读者、中级读者和高级读者的三类。每一类书都按照书名的字母顺序排列，列的都是为人所熟知的经典。其中很多我在本书中讨论过，从《伊索寓言》和《爱丽丝漫游奇境记》，到《柳林风声》和《约翰尼·特瑞美》。所有著名的作家都囊括在内，从苏斯博士、格林兄弟和罗伯特·麦克洛斯基，到托尔金和凡尔纳。但是在列表末端，奇怪的事出现了。有一个类别被称作"阅读特别认真的读者"，在它下面，有这样一行标题："任何提及了泰迪熊的书，无论作者是谁。"在它下面的是最后一个类别："适用于敲晕鹦鹉而得一日清闲的读者。"列表的最后是学习指南。前面的内容非常直截了当："写下书的书名和作者。"然后，它要求学生指出主要角色，想象如果拍成电影，角色应当由谁来扮演。接着，奇怪的句子出现了：

> 在纸上轻叩你的铅笔。
> 望着窗外做白日梦。

**将学习指南放一边去，到开学前一晚，再拿出来。**[1]

　　这到底是怎么回事？儿童文学致力于传播的寓教于乐的原则和标准，谢斯卡是要理直气壮地推翻它吗？他是在反映现代儿童那叛逆、拖延和做白日梦的日常生活吗？抑或是在向我们表达更加深刻的思想：在书籍遍布的年代，在如此多供人们阅读的书籍中，任何事情都是带有讽刺意味的吗？与"时间错位三重奏"系列的其他书一样，在这本书中，聪明又有些懒惰的城市孩子，发现自己被困在高度文明的牢笼里。一切都已经被人说过了，一切都已经被人引用过了。这样一个世界的生活，是已经被直白地道出的生活，在此，你不能从表面意思来理解别人的话；在此，成功不只是来自力量或知识，也来自街头的精明和胡诌的智慧。

　　这正是 20 世纪晚期和 21 世纪早期儿童文学的生存环境：这里有多得让人不知所措的书单，图书馆中的书几乎要堆到天花板上，所有事情似乎都已经被说过或做过了，生活能用我们所虚构的朋友的行为来衡量。认清事实和虚构之间的区别很难，谢斯卡笔下的男孩们被困于历史中。"时间错位三重奏"的故事概要是：其中一个男孩的叔叔给了他一本魔法书，这本书能让他们穿越历史的不同年代。但是，每一次穿越都必须付出代价。尽管魔法书与男孩们一起旅行，然而，它也总是会被弄丢或偷走。于是，男孩们必须找回这本书，在历史的困境中生存下来，然后回到 20 世纪末纽约上西区舒适安全的生活中。

　　纵观儿童文学历史，我们发现，书籍经常被看作魔力之物，被当作带领人云游四海的交通工具。"没有哪艘护卫舰像书本一样"，艾米莉·狄金森写道，而从《鲁滨孙漂流记》那个年代起，孩子们就把书看作想象的船只。在 20 世纪早期纽伯瑞奖的评委们的评判原则中,旅行和冒险故事居于核心地位。当时的纽伯瑞奖作品,以及现在数不清的获奖名单、学校必读书目和推荐书单,所有这一切组成了我们今天认识中的儿童文学的标准。

谢斯卡认识到,在一个毒舌、耍小聪明的年代,没有什么标准能被轻易接受。他笔下的"时间错位"男孩,正是我眼中 20 世纪晚期的孩子在书本中的典型形象。我们不再航海,不再探索新大陆或在大草原上圈地。近期大多数的儿童文学将男孩和女孩故事的背景设定在城市的街道上,或高高的公寓里,或毗邻大马路和高速公路的学校操场上。劳拉·英格尔斯·怀尔德(Laura Ingalls Wilder)的草原小屋被埃洛伊塞的大酒店替代了。L. M. 蒙哥马利笔下的绿山墙逐渐演变成弗朗西丝卡·莉娅·布洛克(Francesca Lia Block)笔下的洛杉矶(在"薇兹·巴特"[Weetzie Bat] 系列中,它被称为香格里拉)。地铁车厢和变形汽车成为守护我们幻想的新护卫舰。

我用"讽刺"(irony)一词来形容现代孩子假装出来的都市叛逆、毒舌智慧和"去过、做过"① 的冷漠。从很多方面来说,这就是现代孩子的生活状态。和作家一样,教育学家和心理学家都对这一特征有充分的认识。曾经,人们说孩子没有讽刺观念,孩子与成人的区别在于他们真诚、包容、开放。孩子们不是对成人生活感到疲惫、厌倦,也不是对朋友、家庭和上司感到失望,但几十年以来,他们已渐渐成为自己所讽刺的对象的象征。[2] 现代孩子生活在充斥着错误信念、缺乏信任的社区里。他们懂得,人们会说谎。他们也懂得,别人不一定认同自己的信念。表象和现实之间不再有明显的界限,于是,许多孩子从经历中学会故意与他人保持距离:他们诙谐幽默,懂得以冷漠

---

① "been there,done that",俗语,表示自己已经知道或经历过,对所谈论内容厌恶或不感兴趣。——译者注

的举止明哲保身，在谎言和失望面前表现出一种司空见惯似的镇定。杰迪代亚·珀迪（Jedediah Purdy）在 20 世纪末批评了这种生活常态。他是一位在家里接受了初等教育的年轻的哈佛毕业生，他哀叹自己看到了个人真诚与群体纯真的末路。珀迪抱怨道：讽刺家"不动声色地掩盖他的言语、手势和行为中的错误与缺陷……他的谨慎变成了对语言本身的不信任"。在珀迪眼中，一切都了无新意。"我们接触到的一切都是老生常谈、老调重弹、新瓶装旧酒或往事重现。"讽刺体现了城市混乱的状况，体现了成长得太快的孩子的状况，也体现了没有人认真对待任何事或任何人的情景喜剧中的状况。[3]

这是一个"管他呢"（whatever）的世界，"管他呢"代表着对生活中遇到的障碍的漠视。《牛津英语词典》中记载，"whatever"在 20 世纪 70 年代衍生出对他人的失败表现出冷漠、怀疑、不耐烦或被动接受的意思。《牛津英语词典》引用了 1998 年 7 月 21 日《村声》（The Village Voice）周刊里一篇文章的句子，我认为这句话完美捕捉了 20 世纪末美国生活的情调："如果有个人跑来说，他刚刚看见耶稣在第 72 大街地铁口的楼梯上布道，大多数纽约人都会回答，'管他呢'。"

从 20 世纪 60 年代起，儿童文学开始反映出这种愈演愈烈的讽刺情绪。路易丝·菲兹修（Louise Fitzhugh）1964 年出版的《小间谍哈瑞特》问世之后，似乎打破了所有童书中真诚和多愁善感的旧套路。[4] 与融入周围的生活相比，11 岁的哈瑞特更喜欢监视他人：观察别人的行为，随后记在本子上。她的同学和家人也被纳入了监视范围。但是，有一天，她的小秘密被他们发现了。当时孩子们在玩捉人游戏，哈瑞特沉浸在游戏的兴奋中，她突然意识到她胳膊下的书被打翻了，而那本笔记本不见了。贾妮·吉布斯在把笔记本中的内容读给其他孩子听。所有人都听到了哈瑞特写下的评论和难听话。所有人都知道了哈瑞特的奇怪梦想："等我长大了,我要发掘出每个人的每一件事,然后把它们都记在一本书里。这本书就叫《秘密》,哈瑞特·M.韦尔施著。我还要把照片放进去,如果我能找到病例的话,也会放进去。"(p.187)于是,这些孩子以牙还牙:他们也开始写东西。他们互相传递纸条。"哈瑞特·M.韦尔施身上的气味真难闻,不是吗?"还有,"没有什么比看哈瑞特·M.韦尔施吃番茄三明治更让我感到恶心的了"(pp.190–91)。

哈瑞特或许是个间谍,不过,她当然也是一名作家,她在观察和文学方面的野心让读者觉得她就像上东区的乔·马奇。女孩们常常在书中看到自己,但是不像男孩(他们总是着迷于能将他们带到未知之地和奇人面前的冒险故事),哈瑞特作品的女读者则是关心本地事务的人。像乔一样,哈瑞特希望成为一名作家,书的题名则说出了通过写作定义自我的强烈需求。如果说哈瑞特这个人物中有乔·马奇的影子,那么也有《绿山墙的安妮》中的安妮·雪莉的痕迹:在学校的舞台上,与别的同学相比,她能更好地用幻想和创造的语言来表达自己的判断。

小说的前半部分有一处非常精彩的描写。哈瑞特的老师埃尔森小姐打算和学生们一起准备圣诞表演,但是孩子们调皮捣蛋,只顾着来来回回地传纸条,完全无视她让大家遵守纪律的命令(p.143)。一些学生建议以海盗为演出主题,一些则支持表演特洛伊战争,还有一些人想扮演士兵。有一个学生建议跳一支表现"居里夫人发现镭"的舞。另一个学生提出让大家都扮成自己吃的圣诞节食物的样子。很快,这个建议得到了大部分人的支持,虽然哈瑞特很不喜欢,但它最终被定为演出的主题。她的朋友西蒙表示反对:"我宁愿大家都扮演士兵,也不要扮成胡萝卜和青豆。"(p.146)但反对以失败收场。

要我选的话,我也宁愿选士兵而不是胡萝卜。就在此时,《小间

谍哈瑞特》开始盘点儿童文学史上所有盛大演出和戏剧表演的场
景。这段文字幽默地展现了一系列学校故事和其中老师的样子。(在 309
此，我们不也能感受到，斯图尔特当代课老师时的那种威严的表现，
以某种讽刺的面貌出现了吗？)想象力让我们成为士兵或胡萝卜，而
哈瑞特则意识到，自己永远都是蔬菜大军中那个孤独的童子军侦察
兵。此处，她的反应让人联想起 G. A. 亨提和罗伯特·贝登堡的特
点——的确，哈瑞特可以被视为从"童军女警探"中走出的人物。让
我们将她的写作计划与贝登堡在《童军警探》中给出的建议进行一
番对比：

> 在乘坐火车或电车旅行时，请时刻注意与你同行的旅行者
> 身上的小细节；注意他们的脸、衣着以及说话方式等，以便事后
> 能够准确地描述他们。此外，尝试通过他们的外观和举止对他
> 们作出判断：他们是富人还是穷人(通常可以通过他们的靴子
> 看出来)，他们的职业是什么，他们是快乐还是不舒服，是否需要
> 帮助。[5]

在贝登堡的文字中，当一名童子军不仅是一种体验，也是对阅读
的响应。它教给读者识别他人的能力，让每个童子军成为一名年轻
的社会小说家。

哈瑞特就是一位年轻的社会小说家，但是，"真相未必是最好的
礼物"这一教训，将她与书呆子似的前辈们区别开来。男孩的书总是
告诫读者不要说谎；与此类似，女孩的书也致力于教导读者相信，社
会生活中浮夸的表演常常充满诡计、谎言和掩饰，我们应该抛弃这一
切，真诚地专注于家庭生活。在我研究的所有书中，父母和女佣总是
给出建议的人，哈瑞特的保姆奥利·戈利也是一样。被韦尔施家解

雇后,她结了婚,移居到魁北克。但是在小说临近结尾处,她给哈瑞特写了一封信,向她传授生活和文学经验。

亲爱的哈瑞特:

我一直在考虑你的事。我认为,如果你真想成为作家的话,现在是时候奋斗了。你已经 11 岁了,但是除了笔记外,什么也没写过。根据你的笔记写一个故事,然后把它寄给我吧。

"'美就是真,真就是美。'——这便是
你们在世上所知、所应知的一切。"

约翰·济慈的诗句,你可别忘了。

如果你不幸遇到以下问题,我想在此跟你说说。正常情况下,你应该在你的笔记本里记下事实。如果你不这么做还有什么意义呢?正常情况下,这些笔记本是不应该被其他人读到的,但是如果它们不幸被泄露出去了,那么哈瑞特,你必须做以下两件事,而你是不会喜欢它们的:

1)你必须道歉。

2)你必须说谎。

不然的话,你会失去朋友。为了让人们高兴而撒个小谎并不是坏事,就像别人给你做了一顿饭时你必须说谢谢,哪怕你觉得很难吃;又像是对一个病人说他看上去好多了,尽管他面色很差;或者是遇到个戴了一顶难看的新帽子的人,却对他说帽子很漂亮。请记住,写作的目的是将爱带给这个世界,而不是伤害你的朋友。但是对你自己,你必须永远说实话。

还有一件事。如果你想念我的话,我告诉你,我不想念你。

310

过去的就过去了。我从来不想念任何事或任何人，因为它们都成了美好的回忆。我守护着我的回忆，爱我的回忆，但是我从不走进去，在里面躺下。你甚至可以从你的回忆中写出故事，但是记住，它们不会回来。想想如果它们真的回来的话，那会有多糟糕。你现在不需要我了。你已经 11 岁了，你应该正忙着成长为你想要成为的人。

　　　　　　　　　　　　　　　　　　　废话不多说

　　　　　　　　　　　　　奥利·戈利·瓦尔登施泰因

　　　　　　　　　　　　　　　　　　　（ pp.275–76 ）

　　这封信读起来像是讽刺地组合了一系列历史久远、广为人知的文学片段：有约翰·济慈的成分，有莎士比亚笔下波洛尼厄斯的回响（"你必须对你自己忠实"），还有某种对 E. B. 怀特的《风格的要素》的暗示。就像怀特一样，她含蓄地提问道，是什么成就了年轻作家？是的，你应该对自己诚实，但是你可能有必要欺骗他人。似乎笔记和文学的区别，就是单纯的报告文学和虚构作品之间的区别。从某种意义上来说，戈利会同意怀特的观点：两人都明确提出，写作的目的是将爱带给这个世界（没有几本童书像《夏洛的网》和《精灵鼠小弟》这样充满爱，不管是有回报的爱还是没有回报的爱）。但是戈利对怀特书中充满回忆的多愁善感提出了异议，"我从来不想念任何事或任何人"。对一个小女孩来说，这是一条非常现实的建议，并且，这不仅仅是给她的建议，也是给读者的建议。讽刺让我们疏远自己的过去。它让我们认识到，过去的永远过去了。戈利的建议完全符合心理学家艾伦·温纳（Ellen Winner）及其后继之人的研究。就像最近的一篇文学评论对温纳理论所做出的解释那样："孩子必须能够仔细反思自己的信念，并且认识到，这些信念是主观思想而非客观事实。此外，

311 　孩子必须学会把错误的观念归咎于他人,并且必须知道在什么时候把错误的观念归咎于他人。"[6] 掌握这些信念和反思就能让人掌握讽刺,在此背景下,我认为戈利最后给出的建议是"学会讽刺"。

　　讽刺也是戈利在信中使用的文学手法。济慈《希腊古瓮颂》结尾的诗句,从他写下它们一直到今天,都被人们称赞为一篇美学宣言。然而,对 20 世纪的读者来说,这样的诗句已经成为陈词滥调了。奥利·戈利信中的这一段话似乎在问,我们引经据典的同时,怎样才能继续保持它们的作用呢? 答案是,让读者注意到这些语段的确就是陈词滥调,向读者强调文字、说话人和观众之间的关系是具有讽刺意味的,并在最后指出这一切与其他陈旧内容之间的讽刺关系。当然,"你可别忘了"这句话带有陈腐之气。但是在此处,它成为更加复杂的交流中的一部分;就好像戈利的信变成了对美学信仰的声明,化为对真相、经验、生活和记忆的冥想。"废话不多说。"她教哈瑞特在生活中不要多愁善感,让她认识到一个人不仅必须在特殊场合说谎,而且所有的故事都带有谎言的性质。

　　在书的结尾,当哈瑞特意识到,有时你不得不撒谎时,她在笔记本上写下最后一条记录,然后啪的一声合上本子,站起身来。有时候虚构世界里的策略必须让位于现实的生存需要。而我们作为读者,必须懂得,当我们看完一本喜爱的书时,必须将它合上,放一边去。我们可以珍视对它的回忆,但绝不能沉迷其中——然后,就像约翰尼·特瑞美在他的小说结尾处那样,站起身来。

　　许多童书都以主人公在最后站起身来结尾,所以,1970 年的读者在发现朱迪·布鲁姆(Judy Blume)的玛格丽特以坐下结束小说时,一定会大吃一惊。《你在吗,上帝? 是我,玛格丽特》(*Are You There God? It's Me, Margaret*)首次出版就挑战了女孩故事中的礼教。[7] 这个关于一名不合群的六年级学生的校园故事,并未把重点放在集体或友谊上，而是放在了长大成人的仪式上：买第一只胸罩，对男孩产生兴趣，经历月经初潮。小说记录了她的成长过程，中间穿插着她想象中与上帝之间的对话（每一次对话都以书名的那句呼告开始）。她的祷词与其说是对宗教困惑或需求的表露，不如说是给自己最喜爱的读者的信：向一位理想听众表达内心的情感。它们就像是哈瑞特笔记本中的记录，渴望找到一个能理解与认同的声音。此外，玛格丽特也像哈瑞特一样（事实上，像所有写下自己故事的年轻女子一样），在寻求某种标记。这本书讲的是孩子怎样在身体中找到意义：我们如何掌控生活，并在此过程中在世上留下我们的印记。

312

　　《你在吗，上帝？》以血开篇，以血结尾。在小说刚开始的时候，玛格丽特一家从纽约搬到了新泽西的郊区。玛格丽特的父亲觉得应该自己动手修整草坪。可是，当他将手伸进割草机中去检查草的长度时，却忘了把机器关掉，于是他的手被刀片深深地割伤了。"芭芭拉，"他大声呼喊妻子，"我出事了。"他把手包在毛巾里，但是鲜血又渗了出来。"'我的上帝啊！'妈妈看到血渗出了毛巾，大叫道，'你把手切下来了吗？'"（p.15）妈妈和女儿在附近搜寻了一阵，但是什么也没有找到。去了医院后，他们才发现并无大碍，只需在爸爸的手指上缝几针。

　　玛格丽特的爸爸在经历了自己修整草坪的失败后，最终找到了对策：雇一个男孩来做工。男孩来修剪草坪的时候，爸爸便一头埋在杂志里。她的父亲尝试着在土地上留下自己的印记，即自己动手割自家花园里的草。然而，被割到的却是他的手，流出来的鲜血在他的人生中留下了失败的印记。但是，对玛格丽特来说，血在小说的最后才出现，当时她坐在马桶上，看见了由于月经初潮而留下的红色斑迹。穆斯——她父亲雇佣的男孩、玛格丽特的暗恋对象——一直都在修剪草坪。"我回到屋子里，我必须去洗漱间。我在想穆斯，想着我多么希望能站在他身边。我在想,我真高兴他不是个骗子,同时为他来我家修剪草坪而感到欣喜。然后我低头看了一眼内裤,我简直不敢相信。上面沾着血迹。没有很多,但是也相当明显。我大声喊道:'妈妈——妈妈——快过来。'"(p.147)这最后一幕完美地重现了她父亲出意外时的场景。草地、割草、血和叫喊。与父亲喊母亲时的场景一样,玛格丽特喊来母亲之后,母亲同样说了句:"我的上帝!"不过此时的问题不再是有没有"把手切下来了",而是"你真的来了"。玛格丽特成人了,不仅成为一个女人,也成了一名作家。她在自己的世界里留下了印记,而那些内裤上的血迹不仅仅是成长的标记,如同书页上的字母。

在这一刻,《你在吗,上帝?》上升到了文学层面。它向我们诠释出,伟大领悟的瞬间如何出现在了郊区的洗手间里,而不是出现在草原或海洋上。日常经历本身便是奇迹。在布鲁姆的许多书中,故事的用意并非让读者对顽强的自然主义感到震撼,而是向读者展示,我们身体的最自然的状态,如何在这个世上留下我们的印记。

《你在吗,上帝?》的结尾是否具有讽刺意味?讽刺建立在有意的重复上。它要求对发生过一次的直接的、真诚的或严肃的事有明确意识,这样,当事情重复发生时,这件事就变得有趣、奇怪或出人意料地有意义。我们只能非常勉强地说,一个人搬到郊区,被自己的割草机伤到了手这件事是有点讽刺的。但是,他流血的手并不带有任何幽默感。然而,在经血中体会到自我认识的伟大时刻,则具有另一种角度的讽刺意味。"我开始又哭又笑。"玛格丽特说道(p.147)。这就是杰迪代亚·珀迪所说的对"意料之外的重要时刻"的讽刺:"在我们通常认为是无关紧要或平庸迂腐的事物中,往往蕴含着能引起惊讶、喜悦和崇敬的东西……这种讽刺令人感到刺激。"我并不认为珀迪当时想到了《你在吗,上帝?》中的这一场景,也不认为朱迪·布鲁姆毫不妥协的社会现实主义与珀迪对"事物的意义"（这一点可以追溯到柏拉图和亚里士多德）的信念相似。[8] 但是我坚信，珀迪捕捉到了一种能把我们带向惊喜的讽刺情绪。玛格丽特又哭又笑，涕泗横流，近乎狂喜。

"狂喜"在 20 世纪晚期的儿童文学中以种种特殊的方式呈现，这种特殊性，是许多评论家、老师和图书管理员将布鲁姆的书排除在儿童文学之外的原因之一。人们通常将布鲁姆的书归为"青年小说"，因为其中的人物都即将步入成年生活。青年也是弗朗西斯卡·莉娅·布洛克的小说的阅读群体，她的"薇兹·巴特"系列讲述了一名个性十足、刚烈机智的高中女孩的故事，她在无聊的高中生活和平常的都市生活中寻找刺激。[9]

> 薇兹·巴特讨厌高中，因为所有人都浑浑噩噩的。他们甚至都不了解自己所生活的地方。他们不关心玛丽莲的手脚印实际上就在他们的后花园——格劳曼中国剧院① 里；他们不关心你可以从农贸市场上买到战斧和塑料的棕榈树钱包，或从欧基热狗店买到最独特最便宜的奶酪、豆子、热狗和熏牛肉墨西哥卷饼；他们不关心杰特森风格的小内勒餐厅里的女服务员都穿着溜冰鞋；他们不关心那个能喷射出热带汽水颜色水流的喷泉，或吉姆·莫里森和胡迪尼居住过的山谷，或坎特餐厅通宵供应的克尼什土豆馅饼；他们不关心威尼斯就在不远处，那里有圆柱甚至运河，就像真的威尼斯，或许还更酷些，因为这里有冲浪者。
>
> （pp.1–2）

---

① 许多影视明星都在美国好莱坞的格劳曼中国剧院（现名TCL中国剧院）留下了手印和脚印，包括玛丽莲·梦露。——译者注

314　　　通过这些充满艺术家特质的话，布洛克给出了自己对城市讽刺现象的特殊见解。日常生活场所具有神圣感，但我们现代的圣人则是玛丽莲、莫里森和胡迪尼。我们在热狗摊这座圣坛上享用圣餐，但触动我们回忆的，并非配着茶的玛德琳蛋糕，而是克尼什土豆馅饼。布洛克这一开场，将我们带回至那些在许多儿童文学作品中都占有重要地位的列表：从记载古希腊诸神和英雄的目录，到少儿识字读本里的名词，到清教徒式和洛克式对独特事物的归类与整理，到斯克鲁奇生活的伦敦社会的复式记账法，再到从爱丽丝奇境中横七竖八跑出来的古怪生物。

　　在这幅洛杉矶年轻人的画像中，布洛克描绘了薇兹·巴特的讽刺态度如何使一切都成为另一些事物的象征，如何将所有事物都变成幻想或回忆，以及如何使得加利福尼亚的山寨威尼斯比真正的威尼斯更酷炫。薇兹穿着二手衣物。她喜欢看老电影。她渴望她的"白马王子"，不过此处被称作"我的特工情人"（这个名字让人想起20世纪60年代的电影和20世纪50年代的爵士乐）。她和朋友制作了一部叫"香格里拉"的电影，是对经典电影《消失的地平线》的翻拍。就像这部老电影中的高原传奇一样，在好莱坞，没有人老去。玛丽莲、埃尔维斯、詹姆斯·迪安、查理·卓别林、哈珀、博加特和嘉宝等人，都被永远保存在胶片中。

　　阅读《薇兹·巴特》和其他布洛克的书，或是过去20年中许多其他有关喜欢讽刺的年轻人的小说，就像将童年看作南加利福尼亚的圣诞节。圣诞老人和马槽在棕榈树间看上去不只是格格不入，他们更像是对"圣诞节即孩子的快乐假期"这一幻想的讽刺性评论，就好像雪、雪橇铃和挂满彩带的树只是对过去的模糊记忆，或是只存在于书本和电影中的片段。我想，年轻时的杰迪代亚·珀迪没有理解，现代社会（我是不是应该说后现代社会？），甚至包括西弗吉尼亚和新英格兰,都是以质疑和讽刺的态度延续着自己的风俗习惯。

　　当然,珀迪可能不愿接受,而 20 世纪末不少儿童文学作品对此也拒不承认,坚持为人们创作有关自然的真诚和治愈的信念的故事。克里斯·范·奥尔斯伯格(Chris Van Allsburg)的《极地特快》是一本精美绝伦的书(1986 年凯迪克奖获奖作品),它向读者呈现了一段通往真诚的旅程。范·奥尔斯伯格仿佛重拾了火车旅行的传统寓意(如 E. 内斯比特笔下的故事,或刘易斯"纳尼亚"系列里第二次世界大战期间伦敦孩子的旅程),并最后一次尝试赋予其真实的意义。

　　范·奥尔斯伯格的作品带有一种优雅的力量,他的故事通常向我们讲述,小男孩从消沉中走出,然后感受到信念的狂喜。我认为,这些是男孩子的书,并且它们对我在此讨论的故事中的讽刺情绪做出了回应。我们从哈瑞特、玛格丽特和薇兹·巴特身上清楚地看到,拥有讽刺性超脱态度的大师都是女孩。她们是真正的表演艺术家:写剧本,为自己穿上戏服,然后在自己想象中的舞台上念着台词。在她们的书中,男人都无药可救(哈瑞特故事里那个穿着紫色袜子的忧郁男生),软弱无能(玛格丽特那个把自己割伤的父亲),又或是同性恋者(薇兹深爱的朋友德克)。男孩怎样才能在女孩统治的世界中立足?他们必须回归真诚吗?还是能够战胜想象的讽刺者呢?

　　一种方法是胡诌。许多现代文学中的男孩都是这一游戏的高手,而且胡诌向来都是男孩的游戏。谢斯卡的"时间错位三重奏"男孩(他们其实并不比玛格丽特或哈瑞特年长)就是这门艺术的大师,这样的人还有很多:油嘴滑舌的小侦探内特,机智过人的 13 岁男孩阿特米斯·法尔(Artemis Fowl),路易斯·萨奇尔(Louis Sachar)《洞》中绿湖营的男孩。尤其是在萨奇尔这本书中,胡诌的本领成了一种生存之道。[10] 斯坦利·耶奈兹被送进得克萨斯州一个少年犯营地,被迫在沙漠深处挖洞。这种挖洞劳作说是为了塑造品行,但是男孩

315

们（还有我们）很快发现，这是营地看守人给他们安排的特殊任务。女看守人相信沙漠中埋藏着某个古老家族留下来的宝藏。当然，男孩们最终找到了宝藏；斯坦利还发现这些宝藏实际上属于自己的家族，而非看守人；最后营地被查封，所有邪恶的成年人都为自己的残忍付出了代价。

在此处，童年是一个洞，我们从中挖出了自己。有时候，就像奥利·戈利给哈瑞特的建议那样，我们必须撒谎。比起谎言来，斯坦利给母亲写的第一封信更像是胡诌：

> 亲爱的妈妈：
>
> 　　今天是我在营地的第一天，我已经交了几个朋友了。我们一整天都在湖上，所以我现在挺累的。一旦我通过了游泳测试，我就去学习滑水。
>
> （p.46）

这封信之所以是胡诌而非简单的谎言，是因为它的做作、妄想，并且写信者知道信的内容可能不会被完全当真。就像斯坦利对一位在他身后看着他写信的室友所说，"我不想让她为我担心"。他并不希望说服母亲相信信中的内容，只是想让她知道自己一切都好。胡诌开始的地方，正是信的内容从通过游泳测试跳到学习如何滑水那一处。这一跳转展现了胡诌者的想象力——孩子在学会游泳后会做许多事，但是立刻学习怎样滑水恐怕并非其中之一。在通过游泳测试和滑水之间还有一道鸿沟。填补这道鸿沟的便是虚构故事。

根据哈里·法兰克福（Harry Frankfurt）所言，胡诌与说谎的区别在于它不是错误的，而是假冒的。[11]

　　为了认识到两者的区别，你必须认识到，一件赝品或仿制品可能在任何一个方面都不比真品差（除了它不是真品）。不是真品的东西并不一定在其他方面有缺陷。它很有可能是一件一模一样的复制品。一件赝品的问题不在于它像不像，而在于它的制作过程。这一点跟胡诌的本质极其相似，并且也是最基础的一点：虽然胡诌并不是根据事实创作出来的，但它并不一定是错误的。胡诌者在造假。但是这并不代表他一定会犯错。

　　　　　　　　　　　　　　　　　　　　　　　　　　（pp.47–48）

　　法兰克福的分析首次在 1986 年《拉里坦》（*Raritan*）期刊中的一篇论文里出现，并在 2005 年由普林斯顿大学出版社以小册子的形式再版。它卖出了成千上万本，这位沉默的七旬哲学家也由此成了 21 世纪早期的文化裁决者。《论胡诌》（*On Bullshit*）就像鼎盛时期的贝德克尔旅游指南 ①：是对社会风气的定义，是一种生存方式，潜移默化地影响了我们的生活。"我们文化中最显著的一个特点，"法兰克福在开篇中说，"是其中存在许多胡诌。"（p.1）他说，胡诌比撒谎更加危险，因为它似乎更加有诱惑性，更加刺激。胡诌让人眼花缭乱，胡诌者在编造细节、创造人物和点燃听众期待的同时，会获得一种兴奋感。胡诌是我们这个年代的文艺小说。

　　就像所有的技艺一样，胡诌也是学来的。法兰克福通过分析埃里克·安布勒（Eric Ambler）的小说《肮脏的故事》构建起自己的理论。在小说中，主人公从父亲那里得到了许多建议。法兰克福引用道："虽然父亲被杀死的时候我只有 7 岁，但是我仍旧清楚地记得他，

_____

　　①　由德国贝德克尔出版社发行的近代旅游发展史上第一套旅游指南书，风靡一时。——译者注

还有他过去说过的一些话……他最早教给我的一个道理是'如果你可以靠胡诌蒙混过关，那就不要撒谎'。"（p.48）法兰克福继续说道，胡诌"是一幅全景图，而不是某处细节"（p.51）。它要求你有一定的创造力，比起撒谎，它"更加广阔，更加独立"，"为即兴创作、丰富而具有想象力的戏剧提供更多机会。它更像是艺术而非工艺"（p.52）。说故事者的本领就像是一种胡诌的技能，而法兰克福对文学文本的选择也充分说明了问题。胡诌能用来区分孩子和成人吗？这种艺术会像家族传统或家庭手艺那样，从父亲手里传到儿子手里吗？对斯坦利·耶奈兹来说，对"时间错位三重奏"里的男孩来说，对我们小说中数不胜数的聪明孩子来说，胡诌是一个创造力十足的手段。就像讽刺，它让人们心甘情愿地脱离现实，宁愿生活在一个天马行空的幻想世界里。

胡诌就像讽刺一样，可以用来应对现实的幻影：应对文字和事物已经被引用和使用过的实质，应对（用杰迪代亚·珀迪的话来说）"一切都是衍生物"（p.xi）的怀疑。在这样一个衍生物泛滥的世界里，胡诌为创造力留出了一块空间。的确，薇兹·巴特、哈瑞特和玛格丽特所拥有的，是充满创造力却并非胡诌的空间，而是表演、模拟、拼凑和戏仿的空间。胡诌是男孩子的游戏——当我们肆无忌惮地冒充的时候，当我们真的想象自己在得克萨斯的沙漠中滑水的时候，我们甚至能在想象中感受到狂喜。在一个胡诌艺术家盛行的年代，我们或许可以感受到珀迪希望我们在狂喜的讽刺中体会到"一种激发惊讶、喜悦和崇敬的感觉"。

在一个讽刺、胡诌的世界里，儿童文学占据着怎样的位置呢？答案或许可以从我在本书中所追溯的历史中发现。从古希腊和古罗马的课堂背诵开始，孩子们便被教导模仿他人说话。无论是重温荷马、维吉尔或戏剧家的经典段落，还是品味家喻户晓的谈话录，学生总是扮演着一个角色——神、英雄或主人。古典版、中世纪版和现代版的《伊索寓言》都主张"才智胜过蛮力"。约翰·纽伯瑞的小好人"两只鞋"展示了她在掌握天气变化规律和粮食种植方面的智慧。鲁滨孙和格列佛靠聪明才智在恶劣的环境中活了下来，并让他人接受自己。爱丽丝在奇境中发现周围有一群幻想家和故事编造者，他们都是自我想象（用今天的话来说是胡诌）这门艺术的大师。小查尔斯·达尔文因为声称在散步时发现神秘动物（尽管多多少少是想象出来的）而受到责备。同样，苏斯博士也开始在一片想象的天地里添加各种奇异的生物。在儿童文学中，还有谁比彼得·T. 胡珀更会胡诌呢？《超级炒蛋》中他在开始搜蛋冒险前说自己："我不喜欢吹牛，也不喜欢自夸。"甚至连法兰克福引用的埃里克·安布勒的小说，也是向过去那些带着父亲般建议的男孩童书致敬，在这些书中，亨提、吉卜林和贝登堡这些作者会将角色拉到一边，然后开始说教："我的孩子……"在 21 世纪初，我们的确生活在一个以讽刺和胡诌定义文化和表达方式的年代，但是这并不代表它们是新近才出现的。

318

　　我在此处所说的最重要的一点是，孩子的故事就是文学本身的故事：寻找适合你自己类型的品质；对疑心重重的人讲述你自己的经历的故事；在应对父母管教、学业任务及社会期待的同时，既要坚持自己的内心，又要带上合群的面具。女孩和男孩有着不同的处事方式，但是他们的故事永远都在告诉我们，童年是想象的时光，每当我们进入虚构故事，我们就是回到那个充满"如果"和"很久很久以前"的童年。

　　他们的故事还告诉我们，孩子的生活是铅笔在纸上的轻叩。作为一种交流方式，书写媒介从古希腊起就一直是儿童文学的一部分。学生用歪歪扭扭的字抄写老师的课文。伊索写了一则男孩偷窃写字板的寓言。中世纪和文艺复兴时期的孩子在书上胡乱涂写，而在关于童年的整个文学历史中,虚构的角色总能找到阅读、写作和表达自我的途径。就像本杰明·富兰克林在那篇以赛勒斯·杜古德的名义发表,关于创作新英格兰挽歌的文章中所说的:"你必须把一切写在纸上。"在《爱丽丝镜中奇遇记》里,白国王想方设法地将经历转化为文字,当他动笔时,却困难重重——铅笔太重了。"这支笔我完全使不来,"他喘着气说,"它写的东西都不是我想写的。"而在《小熊维尼》的结尾,大家送给维尼的派对礼物是文具盒、铅笔、橡皮和尺子,还有蓝色的、红色的和绿色的彩铅,"可以让你分别用蓝色、红色和绿色来表达特别的事情"。我在本章末提到的故事中的孩子同样也是作家:哈瑞特和幻想中那根据侦探笔记本而写出来的小说,斯坦利向家人写的信。谢斯卡在如今的孩子和他们的作业中,捕捉到了讽刺性的智慧,但他也说出了更古老的真理:我们的孩子常常握着铅笔做白日梦。

319 　　我发现我的儿子也常常拿着纸笔做白日梦,把他的学习指南冷落在一边。从他出生起,我就一直为他念书,因此我能想象到他的白日梦的素材。当他还小的时候,他会蜷起身子,把头埋在被子底下,然后听我读纸板书和短故事——《晚安,月亮》《拍拍小兔子》和那些关于好狗卡尔的插画故事,读者需要自己配上语言。他长大些后,我们便开始阅读一些语言更为复杂的书:《让路给小鸭子》《戴高帽的猫》和《詹姆斯与大仙桃》等。我们也一起经历了小男孩在不同阶段所迷恋的事物:关于卡车和吊车的故事、恐龙的历史、科幻故事中的世界以及化学家和化学反应的故事等,还有《红墙》(Redwall)《哈利·波特》和《阿特米斯之精灵的赎金》等。而当我写完这本书的时候,我们的睡前读本是理查德·道金斯的《祖先的故事》,一部有关进化的历史叙事书。

　　回顾过去,我能看到儿子在变化吗?他读过的每一本书,都是他通往青年道路上的驿站吗?如果是这样的话,他会成为怎样的人呢？就像他这个时代、这个世界的许多孩子一样，他是想象世界的讽刺者。有时候他一肚子闷气地回到家中，因自尊心和逞强意识而倍感受伤。这时，我们就会拿出相当于哈利·波特的《妖怪们的妖怪书》的图书：那些讲述历史、化学，还有生活与怒火故事的书。生命救赎，此书良方。和所有其他书一样，《哈利·波特》的真正魔力体现在文字中。而我的儿子声称他已经长大，不再需要这些书了（我觉得他没有说实话）。虽然我们仍旧保留了阅读的习惯，但是如今他并没有将大部分时间花在书上，而是在车库里埋头摆弄电弧。焊接是他现在的爱好之一。他戴着头盔，将搜集来的金属边角料连接成新的形状。这是他的魔法，他的魔杖，他的意志。这也是他的铅笔，他将灼热的电焊笔在金属板和边角料上点点画画，就像在焊接中书写自己生活的故事。他最近的一个项目是将一组金属条焊接成一个开口的盒子。就这样，在不久前的一个晚上，我尝试着向他表达我对这一切的感想。我告诉他我是多么崇拜他的手艺，以及我觉得焊接是一种把所有事情都连接起来的方式。火红滚烫的金属愈合了接缝和裂缝，小零部件结合成为一个新的整体。他真的在制作物品，将金属碎片打造成盛放想象力的有形物品。（除此之外，开口的盒子还能包含什么呢？）我结束了我的讲话，然后，他抬起头来，微微一笑，欲言又止——不要忘了，他毕竟是个十几岁的孩子。然后他说道："爸，你想得太多了。"

# 结　语　儿童文学与书籍史

从一开始，孩子们就阅读带插画的书。在一片来自拜占庭的埃及、描写了赫拉克勒斯功绩的莎草纸残片上，就完好无损地画着这位英雄与狮子的画面。此外还有其他一些早期的插图文本流传了下来。[1] 中世纪出现的泰伦提乌斯戏剧手抄本（他的戏剧是古典时代和中世纪学校的主要教材之一），也带有角色和场景图。[2]《诗篇》作为千年来基督教儿童学习阅读的诗集，常常以精心修饰的首字母为装饰，描绘出诗人大卫王及其诗歌的主题。[3] 还有两份 16 世纪初，可能用于贵族儿童教育的英文手抄本，它们以丰富的色彩，极为生动地呈现了野兽与花朵的形象，其水准超越了先前中世纪动物寓言和药草书中插图的水准，达到了教学艺术的高度。[4]

作为欧洲最早出版的书之一，《伊索寓言》常配以精致的卷首插画，画中是伊索和故事中的各种动物。在早期清教徒的出版物中，包括詹姆斯·詹韦的《儿童的榜样》《新英格兰初级读本》和约翰·班扬的《天路历程》，里面都有许多插画。（前面提过，本杰明·富兰克林在少年时期曾见过一本"附有铜版插图"的《天路历程》，并对其大加赞扬。）约翰·洛克明确表示，带插画的教科书能使教学达到最佳效果，并将这条原则运用到了他的插图版《伊索寓言》中。的确，对于许多现代读者来说，"儿童文学"，尤其是"童书"，本身便意味着图画重于文字。童书的历史，往往也被认为是插画的历史，《儿童文学：

一部图文史》这本合著背后预设着这种天然联系。[5]

近年来对儿童阅读习惯的研究极好地验证了图画对于想象力的作用。[6]对埃伦·汉德勒·斯皮茨（Ellen Handler Spitz）而言，学习阅读与学习观察密不可分。文字与图像都是理解事物的元素。20世纪的经典绘本"通过运用图像与文字，牢固地扎根于记忆的博物馆，极大地丰富了儿童的内心世界"。[7]而对于《诺顿儿童文学选集》的编辑来说，书的外观与内容同等重要。此书不仅复制了原书装饰文本用的黑白插画，还设置了整整一章，收录从霍夫曼的《蓬蓬头彼得》到谢斯卡的《臭起司小子》等各类故事，并全部以全彩光面印制。[8]插画的重要性也得到了图书行业的认可。其中，尤以1938年美国图书馆协会设立的凯迪克奖为最，它颁发给"美国最出色的儿童图画书"。借用2007年凯迪克奖为大卫·威斯纳（David Wiesner）的《海底的秘密》所写的颁奖词，"长久以来，人们一直通过图像来叙说故事"。[9]

我个人的儿童文学阅读史，很大程度上是一个关于小说和诗歌的故事：故事通过文字唤醒想象中的世界，但它也强调文学想象的巨大力量，用这种力量去创造冒险、平和、接纳、激情、成长与理解的空间。可以看到，我先前提到的那些最生动的故事，是不需要插画的：我们难道不能自己想象出《鲁滨孙漂流记》中星期五的脸庞，《秘密花园》中美丽的风景，或《金银岛》中那条神秘的船只吗？单凭文字便足以创造想象。然而，某些书与插画一道成为儿童文学的经典，如今那些插画已与它们密不可分。我们如何想象没有约翰·坦尼尔（John Tenniel）标志性插画的《爱丽丝漫游奇境记》？有些书虽然一开始并未配上插画，但是最终与后加的插画产生了紧密的联系。比如，假设《柳林风声》没有欧内斯特·H. 谢泼德的素描，或没有亚瑟·拉克姆色彩明亮的水彩画，我们会是什么感觉？（尽管两者都是在该书出版几十年后创作的。）我们如何想象我们最初读到的"儿童版"名著,比如荷马的《奥德赛》、斯威夫特的《格列佛游记》,或是马克·吐温的《哈克贝利·费恩历险记》没有插画的样子?

322　　　儿童文学的历史不仅是文字与图像的历史,也是工艺品的历史。书本被当作贵重的物品,因制作精巧而被收藏,与人们相伴相依,得到细心呵护。因此,童书历史研究与书籍史完美契合,后者被法国学者称为"书本的历史"( l'histoire du livre )。[10] 书籍史兴起于 20 世纪末,整合了目录学、图书馆学、古文书学及社会学的传统,以求恢复图书阅读的物质文化。一本书的外貌、触感,甚至气味,都与它的内容一样会影响阅读体验。书的内涵包括它的介质。而对于儿童文学研究来说,一本书的内涵不仅在于插画,还包括孩子所能理解的所有内容。[11]

　　图画装饰童书已经有几百年历史了,它们往往以木版画或金属蚀刻版画的方式呈现。约翰·纽伯瑞的《给小先生与小女士的漂亮的图画书》( *Pretty Book of Pictures for Little Masters and Misses*, 1752 )也许是最早的插画重于文字的书之一。这一本,以及纽伯瑞出版的其他书,都非常注意让图画与文字相符,而其他许多早期的出版商却并未如此细心。很多情况下,童书的插画是用印厂四处堆放的木版画拼凑起来的,或是借用了其他作品中的插画。有关自然科学或是字母学习的书更是如此,其中的图画往往来自早先的书。(事实上,即使是纽伯瑞的那本图画书,当中的图片也有部分源于爱德华·托普塞尔 [Edward Topsell] 的《四足野兽史》[*History of Four-Footed Beasts*] 中的动物插画。《四足野兽史》出版于 1608 年,在后来的一个世纪中,它一直是最受欢迎的动物图书之一。)在德国,约翰·夸美纽斯的《世界图解》( 1658 )影响了之后两个世纪的教材编写,也直接催生了 F. J. 柏图尔赫( F. J. Bertuch )的 24 卷百科全书《儿童图画书》（*Bilderbuch für Kinder*，最早出版于 1790 年）。[12]

约翰·哈里斯（John Harris）是首批为童书提供高质量的插画，而非简单木版画的英国出版商之一。他出版的《哈伯德大妈和她的狗的滑稽冒险》（*Comic Adventures of Old Mother Hubbard and Her Dog*，1805 年出版，作者为萨拉·凯瑟琳·马丁 [Sarah Catherine Martin]）便使用了铜版画。[13] 在之后出版的书中，这样的铜版插画在印制后会由艺术家（甚至是读者自己）手动填色。哈里斯的职业生涯始于纽伯瑞的出版社，至 1801 年，他开始自己经营这家公司。很快他的出版理念便与前辈们秉持的洛克式教育理念分道扬镳，哈里斯的书大多仅供娱乐。由于色彩过于艳丽，他的书也常常受到指责。然而在 19 世纪初，他出版的图书依然受到极大欢迎，其生动的插画也成了后世插画的标准。

至 19 世纪中期，新的平版印刷技术使插画在儿童图书中得到了更为广泛的应用；更重要的是，它们重新定义了童书，使之从根本上变为带插图的书籍。彩色石印术最早出现于 19 世纪 30 年代后期，该技术将同一幅画的不同颜色用不同的石板相继印出来。德国的《蓬蓬头彼得》是最早使用彩色石印术的插画童书之一（1845 年），而在英国插画师沃尔特·克兰（Walter Crane）手中，用这项技术印刷的一本本书更是迸发出了强大的美学力量。[14]

克兰是早期伟大的童书插画师之一，其线条之生动、形象之奇特，以及近乎拉斐尔前派之精准，一直为学者与收藏家称道。[15] 与同时期的许多画家一样，他也受到了丁尼生的中世纪主义、约翰·罗斯金和但丁·加百利·罗赛蒂的美学观念，以及当时流行的日本木版画的影响。作为中世纪研究者，我被他画中的某些特质深深吸引。比如，在 1874 年的《青蛙王子》中，一幅表现青蛙请求进入城堡的插画，便具备丰富的图像要素。这幅画视角简明，棋盘格的地板向后延伸到深处的消失点。它在艺术技巧上采用了象征手法,其中的盆栽柑橘树让人想到中世纪有关宫廷花园的画作中常见的伊甸园的果树。画面大部分由正方形、矩形、直线和直角组成,然而女子衣褶上流畅的曲线和斜线,打破了这种规则。在这幅画里,我们看到的不仅仅是一只祈求进入城堡的青蛙,更是我们自己:我们站在想象的门外,期望能够进入其中;我们所在的这个由直线和简单透视掌管的世界,在想象的守卫面前弯下了腰。流动的裙摆与发丝,召唤人进入一个没有直角的奇妙世界。

　　克兰的画与同时代的凯特·格林纳威(Kate Greenaway)、伦道夫·凯迪克的作品一道,构成了许多现代读者对于儿童图书插画的印象。相对于克兰而言,格林纳威的作品更注重对家庭内部的描摹。她的作品往往勾勒家庭内部的景象,如厨房、卧室和客厅。[16]《一个苹果派》(*An Apple Pie*,1886)中有一系列极为出彩的插画。在这些插画中,格林纳威运用字母读本的传统手法,描绘了理想中的家庭生活的模样。这是一个连衣裙与马裤的世界,它不同于 19 世纪晚期英国的社会面貌,而是格林纳威幻想中更为古老,甚至有可能是 18 世纪末的理想世界。她的脑海中仿佛存在着另一个萨拉·菲尔丁或萨拉·特里默;在她的系列画作中,苹果派仿佛是一种近在咫尺,却又可望而不可即的愿景。或许,它象征着童年:孩子们争抢它,渴望它,窥视它,歌颂它;最终,六姐妹(以 U、V、W、X、Y、Z 这个不明所以的序列)每个人都品尝了"一大块苹果派",满足地"进入了梦乡"。格林纳威的书正如睡前的苹果派般贴心、香甜,给我们带来一大块想象的童年。

　　自 1955 年始,英国便设立了格林纳威奖,用以褒奖杰出的童书插画作品。美国也有相应的奖项,就是著名的凯迪克奖。与克兰和格林纳威一样,凯迪克一直是童书插画史上的标志性人物。[17] 他凭借自己学院派水彩画的训练与经验(英国皇家艺术学院展览过他的水彩画),成为连接大众品位与出版商需求之间的桥梁。他最为著名的作品是由爱德蒙·埃文斯印制、为劳特里奇公司所做的插画书,这些插画同格林纳威的画作相仿,幻想了一幅 18 世纪末 19 世纪初理想化了的过往英国。他的《这是杰克造的房子》(*This Is the House That Jack Built*)出版于 1878 年,其中所呈现的生动的线条和色彩(尤其是对动物的刻画),影响了许多作者兼插画家,包括毕翠克丝·波特和莫里斯·桑达克。书中的猫(以写生及猫科动物的解剖研究为基础画的)蹲伏在掉落的苹果旁,唤起了人们对早期初级读本中伊甸园的印象,因为这只小动物清除了老鼠,使我们的圣地免遭侵扰。字母 A 一直是苹果的象征。

326

　　凯迪克的卓越,不仅体现在他的毕生作品本身,也体现在他在 40 岁英年早逝的情况下,依然留下了数量庞大的作品;体现在他的离世引起了公众与艺术圈极为强烈的反应,这种影响在儿童文学界的其他人身上恐怕很难再见到。从皇家艺术学院的校长莱顿勋爵,到《特瑞尔比》(*Trilby*,19 世纪末最畅销的书之一)的作者乔治·杜·莫里耶(George Du Maurier),几乎所有为英式品位做出过重大贡献的人,都对凯迪克赞誉有加。从他们的言辞中,我们不难发现他们非常关注凯迪克作品那种亮丽的气质:他的画作包含着优雅、妩媚、美丽、诙谐、独特、高贵、愉悦和天真,这些作品朴素、洁净、耀眼。人们在评论凯迪克的作品时使用了这些优美的词汇,他的人生仿佛从未沾染丁点污秽。奥斯汀·多布森在 1887 年(凯迪克逝世的第二年)写道:"[凯迪克的作品]没有丝毫病态的矫揉造作,亦毫无苍白的无病呻吟,它们真诚地表达出了刚强、乐观的本性。"[18]

　　关于童书中文本与插图的关系,我们从这些评论背后看到了一个更深刻、更复杂的问题。插画是否能够真实地反映文字的意义呢?

沃尔特·克兰所绘的《青蛙王子》（伦敦：劳特里奇出版社，1874年）

凯特·格林纳威所绘的六姐妹("UVWXYZ"),出自《一个苹果派》(伦敦:费德里克·沃恩出版社,1886 年)

换句话说,通过线条和形式,它们是否真切地展示了幻想故事与诗歌中的世界? 在凯迪克一本插画书的题词中,小说家 G. K. 切斯特顿写道:"不要相信任何 / 彩色画不会告诉你的事。"[19] 这句话后来被广泛地用作论据,好似插画是为了创造可信的世界而存在,似乎插画家的美德在于真实感。

20 世纪以来,童书插画的创作冲动,有一部分已变成挑战迷人与耀眼的真实;实际上,它们挑战的是插画只能反映现实这一观念。莫里斯·桑达克等人画中的智慧与讽刺,部分在于他们创造的视觉描述破坏了我们对于插画模仿现实的期待。我已提到过,罗伯特·麦克洛斯基在《老水手波特》中展示的力量,某种程度上告诉我们,在画中寻找自己,往往是抽象的,而非实体的。艾瑞·卡尔(Eric Carle)的剪贴画让人想起昆虫世界的分节现象(在《好饿的毛毛虫》里表现得尤其精彩),也昭示了插画作品本身的分节本质。在莱恩·史密斯为约翰·谢斯卡的《臭起司小子爆笑故事大集合》(1992)所创作的插画中,可以看到一种现代(甚至后现代)耶罗尼米斯·博斯(Hieronymus Bosch)的意味。正如《诺顿儿童文学选集》所言,这是一种带有"刻意讽刺"的"拼贴手法",它还"呈现出互文技巧",使人物"试图冲破书本的束缚"。[20] 充满讽刺意味的距离感而非激起情感的模仿,成了近期儿童图画书的标志。然而,纵观儿童图书的出版史,人物冲破书本束缚的形式不止这一种。

立体书也许是其中最显著的一种形式。其实书几乎从一开始就跳出了纸面。[21] 在中世纪的手抄本和一些早期印制品中,人们有时会附上一些可以转动的圆片或折叠的几何图形,来解释关于数学、解剖学或神秘事物的知识。18 世纪后期,出版商罗伯特·塞耶(Robert Sayer)创造了他所谓的"变形书",这种书事实上是一张被折成四份的纸。在阅读的过程中,操纵其中的合页、切页以及翻盖,就可以呈现出被隐藏的图像。翻盖出现于19世纪早期,到19世纪中叶的时候,又出现了"可动书",每翻一页这些会动的书,就会有图画跳出来。

收藏家与目录学家都极其喜爱这些立体书。它们每一本都是珍品,每一本都是对制作工艺的最好印证。我也很喜欢,尤其是有高塔巨龙跳出纸面的那些。立体书最奇妙的地方在于,它们本身就是自己所想表达的事物。它们在讲述故事,它们也是故事本身。它们让阅读行为成了人与书的相互操纵,但又让孩子们始终记得他们是在阅读一本书;同时也使他们牢记生活中充满虚幻:自己眼中真实的物品可能只是纸做的贴画和彩板,或是用金属片联动的纸条。阅读一本立体书仿佛是骑马穿过西部电影的场景——只有正面而没有背面,或是穿过那个"波将金村"①——为了取悦女皇叶卡捷琳娜二世而建造的虚假村庄。

立体书具有美学意义,也具有社会学及政治学的教育意义,因此,它们中最富想象力的作品出现于第二次世界大战后的东欧,也就不让人意外了。[22] 在捷克的阿提亚公司的支持下,艺术家沃伊捷赫·库巴什塔(Voitech Kubasta)创作了许多极其形象生动的可动书。 他用出色的色彩描绘了许多遥远的地方:马可波罗笔下的中国、19世纪的印度、诺亚方舟,甚至外太空。库巴什塔创作出的小小探险家们,比如蒂普、托普、莫科和科科,仿佛可以运用任一种工具去到任何地方。通过阿提亚与班克罗夫特英国分公司的安排,这些书进入英语市场,并在西方赢得了大批读者。但它们所传达的不仅仅是虚幻的故事,更是20世纪50年代和60年代东欧人民对脱离严格的计划经济的渴望。在那个时期,甚至在1968年的布拉格之春

328

---

① 波将金为叶卡捷琳娜二世宠臣,曾在其封地内、女皇出巡的必经之路上,建起一大批豪华村庄的空架子,后世称为"波将金村",这个词于是成为弄虚作假、虚有其表的代名词。——译者注

事件过后，捷克斯洛伐克的生活水平在东欧都保持在上等层次——当然，他们的评判标准是拥有摩托车和电视的数量。然而，遭受压迫的记忆和对现实的失望没有消失。在赫鲁晓夫发表了著名的"去斯大林化"演讲之后，1956 年 4 月，捷克作家雅罗斯拉夫·塞弗尔特（Jaroslav Siefert）在作家协会的一次会议上说道："在这里，我们不止一次地听到别人说，作家必须说出真相。这说明近年来，人们并没有书写真相……现在一切都过去了。噩梦已经被驱除了。"[23]

儿童文学一直是驱除噩梦的旗手。库巴什塔热闹的立体书似乎成了灰暗的后斯大林时期的藏梦之地。它们不仅正好满足当时消费文化的需求，也满足那时现实生活的需求。它们的活泼生动只存在于薄薄的纸张上，一旦深究便只剩下虚假的幻想。有谁会不愿意坐在诺亚方舟上，同那些微笑的小动物，以及可爱欢快的小探险家们待在一起呢？在东欧儿童文学的历史中，尤其是成长于 20 世纪中叶的布拉格的独特的动画与插画流派中，这些捷克斯洛伐克的立体书也具有重要的地位。许多年代史编写者和参与者都认可，在那个时代，捷克有一种独特的美学嗅觉。其幽默风格，在于展现传统的童话和乡村故事，也在于它调和了对政治制度的批评。用伟大的动画师兹登卡·戴奇（Zdenka Deitch）的话来说，艺术家"总是想方设法［绕过审查］，展现当局所忽略的东西"。[24] 还有什么形式比这些定格动画更适合展现当局看不到的东西呢？ 在战后的捷克斯洛伐克，定格动画渐渐发展为一种高雅艺术。它同立体书极为相似，是让观众通过独立的画面片段塑造一个故事。它将生活分解成不可再分的经验，我们通过线条或分割的画面来阅读它。

20 世纪中期的童书带有强烈的东欧美学风格：痴迷于用色彩和线条与灰暗的城市形成强烈反差，关注匮乏时代里的富足，对以谨慎而又有趣的方式说出真相有需求。扬·平克斯基（Jan

Pieńkowski）1938 年生于波兰,在战争中与家人颠沛流离,最后在 1946 年定居英国,他的作品在快乐中隐含着痛苦的回忆。[25] 他尖锐的笔触和黑色的剪影,使他的画(如 2005 年出版的《童话故事》[*Fairy Tales*])让人感到奇异的恐惧,仿佛他笔下的人物都在慢慢失去肉体和鲜血。他 1980 年的作品《鬼屋》(*Haunted House*,获得了英国的格林纳威奖)取材于他童年时代东欧的监控氛围,富有超现实主义色彩。在故事中,有一只黑猫一直审视着一切,浴室和厨房里总是蹦出怪物,而衣橱里则藏着食尸鬼。

这些东欧的艺术传统对现代立体书产生了极大的影响。尽管英国和美国的孩子,可能从未有过 20 世纪中期东欧那种被剥夺了政治与经济自由的体验,但是这些作用超出单纯娱乐的书籍,阐释了最糟糕的噩梦也许会出人意料地开始。好在这些书也教会了孩子们另一点:噩梦只是薄薄的纸片,可以由他们自己的力量去唤醒,或结束。

童书的装帧是有政治意义的。如果说立体书的外在形式可以为批评 20 世纪的极权主义服务,那么其他形式的童书也有其表达政治和社会愿望的时刻。除了立体书外,在装帧上最接近让什么东西突出纸板的书,就数伟大的 19 世纪冒险小说了。这些书的封面是皮质的,并饰以金色字体,其中着以彩色的平面或压花图画。它们承载着维多利亚时代晚期的探险与征服之梦。但它们也体现了 19 世纪艺术品复制的机械化程度。机器装订书页,打印图画,印刷文字并镶金。[26] 这些书从根本上来说,已成为机械化的产物。它们将艺术与技术相结合;而在很多时候,它们足以作为生产力的奇迹,与书本叙述的奇迹故事相提并论。这些探险书常常会细致地描绘用于战争和测量的工具,它们自身也是各种出版工具的产物。举例来说,英国格拉斯哥的布莱基父子有限公司(Blackie and Son)就借着新艺术运动的东风创办了一个综合性的工业设计体系。许多

330

设计师,包括从 1893 年至 1911 年逝世一直担任布莱基设计总监的塔温·莫里斯(Talwyn Morris),为该公司打造了一种与众不同的简明外观。[27]艺术家查尔斯·伦尼·麦金托什(Charles Rennie Mackintosh)也为布莱基提供设计,他用简约的几何式样代替了过去金光闪闪的、印满压花的封面设计。[28]

在法国,皮埃尔 - 朱尔·埃策尔的公司为儒勒·凡尔纳的书设计了一系列精致的封面,以凸显凡尔纳的"非凡之旅"系列的国际视野。这些封面上印有环球图案以及奇特的动植物图像,成为人们通往未知世界的地图。而在巴黎,勒弗维尔和格林公司(Lefèvre and Guèrin)也用相似的方式,将书中所描述的旅程,反映在复杂的压花封面上。维斯的《瑞士鲁滨孙漂流记》和卡特琳·瓦伊雷(Catherine Woillez)的《鲁滨孙少女》(*Robinson des demoiselles*)这两本克鲁索式探险小说的诸多再版封面,都展现了书中梦幻般的场景。这些封面都采用了勋章式的圆形形制,标题呈拱形置于图像之上。这些图像使我想起了那些战争大勋章:镀金的形象被植物和动物主题的图案精心环绕,图像饰以圆形或椭圆形边框,顶部装饰着鸢尾或花蕾。这些书已经不只是书了:它们是代表成就的奖章,奖励孩子们在阅读冒险中表现出的英勇。[29]

这些书是珍宝,让书架成了一座宝库。即使是那些远不及这些 19 世纪图书精致的童书,其封面和插画也使读者爱不释手。书籍成了人们珍惜与渴望的物品,于是识字便为自身带来了奖励。如今网络上有许多这样的书以图片的形式传播,我们或许因此失去了触及这些真实物品的机会。通过网络,一个人也许能在一个下午浏览上百本这样的书,但是我们看到的仅仅是屏幕。这些书籍的厚度被抹平了,它们的颜色不过是一些虚拟数据,它们的重量也远不及纸质书。

作为一名研究书籍和阅读的历史学家,我想重申在本书开头提到的观点：书籍能为孩子们提供一种独一无二的陪伴与交流方式。阅读能够调动我们的所有感官。我们常能忆起书页的气味、装订胶的噼啪声，以及封面上的颗粒触感。儿童文学史就是一部感官的历史。在我前面讨论的书籍中，很多书的目的是调动儿童对遥远国度的视觉、嗅觉、听觉、味觉和触觉。爱丽丝进入仙境后收到的最初指令便是"把我吃掉"和"把我喝了"；我们与克鲁索一起坐在桌子旁，品尝着他岛上的美味食物；安妮·雪莉沉入水底的时候，我们与她一同颤抖；我们还能听到《秘密花园》中迪康吹奏的笛声。所有这些景象，以及其他更多的场景，都通过描写感官印象给予我们教诲。难怪爱德华·李尔和卡尔洛·科洛迪在创作人物形象时，都会特意放大他们的双手、耳朵，尤其是鼻子。李尔笔下的咚有发光的鼻子，科洛迪的匹诺曹拥有被无限放大的感官。最为紧要的不只是说谎时鼻子会不会变长，而是任何形式的虚构故事，都需要我们的各种感官留心。当我在图书馆找到一本旧书时，潮湿的书页和冷冰冰的皮质封面弥漫着馥郁的麝香味，让我鼻翼大动。在这个意义上，小红帽中的大灰狼，是一种对读者形象较为可怕的变形：我们需要大大的双眼来阅读，大大的手来翻动书页，也需要大大的耳朵来倾听某处野生动物的呼号。

　　这也许解释了为什么当代日本动画艺术家设计的形象会这么吸引人。他们笔下的儿童总是有着大眼睛和扁小的鼻子。这样的外观重塑了西方对视觉和嗅觉的表现方式。它们展示了我们是如何睁大双眼，徜徉在一个布满了插画和奇特线条与色彩的世界中的。[30] 同时，这些作品也体现了献给全世界新一代读者的美学理念：似乎生活就是出色的立体书或连环画，似乎没有什么感受或画面是不适合儿童观看和儿童文学描绘的。

**致　谢**

　　我已不记得自己是如何学习阅读的,但我觉得应该是随我的母亲开始的。我谨将此书献给母亲,作为她一生挚爱文字与图片的回馈。我的儿子艾伦教会了我重新认识这个世界,我的妻子南希帮助我理解所见到的一切,我的兄弟马克向我传授了别出心裁地诠释个人经历的方式。

　　芝加哥大学出版社的编辑兰迪·派提劳斯(Randy Petilos)在本书还只是构想时就表示了热烈的欢迎,同时对完成此书报以坚定的信念。出版社在审读后提供了细致深入的报告,令我受益匪浅,并促使我提升和扩充最初的计划。在我专注于此项研究的岁月里,斯坦福大学图书馆、汉廷顿图书馆,以及加利福尼亚大学、牛津大学、剑桥大学和普林斯顿大学的图书馆,让我在丰富的馆藏资料中获益颇丰。对这些机构的图书管理员和工作人员,我深表感激,感谢他们的协助与支持。我开始此项研究时,几乎没有什么互联网和电子形式的资料。而当此书最终完成时,已经有了越来越多相关的文本、图片,以及电子形式的重要材料,涉及儿童文学史的方方面面。我参考并利用了其中的部分材料,同时,我希望读者能从本书中找到自己感兴趣的切入点,进行更深入的研究,无论是在网上还是传统文档之中。

　　我感谢阅读过此书的同仁,以及我寄送过本书选段的机构。他们是来自斯坦福大学英语与比较文学部的全体教职员工,以及加
州大学伯克利分校、芝加哥大学、康考迪亚大学、多伦多大学、哈

佛大学、威斯康星大学和汉廷顿图书馆的朋友们。而在阅读过我的书并给我提供建议的人当中,我特别要向丽莎·H. 库珀(Lisa H. Cooper)、约瑟夫·A. 戴恩(Joseph A. Dane)、玛丽·F. 戈弗雷(Mary F. Godfrey)、雪莉·布赖斯·希思、尼古拉斯·詹金斯(Nicholas Jenkins)、史蒂芬·奥吉尔(Stephen Orgel)、莉亚·普赖斯(Leah Price)、珍妮佛·萨密特(Jennifer Summit)、凯瑟琳·邓波儿(Kathryn Temple)以及迪恩·威廉姆斯(Deanne Williams)表示感谢。同时,我要赞许那些在我的指导下出色地完成了有关儿童文学论文的斯坦福的毕业生们,他们的成果也帮助我打磨了自己的书,他们是:汉娜·阿斯丽特(Hannah Asrat)、乔安娜·迪奥尼(Joanna Dionis)、阿斯塔·索(Asta So)以及贝丝·威尔金斯(Beth Wilkins)。我要感谢我的研究生莎拉·潘克尼尔(Sara Pankenier)和杰西卡·斯塔利(Jessica Straley),她们邀请我审阅了她们以儿童文学为课题的毕业论文。在斯坦福大学讲授这些课程,有助于我制定论述的框架,使之为最大范围的读者所接受,因此我要感谢选课学生和研究助教哈里斯·费恩索德(Harris Feinsod)、吉利安·赫斯(Jillian Hess)二人。作为我的学生以及后来我在斯坦福人文学者计划的管理者,安娜·诺斯(Anna North)在文学与理论批评方面一直是一位不可多得的交流对象。最后,我还想对我在普林斯顿大学先前的同事 U. C. 克内普夫马赫表达我的感激之情,早在我计划撰写这本书之前,他便给我提供了有关儿童文学史研究的具体范例。

这本书中的任何段落都没有复制或照搬之前已出版的文章或研究成果。不过,我在成书过程中,使用了一些我自己已发表文献中的句子与段落:"Children's Literature and the Stories of the List," *Yale Review* 89(2001):25–40; "Children's Literature and the Art of Forgetting," *Yale Review* 92(2004):33–49; "Chaucer's Sons,"

*University of Toronto Quarterly* 73（2004）: 906–15; "'Thy life to mend, this book attend': Reading and Healing in the Arc of Children's Literature," *New Literary History* 37（2006）: 631–42; 以 及 "Aesop, Authorship, and the Aesthetic Imagination," *Journal of Medieval and Early Modern Studies* 37（2007）: 579–94。

在此，我还要感谢以下允许我复制插画的机构和版权所有者：

牛津大学博德利图书馆，允许我复制《亚历山大大帝传奇》中的图片（MS Bodley 264, fol.56r）。

兰登书屋，允许我复制苏斯博士《如果我管动物园》（1950）中的图片。

牛津大学出版社，允许我复制 E. V. 戈登《古诺尔斯语入门》（第 2 版, 1957）中的世界梣树图（p.197）。

伦敦泰特美术馆，允许我复制约翰·密莱斯的《奥菲利亚》（1851）以及约翰·沃特豪斯的《夏洛特夫人》（1888）。

福尔杰莎士比亚图书馆，允许我复制赫伯特·比尔博姆·特里爵士扮演的卡利班炭笔画（1904，由查尔斯·A. 布切尔绘制）。

335

# 注 释

## 绪 论 一种新的儿童文学史

[1] Francis Spufford, *The Child That Books Built: A Life in Reading* (London: Faber, 2002), p.9.

[2] 关于我在别处所说的书目自传（根据阅读的书和时间顺序所讲述的生活）的作品的兴起，参考 "Epilogue: Falling Asleep over the History of the Book," *PMLA* 121 (2006): 229–34。除了斯巴福德的回忆录外，这种叙述的另一个杰出代表是阿尔贝托·曼古埃尔（Alberto Manguel）的 *A History of Reading* (New York: Knopf, 1999), 以及他的 *A Reading Diary* (New York: Farrar, Straus and Giroux, 2004)。

[3] Philippe Ariès, *Centuries of Childhood: A Social History of Family Life*, trans. Robert Baldick (New York: Knopf, 1962); originally *L'Enfant et la vie familiale sous l'ancien régime* (Paris: Plon, 1960). 若想了解对阿利埃斯成就的重新评估及其对童年史的学术研究的影响，请参阅 Margaret L. King, "Concepts of Childhood: What We Know and Where We Might Go," *Renaissance Quarterly* 60 (2007): 371–407。

[4] 在所有试图追溯前现代的童年历史的研究中，请特别关注 Mark Golden, *Children and Childhood in Classical Athens* (Baltimore: Johns Hopkins University Press, 1990); Beryl Rawson, *Children and Childhood in Roman Italy* (Oxford: Oxford University Press, 2003); Steven Ozment, *Ancestors: The Loving Family in Old Europe* (Cambridge, MA: Harvard University Press, 2001); Nicholas Orme, *Medieval Children* (New Haven, CT: Yale University Press, 2001); C. John Sommerville, *The Discovery of Childhood in Puritan England* (Athens: University of Georgia Press, 1992); 以及两卷本的 *History of the European Family*, edited by David I. Kertzer and Marzio Barbagli:

*Family Life in Early Modern Times, 1500–1789,* 和 *Family Life in the Long Nineteenth Century, 1789–1913* (New Haven, CT: Yale University Press, 2001, 2002)。关于童年历史研究的完整书目,参见 King, "Concepts of Childhood," pp.398–407。

[5]  Marx Wartofsky, "The Child's Construction of the World and the World's Construction of the Child: From Historical Epistemology to Historical Psychology," in *The Child and Other Cultural Inventions,* ed. F. S. Kessel and A. W. Sigel (New York: Praeger,1983), p.190.

[6]  Antoine de Saint-Exupéry, *The Little Prince,* trans. Katherine Woods (New York: Harcourt, Brace and World, 1943), pp.1–3.

[7]  参见 Hans Robert Jauss, *Toward an Aesthetic of Reception,* trans. Timothy Bahti (Minneapolis: University of Minnesota Press, 1981); Susan R. Suleiman and Inge Crosman, eds., *The Reader in the Text* (Princeton, NJ: Princeton University Press, 1980); Seth Lerer, *Chaucer and His Readers: Imagining the Author in Late-Medieval England* (Princeton, NJ: Princeton University Press, 1993); 以 及 James L. Machor and Philip Goldstein, eds., *Reception Study: From Literary Theory to Cultural Studies* (New York: Routledge, 2001)。

[8]  Victoria A. Kahn, "The Figure of the Reader in Petrarch's *Secretum,*" *PMLA* 100 (1985): 154.

[9]  Hayden White, "The Value of Narrativity in the Representation of Reality," *Critical Inquiry* 7 (1980): 5–27; this quotation from p.23.

[10]  Seth Lerer, "Children's Literature and the Stories of the List," *Yale Review* 89, No. 1 (2001): 25–40.

[11]  Denis Hollier, ed., *A New History of French Literature* (Cambridge, MA: Harvard University Press, 1989); David E. Wellbery, ed., *A New History of German Literature* (Cambridge, MA: Harvard University Press, 2004).

[12]  Denis Hollier, "On Writing Literary History," in *New History of French Literature,* p.xxv.

[13]  仍然构想了儿童文学的黄金时代(无一例外地提及 19 世纪 60 年代至 20 世纪 20 年代的英国)的研究包括 Humphrey Carpenter, *Secret Gardens: A Study of the Golden Age of Children's Literature* (London: Allen and Unwin, 1985); 以 及 Peter Hunt, *An Introduction to Children's Literature* (Oxford: Oxford University Press, 1994)。但是,也请注意"儿童文学的黄金时

代"这个词组在第二次世界大战后的应用,详见：Peter Hollindale and Zena Sutherland, "Internationalism, Fantasy, 以 及 Realism, 1945–1970," in *Children's Literature: An Illustrated History*, ed. Peter Hunt (Oxford: Oxford University Press, 1995), pp.256–60。

[14] 这个说法来自约翰·吉约里( John Guillory ),他首次陈述于 "Canonical and Non-canonical: A Critique of the Current Debate," *ELH: A Journal of English Literary History* 54 (1987): 483–527, 在 *Cultural Capital: The Problem of Literary Canon Formation* (Chicago: University of Chicago Press, 1993) 中又对此做了阐释。

[15] 参见 Michel Manson, "Continuités et ruptures dans l'édition du livre pour la jeunesse à Rouen, de 1700 à 1900," *Revue française d'histoire du livre* 82 (1994): 93–126; Francis Marcoin, "La fiction pour enfants au XIXe siècle," *Revue française d'histoire du livre* 82 (1994): 127–44; 更通用的是 Christian Robin, ed., *Un éditeur et son siècle: Pierre-Jules Hetzel (1814–1886)* (Saint-Sébastien: Société Crocus, 1988)。

[16] 参见 Beverly Lyon Clark, *Kiddie Lit: The Cultural Construction of Children's Literature in America* (Baltimore: Johns Hopkins University Press, 2003), 特别是她带有自传性质的关于教育、学习和学科批评的调查报告 (pp.239–46)。

[17] 参见例如 Lynn Hunt, *The Family Romance of the French Revolution* (Berkeley and Los Angeles: University of California Press, 1992)。

[18] 例如,可以注意学术界和评论界对玛利亚·埃奇沃思的重新发掘,在过去 20 年里,关于她的研究日益增多。特别关注 Caroline Gonda, *Reading Daughters' Fictions, 1709–1834: Novels and Society from Manley to Edgeworth* (Cambridge: Cambridge University Press, 1996); 以 及 Elizabeth Kowaleski-Wallace, *Their Fathers' Daughters: Hannah Moore, Maria Edgeworth, and Patriarchal Complicity* (New York: Oxford University Press, 1991)。

[19] 劳伦斯·斯通促进 20 世纪产生了大量关于家族史的研究,尤其是他具有开创性意义的 *The Family, Sex and Marriage in England, 1500–1800* (London: Weidenfeld and Nicolson, 1977), 以及随后的许多研究成果。旨在重新界定母亲及孩子在家庭和文学中的地位的作品包括 Ellen Seiter, *Sold Separately: Children and Parents in Consumer Culture* (New Brunswick, NJ: Rutgers University Press, 1993); Anne Higonnet, *Pictures of Innocence: The History and Crisis of Ideal Childhood* (London: Thames and Hudson, 1998);

以及 Eve Bannet, *The Domestic Revolution: Enlightenment Feminisms and the Novel* (Baltimore: Johns Hopkins University Press, 2000)。

[20] Jack Zipes, "Taking Political Stock: New Theoretical and Critical Approaches to Anglo-American Children's Literature in the 1980s," *The Lion and the Unicorn* 14 (1990):7–22; 这句话引自第 9 页。

[21] 对许多人来说，儿童文学在很大程度上即英语文学。彼得·亨特的 *Introduction* 以及他所编的《儿童文学：一部图文史》几乎只关注英国、美国和英联邦传统。《诺顿儿童文学选集》，由 Jack Zipes、Lissa Paul、Lynne Vallone、Peter Hunt 和 Gillian Avery (New York: Norton, 2005) 编写，副标题为 *The Traditions in English*（"英语传统"）；期刊《儿童文学》(*Children's Literature*) 和《狮子与独角兽》(*The Lion and the Unicorn*) 上的大部分文稿都聚焦于英语文本。

[22] 参见 Jay Fliegelman, *Prodigals and Pilgrims: The American Revolution against Patriarchal Authority, 1750–1800* (Cambridge: Cambridge University Press, 1982)。

[23] 参见 Joseph Bristow, *Empire Boys: Adventures in a Man's World* (London: Harper Collins, 1991)。

[24] 甚至在格林兄弟之前，儿童读物已经进入德语研究领域，主要参见 Joachim Campe, *Robinson der Jüngere* (Hamburg: Bohn, 1779), F. J. Bertuch 的 *Bilderbuch für Kinder*（其 24 卷作品于 1790 年开始出现）。海因里希·霍夫曼的《蓬蓬头彼得》和威廉·布施的《马克斯和莫里茨》分别出现于 1845 年和 1865 年；到 1866 年，Adalbert Merget 已出版了他的 *Geschichte der deutschen Jugendliteratur*。关于这段早期历史，参见 Horst J. Kunze, "German Children's Literature from Its Beginnings to the Nineteenth Century: A Historical Perspective," in *The Arbuthnot Lectures, 1980–1989* (Chicago: American Library Association, 1990), pp.1–12; Sabine Knopf, "Kinderlesegesellschaften des 18. Jahrhunderts," *Aus dem Antiquariat*, 1993, pp.A16–A18。 Klaus Doderer 是伟大的德国儿童文学史家。特别要关注他的 *Literarische Jugendkultur: Kulturelle und gesellschaftliche Aspekte der Kinder-und Jugendliteratur in Deutschland* (Weinheim: Juventa, 1992); *Das Bilderbuch: Geschichte und Entwicklung des Bilderbuchs in Deutschland von den Anfängen bis zur Gegenwart* (Weinheim: Beltz, 1973); 以及 *Fabeln: Formen, Figuren, Lehren* (Zurich: Atlantis, 1970)。

[25] 例如,参见以下作品的特别主题: *Revue française d'histoire du livre*, "Le   340
livre d'enfance et de jeunesse en France," 82 (1994), *Études françaises*,
"Robinson, la robinsonnade et le monde des choses," 35, No. 1 (1999)。

[26] Paul Hazard, *Books, Children, and Men* (Boston: Horn Book, 1947).

[27] 关于世界文学的重要意义,参见 David Damrosch, *What Is World Literature?*
(Princeton, NJ: Princeton University Press, 2003),尤其是他的论述:"世界文
学不是无限的、无法理解的文学经典,而是一种流通和阅读的模式,它既
适用于个人作品,也适用各种材料的整体,既可用于阅读既定的经典,也
可用来阅读新发现的作品。"(p.6) 同时也可参见 Pascale Casanova, *The
World Republic of Letters*, trans. M. B. DeBevoise (Cambridge, MA: Harvard
University Press, 2004)。

[28] 译文引自 Raffaella Cribiore, *Gymnastics of the Mind: Greek Education in Hellenistic
and Roman Egypt* (Princeton, NJ: Princeton University Press, 2001), pp.39–40。

[29] Frederick Douglass, *The Life and Times of Frederick Douglass* (New York:
Bonanza Books, 1962), p.93.

[30] 未来关于儿童文学史的作品可能包括:全面研究法国和意大利的童话传
统,对威廉·布施及其对漫画书和视觉文化的影响下更多功夫,维多利
亚中期所谓的流浪汉小说及其与狄更斯的关系,"南希·德鲁"(Nancy
Drew)系列与"哈迪男孩"(Hardy Boys)系列,日本动画和漫画对图像
小说与日俱增的影响。

[31] F. J. Harvey Darnton, *Children's Books in England: Five Centuries of Social
Life* (originally published in 1932), 3rd ed., rev. Brian Alderson (Cambridge:
Cambridge University Press, 1992); Perry Nodelman, *The Pleasures of Children's
Literature*, 3rd ed. (White Plains, NY: Allyn and Bacon, 2002); Hunt, *Children's
Literature: An Illustrated History*. 其他超出某个时期致力于探讨儿童文学的
不同传统的研究包括: John Rowe Townsend, *Written for Children: An Outline
of English Children's Literature* (London: Miller, 1965), revised as *Written for
Children: An Outline of English-Language Children's Literature* (New York:
Lippincott, 1983); Alec Ellis, *A History of Children's Reading and Literature*
(Oxford: Oxford University Press, 1968); Cornelia Meigs, *A Critical History
of Children's Literature: A Survey of Books in English* (London: Macmillan,
1969); Gillian Avery, *Childhood's Pattern: A Study of the Heroes and Heroines
of Children's Fiction* (London: Hodder and Stoughton, 1975); Fred Inglis, *The

*Promise of Happiness: Value and Meaning in Children's Fiction* (Cambridge: Cambridge University Press, 1981); Alison Lurie, *Don't Tell the Grown-Ups: Subversive Children's Literature* (Boston: Little, Brown, 1990); Roderick McGillis, *The Nimble Reader: Literary Theory and Children's Literature* (New York: Twayne, 1996); 以 及 Gail Schmunk Murray, *American Children's Literature and the Construction of Childhood* (New York: Twayne, 1998)。百 科 全 书和参考作品包括: Humphrey Carpenter and Mari Prichard, *The Oxford Companion to Children's Literature* (Oxford: Oxford University Press, 1984); 以 及 Peter Hunt, ed., *Children's Literature* (London: Routledge, 2006)。英 语传统以外的儿童文学研究包括: Klaus Doderer, ed., *Lexicon der Kinder- und Jugendliteratur* (Basel: Beltz, 1975–82); 以及 François Caradec, *Histoire de la littérature enfantine en France* (Paris: Albin Michel, 1977)。 新 近 的 文集和选集包括: John W. Griffith and Charles H. Frey, eds., *Classics of Children's Literature*, 4th ed. (Upper Saddle River, NJ: Prentice Hall, 1996); J. D. Stahl, Tina L. Hanlon, and Elizabeth Lennox Keyser, eds., *Crosscurrents of Children's Literature: An Anthology of Texts and Criticism* (New York: Oxford University Press, 2007); 以 及 Zipes et al., *Norton Anthology of Children's Literature*。这些作品都为学术和教学提供了参考文献和指引。

[32] 我在 *Chaucer and His Readers* 中讨论了这些传统和批评方法。

[33] Mark Twain, *A Connecticut Yankee in King Arthur's Court*, ed. Bernard L. Stein (Berkeley and Los Angeles: University of California Press, 1994), p.67.

[34] Shelby Wolfe and Shirley Brice Heath, *The Braid of Literature: Children's Worlds of Reading* (Cambridge, MA: Harvard University Press, 1992), p.4.

[35] Marcel Proust, *Remembrance of Things Past*, trans. C. K. Scott Moncrieff (New York: Random House, 1934), vol. 1, p.32.

[36] Leonard Marcus, *Margaret Wise Brown: Awakened by the Moon* (Boston: Beacon Press, 1992), p.187.

[37] 关于 12 世纪的睡前阅读,参见 Guibert of Nogent 的 *De vita sua*。在其中的一个片段中,他描述了作为学生的自己对学习的热爱:"许多次,他们都认为我已睡着,我将自己小小的身体蜷缩在被子里,脑海中一直想着作文,或者在毯子的掩护下阅读,担心受到他人的指责" ( bk. 1, chap.15; 翻译自 John F. Benton, *Self and Society in Medieval France: The Memoirs of Guibert of Nogent* [Cambridge, MA: Medieval Academy of America, 1984], p.78 )。比较

一下 J. K. 罗琳的《哈利·波特与阿兹卡班的囚徒》的开头："现在差不多
已经是半夜了，他正趴在床上，被子像帐篷一样罩在脑袋上。他一手拿着
手电筒，靠在枕头上，打开了一本皮面书" (London: Bloomsbury, 1999; p.7)。

[38]　Wolfe and Heath, *Braid of Literature*, p.53.

[39]　Roger Chartier, *The Order of Books: Readers, Authors, and Libraries in
Europe between the Fourteenth and the Eighteenth Centuries*, trans. Lydia
Cochrane (Stanford, CA: Stanford University Press, 1994), p.20.

## 第一章　说吧，孩子：古典时期的儿童文学

[1]　H. I. Marrou, *A History of Education in Antiquity*, trans. George Lamb
(Madison: University of Wisconsin Press, 1982); S. F. Bonner, *Education in
Ancient Rome* (Berkeley and Los Angeles: University of California Press,
1977); George Kennedy, *A New History of Classical Rhetoric* (Princeton, NJ:
Princeton University Press, 1994); Y. L. Too, ed., *Education in Greek and
Roman Antiquity* (Leiden: Brill, 2002).

[2]　Mark Golden, *Children and Childhood in Classical Athens* (Baltimore: Johns
Hopkins University Press, 1990).

[3]　Beryl Rawson, *Children and Childhood in Roman Italy* (Oxford: Oxford
University Press, 2003). 同时也可参见 Paul Veyne, ed., *A History of Private
Life*, vol. 1, *From Pagan Rome to Byzantium*, trans. Arthur Goldhammer
(Cambridge, MA: Harvard University Press, 1987)。

[4]　Rawson, *Children and Childhood in Roman Italy*, p.32.

342

[5]　Martin Bloomer, "Schooling in Persona: Imagination and Subordination in
Roman Education," *Classical Antiquity* 16 (1997): 57–78.

[6]　参见 Raffaella Cribiore, *Writing, Teachers, and Students in Graeco-Roman Egypt*,
American Studies in Papyrology, No. 36 (Atlanta: Scholars Press, 1996); 以及
Cribiore, *Gymnastics of the Mind: Greek Education in Hellenistic and Roman
Egypt* (Princeton, NJ: Princeton University Press, 2001)。同时也可参见其
"A Homeric Writing Exercise and Reading Homer in School," *Tyche* 9 (1994):
1–8。

[7]　当然，伊索并不识字，他的寓言直至他死后数百年才被写下来并编成书。

[8]　参见 A. D. Booth, "Elementary and Secondary Education in the Roman Empire,"

*Florilegium* 1 (1979): 1–14; 以 及 Booth, "The Schooling of Slaves in First-Century Rome," *Transactions of the American Philological Association* 109 (1979): 11–19。

[9] Quintilian, *Institutio Oratoria*, ed. and trans. H. E. Butler, Loeb Classical Library (Cambridge, MA: Harvard University Press, 1920), 1.1.21. 此后引用本书时, 我将随文注出卷数、章节和段落编号。

[10] 关于古希腊语文本, 参见 Homer, *Iliad*, ed. and trans. A. T. Murray, Loeb Classical Library (Cambridge, MA: Harvard University Press, 1924), 9.434–43。在此, 我喜欢的译本是 Richmond Lattimore, *The Iliad of Homer* (Chicago: University of Chicago Press, 1954)。

[11] Rawson, *Children and Childhood in Roman Italy*, p.169.

[12] 同上, pp.327–28.

[13] Cribiore, *Gymnastics*, p.138. 关于该文本及其副本, 参见 E. Lobel and C. H. Roberts, eds., *The Oxyrhynchus Papyri*, pt. 22 (London: Egypt Exploration Society, 1954), pp.84–88。

[14] Lobel and Roberts, *The Oxyrhynchus Papyri*, p.88.

[15] J. J. O'Donnell, *Augustine: Confessions*, 3 vols. (Oxford: Clarendon Press, 1992); R. S. Pine-Coffin, trans., *Augustine: The Confessions* (Harmondsworth, UK: Penguin, 1962); Peter Brown, *Augustine of Hippo* (London: Faber, 1967).

[16] Pine-Coffin, *Augustine*, 1.16, p.34; 此后引文均出自该版本。

[17] O'Donnell, *Augustine*, p.89.

[18] 以下所讨论的材料选自 Cribiore 的译文, *Writing, Teachers, and Students*。在她没有对古希腊语文本给出译文之处, 我参考了现代版本, 见下注。

[19] *Iliad*, ed. Murray, 2.134–36; 引用时译文有改动。

[20] 同上, 2.147–48; 引用时译文有改动。

[21] O. Guérard and P. Jouguet, *Un livre d'écolier du IIIe siècle avant J. C.* (Cairo, 1938). 对于文学片段的引用和翻译, 我依据的是现代版本, 见下注。

[22] Euripides, *Phoinissai*, ed. and trans. Arthur S. Way, Loeb Classical Library (Cambridge, MA: Harvard University Press, 1912), lines 529–34; 译文有改动。

[23] Homer, *Odyssey*, ed. and trans. A. T. Murray, Loeb Classical Library (London: William Heinemann, 1924), 5.116–24; 译文有改动。

[24] 文本来自 D. L. Page, *Greek Literary Papyri*, vol. 1, Loeb Classical Library (Cambridge, MA: Harvard University Press, 1942), pp.260–69。此处引文来自

第 45–50 行；在对佩奇译文的修订中，我的同事苏珊·斯蒂芬斯的建议让我　　343
受益良多。

[25] 关于对这些传统的杰出调查和分析成果，参见 Robert Kaster, *Guardians of Language: The Grammarian and Society in Late Antiquity* (Berkeley and Los Angeles: University of California Press, 1988)。

[26] Virgil, *Aeneid*, trans. Allen Mandelbaum (New York: Bantam Books, 1971), 6.679–81.

[27] 参见 Stephen V. Tracy, "The Marcellus Passage (*Aeneid* 6.860–886)," *Classical Journal* 70 (1974–75): 37–42。

[28] *Vita Donatiana* [Donatus's *Life of Virgil*], in *Vitae Vergilianae Antiquae*, ed. G. Brugnoli and F. Stok (Rome: Typis Officinae Polygraphicae, 1997); 引自 p.32。

[29] Servius, ad loc. 6.859, in G. Thilo and H. Hagen, eds., *Servii Grammatici qui fervntvr in Vergilii carmina commentarii* (Hildesheim, Germany: G. Olms, 1961), 2:120–21.

[30] *Cicero: De Oratore*, ed. and trans. E. W. Sutton and H. Rackham, Loeb Classical Library (Cambridge, MA: Harvard University Press, 1942). 具体卷数、章节和行数，我将随文注出。除此之外，还可参见 Bonner, *Education in Ancient Rome*, pp.223–24。

[31] Bonner, *Education in Ancient Rome*, p.224.

[32] 参见 A. C. Dionisotti, "From Ausonius' Schooldays? A Schoolbook and Its Relations," *Journal of Roman Studies* 72 (1982): 83–125。翻译出自我本人。

[33] 同上。

[34] *The Republic of Plato*, trans. F. M. Cornford (New York: Oxford University Press, 1945), 431C, p.125.

[35] Golden, *Children and Childhood in Classical Athens*, p.7.

[36] 参见 Golden, *Children and Childhood in Classical Athens*; Rawson, *Children and Childhood in Roman Italy*, 同时参见 Bloomer, "Schooling in Persona"。关于基本调查，参见 Keith Hopkins, *Conquerors and Slaves* (Cambridge: Cambridge University Press, 1978)；同时参见 Keith Bradley, *Slavery and Society at Rome* (Cambridge: Cambridge University Press, 1994)。

[37] 关于《伊索寓言》及后来巴布里乌斯和费德鲁斯的版本，参见 Ben Edwin Perry, *Aesopica* (Urbana: University of Illinois Press, 1952)；同时参见 Perry, *Babrius and Phaedrus*, Loeb Classical Library (Cambridge, MA: Harvard

University Press, 1965)。

[38] Perry, *Babrius and Phaedrus*, p.17；我对译文有改动。下文引用此书时，页码随文注出。

[39] Rawson, *Children and Childhood in Roman Italy*, pp.176–77.

[40] Bradley, *Slavery and Society at Rome*, p.143.

[41] Perry, *Babrius and Phaedrus*, pp.247–49.

[42] Rawson, *Children and Childhood in Roman Italy*, p.20.

## 第二章　独创性与权威性：伊索的寓言及其传承

[1] 《伊索寓言》有许多英文版本，也有很多方法可以追溯寓言的古老传统。学者对每一则寓言的探讨通常都基于本·埃德温·佩里所整理编排的顺序，也就是佩里所给出的研究目录中的编码。参见 Ben Edwin Perry, *Aesopica* (Urbana: University of Illinois Press, 1952)。这些编码也被用来指称后来的翻译本或改写版。参见 Ben Edwin Perry, *Babrius and Phaedrus*, Loeb Classical Library (Cambridge, MA: Harvard University Press, 1965)。除非特别说明，我在此书中所引用的所有寓言的译文及其版本均出自佩里的《巴布里乌斯与费德鲁斯》( *Babrius and Phaedrus* )。所谓的《伊索生平》( *Life of Aesop* )，是一份大约编纂于公元 2 世纪的古希腊语散文体文本，它在现代英语世界中通行的英译文参见 Lloyd W. Daly, *Aesop without Morals* (New York: Thomas Yoseloff, 1961)。基于佩里目录的寓言的新近英译文，参见 Laura Gibbs, *Aesop's Fables* (Oxford: Oxford University Press, 2002)。吉布斯也将其译文、寓言的拉丁语版本、早期英译本、佩里目录以及关于寓言的讨论话题发布在她所维护的网站 http://www.mythfolklore.net/aesopica/ 上。

[2] Quintilian, *Institutio Oratoria*, ed. and trans. H. E. Butler, Loeb Classical Library (London: William Heinemann, 1921), 1.9.2.

[3] 引自 Jan Ziolkowski, *Talking Animals* (Philadelphia: University of Pennsylvania Press, 1993), p.92。

[4] 参见 Perry, *Babrius and Phaedrus*; Daly, *Aesop without Morals*; Gibbs, *Aesop's Fables*; Klaus Grubmüller, *Meister Esopus: Untersuchungen zu Geschichte und Funktion der Fabel im Mittelalter* (Zurich: Artemis, 1977); John Winkler, *Auctor and Actor: A Narratological Reading of Apuleius's "Golden Ass"* (Berkeley and Los Angeles: University of California Press, 1985); 以及

344

Annabel Patterson, *Fables of Power: Aesopian Writing and Political History* (Durham, NC: Duke University Press, 1991)。

[5] 参见 Grubmüller, *Meister Esopus*, pp.87–88；引文出自第 88 页（我的翻译基于德语版本）。

[6] 同上, p.88（我的翻译基于德语版本）。

[7] 引用和讨论参见 Patterson, *Fables of Power*, pp.6–7。

[8] Daly, *Aesop without Morals*, p.273.

[9] Raffaella Cribiore, *Gymnastics of the Mind: Greek Education in Hellenistic and Roman Egypt* (Princeton, NJ: Princeton University Press, 2001), p.180.

[10] 译文（我有改动）来自 Edward Wheatley, *Mastering Aesop: Medieval Education, Chaucer, and His Followers* (Gainesville: University of Florida Press, 2000), p.39。

[11] 同上, p.38; 译文有改动。

[12] Perry, *Babrius and Phaedrus*, pp.190–91.

[13] 同上, pp.4–5。

[14] 同上, pp.190–91。卡图卢斯第一首诗的开头为："我赠给谁,这一卷可爱的新书 / 刚用干浮石磨过,闪着光泽?" ( "Cui dono lepidum nouum labellum/ arido modo pumice expolitum?" )关于这些诗行之后的文本,参见 William Batstone, "Dry Pumice and the Programmatic Language of Catullus 1," *Classical Philology* 93 (1998): 126–35。

[15] 同上, pp.4–5. 关于与此处早期古希腊风格的诗相呼应的文本,参见文中关于佩里的注释。

[16] 关于中世纪的伊索寓言,参见 Grubmüller, *Meister Esopus*; Wheatley, *Mastering Aesop*; 以及 the studies of A. E. Wright: *'Hie lert uns der meister': Latin Commentary and the German Fable, 1350–1500* (Tempe: Arizona Center for Medieval and Renaissance Studies, 2001), 以及 *The Fables of "Walter of England"* (Toronto: Pontifical Institute of Mediaeval Studies, 1997)。

[17] Wright, "Hie lert uns der meister", p.28.

[18] 同上, p.36。

[19] 同上, p.42。

[20] 同上, p.43。

[21] 同上, p.37。

[22] Perry 540. 早期形式的翻译及文本,参见 Perry, *Babrius and Phaedrus*, pp. 388–89。

345

[23] Wright, *Fables of "Walter of England"*, p.133.

[24] Martial, *Epigrams*, ed. and trans. D. R. Shackleton Bailey, Loeb Classical Library (Cambridge, MA: Harvard University Press, 1993), 4.86.10–12.

[25] Perry, *Babrius and Phaedrus*, pp.254–55; 此处由我译出。

[26] 引自 *Canterbury Tales*, 参见 Larry D. Benson, ed., *The Riverside Chaucer*, 3rd ed. (Boston: Houghton Mifflin, 1987)。

[27] *Marie de France, Fables*, ed. and trans. Harriet Spiegel (Toronto: University of Toronto Press, 1987). 寓言编码及行数随文注明。参见 R. Howard Bloch, *The Anonymous Marie de France* (Chicago: University of Chicago Press, 2003)。

[28] Perry, *Babrius and Phaedrus*, p.585.

[29] 引自 Ziolkowski, *Talking Animals*, p.207。

[30] 引自 Wright, "Hie lert uns der meister," p.241。

[31] Phaedrus 1.7, in Perry, *Babrius and Phaedrus*, p.201. 此处译文有改动。

[32] Wright, *Fables of "Walter of England"*, p.92.

[33] Kenneth McKenzie and William A. Oldfather, *Ysopet-Avionnet: The Latin and French Texts*, University of Illinois Studies in Language and Literature, vol. 5, No. 4 (Urbana: University of Illinois, 1921).

[34] William Shakespeare, *Hamlet*, 5.1.172ff., in *The Complete Pelican Shakespeare*, ed. Stephen Orgel and A. R. Braunmuller (Harmondsworth, UK: Penguin, 2002). 所有莎士比亚作品的引文均出自这一版本。

[35] George D. Gopen, ed., *The Moral Fables of Aesop by Robert Henryson* (Notre Dame, IN: University of Notre Dame Press, 1987), lines 1356–58 (this translation mine). 行数此后将随文注出。

[36] Wright, "Hie lert uns der meister," p.167.

[37] 同上, p.252。

[38] R. T. Lenaghan, *Caxton's Aesop* (Cambridge, MA: Harvard University Press, 1967), p.10.

[39] 同上, pp.173–74. 关于马乔的《伊索寓言》,参见 Pierre Ruelle, *L'Esope de Julien Macho* (Paris: Société des anciens textes français: A. et J. Picard, 1982)。

[40] Lenaghan, *Caxton's Aesop*, pp.113–14.

[41] Mary Macleod Banks, ed., *An Alphabet of Tales*, Early English Text Society, Original Series, nos. 126, 127 (London: K. Paul, Trench, Trubner, 1904–5), pp.236–37.

[42] 引自 *The Clerk's Tale* are from Benson, *The Riverside Chaucer*, lines 385, 383。

格丽泽尔达的故事值得一提,它在欧洲通俗文学领域有着持久的生命力。因童话故事集而闻名的夏尔·佩罗于 1694 年出版一个版本,名为 *Griseldis, nouvelle. Avec le conte de Peau d'Ane et celui des Souhaits ridicules*。在英国,玛利亚·埃奇沃思于 1805 年出版了 *Modern Griselda*,这是一部具有教育意义的小说,一些人认为它是简·奥斯汀的社会小说的灵感源泉。

[43] Babrius 2.107, in Perry, *Babrius and Phaedrus*, pp.140–41.

[44] Wright, *Fables of "Walter of England"*, pp.92–93.

## 第三章　宫廷、贸易和修道院 :中世纪的儿童文学

[1] 参见 Daniel T. Kline, ed., *Medieval Literature for Children* (New York: Routledge, 2003); Gillian Adams, "Medieval Children's Literature: Its Possibility and Actuality," *Children's Literature* 26 (1998): 1–24; Susan S. Morrison, "Medieval Children's Literature," *Children's Literature Association Quarterly* 23 (1998): 2–28; Bennett A. Brockman, "Children and Literature in Late Medieval England," *Children's Literature* 4 (1975): 58–63; Meredith McMunn, "Children and Literature in Medieval France," *Children's Literature* 4 (1975): 51–58。尼古拉斯·奥姆关于中世纪儿童教育的作品对儿童研究和文学研究产生了深远的影响。参见其 *From Childhood to Chivalry* (London: Methuen, 1984); *Medieval Children* (New Haven, CT: Yale University Press, 2001); 以及 "Children and Literature in Medieval England," *Medium Aevum* 68 (1999): 218–46。

[2] Miri Rubin, *Corpus Christi* (Cambridge: Cambridge University Press, 1991), p.138.

[3] 同上 , pp.136–37。

[4] 引自 Brian Tierney, *The Middle Ages*, 4th ed. (New York: Knopf, 1983), p.247。

[5] 参见 Seth Lerer, *Chaucer and His Readers: Imagining the Author in Late-Medieval England* (Princeton, NJ: Princeton University Press, 1993), p.15。

[6] 参见 Orme, *Medieval Children*, pp.313–15。

[7] 同 上 , p.312; Barbara Hanawalt, *Growing Up in Medieval London* (Oxford: Oxford University Press, 1993), p.144.

[8] 引自 Orme, *Medieval Children*, p.255。

[9] 这些孩子来自贵族、商人和工匠家庭,既有来自城市的,也有来自农村的。

当我概括"中世纪儿童文学"的形式和风格时,我特别在这一章的论述中
具体阐述了适合不同类型儿童的不同书籍。

[10] British Library, MS Harley 208, 在 Orme, *Medieval Children*, p.247 中有
所讨论。

[11] Martha Rust, "The ABC of Aristotle," in Kline, *Medieval Literature for
Children*, pp.62–78, esp.p.65.

[12] 关于盎格鲁－撒克逊的文学,参见 C. R. Dodwell, *Anglo-Saxon Art: A New
Perspective* (Manchester: Manchester University Press, 1982); Janet Backhouse,
D. H. Turner, and Leslie Webster, eds., *The Golden Age of Anglo-Saxon Art,
966–1066* (London: British Museum, 1984); Martin Irvine, *The Making of
Textual Culture: Grammatica and Literary Theory, 350–1100* (Cambridge:
Cambridge University Press, 1994); Simon Keynes and Michael Lapidge,
trans. and eds., *Alfred the Great* (Baltimore: Penguin, 1983); Nicholas Brooks,
ed., *Latin and the Vernacular Languages in Early Medieval Britain* (Leicester:
Leicester University Press, 1982); 以 及 D. A. Bullough, "The Educational
Tradition in England from Alfred to Aelfric: Teaching *Utriusque Linguae*,"
*Settimane di studio del Centro italiano di studi sull'alto medioevo* 19 (172):
453–94。

[13] 关于古英语谜语,参见 Craig R. Williamson, *The Old English Riddles of the
Exeter Book* (Chapel Hill: University of North Carolina Press, 1977); 他对谜
语的翻译参见 *A Feast of Creatures* (Philadelphia: University of Pennsylvania
Press, 1992)。关于此段中这些材料的文学和制度背景,参见本人所著:
*Literacy and Power in Anglo-Saxon England* (Lincoln: University of Nebraska
Press, 1991), esp.pp.97–125。

[14] 参见 G. N. Garmonsway, *Aelfric's Colloquy*, rev. ed. (Exeter: University of Exeter
Press, 1991)。所有对 *Colloquy* 的翻译都出自我本人。

[15] 引文的内容与翻译参见 David Bevington, *Medieval Drama* (Boston: Houghton
Mifflin, 1975)。

[16] 以下引文参见 Bevington, *Medieval Drama*。

[17] 参见 Orme, "Children and Literature in Medieval England," p.238。

[18] 同上。

[19] 参见 H. N. Hillebrand, *The Child Actors*, University of Illinois Studies in Language and
Literature, vol. 11, nos. 1–2 (Urbana: University of Illinois Press, 1926), p.11。

[20] 同上 , pp.324–25; Suzanne Westfall, *Patrons and Performance: Early Tudor Household Revels* (Oxford: Clarendon Press, 1990), p.41.

[21] 引文与讨论参见 Orme, "Children and Literature in Medieval England," p.236。

[22] 引文参见 Orme, "Children and Literature in Medieval England," p.219。有关中世纪英语摇篮曲的其他例子,参见 Maxwell S. Luria and Richard L. Hoffman, *Middle English Lyrics* (New York: Norton, 1974), pp.194, 195, 221。

[23] 参见中世纪被翻译成英语的《物性本源》中的评论,同时参见 John of Trevisa in M. C. Seymour et al., eds., *On the Properties of Things; John Trevisa's Translation of Bartholomaeus Anglicus "De proprietatibus rerum": A Critical Text* (Oxford: Clarendon Press, 1975)。

[24] 参见 Orme, *Medieval Children*, p.141。

[25] 参见 Helen Cooper, *Great Grandmother Goose* (New York: Greenwillow, 1978); and Iona and Peter Opie, *The Lore and Language of Schoolchildren* (Oxford: Clarendon Press, 1967)。

[26] 关于这一材料的编写和讨论参见 Eleanor Relle, "Some New Marginalia and Poems of Gabriel Harvey," *Review of English Studies*, new series, 23 (1972): 401–26。

[27] Rossell Hope Robbins, *Secular Lyrics of the XIVth and XVth Centuries*, 2nd ed. (Oxford: Clarendon Press, 1955), p.105; 引用时有改动。

[28] British Library, MS Royal 18.A.17, printed in Robbins, *Secular Lyrics*, p.85.

[29] 同上 , pp.105, 265.

[30] 关于所引诗句及相关讨论参见 Orme, *Medieval Children*, pp.146, 148, 151。

[31] Michael Camille, *Image on the Edge* (Cambridge, MA: Harvard University Press, 1992)。

[32] 同上 , pp.99–128.

[33] Orme, *Medieval Children*, p.183.

[34] 中世纪末和现代英语中的儿童诗歌及相关文本的更多例子,参见 L. G. Black, "Some Renaissance Children's Verse," *Review of English Studies*, new series, 24 (1973): 1–16。布莱克( Black)称这些诗歌为 "社会表现诗" ("poetry of social gesture", p.16)。

[35] 《论星盘》刊印于 Larry D. Benson, ed., *The Riverside Chaucer*, 3rd ed. (Boston: Houghton Mifflin, 1987), pp.662–83。我在乔叟作为 "英语诗歌之父" 的语境下,以及在我的作品 "Chaucer's Sons," *University of Toronto Quarterly* 73

348

(2004): 906–15 对那个形象的评论中,详细讨论了这个作品。

[36] 在本人所著的 *Chaucer and His Readers* 中,我在中世纪晚期英语建议书和家长式作风的作品这个宏大背景下讨论了这段话中的内容。

[37] 对这一材料的讨论,参见本人所著的 *Chaucer and His Readers*, pp.85–116,这是关于杭廷顿图书馆编号为 HM 140 的诗歌手抄本的详细文献以及历史与社会文本。对这一手抄本的引用参见本人所著的 *Chaucer and His Readers*。

[38] F. Harth, "Carpaccio's Meditation on the Passion," *Art Bulletin* 22 (1940): 28,引文和讨论参见本人所著的 *Chaucer and His Readers*, pp.110–11。

[39] F. J. Furnivall, ed., *Caxton's Book of Curtesye*, Early English Text Society, Extra Series 3 (London: Oxford University Press, 1868), line 309. 行数随后将在文本中给出。关于这一讨论,参见本人所著的 *Chaucer and His Readers*, pp.249–50。

[40] Orme, *Medieval Children*, p.297.

[41] William Tyndale, *The Obedience of a Christen Man and How Christen Rulers Ought to Governe* ... (Antwerp: J. Hoochstraten, 1528). 关于中世纪的传奇故事、诗歌等作品被谴责为总体上幼稚、堕落的情况综述,参见 Brockman, "Children and Literature in Late Medieval England"; 以及 Bennett A. Brockman, "Robin Hood and the Invention of Children's Literature," *Children's Literature* 10 (1982): 225–34。

[42] *Statutes of the Realm* (London: Dawson's, 1810–28), 34 Henry VIII c. 1.

[43] Roger Ascham, *The Schoolmaster*, ed. Lawrence V. Ryan (Ithaca, NY: Cornell University Press, 1967), p.68.

[44] 关于以下讨论,参见本人所著 "Medieval Literature and Early Modern Readers," *Papers of the Bibliographical Society of America* 97 (2003): 311–32。

## 第四章 从字母到挽歌 :清教对儿童文学的影响

[1] 参见 C. John Sommerville, *The Discovery of Childhood in Puritan England* (Athens: University of Georgia Press, 1992)。同时参见以下作品中的讨论: Mary V. Jackson, *Engines of Instruction, Mischief, and Magic: Children's Literature in England from Its Beginnings to 1839* (Lincoln: University of Nebraska Press, 1989); Patricia Demers, *Heaven upon Earth: The Form of Moral and Religious*

*Children's Literature, to 1850* (Knoxville: University of Tennessee Press, 1993); and Patricia Crain, *The Story of A: The Alphabetization of America from "The New England Primer" to "The Scarlet Letter"*(Stanford, CA: Stanford University Press, 2000)。同时参见收于 Gillian Avery and Julia Briggs, eds., *Children and Their Books* (Oxford: Clarendon Press, 1989) 的文章：Keith Thomas, "Children in Early Modern England," pp.43–78; Nigel Smith, "A Child Prophet: Martha Hatfield as *The Wise Virgin*," pp.79–94; 以 及 Gillian Avery, "The Puritans and Their Heirs," pp.95–118。

349

[2] James Janeway, *A Token for Children: Being an Exact Account of the Conversion, Holy and Exemplary Lives and Joyful Deaths of several Young Children* (London, 1671). 此书中的引文均出自这一版本。

[3] 参见 Sommerville, *Discovery of Childhood*, pp.21–22。相关材料参见 Charles W. Bardsley, *Curiosities of Puritan Nomenclature* (London, 1897)。

[4] 引自 Bardsley, *Curiosities*, p.44。

[5] 关于班扬笔下讽喻性角色与清教历史人物之间的关系,参见 Bardsley, *Curiosities*, pp.198–201。关于我在此段中所论述的清教命名的具体细节, 参见 pp.39, 44, 118–19, 125。

[6] 参见 Sacvan Bercovitch, *The Puritan Origins of the American Self* (New Haven, CT: Yale University Press, 1975), 以 及 Bercovitch 为 以 下 著 作 写 的 前 言: Bercovitch, ed., *The American Puritan Imagination: Essays in Revaluation* (Cambridge: Cambridge University Press, 1974), p.13。

[7] Jay Fliegelman, *Prodigals and Pilgrims: The American Revolution against Patriarchal Authority, 1750–1800* (Cambridge: Cambridge University Press, 1982), p.94.

[8] Cotton Mather, *Perswasions from the Terror of the Lord* (Boston, 1711), p.35; 引文参见 David Stannard, *The Puritan Way of Death* (New York: Oxford University Press, 1977), p.66。

[9] Ian Watt, *The Rise of the Novel* (Berkeley and Los Angeles: University of California Press, 1957), p.217.

[10] 所有引自《新英格兰初级读本》的内容均出自现存最早的版本 (Boston: S. Kneeland and T. Green, 1727), 副本参见 Paul Leicester Ford, *The New-England Primer* (New York: Dodd, Mead and Co., 1899)。

[11] 参见 Crain, *The Story of A*, pp.26–37。

[12] 同上 , p.33.

[13] 讨论参见 Lisa Jardine, *Erasmus, Man of Letters: The Construction of Charisma in Print* (Princeton, NJ: Princeton University Press, 1993); 以及 Jonathan Goldberg, *Writing Matter: From the Hands of the English Renaissance* (Stanford, CA: Stanford University Press, 1990), esp.p.65。

[14] John Earle, *Micro-cosmographie: or, A Piece of the World discovered; in Essays and Characters* (London: Edward Blount, 1628). 参见 Bruce McIver, "John Earle: The Unwillingly Willing Author of *Microcosmography*," *English Studies* 72 (1991): 219–29。简要讨论同时参见 Stannard, *Puritan Way of Death*, p.48。

[15] Elisha Coles, *Nolens Volens: or, You Shall make Latin whether you will or no...* (London: T. Basset and H. Brome, 1675).

[16] 参见 Noel Malcolm, "The Publications of John Pell, F. R. S. (1611–1685): Some New Light and Some Old Confusions," *Records of the Royal Society of London* 54 (2000): 275–92, 关于《英语教学》的讨论可参见 pp.278–80。

[17] Tobias Ellis, *The English School* (London: John Darby, 1680). 关于佩尔对埃利斯的影响, 参见 Malcolm, "Publications," p.279。对埃利斯的简要讨论, 参见 Demers, *Heaven upon Earth*, pp.79–81。

[18] 参见 David H. Watters, " 'I spake as a child': Authority, Metaphor, 以及 *The New England Primer*," *Early American Literature* 20 (1985–86): 193–213; Crain, *The Story of A*, pp.38–54; 以及 Ford, *The New-England Primer* 复制版中的内容。

[19] *Oxford English Dictionary*, s.v. "lay," v., def. 60, "lay up," def. k. 所有对《牛津英语词典》的引用均出自网上在线词典, 网址为 : http://dictionary.oed.com。

[20] Watters, " 'I spake as a child'," p.196.

[21] Janeway, *Token*, pp.113–31.

[22] 所有对《天路历程》的引用来自以下版本 : James Blanton Wharey and Roger Sharrock (Oxford: Clarendon Press, 1960), 页码在正文中给出。在众多不断涌现的关于班扬的文献中, 我要特别提出的是, 那些重点关注他被清教传统接受, 尤其是将他视为一位儿童作家的研究, 参见 N. H. Keeble, " 'Of him thousands daily Sing and talk': Bunyan and His Reputation," in *John Bunyan, Conventicle and Parnassus*, ed. N. H. Keeble, pp.241–64 (Oxford: Clarendon Press, 1988); Kathleen M. Swaim, *Pilgrim's Progress, Puritan Progress* (Urbana:

University of Illinois Press, 1993); 以及 Richard L. Greaves, *Glimpses of Glory: John Bunyan and English Dissent* (Stanford, CA: Stanford University Press, 2002)。除以上书目外,还可参见以下作品: Jackson, *Engines*; Sommerville, *Discovery of Childhood*; 以及 Fliegelman, *Prodigals and Pilgrims*, 以及 Watt, *Rise of the Novel* 中的论证。

[23] Christopher Ness, *A Spiritual Legacy* (London, 1684), pp.114–15. 我个人对这本书的兴趣是由他人引起的,参见 Sommerville, *Discovery of Childhood*, p.123。

[24] 除非特别说明,所有对富兰克林作品的引用均出自: *Benjamin Franklin: Writings*, ed. Leo Lemay (New York: Library of America, 1987), 下文引用时随文注明页码。

[25] John Bunyan, *Grace Abounding*, ed. Roger Sharrock (Oxford: Clarendon Press, 1962), p.98; 引文出自 Swaim, *Pilgrim's Progress, Puritan Progress*, p.170。

[26] Mark Twain, *Huckleberry Finn*, ed. Sculley Bradley et al. (New York: Norton, 1977), chap. 17, p.83.

[27] Ager Scolae, *Pilgrim's Progress in Poesie* (London, 1697), A2. 对《天路历程》早期改编的简要概述,参见 Keeble, "Of him thousands daily Sing and talk," pp.245–46; 以及 Greaves, *Glimpses of Glory*, pp.612–13。

[28] 参见 Fliegelman, *Prodigals and Pilgrims*。

[29] 关于对沃茨儿童诗歌及其影响的讨论,参见 Jackson, *Engines of Instruction*; 以及 Samuel Pickering, *John Locke and Children's Books in Eighteenth-Century England* (Knoxville: University of Tennessee Press, 1981)。关于《圣歌》及其渊源、印刷历史和影响的研究,参见 Watts, *Divine Songs, Facsimile Reproductions of the First Edition of 1715 and an Illustrated Edition of circa 1840*, ed. J. H. P. Pafford (London: Oxford University Press, 1971), pp.1–124。

[30] 引文参见 Donald Davie, *The Eighteenth-Century Hymn in England* (Cambridge: Cambridge University Press, 1993), p.30。

[31] 所有对《圣歌》的引用均出自第一版 (London: M. Lawrence, 1715)。

[32] 1715 年的第一版用的是 "brighter" 这个词。

[33] Isaac Watts, *The Art of Reading and Writing English*, 2nd ed. (London: John Clark, 1727), pp.75, 82.

[34] Isaac Watts, *Divine Songs*, 8th ed. (London: Richard Ford, 1727), p.47.《摇篮曲》中的语句均出自这一版本的第 47—50 页。

351

[35] *Silence Dogood, No. 7,* in Franklin, *Writings,* pp.19–23.

[36] 参见 Bardsley, *Curiosities,* pp.146–47。Bardsley 发现在那个世纪,"Silence" 是一个很受欢迎的女孩名,原因也许来自圣·保罗所言:"女人要沉静地学道,一味地顺服。"("Let the woman learn silence with all subjection", I.Timothy, ii.11) "Dogood" 虽然不那么普遍,但仍被记录了下来 (*Curiosities,* p.165)。这两个名字均作为角色名出现于《天路历程》中。

[37] Franklin, *Writings,* p.23.

## 第五章　心灵的玩物 :约翰·洛克与儿童文学

[1] John Clarke, *An Essay upon the Education of Youth in Grammer-Schools* (London, 1720), pp.4, 8–9; 引自 Samuel Pickering, *John Locke and Children's Books in Eighteenth-Century England* (Knoxville: University of Tennessee Press, 1981), p.10。

[2] John Locke, *Some Thoughts concerning Education* (London, 1693). 所有引文出自以下版本: James L. Axtell, *The Educational Writings of John Locke* (Cambridge: Cambridge University Press, 1968)。Axtell 回顾了这一作品的源头及早期公众的接受情况。Pickering, *John Locke and Children's Books* 仍是唯一具有持续影响力的、关于洛克对 18 世纪的童书产业所产生的影响的研究。但后来的许多研究详细回顾了洛克对公众接受《伊索寓言》、对教育理论和实践以及对英语小说的兴起的影响。尤见 Geoffrey Summerfield, *Fantasy and Reason: Children's Literature in the Eighteenth Century* (London: Methuen, 1984); Michael McKeon, *The Origins of the English Novel, 1600–1740* (Baltimore: Johns Hopkins University Press, 1987); Peter Schouls, *John Locke and Enlightenment* (Ithaca, NY: Cornell University Press, 1992); Jayne Lewis, *The English Fable: Aesop and Literary Culture, 1651–1740* (Cambridge: Cambridge University Press, 1996); Richard A. Barney, *Plots of Enlightenment: Education and the Novel in Eighteenth-Century England* (Stanford, CA: Stanford University Press, 1999); Patricia Crain, *The Story of A: The Alphabetization of America from "The New England Primer" to "The Scarlet Letter"* (Stanford, CA: Stanford University Press, 2000)。在此章结束后,我开始注意到已故的吉利恩·布朗有关洛克、印刷文化以及儿童文学的著作。其中一部分在作者逝世后以 "The Metamorphic Book: Children's Print Culture in the

Eighteenth Century" 为题刊登于 *Eighteenth-Century Studies* 39 (2006): 351–62。

[3]　Sarah Trimmer, *The Guardian of Education*, vol. 1 (1802), p.62, 引自 Sylvia Kasey Marks, *Writing for the Rising Generation: British Fiction for Young People, 1672–1839* (Victoria, BC: University of Victoria, 2003), p.18。

[4]　*A History of Little Goody Two-Shoes; Otherwise called Mrs. Margery Two-Shoes* (London: Newbery, 1772), p.122. 之后页码随文给出。

[5]　关于这一发展的经典论述, 仍见 Ian Watt, *The Rise of the Novel* (Berkeley and Los Angeles: University of California Press, 1957); 尤见 p.64。

[6]　同上, p.15.

[7]　John Locke, *An Essay concerning Human Understanding*, 5th ed. (London, 1706), bk. 4, para. 11.

[8]　参见 *Oxford English Dictionary*, s.v. "plaything"。

[9]　关于纽伯瑞及其所售书籍, 参见 Mary V. Jackson, *Engines of Instruction, Mischief, and Magic: Children's Literature in England from Its Beginnings to 1839* (Lincoln: University of Nebraska Press, 1989), pp.80–99。

[10]　同上, p.86.

[11]　Sarah Fielding, *The Governess; Or, The Little Female Academy* (London, 1749), pp.x–xi. 所有引用均出自复制版, 并附有介绍和注释, 参见 Jill E. Grey (London: Oxford University Press, 1968)。

[12]　参见 Pickering, *John Locke and Children's Books*; and Christopher Flint, "Speaking Objects: The Circulation of Stories in Eighteenth-Century Prose Fiction," *PMLA* 113 (1998): 212–26。

[13]　尤其是 Samuel Pickering 与 Mary V. Jackson 二人, 他们像 Gillian Brown 一样做出了突出贡献。

[14]　Thomas Bridges, *The Adventures of a Bank-Note* (London, 1770–71), p.1. 之后页码随文给出。

[15]　参见 Pickering, *John Locke and Children's Books*; and Jackson, *Engines*, passim。

[16]　引自 Pickering, *John Locke and Children's Books*, p.235, n. 24。

[17]　[John Locke,] *Aesop's Fables in English and Latin, Interlineary...* (London: A. and J. Churchill, 1703).

[18]　同上, fable 20, p.42.

[19]　同上, fable 201, pp.297–98.

[20] 参见 Locke, *Essay Concerning Human Understanding*, bk. 1, para. 15; bk. 2, para. 3。

[21] Schouls, *John Locke and Enlightenment*, p.3.

[22] 引自 Schouls, *John Locke and Enlightenment*, p.105。

[23] *A Little Pretty Pocket-Book*, 10th ed. (London: J. Newbery, 1760), p.6.

[24] Abraham Aesop, Esq., *Fables in Verse, for the Improvement of the Young and the Old* (London: [Newbery], 1783), p.vi. 之后页码随文给出。

[25] Charles Johnstone, *Chrysal: or, the Adventures of a Guinea... by an Adept* (Dublin: Dillon Chamberlaine, 1760), vol. 1, p.9.

[26] Francis Coventry, *History of Pompey the Little, or The Life and Adventures of a Lap-Dog* (Dublin: George Faulkner, 1751), p.38.

[27] 同上, pp.39–40.

[28] 参见 Flint, "Speaking Objects," p.225, n. 9。

[29] 虽然我大致写了《女教师》对于儿童成长的关注,但我必须明确指出,这是一本专为上层阶级的女孩所写的书。新近对菲尔丁的批评聚焦于此书的性别和阶级观念,我不否认这些学者对再现小说最初传播的社会背景做出的贡献。我在此所关注的是,将此书置于洛克的教育理论这一更广泛的背景下进行考察,并且更专门地、有可能比其他人从更普遍的角度去看待此书的关注点。可参见 Arlene Fish Wilner, "Education and Ideology in Sarah Fielding's *The Governess*," *Studies in Eighteenth-Century Culture* 24 (1995): 210–18; 以及 Linda Bree, *Sarah Fielding* (New York: Twayne, 1996)。

## 第六章　独木舟与食人者 :《鲁滨孙漂流记》及其遗产

[1] 关于《鲁滨孙漂流记》在英语小说史中的地位的传统评价、它所受到的清教徒与洛克的影响以及对随后的文学创作的影响,参见 Ian Watt, *The Rise of the Novel* (Berkeley and Los Angeles: University of California Press, 1957), pp.60–92。Watt 对于这一历史的解读近来受到一系列的学术质疑和挑战。尤见 Michael McKeon, *The Origins of the English Novel, 1600–1740* (Baltimore: Johns Hopkins University Press, 1987), esp. pp.315–37; 以及 Richard A. Barney, *Plots of Enlightenment: Education and the Novel in Eighteenth-Century England* (Stanford, CA: Stanford University Press, 1999), esp. pp.206–54。关于《鲁滨孙漂流记》对儿童文学的影响,参

见 Mary V. Jackson, *Engines of Instruction, Mischief, and Magic: Children's Literature in England from Its Beginnings to 1839* (Lincoln: University of Nebraska Press, 1989), esp. pp.118, 154–55, 239–40, 250; Samuel Pickering, *Moral Instruction and Fiction for Children, 1749–1820* (Athens: University of Georgia Press, 1993), pp.58–80。鲁滨孙式故事不仅在 18 世纪和 19 世纪英语世界，而且在欧洲文学界都有很大影响，关于这一传统，参见论文集：*Études françaises*, special issue, "Robinson, la robinsonnade et le monde des choses," 35, No. 1 (1999)。关于《鲁滨孙漂流记》对美国文学及美国革命意识的形成所产生的影响，参见 Jay Fliegelman, *Prodigals and Pilgrims: The American Revolution against Patriarchal Authority, 1750–1800* (Cambridge: Cambridge University Press, 1982), esp. pp.67–83。

[2]  Daniel Defoe, *Robinson Crusoe*, ed. Michael Shinagel, 2nd ed. (New York: Norton, 1994), p.113. 对该小说的引用均出自此版，之后页码随文给出。

[3]  *La vie et les aventures surprenantes de Robinson Crusoé....* 参见 François Caradec, *Histoire de la littérature enfantine en France* (Paris: Albin Michel, 1977), pp.97–101。

[4]  参见 Martin Green, *The Robinson Crusoe Story* (University Park: Penn State University Press, 1990), p.26。

[5]  Jean-Jacques Rousseau, *Emile, or On Education*, trans. Allan Bloom (New York: Basic Books, 1979), p.188. 以下引用时页码随文给出。关于卢梭对《鲁滨孙漂流记》的看法，以及从更广泛的背景来说，该小说在卢梭的教育和社会理论体系中的地位的讨论，参见 Bloom 的导言部分（第 3–28 页）。

[6]  Fliegelman, *Prodigals and Pilgrims*, p.77.

[7]  当然，《鲁滨孙漂流记》所带动的不仅是儿童文学。有关从 1779 年约阿 Joachim Campe 的德语小说 *Robinson der Jüngere*，到 1967 年 Michel Tournier 的 *Vendredi: ou Les limbes du Pacifique* 的调查研究，参见 Green, *The Robinson Crusoe Story*。Green 的调查研究中不包括 J. M. Coetzee 的 *Foe* (1986)。

[8]  关于以下词汇的词源学出处，参见 *Oxford English Dictionary*, s.v. "canoe" and "cannibal"。

[9]  参见 John Clement Ball, "Max's Colonial Fantasy: Rereading Sendak's 'Where the Wild Things are'," *ARIEL: A Review of International English Literature* 28 (1997): 167–79。

354

[10] 参见 Margaret Spufford, *Small Books and Pleasant Histories: Popular Fiction and Its Readership in Seventeenth-Century England* (London: Methuen, 1981); Cathy Lynn Preston and Michael J. Preston, eds., *The Other Print Tradition: Essays on Chapbooks, Broadsides, and Related Ephemera* (New York: Garland, 1993); 以及 Andrew O'Malley, *The Making of a Modern Child: Children's Literature and Childhood in the Late Eighteenth Century* (New York: Routledge, 2003)。

[11] 参见 Michael J. Preston, "Rethinking Folklore, Rethinking Literature: Looking at *Robinson Crusoe* and *Gulliver's Travels* as Folktales; A Chapbook-Inspired Inquiry," in Preston and Preston, *The Other Print Tradition*, pp.19–73。同时参见 Fliegelman, *Prodigals and Pilgrims*, pp.67–83 中，论述美国对《鲁滨孙漂流记》进行改编删节的部分。

[12] 引自 Pickering, *Moral Instruction*, p.59。

[13] 引自 Pickering, *Moral Instruction*, p.68。

[14] 引自 Pickering, *Moral Instruction*, pp.64–65。

[15] Jack Zipes, Lissa Paul, Lynne Vallone, Peter Hunt, and Gillian Avery, eds., *The Norton Anthology of Children's Literature: The Traditions in English* (New York: Norton, 2005), pp.1633–43. 之后页码随文给出。

[16] Preston, "Rethinking Folklore, Rethinking Literature." 之后页码随文给出。

[17] 《金银岛》最初在 1883 年出版。我所引用的版本为 John W. Griffith and Charles H. Frey, eds., *Classics of Children's Literature*, 4th ed. (Upper Saddle River, NJ: Prentice Hall, 1996), pp.647–765。

[18] A. A. Milne, *Winnie-the-Pooh* ( 首次出版于 1926 年; New York: Dutton, 1954). 之后页码随文给出。

[19] 关于维斯和《瑞士鲁滨孙漂流记》的材料，我在此要感谢 J. Hillis Miller, "Reading *The Swiss Family Robinson* as Virtual Reality," in *Children's Literature: New Approaches*, ed. Karin Lesnik-Oberstein, pp.78–92 (London: Palgrave Macmillan, 2004)。关于《瑞士鲁滨孙漂流记》在法国的出版历史，以及关于 *Le Robinson des demoiselles* 的非比寻常的出版历史，参见 Pierre Amandry, "La libraire Lefèvre et Guérin, 1860–1920," *Revue française d'histoire du livre* 82 (1994): 219–24。

[20] *The Swiss Family Robinson* (New York: George H. Doran Co., n.d.). 之后页码随文给出。

[21] *The Swiss Family Robinson, in Words of One Syllable*, 依 据 I. F. M. (New

York: McLoughlin, n.d.) 的原始版本删改。

[22] 参 见 Andrew Martin, *The Mask of the Prophet: The Extraordinary Fictions of Jules Verne* (Oxford: Clarendon Press, 1990)。关于《鲁滨孙漂流记》对凡尔纳的职业生涯，以及对他的作品出版和皮埃尔-朱尔·埃策尔出版社（Pierre-Jules Hetzel）关系的影响的进一步探讨，参见 Caradec, *Histoire de la littérature enfantine en France*, pp.158–78。

[23] Herbert R. Lottman, *Jules Verne: An Exploratory Biography* (New York: St. Martin's Press, 1996), p.167.

[24] Jules Verne, *The Mysterious Island*, trans. Jordan Stump (New York: The Modern Library, 2001). 关于该小说所受到的《鲁滨孙漂流记》的影响的详细探讨，参见 Daniel Compère, "Les déclinaisons de *Robinson Crusoe* dans *L'Ile mystérieuse* de Jules Verne," *Études françaises*, special issue, "Robinson, la robinsonnade et le monde des choses," 35, No. 1 (1999): 43–54。

355

## 第七章 从岛屿到帝国：讲述男孩世界的故事

[1] W. E. Henley, review of *Treasure Island*, *Saturday Review*, 8 December 1883, 737–38, 引用参见 Joseph Bristow, *Empire Boys: Adventures in a Man's World* (London: Harper-Collins, 1991), p.110。关于 19 世纪和 20 世纪早期帝国意识形态、男孩书籍和冒险文化之间关系的论述，布里斯托的书一直是最为全面深刻和最富启示性的。

[2] 引自 Bristow, *Empire Boys*, p.111。

[3] 参见 Lise Andries, "Les images et les choses dans *Robinson* et les robinsonnades," *Études françaises*, special issue, "Robinson, la robinsonnade et le monde des choses," 35, No. 1 (1999): 95–122。

[4] 除去约瑟夫·布里斯托的《帝国男孩》，我的论述还受到以下研究的影响：Patrick Brantlinger, *Rule of Darkness: British Literature and Imperialism, 1830–1914* (Ithaca, NY: Cornell University Press, 1988); Hugh Brogan, *Mowgli's Sons: Kipling and Baden-Powell's Scouts* (London: Jonathan Cape, 1987); Jeffrey Richards, ed., *Imperialism and Juvenile Literature* (Manchester: Manchester University Press, 1989); Jane Hotchkiss, "The Jungle of Eden: Kipling, Wolf Boys, and the Colonial Imagination," *Victorian Literature and Culture* 29 (2001): 435–49。我在此十分感激我的学生 Jessica Straley 以

及她的论文,这是我进行此处以及接下来两章的研究的重要因素："How
the Child Lost Its Tail: Evolutionary Theory, Victorian Pedagogy, and the
Development of Children's Literature, 1860–1920" (Ph.D. diss., Stanford
University, 2005)。还有许多关于英国殖民统治的综合评述对我的研究产
生了影响。其他十分有价值的对基本材料的总体论述和整理还有：Paul
Knaplund, *The British Empire, 1815–1939* (New York: Harper and Brothers,
1941)。从文化批评和文学理论的角度阐释殖民经验的较新的论述来自：
Albert Memmi, *Portrait du colonisé, précédé du portrait du colonisateur*。该
作首次发表于 1965 年,后扩展为 *The Colonizer and the Colonized*, trans.
Howard Greenfield (Boston: Beacon Press, 1991)。要想写出关于殖民经验和
文学历史的文本,就必须参考 Edward Said 的 *Culture and Imperialism* (New
York: Knopf, 1991)。

[5]    如今为人们熟知的 *Lord Chesterfield's Advice to His Son* 最初发表时名为 *Letters
written by the Late Right Honourable Philip Dormer Stanhope, Earl of Chesterfield,
to his son, Philip Stanhope...* (London: J. Dodsley, 1774)。这些建议信被不断
再版、重印、删节和改编,进而整合成下个世纪的一系列指导建议类书籍,比
如：*The Young Gentleman's Parental Monitor* (London: Hartford, 1792) and
*The American Chesterfield* (Philadelphia: J. Grigg, 1827)。这些信件经常被收入
选集。我所引用的选段来自 Jack Zipes, Lissa Paul, Lynne Vallone, Peter Hunt,
and Gillian Avery, eds., *The Norton Anthology of Children's Literature: The
Traditions in English* (New York: Norton, 2005), pp.1430–32。

[6]    Samuel Johnson, *A Dictionary of the English Language* (London, 1755), s.v.
"propriety."

[7]    Fanny Burney, *Cecilia* (London, 1782), vol. 2, chap. 5, p.xiii.

[8]    Thomas Hughes, *Tom Brown's Schooldays, by an Old Boy* (London, 1857)。我
所引用的选段选自 Zipes et al., *Norton Anthology of Children's Literature*；之
后页码随文给出。

[9]    *Oxford English Dictionary*, s.v. "cut," v., def. 60 m, n, o.

[10]   参见 Carolyn Marvin, *When Old Technologies Were New* (New York: Oxford
University Press, 1988)。

[11]   在 1878 年 4 月 10 日《纽约画报》(*New York Daily Graphic*) 的一篇文章中,
爱迪生被称为"门罗公园的巫师"。对年轻读者起到示范作用的早期爱迪
生传记包括：W. K. L. Dickson and Antonia Dickson, *The Life and Inventions*

356

*of Thomas Alva Edison* (New York: Crowell, 1894); Francis Trevelyan Miller, *Thomas A. Edison, Benefactor of Mankind* (n.p., 1931)。

[12] 参见我在如下作品中的进一步讨论："Hello, Dude: Philology, Performance, and Technology in Mark Twain's *Connecticut Yankee*," *American Literary History* 15 (2003): 471–503。

[13] Hans Christian Andersen, *The Fairy Tale of My Life* (New York: Cooper Square Press, 2000), p.410; 这是来自 1871 年英语译本的重印本 (London: Paddington Press)。

[14] 引自 Marvin, *Old Technologies*, p.196。

[15] 参见 Richard Klein, *Cigarettes Are Sublime* (Durham, NC: Duke University Press, 1993), pp.11, 56, 135。

[16] 19 世纪末，在美国，廉价杂志和廉价小说盛行一时，这些作品对发明家、科学家和探险家的关注促成了科幻小说的兴起。强调这种素材在作为一种儿童文学形式的科幻小说中的地位的研究包括 H. Bruce Franklin, *Future Perfect: American Science Fiction of the Nineteenth Century* (New York: Oxford University Press, 1966); Margaret Esmonde, "Children's Science Fiction," in *Signposts to Criticism of Children's Literature*, ed. Robert Bator (Chicago: American Library Association, 1983); 以及 Paul Alkon, *Science Fiction before 1900: Imagination Discovers Technology* (New York: Maxwell Macmillan International, 1994)。

[17] H. Rider Haggard, *King Solomon's Mines* (London, 1885). 我引用的文本可在"古登堡计划"网站上找到。

[18] Bristow, *Empire Boys*, pp.127–40; 引文出自第 128 页和第 133 页。

[19] 对亨提作品的回顾，参见 Bristow, *Empire Boys*, pp.146–54。我所发现的有价值的早期研究包括：Guy Arnold, *Hold Fast for England: G. A. Henty, Imperialist Boys' Writer* (London: Hamish Hamilton, 1980)，以及历史悠久的宏伟传记：George Manville Fenn, *George Alfred Henty: The Story of an Active Life* (London: Blackie, 1907)。关于亨提写作生涯最为全面深刻的研究出自：Peter Newbolt, *G. A. Henty, 1832–1902: A Bibliographical Study of His British Editions* (Brookfield, VT: Scolar Press, 1996)。

[20] G. A. Henty, *With Buller in Natal, or A Born Leader* (London, 1901). 我引用的文本可在"古登堡计划"网站上找到。

[21] "Milliner's Dream," August 2, 2005, http://millinersdream.blogspot.

357

com/2005/08/treasured-volume.html.

[22] *Oxford English Dictionary*, s.v. "treasure," v., def. 4. 这一引用来自：Longfellow, "Day Is Done," 出自：F. O. Matthiessen, ed., *The Oxford Book of American Verse* (Oxford: Oxford University Press, 1950), p.115。

[23] Máire ní Fhlathúin, ed., *Kim*, by Rudyard Kipling (London: Broadview, 2005) 提供了关于这本小说完整的文献、批评、早期评论节选和手抄本。对此版本小说的更多引用在文中已给出页码。在所有关于吉卜林的文献中，我特别推荐 Zohreh T. Sullivan, *Narratives of Empire: The Fictions of Rudyard Kipling* (Cambridge: Cambridge University Press, 1993)。

[24] J. H. Millar, "Recent Fiction," *Blackwood's Edinburgh Magazine* 170 (December 1901): 793–95, reprinted in Fhlathúin, *Kim*, pp.335–37.

[25] Robert Baden-Powell, *Scouting for Boys*, 引自 1910 年版本 (London: Pearson), in Fhlathúin, *Kim*, pp.345–48。

[26] 参见 Brogan, *Mowgli's Sons*; and Tim Jeal, *Baden-Powell* (London: Hutchinson, 1989)。

[27] Baden-Powell, *Scouting for Boys* (London: Pearson, 1908), p.17, 引自 Bristow, *Empire Boys*, p.179。

[28] *Oxford English Dictionary*, s.v. "smart," def. 12a.

[29] Baden-Powell, *Scouting for Boys* (1909), p.121, 引自 Bristow, *Empire Boys*, p.191。

[30] Robert Baden-Powell, *Rovering to Success* (1922), 选段重印于 Zipes et al., *Norton Anthology of Children's Literature*, pp.1460–79; 引自 p.1470。

## 第八章　达尔文的影响：从金斯利到苏斯的世界

[1] Robert Baden-Powell, *Rovering to Success* (1922), selections reprinted in Jack Zipes, Lissa Paul, Lynne Vallone, Peter Hunt, and Gillian Avery, eds., *The Norton Anthology of Children's Literature: The Traditions in English* (New York: Norton, 2005), pp.1460–79; 引自 p.1472。

[2] Gillian Beer, *Darwin's Plots: Evolutionary Narrative in Darwin, George Eliot and Nineteenth-Century Fiction* (London: Routledge and Kegan Paul, 1983), p.119.

[3] Peter Hunt, *An Introduction to Children's Literature* (Oxford: Oxford

University Press, 1994), p.59. 许多重要文献谈到了达尔文对英语小说的影响。除去 Beer, *Darwin's Plots*, 还可参见 Leo J. Henkin, *Darwinism and the English Novel, 1860–1910* (New York: Russell and Russell, 1940); George Levine, *Darwin and the Novelists: Patterns of Science in Victorian Fiction* (Cambridge, MA: Harvard University Press, 1988); and Lisa Hopkins, *Giants of the Past: Popular Fictions and the Idea of Evolution* (Lewisburg, PA: Bucknell University Press, 2004)。还有许多关于达尔文对作家个体或文学传统影响的具体研究。其中对儿童文学最富有创造性的研究来自 R. P. S. Jack, "Peter Pan as Darwinian Creation Myth," *Literature and Theology* 8 (1994): 157–73。对大众眼中的达尔文作品的总体评论, 参见 Alvar Ellegård, *Darwin and the General Reader: The Reception of Darwin's Theory of Evolution in the British Periodical Press, 1859–1872* (G.teburg: Acta Universitatis Gothenburgensis, 1958)。和之前的章节一样, 我在此还是要十分感谢 Jessica Straley, "How the Child Lost Its Tail: Evolutionary Theory, Victorian Pedagogy, and the Development of Children's Literature, 1860–1920" (Ph.D. diss., Stanford University, 2005)。

358

[4]　Beer, *Darwin's Plots*, p.29.

[5]　关于在 18 世纪末的英国这一更广大背景下对伊拉斯谟·达尔文的作品的综述、达尔文与威治伍德家族的关系, 同时还有进化论兴起之前的自然科学的论述, 参见 Jenny Uglow, *The Lunar Men: The Friends Who Made the Future, 1730–1810* (London: Faber, 2002)。

[6]　John Bowlby, *Charles Darwin: A New Life* (New York: Norton, 1990), p.30.

[7]　引自 Uglow, *Lunar Men*, p.429。

[8]　William Diller Matthew, *Outline and General Principles of the History of Life* (Berkeley and Los Angeles: University of California Press, 1928), p.6, 引自 (以其为书名的) Peter Bowler, *Life's Splendid Drama: Evolutionary Biology and the Reconstruction of Life's Ancestry, 1860–1940* (Chicago: University of Chicago Press, 1996), p.3。

[9]　Paul H. Barrett, Donald J. Weinshank, and Timothy T. Gottleber, eds., *A Concordance to Darwin's "Origin of Species,"* First Edition (Ithaca, NY: Cornell University Press, 1981).

[10]　Charles Darwin, *The Voyage of the Beagle*, http://charles-darwin.classic-literature.co.uk/the-voyage-of-the-beagle/ebook-page-13.asp.

[11] 参见 Guy Kendall, *Charles Kingsley and His Ideas* (1947; reprint, New York: Haskell House, 1973); 以 及 Susan Chitty, *The Beast and the Monk: A Life of Charles Kingsley* (London: Hodder and Stoughton, 1974)。尤其是关于《水孩子》的文本及评价，参见 Gillian Avery, "Fantasy and Nonsense," in *The Victorians*, ed. Arthur Pollard, pp.287–306 (London: Sphere, 1970); Humphrey Carpenter, *Secret Gardens: A Study of the Golden Age of Children's Literature* (London: Allen and Unwin, 1985), pp.23–43; Hunt, *Introduction to Children's Literature*, pp.77–78; 以及 Brian Alderson, ed., *The Water Babies*, by Charles Kingsley (Oxford: Oxford University Press, 1995), 同时还有其重要的介绍, pp.ix–xxix。所有《水孩子》的引文均出自这一版本, 之后页码随文给出。

[12] 参见 Kendall, *Charles Kingsley*, pp.135–36。

[13] Richard Darwin Keynes, ed., *The Beagle Record* (Cambridge: Cambridge University Press, 1979), p.345; 及其 1836 年 1 月 18 日的日记。

[14] 引自 Beer, *Darwin's Plots*, p.81。

[15] Charles Darwin, *On the Origin of Species*, first edition (1859) reprinted in facsimile, with an introduction by Ernst Mayr (Cambridge, MA: Harvard University Press, 1964), p.128. 除非特别说明, 所有引文来自这一版本, 之后页码随文给出。

[16] 引自 Beer, *Darwin's Plots*, p.119。

[17] 同上。

[18] Rudyard Kipling, *The Jungle Books*, ed. W. W. Robson (Oxford: Oxford University Press, 1992). 之后页码随文给出。

[19] Charles Darwin, *The Descent of Man and Selection in Relation to Sex* (New York: D. Appleton and Co., 1897), p.18. 之后页码随文给出。

[20] Robson, in *The Jungle Books*, p.354.

[21] Lisa Lewis, ed., *The Just So Stories for Little Children*, by Rudyard Kipling (Oxford: Oxford University Press, 1995). 之后页码随文给出。

[22] M. E. Boole, *The Preparation of the Child for Science* (Oxford: Clarendon Press, 1904), pp.151–52.

[23] H. G. Wells, *The Island of Dr. Moreau* (Harmondsworth, UK: Penguin, 2005),p.43. 之后页码随文给出。

[24] Dr. Seuss [Theodor Seuss Geisel], *On beyond Zebra* (New York: Random House, 1955).

359

[25] Dr. Seuss [Theodor Seuss Geisel], *If I Ran the Zoo* (New York: Random House, 1950).

[26] Dr. Seuss [Theodor Seuss Geisel], *And to Think That I Saw It on Mulberry Street* (New York: Random House, 1937).

[27] Darwin, *Descent of Man*, pp.494–96.

[28] Dr. Seuss [Theodor Seuss Geisel], *Scrambled Eggs Super* (New York: Random House, 1953).

## 第九章　暴躁且怪异 : 从维多利亚时期到现代的正经话与胡话

[1] 关于 19 世纪语言学与生物学关系的调查研究，参见 Stephen Alter, *Darwinism and the Linguistic Image: Language, Race, and Natural Theology in the Nineteenth Century* (Baltimore: Johns Hopkins University Press, 1999)。恩斯特·海克尔的话出现在第 116 页。对于这些关系的进一步论述，尤其是对生物学与语言学的谱系的关注，参见 Peter Bowler, *Life's Splendid Drama: Evolutionary Biology and the Reconstruction of Life's Ancestry, 1860–1940* (Chicago: University of Chicago Press, 1996)。

[2] 关于这些发展的整体历史，参见 Maurice Pope, *The Story of Decipherment*, rev. ed. (London: Thames and Hudson, 1999)。同时还有由大英博物馆最初出版的一系列关于早期铭文的手册，它们汇集于 J. T. Hooker, ed., *Reading the Past: Ancient Writing from Cuneiform to the Alphabet* (Berkeley and Los Angeles: University of California Press, 1990)。

[3] 虽然根据《牛津英语词典》的引证，使用"胡话"一词来指代谐趣诗和娱乐性写作可以追溯到 1670 年，但直到 19 世纪中期，它才成为一个普遍的概念 (*OED*, s.v. "nonsense verse")。约翰·济慈在一封写于 1819 年 9 月 17 日的信（引自《牛津英语词典》）中明确指出，这种形式的写作与童年及学校相关："如果不是如男孩们在校园中那样创作一些胡话诗，我根本无法继续。"《牛津英语词典》的编者 Sir James A. H. Murray 1898 年 10 月 10 日在 *Notes and Queries* 一书第 470 页中，在对 "limerick" 一词的评论中仔细考量了"胡话诗"的起源（引自《牛津英语词典》）："用 limerick 来称呼李尔等人写的胡话诗是不妥当的……很难说清是谁先用这个称呼特指不得体的胡话诗的。"爱德华·李尔将自己的诗集命名为 *A Book of Nonsense* (first edition, 1846)，同时在 1870 年的一封信中写道："胡话是我鼻孔出的

360

气。" ("Nonsense is the breath of my nostrils.") 引自 Vivien Noakes, ed., *The Complete Verse and Other Nonsense*, by Edward Lear (Harmondsworth, UK: Penguin, 2001), p.xxii。对这一版本的整体介绍 (pp.xix–xxxiv), 以及对于诗和版本本身的注解, 无论是对李尔的作品还是对 19 世纪胡话文化这一整体而言, 都是十分有价值的资源。文中所引李尔的话均出自这一版本, 页码随文给出。在最早的批评论集中, 李尔和卡罗尔就与胡话诗联系在一起了, 参见 Carolyn Wells, ed., *A Nonsense Anthology* (New York: Scribner's, 1902), 当中的第一首诗为《炸脖龙》; Emile Cammaerts, *The Poetry of Nonsense* (London: George Routledge and Sons, 1925); Elizabeth Sewell, *The Field of Nonsense* (London: Chatto and Windus, 1952); Jean-Jacques Lecercle, *Philosophy of Nonsense: The Intuitions of Victorian Nonsense Literature* (London: Routledge, 1994)。关于卡罗尔在"爱丽丝"系列中写的胡话诗以及他在胡话文化和胡话美学的地位的材料选集, 参见 Martin Gardner, *The Annotated Alice* (New York: Clarkson N. Potter, 1960)。所有对"爱丽丝"系列的引用均出自这一版本, 之后页码随文给出。

[4] 关于斯科特在《牛津英语词典》中的地位, 他在语言实验和创新上的名声, 参见 John Willinsky, *Empire of Words: The Reign of the OED* (Princeton, NJ: Princeton University Press, 1994)。关于维多利亚小说家对语言学方面的关注, 以及语言实验、地方主义和历史意识在 19 世纪想象写作中的整体地位, 参见 Linda Dowling, *Language and Decadence in the Victorian Fin de Siècle* (Princeton, NJ: Princeton University Press, 1986); Cary H. Plotkin, *The Tenth Muse: Victorian Philology and the Genesis of the Poetic Language of Gerard Manley Hopkins* (Carbondale: Southern Illinois University Press, 1989); Dennis Taylor, *Hardy's Literary Language and Victorian Philology* (Oxford: Oxford University Press, 1993); Seth Lerer, *Error and the Academic Self: The Scholarly Imagination, Medieval to Modern* (New York: Columbia University Press, 2002), pp.103–74 (on Eliot's *Middlemarch* and Victorian philology)。

[5] William Makepeace Thackeray, *Vanity Fair* (1847–48; New York: Signet, 1962), pp.48–49.

[6] 除以上参考文献外, 我从以下作品中也获得了对这一章的写作十分有益的灵感 : Kathleen Blake, *Play, Games, and Sport: The Literary Works of Lewis Carroll* (Ithaca, NY: Cornell University Press, 1974); Robert Polhemus, "Lewis

Carroll and the Child in Victorian Fiction," in *The Columbia History of the British Novel*, ed. John Richetti, pp.579–607 (New York: Columbia University Press, 1994); 以及 U. C. Knoepflmacher, *Ventures into Childland: Victorians, Fairy Tales, and Femininity* (Chicago: University of Chicago Press, 1998)。在关于卡罗尔和李尔的许多传记研究中，我特别推荐：Peter Levi, *Edward Lear: A Biography* (London: Macmillan, 1995); 以及 Morton Cohen, *Lewis Carroll: A Biography* (New York: Knopf, 1995)。

[7]　Knoepflmacher, *Ventures into Childland*, esp. pp.150–227; Thomas Dilworth, "Society and the Self in the Limericks of Lear," *Review of English Studies*, new series, 45 (1994): 42–62.

[8]　参见 Hans Aarsleff, *The Study of Language in England, 1780–1860* (Princeton, NJ: Princeton University Press, 1967); Murray Cohen, *Sensible Words: Linguistic Practice in England, 1640–1785* (Baltimore: Johns Hopkins University Press, 1977); 以及 Olivia Smith, *The Politics of Language, 1791–1819* (Oxford: Oxford University Press, 1984)。

[9]　引自 Blake, *Play, Games, and Sport*, pp.70–71。

[10]　引自 Blake, *Play, Games, and Sport*, p.75。

[11]　这一材料在以下作品中被重印和讨论：Gardner, *The Annotated Alice*, pp. 191–94。

[12]　引自 Cohen, *Lewis Carroll*, p.511。

[13]　Gardner, *The Annotated Alice*, p.193.

[14]　该词在《爱丽丝漫游奇境记》中出现 12 次，在《爱丽丝镜中奇遇记》中出现 8 次。

[15]　*OED*, s.v. "queer," adj. 1.

[16]　*OED*, s.v. "queer," adj. 1, def. 3, "Queer Street," 最初源自 1811 年的引语。

[17]　Woody Allen, "The Kugelmass Episode," in *Side Effects* (New York: Random House, 1980), p.55.

[18]　关于《胡话植物学》，参见 Noakes, *Complete Verse*, pp.251–53; 关于《桌子和椅子》，参见 pp.277–78。

[19]　Dilworth, "Society and the Self," p.45.

[20]　前文的打油诗参见 pp.220–32 in Noakes, *Complete Verse*; 对这一故事的注释参见 pp.503–4。

[21]　"Illustrations for 'Kathleen O'Moore,' " in Noakes, *Complete Verse*, pp.59–61;

361

"The Courtship of the Yonghy-Bonghy-Bò," 同上, pp.324–27.

[22] Lecercle, *Philosophy of Nonsense*, p.202.

[23] E. C. Bentley, *Biography for Beginners: Being a Collection of Miscellaneous Examples for the Use of Upper Forms* (London: T. W. Laurie, 1905), p.1. 同时参见 E. Clerihew Bentley with G. K. Chesterton, *The First Clerihews* (Oxford: Oxford University Press, 1982), 这是一部克莱里休诗稿的副本，其中附有相关讨论。

[24] Hugh Lofting, *The Story of Doctor Dolittle* (New York: F. A. Stokes, 1920), chap.10.

[25] Wells, *Nonsense Anthology*, p.xix.

[26] Cammaerts, *Poetry of Nonsense*, pp.2–3.

[27] 关于达达主义运动、儿童文学以及欧洲先锋文学运动对童年的关注之间关系的研究，我在此感激 Sara Pankenier, "*In Fant Non Sens*: The Infantilist Aesthetic of the Russian Avant-Garde, 1909–1939" (Ph.D. diss., Stanford University, 2006)。

[28] Tristan Tzara, "Dada Manifesto," in Barbara Wright, trans., *Seven Dada Manifestos* (London: Calder, 1977).

[29] Pankenier, "*In Fant Non Sens*," p.172.

[30] Cammaerts, *Poetry of Nonsense*, p.31.

[31] Antoine de Saint-Exupéry, *The Little Prince*, trans. Katherine Woods (San Diego, CA: Harcourt, 1943), p.38.

[32] 参见 Ruth K. MacDonald, *Shel Silverstein* (New York: Twayne, 1997)。

[33] Shel Silverstein, *Where the Sidewalk Ends* (New York: Harper and Row, 1974).

[34] 很明显，歌词十分传统，有许多不同的版本（比如，一些版本写的是"薄荷"而非"烟草"）。这一版本来自哈利·麦克林托克。我的引用来自对伯尔·艾夫斯于 1949 年所录制歌曲的记忆。

[35] Johann Wolfgang von Goethe, "Mignon," in *Selected Poems*, ed. Christopher Middleton (Boston: Suhrkamp/Insel, 1983), p.132; 英语翻译出自我本人。

362

## 第十章　麦秆变黄金：童话的语言学

[1] Cynthia Zarin, Sendak profile, *The New Yorker*, 17 April 2006.

[2] 关于童话的历史，参见 Roger Sale, *Fairy Tales and After: From Snow White*

*to E. B. White* (Cambridge, MA: Harvard University Press, 1978); Jack Zipes, *Fairy Tales and the Art of Subversion* (New York: Routledge, 1983); Maria Tatar, *The Classic Fairy Tales: Texts, Criticism* (New York: Norton, 1999)。此处多次提及的 Zipes 和 Tatar 的作品，在很大程度上奠定了童话在文学学术研究领域的正式地位。二者的研究大部分都基于格林兄弟，具体的研究将在此章随后引出。关于对 17 世纪宫廷文化背景下的 *conte de fées*（童话故事）的调查研究，参见 Jean-Marie Apostolidès, "1661: From *Roi Soleil* to *Louis le Grand*," in *A New History of French Literature*, ed. Denis Hollier, pp.314–20 (Cambridge, MA: Harvard University Press, 1989); 以及 Walter E. Rex, "1704: Sunset Years," in Hollier, *New History of French Literature*, pp.396–402。关于一些对现代童话及其开创性意义的介绍，参见 Alison Lurie, ed., *The Oxford Book of Modern Fairy Tales* (Oxford: Oxford University Press, 1993)。

[3]  参见 Apostolidès, "1661"; and Rex, "1704"（引自 p.401）。 Jack Zipes, Lissa Paul, Lynne Vallone, Peter Hunt, and Gillian Avery, eds., *The Norton Anthology of Children's Literature: The Traditions in English* (New York: Norton, 2005) 尤其汇编了大量童话，并附有详细的介绍和丰富的文献（参见 pp.175–386, 2434–35)。

[4]  Sarah Fielding, *The Governess; Or, The Little Female Academy* (London, 1749); 这里引用的复制版本来自 Jill E. Grey (London: Oxford University Press, 1968), p.166。

[5]  关于格林兄弟对辅音对应规则的贡献，参见 Holger Pedersen, *The Discovery of Language: Linguistic Science in the Nineteenth Century*, trans. John W. Spargo (Bloomington: Indiana University Press, 1962)。关于他们的作品对后来英语和欧洲语言学的启示，参见 Hans Aarsleff, *The Study of Language in England, 1780–1860* (Princeton, NJ: Princeton University Press, 1967)。帕索的观点引自德文的 Aarsleff, p.255; 由我翻译。科尔里奇的观点也引自 Aarsleff, 同页。

[6]  James A. H. Murray, "Presidential Address," *Transactions of the Philological Society*, 1884, p.509.

[7]  除去以上所引的研究成果，还可参见 Jack Zipes, *The Brothers Grimm: From Enchanted Forests to the Modern World* (New York: Routledge, 1988); 以及 Maria Tatar, *The Hard Facts of the Grimms' Fairy Tales*, 2nd ed. (Princeton, NJ:

Princeton University Press, 2003)。同时参见以下作品中翻译的格林兄弟的序言中的材料：Maria Tatar, *The Annotated Brothers Grimm* (New York: Norton, 2004)。在此章中，我所引用的德语版格林童话来自 *Die Märchen der Brüder Grimm* (Munich: Wilhelm Goldmann Verlag, n.d.)。翻译来自 Jack Zipes, *The Complete Fairy Tales of the Brothers Grimm* (New York: Bantam, 1992)。

[8] Tatar, *The Annotated Brothers Grimm*, p.41.

[9] 参见 Lawrence Stone, *The Family, Sex and Marriage in England, 1500–1800* (London: Weidenfeld and Nicolson, 1977)，这一研究仍然是上一代社会史作品中最有影响力的著作之一。其论述大部分受到以下作品的系统性挑战：Alan Macfarlane, *Marriage and Love in England: Modes of Reproduction, 1300–1840* (Oxford: Blackwell, 1986)，但我认为其对于关爱的产生的大体论述是站得住脚的。我在此处的总结同时参考了以下作品：Jack Goody, *The European Family: An Historico-Anthropological Essay* (Oxford: Blackwell, 2000)。我还参考了如下作品中收集的详细研究：David I. Kertzer and Marzio Barbagli, eds., *Family Life in the Long Nineteenth Century, 1789–1913* (New Haven, CT: Yale University Press, 2002)。

[10] 引自 Stone, *The Family, Sex and Marriage*, p.407。

[11] 同上, pp.450–58。

[12] 除去 Zipes 和 Tatar 作品中的材料，在这一问题上尤见 Christa Kamenetsky, *The Brothers Grimm and Their Critics* (Athens: Ohio University Press, 1992)。

[13] 参见 Tatar, *Hard Facts*。

[14] "Von dem Fischer un syner Fru," in *Märchen*, p.80.

[15] 参见 Zipes, *Brothers Grimm*, p.38; 以及 Kamenetsky, *Brothers Grimm*, p.167。

[16] Jakob Karl Ludwig Grimm, *On the Origin of Language*, trans. Raymond A. Wiley (Leiden: Brill, 1984), p.20.

[17] 引用参见 Kamenetsky, *Brothers Grimm*, p.120。

[18] 同上。

[19] 关于安徒生，参见 Jack Zipes, *Hans Christian Andersen: The Misunderstood Storyteller* (New York: Routledge, 2005)。对安徒生进行的传记式研究，参见 Jackie Wullschlager, *Hans Christian Andersen: The Life of a Storyteller* (New York: Knopf, 2001)。关于安徒生的自传，参见 *The Fairy Tale of My Life* (New York: Cooper Square Press, 2000), 这是 1871 年英译本的重印本 (London: Paddington Press)。

[20]　Andersen, *Fairy Tale of My Life*, pp.11, 19, 20.

[21]　"The Nightingale," in Zipes et al., *Norton Anthology of Children's Literature*, pp.215–20.

[22]　K. M. Elisabeth Murray, *Caught in the Web of Words* (New Haven, CT: Yale University Press, 1977), p.321.

[23]　关于人们的兴趣转向超自然现象、鬼怪故事的兴起以及 19 世纪晚期到 20 世纪早期英国的表演文化的研究, 参见 Samuel P. Hynes, *The Edwardian Turn of Mind* (Princeton, NJ: Princeton University Press, 1968)。关于 19 世纪鬼怪故事的兴起以及相关故事的代表作品, 参见 Michael Cox and R. A. Gilbert, eds., *Victorian Ghost Stories: An Oxford Anthology* (Oxford: Oxford University Press, 1991)。

[24]　Andrew Lang, *The Blue Fairy Book* (London: Longmans Green, 1889).

[25]　参见 Peter Green, *Beyond the Wild Wood: The World of Kenneth Grahame* (Exeter, UK: Webb and Bower, 1982); Alison Prince, *Kenneth Grahame: An Innocent in the Wild Wood* (London: Alison and Busby, 1994)。

[26]　Lurie, *Oxford Book of Modern Fairy Tales*, pp.182–202.

[27]　同上 , pp.203–14。

[28]　关于儿童作家、语言学家和文化偶像托尔金的文献数不胜数。依我看, 有关托尔金的学术研究和创作之间的关系的杰出研究成果来自 T. A. Shippey, *The Road to Middle Earth* (London: Allen and Unwin, 1982); Shippey, *J. R. R. Tolkien: Author of the Century* (London: HarperCollins, 2000); 以 及 Jane Chance, *Tolkien's Art: A Mythology for England*, rev. ed. (Lexington: University Press of Kentucky, 2001)。以下文章也具有一定的价值: Mary Salu and Robert T. Farrell, eds., *J. R. R. Tolkien, Scholar and Storyteller* (Ithaca, NY: Cornell University Press, 1979)。我所找到的有助于理解托尔金的学术批评作品的两篇论文为: Bruce Mitchell, "J. R. R. Tolkien and Old English Studies: An Appreciation," *Mythlore* 80 (1995): 206–12; 以 及 David Sandner, "The Fantastic Sublime: Tolkien's 'On Fairy-Stories' and the Romantic Sublime," *Mythlore* 83 (1997): 4–7。关于托尔金的客观公正的传记为: Humphrey Carpenter, *J. R. R. Tolkien: A Biography* (London: Allen and Unwin, 1977)。其信件选编有 Carpenter and Tolkien's son, Christopher Tolkien, *Letters of J. R. R. Tolkien* (London: Allen and Unwin, 1981)。

[29]　J. R. R. Tolkien, "To the Electors of the Rawlinson and Bosworth Professorship

of Anglo-Saxon, University of Oxford," 27 June 1925, in Carpenter and Tolkien, *Letters*, pp.12–13. 关于这一信件的影响及其在托尔金作品中的地位的进一步探讨，参见本人所著的 *Error and the Academic Self* (New York: Columbia University Press, 2002), pp.83–85。

[30] Tolkien, "On Fairy Stories," 首次发表于 *Tree and Leaf* (London: Allen and Unwin, 1964), 重印于 *The Tolkien Reader* (New York: Ballantine Books, 1966), pp.33–99; 引用来自 p.46。

[31] 同上 , p.56。

[32] Zipes, *Complete Fairy Tales of the Brothers Grimm*, p.161.

[33] E. V. Gordon, *An Introduction to Old Norse*, 2nd ed. (Oxford: Oxford University Press, 1957), p.196.

[34] J. K. Rowling, *Harry Potter and the Sorcerer's Stone* (New York: Scholastic Press, 1998), p.137.

[35] 引 自 Peter Gilliver, Jeremy Marshall, and Edmund Weiner, *The Ring of Words: Tolkien and the Oxford English Dictionary* (Oxford: Oxford University Press, 2006), p.104。

## 第十一章 少女时期的剧院 : 女性小说中的家庭、梦想与表演

[1] J. K. Rowling, *Harry Potter and the Prisoner of Azkaban* (New York: Scholastic Books, 1999), p.415.

[2] 尤 见 Deborah Gorham, *The Victorian Girl and the Feminine Ideal* (Bloomington: Indiana University Press, 1982); Lynne Vallone, *Disciplines of Virtue: Girls' Culture in the Eighteenth and Nineteenth Centuries* (New Haven, CT: Yale University Press, 1995); Sally Mitchell, *The New Girl: Girls' Culture in England, 1880– 1915* (New York: Columbia University Press, 1995)。关于儿童文学女性读者的重要评估的研究包括 U. C. Knoepflmacher, *Ventures into Childland: Victorians, Fairy Tales, and Femininity* (Chicago: University of Chicago Press, 1998); Catherine Robson, *Men in Wonderland: The Lost Girlhood of the Victorian Gentleman* (Princeton, NJ: Princeton University Press, 2003); 以 及 Beverly Lyon Clark, *Kiddie Lit: The Cultural Construction of Children's Literature in America* (Baltimore: Johns Hopkins University Press, 2003)。对此章的撰写产生了影响的简要家庭历史作品包括 Linda A. Pollock, *Forgotten Children:*

*Parent-Child Relationships from 1500 to 1900* (Cambridge: Cambridge University Press, 1983); Carolyn Steedman, *Strange Dislocations: Childhood and the Idea of Human Interiority* (London: Virago, 1995); 以 及 Claudia Nelson and Lynne Vallone, eds., *The Girl's Own: Cultural Histories of the Anglo-American Girl, 1830–1915* (Athens: University of Georgia Press, 1994)。

[3]　Michael Fried, *Absorption and Theatricality: Painting and the Beholder in the Age of Diderot* (Berkeley and Los Angeles: University of California Press, 1980).

[4]　引用的寓言文本采用佩里索引 ( 参见第二章注释 [1] ) Ben Edwin Perry, *Babrius and Phaedrus*, Loeb Classical Library (Cambridge, MA: Harvard University Press, 1965)。

[5]　关于《小红帽》的不同版本, 从佩罗和格林兄弟到对格林之前的原版的重构, 再到 20 世纪的改写, 参见 Jack Zipes, Lissa Paul, Lynne Vallone, Peter Hunt, and Gillian Avery, eds., *The Norton Anthology of Children's Literature: The Traditions in English* (New York: Norton, 2005), pp.338–86。

[6]　Jack Zipes, trans., *The Complete Fairy Tales of the Brothers Grimm* (New York: Bantam, 1992), p.57.

[7]　Sigmund Freud, *The Question of Lay Analysis*, in *The Standard Edition of the Complete Psychological Works of Sigmund Freud*, ed. and trans. James Strachey, vol. 20, 1925–26 (London: Hogarth Press, 1959), p.212. 注意 "黑暗的大陆" (dark continent) 这一短语在弗洛伊德的原文中用的是英语。

[8]　这些材料多出现于以下家庭生活的历史记录: Lawrence Stone, *The Family, Sex and Marriage in England, 1500–1800* (London: Weidenfeld and Nicolson, 1977); 以 及 Steven Ozment, *Ancestors: The Loving Family in Old Europe* (Cambridge, MA: Harvard University Press, 2001)。

[9]　Mitchell, *The New Girl*, p.8.

[10]　同上 , p.6。

[11]　Mary Cowden Clarke, *The Girlhood of Shakespeare's Heroines in a Series of Tales* (London: Smith, 1851–52). 该书几乎同时于纽约出现, 由帕特南出版。后继的版本和选编本不断出现。我所引用的是两卷大众文库的版本 (London: J. M. Dent, 1907)。具有重要意义的研究包括 George C. Gross, "Mary Cowden Clarke, 'The Girlhood of Shakespeare's Heroines,' and the

366

Sex Education of Victorian Women," *Victorian Studies* 16 (1972): 37–58; 以及 Sarah Anne Brown, "The Prequel as Palinode: Mary Cowden Clarke's *Girlhood of Shakespeare's Heroines*," *Shakespeare Survey* 58 (2005): 95–106。

[12] 此书中的引用来自 Cecily Devereux, ed., *Anne of Green Gables*, by L. M. Montgomery (London: Broadview, 2004), 其介绍和全面的批评文献引起了人们对整本小说中文学和艺术暗示的关注。这一版本还重印了 1908 年第一版的插画。关于这本小说的接受研究和改编历史的重要论文集是: Irene Gammel, ed., *Making Avonlea: L. M. Montgomery and Popular Culture* (Toronto: University of Toronto Press, 2002)。

[13] 参见 Faye Hammill, " 'A new and exceedingly brilliant star': L. M. Montgomery, *Anne of Green Gables*, and Mary Miles Minter," *Modern Language Review* 101 (2006): 652–70。

[14] 引用参见 E. Holly Pike, "Mass Marketing, Popular Culture, and the Canadian Celebrity Author," in Gammel, *Making Avonlea*, p.247。

[15] 参见 Elizabeth R. Epperly, "The Visual Imagination of L. M. Montgomery," in Gammel, *Making Avonlea*, pp.84–98; the photo is reproduced on p.96。

[16] 此愿望记录于 Ednah D. Cheney, *Louisa May Alcott: Her Life, Letters, and Journals* (Boston: Roberts, 1892), p.63。评论家很早就注意到奥尔科特偏爱剧院,以及戏剧创作在其主要小说和短篇故事中的作用。关于学术批评的回顾,参见 Claudia Mills, " ' The Canary and the Nightingale': Performance and Virtue in *Eight Cousins* and *Rose in Bloom*," *Children's Literature* 34 (2006): 109–39。同时参见 Gregory Eiselein and Anne K. Phillips, eds., *The Louisa May Alcott Encyclopedia* (Westport, CT: Greenwood Press, 2001) 中的 "Acting (Theme)" 及 "Acting (LMA's)" 条目。

[17] 参见 Geraldine Brooks, "Orpheus at the Plough," *The New Yorker*, 10 January 2005, pp.58–65。

[18] 关于舞台在 19 世纪中期美国道德改革中的地位,参见 Gary A. Richardson, *American Drama: From the Colonial Period through World War I* (New York: Twayne, 1993); 以及 John W. Frick, *Theater, Culture and Temperance Reform in Nineteenth-Century America* (Cambridge: Cambridge University Press, 2003), 其中引用了马克·吐温的评论 ( 第 12 页 )。这一材料大部分汇编于 Mills, " 'The Canary and the Nightingale'," pp.109–10。

[19] 这些引文来自 *Oxford English Dictionary*, s.v. "melodrama."。

[20] 引文参见 Claudia Johnson, "That Guilty Third Tier: Prostitution in Nineteenth-Century American Theaters," *American Quarterly* 26 (1975): 582, 引文和讨论参见 Mills, " ' The Canary and the Nightingale' ," p.110。

[21] 参见 Anne Hiebert Alton, ed., *Little Women*, by Louisa May Alcott (London: Broadview, 2001). Quotations in my text are from this edition。

[22] 此书中的引文来自 Gretchen Holbrook Gerzina, ed., *The Secret Garden*, by Frances Hodgson Burnett (New York: Norton, 2006)。

[23] Robert Louis Stevenson, *A Child's Garden of Verses* (London: Longmans, Green, 1885).

[24] Kenneth Grahame, *The Cambridge Book of Poetry for Children*, 2 vols. (1915, 1916), republished as one volume (Cambridge: Cambridge University Press, 1919), p.3.

[25] L. Frank Baum, *The Wonderful Wizard of Oz*, 插画来自 W. W. Denslow (Indianapolis: Bobbs-Merrill, 1900)。我的引文来自 1903 年的重印本。

[26] 在丹斯洛的插画中, 魔法师身着长礼服、斑点马甲和条纹裤。这些元素在后来的版本中一直保留了下来, 包括 John. R. Neill's 为《奥兹国的补丁姑娘》(Chicago: Reilly and Britton, 1913) 所做的插画。关于其中的魔法师与 P. T. 巴纳姆相似之处的讨论, 参见 Suzanne Rahn, *The Wizard of Oz: Shaping an Imaginary World* (New York: Twayne, 1998), pp.38–39。有关这些书在鲍姆戏剧志向里的地位、20 世纪初美国在政治和社会方面对奥兹故事的批评的概述, 参见 Katharine M. Rogers, *L. Frank Baum, Creator of Oz* (New York: St. Martin's Press, 2002), 尤其是文学批评, 参见 pp.265–66。

[27] 参见 Mark Evan Swartz, *Oz before the Rainbow: L. Frank Baum's "The Wonderful Wizard of Oz" on Stage and Screen to 1939* (Baltimore: Johns Hopkins University Press, 2000)。

[28] Salman Rushdie, *The Wizard of Oz* (London: British Film Institute, 1992), p.30.

[29] 相关引文来自 E. B. White, *Charlotte's Web* (New York: Harper and Row, 1952)。

## 第十二章　花园里的潘 : 儿童文学在爱德华时代的转变

[1] Julia Briggs, "Transitions (1890–1914)," in Peter Hunt, ed., *Children's Literature: An Illustrated History* (Oxford: Oxford University Press, 1995),

p.172.

[2] Samuel P. Hynes, *The Edwardian Turn of Mind* (Princeton, NJ: Princeton University Press, 1968), p.3. 这本书依旧是对这一时代文学和社会历史最杰出的全面观照之作。同时，我也参照了以下一些最近的研究成果：Jonathan Rose, *The Edwardian Temperament: 1895–1919* (Athens: Ohio University Press, 1986); Jefferson Hunter, *Edwardian Fiction* (Cambridge, MA: Harvard University Press, 1982) ; 以及由 Thea Thompson 整理的一卷本回忆录 *Edwardian Childhoods* (London: Routledge and Kegan Paul, 1981)。关于第二次世界大战后爱德华风格在英国的复兴，以及它对文学和文化所产生的影响，对其简要而不失深刻的评价，可参见 Tony Judt, *Postwar: A History of Europe since 1945* (New York: Penguin, 2005), pp.226–30, 768–73。

[3] 参见 the discussion in Rose, *Edwardian Temperament*, pp.181–84。

[4] 引文和讨论参见 Edmund Morris, *The Rise of Theodore Roosevelt* (New York: Coward, McCann and Geoghegan, 1979), p.xii。

[5] 参见 Peter Green, *Beyond the Wild Wood: The World of Kenneth Grahame* (Exeter, UK: Webb and Bower, 1982), pp.185–86。

[6] 参见 Rose, *Edwardian Temperament*, pp.178–79 中的讨论部分。

[7] Hynes, *Edwardian Turn*, p.134.

[8] 同上，pp.146–47。

[9] Perceval Landon, "Thurnley Abbey," in *Victorian Ghost Stories: An Oxford Anthology*, ed. Michael Cox and R. A. Gilbert, pp.466–79 (Oxford: Oxford University Press, 1991); 这一引文来自第 477 页。虽然该选集题为 *Victorian Ghost Stories*，但它也包含了迟至 1908 年才发表的作品，同时还含有一份截至 1910 年的作品年表。

[10] Hynes, *Edwardian Turn*, p.246.

[11] 参见 Richard Schoch, *Shakespeare's Victorian Stage* (Cambridge: Cambridge University Press, 1998), pp.183–84。更多关于莎士比亚式的舞台表演对 19 世纪及 20 世纪初期风格的影响，参见 Stephen Orgel, *Imagining Shakespeare* (London: Palgrave, 2003)。

[12] 比尔博姆·特里扮演卡利班的画像由查尔斯·布切尔（Charles A. Buchel）绘制，并于 1904 年在《闲谈者》（*The Tatler*）上发表。

[13] 参见如下作品中的讨论：Schoch, *Shakespeare's Victorian Stage*, p.155。

[14] 然而，研究这一时代儿童文学的批评家多数仍然着重于传记。J. M. 巴利

与戴维斯一家的关系,肯尼斯·格雷厄姆与儿子的关系,L. M.蒙格玛丽在爱德华王子岛的生活,弗朗西丝·霍奇森·伯内特移居美国,所有这一切,还有其他许多方面,对人们欣赏这些作家的主要作品都起着主导作用。大体而言,我在研究儿童文学时,并未忽视借助传记来加深我的研究,但我此章的目的,在于重新将爱德华时代的这些主要作品置于其创作时的文化背景中来研究,并将其置于更广泛的批评领域来探讨:它关乎教育和戏剧性,早期文学经典向儿童式想象的转变,以及科学技术对自然经验的影响。

[15]　Hynes, *Edwardian Turn*, p.134.

[16]　Kenneth Grahame, *The Wind in the Willows*, ed. Peter Green (Oxford: Oxford University Press, 1983), p.72. 此书中的引文来自这一版本。

[17]　所有对《彼得·潘》的引用都依据1928年的戏剧修订版,刊印于 Jack Zipes, Lissa Paul, Lynne Vallone, Peter Hunt, and Gillian Avery, eds., *The Norton Anthology of Children's Literature: The Traditions In English* (New York: Norton, 2005), pp.1301–56。也许最有影响力的批评讨论(其影响力在于它受到的批评可能与得到的赞誉一样多)来自 Jacqueline Rose, *The Case of Peter Pan: or, The Impossibility of Children's Fiction* (London: Macmillan, 1984)。有关爱德华时代性别定位观念的评论,参见 Amy Billone, "The Boy Who Lived: From Carroll's Alice and Barrie's Peter Pan to Rowling's Harry Potter," *Children's Literature* 32 (2004): 178–202。在我的研究视域之外,还有关于巴里下列作品中,不同形式的彼得·潘故事之间关系的研究 : the play of 1904; the novella, *Peter Pan in Kensington Gardens* (1906); and the novel, *Peter and Wendy* (1911)。

[18]　Jennifer Breen, ed., *Wilfred Owen: Selected Poetry and Prose* (London: Routledge, 1988), pp.50–51.

[19]　关于格雷厄姆的文献有很多,且一直在增加。关于这方面的出色的综述研究,参见 Peter Green's edition of *The Wind in the Willows*, pp.xxi–xxiv 列出的参考文献。

[20]　Jerome K. Jerome, *Three Men in a Boat (To Say Nothing of the Dog)*, 最初发表于1889年;我引用的是最早的美国版本( New York: Hurst and Company, n.d.)。

[21]　引自 Jeremy Nicholas, "Three Men in a Boat and on the Bummel—The Story behind Jerome's Two Comic Masterpieces," http://www.jeromekjerome.com/threemen.htm。

[22]　关于浪漫主义诗人对格雷厄姆语言的影响,参见 Richard Gillin, "Romantic

369

Echoes in the Willows," Children's Literature 16 (1988): 169–74; and David Sandner, The Fantastic Sublime (Westport, CT: Archon Books, 1996), pp.67–81。

[23] Kenneth Grahame, The Cambridge Book of Poetry for Children, 2 vols. (1915, 1916), 后又重印为一卷 (Cambridge: Cambridge University Press, 1919)。此 处我引用的是 1919 年的版本。

[24] 一些这样的"伪装"行为明显带有莎士比亚式的痕迹。关于作为一个福斯 塔夫式角色的蟾蜍的研究, 参见 Nicholas Tucker, "The Children's Falstaff," The Times Literary Supplement, 26 June 1969, p.687。

[25] 我的引文来自 E. Nesbit, The Railway Children (1906; reprint, with original illustrations, San Francisco: Sea Star Books, 2005)。

[26] C. S. Lewis, The Chronicles of Narnia (New York: HarperCollins, 2004). 页码 随文注明。

## 第十三章 美妙的感觉 :美国儿童文学的奖项、图书馆与组织

[1] 关于纽伯瑞奖和凯迪克奖设立的细节和历史、获奖者和获奖作品的名单, 参见美国图书馆协会网站: http://www.ala.org。 同时也可参见 Marjorie Allen, One Hundred Years of Children's Books in America (New York: Facts on File, 1996)。《角帖书杂志》( Horn Book Magazine )出版了两本书, 给 出了奖项设立头几十年的详细资料, 同时附有引证, 并尽可能地给出作者 的获奖感言。参见 Bertha Mahony Miller and Elinor Whitney Field, eds., Newbery Medal Books: 1922–1955 (Boston: Horn Book, 1955); 以 及 Miller and Field, eds., Caldecott Medal Books: 1938–1957 (Boston: Horn Book, 1957)。

[2] Beverly Lyon Clark, Kiddie Lit: The Cultural Construction of Children's Literature in America (Baltimore: Johns Hopkins University Press, 2003), pp.73–75.

[3] 关于美国社会的奖项历史和奖项文化的更多内容, 参见 James F. English, The Economy of Prestige: Prizes, Awards, and the Circulation of Cultural Value (Cambridge, MA: Harvard University Press, 2005)。

[4] 参见克拉克在其专著的第三章"学院中的小孩文学"(第 48—76 页)中的 讨论。

[5] 关于美国公共图书馆的历史以及图书管理员在塑造社会生活方面所扮演

的角色，参见 Dee Garrison, *Apostles of Culture: The Public Librarian and American Society, 1876–1920* (New York: Free Press, 1979); 以及 Lowell A. Martin, *Enrichment: A History of the Public Library in the United States in the Twentieth Century* (Latham, MD: Scarecrow Press, 1998)。

[6]　参见 Garrison, *Apostles of Culture*, pp.206–25; and Martin, *Enrichment*, pp.57–64。关于安妮·卡罗尔·穆尔对美国儿童文学的影响及后者的反响，参见 Frances Clarke Sayers, *Anne Carroll Moore* (New York: Atheneum, 1972); 以及 Barbara Bader, "*Only* the Best: The Hits and Misses of Anne Carroll Moore," *Horn Book* 73 (1997): 520–29。

[7]　参见 Garrison, *Apostles of Culture*, p.211。

[8]　English, *The Economy of Prestige*, esp. pp.28–49. 关于英格利希对纽伯瑞奖的看法，参见 pp.360–61, n. 35。

[9]　有关以下段落的历史材料以及纽伯瑞奖设立的评奖标准，参见美国图书馆协会网站（参见注释 [1]）。

[10]　Hendrik Willem Van Loon, *The Story of Mankind* (New York: Boni and Liveright, 1921). 本书引用该版本时，一律随文注出页码。

[11]　穆尔的评论文章曾三次编纂成册: *Roads to Childhood* (1920), *New Roads to Childhood* (1923), 以及 *Crossroads to Childhood* (1926)。这些书被重新编辑并辅以新的材料后，成为 *My Roads to Childhood* (1939)。这一选集的新版本，即 *My Roads to Childhood: Views and Reviews of Children's Books* (Boston: Horn Book, 1961) 一书，是我所参照的版本。穆尔对《人类的故事》拓展整理后的评论请参见这一版本（第 159—160 页）。

[12]　Miller and Field, *Newbery Medal Books*, pp.11–12. 这是《人类的故事》的完整选段（包括省略号）。这一段选自初版的第 463—465 页（也就是最后几页）。

[13]　Gerard Willem Van Loon, *The Story of Hendrik Willem van Loon* (Philadelphia: J. B. Lippincott, 1972), pp.123–34; 引自 pp.128–29, 134。

[14]　Hugh Lofting, *The Voyages of Doctor Dolittle* (Philadelphia: J. B. Lippincott, 1922).

[15]　关于出版细节、内容摘要、作者传记以及 1924—1943 年的作者获奖感言，参见 Miller and Field, *Newbery Medal Books*, pp.28–241。

[16]　Esther Forbes, *Johnny Tremain: A Novel for Old and Young* (Boston: Houghton Mifflin, 1943). 本书所有引文出自这一版本。参见 Miller and Field, *Newbery*

370

*Medal Books*, pp.242–54。关于畅销童书榜(《约翰尼·特瑞美》排第 16 位；而《夏洛的网》排第 1 位)，参见网站：http://www.infoplease.com/ipea/A0203050.html。

[17] 引文参见 Jack Bales, *Esther Forbes: A Bio-Bibliography of the Author of "Johnny Tremain"(*Latham, MD: Scarecrow Press, 1998), p.47。

[18] Norman Mailer, *The Naked and the Dead* (New York: Rinehart, 1948), p.3. 关于对第二次世界大战期间,新闻报道与虚构文学语言和风格的全面论述,参见 Seth Lerer, *Inventing English: A Portable History of the Language* (New York: Columbia University Press, 2007), pp.246–57。

[19] Miller and Field, *Caldecott Medal Books*, pp.79–86.

[20] 同上 , pp.83–84。

[21] Robert McCloskey, *Make Way for Ducklings* (New York: Viking, 1941).

## 第十四章　直话直说 :风格与孩子

[1] 据说,布丰伯爵乔治－路易·勒克莱尔( Georges-Louis Leclerc, Comte de Buffon )于 1753 年 8 月 25 日在法兰西学院说出这一格言,随后在他的 *Discours sur le style* (1753) 中再次提出。然而,这一说法其实十分普遍,英国探险家兼诗人瓦尔特·雷利爵士以及法国哲学家兼批评家夏尔－奥古斯丁·圣伯夫都曾提出过这一看法。

[2] 海因里希·霍夫曼的《趣味故事与滑稽图片》( 1845 )是最初的版本,收录了十则简短的诗体故事,每一则都讲述了关于不良习惯、不讲卫生或不合社会礼仪的故事。这些故事在 1858 年以《蓬蓬头彼得》为名重版。

[3] Carlo Collodi, *Le avventure di Pinocchio* (Florence: Flice Paggi Libraio-Editore, 1883). 我使用的是双语版, *The Adventures of Pinocchio*, ed and trans. Nicolas J. Perella (Berkeley and Los Angeles: University of California Press, 1986)。佩雷拉全面的介绍性论文( 第 1—75 页 )讲述了这一作品的起源,在早期的接受情况及文本内容。

[4] Collodi, *Avventure / Adventures*, pp.136–41.

[5] St. Augustine, *Confessions*, trans. R. S. Pine-Coffin (Baltimore: Penguin, 1961), bk. 1, chap.19, p.39.

[6] 同上 , bk. 3, chap.1。

[7] E. B. White, *Stuart Little* (New York: Harper, 1945); Dr. Seuss (Theodor Seuss

371

Geisel), *The Cat in the Hat* (New York: Random House, 1957).

[8] William Strunk, Jr., and E. B. White, *The Elements of Style*, 2nd ed. (New York: Macmillan, 1972). 此书中的引文均出自这一版本。

[9] 引文见 Jack Zipes, Lissa Paul, Lynne Vallone, Peter Hunt, and Gillian Avery, eds., *The Norton Anthology of Children's Literature: The Traditions in English* (New York: Norton, 2005), p.1431。

[10] Benjamin Spock, *Baby and Child Care*, 15th ed. (New York: Bantam, 1985), p.479.

[11] William O. Douglas, *The Court Years, 1939–1975: The Autobiography of William O. Douglas* (New York: Random House, 1980), p.92.

[12] Leslie Fiedler, "Come Back to the Raft Ag'in, Huck Honey!" *Partisan Review*, June 1948.

[13] William H. Whyte, *The Organization Man* (New York: Doubleday, 1956), p.6.

[14] 《戴高帽的猫》于 1957 年 3 月面世, 金斯堡于 1955 年 10 月在旧金山朗读了他的诗歌《嚎叫》, 埃尔维斯·普雷斯利于 1956 年 9 月出现在 "埃德·沙利文秀" 节目中。

[15] Louis Menand, "Cat People: What Dr. Seuss Really Taught Us," *The New Yorker*, December 23–30, 2002.

[16] *Bartholomew and the Oobleck* (New York: Random House, 1949); *Green Eggs and Ham* (New York: Random House, 1960); *One Fish, Two Fish, Red Fish, Blue Fish* (New York: Random House, 1960).

[17] Robert McCloskey, *Burt Dow, Deep-Water Man* (New York: Viking, 1963).

[18] George Selden, *The Cricket in Times Square* (New York: Yearling, 1960).

[19] Robert McCloskey, *Make Way for Ducklings* (New York: Viking, 1942); *Blueberries for Sal* (New York: Viking, 1948); *One Morning in Maine* (New York: Viking, 1952).

[20] Roald Dahl, *Charlie and the Chocolate Factory* (New York: Knopf, 1964; London: Allen and Unwin, 1967).

[21] Roald Dahl, *The Fantastic Mr. Fox* (New York: Knopf, 1970).

[22] A. A. Milne, *Winnie-the-Pooh* (New York: E. P. Dutton, 1954), p.159.

372    第十五章    在纸上轻叩铅笔：讽刺时代的儿童文学

[1]    Jon Scieszka, *Summer Reading Is Killing Me!* (New York: Viking, 1998).

[2]    参见 Ellen Winner, *The Point of Words: Children's Understanding of Metaphor and Irony* (Cambridge, MA: MIT Press, 1988); Bettina Kümmerling-Meibauer, "Metalinguistic Awareness and the Child's Developing Concept of Irony: The Relationship between Pictures and Text in Ironic Picture Books," *The Lion and the Unicorn* 23 (1999): 157–83。

[3]    Jedediah Purdy, *For Common Things: Irony, Trust, and Commitment in America Today* (New York: Knopf, 1999); 这些引文来自 pp.xi–xii。

[4]    Louise Fitzhugh, *Harriet, the Spy* (New York: Delacorte, 1964; reprint, Random House, 2002). 关于那一时代所面临的社会挑战，参见 Ruth Hill Viguers in *Horn Book* 41 (1965): 74–75。同时参见 Anne Scott MacLeod, *American Childhood: Essays on Children's Literature of the Nineteenth and Twentieth Centuries* (Athens: University of Georgia Press, 1994), pp.198–215。

[5]    Robert Baden-Powell, *Scouting for Boys* (1909), p.121, 引文参见 Joseph Bristow, *Empire Boys: Adventures in a Man's World* (London: HarperCollins, 1991), p.191。

[6]    Kümmerling-Meibauer, "Metalinguistic Awareness," p.157.

[7]    Judy Blume, *Are You There God? It's Me, Margaret* (New York: Simon and Schuster, 1970). 关于对文本的接受情况和审查情况，参见 MacLeod, *American Childhood*, pp.173–86。

[8]    Purdy, *For Common Things*, pp.23, 21.

[9]    Francesca Lia Block, *Weetzie Bat* (New York: HarperCollins, 1989).

[10]    Louis Sachar, *Holes* (New York: Farrar, Straus and Giroux, 1998).

[11]    Harry Frankfurt, *On Bullshit* (Princeton, NJ: Princeton University Press, 2005)

结    语    儿童文学与书籍史

[1]    参见我在第一章中的讨论以及所附的插图。

[2]    参见 Leslie Webber Jones and C. R. Morey, eds., *The Miniatures of the Manuscripts of Terence prior to the Thirteenth Century* (Princeton, NJ: Department of Art and Archaeology of Princeton University, 1932)。

[3]　参见 Robert Black, *Humanism and Education in Medieval and Renaissance Italy* (Cambridge: Cambridge University Press, 2001), esp. pp.40–42。

[4]　参见 Nicholas Barker, ed., *Two East Anglian Picture Books: A Facsimile of the Helmingham Herbal and Bestiary and Bodleian MS Ashmole 1504* (London: Bernard Quaritch, 1988)。

[5]　Peter Hunt, ed., *Children's Literature: An Illustrated History* (Oxford: Oxford University Press, 1995).

[6]　参见 Bettina Hürlimann, *Picture-Book World* (London: Oxford University Press, 1968); Ruth S. Freeman, *Children's Picture Books, Yesterday and Today: An Analysis* (Watkins Glen, NY: Century House, 1967); Lyn Ellen Lacy, *Art and Design in Children's Picture Books* (Chicago: American Library Association, 1986); Perry Nodelman, *Words about Pictures: The Narrative Art of Children's Picture Books* (Athens: University of Georgia Press, 1988); 以及 David Lewis, *Reading Contemporary Picturebooks* (London: Routledge, 2001)。

373

[7]　Ellen Handler Spitz, "Between Image and Child: Further Reflections on Picture Books," *American Imago* 53 (1996): 176–190; 此处引用的是第 190 页。Spitz 在她的作品 *Inside Picture Books* (New Haven, CT: Yale University Press, 1999) 中对此做了进一步阐述。

[8]　Jack Zipes, Lissa Paul, Lynne Vallone, Peter Hunt, and Gillian Avery, eds., *The Norton Anthology of Children's Literature: The Traditions in English* (New York: Norton, 2005), color plates (C1–C32) following p.1097.

[9]　引文或可参见如下网站：http://www.ala.org。关于对凯迪克获奖书籍的调查研究，参见 Lee Kingman, ed., *Newbery and Caldecott Medal Books, 1976–1985* (Boston: Horn Book, 1986)。

[10]　关于 *l'histoire du livre* 的法语学术传统，参见 Lucien Febvre and Henri-Jean Martin, *L'apparition du livre*, David Gerard 将其译为 *The Coming of the Book* (London: New Left Books, 1976, 法语原版出版于 1958 年) ;Roger Chartier, *The Order of Books: Readers, Authors, and Libraries in Europe between the Fourteenth and the Eighteenth Centuries*, trans. Lydia Cochrane (Stanford, CA: Stanford University Press, 1994); Roger Chartier and Henri-Jean Martin, *Histoire de l'édition française*, 4 vols. (Paris: Fayard, 1989)。

[11]　对我的研究产生影响的新近书籍史作品包括：Roger Chartier, ed., *The Culture of Print*, trans. Lydia Cochrane (Princeton, NJ: Princeton University

Press, 1989); Adrian Johns, *The Nature of the Book* (Chicago: University of Chicago Press, 1999); Seth Lerer and Leah Price, eds., "The History of the Book and the Idea of Literature," *PMLA*, special issue, 121, No. 1 (2006)。关于这一研究领域的全面文献调查,参见 Edward L. Bishop, "Book History," in *The Johns Hopkins Guide to Literary Theory and Criticism*, 2nd ed., ed. Michael Groden, Martin Kreiswirth, 以及 Imre Szeman, pp.131–36 (Baltimore: Johns Hopkins University Press, 2005;关于更先锋的学术视角,参见 David Vander Meulen, "How to Read Book History," *Studies in Bibliography* 56 (2003–4): 171–94。

[12] 关于插画书籍和儿童文学中的德语传统,参见 Klaus Doderer, *Das Bilderbuch: Geschichte und Entwicklung des Bilderbuchs in Deutschland von den Anfängen bis zur Gegenwart* (Weinheim: Beltz, 1973)。

[13] 关于19世纪末插画的简要而富有启发性的调查研究,参见 Julia Briggs and Dennis Butts, "The Emergence of Form," in Hunt, *Children's Literature: An Illustrated History*, pp.162–65。关于约翰·哈里斯的单独材料,尤见 Humphrey Carpenter and Mari Prichard, *The Oxford Companion to Children's Literature* (Oxford: Oxford University Press, 1984), pp.240–42; Mary V. Jackson, *Engines of Instruction, Mischief, and Magic: Children's Literature in England from Its Beginnings to 1839* (Lincoln: University of Nebraska Press, 1989), pp.191–97。关于沃尔特·克兰、伦道夫·凯迪克和凯特·格林纳威等插画家的材料,参见 Anne H. Lundin, *Victorian Horizons: The Reception of the Picture Books of Walter Crane, Randolph Caldecott, and Kate Greenaway* (Lanham, MD: Scarecrow Press, 2001)。

374 [14] 参见 Joan M. Friedman, *Color Printing in England, 1486–1859* (New Haven, CT: Yale Center for British Art, 1978); 以及 Jay T. Last, *The Color Explosion: Nineteenth-Century American Lithography* (Santa Ana, CA: Hillcrest Press, 2005)。

[15] 参见 Greg Smith and Sarah Hyde, eds., *Walter Crane, 1845–1915: Artist, Designer, and Socialist* (Manchester: University of Manchester, 1989); Rodney K. Engen, *Walter Crane as a Book Illustrator* (London: Academy Editions, 1975)。

[16] 参见 Rodney Engen, *Kate Greenaway, a Biography* (London: Macdonald, 1981); and Ina Taylor, *The Art of Kate Greenaway: A Nostalgic Portrait of Childhood*

(London: Webb and Bower, 1991)。

[17] 参见 Brian Alderson, *Sing a Song for Sixpence: The English Picture Book Tradition and Randolph Caldecott* (Cambridge: Cambridge University Press, 1986); 以及 Randolph Caldecott Society 网站上集成的大量资料：http://www. randolphcaldecott.org.uk。

[18] 这一材料以及其他褒奖和评价，参见 Randolph Caldecott Society 网站：http://www.randolphcaldecott.org.uk/tributes.htm。

[19] 切斯特顿这句话可见于：http://en.wikipedia.org/wiki/Randolph_Caldecott。

[20] Zipes et al., *Norton Anthology of Children's Literature*, plate C32, caption.

[21] 关于立体书或"可动"书的历史以及相关的详细文献，参见如下优秀论文：Ann Montanaro, "A Concise History of Pop-Up and Movable Books," 关于立体书和可动书的简史，可参见网站：http://www.libraries.rutgers.edu/rul/libs/scua/montanar/p-intro.htm。

[22] 关于捷克对立体书所做贡献的讨论、捷克儿童文学广阔的背景，可参见一系列关于文学与大学展览、书商的目录以及历史作品的网站，特别关注：http://www.lib.virginia.edu/small/exhibits/popup/kubasta.html; http://www.library.unt.edu/rarebooks/exhibits/popup2/kubasta.htm。

[23] 关于对 20 世纪中期东欧整体文化环境，尤其是捷克斯洛伐克的文化环境的概括，我在此要感谢 Tony Judt, *Postwar: A History of Europe since 1945* (New York: Penguin, 2005)。塞弗尔特的引语见 p.311。

[24] 参见 Andrew Osmond, "Czech Animation: Two Perspectives," *Animation World Magazine*, September 10, 2003。

[25] 参见网站：http://www.janpienkowski.com/。

[26] 关于对维多利亚时代书籍制作发展的回顾，参见 Allan C. Dooley, *Author and Printer in Victorian England* (Charlottesville: University of Virginia Press, 1992); 以及 Norman Feltes, *Modes of Production of Victorian Novels* (Chicago: University of Chicago Press, 1986)。关于 19 世纪机械印刷和绘图的大体评论，参见 D. C. Greetham, *Textual Scholarship* (New York: Garland, 1994), pp.139–51。

[27] 关于由塔温·莫里斯和查尔斯·伦尼·麦金托什为布莱基设计的书籍，以及这家公司历史的简单参考，参见网站：http://www.fulltable.com/BG/tb.htm。关于格拉斯哥艺术学院、它与新艺术运动的关系，尤其是与麦金托什作品的关系，参见 James Macaulay, *Glasgow School of Art: Charles Rennie*

375

*Mackintosh* (London: Phaidon, 1993)。

[28] 研究文集及大量复制图, 参见: Christian Robin, ed., *Un éditeur et son siècle: Pierre-Jules Hetzel (1814–1886)* (Saint-Sébastien: Société Crocus, 1988), 尤其是自第 283 页起的彩图。

[29] 参见 Pierre Amandry, "La libraire Lefèvre et Guérin, 1860–1920," *Revue française d'histoire du livre* 82 (1994): 213–40, 尤见第 219—224 页的讨论与复制图。

[30] 关于这一视觉传统对当代美学观念的启示, 参见 Sianne Ngai, "The Cuteness of the Avant-Garde," *Critical Inquiry* 31 (2005): 811–47。

# 索 引

（索引中的页码均为原书页码，即本书页边码）

Ælfric, Bishop 阿尔弗里克主教 62–64, 72, 77, 244–45

Aesop 伊索 1, 3, 4, 19, 28, 32–34, 35–56, 57, 109–18, 121, 128, 139, 152, 168, 181, 210, 230, 275, 305, 318, 320, 342n.7, 343–44n.1

Alcott, Louisa May 路易莎・梅・奥尔科特 5, 229–30, 241, 244, 260, 366n.16
  *Little Women*《小妇人》5, 229, 241–45, 260, 293

Allen, Woody 伍迪・艾伦 197

*Alphabet of Tales*《字母的故事》55–56

Ambler, Eric 埃里克・安布勒 317–18

America, children's literature in 美国儿童文学 82–83, 274–87, 288–304

American Library Association 美国图书馆协会 274–77, 321

Andersen, Hans Christian 汉斯・克里斯蒂安・安徒生 10, 156, 217–19, 222

Anderson, Sherwood 舍伍德・安德森 277

Angell, Katharine 凯瑟琳・安杰尔 251

anime 日本动画 331

Ariés, Philippe 菲力浦・阿利埃斯 2, 337n.3

Aristophanes 阿里斯托芬 37

Aristotle 亚里士多德 313

*Artemis Fowl*《阿特米斯之精灵的赎金》315, 318

Arthur, King 亚瑟王 58

Ascham, Roger 罗杰・阿斯卡姆 79, 275

Audry, Reverend W. W. 奥德里牧师 272

Audubon, John James 约翰・詹姆斯・奥杜邦 188

Augustine, St. 圣奥古斯丁 1, 4, 5, 18, 22–24, 40–41, 64, 290

Austen, Jane 简・奥斯汀 288–89

Avianus 阿维阿努斯 43

*Babar*《大象巴巴》10

Babrius 巴布里乌斯 32, 41–43, 46

Baden-Powell, Robert 罗伯特·贝登堡 169–71, 172, 229, 309, 318

    *Rovering to Success*《划向成功》170, 172

    *Scouting for Boys*《童军警探》169–71, 186–87, 189, 309

Ballantine, R. M., *The Coral Island* R. M. 巴兰坦《珊瑚岛》131

Banks, Joseph 约瑟夫·班克斯 178

Barlow, Francis, *Aesop's Fables* 弗朗西斯·巴洛《伊索寓言》110–11

Barrie, J. M. J. M. 巴里 5, 173, 259, 272, 300

    *Peter Pan*《彼得·潘》5, 257, 259–63, 266–67, 271, 302, 368n.17

Baum, L. Frank L. 弗兰克·鲍姆 248

    *Wizard of Oz, The*《绿野仙踪》248–49, 367n.26

Beard, Charles A. 查尔斯·A. 比尔德 281

Beardsley, Aubrey 奥布里·比亚兹莱 220, 257

Beaumont, Jeanne-Marie Leprince de 让娜－玛丽·勒普兰斯·博蒙 211

"Beauty and the Beast"《美女与野兽》210–11, 213

Beer, Gillian 吉莉恩·比尔 173

Belloc, Hillaire 希莱尔·贝洛克 204

Bentley, Edmund Clerihew 埃德蒙·克莱里休·本特利 203

Bergson, Henri 亨利·伯格森 254–55

Bertuch, F. F. 柏尔图赫 322

*Best Years of Our Lives, The*《黄金时代》285

Bible《圣经》40, 81–82, 86–87, 94, 97, 102, 138

"Big Rock Candy Mountain"《巨石糖果山》207

Block, Francesca Lia 弗朗西丝卡·莉娅·布洛克 307, 313–15

    *Weetzie Bat*《薇兹·巴特》307, 313–15, 317

Blume, Judy 朱迪·布鲁姆 311–13

    *Are You There God? It's Me, Margaret*《你在吗，上帝？是我，玛格丽特》311–13, 315, 317

Bonner, Ulrich 乌尔里希·邦纳 52

*Book of Curtesye*《礼仪书》75, 77–78, 274

Boole, M. E., *The Preparation of the Child for Science* M. E. 布尔《引导孩子走近

科学》182–83

Boothroyd, Basil 巴兹尔·布思罗伊德 266

Bowlby, John 约翰·鲍尔比 174

*Boys' Own Paper*《男孩报》157–58

Brentano, Clemens 克莱门斯·布伦塔诺 216

Bridges, Thomas, *Adventures of a Bank-Note* 托马斯·布里奇斯《一张纸币的冒险》108, 122–24

Briggs, Julia 朱莉娅·布里格斯 253

Bristow, Joseph 约瑟夫·布里斯托 160–61, 355 nn.1, 4

Brown, Margaret Wise 玛格丽特·怀兹·布朗 14

    *Goodnight Moon*《晚安, 月亮》4–5, 15–16, 319

Buffon, Comte de 布丰 288

bullshit 胡诌 315–18

Bunyan, John 约翰·班扬 81–82, 90, 92–98, 102, 105, 129, 242, 244, 260, 320, 350n.22

    *Grace Abounding*《丰盛的恩典》94

    *Pilgrim's Progress*《天路历程》81–82, 92–98, 105, 130, 134, 242, 260, 320

Burnett, Frances Hodgson 弗朗西丝·霍奇森·伯内特 168, 173, 184, 230, 244, 267, 273, 300

    *The Secret Garden*《秘密花园》168, 244–47, 257–58, 267, 273, 321, 331

Burney, Fanny 范妮·伯尼 153, 288

Burroughs, Edgar Rice 埃德加·赖斯·巴勒斯 160, 173, 183–84

Bush, Paul 保罗·布什 80


Caldecott Medal 凯迪克奖 274, 286, 314, 321, 325, 369n.1

Caldecott, Randolph 伦道夫·凯迪克 323, 325–26

Caliban 卡利班 5, 132, 234, 256–57

Callimachus 卡利马科斯 42

Cameron, Julia Margaret 朱莉娅·玛格丽特·卡梅伦 239

Camille, Michael 迈克尔·卡米尔 72

Cammaerts, Emile 埃米尔·卡默茨 204–5

Campe, Joachim 约阿希姆·坎佩 145

Carl, the dog 好狗卡尔 319

Carle, Eric 艾瑞·卡尔 326–27

Carroll, Lewis 刘易斯·卡罗尔 98, 173, 184, 191–97, 200, 202–4, 206, 229, 239

   *Alice in Wonderland*《爱丽丝漫游奇境记》7, 98, 192, 195, 199, 202, 207–8, 229, 305, 314, 317, 321, 331

   "Jabberwocky"《炸脖龙》193–96, 203–4

   *Symbolic Logic*《符号逻辑》193–94, 196

   *Through the Looking Glass*《爱丽丝镜中奇遇记》192, 194–96, 318

Catullus 卡图卢斯 42

Caxton, William 威廉·卡克斯顿 54–56, 77–78

Chaillu, Paul Du 保罗·杜·沙伊鲁 180

chapbooks 通俗读物 134–40

Chaucer, Geoffrey 杰弗里·乔叟 45, 48, 51–52, 55–56, 58, 74–79, 274

Chekhov, Anton 安东·契诃夫 256

Chesterfield, Lord *Advice to his son* 查斯特菲尔德勋爵《教子书》152–53, 161, 164, 168, 171, 229, 293, 355–56n.5

Chesterton, G. K. G. K. 切斯特顿 203, 255, 326

*Children's Literature: An Illustrated History*《儿童文学：一部图文史》12, 252–53, 321

Chrisman, Arthur Bowie, *Shen of the Sea* 阿瑟·博维·克里斯曼《海神的故事》282

Christ child 幼年基督 58, 60, 69

Cicero 西塞罗 24, 28

"Cinderella"《灰姑娘》210, 260

Clark, Beverly Lyon 贝弗利·莱昂·克拉克 274–75

Clarke, John 约翰·克拉克 104

Clarke, Mary Cowden 玛丽·考登·克拉克 5, 233–35, 237, 365–66n.11

"Clever Farmer's Daughter, The"《聪明农夫的女儿》212

Coleridge, Herbert 赫伯特·科尔里奇 212

Coles, Elisha 伊莱沙·科尔斯 86–87

Collodi, Carlo 卡洛·科洛迪 290, 331

Columbus, Christopher 克里斯托弗·哥伦布 132

Comenius, Johann 约翰·夸美纽斯 84, 322

Coolidge, Calvin 卡尔文·柯立芝 277

Cooper, James Fenimore 詹姆斯·费尼莫尔·库柏 8, 297–98

Cooper, Mary 玛丽·库珀 117, 120

Coventry, Francis, *History of Pompey the Little* 弗朗西斯·考文垂《小狗庞培正传》120–23

Coward, Noel 诺埃尔·考沃德 5

Crane, Walter 沃尔特·克兰 323–25

Cribiore, Raffaella 拉法埃拉·克里比奥雷 21–22

Crimean War, and children's literature 克里米亚战争，与儿童文学 157, 204, 284

Cromwell, Oliver 奥利弗·克伦威尔 81, 82, 87


Dada 达达 204–5, 208

Dahl, Roald 罗尔德·达尔 302

Dana, Richard Henry 理查德·亨利·达纳 298

Darton, F. J. Harvey F. J. 哈维·达顿 12

Darwin, Charles 查尔斯·达尔文 6, 10, 169, 171, 172–90, 195, 201–2, 208, 259, 317, 357–58n.3

   *Descent of Man*《人类的由来》180–82, 188

   *The Origin of Species*《物种起源》173, 175, 179, 181, 188, 259

   *Voyage of the Beagle*《"小猎犬号"环球航行记》173, 175, 186, 188, 201–2

Darwin, Erasmus 伊拉斯谟·达尔文 174, 184, 358n.5

Dawkins, Richard 理查德·道金斯 319

Defoe, Daniel 丹尼尔·笛福 7, 106, 129–50, 171, 201, 260

   *Robinson Crusoe*《鲁滨孙漂流记》3–5, 7, 97, 106, 123, 129–50, 151, 162, 164, 166, 200, 260, 279, 296, 305, 317, 321, 331, 353n.1;

De la Mare, Walter 沃尔特·德·拉·梅尔 203

Derrida, Jacques 雅克·德里达 193

Dickens, Charles 查尔斯·狄更斯 85, 102, 184, 191–92, 196–98, 201–2, 208, 242–43, 264, 266

   *A Christmas Carol*《圣诞颂歌》4, 266, 314

   *David Copperfield*《大卫·科波菲尔》202

   *Great Expectations*《远大前程》197–99

Dickinson, Emily 艾米莉·狄金森 98, 306

Dilworth, Thomas 托马斯·迪尔沃思 192, 198

Disraeli, Benjamin 本杰明·迪斯雷利 288–89

Dobson, Austin 奥斯汀·多布森 326

Doe brothers, Robert and Anthony 罗伯特·多伊和安东尼·多伊兄弟 79–80

Douglas, William O. 威廉姆·O. 道格拉斯 298

Douglas, Frederick 弗雷德里克·道格拉斯 11

Doyle, Sir Arthur Conan 阿瑟·柯南·道尔爵士 269, 273

Drew, Nancy 南希·德鲁 229

Duchamp, Marcel 马塞尔·杜尚 205, 207

Dumas, Alexandre 大仲马 8

Du Maurier, George 乔治·杜·莫里耶 326


Earle, John 约翰·厄尔 85–86, 96

Edgeworth, Maria 玛利亚·埃奇沃思 339n.18

Edison, Thomas 托马斯·爱迪生 5, 156

Edward VII 爱德华七世 254

Edwardian society, children's literature in 爱德华社会的儿童文学 252–73, 367n.2
    368n.14

Eliot, George 乔治·艾略特 184

Eliot, T. S. T. S. 艾略特 277

Ellis, Tobias 托拜厄斯·埃利斯 87

Emerson, Ralph Waldo 拉尔夫·沃尔多·爱默生 242

"Emperor's New Clothes, The"《皇帝的新装》218

English, James 詹姆斯·英格利希 276–77

Eton College 伊顿公学 262

Euripides 欧里庇得斯 18, 25–26

Exeter Book of Old English Poetry《埃克塞特古英语诗集》61–62, 71


fables, as literary genre 寓言，作为文学类型 35–37

fairy tales 童话 209–27, 231, 260, 362n.2

Faraday, Michael 迈克尔·法拉第 176

Fielding, Sarah 萨拉·菲尔丁 4, 107, 124–27, 211, 229–30, 324, 352–53n.29
    *The Governess*《女教师》107–8, 124–27, 211, 229, 352–53n.29

Fiedler, Leslie 莱斯利·菲德勒 298

Finger, Charles, *Tales from Silver Lands* 查尔斯·芬格《银色大地的传说》282

"Fisherman and His Wife, The"《渔夫和他的妻子》212, 214–16, 225

Fitzhugh, Louise 路易丝·菲兹修 307

   *Harriet the Spy*《小间谍哈瑞特》307–12, 315, 317–18

Fliegelman, Jay 杰伊·弗利格尔曼 83, 131, 149

Forbes, Esther 埃丝特·福布斯 282–85, 287

   *Johnny Tremain*《约翰尼·特瑞美》282–87, 305, 311

Ford, Henry J. 亨利·J. 福特 220

France, children's literature in 法国儿童文学 8, 10, 305, 330

Frankfurt, Harry 哈里·法兰克福 316–18

Franklin, Benjamin 本杰明·富兰克林 93–94, 98, 102–3, 113, 166, 244, 275, 318, 320

   *Autobiography*《富兰克林自传》93–94, 103

   *Silence Dogood Letters*《赛勒斯·杜古德书信集》102–3, 318

Freud, Sigmund 西格蒙德·弗洛伊德 193, 231–32, 255

Fried, Michael 迈克尔·弗雷德 229


Galland, Antoine 安托万·加朗 210

Gardner, Martin 马丁·伽德纳 194

Germany, children's literature in 德国儿童文学 10, 289–91, 322, 339n.24, 373n.12

Gil, Alexander 亚历山大·吉尔 293

Gilbert, W. S. W. S. 吉尔伯特 204

Gildon, Charles, *The Golden Spy* 查尔斯·吉尔登《金色间谍》107

Ginsberg, Allen 艾伦·金斯堡 299

girlhood 少女时期 228–51, 365n.2

*Girl's Own Paper, The*《女孩报》229

Girton College 格顿学院 229

Godwin, Mary Jane 玛丽·简·戈德温 146

Goethe, Johann Wolfgang von 约翰·沃尔夫冈·冯·歌德 208

Gordon, E. V. E. V. 戈登 225–26

Gould, Stephen J. 斯蒂芬·J. 古尔德 175

Grahame, Kenneth 肯尼斯·格雷厄姆 168, 173, 220, 223, 248, 253–54, 258, 264–72, 296, 300

*Cambridge Book of Poetry for Children*《剑桥儿童诗集》248, 267, 296

"The Reluctant Dragon"《懒龙的故事》220–23

*The Wind in the Willows*《柳林风声》168, 220, 254, 257–59, 263–72, 296–97, 305, 321

Gray, Elizabeth, *Adam of the Road* 伊丽莎白·格雷《大路上的亚当》282

Greece, ancient, children's literature in 古希腊儿童文学 17–34

Greenaway, Kate 凯特·格林纳威 323–25

Grimm Brothers 格林兄弟 10, 211–17, 224, 231, 305, 362–63n.7

Haeckel, Ernst 恩斯特·海克尔 190

Haggard, H. Rider H. 莱特·哈葛德 151, 156–57, 160–63, 165, 184, 232, 282

　　*King Solomon's Mines*《所罗门王的宝藏》160–63, 166, 175

　　*She*《她》161

"Hansel and Gretel"《韩塞尔与葛雷特》210, 212, 214, 231

Harris, John 约翰·哈里斯 322

Hartlib, Samuel 塞缪尔·哈特利布 87

Harvey, Gabriel 加布里埃尔·哈维 70–72

Harvy, John 约翰·哈维 90–92, 95

Hawes, Charles Boardman, *Dark Frigate* 查尔斯·博德曼·哈维斯《黑色护卫舰》282

Heath, Shirley Brice 雪莉·布赖斯·希思 14–16

Henley, W. E. W. E. 亨利 151

Henryson, Robert 罗伯特·亨利森 51, 56

Henty, G. A. G. A. 亨提 157, 162–66, 180–81, 184, 309, 318

　　*With Buller in Natal*《和布勒去纳塔尔》162–66, 170, 180–81

Hercules 赫拉克勒斯 21–22, 36, 45, 320

hermeneumata 罗马帝国时期的语言教科书 30–32

Hesiod 赫西俄德 18

Hetzel, Pierre-Jules 皮埃尔－朱尔·埃策尔 8, 330

History of the book, as discipline 作为一门学科的书籍史 320–31

Hoccleve, Thomas 托马斯·霍克利夫 77, 274

Hoffmann, Heinrich 海因里希·霍夫曼 290, 320

Hogarth, William 威廉·贺加斯 192

Hollier, Denis 丹尼斯·奥利耶 7

Homer 荷马 4, 18, 24–28, 317, 321

Hope, Anthony, *The Prisoner of Zenda* 安东尼·霍普《曾达的囚徒》269–70

Horace 贺拉斯 18–19, 28, 32, 40

Hueffer, Ford Maddox 福特·马多克斯·许弗 255

Hugh of Lincoln 林肯的休 58

Hugh of St. Victor 圣维克托的休 60

Hughes, Thomas 托马斯·休斯 153

　　*Tom Brown's Schooldays*《汤姆·布朗的求学时代》4, 153–56, 164–65, 168, 263, 269, 289

Hunt, Peter 彼得·亨特 173

Huxley, T. H. T. H. 赫胥黎 176

Hynes, Samuel 塞缪尔·海因斯 253, 255–56, 258


Ibsen, Henrik 亨利克·易卜生 256

*Iliad*《伊利亚特》18–21, 24–25, 34

illustration, history of 插画的历史 320–31, 372–73n.6, 373n.13

ingenium 才智 48–49, 109–10, 318

*Invasion of the Body Snatchers*《天外魔花》298

Irving, Washington 华盛顿·欧文 102, 297

Ives, Burl 伯尔·艾夫斯 207


James, Henry 亨利·詹姆斯 255

James, Montague Rhodes 蒙塔古·罗兹·詹姆斯 211

Janeway, James 詹韦·詹韦 81, 89–93, 95–96, 98, 102, 129, 130, 320

Jefferies, Richard 理查德·杰弗里斯 253

Jerome, Jerome K. 杰罗姆·K. 杰罗姆 265–66

　　*Three Men in a Boat*《三人同舟》265–66

Johnson, Samuel 塞缪尔·约翰逊 98, 153

Johnstone, Charles, *Adventures of a Guinea* 查尔斯·约翰斯通《一枚几尼币的冒险》107–8, 120

Joyce, James 詹姆斯·乔伊斯 277

"Juniper Tree, The"《杜松树》215, 224–25, 227

Kahn, Victoria 维多利亚·卡恩 3

Keats, John 约翰·济慈 309–10

Kharms, Daniil 丹尼尔·哈尔姆斯 205

Kingsley, Charles 查尔斯·金斯利 6, 172–73, 175–80, 184, 358n.11

   *The Water Babies*《水孩子》176–80, 183

Kingston, W. H. G. W. H. G. 金斯顿 146

Kipling, Rudyard 鲁德亚德·吉卜林 6, 156, 166–69, 173, 180–85, 203, 254, 300, 318

   *Jungle Books*《丛林之书》156, 180–81

   *Just So Stories*《原来如此的故事》181–82, 185

   *Kim*《基姆》157, 166–69, 171

Knoepflmacher, U. C. U. C. 克内普夫玛奇 192

Kruchenykh, Aleksei 阿列克谢·克鲁乔内赫 205

Kubasta, Voitech 沃伊捷赫·库巴什塔 327–28


Lady of Shalott 夏洛特夫人 234, 237, 240

Landon, Perceval 珀西瓦尔·兰登 255

Lanier, Sidney 西德尼·拉尼尔 13

Lang, Andrew 安德鲁·朗 220–21, 254

Langland, William 威廉·朗格兰 78

Lear, Edward 爱德华·李尔 6, 190–92, 196–204, 206–7, 331

Lecercle, Jean-Jacques 让－雅克·勒塞尔克莱 202

Leighton, Lord 莱顿勋爵 326

L'Estrange, Roger, *Fables of Aesop* 罗杰·莱斯特兰奇的《伊索寓言》111

Lewis, C. S. C. S. 刘易斯 6, 13, 211, 257, 273–73, 314

   *Narnia books* "纳尼亚" 系列 257, 272–73, 314

Lewis, Sinclair 辛克莱·刘易斯 277

Liddell, Henry George 亨利·乔治·利德尔 194–95, 218

Lincoln, Abraham 亚伯拉罕·林肯 242

*Little Goody Two-Shoes*《小好人 "两只鞋"》104–6, 108, 115–16, 119–20, 125, 317

"Little Mermaid, The"《海的女儿》210, 218

"Little Red Riding Hood"《小红帽》191, 210, 215, 231, 331, 365n.5

Liveright, Horace 霍勒斯·利夫莱特 281

Locke, John 约翰·洛克 1, 2, 10, 104–28, 129–30, 142, 146, 173, 213, 275, 294, 314, 320, 322, 351n.2

　*Aesop edition*《伊索寓言》109–16, 185, 320

　*Essay concerning Human Understanding*《人类理解论》104, 108, 115, 126, 294

　*Some Thoughts concerning Education*《教育漫话》104, 106, 108–10, 114, 116–20, 124, 126

Lofting, Hugh 休·洛夫廷 204, 281

　*Dr. Doolittle*《杜立德医生》204, 281–82

Longfellow, Henry Wadsworth 亨利·沃兹沃思·朗费罗 166

*Lost Horizon*《消失的地平线》314

Lovecraft, H. P. H. P. 洛夫克拉夫特 257

lullaby 摇篮曲 60, 70, 191, 250

Lydgate, John 约翰·利德盖特 75–77, 274


Macho, Julien 朱利安·马乔 54

Mackintosh, Charles Rennie 查尔斯·伦尼·麦金托什 330

Macrobius 马克罗比乌斯 41

Mailer, Norman 诺曼·梅勒 284, 298

Malory, Sir Thomas 托马斯·马洛礼爵士 13

*Mankind*《人类》67–69

Marcus, Leonard 伦纳德·马库斯 15

Marie de France 玛丽·德·弗朗斯 46–48, 52

Marryat, Captain Frederick 弗雷德里克·马里亚特船长 151, 160, 262

Martial 马提雅尔 41, 45

Martin, Sarah Catherine 萨拉·凯瑟琳·马丁 322

Martineau, Harriet 哈丽雅特·马蒂诺 289

Mather, Cotton 科顿·马瑟 83, 86, 89, 93

Matthew, William Diller 威廉·迪勒·马修 175

Maurice, F. D. F. D. 莫里斯 176

*Max und Moritz*《马克斯和莫里茨》10

McCloskey, Robert 罗伯特·麦克洛斯基 286–87, 289, 300–302, 305, 326

　*Blueberries for Sal*《小塞尔采蓝莓》301–2

　*Burt Dow, Deep Water Man*《老水手波特》300, 302–3, 326

*Make Way for Ducklings*《让路给小鸭子》286–87, 301, 319

*One Morning in Maine*《海边的早晨》302

Medieval children's literature 中世纪儿童文学 12–13, 57–80

Melcher, Frederic G. 弗雷德里克·G. 梅尔彻 277

Melville, Herman, *Moby Dick* 赫尔曼·梅尔维尔《白鲸》298

Menand, Louis 路易斯·梅南 299

Menander 米南德 18, 41–42

Millais, John 约翰·密莱斯 234–35, 257

Miller, Arthur 阿瑟·米勒 298

Milne, A. A. A. A. 米尔恩 145, 257

    *Winnie the Pooh*《小熊维尼》8, 110, 143–45, 257, 303–4, 318

Mitchell, Sally 萨莉·米切尔 232

Miyazaki, Hayao 宫崎骏 10

Montgomery, L. M. L. M. 蒙哥马利 5, 230, 235–41, 307

    *Anne of Green Gables*《绿山墙的安妮》5, 235–40, 244, 249, 257, 331

Montolieu, Isabelle de 伊莎贝尔·德·蒙托利厄 146

Moore, Anne Carroll 安妮·卡罗尔·穆尔 276, 278, 281

More, Thomas 托马斯·莫尔 69, 84

Morris, William 威廉·莫里斯 257

Morse, Samuel F. B. 塞缪尔·F. B. 莫尔斯 156

Mother Goose 鹅妈妈 210, 250

Murray, James A. H. 詹姆斯·A. H. 默里 212, 218–19, 223–24, 227

Murrow, Edward R. 爱德华·R. 默罗 283–84


Ness, Christopher 克里斯托弗·内斯 93

Nesbit, E. E. 内斯比特 222–23, 253, 270–73, 314

    "The Book of Beasts"《野兽之书》222

    *The Railway Children*《铁路边的孩子们》257, 270–71

*New England Primer, The*《新英格兰初级读本》83–84, 87–91, 98–99, 101–2, 111–12, 119, 185, 242–43, 293, 320

Newbery, John 约翰·纽伯瑞 1, 7, 84, 105, 107, 115–21, 125, 277, 317, 322

    *Aesop edition*《伊索寓言》16–18

    *Little Pretty Pocket-Book*《漂亮的小口袋书》115–16, 118–20, 123

Newbery Medal 纽伯瑞奖 274, 276–79, 281–82, 285, 305, 369n.1

"Nightingale, The"《夜莺》217–18, 227

Nodelman, Perry 佩里·诺德曼 12

nonsense 胡话 190–208, 359–60n.2

*Norton Anthology of Children's Literature*《诺顿儿童文学选集》135–38, 321, 327


*Odyssey*《奥德赛》25–26, 265, 270, 321

Ogilby, John, *Fables of Aesop* 约翰·奥格尔比《伊索寓言》110

Ovid 奥维德 44, 61

Owen, Richard 理查德·欧文 176, 178

Owen, Wilfred 威尔弗雷德·欧文 263


Passow, Franz 弗朗茨·帕索 212

*Pat the Bunny*《拍拍小兔子》319

Pell, John 约翰·佩尔 87

Perrault, Charles 夏尔·佩罗 210–11, 216, 224

Phaedrus 费德鲁斯 33–34, 41–43, 45, 46, 49, 56

philology 语言学 6, 209–27, 359n.1

Pieńkowski, Jan 扬·平克斯基 329

*Pinocchio*《木偶奇遇记》5, 290, 292–93, 300–301, 331

Plato 柏拉图 26, 31, 37, 313

*Play of Daniel*《但以理神秘剧》64–67

Pliny 普林尼 33

*Pocahontas*《风中奇缘》8

"Poem to Apprentices" ( fifteenth-century )《给学徒的诗》( 15 世纪 ) 75–76

*Pokémon*《精灵宝可梦》10

Pollock, Jackson 杰克逊·波洛克 300

Pope, Alexander 亚历山大·蒲柏 174

pop-up books 立体书 327–30

Potter, Beatrix 毕翠克丝·波特 173, 325

　　*Peter Rabbit*《彼得兔》257

Pound, Ezra 埃兹拉·庞德 277

Presley, Elvis 埃尔维斯·普雷斯利 299

Preston, Cathy Lynn 凯西·林恩·普雷斯顿 138

Preston, Michael 迈克尔·普雷斯顿 138

primer 初级读本 60, 83–84, 121

Proust, Marcel 马塞尔·普鲁斯特 14–15

*psalter*《诗篇》61, 320

Pullman, Philip 菲利普·普尔曼 6

Purdy, Jedediah 杰迪代亚·珀迪 307, 313–14, 317

Puritans 清教徒 10, 81–103, 106, 111, 113, 129, 146, 242, 288, 297–98, 314, 320

"Puss in Boots"《穿靴子的猫》210

Pynson, Richard 理查德·平森 77–79


Quintilian 昆体良 1, 18, 20–21, 23, 27–28, 33, 36, 41, 56


Rackham, Arthur 亚瑟·拉克姆 257, 321

Rawson, Beryl 贝丽尔·罗森 18, 33

*Redwall*《红墙》319

*Reynard the Fox* "列那狐" 52

Rex, Walter 沃尔特·雷克斯 210

Richardson, Samuel 塞缪尔·理查森 94, 97, 117, 229

Riis, Jacob 雅各布·里斯 255

Robin Hood 罗宾汉 78–79

Robinsonade tradition 鲁滨孙传统 130–31, 145, 148, 260, 330, 353n.1, 353n.7

Rogers, John 约翰·罗杰斯 88

Roget, Peter, *Thesaurus* 彼得·罗热《罗热同义词词典》259–60, 262

*Romance of Alexander, The*《亚历山大大帝传奇》72–73

Rome, ancient, children's literature in, 古罗马儿童文学 17–34, 288

Romulus 罗慕路斯 43

Roosevelt, Theodore 西奥多·罗斯福 254

Rousseau, Jean-Jacques 让－雅克·卢梭 2, 130–31, 134–35, 145, 213

Rowling, J. K., *Harry Potter* books J. K. 罗琳 "哈利·波特" 系列 4, 168, 223, 225–27, 228–30, 251, 261, 302–3, 319

Rugby school 拉格比公学 5, 153–55, 263, 289, 293

"Rumplestiltskin"《侏儒怪》209–10, 212, 214–15, 220–21, 227

*Runaway Daughter*《逃跑的女儿》298

Runge, Philipp Otto 菲利普·奥托·朗格 215

Rushdie, Salman 萨尔曼·拉什迪 248–49

Ruskin, John 约翰·罗斯金 323

Sachar, Louis 路易斯·萨奇尔 315–16

　　*Holes*《洞》315–18

Saint-Exupery, Antoine de 安托万·德·圣埃克苏佩里 2–3, 205–6

Sayer, Robert 罗伯特·塞耶 327

Schouls, Peter 彼得·舒尔斯 115

Scieszka, Jon 乔恩·谢斯卡 305–6, 315, 318, 321, 327

　　*Stinky Cheese Man*《臭起司小子》321, 327

　　*Time Warp Trio* books "时间错位三重奏" 系列 305–6, 315, 317

Scott, Robert 罗伯特·斯科特 194

Scott, Sir Walter 沃尔特·司各特爵士 191, 235, 241–42, 360n.4

Scrooge, Ebenezer 埃比尼泽·斯克鲁奇 4

Selden, George 乔治·塞尔登 289, 301

　　*Cricket in Times Square, The*《时代广场的蟋蟀》301–3

Sendak, Maurice 莫里斯·桑达克 131, 210, 325–26

Seuss, Dr. 苏斯博士 1, 3, 5, 6, 184–88, 192, 197, 201, 246, 289, 299–301, 303, 305, 317

　　*And to Think That I Saw It on Mulberry Street*《一想到我在桑树街看见它》186

　　*Bartholomew and the Oobleck*《巴塞罗缪和铺天盖地的大雨》300

　　*Cat in the Hat, The*《戴高帽的猫》246, 289, 299–302, 319

　　*Green Eggs and Ham*《绿鸡蛋和火腿》186, 300

　　*If I Ran the Zoo*《如果我管动物园》186–87

　　*On beyond Zebra*《"Z" 之后的字母》185

　　*One Fish, Two Fish*《一条鱼，两条鱼》300

　　*Scrambled Eggs Super*《超级炒蛋》188, 318

Shakespeare, William 威廉·莎士比亚 5, 19, 50–51, 69–71, 132, 137, 191, 234, 236–37, 242, 256–57, 259, 261–62, 267, 300, 310

　　*Hamlet*《哈姆雷特》50–51, 56, 234–38, 261–62

　　*Henry IV, Part I*《亨利四世》（第一部分）259–60

*King Lear*《李尔王》137, 236, 262

*Midsummer Night's Dream*《仲夏夜之梦》5, 257, 260

*The Tempest*《暴风雨》132, 256–57, 259

Shaw, George Bernard 萧伯纳 256

Shelly, P. B. P. B. 雪莱 266–67

Shepard, Ernest H. 欧内斯特·H. 谢泼德 143, 257, 321

Sherlock Holmes 夏洛克·福尔摩斯 269–70, 273

Shirer, William L. 威廉·L. 夏伊勒 283–84

Siefert, Jaroslav 雅罗斯拉夫·塞弗尔特 328

Silverstein, Shel 谢尔·希尔弗斯坦 192, 206–7

slavery 奴隶 32–34

Smollett, Tobias, *Adventures of an Atom* 托拜厄斯·斯摩莱特《原子的冒险》107

"Snow Queen, The"《白雪皇后》210

Socrates 苏格拉底 37–38

*Speculum Principis* "君主之镜" 59–60

Spitz, Ellen Handler 埃伦·汉德勒·斯皮茨 321

Spock, Dr. Benjamin 本杰明·斯波克博士 295

Spufford, Francis 弗朗西斯·斯巴福德 1

Steinhöwel, Heinrich 海因里希·史坦豪 54

Sterne, Laurence 劳伦斯·斯特恩 117, 153

Sternhold-Hopkins, *Psalter* 斯滕霍尔德－霍普金斯版《圣诗集》79–80

Stevens, Wallace 华莱士·史蒂文斯 277

Stevenson, Robert Louis 罗伯特·路易斯·史蒂文森 131, 140–42, 151–52, 183–84, 247, 253, 257, 260, 269, 279

*A Child's Garden of Verses*《童子诗园》247–48

*Dr. Jekyll and Mr. Hyde*《化身博士》269–70

*Treasure Island*《金银岛》131, 140–42, 144, 151–52, 166, 170, 184, 260, 262, 273, 296, 321

Stockdale, John, *The New Robinson Crusoe* 约翰·斯托克代尔《新鲁滨孙漂流记》131, 134

Stone, Lawrence 劳伦斯·斯通 339n.19, 363n.9

Straton 斯特拉顿 27

Strunk, William, Jr. 小威廉·斯特伦克 292

Struwwelpeter 蓬蓬头彼得 10, 289–91, 294, 301, 321

Swift, Jonathan 乔纳森·斯威夫特 321

   *Gulliver's Travels*《格列佛游记》123, 130, 134, 269, 317, 321

Tacitus 塔西佗 21

Tenniel, John 约翰·坦尼尔 321

Tennyson, Alfred Lord 阿尔弗雷德·丁尼生勋爵 157, 235–37, 239, 241–42, 323

Terence 泰伦提乌斯 22–24, 31, 320

Thackeray, William Makepeace 威廉·梅克皮斯·萨克雷 192, 201, 208

   *Vanity Fair*《名利场》192, 200

*Thomas the Tank Engine* "火车头托马斯"系列 272

*Thousand and One Nights*《一千零一夜》210

Tolkien, J. R. R. J. R. R. 托尔金 6, 13, 211, 223–27, 257, 305, 364n.28

   *Hobbit, The*《霍比特人》224

   *Lord of the Rings*《魔戒》223–24

   "On Fairy Stories"《论童话故事》223–27

Topsell, Edward, *History of Four-Footed Beasts* 爱德华·托普塞尔《四足野兽史》322

Traven, B., *Treasure of the Sierra Madre* B. 特拉文《谢拉马德雷的宝藏》166

Travers, P. L., *Mary Poppins* P. L. 特拉弗斯《随风而来的玛丽阿姨》257

Tree, Herbert Beerbohm 赫伯特·比尔博姆·特里 256–57

Tretyakov, Sergei 谢尔盖·特列季亚科夫 205

Trimmer, Sarah 萨拉·特里默 105, 134, 138, 324

Trollope, Anthony 安东尼·特罗洛普 184

Twain, Mark 马克·吐温 13–15, 94–95, 156, 241, 290, 298, 321

   *Connecticut Yankee*《康州美国佬在亚瑟王朝》13, 156

   *Huckleberry Finn*《哈克贝利·费恩历险记》15, 94–95, 103, 265, 298, 321

Tylor, Edward 爱德华·泰勒 179

Tyndale, William 威廉·廷代尔 78

Tzara, Tristan 特里斯唐·查拉 204–6

"Ugly Duckling, The"《丑小鸭》218

*Union Jack, The*《联合杰克报》157, 159–60

Van Allsburg, Chris 克里斯·范·奥尔斯伯格 314–15

Van Loon, Hendrik Willem 亨德里克·威廉·房龙 278–82, 286–87

Verne, Jules 儒勒·凡尔纳 8, 10, 131, 148–49, 156, 184, 279, 305, 330

    *Mysterious Island*《神秘岛》131, 148–49

Virgil 维吉尔 18, 24, 28–30, 44, 318

    *Aeneid*《埃涅阿斯纪》4, 18, 23, 28–30

Walter of England 英格兰的沃尔特 43–45, 49, 56

Warner, Susan, *The Wide, Wide World* 苏珊·沃纳《辽阔大世界》243

Wartofsky, Marx 马克思·瓦托夫斯基 2

Waterhouse, John 约翰·沃特豪斯 240

Watt, Ian 伊恩·瓦特 106

Watters, David H. 戴维·H. 沃特斯 89

Watts, Isaac 艾萨克·沃茨 98–103, 139, 244, 250, 350n.29

    *Art of Reading and Writing English*《英语读写艺术》98, 100–102

    *Divine Songs*《圣歌》98–103

    *Logick*《逻辑》98

Wells, Carolyn 卡罗琳·韦尔斯 204

Wells, H. G. H. G. 威尔斯 6, 183–84, 255, 257, 277, 281

    *The Island of Dr. Moreau*《莫罗博士的岛》183–84, 186

*Where the Wild Things Are*《野兽出没的地方》6, 131, 132–34, 144, 201, 210

White, E. B. E. B. 怀特 131, 230, 249–51, 274, 287, 289, 292–97, 310

    *Charlotte's Web*《夏洛的网》230, 249–51, 274, 287, 297, 310

    *Elements of Style*《风格的要素》292–94, 310

    *Stuart Little*《精灵鼠小弟》131, 289, 292–97, 301–3, 309–10

White, Hayden 海登·怀特 4

Whyte, William H. 威廉·H. 怀特 298–99

Wilde, Oscar 奥斯卡·王尔德 260

Wilder, Laura Ingalls 劳拉·英格尔斯·怀尔德 306

Wiesner, David, *Flotsam* 大卫·威斯纳《海底的秘密》321

Wittgenstein, Ludwig 路德维希·维特根斯坦 193

Woillez, Catherine, *Robinson des demoiselles* 卡特琳·沃瓦利耶《鲁滨孙少女》
    330

Wolfe, Shelby 谢尔比·沃尔夫 14–16

Woolf, Virginia 弗吉尼亚·伍尔夫 184, 277

Worde, Wynkyn de 温金·德·沃德 76–78

Wordsworth, William 威廉·华兹华斯 168, 174, 207, 266–67

Wroclaw Aesop Manuscript 弗罗茨瓦夫的伊索寓言手稿 52–53

Wyss, Johann 约翰·维斯 131, 146–48, 150, 330, 354n.19

 *Swiss Family Robinson*《瑞士鲁滨孙漂流记》131, 146–49, 330, 354n.19


Yeats, W. B. W. B. 叶芝 277

*Yellow Book, The*《黄面志》220, 258, 268

*Ysopet*（Old French Aesop）《寓言集》（古法语版《伊索寓言》）49–50, 52


Zipes, Jack 杰克·齐普斯 9

# 读者联谊表

## （电子文档备索）

姓名：　　　年龄：　　　　性别：　　宗教：　　党派：

学历：　　专业：　　　职业：　　　所在地：

邮箱＿＿＿＿＿＿＿＿＿＿手机＿＿＿＿＿＿＿＿QQ＿＿＿＿＿＿＿

所购书名：＿＿＿＿＿＿＿＿在哪家店购买：＿＿＿＿＿＿＿

本书内容：满意　一般　不满意　本书美观：满意　一般　不满意

价格：贵　不贵　阅读体验：较好　一般　不好

有哪些差错：

有哪些需要改进之处：

建议我们出版哪类书籍：

平时购书途径：实体店　网店　其他（请具体写明）

每年大约购书金额：　　藏书量：　　每月阅读多少小时：

您对纸质书与电子书的区别及前景的认识：

是否愿意从事编校或翻译工作：　　　愿意专职还是兼职：

是否愿意与启蒙编译所交流：　　　是否愿意撰写书评：

如愿意合作，请将详细自我介绍发邮箱，一周无回复请不要再等待。

读者联谊表填写后电邮给我们，可六五折购书，快递费自理。

本表不作其他用途，涉及隐私处可简可略。

电子邮箱：qmbys@qq.com　　联系人：齐蒙

# 启蒙编译所简介

启蒙编译所是一家从事人文学术书籍的翻译、编校与策划的专业出版服务机构，前身是由著名学术编辑、资深出版人创办的彼岸学术出版工作室。拥有一支功底扎实、作风严谨、训练有素的翻译与编校队伍，出品了许多高水准的学术文化读物，打造了启蒙文库、企业家文库等品牌，受到读者好评。启蒙编译所与北京、上海、台北及欧美一流出版社和版权机构建立了长期、深度的合作关系。经过全体同仁艰辛的努力，启蒙编译所取得了长足的进步，得到了社会各界的肯定，荣获凤凰网、新京报、经济观察报等媒体授予的十大好书、致敬译者、年度出版人等荣誉，初步确立了人文学术出版的品牌形象。

启蒙编译所期待各界读者的批评指导意见；期待诸位以各种方式在翻译、编校等方面支持我们的工作；期待有志于学术翻译与编辑工作的年轻人加入我们的事业。

联系邮箱：qmbys@qq.com

豆瓣小站：https://site.douban.com/246051/